THE
ENCYCLOPEDIA
OF
DEMONS
AND
DEMONOLOGY

悪魔と悪魔学の事典

Rosemary Ellen Guiley
ローズマリ・エレン・グィリー

†翻訳†
金井美子
木村浩美
白須清美
巴 妙子
早川麻百合
三浦玲子

原書房

悪魔と悪魔学の事典

Rosemary Ellen Guiley
ローズマリ・エレン・グィリー 著

翻訳 金井美子
　　 木村浩美
　　 白須清美
　　 巴　妙子
　　 早川麻百合
　　 三浦玲子

原書房

The Encyclopedia of Demons and Demonology

目次

序文
ジョン・ザフィス
4

はじめに
7

悪魔と悪魔学の事典
13

参考文献
520

索 引
524

序　文

　私は30年以上も、好ましくない霊の出没や悪霊の事件を含め、超常現象の影の側面とかかわってきた。実を言うと、そこまで深くかかわるつもりはなかったのだが、この分野に携わる多くの人たちと同じく、引き込まれ、天職となったのである。

　呼ばれているのを最初に感じたのは、10代の頃だった。15歳くらいの頃、夜中に目覚め、初めて幻影を見たのだ。亡くなった祖父がベッドの足元に立っていた。実を言うと、祖父のことは知らなかった。私が3歳の時に亡くなったからだ。しかし母が、私の語った彼の姿を裏付けてくれた。

　おそらく私が呼ばれたのは、「血筋」だと見る向きもあろう。私の母は双子で、知られている通り双子というものは、普通の人より精神的に敏感だからだ。加えて私は最も傑出した悪魔学者のひとりと血がつながっていた。エド・ウォーレン、母の兄で私の伯父だ。エドとその妻で千里眼のロレイン・ウォーレンは、超常現象の世界ではお馴染みの名前となり、近年の記録に残る最も有名な事件のいくつかで、メディアの見出しに登場してきた。エドはもう亡くなったが、ロレインは今もこの分野で働いている。

　子どもの頃は、エドとロレインが超常現象の世界で行っていた仕事に魅了されていた。自分もその中に加わりたかった。しかしエドは、正規の教育を受けるようにと口うるさかった。また私が18歳になるまで、事件にかかわることを許してくれず、自分の知識を私に伝授するのに多くの時間をかけた。振り返ると私はせっかちだったが、エドは賢明にも自分が何をやっているかわかっていた。超常現象を扱うこと、とりわけ暗黒面を扱うのは、子どもの遊びではなく、基礎訓練、教育、洞察力が必要であるということだ。私はきちんと準備するために、これらすべての基本を身につけなければならなかった。

　私は伯父と叔母から多くのことを学び、ついに自分の道に進んだ。これまで私のような平信徒や聖職者等、この分野での第一人者たちと仕事をする特典に恵まれた。扱ってきた事件は7000件以上で、その多くは自然な説明がつく（即ち超常現象や悪魔関連ではない）もので、その他の多くは介入することで解決してきた。そのうち数件はすっかり

悪霊に侵入され取り憑かれた事例だった。私は悪魔祓いは行わないが——それは聖職者の役目だ——そうした儀式は何十回も手助けしてきた。

　ある悪霊がらみの事件では、本物の悪と直面したことがあった。爬虫類のような実体が、以前斎場だったコネティカット州サジントンの取り憑かれた家に現れ、階段を下って私に向かってきたのだ。悪の迫力はすさまじかった。私はかつてそのようなものを体験したことがなく、正直に言ってあまりにも震え上がったため、その事件に再び向き合ったのは数日経ってからだった。この私自身の経験や他の経験からも、悪は実在し、悪霊も存在し、闇の勢力は世界中で活動しているとわかったのである。

　ローズマリ・エレン・グィリーがこの本の「はじめに」で述べているように、悪魔的な事件——常に魅力的な——はメディアの魔力を放ち、人々に「悪魔学者」のように含みのある人物になりたいと思わせる。彼らの多くはきちんと準備せず、自分が何を扱っているのか、またこの種の仕事にどんな副次的影響や結末が待っているか、あまり理解もせずに飛び込んでくる。この仕事は決して生易しいものではなく、常に反撃される危険性がある。悪の勢力はあなたが誰か知っているし、彼らの活動に介入するのを阻止しようとする。あなたも、あなたの家も、家族も、友人たちも、みな標的になるのだ。

　私は初めの方で教育の重要性や、いかにしてエドが私を、経験に加えて情報や知識、洞察力で確実に武装させようとしたかを述べた。もし私が勉強し始めた頃、この『悪魔と悪魔学の事典』のような本があったら、進んで汚れるまで何度もページをめくっただろうと断言する。ローズマリ・エレン・グィリーは超常現象の分野で、徹底的な調査と研究の結果、すばらしい評判を勝ち得た。私は彼女の事典をすべて持っており、頻繁に参照し、他の人にも推薦している。この本を私の一式に喜んで加え、これは最も貴重な知識の供給源のひとつとなるだろう。

　ローズマリには数年前ニュージャージーで、ニュージャージー・ゴーストハンターズ協会の創設者ローラ・ハディックが主宰した会議で会った。私はすでに彼女の著作に親しんでいた。私たちは良い友人、同僚

となり、仕事上可能な限りどんな形でも助け合ったり、いろいろな企画に共同で参加したりした。私たちは時に違った見方をするが、それが全体像に新たな次元を加える。

　超常現象の研究より先に、一般の人たちも悪霊についてもっと知っておく必要がある。全体的に言って、私たちはこの話題について教育されていない。私たちの多くはハリウッドから知識を得ているが、おそらくいくつかの宗教的教義が混ざり合っている。大半の人は悪霊がただ「去って」くれることを期待して、この話題をまったく無視するとローズマリは指摘している。断言するが、悪の勢力は消えるつもりなどまったくない。それどころか、この分野にいる私たちは、彼らの活動が激烈さや頻度を増しているのを見ている。だからこそ教育がこれほどまでに重要なのである。『悪魔と悪魔学の事典』は驚くべき量の素材と、さまざまな視点を網羅している。ローズマリの著作に感謝すべき点は数多くあるが、これもそのひとつである。彼女はすべてを異なった角度から見る。超常現象について真剣に研究している人も、魅力的なテーマに興味をそそられた気楽な読者も、この本で知識を広げられるだろう。この本を手に取る人は誰でも、新しいことを学べるはずだ。

　　　　　　　　　　　　　　　　　　　ジョン・ザフィス

はじめに

　悪をどう扱うかは、古代から人間の営みの中心を占めてきた。破壊、混沌、腐敗、そして死の究極の闇はしばしば、善と光の存在にも影を落とした。人類は主に3つの方法で悪を扱ってきた。真正面から戦うか、攻撃される前にかわすか、すっかり否定することによって避けるかである。

　悪が何百年もの間、宗教、民話、哲学、芸術、文学、そしてポップカルチャーの中で、討論や論争を重ねられてきたその方法と理由、それらすべてはなぜ悪いことがおこるのか、それも善人にという疑問を説明しようと試みているのである。悪人に悪いことが起これば、悪事を働いたことへの当然の報いだと我々は考える。正しい人に悪いことが起こると、我々は納得できる説明をしばしば空しく探す。誰もが人生のどこかで、道徳を守る努力をしているかどうかにかかわらず、悪の手に触れられることがあると感じる。

　神話や宗教、民話では、善と悪両方の力は人格化される。万神殿の神々は、男女それぞれ善意の神と悪意の神がおり、何人かはほぼ悪と言えるが、完全に悪という神はめったにいない。彼らの役目は、天災や荒廃、病気、疾患、死などを通して破壊をもたらすことである。彼らは永遠の生命の循環において不可欠な部分、死と再生を担っている。人間は当然、こうした苦難をできる限り避ける道を探す。

　一神教は善と悪の間に、厳しい対立を創り出す。創造主は善そのものだが、悪がサタンの指揮の元で存在するのを許す。悪は我々の道徳の堅固さや精神の高潔さを試し、立証しているのだという説明で、我々は自らを慰めている。

　キリスト教で魔王サタンは、善なる神の正反対にいる悪の片割れである。魔王の概念は何世紀もの間に発展し、ヘブライの伝承の特徴のない敵対者であるサタンから、かつては善い天使であったが自尊心を選んで神の恩寵から転落したルキフェルまで進化した。どんな軍隊にも完全に邪悪な敵が必要であり、サタンもその意味でキリスト教に存在しなければならない。

　もっと位の低い悪の手先である悪霊は、さまざまな姿に変装し、多くの名前を使っていろいろな目的のために活動する。異教徒から見ると、

彼らは自然界の秩序の一部であり、大抵は欺き邪魔をする道徳の二律背反を表す存在である。キリスト教の視点では、彼らは悪——ルキフェルのように、神への服従より自尊心を選び、天国を追放された堕天使である。彼らは永遠の地獄と魔王への奉仕が運命づけられ、人間に終わりのない攻撃を仕掛け、魔王の所有とするため魂を堕落させようとする。

一神教以外では、悪霊は物質界の出来事や人々の生活に干渉し続けてきた長い歴史を持つが、必ずしも魂の堕落が目的ではない。いたずら者の妖精のように、人を苛立たせる妨害を行う。もっと深刻なところでは、病気、狂気、天災、不幸を引き起こす。人類社会に積年の悪意を抱く者もいる。例えばアラビアの伝承に出てくるジンは、元々自分たちが地上に住んでいたのに、神が人間の方を好んだために追い出されたと言う。彼らは自分たちの故郷を取り戻すことを望み、そのため人間に対しゲリラ戦やテロを仕掛ける。

見た目の姿や名前、儀式がどうであれ、悪魔的な力は常にこの世で戯れている。映画や小説の誇張のせいで、多くのキリスト教徒は例えば、悪魔の攻撃は恐ろしい怪物による人間への襲撃、憑依、壁や階段を伝い落ちる緑の粘着物といった形で起きると考えている。そうした出来事も起こることはあるが、悪魔的な力が取る方法の中では比較的まれである。悪は知らぬ間に、内側から破壊するトロイの木馬であり、正しい人生を送ろうとする人々の考えや目的や意志を貶める。悪はしばしば人々を動かし、殺人、傷害、弾圧、暴力などで互いに危害を加えさせる。

数年前、『天使の事典』の序文の中で、私は天使の存在を信じると断言した。私は悪霊の存在もまた信じている。どちらか片方だけが存在するということはない。私はどちらとも接した個人的な体験がある。超常現象を研究してきた年月の中で、悪霊の存在を頑として認めない人々がいるのに戸惑ってきた。彼らは天使や、その他の光と善の力の使いなら喜んで信じるのに、害を及ぼす存在は認めない。悪霊に「威厳を与える」ことのないよう、あえて何も知ろうとしないのである。悪霊を信じなければ煩わされることはないと、素朴にも考えている人々もい

る。彼らにとって「見ざる」は「あらゆる悪を避ける」ということだ。無知が彼らの防御なのである。

　しかし無知は何の防御にもなり得ない。無知は恐怖を生み、恐怖は悪にとって最大の武器なのである。超常現象の研究、調査、個人的経験を通して真実だとわかったことのひとつに、あなたが恐れているものはあなたを見つけるということがある。悪霊は悪の最前線にいる。彼らの存在を否定することは、人間をより簡単な標的にするだけである。

　結論として、悪霊や悪について知ることが大事である。内側も外側も知ることで、敵を征服できるのである。悪について知ることは、悪を認めたり擁護したり、称えることではない。

　情報は明るく照らす光であり、その光を闇に向かって照らすことが大切なのである。この事典を書いた目的は、そうした光を提供することである。この内容は、ある特定の宗教的見解を押しつけることを意図してはいない。むしろ悪霊に対する無数の思考の道を探索してきた。多様性に富んでいるが、普遍的な筋道や主題もまた存在する。ある普遍的な主題としては、例えば悪の起源と運命についての関心がある。最初の状態の世界は、清潔で完全で善であった。悪の力が世界に入ってきたのは、しばしば人間の行動によってであった。それからずっと、悪の力は我が物顔で大混乱を引き起こしている。いつか善は悪を打ち負かし、完全な世界が復活するだろう。それまでの間、悪に対抗し、世界の中での悪の衝撃を最小に留める、さまざまな方法がある。

　悪霊についての伝承は豊富で多種多様であり、人間が悪霊と接する話は生彩に富み魅力的である。私の事典はすべて西洋の伝統に重きを置いており、比較のため異文化の見出し項目も入れている。この巻では、地獄の大物たちも含めて、個々の多くの悪霊の項目も入れた。悪霊の種類や階級、悪霊化した異教の神々、悪霊や精霊による憑依と悪魔祓いについての例、文学や映画、そして我々の悪霊に対する見方に影響を与えた人物も含めた。

　キリスト教の初期の教父たちは、悪の起源、魔王の存在、悪霊の働きについての疑問と格闘した。しかし悪霊の研究としての「悪魔学」には15世紀あたりまで到達しなかった。その頃には異端を抑圧するた

め、ローマカトリック教会によって制定された異端審問が勢いづいていた。続く数世紀、信仰の篤い聖職者で悪霊の権威たちは、悪魔的なものについて、また妖術と悪霊の関係について確信をもって書いた。何千人もの人々が妖術の罪で告発され、それは自動的に、人々を傷つけ善を破壊するために魔王と結託したことを意味する。申立てを裏づける証拠はほとんど、あるいはまったくなかったが、悪霊に対する大衆の恐怖は、悪魔のお祭り騒ぎや罰当たりな行為の狂乱の夜を、易々と信じるほどねじ曲がってしまう。こうした考えは今なお残っていて、魔術崇拝の信者たちはよく知っている。

　悪霊の仕業の中で、人々を最も熱狂させるもののひとつに憑依がある。憑依についての信仰は世界共通で昔からあり、例えば中東の伝承のザールによる憑依や、日本の民話に出てくる、心遣いと贈り物を求める狐などがある。古代の世界のどこでも、取り憑く悪霊は病気や狂気を引き起こす。イエスはこうした状態の人を、悪霊を追い出すことで治し、その能力によって注目された。

　キリスト教の中で魔王の進化は、憑依の焦点を絞った。魔王による魂の堕落、教会や神から人々を遠ざけることの道具となった。カトリック教会はこの悪と戦うため、悪魔祓いの正式な儀式を発展させた。

　1500年代初頭のプロテスタントの改革の後、ヨーロッパではそれに続く時代、カトリックとプロテスタントが憑依を、宗教的な優位性と忠実な信者たちへの影響力を立証するための戦場のひとつとして利用した。記録に残っている最も有名な憑依事件のいくつかは、修道女たちの憑依の申し立てに関するものである――フランスのルダンやルヴィエでの事件のような――彼女たちは身もだえし、顔を歪め、卑猥なことを叫び、その他の破廉恥な振る舞いを、多くの見物人の前で誇示した。悪魔祓いは宗教的な行為というより、むしろサーカスの見世物のようだった。性的な抑圧、腹いせ、明らかな詐欺が、この種の事件の多くに含まれていたが、中には本物の憑依もあった。

　キリスト教徒の見地では、本物の悪霊の憑依は今でも存在する。他の形の悪霊の干渉と比べると比較的まれではあるが、この問題に関しては聖職者、平信徒の権威どちらも増えていると言っている。素人の

超常現象研究の分野では、悪霊へのメディアの注目で個々の研究家が刺激され、自ら「悪魔学者」と名乗り、時には報酬のために礼拝を行うこともある。彼らの中に本当の言葉通りの意味での悪魔学者はほとんどいない。宗教的な見地はどうあれ、悪に対抗する霊的な戦士になるのは天職であり、職業でも仕事でも職業分類でもない。本物の悪魔祓い師や、憑依から解放する聖職者たちは、相手の土俵で悪と戦うことは非常に危険で、華やかな部分はほとんどないと知っている。

　宗教以外では、悪霊は神秘主義や魔法において役割を持つ。彼らは存在物の無数の形のひとつで、熱烈な信者は取引することができる。彼らは召喚され、支配され、仕事を命じられる。魔術的な伝承では、悪霊の中にも良い性質の者とそうでない者がいる。彼らは人間に富や知識、権力、快楽の贈り物を差し出す――しかしいつも代償がつきものだ。一番大きな代償は、本人の魂である。

　『悪魔と悪魔学の事典』は、このテーマの暗黒面への問いの道をさらに遠くまで切り開くことを意図している。多くの点で、悪霊について知る方が、天使について知るよりはるかに重要である。悪霊は騙しと変装の達人である。彼らについてほとんど、あるいは何も知らなかったら、見てもどうやってそれと理解するのだろう？

ローズマリ・エレン・グィリー

謝辞

悪魔と悪魔学についての知識を共有し、専門的な意見をくれたジョン・ザフィスとアダム・ブライに、深い感謝の意を捧げる。フィリップ・J・インブローニョにも、ジンに関して専門家の判断をくだしてくれたことに感謝する。非常に才能のあるリチャード・クックとスコット・ブレンツにも、この本のためにオリジナルの作品を描いてくれたこと、特に珍しい悪霊に顔をつけてくれたことに御礼を申し上げる。

悪魔と悪魔学の事典

凡例

- ●人名項目は、姓、名の順で提示した。
- ●聖書からの引用については日本聖書教会の共同訳によった。
- ●コーランは「クルアーン」と表記し、引用は『日亜対訳 クルアーン』（中田考監修、黎明イスラーム学術・文化振興会責任編集、2014年、作品社）によった。
- ●本文中の太字（ゴシック）は独立した項目のあることを示している。

アイキラー
Eye Killers

　アメリカ南西部のアメリカ先住民の伝承における、恐ろしい**悪霊**。まばたきせずに見つめるだけで、人を殺すことができた。**邪眼**伝承の変形といえる。

　伝承によればこの悪霊は、女が張り形を使って妊娠した時、この世に生まれたと言われる。雄と雌の双子のアイキラーは、首長の娘がサボテンの突起で妊娠した後で生まれた。生まれたばかりのアイキラーはいっぽうが細くなった丸い体を持ち、手足がなかった。成長するとフクロウの頭と、**蛇**の胴体と、爪の生えた巨大な脚を持つようになり、両目からは殺人光線が放たれた。悪霊を村から祓うには、村中のシャーマンの技術を集めねばならなかった。

　アイキラーは不死身に近い力を持っており、アイキラーを避ける唯一の方法は火をたくことだった。しかし、犠牲者はいつも火をつけることができる前に、死んでしまうのだった。

　モンスター殺しという名の英雄が、悪霊を退治しようと決意した。英雄は悪霊の住んでいる洞窟へ行き、入り口で大きな火をたいてから、アイキラーを呼んだ。アイキラーが現れると、英雄は火に塩を投げ込んだ。火花が散り、アイキラーが一瞬目を閉じた――しかし英雄が堅い棍棒で悪霊の頭を殴り、命を奪うには十分な時間だった。

アイム（アイニ）
Aim (Aini)

　堕天使で、72人の**ソロモンの悪魔**の23番目に位置する。**地獄**でのアイムは強力な公爵である。彼は3つの頭――**蛇**、額にふたつの星がある男、猫――を持つ美男子の姿で現れる。クサリヘビに乗り、炎を上げる燃え木を持ち、それをもって破壊と火を蔓延させる。悪知恵を伝授し、「個人的な事情」に関する問いに真実の答えを与える。**悪霊**の26の**軍団**〔レギオン〕を統率する。

アイワス
Aiwass

→**アレイスター・クロウリー**

アウタク（ウダイ、ウダ）
Autak (Udai, Uda)

ゾロアスター教で、人が黙っているべき時に喋らせたり、肉体労働をしている時に邪魔したりする**悪霊**である。アウタクは女の悪霊で、近親相姦を連想させ、時に**ドゥルジ**とも関連がある。彼女は半分人間で、半分は怪物である。

アエシュマ
Aeshma

ゾロアスター教における憤怒、激怒、復讐の**悪霊**。「血まみれの棍棒の」アエシュマと呼ばれている。悪霊の中では最も獰猛で、戦争だろうが飲酒だろうが、攻撃性や敵意から生まれるすべての行為の元凶である。人類を破滅させることができる7つの力を持つ。

ゾロアスター教の**ダエーワ**の階級は、神の同様の階級の鏡写しとなっており、その中でアエシュマは、善の精霊、アムシャ・スプンタのうち真実を体現するアシャ・ワヒシュタと対立する。いちばんの敵はスラオシャ（従順）で、宗教への献身と規律の化身である。アエシュマは正しい崇拝から人々の気を逸らす。死者の魂が地下世界に続くチンワト橋に近づくのを邪魔する。

創造主アフラ・マズダ（後にオフルマズド）は、アエシュマの災いに対抗させ、また彼の攻撃から人々を守るためにスラオシャを創り出した。スラオシャは最終的にアエシュマに打ち勝つ。中世の経典によると、アエシュマはアンラ・マンユ（後に**アフリマン**）によって、闇の軍勢の指令者として創られた。彼は強欲の悪霊、**アズ**によって飲み込まれた。

アエシュマはゾロアスター教の経典『ヴェンディダード』の祈りの言葉を朗読すると、追い払うことができる。ヘブライ神話の悪霊**アスモデウス**は、部分的にアエシュマが元になっていると思われる。

アカオス
Achaos

→**ルダンの悪魔憑き**

アカス
Achas

→**ルダンの悪魔憑き**

アガレス
Agares

堕天使で、72人の**ソロモンの悪魔**の2番目に位置する。堕落する前、アガレスは天使の階級における力天使の一員で

アガレス（『地獄の辞典』）

あった。**地獄**では最初の公爵として東方を支配し、31の**悪霊**の**軍団**(レギオン)を統率した。彼は鰐に乗り、拳にオオタカを乗せた美男子の姿で現れる。走る者を棒立ちにさせ、逃亡者を助ける。あらゆる言語を教え、地震を起こし、教会で位の高い人々を破滅させる。

あくび
yawning

伝えられているところによると、あくびは**悪霊**が人の体の中に入る手段のひとつで、魂が抜かれてしまう。あくびをするときに口を手で押さえる習慣は、礼儀作法とはなんの関係もなく、悪魔に侵入されて魂をとられるのを防ぐためだ。植民地時代のアメリカで、あくびをするときに指を鳴らす習慣は、悪霊を追い払うためである。

悪魔教会
Church of Satan

→悪魔崇拝

悪魔崇拝
satanism

サタンや**魔王**、闇の力への傾倒を指す。悪魔崇拝は単一の、統一された組織や運動ではない。サタンへの崇拝を含む宗教的なものもあれば、高等魔術を含むもの、また哲学や人生の選択であることもある。

7世紀には早くも、カトリック教会が邪悪な目的でミサの魔術的な力を破壊する司祭を非難している。これは、悪魔崇拝という考えの先駆けとなると考えられる。

悪魔崇拝は魔王を崇拝することだという考えは、異端審問の時代に確立された。当時、魔女狩り人や悪魔学者は、魔女は魔王を崇拝し、彼と**契約**を結んで世の中に大災害をもたらしていると喧伝した。〈テンプル騎士団〉や対立する宗派などのキリスト教会の敵は、魔王の崇拝や妖術、異端の罪で告発された。告発された者は、厳しい拷問により自白を強要された。

純粋な悪魔崇拝の範囲がどこまでかはわかっていない。17世紀までは、組織だった活動の証拠はほとんどない。17世紀になると、**黒ミサ**への参加が流行した。最も悪名高いのは、ルイ14世時代のフランスで、国王の愛人、モンテスパン夫人の指示により行われたものである。儀式を主導したのは、ラ・ヴォワザンという名のオカルト主義者と、67歳の放蕩な聖職者、ギブール神父であった。

18世紀には、悪魔主義的な活動の信頼に足る証拠は残っていない。イングランドでは、サー・フランシス・ダッシュウッド（1708～81年）によって創設された**地獄の火クラブ**がしばしば悪魔崇拝といわれるが、これは若い男性が酒を飲み、「修道女」と呼ばれる女性たちとの性行為にふけり、羽目を外すクラブにすぎなかった。そのクラブ、または自称〈メドメナムの修道士たち〉は、1750年から1762年にかけて、ダッシュウッドの家であるメドメナム修道院に定期的に集まっていた。彼らは黒ミサを行っていたといわれるが、真面目な悪魔崇拝であったかどう

かは疑わしい。似たような集団に、アイルランドの〈ブリムストーン・ボーイズ〉や〈ブルー・ブレイザーズ〉がある。

19世紀で最も有名な悪魔崇拝者は、フランスのブーラン神父だろう。彼はカルメル教会の分派の長となり、黒魔術を使ったり乳児を生贄に捧げたりしたといわれている。カルメル教会を作ったのは、ティイ=シュル=ソルの段ボール箱工場の主任だったユージェーヌ・ヴァントラスである。1839年、ヴァントラスは大天使ミカエルからの手紙を受け取り、続いて大天使、聖霊、聖ヨセフと聖母マリアの訪問を受けたという。彼は預言者エリヤの生まれ変わりであると告げられ、新たな修道会を作り、聖霊の時代の到来を宣言

ボユナートの「悪魔」

せよといわれた。彼は、真のフランス国王はカール・ナウンドルフという名前の男だと教えられたという。

ヴァントラスは地方へ赴いては、この知らせを説き、聖職者を含む信者を得た。執り行われるミサには、空の杯が血で満たされたり、聖体に血のしみがついたりといった幻視が含まれた。1848年までには、カルメル教会の活動が知られるようになり、教皇の非難を受けた。1851年には、ヴァントラスは祭壇で祈りを捧げながら裸で同性愛行為や自慰にふける黒ミサを行ったとして元信者から告発された。

ヴァントラスは1875年に死を迎えたが、その直前にブーランと親交を得た。ブーランはヴァントラスの死後、カルメル教会の分派を立ち上げた。彼は死ぬまでの18年間、その教団を運営し、表向きは敬虔な慣習に従いながら、ひそかに悪魔的な儀式を行っていた。

ブーランは、アデル・シュヴァリエという修道女を愛人にした29歳のときから、悪魔崇拝と悪に取り憑かれていたと思われる。シュヴァリエは修道院を離れ、ふたりの私生児を生んでおり、ブーランとともに〈魂の償いのための教会〉を創設した。ブーランは悪魔憑きの犠牲者に人間の排泄物と聖体を混ぜたものを食べさせるといった、型破りな方法で**悪霊**を祓うことを専門にしていた。彼はまた、黒ミサも執り行っていた。1860年1月8日、彼とシュヴァリエは黒ミサを行い、彼らの子供のひとりを生贄に捧げたといわれている。

ヴァントラスに会った頃のブーラン

は、洗礼者ヨハネの生まれ変わりだと自称していた。彼は信者に性技を教え、夢魔（インキュバス）やサキュバスとのセックスでアダムとイヴの原罪を贖うことができるといった。彼と信者は、大アントニオスを含む死者の霊と性交しているともいわれた。

ブーランの教団には、ふたりの薔薇十字会員、オズワルド・ウィルトとスタニスラス・ド・ガイタが潜入していた。ガイタは『サタンの神殿』という暴露本を著した。ブーランとド・ガイタは、魔術戦争を行ったといわれている。ブーランと、友人で作家のJ・K・ユイスマンスは、悪霊の攻撃に遭ったと主張している。1893年1月3日、ブーランが心臓発作で倒れ、この世を去ると、ユイスマンスはこれをガイタの呪縛のせいだと考え、本に書いた。ド・ガイタは彼に決闘を申し込んだが、ユイスマンスはそれを受けず、謝罪した。

小説『彼方』で、ユイスマンスは黒ミサを描いている。彼はそれを、19世紀後半のパリで自分が見た、悪魔崇拝者のグループが行ったものに基づいて書いたと語っている。典礼は逆から読まれ、十字架は逆さまにされ、聖体は汚され、儀式の最後は性的な乱交で終わったという。

20世紀初頭には、**アレイスター・クロウリー**が悪魔崇拝に関与していたと考えられる。彼はみずからを「獣」とし、サタンを生命、愛、光と描写した。また、ヒキガエルを**イエス**として洗礼を授け、磔にしたこともあるが、彼は悪魔崇拝者ではなく、魔術師でありオカルト研究者である。

●現代の悪魔崇拝

現代における悪魔崇拝の最も大きな流れは、1960年代にアメリカで起こった。主導したのはアントン・サンダー・ラヴェイである。洞察力と知性をそなえた彼にはカリスマ性があり、見た目も堂々としていた。1966年、ラヴェイはサンフランシスコに〈悪魔教会〉を作り、その活動はメディアの注目を大いに集めた。

1930年4月11日にシカゴで生まれたラヴェイは、アルザス人、グルジア人、ルーマニア人の先祖を持ち、祖母はトランシルヴァニア出身のジプシーだと主張した。子供時代に音楽を学び、やがてオカルトに興味を持つようになる。10歳でピアノを習得し、15歳でサンフランシスコ・バレエ交響楽団のオーボエ奏者となった。彼は高校3年生のときに中退し、動物の世話係としてクライド・ビーティ・サーカスに入った。彼には大型の猫科動物を手なずける才能があり、やがて副調教師となる。彼がのちに語ったところでは、このサーカスでライオンを調教しているときに、内的な力と魔術を会得したという。片手間に、彼は幽霊屋敷の調査も行っていた。18歳でサーカスを退団し、カーニバルに参加すると、奇術師の助手やカリオペ奏者を務めた。1948年にはマリリン・モンローと出会い、彼女の歌の伴奏をしている。

1951年、最初の妻キャロルと結婚し、カーラというひとり娘をもうけた。彼はサンフランシスコ市立大学で犯罪学を学び、犯罪現場のカメラマンとしてサンフランシスコ市警に3年間在籍した。自分

が目にした暴力に嫌気が差し、警察を辞めた彼は、ナイトクラブや劇場でのオルガン奏者に戻った。やがてオカルトを主題とした講義をするようになる。こうした講義が魔術サークルへと発展し、ラヴェイが考案したり、〈テンプル騎士団〉や〈地獄の火クラブ〉、〈黄金の夜明けのヘルメス団〉、アレイスター・クロウリーといった歴史的資料から見つけたりした儀式を行うために集まるようになった。ラヴェイは明らかに、芝居がかった儀式を楽しんでいた。緋色の裏地のマントを羽織り、頭蓋骨や、その他の奇妙な品を持ち歩いた。魔術サークルのメンバーには、女優のジェーン・マンスフィールドや映画製作者のケネス・アンガーなどがいた。

ラヴェイは1960年にキャロルと離婚し、金曜の夜のオカルト講義で案内役を務めていた17歳のダイアンと結婚する。彼らにはジーナという娘が生まれた。1960年から1966年にかけて、彼はエリート的な悪魔哲学を展開した。彼は魔王を、自然に潜む闇の力で、地上の出来事を支配するものと考えた。人間の本質は欲望、プライド、享楽主義、身勝手さであり、それが文明の達成に貢献する。肉体は否定されるべきではなく祝福されるべきである。誰かがやりたいことを邪魔する者は呪われるべきである。

1966年のワルプルギスの夜（4月30日）、ラヴェイは頭を剃り、〈悪魔教会〉の創設を宣言した。抜け目のない彼は、魔王の崇拝に「教会」という言葉を使う衝撃的効果と、人間が本質的に儀式や祭式、式典を必要としていることを知っていた。彼は悪魔的な洗礼式や結婚式、葬式を行い、そのすべてがメディアで大々的に広く報道された。彼は裸の女性（一部を豹の毛皮で隠している）を祭壇として使った。妻のダイアンは教会の司祭長となった。彼はジーナに洗礼を施した。カーラは大学で悪魔崇拝に関する講義を始めた。

彼は国教廃止条例反対論、身勝手さ、あらゆる形の満足、報復について説教した。敵は憎み、壊滅すべきものであるとされた。セックスは崇め奉られた。彼は麻薬の使用に反対した。それは現実逃避であり、自然な高揚感をもたらすのに必要ではないというのである。また、黒魔術を犯罪行為に使うことを厳しく非難した。彼は儀式に黒ミサを含めなかった。時代遅れと考えたためである。

〈悪魔教会〉はグロットーを組織した。バフォメットと呼ばれる山羊の頭を描いた逆五芒星がシンボルとなった。ラヴェイは魔術的言語として、エノク語を儀式で使い、クロウリーが使ったエノクの鍵を取り入れた。

ラヴェイは悪魔崇拝の9カ条、地上における悪魔崇拝の11のルール、悪魔崇拝の9つの罪を作成した。

以下は悪魔崇拝の9カ条である。

Ⅰ　サタンは節制ではなく放逸を好む。
Ⅱ　サタンは夢想ではなく実存である。
Ⅲ　サタンは偽善的な自己欺瞞ではなく純粋な英知である。
Ⅳ　サタンは敵に愛を浪費せず、値す

る者にだけ恩恵を施す。
Ⅴ　サタンは「右の頬を打たれたら左の頬も向ける」のではなく復讐を要求する。
Ⅵ　サタンは心理的吸血鬼など問題にせずに、責任を負うべきものに対して責任を持つ。
Ⅶ　サタンは獣のような人間である。あるときは四つ足の動物よりも賢く、また、あるときはより凶暴になる。高度に発達した知性と精神を持つために、地上で最も恐ろしい動物なのである。
Ⅷ　サタンは罪といわれるものをすべてよしとする。それは肉体的・精神的な欲求を満たしてくれるのだから。
Ⅸ　サタンはキリスト教会においても人類の最高の友であった。彼は太古からそれを自分の仕事としてきたのである。（小森雪枝訳）

以下は悪魔崇拝の地上における11のルールである。

Ⅰ　求められなければ、自分の意見や助言を与えないこと。
Ⅱ　聞きたがる人でなければ、自分のトラブルについて話さないこと。
Ⅲ　他人の巣穴に入ったら敬意を表すこと、さもなければ出ていくこと。
Ⅳ　自分の巣穴でうるさい客は、情け容赦なく扱え。
Ⅴ　交尾を認めるシグナルがなければセックスを進めてはならない。
Ⅵ　自分のものでないものを奪ってはならない。さもないと、他人に重荷を負わせ、救けを求める悲鳴を上げさせることになる。
Ⅶ　魔術で願いが叶えば、その力を認めること。成功したにもかかわらず魔術の力を否定すると、得たものをすべて失うことになる。
Ⅷ　自分に関係ないものに対して、不平を並べてはならない。
Ⅸ　小さな子供を傷つけてはならない。
Ⅹ　人間でない動物を殺してはならない。ただし、襲われたり、食用にしたりする場合はこの限りではない。
Ⅺ　公共の餌場を歩くときは、他人をわずらわせてはならない。他人にわずらわされたら、やめるよう要求し、やめなければ攻撃せよ。（小森雪枝訳）

以下は悪魔崇拝の9の罪である。

Ⅰ　愚鈍
Ⅱ　知ったかぶり
Ⅲ　唯我主義
Ⅳ　自己欺瞞
Ⅴ　集団への同調
Ⅵ　見通しの欠如
Ⅶ　過去の権威を忘れること
Ⅷ　非生産的なプライド
Ⅸ　美意識の欠如

教会は国際的に信者を集めた。ほとんどは中産階級の人々で、オカルト研究者や著名人、スリルを求める人、好奇心旺盛な人、人種差別主義者、政治的右翼などが含まれていた。絶頂期には、2万

5000人の会員がいたといわれている（数年後、この数字は誇張したものだと元会員が指摘した）。

映画監督のロマン・ポランスキーは、悪魔崇拝を描いたアイラ・レヴィンの小説の映画版『ローズマリーの赤ちゃん』（1968年）にラヴェイを起用した。ラヴェイはサタン役を演じ、悪魔崇拝の儀式の詳細についてポランスキーに助言した。

ラヴェイは教会におけるさまざまな組織活動を他者に引き継ぎ、本を書き始めた。『サタンの聖書（The Satanic Bible）』は1969年に出版され、続いて1972年には『サタンの儀式（Satanic Rituals）』が出版された。3冊目の著書『完全な魔女（The Compleat Witch）』はヨーロッパで出版された。

1975年、教会を脱したメンバーは新たな悪魔崇拝の組織、〈セト寺院〉を創設した。〈悪魔教会〉は秘密結社として再組織され、グロットーは解散した。ラヴェイは第一線を退き隠遁生活に入った。1990年代、彼はメディアに登場し、1992年には新しい著書『魔王の手帳（The Devil's Notebook）』を出版した。彼は長年にわたる心臓病のため、1997年8月30日、67歳で死去した。彼が教会を設立したサンフランシスコの〈黒い家〉は解体され、集合住宅に変わった。新たな〈黒い家〉は、非公開の場所に作られている。

〈悪魔教会〉は、現在はピーター・ギルモアが運営している。メンバーはサタンや悪霊、**天使**を完全に信じているわけではない。ラヴェイが信奉した原理とともに、教会は個人の自由と、執拗な敵に対して速やかな行動を起こすことを強調している。

〈セト寺院〉の主な創設者は、マイケル・A・アキノ、リリス・シンクレア（アキノの妻）、ベティ・フォードである。これはエジプトの神セト（セツともいわれる）に傾倒した秘密結社である。寺院によれば、セトは1000年以上にわたり人類の遺伝子を変え、進化の次の段階に向けた、優れた知能を持つ人間を作り上げようとしているという。これまでに大きな3つの段階があった。最初は、クロウリーが霊媒として**アイワス**から『法の書』を口述された1904年、次は〈悪魔教会〉が作られた1966年、そして3つ目は、〈セト寺院〉が創設された1975年である。

アキノは著書の中で、ある予言をしている。その中では「選ばれし者」すなわち〈セト寺院〉のメンバーだけが生き残るという。アキノは第二次世界大戦中に行われたナチスの異教的儀式に関心を示したが、ナチスの思想には共感できないと語っている。

その他にも悪魔崇拝の団体が作られている。中には一定期間活動した後、休眠状態になっている団体もある。悪魔崇拝の範囲を正確に把握するのは不可能である。多くの組織が秘密裏に活動しているからだ。世代から世代へと受け継がれる、悪魔崇拝の「家風」の証拠は存在する。

悪魔憑き
demoniac

悪霊に取り憑かれた人間。体、精神、感情、振る舞いなどに著しい変化が起き

る。憑依のタイプによって、変化にはパターンがあるとされる。

古代では、人間の中に入り、犠牲者を支配して、様々な問題を引き起こすのは、悪霊のしわざであると思われていた。古代のユダヤの歴史家ヨセフスは、犠牲者の中に入ってくるのは悪霊ではなく、ひどい苦痛を受けている人間の魂であるとした。病気はみな悪霊のせいにされた。病人が発作を起こしたり、トランス状態になったり、突飛な振る舞いをしている場合は特にそうだった。癲癇など、普通の内科の病気が真の原因であったかもしれないが、古代では、病気の多くが、きちんと理解されていなかった。

病気を消し去るための治療法として、**悪魔祓い**が始められた。一定の権限を持った人々が、悪霊に取り憑かれた者を救うための知識や、特に、超自然的な力を備えていた。

中世やルネサンス時代のヨーロッパでは、悪魔憑きの人々は、魔女や呪術師に呪いを受けたとか（**呪い**参照）、魔王に征服されたと証言した。カトリック教会は、こうした悪魔憑き問題を、政治的な目的を推し進めるために利用した。悪魔憑きの何人かは、悪魔憑きの症状を装っているとか、ヒステリー状態になっているなどの、偽物だった（**オルレアンの霊**参照）。

もっと最近では、悪魔憑きは「宗教的な意識変容状態（RASC）」であると言われている。犠牲者の体や精神や感情に現れる症状の多くは、宗教的、霊的な恍惚状態になっている人々と、同じである。しかし、犠牲者にとってはその体験は、天国ではなく地獄のようなものであり、神ではなく悪霊につきまとわれていることになる。

悪魔憑きには体がふくれたりひきつれたりする、トランス状態や強硬症状態になる、顔や声が変わるなどの、一定の症状がある。異常な行動をしたり、叩く、手足を切るなどの自傷行為をしたり、性格や機嫌が変わったりすることもある。また、取り憑いている悪霊が、犠牲者の知るはずのない外国語――特にラテン語――で話すこともたびたびある。犠牲者は猥褻な言葉や冒瀆的な言葉を叫び、他人や**悪魔祓い師**を罵る。もっと深刻なケースでは、手のつけられないヒステリー状態になる。異常な力を出す、空中浮遊する、肝汁やおびただしい粘液といった普通でないものを吐く、透視や予言をする

『エクソシスト』（1973年）で、悪魔憑きのリーガンを演じる、リンダ・ブレア（著者蔵）

などのエピソードが残っている。両目は奥のほうでぎょろぎょろしており、悪霊による性的な暴行や、ポルターガイスト現象、幻影や悪夢などが犠牲者を襲うこともある。

　犠牲者はずっと取り憑かれたままでいるわけではなく、正常に振る舞っていて、一定時間だけ悪霊に支配されるのがふつうである。多種多様な悪霊に取り憑かれ、長いこと繰り返し悪魔祓いを受けねばならない場合もある。

　実際に死に至ったことはほとんどないが、悪魔憑きは、犠牲者の命に関わることもあるといわれる。1590年、イングランドのオカルト研究者ジョン・ディーに雇われていた看護師、アン・フランクは、悪霊に取り憑かれて自殺を図った。ディーはフランクの胸を聖油で聖別して治療し、フランクを厳重に保護した。1カ月後、フランクは喉を突いて自殺することに成功した。フランクは実際に自殺をしたと記録に残っている、数少ない悪魔憑きのひとりである。

　1976年、若いドイツ人の悪魔憑き**アンネリーゼ・ミシェル**は、悪魔祓いの最中に死亡した。彼女はひどく衰弱し、脱水症状に陥っていた。

『悪魔の訴訟』
Processus Sathane

　魔王に対する擁護を描いた戯曲で、サタンの代理人が登場し、人間を誤った道へ誘い込む権利を神に訴える。『悪魔の訴訟』あるいは『マシェロエンの戯曲』という名でも知られるこの戯曲は12世紀、聖母崇拝すなわち聖母マリアへの信仰が最高潮にあった時代に書かれた。

　『悪魔の訴訟』の元となった作品の最も古いものは1260年、ヤコブ・ファン・メーランの『メルラン』だが、これはロベール・ド・ボロンの『メルラン』の翻訳劇である。
『悪魔の訴訟』の原版は諸説議論が分かれている。長い時代を経て、作品には教会法からの引用が付け加えられた。14世紀までに、この戯曲は様々な言語で野外劇として演じられた。

　一般的な物語の流れは以下のとおり。

　人間の罪が許されるようになると、サタンとその配下の悪霊たちは人を誘惑して罪に陥れるという自分たちの権利を奪われるのではないかと危惧しはじめた。そこで魔王は自分たちの代理人を選んで天国の法廷へ遣わし、裁判の場で申し立てを行わせようと考えた。代理人に選ばれたマシェロエンは人間を出廷させ、反対弁論を行うことを神に願い出た。神はこれを受け入れ、裁判を聖金曜日に行うことを決定した。マシェロエンは不服を申し立てたが、神は彼に特免状を与えることを確約した。

　マシェロエンは聖金曜日の明け方に出廷し、告発者としての言い分を認めるには法廷が最適の場であることを理解した。彼は引用するための聖書を携えていた。だが、何も起こらなかった。被告側の代理人は誰一人として現れない。昼ごろになるとマシェロエンはいらいらし始めた。辛抱せよ、と神は告げた。マシェロエンはぴしゃりと言い返した。「私は一日じゅう正義の王国で過ごしているが、

ここには正義など存在しない」神は翌日まで休廷とした。

いっぽう、ことの次第を聞き及んだマリアはみずから人間の弁護を買って出た。翌日、マリアは**天使**や総主教、予言者らを従えて法廷に現れ、マシェロエンを狼狽させた。マリアは裁判官を務めるイエスの隣に座った。マシェロエンはこれに抗議したが、マリアはその席にとどまることを認められた。

マシェロエンは聖書を取り出し、神がアダムとイヴに告げた一説を読み上げた。「おまえたちはこれを知るであろう。おまえたちはすべての木から果実をとって食べることを許される。ただし、この実だけは決して食べてはいけない。食べれば、ただちに後悔する。なぜならおまえたちは相次いで死ぬからである」

マシェロエンは、この神の言葉はどの時代においても履行されなければならない、と主張した。マリアはこれに対し、アダムとイヴを騙したのは**魔王**であり、人間の墜落は魔王の罪であると反論した。マシェロエンは廷内の失笑を買った。

マシェロエンは、たとえ告発する者が誰もいなくても、罪は罰せられるべきであると言った。人間は公然と罪を犯したのであり、この件に対する結論を下す立場にある者は、彼すなわちマシェロエンでもマリアでもない、と彼は主張した。この言葉にマリアは不安になり、廷内の同情を買うべく主張を行った。彼女は着ていた服を引きちぎって胸を露わにし、イエスを産み、乳を与えたときのことをイエスに思い出させた。私かマシェロエンのどちらかを選ぶがよい、とマリアは涙ながらに訴えた。イエスはマシェロエンの主張を否定した。

マシェロエンはこう答えた。「おまえは天の正義ではなく、血と肉の言葉に従った。こうなることはわかっていた。裁判官の母を敵に回すのは容易なことではない」だが彼は諦めず、作戦を練り直した。彼は人間を仲間割れさせることにした。善良な人間など取るに足りないから、これは自分に有利に働くはずだと彼は考えた。

マリアはイエスにこう言った。「大昔、おまえが十字架にかけられたときに同じ手口が使われ、人間の罪は贖われたのです。従って、これ以上議論する価値はありません」

マシェロエンは激怒した。彼はふたりの弁護人を要請し、正義と真実の女神が彼の元へ遣わされた。天使たちがマリアに弁護人を選ぶよう勧めると、マリアは慈悲と平和の神を選んだ。四人の弁護人は議論を続けた。その結果、四人すべてがマリアを支持し、マシェロエンは屈辱のうちに法廷を去った。

悪魔の土地
Goodman's Ground (Guidman's Grunde)

スコットランドの伝承で、耕作されず、草を刈られずに放置された農地の一部。災難のなかでも、特に牛の病気を避けるために捧げられた。悪魔の土地のほかにも、悪魔の道具、悪魔の防具、贈られた道具、魔王の細工、木椀の細工、黒い荒地、贈られた土地などの呼び方があった。

キリスト教会の権力者はこの異教の風習を**魔王**への捧げものと考え、これを守る農民に重い罰金を科した。しかし、信仰は根強く、しばしば教会に逆らって罰金を払う者が現れた。この行為は、災害を招いて牛を死の危険にさらしていると見なされた。

悪魔の土地は、1596年にアバディーンで開かれたジョネット・ウィッシャートの裁判で、ある役割を果たした。ウィッシャートが、彼の悪魔の土地で下半身をむき出しにしてかがみこみ、魔王の肛門にキスしたところを見たという証言が出たのだ。

「なつかしき主人」に捧げられた最後の農地も、経済的な圧力により、19世紀初頭にはついに耕された。

悪魔祓い（除霊）
exorcism

人や場所から**悪霊**などの望ましくない霊を排除すること。悪魔祓いの儀式は、霊による不愉快で悪意ある干渉——霊の仕業とわかる病気や不運、困難、**強迫観念**、**憑依**——に対する治療法として、古くから行われてきた。

exorcismという語は、ギリシア語で「誓い」を意味するexousiaから来ており、ラテン語、英語ではそれぞれadjuro、adjureとなる。exorciseは本来、「追い払う」というよりむしろ「魔王に誓わせる」、もしくはより高次の存在に訴え、魔王に意に反する行動をさせるということである。

カトリックでは、悪魔祓いは教会の公式な要請があった時、人や事物を悪しきものの力から守り、その支配から抜け出させるという**イエス・キリスト**の御名による承認のもとで行われる。

どらや鐘を鳴らすなど、大きな音をたてることで悪霊を祓う文化圏もある。悪霊を追い払うため、犠牲者の体を打ち据えることもあるが、聖なるものの使用、祈りや命令など、より穏やかな方法で悪霊を祓う儀式もある。

悪魔祓いは犠牲者や悪魔祓い師はもちろん、見物人にも危険がおよぶと考えられている。追い払われた悪霊は、うまく拘束されるか、速やかに地獄に戻されない限り、すぐに新しい宿主を探すからである。

悪魔祓い

●悪魔を祓う

ユダヤの伝承では、ものや動物の中に追い込むことによって、悪霊を祓うことがしばしばある。悪霊が原因の盲目を治すために、タルムードでよく行われている典型的な方法は、無知なる者（悪霊）に出て行くよう呼びかけ、指定された犬の目玉を突き刺すというものである。

キリストの磔刑後すぐ生まれた、ユダヤの歴史家ヨセフスは、彼が実際に目撃したエリエザルという名高い悪魔祓い師のことを書いている。エリエザルは、伝説の**ソロモン王**の定める特定の根でとめられた指輪を持っていた。バーラスと呼ばれるその根は、おそらくはボアラのことであり、炎のような色で燃え、稲妻のような光を発する猛毒の根だった。エリエザルが指輪を**悪魔憑き**の鼻の下にかざすと、鼻の穴から吐き出される息を通って、悪霊が出て行くのである。その後、エリエザルは悪霊を水の入った鉢に入れ、すぐに破棄して悪霊を追い払う。こうしたやり方は、病気の多くは悪霊を吸い込んだために起きるという、当時広く普及していた考えによるものである。

新約聖書では、イエスと弟子が数多くの悪しき霊を追い払っている。中でも有名なのは、悪霊の一団、軍団（レギオン）がイエスの手によって人から豚の中に送られる一節である（ルカによる福音書8章30節）。福音書や使徒行伝では、悪魔祓いはたいてい簡単になされ、イエスや使徒が悪しき霊に去るように命じると、悪霊はすぐ命令に従う。ルカによる福音書9章38～43節では、弟子が少年の悪魔祓いに失敗するが、イエスが悪霊を叱責して追い出すことに成功している。

そのとき、ひとりの男が群衆の中から大声で言った。「先生、どうかわたしの子を見てやってください。一人息子です。悪霊が取り憑くと、この子は突然叫びだします。悪霊はこの子に痙攣を起こさせて泡を吹かせ、さんざん苦しめて、なかなか離れません。この霊を追い出してくださるようにお弟子たちに頼みましたが、できませんでした。」イエスはお答えになった。「なんと信仰のない、よこしまな時代なのか。いつまでわたしは、あなたがたと共にいて、あなたがたに我慢しなければならないのか。あなたの子供をここに連れて来なさい。」その子が来る途中でも、悪霊は投げ倒し、引きつけさせた。イエスは汚れた霊を叱り、子供をいやして父親にお返しになった。人々は皆、神の偉大さに心を打たれた。

イエスはある一件では、悪霊を追い出すには、祈りと断食が必要だと勧めている。マルコによる福音書9章18節以下のくだりでは、イエスはある男に、息子の悪霊を祓うことも含め、信じる者にはどんなことでもできると言っている。したがって、信仰心が悪魔祓いの成功に影響を与えるのである。

マタイによる福音書12章43～45節でイエスがふれているように、追い出された悪霊が仲間を連れて戻ってくることもある。

「汚れた霊は、人から出て行くと、砂漠をうろつき、休む場所を探すが、見つからない。それで、『出て来たわが家に戻ろう』と言う。戻ってみると、空き家になっており、掃除をして、整えられていた。そこで、出かけて行き、自分よりも悪いほかの7つの霊を一緒に連れて来て、中に入り込んで、住み着く。そうなると、その人の後の状態は前よりも悪くなる。この悪い時代の者たちもそのようになろう。」

イエスの磔刑後は、使徒がイエスの名のもとに悪魔祓いを行っていた。使徒たちは皆、特に悪魔祓いの役目を負っていたわけではなく、悪魔憑きに苦しむ者を探したわけでもないが、病人のほうが彼らのもとへやってきて助けを乞うたのである。悪魔祓いを成功させることができるのは、キリスト教徒だけだった。使徒行伝19章13~16節には、7人のユダヤ人の悪魔祓い師が、イエスやパウロの名のもとに悪魔祓いを行い、失敗する様子が書かれている。彼らは悪霊に取り憑かれた者に襲われ、打ち負かされたのである。

ところが、各地を巡り歩くユダヤ人の祈禱師たちの中にも、悪霊どもに取り憑かれている人々に向かい、試みに、主イエスの名を唱えて、「パウロが宣べ伝えているイエスによって、おまえたちに命じる」と言う者があった。ユダヤ人の祭司長スケワという者の7人の息子たちがこんなことをしていた。悪霊は彼らに言い返した。「イエスのことは知っている。パウロのこともよく知っている。だが、いったいおまえたちは何者だ。」そして、悪霊に取り憑かれている男が、この祈禱師たちに飛びかかって押さえつけ、ひどい目に遭わせたので、彼らは裸にされ、傷つけられて、その家から逃げ出した。

パウロは悪魔祓い師としてめざましい成功をおさめ、彼がふれた衣類を病人に渡すだけで、取り憑いた悪霊を去らせることができた（使徒行伝19章11~12節）。同16章16~19節には、パウロが女奴隷に取り憑いた占いの霊を祓う様子が語られている。霊は女奴隷に未来を知らせることができ、今日の感覚では「悪魔的」ではなかった。

わたしたちは、祈りの場所に行く途中、占いの霊に取り憑かれている女奴隷に出会った。この女は、占いをして主人たちに多くの利益を得させていた。彼女は、パウロやわたしたちの後ろについて来てこう叫ぶのであった。「この人たちは、いと高き神の僕で、皆さんに救いの道を宣べ伝えているのです。」彼女がこんなことを幾日も繰り返すので、パウロはたまりかねて振り向き、その霊に言った。「イエス・キリストの名によって命じる。この女から出て行け。」すると即座に、霊が彼女から出て行った。

女奴隷の主人は収入源がたたれたこと

を喜ばず、パウロと供をしていたシラスを告発し、鞭打たせて投獄した。

初期の教会では、信者はすべて悪魔祓いをする力があると考えられていた。使徒たちは求められれば悪魔祓いをし、彼らが去った後は、別の誰かがその仕事を引き継いだ。悪魔祓いや解放を行う特別な聖職者の階級はなく、正式な訓練や聖職位授与式もなかった。しかし、成功するには本物の信仰心を持っている必要があるとされた。破門され、253年に殉教した教父オリゲネスは、読み書きができなくても、真に正直な心を持った者であれば、解放や悪魔祓いをすることができると言っている。

3世紀になり、悪魔祓いの危険さが認識されてくると、教会は特定の個人が、霊を祓い、手を当てて犠牲者をいやす役目をすることを認めるようになった。3世紀半ばに教皇コルネリウスが、ローマの聖職者の間の制度として、悪魔祓い師という言葉を使っている。解放という聖務は次第に制限を受けるようになり、中世までには、正式な悪魔祓いの儀式として行われることが多くなった。聖職者たちは個人で心のままに祈るのではなく、だんだんと一定の手順で決められた祈りを捧げることに頼るようになった。主に悪魔憑きに焦点があてられるようになり、悪魔祓い師の仕事は聖職者たちの役割となった。公式の悪魔祓いは聖職者のみが犠牲者に施す正式な礼拝儀式となり、司教の許可のもとでのみ行われた。さまざまな悪魔がらみの問題に対して、司祭や一般信徒による私的な悪魔祓いも行われ

たが、カトリックの伝統では容認されていた。

プロテスタントでは悪魔祓いは軽視されるか、排除されている。カルヴァン主義者のように、悪魔祓いはキリスト教初期のみのものであると考える者もいる。悪魔祓いは、**解放**の名目で、一部で行われるだけである。

異端審問所による乱用の結果、ローマ法王庁は1709年に5つの悪魔祓いの指示書を禁止し、1725年、さらなる規制をもうけた。19世紀後半に、教皇レオ13世（在位1878~1903年）は悪霊がローマを襲おうとしている幻を見たと言われている。レオ13世は現在は**ローマ儀式書**に収録されている祈りを書き、多くのミサで、大天使ミカエルへの祈りを唱えた。

大天使聖ミカエル、戦いにおいてわれらを護り、悪魔の凶悪なる謀計（はかりごと）に勝たしめ給え。天主のかれに命を下し給わんことを伏して願い奉る。あゝ天軍の総帥、霊魂をそこなわんとてこの世をはいかいするサタンおよびその他の悪魔を、天主の御力によりて地獄に閉じ込め給え。アーメン。

教会関係者が悪魔憑きの真偽を疑うようになり、現代では悪魔よりも心理学的な説明のほうが好まれるようになってきた。しかし、教皇パウロ6世は1972年、**サタン**は存在し、人間を堕落させようとしていると主張している。

教皇ヨハネ・パウロ2世（在位1978~2005年）は1987年、「悪魔は今も

生きており、世界で活動している」と述べ、悪魔祓いを支持している。ヨハネ・パウロ2世はまた、自身で3つの悪魔祓いをしたと伝えられている。最初の悪魔祓いは1978年に行われたが、詳しいことはわかっていない。2度目の悪魔祓いは、1982年のフランチェスカ・Fという女性に対するもので、彼女は教皇の前に連れてこられた時、床で体を震わせていた。教皇は、「明日、あなたのためにミサをする」と言い、彼女は悪霊から解放された。3度目の悪魔祓いは2000年に、19歳の背骨の曲がったイタリア女性に対してなされた。サンピエトロ広場で行われた教皇の一般謁見に参列したこの女性は、淫らな言葉を叫んだ。教皇は彼女と個人的に謁見し、祝福と祈りを与え、彼女のためにミサをすると約束した。しかし、この女性は悪霊の手から逃れることができなかった。

2005年4月に即位した教皇ベネディクト16世は、より穏健ではあるが、悪魔祓い師を賞賛し、職務を遂行するよう励ましている。

今日のカトリック教会では、多くの悪魔祓いの儀式は、キリストの名において悪霊に犠牲者の体から出て行くよう命じるものである。一部の儀式には、悪霊をある場所から追い出したり（**寄生**参照）、悪霊の**抑圧**に苦しんでいる犠牲者を救済するものもある。悪霊の力がいくら強大でも、結局は主の力に屈せざるをえないのである。**悪魔祓い師**は、あらゆる聖人、聖母マリアや天使、特に**魔王**の仇敵である大天使ミカエルの名を唱えたりもする。

悪魔祓いは、犠牲者が真に悪霊の影響下にあると決められた時行われるため、悪魔祓い師の認識力が重要となる。教会はさらに、自然の原因ではないと確かめるため、内科医や医療の専門家を頼むこともある。精神鑑定が望ましい場合もあるが、必須ではない。解放を含めた一部の悪魔祓いは、聖職者や、聖職者の訓練を受けた一般の悪魔学者によって行うことができるが、悪霊に取り憑かれた人間に対する正式な悪魔祓いの儀式は、司教の許可のもと、聖職者だけで行われる。正式な儀式は1614年にまでさかのぼるローマ儀式書の一部であり、これを多少改定したものが、1952年に作られた。第二ヴァチカン公会議（1962～65年）以後は改定を重ね、1999年には悪魔祓いの部分が『悪魔祓いとある種の嘆願について』という90ページの新しい文書としてまとめられ、再発行された。儀式は祈りや聖書の一節を含んでおり、悪霊にイエス・キリストの名においてこの場を去るようにと、力強いラテン語で呼びかけるものである。

新版では、魔王を表すのに使われていた、中世の粗野な言葉のいくつかが削除されている。今日では、悪魔祓い師が悪霊や魔王に犠牲者から出て行くよう命じるのではなく、出て行くように命じてくれと神の助けを乞うのである。

現代の悪魔祓い師の中には、悪魔祓いを憑依の解決策として使い、より伝統的な儀式のやり方を好む者もいる（**ガブリエル・アモース神父**参照）。

カトリック教会の外でも、僧や聖職者

がほとんどの悪魔祓いを行っているが、透視能力者や心霊術者も悪しき霊を祓うことができる。西洋以外でも、シャーマンやその道の熟練者や祭司の階級にある人々が、悪魔祓いを行っている。オカルトの世界では、悪魔祓いは魔術的な儀式によってなされる。

悪霊を追い出すために、犠牲者を叩いたり鞭打ったりするのはよくある習慣であり、数世紀前のヨーロッパの悪魔祓いでも実行されてきた。こうした習慣は今もなお、私的に行われている。2007年、アメリカのアリゾナ州フェニックスの警官が、悪魔祓いの最中に起きた暴力の通報を受け、49歳の祖父が悪魔憑きと称される3歳の孫娘を窒息させているのを発見した。警官は男をおとなしくさせるためスタンガンを使ったが、男は意識不明となり、のちに病院で死亡した。

●悪魔祓いの環境

ローマ儀式書によれば、悪魔祓いは小礼拝堂やチャペル、教会の小祈禱室でなされるべきだとされている。見物人は数人しかいないほうがよく、頭上にはキリスト磔刑像や聖母マリア像がかかっているべきである。悪魔祓い師はカソックやサープリス、青紫色のストールを身に着けるのが望ましい。儀式は聖水をふりまき、十字架を犠牲者に見せるところから始まる。

現実には、悪魔祓いは歴史を通じて、さまざまな環境で行われてきた。**ルダンの悪魔憑き**のような有名な事件では、何千人もの見物人の前で悪魔祓いをすることもあった。今日では、悪魔祓い師は犠牲者の家で儀式をすることもある。

悪霊とそれが取り憑く場所には、特別な関係がある。最も多いのは、犠牲者の寝室や私的な場所である。絨毯、ランプ、化粧簞笥、カーテン、テーブル、トランクなど、動かせるものは外に出される。宙を飛ぶものをなるべく少なくするためである。ベッドまたは長椅子だけは残し、十字架、蠟燭、聖水、祈禱書を置くための小さなサイドテーブルをそばに置く。扉や窓は閉めるが、部屋に空気が入るよう、釘づけにはしない。戸口には覆いをかけなくてはならない。たとえ扉が開いたとしても、部屋の中の邪悪な力が外部に影響をおよぼさないようにするためである。現代の悪魔祓い師は、手順を確認するため、小型のテープレコーダーも使っている。プライバシーを守るため、教会は悪魔祓いの撮影を禁止しているのである。

悪魔祓い師は、ひとりもしくはふたりの聖職者を助手として使う。助手は悪魔祓い師を監視し、悪魔祓い師が悪霊の誤った言動に惑わされることなく、職務を遂行できるようにする。必要な時には身体的な手助けもし、悪魔祓い師が儀式の間に倒れたり、死んだりした場合には、後を引き継ぐ。

医師やことによると犠牲者の家族が助手をすることもある。助手は頑健な体を持ち、悪魔祓いの時点で、それほどやましいところのない者でなくてはならない。魔王が助手の秘密の罪を、悪魔祓いに対する武器にできないようにするため

である。助手は猥褻な振る舞いや言葉、血、糞尿にひるんだり圧倒されたりしないようにせねばならない。個人的侮辱を黙殺できなくてはならず、隠していた暗い秘密があばかれることも、覚悟しておかねばならない。

カトリック以外の悪魔祓いの儀式は、犠牲者の家、教会、神聖な場所で行われる。ペンテコステ派やカリスマ派の悪魔祓いには、集まった人々全員が悪魔祓いに参加するものもある。

●悪魔祓いの特質

悪魔祓いの中心となるのは、祈禱と悪霊への命令である。カトリックの儀式は、最も形式にのっとったもののひとつであるが、ほかにも犠牲者に手を当てたり、強い臭いにより悪霊を追い出すなどの儀式がある。ヒンドゥー教の祭司は、牛の糞の煙を吹き、豚の排泄物を燃やし、自分もしくは犠牲者の髪の毛を引っ張り、指の間に岩塩を押しつける。また、銅貨を使い、マントラや祈りを唱え、犠牲者の髪の毛を切って燃やしたり、首に青いバンドを巻いたりして、悪霊を追い払うのである。霊が犠牲者から離れる時、砂糖菓子などの贈り物を賄賂として与えるやり方もある。初期のピューリタンはもっぱら祈禱と断食に頼っていた。

もっと前の時代やあるいは今日ですら、悪魔祓いの際、悪霊を追い出すため犠牲者の体を叩いたり、石を投げつけたりすることがある。1966年には、スイス、チューリッヒの狂信的なカルト集団が、「悪魔の花嫁」であるとして、儀式の最中に若い女性を打ち据え、死に至らしめた。

カトリックの悪魔祓いには、祈禱と秘跡のみを使うものもある。悪魔祓い師は、悪霊の名と悪霊が去る時を教えるよう求める。悪霊が単体で動くことはあまりないので、複数もしくは多くの悪霊が犠牲者に取り憑いていることもある。悪霊は初め、抗い、数カ月もしくは数年も抗い続けることがあるので、繰り返し悪魔祓いを行うことが必要になる。1度の悪魔祓いで悪霊の影響から抜け出した犠牲者はほとんどおらず、アモース神父が扱った一件には、16年以上も続いたものもある。

悪霊の名を知ることは有益ではあるが、悪魔祓いの成功に必要不可欠なわけではない。悪霊は嘘をつくので、偽名を使うこともあると予想される。時には**サタン**や**ルキフェル**のような力ある高位の悪霊の名を名乗ることもある。馬鹿げた名が告げられることもあるが、ヒトラーなどのように悪人として知られた人間の名が騙られることもある。

悪魔祓いの場はしばしば暴力に支配される。家具が大きな音をたて、壊れ、空中浮遊し、熱波や寒波が部屋を襲う。犠牲者がおそろしい叫び声をあげ、宙に浮かんだりもする。犠牲者が本当に肉体的な痛みや苦しみを受けることも多く、助手を務める他の悪魔祓い師や信徒が押さえねばならないこともよくある。悪霊は唾を吐き、嘔吐し、胸の悪くなるような肉体的作用を起こすことに没頭する。聖水をふりまいたり十字架で触れたりする

と悪霊は退く。悪霊と悪魔祓い師は霊的な戦いを行う。悪霊が悪口を叫ぶと、悪魔祓い師は退散するよう強く求めることでそれにこたえ、従わないなら苦痛と罰を与えると厳かに宣言するのである。しかし、悪霊が侮辱を受けることはない。彼らは**堕天使**であり、すぐれた知性と英知をもっているからである。

マラキ・マーティンによれば、悪魔祓いにはふたつとしてそっくり同じものはないが、似たような段階を経て進む傾向がある。

◎存在。悪魔祓い師や助手が、異質なものや存在に気づく。

◎偽装。犠牲者として現れたり振る舞ったりする、犠牲者と同一人物だと思われようとするなどの、悪霊の試み。悪魔祓い師の最初の仕事はこうした偽装を打ち破り、悪霊の正体を見極めることである。悪霊を名指しすることが最も重要な第一歩となる。

◎限界点。悪霊の見せかけがついにくずれる瞬間。極度のパニック状態、混乱状態が起こり、罵倒は激しくなり、恐ろしい光景が繰り広げられ、騒音、悪臭が発せられる。悪霊は犠牲者のことを一人称ではなく、三人称で話すようになる。

◎声。これも限界点の印である。この声はがやがやと入り混じったわけのわからない雑音で、悪魔祓いが進むにつれて静かになる。

◎衝突。声が消えるにつれ、肉体的にも精神的にも大変な圧迫がかかる。悪霊が「神の王国の意志」と衝突しているのである。悪霊との戦いに釘づけになった悪魔祓い師は、みずからの聖なる意志がその場を支配するにつれ、もっと素性を語れと悪霊に迫る。悪霊と場所には直接的なつながりがある。おのおのの霊はいるべき場所をほしがっているからで、そのような霊にとっては、生きた犠牲者を住み処とするほうが、**地獄**よりも望ましいのである。

◎追放。神の意志が究極の勝利をおさめ、霊が**イエス**の名のもとに退散し、犠牲者が回復する。その場の全員が悪霊が消えたことを感じ取る。うすれていく声や音が聞こえることもある。犠牲者は苦しみを覚えていることもあれば、何が起きたのかまったくわかっていない場合もある。

悪霊は自発的に去ると決めた時か、儀式の力によって出て行かざるを得なくなった時、追い払われる。悪霊は祈祷や秘跡により苦痛を受けているが、高位の悪霊は**天使**によって追い出されるまで、去るのを拒む場合もある。神が天使を送り込むと、天使と悪霊の間で目に見えない戦いが起き、それが終わるまで犠牲者は非常に不快な思いをすることになる。教会の参列者や心正しい人々の言葉によれば、悪魔祓いの成功は犠牲者が立ち直ることができたかどうかにもかかっている。ひとたび追い出されれば、悪霊は無意識にでも犠牲者からわざわざ呼び戻されない限り、戻ってくることはできないのである。

●ジンを祓う

イスラム世界では**ジン**を祓うことは、預言者や有徳者によって歴史を通じて行われてきた気高い試みであると見なされている。クルアーンによれば、敬虔なイスラム教徒はジンに悩まされている者も含め、霊の抑圧に苦しむ人々を救わねばならない。ジンは特に、サラー（礼拝）や決められた祈りを邪魔することを好む。家に居座り食べ物の真髄を盗み、肉体的、精神的な障害や病気を引き起こす。

イスラム教には、カトリックのそれに匹敵するような公式の儀式はないが、悪魔祓いは厳しい指針に従ってやらねばならない。ジンは人間に対してなされるのと同じような、叱責や戒めや辱め、呪いを受けねばならないのである。不実な人間に対する法は、ジンにも当てはまるからだ。悪魔祓い師は、取り憑いているジンが言おうとしていることを聞いてもいいが、ジンを信じることは禁止されている。ジンは人を欺くからである。ジンは悪魔祓い師がクルアーンに従い適切な行動をとっていれば、危害を加えてくることはない。しかし、特に力のあるジン（アフリートもしくはイフリート）と対決する時には害をこうむることもあるので、多少の危険がある。

悪魔祓いには特別な祈禱や、クルアーンの一節が使われ、**魔除け**や**護符**の使用は禁止されている。最大の武器のひとつとなるのは、スーラ（クルアーン）第2章255節のアーヤ・アル＝クルスィーである。

アッラー、彼のほかに神はない。生き、維持し給う御方。まどろみも眠りも彼をとらえることはない。諸天にあるものも地にあるものも彼に属す。彼の御許可なしに誰が彼の御許で執り成しをなし得ようか。彼らの前にあることも後ろにあることも知り給う。そして彼が望み給うたことを除いて、彼の知識のうちどんなものも彼らにとらえることはできない。彼の玉座は諸天と地を覆って広がり、それら（諸天と地）を支えることは彼を疲れさせない。そして彼は至高にして偉大なる御方。

毎晩寝る前にアーヤ・アル＝クルスィーを朗読する者には、アッラーがジンを遠ざける守護者をつかわすという。

クルアーンにおける悪魔祓いのもうひ

ジンを祓う

とつの武器は、スーラ第2章285~286節の結びの節である。ジンもその効力には不平を言っている。

　使徒は彼の主から彼に下されたものを信じ、信仰者たちもまた。(彼らのうち)誰もがアッラーを、そして彼の諸天使、彼の諸啓典、彼の使徒たちを信じた。「われらは彼の使徒たちのいずれの間にも区別をつけない」。彼らは言った。「われらは聞き、そして従った。あなたの御赦しを、われらの主よ。そしてあなたの御許にこそ行き着く先はある」。

　アッラーは誰にもその器量以上のものは負わせ給わない。己が稼いだものは己のためとなり、己が稼ぎ取ったものは己に課される。「われらが主よ、われらが忘れた、あるいは過ちを犯したとしてもわれらを咎め給うな。われらが主よ、われら以前の者たちにあなたが負わせ給うたように、われらに重荷を負わせ給うな。われらが主よ、われらの力が及ばないものをわれらに負わせ給うな。われらを免じ、われらを赦し、われらに慈悲を垂れ給え。あなたはわれらの庇護者、それゆえ不信仰の民に対しわれらを助け勝たせ給え」

　時には人間からジンを、叩き出さなくてはならないこともある。取り憑かれた者は殴られたとは感じないが、ジンはそれを感じ、苦痛のうめきや悲鳴をあげる。

　悪魔祓い師が使うまた別のやり方は、クルアーンを読み上げる前に、手に3度息を吹きかけるというものである。そうすることで、アッラーの名の入った神の言葉に触れた、空気や湿気の恵みを祈願するのである。

　クルアーンの適切な節の語句や言葉は、許可を得た材料で作ったインクで容器に書き写されたりもする。容器は犠牲者がものを飲んだり身を清めたりするのに使われ、容器の水を体にふりかけることもある。同じように、クルアーンの真髄はクルアーンが記された食べ物（パンなど）や、アルファベットのパスタを入れたスープから摂取することもできる。

　預言者ムハンマドは、ジンに対し攻撃的に振る舞っていた。ある時、礼拝（サラー）の最中に**イブリス**がやってきてムハンマドを悩ませた。ムハンマドはイブリスを掴み、地面に組み伏せて首を絞めた。ムハンマドは言った。「私は手に冷たい舌を感じるまでイブリスの首を絞めた。スライマーンの祈りがなければ、イブリスは縛られ、皆がイブリスの姿を見ることができただろう」スライマーン（**ソロモン王**）の祈りとは、ソロモン王が他の何者も持っていない、ジンを支配する無二の力をアッラーに祈ったことを指している。それがなければムハンマドは、イブリスを縛る力を持つことになっていただろう。

　ムハンマドは3度の呪いを投げかけることで、ジンを祓ったりもしている。「私は汝からアッラーのもとへ避難する。アッラーの完全な呪いを持って、汝を呪う！」同じ**呪い**は不信心者にも使われる。

　ムハンマドはまた、犠牲者を叩き、ジンに出て行くよう命じることで、他者からジンを祓っている。ある男がジンに取

り憑かれて正気を失った孫息子を連れてきて、ムハンマドに見せた。ムハンマドはこう言いながら少年の背を叩いた。「出て行け、アッラーの敵よ。アッラーの敵よ、出て行け！」ジンは去り、少年は回復した。

また別の時には、発作に苦しむ少年がムハンマドのもとへ連れてこられている。ムハンマドは少年の口に3回息を吹き込み、言った。「アッラーの僕である私が、アッラーの名にかけて命じる。アッラーの敵よ、出て行け」少年は回復した。

● 霊を祓う

憑依は邪悪なものではなく、心霊的なものだとする考え方もある。除霊とは霊を宗教的に排除するのではなく、霊に断固として別れを告げ、生者の体からしかるべき場所へと送り出すことである。こうした説得の方法には、霊的な力が使われることもある。

個々の除霊者の直観力と精神力によっては、1日にいくつもの霊を説得して立ち去らせることができる。霊を扱うことにより、除霊者はこうした迷える霊につきものの空気を感じ取ることができるようになる。霊気や寒さを感じるのが普通だが、枯れた花のような臭いやもっとひどい臭いを発する霊もいる。

カール・A・ウィックランド博士や、英国国教会の聖職者である**キャノン・ジョン・D・ピアース＝ヒギンズ**は、説得による除霊の最も名高い専門家である。ウィックランド博士は肉体を失った人間の魂が、迷ってうっかり生者のオーラの中に入り込み閉じ込められた時、憑依が起きると信じていた。霊媒である妻、アンナの助けを得て、ウィックランド博士は霊をなだめ、犠牲者から妻の中へ移らせてから、霊と交信するのである。

キャノン・ピアース＝ヒギンズは、憑依は悪魔的なものではなく、地上に縛りつけられた迷える霊の現れにすぎないという点で、ウィックランド博士に同意しており、みずからを悪魔祓い師と呼ぶことを拒否している。ピアース＝ヒギンズは宗教的な奉仕と簡単な会話によって霊を説得し、立ち去らせている。取り憑いている霊は犠牲者と同じぐらい、助けと慰めを必要としていると、彼は言っている。

● 魔術による除霊

霊や悪霊、幽霊、騒霊、自然霊、望ましくない敵意を持った霊、ある種の力や思念霊を祓う儀式は、儀式魔術の一部である。西洋の代表的なオカルト結社のひとつである〈黄金の夜明け団〉が書いた文献には、霊を祓うための情報がのせられている。〈黄金の夜明け団〉は、19世紀の終わりから20世紀の初めにかけて栄えた組織で、現在ではその儀式は公開され、多くの魔術的な行為の基礎となっている。〈黄金の夜明け団〉による除霊の一例は次のようなもので、**魔術教書**にある資料から引き出されたものである。

〈黄金の夜明け団〉の団員であるフラター・サブ・スペはみずからの体験記の中で、彼と妻が低級な吸血霊に取り憑かれた時の出来事を報告している。妻がインフルエンザの発作を起こした後で、ふ

たりそろって不可解な消耗状態となり、体調を崩しやすくなったのである。サブ・スペは初め、夜明け団の熟練者に相談しようとしたが、精神を強く集中するうち、肉体を持たない指導者の指示に従い、自身で霊を祓うように教えられた。

魔術師の黒い礼服をまとった威厳ある男の幻が現れ、サブ・スペによる〈黄金の夜明け団〉の秘密のあいさつに答えた。魔術師はサブ・スペと合体するとその体に取り憑き、言葉と心象によって教えを与えた。

サブ・スペは以下のようにするよう言われた。ガスを弱くして香をたき、東に向かって招霊用の火のペンタグラム（五芒星形）を描く。ペンタグラムの中心に獅子座の印を描き、力ある「アドナイ・ハ・アレツ」の名を唱える。石炭を火に戻し、東を向いて儀式の仕草であるカバラの十字を切り、招霊用の地のペンタグラムを描く。

サブ・スペは教えられたとおりにし、儀式の最後に取り憑いている霊に姿を見せるよう命じた。

　私がそう命じると、ロンドンの霧の断片のようなぼんやりした染みが、私の前に現れた。それと同時に私は私の指導者がすぐ右に立ち、手をあげて1＝10の合図（〈黄金の夜明け団〉の階級）のポーズを取るのを感じた。そして彼（指導者）がJHWH（ヤハウェ）、ADNI（アドナイ）、AGLA（アグラ）、AHIH（エヘイエ）の名のもとに、取り憑いているものに姿を現すよう命じろと心の中で命令するのを感じ取った。私が言われた通りにすると、霧が濃くなり、核のようなものを形作った。指導者は私に「主イエスの名を使え」と指示し、私は言われた通りイエスの名において、もっと姿を見せるようにと命じた。すると最初は「ガラスにかすかに」とでもいうような不明瞭な姿だったものが、くっきりと鮮明に見えるようになった。大きな腹を膨らませたヒキガエルと、意地悪い猿のあいのこのような、何ともおぞましい姿だった。指導者は私に、耳に聞こえる声で言った。「主イエスの名のもとに、あの霊を全力で叩きのめせ」私はあらん限りの力を振り絞り、力をいわば電気の火を集めた輝く球体にして、目の前の醜い姿に稲妻のように投げつけた。

かすかな衝撃があり、悪臭が漂い、一瞬あたりが暗くなったと思うと、霊は消え去った。同時に私の指導者も姿を消した。この体験のおかげで私はすっかり神経過敏になり、ほとんど何にでも驚くようになった。あとで2階にあがる時、漂う火の玉を見たのだが、幻だったのかもしれない。

妻と私はみるみる健康を取り戻した。後日、「不浄な霊は出て行ったが、生活の場からその痕跡を取り除く仕事が残っている」というメッセージが届いた。

イングランドの偉大なオカルト研究者で儀式魔術師のウィリアム・S・グレイは、**カバラ**の生命の樹をもとに、自分の中に

ある悪しきものを追い払う儀式を作りあげた。その儀式はすぐに悪しきものを取り除くのではなく、日々の生活における悪の影響をへらすというもので、個人の総合的な魂の成長と啓発に役立つ。

悪魔祓い師
exorcist

悪霊を追い払う人間。ほとんどの悪魔祓い師は聖職者や僧侶やその道の熟練者だが、一般信徒が悪魔祓い師を名乗ることもある。悪魔祓い師は特別な祈禱や儀式により、悪霊が人および（もしくは）場所から立ち去るよう仕向ける。悪霊が自発的に去ることもあれば、力ずくで追い払われることもある。

霊が人の生活に干渉し、病気や不幸などの問題を引き起こすことができるという考えは広く信じられている。**イエス**も自身の悪霊を祓う力について言及しており、特別な訓練によって悪霊を追い払うことのできる人間は、古代から世界中に見られる。人は生まれながらに、悪霊と戦うための特殊な能力を持っているという考え方もある。**レジナルド・スコット**は16世紀に、火星が第九宮にある時に生まれた者は、悪魔憑きから悪霊を祓う力があると書いた。

カトリック教会では、聖職者は皆、悪魔祓い師になることができる。できる限り立派な生活をしている者が望ましいが、世俗の罪の中で生きている聖職者でも、より徳の高い者ほどの効果は望めないにしろ、悪魔祓い師の役目を果たすことはできる。悪霊の干渉に対する態度はさまざまなので、すべての教区が公式の悪魔祓い師を抱えているわけではなく、悪魔祓い師が大司教管区に集まってしまうことも時々ある。多くの悪魔祓いを行っている聖職者は、ある意味で、批判の対象になったり同僚からあざけられたりしがちなのである。

マラキ・マーティンは、『悪魔の人質』（1976年）の中で、理想の悪魔祓い師について次のように述べている。

　通常、彼は教区の聖務活動に従事している。教育や研究に従事している学者タイプであることは、まずない。任命されたばかりの司祭であることもめったにない。悪魔祓い師にふさわしい年齢があるとすれば、50歳から65歳の間ということになるだろう。悪魔祓い師は、必ずしも頑健な肉体の持ち主ではなく、また、心理学や哲学の修士号を持っているとか、きわめて洗練された教養を身につけているというわけでもない。……もとより例外は多いけれども、ある司祭が悪魔祓い師に選任される場合によくある理由として、倫理的判断、個人的行動、宗教的信念に見られるその人の性質——意識的に磨き上げたり、努力して身につけたりしたものでなく、生まれつき具わっているその人の性質があげられる。（大熊栄訳）

聖職者たちは進んで悪魔祓い師になるわけではない。聖霊から聖油を受け取り、悪霊と悪霊の存在を感じる力を身につけ

ることによって、職に就くのである。こうした力は、犠牲者が取り憑かれているか否か、寄生や抑圧など、悪霊の影響下にあるのかどうかを判断するうえで、最も重要となってくる。悪霊の中には、犠牲者の内部に隠れるのがうまいものもいるため、未熟な悪魔祓い師は悪霊に欺かれ、憑依が起きていないとか、悪霊が追い払われたと思ってしまうこともあるのである。

新しく悪魔祓い師になった聖職者は、経験を積んだ悪魔祓い師から特別な個人訓練を受ける。彼らはチームを組んで働き、**憑依**を見つけ、**悪魔祓い**の儀式を行う。一般信徒が儀式の手伝いをする。正式な訓練はローマにあるローマ教皇庁立レジーナ・アポストロールム大学で行われている。学生たちは悪魔憑きと精神的、身体的なトラウマとの違いを学び、悪魔祓い師や医師、聖職者、社会学者、法の施行者などの専門家から講義を受ける。

悪魔祓い師は強い精神力と内なる力を育てなくてはならない。彼らの職務を妨害し、言葉巧みに仕事をやめさせようとする悪霊の攻撃にさらされることになるからである。悪霊の影響で心身を害して苦しむ悪魔祓い師もおり、自身が取り憑かれてしまうことすらある。マーティンは悪魔祓いの危険さを力説している。

悪魔祓い師はだれでも、孤立無援のまま、悪と一対一の厳しい対決をしなければならない。いちど始めたなら、悪魔祓いを取り消すわけにはいかない。常に、勝つか負けるかしかないのである。そして、結果がどうあれ、悪魔との接触は、悪魔祓い師にとってある程度致命的になる。彼は自己の最深部の自我が、恢復不能なほどにひどく荒らされることを容認しなければならない。彼の人間性の一部は、一切の人間性に対立する悪の精髄との密接な接触によって、萎えしぼむであろうし、その恢復の可能性は薄く、失われたものは二度と戻らない。（同訳）

他の宗派では、聖職者が悪魔祓いを行うこともあれば、ペンテコステ派の教会のように、会衆すべてが悪魔祓いに参加することもある。別の宗教の習わしや、シャーマンのいる社会では、悪魔祓い師の仕事は聖職者階級にある者や、その道の専門家、特別な訓練を受けた者によって行われる。魔術的な慣習に従う者も、悪魔祓い師になることができる。

ガブリエル・アモース神父、ホセ・アントニオ・フォルテア神父、国際エクソシスト協会参照。

アグラト
Agrath

ユダヤ教の悪魔学における強力な女の**悪霊**。アグラト（打つという意味）とその母**マクラト**は、常に**リリト**と戦っている。アグラトは18万軍団(レギオン)の邪悪な精霊たちを率い、大きな2頭立て馬車に乗っている。水曜と土曜の夜には最も活発になり、母親とともに犠牲者、特にひとりで出歩いている人々を貪り食う。

悪霊と悪魔学
demons and demonology

　悪霊とは人間のすることを妨げるタイプの霊である。「デーモン」という言葉は、「知恵を豊富に備えた」という意味であり、ギリシア語の「**ダイモン**」に由来する。ダイモンには善良なものも性悪なものもおり、英雄として神格化されているものさえいる。ほとんどの文化の中で、悪霊は役に立つよりも迷惑なものとされ、中には邪悪なものもいる。キリスト教では、悪霊はすべて邪悪なものとされ、**サタン**に仕えて、魂を破滅させようとする。悪霊はまた、しばしば**寄生**、**抑圧**、**憑依**を含めた、不快なつきまといを引き起こすことがある。悪霊についての研究を悪魔学という。**天使**と同じように、悪霊も非常に数が多い。

●歴史的概観

　悪霊は全世界で、人間の抱えるすべての問題——病気や不調、不幸や不運、不仲、罪、魂の損失——の原因であると思われている。また、古代から悪霊は人間と性的関係を持つと言われている。苦しめたり、取り憑かせたりするために、悪霊を送り込むこともできるが、魔法で呼び出したり制御したりして、建設的に使うこともできる。例えば古代エジプトでは、魔術師は人に取り憑いた悪霊を祓ってから、その悪霊に命令して、役立てることができた。悪霊から身を守り、場所や人や動物から追い払うための、多くの方法があった。

　悪霊が原因で問題が起きるという信条は古くからあり、今もなお、世界の多くの地域にはびこっている。西洋では、20世紀の半ばより後に、悪霊の存在や悪霊による妨害を信じる動きが起きたりもしている。

　古代のバビロニア、アッシリアなど、中東文化圏の伝承には、悪霊が出てくるものが無数にある。悪霊が起こす最大の問題は病気で、治療するには、悪霊を体から追い出さなくてはならなかった。メソポタミアの伝承では、悪霊は動物と人間のあいのこのような姿をしており、二本足で立って歩くことができ、神々に管理されていた。人は**まじない**や**魔除け**など、魔術を使って悪霊を退けることができた（**呪文を唱えるための容器**参照）。

●ユダヤ教の悪霊

　ユダヤ教における悪魔学は、バビロニア、ペルシア、エジプトの伝承の影響を受けつつ発展してきた。タルムードでは、悪霊は常に人間のそばにおり、人間を絶

約束の子供を連れ去る悪霊（著者蔵）

え間ない危険にさらし続ける敵である。悪霊は最初の安息日前の夕暮れ時に、神によって作られた。神が彼らを作り終える前に日が暮れたので、悪霊には体がないのである。また別の話では、悪霊はアダムのもとを去った最初の妻、**リリト**から生まれたものであると言われる。**ソロモン王**は、魔法を使って悪霊や**ジン**を呼び出して制御し、エルサレム神殿を建てさせた。

悪霊には翼があるものもおり、人間と天使の間、大まかに言えば地上と月の間に存在している。天使ほどの力はなく、無人の場所、不浄な場所によく現れる。いったん悪霊に取り憑かれた者や一族は、不運に見舞われることになる。

ユダヤの「中間世界」は、無数の悪霊と天使にあふれている。破壊の天使(マラケ・ハバラ)は、悪霊じみた面も持っている。2世紀までに、ヘブライ人によって両者についての複雑なシステムが形作られた。天使と同じように悪霊も、万物に対する裁判権を持っていると見られていた。ラビの教えは悪霊の魔術を非難してはいたが、悪霊に関わる信仰や習慣は黙認された。中世までには、ラビの著作により悪霊についての詳細な説明がなされ、悪霊の階級や務めなどが、さらに詳しく述べられることになった。

悪霊の一種である**リュタン**は、体と魂を持っている。リュタンは、アダムがイヴと別れた後に、女の悪霊と性的関係を結んだことから生まれた。

また別の悪霊は、生者と親しい仲にあり、この世にとどまっていると信じられている新たな死者によって、毎日作られる。邪悪な死者の霊は悪霊となり、神しかいやすことのできない傷を負わせる力を持つ。

カバラが発達すると、悪霊のヒエラルキーは、「生命の樹」の10のセフィロート、10の中心に結びつけられた。カバラによれば、悪しき力は生命の樹の左側の柱、とりわけ神の怒りの放射(セフィラー)である、「ケヴラー」から来ている。13世紀までには、この考え方は、生命の樹の聖なる10のセフィロートに対する、邪悪な10のセフィロートという考えに発展した。

また別のヘブライの分類法では、夜の恐怖から生まれた悪霊と、地上と月の間の天空を満たしている悪霊とを分類している。天使とともに夜を管理する悪霊や、病気の判定をする悪霊、召喚時に使われる印章を持つ悪霊もいる。このような伝承はのちに、**魔術教書**と呼ばれる魔術の手引書の核となった。

旧約聖書にも悪しき霊に対する言及があるが、キリスト教に現れる**サタン**のような、原初の悪に関する描写はない。「サタン」は、天の宮廷の一員であり、人間をためそうとする検察官に近い。神は人々を罰するために、悪しき霊を送り込むのである。旧約聖書の士師記9章22~25節では、イスラエルを支配するため、70人の競争相手を殺した、アビメレクのことをこう書いている。

いっぽう、アビメレクは三年間イスラエルを支配下においていたが、神はア

ビメレクとシケムの首長の間に、険悪な空気を送り込まれたので、シケムの首長たちはアビメレクを裏切ることになった。こうしてエルバアルの七十人の息子に対する不法がそのままにされず、七十人を殺した兄弟アビメレクと、それに手を貸したシケムの首長たちの上に、血の報復が果たされることになる。シケムの首長たちは、山々の頂にアビメレクを待ち伏せる者を配置したが、彼らはそばを通りかかる旅人をだれかれなく襲った。そのことはやがてアビメレクの知るところとなった。

列王記上22章19〜22節では、主が偽りを言う霊を派遣して、人間界の問題を処理しているが、霊の本質が、善であるか悪であるかは曖昧なままである。

だが、ミカヤは続けた。「主の言葉をよく聞きなさい。わたしは主が御座に座し、天の万軍がその左右に立っているのを見ました。主が、『アハブを唆し、ラモト・ギレアドに攻め上らせて倒れさせるのは誰か』と言われると、あれこれと答える者がいましたが、ある霊が進み出て主の御前に立ち、『わたしが彼を唆します』と申し出ました。主が『どのようにそうするのか』とただされると、その霊は『わたしは行って、彼のすべての預言者たちの口を通して偽りを言う霊となります』と答えました。主は『あなたは彼を唆して、必ず目的を達することができるにちがいない。行って、そのとおりにせよ』と言われました」

ゲモラと呼ばれるラビの教えに、さらに悪霊のことが出てくる（**マジキン**参照）。

●聖書外典、聖書偽典における悪霊

聖書外典、聖書偽典とは、聖書正典に含まれないテキストである。作者は不詳か筆名を使っており、テキストのいくつかは、聖書正典よりもたくさん、天使や悪霊について述べている。

聖書外典（Apochryphaは隠されたの意味）は、紀元前200頃〜紀元後200年の間に書かれた15の本または本の一部からなっている。外典における悪霊の役割は小さいが、特徴的な例外はトビト記である。そこでは、トビアという若者が、人間に化けた大天使ラファエルから、悪霊を祓う方法を学んでいる（**アスモデウス**参照）。

聖書偽典のほとんどは、紀元前200〜紀元後200年の間に書かれているが、中にはずっと後に書かれたものもある。偽典にもヨベル書やエノク書に見られるように、悪霊についてのさらに多くの情報が記されている。ヨベル書によれば、悪はアダムとイヴではなく、邪悪な天使から起こったとされている。

ヨベル書によれば、天使は神によって最初の日に作られた。悪霊がいつ作られたのかは特に言及されていないが、「天と地と深淵にある彼の作品のすべての霊の（天使）」（村岡崇光訳）が創造されたとあることから、悪霊もまた最初の日に作られたことが暗示されている。

天使については、階級と役割が述べられているだけである。**グリゴリ**という階級は、人間を見守ることを任せられた、よき天使たちの階級であるが、このグリゴリが人間の女性を欲し、地上におりて、**ネフィリム**と呼ばれる、人を食い血を吸う怪物を作り出した。このように、悪魔的な邪悪な力は、堕落した天使たちによって生み出されたのである。

神は地球を浄化するため洪水を起こしたが、ネフィリムのすべてがほろんだわけではなかった。穢れた悪霊がノアやノアの息子たちを悩ませ始めると、ノアは神に訴え、神は天使を派遣してネフィリムすべてを裁きの場へ送ることに同意した。悪霊の君主で、ヨベル書の中で唯一名前を持つ邪悪な力である**マスティマ**が進み出て、悪霊の10分の1を彼の管理のもとで、地上に残らせてくれるよう、神に頼んだ。そこで天使は、ノアに残った悪霊を抑えるための、薬草の知識を与えた。

3部のエノク書ではグリゴリとネフィリムの物語がより詳しく語られているが、ここでも悪は天使の堕落から生まれている。しかし、最後の審判の日には、すべての悪霊と悪しき天使は、地獄へ落とされることになる。

●キリスト教における悪霊

キリスト教の悪霊は、**ルキフェル**もしくは「明けの明星」が神によって天から追放された時（イザヤ書14章12節）、ルキフェルに従った**堕天使**に起源を持つ。新約聖書では、**イエス**が、広く普及した慣習に従い、悪霊を追い出すことで病人を癒やしている。新約聖書の時代が終わるまでには、悪霊はすべてサタンの指揮下にある、堕天使と同義語になっていた。キリスト教が広まると、異教の神々や女神、自然霊は、悪霊の階級の中に組み入れられた。

宗教的隠遁者、苦行者、初期のキリスト教の聖人は、常に悪霊の襲撃を含めた、悪しき力に悩まされていた（**アントニオス**参照）。使徒教父として知られた初期のキリスト教神学者たちは、悪をめぐる問題に取り組んだ。殉教者ユスティノスは、悪霊は堕天使と人間の女性との間に生まれた禁断の子供であると見ている。クレメンス、イグナティウス、ポリュカルポス、バルナバは、悪霊よりも魔王を強調している。イレナエウスは、悪霊や魔王が実在すると確信しており、彼らと戦う方法として、**悪魔祓い**を支持している。

テルトゥリアヌスは悪霊についてより詳しく書いており、悪霊を女性に情欲を燃やす堕天使であると定義している。悪霊は瞬間移動のような特殊能力だけでなく、最高の知恵と知識を持った、非常に危険な存在であると、テルトゥリアヌスは述べている。

オリゲネスは、テルトゥリアヌスに同意しているが、天使の堕天の理由については違う意見を述べている。情欲ではなく傲慢の罪で、天から落とされたというのである。また、悪霊は邪悪に作られているわけではなく、思いのままに動くうちに邪悪になったのだとしている。悪霊は純粋な霊ではなく、人間のそれとは異なる体を持っている。主に、よくない考

えに取り憑かせる、憑依するのふたつのやり方で人間を襲う。憑依の対象には動物も含まれる。魔法は悪霊の助けでなされるとオリゲネスは言い、悪魔祓いも支持しているが、効果を得るには正確な儀式にのっとってやらなくてはならないとしている。一定の環境下では人間も悪霊になりうるとも言っているが、この考えはのちの神学者たちに非難された。

　3世紀頃から8世紀までの間に、神学者たちはこれらの初期の考えをもとに、理論を打ち立てた。ヒエロニムス、アウグスティヌスは、半分人間で半分怪物の姿をした悪霊など、変身する悪霊について書いている。特にアウグスティヌスは、悪霊の存在と悪霊によるよくない影響をまったく疑っていなかった。

　中世の神学者たちにとって、悪霊は人間を誘惑する存在であり、誰が天国に行く価値があるかを証明するという意味で、結局は人間のためになるものであった。魔王やその配下は、人が自分の意志で選ばなければ、人間に直接近づくことはできなかった。**サタン**は主に憑依によって人間を操り、悪霊たちは生きている間に成功しなければ、死の瞬間に人間の魂に最後の攻撃を仕掛けると、トマス・アクィナスは言っている。

　異端審問所による魔女裁判が行われた時期には、悪霊の重要性が高まった。悪霊は、憑依を引き起こす、人を罪に追いやり悪事を手助けする、魔女の**使い魔**として働き、あらゆる悪行を手伝うなど、重要な役割を果たしていると信じられた。神学者や魔女狩り人は、悪霊の危険さおよび**契約**によって悪霊と取引する者の危険さを強調した。ピューリタンの聖職者、インクリース・メイザーは、『良心の諸問題』（1692年）の中でこう言っている。「聖書は魔王や魔女が存在し、人類共通の敵であることを断言している」ほぼ同時代のオックスフォードの説教師、ジョージ・キファードは、魔女は人殺しをしたからではなく、悪霊と取引したからこそ死ぬべきであると言っている。「霊と取引し、善行をしているようにみせる魔法をかけ、人をもろもろの不信心に引き込む者、悪魔と関わりを持つようなことをさせる者、悪霊を呼び出す者、こうした狡猾な男女は、根絶やしにすべきである。他の者はそれを見て恐れるであろう」

●悪霊の特徴

　古代では悪霊は、メソポタミアの悪霊のように姿を変えることができ、動物や人間や混合種など、どんな姿にでもなる

女性を虚栄の罪に引き込む悪霊（著者蔵）

ことができると描写されてきた。プラトン主義者や初期のキリスト教会の教父や神学者は、悪霊は空気や煙から体を作ると言っている。アラビアの伝承では、ジンは煙のない火でできている。神学者や異端審問所の魔女狩り人の中には、悪霊は肉体を持たず、人間や動物の姿をした幻を見せるだけだという者もいる。悪霊は空気から人間をまねた声を作り出す。

ユダヤ教の伝承では、悪霊は通常目に見えないが、自身とお互いの姿は見ることができるとされた。影がなく、人間とまったく同じではないが、飲み食いをし、繁殖し、最後には死ぬ。悪霊の飲み食いとは、火や水や空気や泥土を飲み干すことである。死ぬとからだに乾き、しぼんで最初の状態に戻る。しかし、性交をする時には、悪霊は体を持つことができる。人間や、他の悪霊の前で性交することはない。

キリスト教の伝承では、悪霊は**黒犬**や、黒い動物や黒服の人間など、黒い姿で現れるとされる。邪悪で不完全な存在なので、その姿はふつう、四肢が奇形だったり、足が割れていたりと、どこか欠陥を持っている。しかし、特に人を性的な形で襲うような悪霊の場合は、美しく魅惑的な姿をとることもできる。

レミーは以下のように述べている。

　悪霊は初めて人間に近づき、話しかける時には、異常な姿を恐れられないようにしようとする。ゆえに好んで人間の姿をとり、彼らが地位ある者であることを示して、その言葉に重みと権威を持たせようとするのである。このような理由から、悪霊は資産家の名誉ある人間だけが身に着ける、長い黒マントを着ることを好む。悪霊の目的が、結局彼らの根深い特徴であり、本質的ないやしさを示すものである、奇形の足を隠すことにあると見られているのも事実である。さらに黒は悪霊に最もふさわしい色でもある。彼らの人間に対するたくらみは、腹黒く、致命的なものだからだ。

悪霊は、不潔で汚く、悪臭に満ちたものとして描写される。悪霊は死体の中で暮らしており、空気から体を作ったり、生者の体に取り憑いたりすると、悪臭を放つ。体内のはらわたの中で、排泄物や老廃物と一緒にふくれあがる。切られたり傷つけられたり打たれたりすることをこわがるので、脅せば追い出すことがで

蛇とライオンの悪霊（リチャード・クック）

悪霊（リチャード・クック）

きる。

魔術教書や、異端審問の記録によれば、悪霊はヒエラルキーの中で組織化され、軍隊で見られるような役割を持っている。下位の悪霊が上位の悪霊に従わなければ、打ち据えられることになる。

●悪霊の行動

悪霊の主な行動は、歴史を通じて、病気を引き起こすことであった。彼らは穢れた霊なので衛生状態も悪く、汚れた食べ物や汚い手や不潔な環境を通じて、人間の中に入り込むことができる。人間は絶えず何らかの形で悪霊の攻撃にさらされているので、よい習慣を身につけ用心深くする、身を守る手段を講じるなど、常に警戒すべきだと広く信じられている。最も危険なのは、夜、人間が眠りに入り、悪霊が手を出しやすい状態になった時である。特に悪夢を見せたり、性的な攻撃を仕掛けてくる悪霊に関しては、危険が大きい。結婚が成立する夜のように、誕生や死が関わる時も危険である。そうした時には、悪霊は混乱をもたらしやすくなる。

異端審問が行われた時期には、悪霊は邪悪な魔法をかける方法を教えたり、薬草その他の材料を使って、人や動物や作物に毒を盛る方法を教えたりして、魔女を助けると信じられていた。鳥や虫など動物の姿をとって使い魔として働き、魔女の仕掛ける悪事を実行することもあった。悪霊はまた、**サバト**や契約にも参加していた。審問官たちは、悪霊は男よりも女に影響を与えやすいと信じていた。審問官たちの言葉によれば、女性は意志の強さも知力も男性より劣っているからだった。

悪霊は天気を悪くしたり、ネズミの大群やバッタの群れを送り込んで、作物を枯らしたりもする。

つきまといや憑依が起きると、悪霊は不快なポルターガイスト現象や混乱を起こし、だんだんと騒ぎを大きくしつつ、連続して生者を襲う。霊能者や霊媒は悪霊のグロテスクな姿を感じ取る。むかつくような臭いがすることもよくある。悪霊は、場合によっては魅力的な個性を持ったかりそめの好ましい姿に、変身することもある。そしてひとたび人を支配下に置くと、また元の姿に戻る。低級な悪霊は、占い板の使用などを含めたいくつかの問題と関係がある（**ウィジャ盤**参照）。

悪霊は人に取り憑くと犠牲者の口を通

じて話し、犠牲者は声が変わる。悪霊は冒瀆的な言葉や悪口を好む。唾を吐く、もどす、空中浮揚する、四肢が不自然にゆがむ、異常な力を出したり、口から泡を吐くなど、身体的な現象が出ることもある。悪魔祓いの儀式では、悪霊の名前を知ることが重要である。

悪霊は立ち去るよう命じたり、魔術的、宗教的な儀式を行うなど、様々な方法で祓ったり追い出したりされる。

● **悪霊との性交**

キリスト教は12世紀まで、人間と悪霊の性的な交わりという考えを否定していたが、14世紀までには、こうした考えを神学的に受け入れることになった。異端審問では、悪霊との性交が焦点となった。魔女や悪霊に支配された者は、悪霊や、サタンその人とさえ淫らに交わったと言った（**夢魔**〔インキュバス〕、**サキュバス**参照）。男である夢魔は女性に、女であるサキュバスは男性に淫らなことをした。どちらの悪霊も獲物を誘惑するために、人間になりすますと言われていた。しかし、悪霊との性交は痛くて不快なものだと思われていた。悪霊の子を身ごもった女性は、怪物を生むと信じられていた。

魔女狩り人たちは、悪霊は人間と婚姻を結ぶと述べていた。レミーは1587年の事例について書いている。ふたりの証人、バートランド・バルビエとシンシェンが、夜、罪人が磔にされた場所で、こうした結婚を目撃したと証言した。花嫁に指輪を渡す代わりに、花婿が花嫁の肛門に息を吹きかけていた。婚礼のごちそうとして、焼いた黒い牡山羊が出されていた。こうした話は、魔女裁判で作り出され、裁判官が被告人の魔女もしくは異端者に有罪や死刑を宣告するのに使われた供述の典型である。

現代では、悪霊は常に機会を狙っており、人間が悪徳や罪や**呪い**で弱った隙をつくという。悪事が行われた場所など、よくない場所によくない時間にいるだけで、攻撃されることもある。

● **魔術における悪霊**

悪霊は**魔術**で呼び出すことができるが反抗的なので、魔術師は力ずくで悪霊を命令に従わせ、奉仕させなくてはならない。魔術教書には悪霊を呼び出し従わせるための悪霊の名前、務め、**印章**、呪文、儀式が出ている。悪霊は特に、占いや宝探しや、魔法をかける時に役に立つ。悪霊は呼び出されると、魔法の三角陣の中に姿を現すことになる。そこは、魔法円に守られている魔術師を悪霊がおびやかすことのない、安全な境界となっている。

悪霊に取り憑かれたゲラサ人
Gerasene Demoniac

→**イエス**

アサグ（アサック）
asag (asakku)

シュメールの**悪霊**の一種で、人間を襲い、熱病で殺す。

アサグはまた、シュメールの詩『ルガルエ』に出てくる怪物的な悪霊の正式な名である。アサグは空の神アンと大地の

女神キーの子である。醜悪で、川の中にいる魚を茹で殺す力を持つ。彼の同類は石や山である。

その詩には、アサグがどのように英雄的な神ニヌルタと戦い、敗れたか書かれている。これでニヌルタは世界をまとめ上げることができ、また小川や湖の水がティグリス・ユーフラテス川に流れ込むよう石を使って山を築き、それによって農業用の灌漑を促進した。

アザゼル（アザエル）
Azazel（Azael）

ユダヤの砂漠の大悪霊で、セイリム、すなわち山羊に似た精霊の王である。

贖罪の日、ユダヤの習慣では2匹の山羊を供物として連れてくる。1匹はヤハウェの神への生贄となり、もう1匹は人々の罪を負わされ、アザゼルに捧げられるため生きたまま荒野に放たれる（レビ記16章8節）。

『第三エノク書』でのアザゼルは、人間の女たちに欲情して関係を持つため天国から降りてきた**グリゴリ**のひとりである。彼は妖術を教え、永遠の秘密を暴いた。罰として彼は天使によって縛られ、デュダエルの地の砂漠に、最後の審判の日まで封じ込められた。

アザエルの名の下での彼は、人間の女と関係を持った主要な悪の天使のひとりである。アザエルとは「神が強くした者」という意味である。伝承によれば、アザエルはナアマと寝て、セディムとして知られるアッシリアの守護精霊たちを大勢産ませ、**悪魔祓い**で邪悪な霊たちを呼び出した。罰としてアザエルは最後の審判の日まで、砂漠に鎖でつながれる。魔術的な伝承では、彼は隠された宝を守り、人間が太陽、月、星を空から降ろせるようになる**妖術**を教えたという。

『第三エノク書』でのアザゼル（アザエル）は、アッザ、ウッザとともに救いの天使3人のうちのひとりで、第七天に住んでいる。後の伝承では彼は失墜し、鼻を突き刺されるという罰を受ける。

アッカドの伝承では、アザゼルは**マスキム**、すなわち**地獄**の君主のひとりである。

イスラムの伝承では、人間に頭を下げることをよしとせず神の命に逆らい、地上に落とされた**イブリス**が、失墜の前はアザゼルまたはアザゼエルという名前であった。

アザゼル（『地獄の辞典』）

アジ・ダハーカ（アジ・ダハーキ、アジ、アズダハ、アヒ、ゾアク）
Azhi Dahaka (Azhi Dahaki, Azi, Azdaha, Ahi, Zohak)

　ペルシアとバビロニアの伝承に出てくる蛇の**悪霊**。アジ・ダハーカは**ゾロアスター教**の創世神話アヴェスタにおけるゾアクであり、悪魔王を人格化している。彼の名は「噛みつく蛇」という意味である。

　アジ・ダハーカはアンラ・マンユ（後のアフリマン）に創造され、彼に仕えた。彼は3つの頭と3つの顎を持ち、それぞれ痛み、苦悶、死を表す。6個または18個の目、牙、翼を持つ。彼の中には蜘蛛や蛇、蠍、その他の有毒な生き物がいっぱいに詰まっており、もし自由にしたら世界中に蔓延する。

　アジ・ダハーカはまた、のたくる2匹の毒**蛇**が首から生えている人間の姿で描かれることもあり、**ドゥルジ**のように半分人間で半分獣である。蛇たちは、アフリマンまたは**イブリス**がそこにキスをしたため成長する。蛇たちには人間の脳か動物の**血**を与えなければならない。

　バビロニアの伝承での彼はバベルの王で、蛇の頭を持つ人間の姿をしている。

　アジ・ダハーカは嵐と嵐雲を支配し、干ばつと病気を引き起こす。彼は家畜の牛を食べる。伝承では、彼は人間を食べるようになり、最初に創造された人間、イマ王ですら例外ではなかった。彼はイマの王座を強奪し、ペルシアの王フェリドゥーンに打ち負かされるまで1000年間支配する。彼はケレサパに阻止されるまで、世界の3分の1を破壊する。ペルシアの伝承では、ペルシアの王フェリドゥーン（スラエータナオ）がカスピ海のほとりのダヴァンド山のふもとで、この世の終わりまで彼を鎖で縛りつける。他の訳では、アジ・ダハーカは炎天下の岩に死ぬまで縛りつけられる。

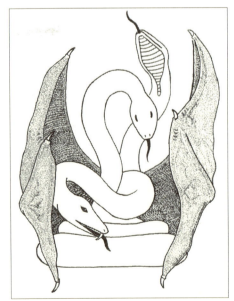

アジ・ダハーカ（スコット・ブレンツ）

アシュタロト
Astaroth (Ashtaroth)

　古代フェニキアの母なる豊穣の女神、アスタルテまたはアシュトレトから発展した男の**悪霊**。アシュタロトはまた**堕天使**で、72人の**ソロモンの悪魔**のうち29番目の地位にある。ユダヤの伝承によると、失墜前の彼は高位の**天使**で、熾天使か座天使の王子であった。

　アシュタロトは**地獄**の大公で宝物の管理者であり、40の悪霊の**軍団**（レギオン）を統率する。18世紀頃に起源を持つ『真実の教書』と『大

いなる教書』の中では、**ベルゼバブ**、**ルキフェル**とともに、究極の悪である3人の悪霊のひとりに数えられている。『レメゲトン』では、美しい天使としても醜い姿でも現れており、ドラゴンにまたがりクサリヘビをつかんでいる。強烈な悪臭を放ち、息が臭い。彼を呼び出そうと望む魔術師は、魔法の指輪を顔の前にかざし、彼の臭いからみずからを守らなければならない。

アシュタロトは学問全般を教え、過去、現在、未来の秘密を守っている。降霊術による占いの儀式に召喚される。魔法の儀式——それは水曜日の夜10時から11時の間に行わなければならない——に呼び出されたら、彼は過去、現在、未来についての質問に正しく答える。秘密を見つけ、専門教養に精通し、怠惰と無精を奨励する。

彼は**憑依**を扇動すると言われ、最も有名なのは16世紀フランスのルダンの修道女たちの事件である（**ルダンの悪魔憑き**参照）。修道女たちはユルバン・グランディエ神父を、自分たちの憑依の原因として告発した。グランディエの裁判では、魔王との**契約**について詳細に記された彼の手書きの「自白」が提出され、そこには証人として署名したアシュタロトと他の悪霊たちの名があった。

アシュタロトは天地創造と人類の堕落、天使の過ちについて語るのを好む。自分は神から不当に罰せられたと信じており、いつか天国の正当な場所に返り咲けると考えている。

アシュタロトの動きを封じるには、聖バルトロマイに助けを求めればよい。

アシリエル
Asyriel

31人の**ソロモンの精霊**の中の**悪霊**。アシリエルは南東を統治する王として、**カスピエル**に仕える。昼間に20人、夜に20人の公爵を統率し、それぞれが呼び出せば喜んで命令に従う従者を従えている。アシリエル配下の昼間の8人の主要な公爵たちは、アストール、カルガ、ブニエット、ラバス、アルシサット、アーリエル、キュシエル、マグエルである。夜の8人はアミエル、カスリエット、マロト、オミエル、ブダル、アスペイル、ファセウア、ハマスである。

アシュタロト（『地獄の辞典』）

アズ (アジ)
Az (Azi)

　ゾロアスター教の、強欲、大食、貪欲、色欲の**悪霊**である。アズはしばしば**ニヤーズ**と一対にされ、ズルワーン教やマニ教の経典でも取り上げられている。このふたり組は最強の力を持つと考えられている。

　アズは、創造主アフラ・マズダ（後にオフルマズド）の息子で火の神アタールの敵である。ブンダヒシュンの教書では、アズは欲望を満たすため何でもすべて飲み込むが、決して満たされることはないという。何も手に入らなければ、みずからの身体を食べる。アズは死の悪霊ではないが、彼の悪行によって死がもたらされる。人類に起こる災厄すべての背後に彼がいる。アズとアフリマンは、光と善の勢力に最後まで打ち負かされない悪霊である。

　ズルワーンの神学では、アズは悪霊の大群を率いる。マニ教では、アズはすべての悪霊と罪の母である女の悪霊である。彼女は人間の身体を形作り、その中に魂を閉じ込めた。彼女は質料、すなわち素材で性質は邪悪であり、人類にみずからの起源が神であることを忘れさせ、人々が救済の道を求めるのを妨げる。

アストヴィドトゥ
Astovidotu

　ゾロアスター教の赤い**悪霊**で、死に際して魂を縛り、肉体から切り離す。アストヴィドトゥはしばしば、悪霊の長である**アエシュマ**と関連があると言われる。彼はパフラヴィー語の書物で「悪霊によって作られた」と書かれている。

アスモデウス （アエシュマ、アシュメダイ、アシュモダイ、アスモダイ、アスモディウス、ハスモダイ、シドナイ）
Asmodeus (Aeshma, Ashmedai, Ashmodai, Asmoday, Asmodius, Hasmoday, Sydonay)

　七つの大罪の3番目、肉欲の**悪霊**であり、嫉妬、怒り、復讐の悪霊、そして72人の**ソロモンの悪魔**の32番目に位置する。

　アスモデウスの主な目的は、夫と妻の性交を妨げ、新婚を台無しにし、夫に姦通を強要することである。彼はまた悪魔憑き事件に関わっている主要な悪霊である。歴史を通じ、彼はサタンの地獄の悪霊のうちで、最も邪悪な者のひとりと見なされてきた。通常は人喰い鬼、牡羊、牡牛という、性的に淫らな生き物たちの3つの頭を持った姿で描かれる。これも性的に攻撃的な生き物、雄鶏の脚を持ち、翼と**蛇**の尾もある。ドラゴンに乗り、火を吐く。

　アスモデウスは古代ペルシアに起源を持つ。彼の名は7人の大天使のうちのひとりであるアエシュマ、またはペルシアの神話に出てくるアマラスパンドから来ている。ヘブライ人も自分たちの神話に吸収し、彼の伝説の中でも最高の地位と最大の力を与えた。

　ヘブライ人によると、彼はナアマとシャムドンの息子だという。天から失墜する前は、**天使**の階級の最高位である熾天使の一員だった。他のヘブライの伝説では、色欲の女王である悪霊**リリト**と関係を

持っているか、あるいは夫である。時にリリトとアダムの息子とされる。

トビト記では、アスモデウスがいかにしてサラという若い女に欲情し、彼女の7人の夫を、婚礼が床入りによって完了する前にそれぞれ殺したか書かれている。8人目の求婚者トビアとともに、サラは人生を賭けて神に助けを求めて祈った。神は大天使ラファエルを遣わし、ラファエルはトビアに、グラノスフィッシュの心臓と肝臓から臭いを出し、アスモデウスを追い払う方法を教えた。トビアとサラが結婚した時、アスモデウスはトビアを殺そうと新婚の部屋に現れたが、臭いで逃げ出さざるを得なかった。彼はエジプトまで逃げたが、ラファエルは追いかけて縛り上げた。

ソロモンの誓約によると、アスモデウスは大熊座(アーサ・メイジャー)に住んでいるという。彼は人間の邪悪さをまき散らし、新婚を妨害し、星々の間に女への渇望を蔓延させ、処女の美しさを損ない、殺人を犯す。彼は永久にラファエルと、魚、特にアッシリアの川に住むヨーロッパナマズの燻した肝臓と胆嚢に阻まれる。彼は未来を知ることができる。

アスモデウスは悪霊の君主、**ベルゼバブ**によって、ソロモン王の前に連れて来られる。不機嫌に傲然と挑むように、彼は自分が人間の母と天使の父から生まれたと王に語る。彼はまた、ソロモンが悪霊たちを掌握しているのは一時的に過ぎない、その王国は結局分裂し、悪霊たちは再び人間界に出ていき、神として崇められる。人間たちは悪霊を阻止した天使の名を知ることはないからだ、とも言う。彼は水を恐れることを認めている。

ソロモンは注意深くアスモデウスを縛る。彼は悪霊を鞭打つよう、そして活動について述べるよう命じる。アスモデウスは言う。「私は名高いアスモデウスだ。人間に悪の心を芽生えさせ、世界にまき散らす。新婚を妨げる策略を常に練り、処女の美しさを損ない、その心を凍らせ…。星々の間に女への渇望を拡散し、頻発する殺人もしばしば私がやっている」。

ソロモンは彼に**鉄**の鎖をつけ、水をいっぱいに入れた10個の壺を周りに置くが、そのことで悪霊は激しく抗議する。アスモデウスは寺院のために陶製の器を作らされる。ソロモンはまた、魚の肝臓と胆嚢とエゴノキの枝を悪霊の下で燃やし、彼の口汚く罵る舌を黙らせる。

ソロモンは魔法の指輪を使って、アス

アスモデウス(『地獄の辞典』)

モデウスと他の悪霊たちに壮麗な寺院を作らせる。完成後、ソロモンはアスモデウスに、悪霊たちはそんなにも強力なのに、その頭領である彼がなぜそうやすやすと鎖につながれたのかわからない、と言う。アスモデウスはもしソロモンが鎖を外して指輪を貸してくれたら、自分の偉大さを証明してみせよう、と応える。ソロモンがそうすると、エルサレムから遠くに投げ飛ばされてしまう。アスモデウスは指輪を盗み、ソロモンを放浪に追いやり、みずから王となる。彼は指輪を海に捨てる。しかしソロモン王の愛人、アンモナイト・ナマーが魚の腹から指輪を見つけ、王は力を取り戻す。彼は指輪をつけたとたん、エルサレムへ舞い戻る。罰として、彼はアスモデウスを壺に入れる。

アスモデウスはキリスト教の伝承にも取り入れられ、魔王の怒りを代行する主だった手先のひとりとなった。魔女たちは彼を崇拝したと言われ、魔術師や魔法使いたちは敵に殴りかかるために彼を呼び出そうとした。魔法の指南書である**魔術教書**では、アスモデウスへの謁見を求める者は誰でも、尊敬を込めて無帽で召喚するよう厳しく警告している。**ヨーハン・ヴァイヤー**は、アスモデウスが賭博場を支配すると言っている。

主要な魔術教書のひとつ、『レメゲトン』によると、アスモデウスはアマイモンの下の「最初で最重要な」存在で、他の悪霊たちの先に立つという。彼は力天使の輪を与え、算数、幾何、占星術、そしてあらゆる手工芸を教えてくれる。適

アドラメレク（『地獄の辞典』）

切に召喚すれば、すべての問いに正しく十分な答えをくれる。人間の姿を見えなくさせ、アマイモンが守っている宝を全部見せてくれる。

彼は17世紀フランスで起こった、ルヴィエの修道女たちへの淫らで性的な悪魔憑きで非難された、地獄の手先のひとりである。（**ルヴィエの悪魔憑き**参照）

アセリエル
Aseliel

31人の**ソロモンの精霊**の中の悪霊。アセリエルは南と東で**カルネシエル**の支配下における4番目の精霊である。昼間は10人、夜は20人の精霊が付き添い、それぞれが30人の家来を従えている。精霊たちはみな美しく、仕草は愛情に満ちている。

アドラメレク（アドラマレク）
Adramelech (Adramalek)

地獄の長。アドラメレクの起源は定かでない。おそらくセファルワイム人に崇拝されていたサマリアの太陽神から来ており、彼らは生贄として子供たちを焼いて捧げていた。

アドラメレクは**悪霊**たちの大法官であり、悪霊の定例会議の議長であり、悪魔の衣装箪笥の管理人である。アドラメレク自身はしばしば孔雀（**イブリス**参照）またはラバの姿で描かれる。

彼は生命の樹（**カバラ**参照）のセフィロートに属する10の悪霊の8番目である。**サマエル**の命令に従う。

アバドン（アポリヨン）
Abaddon (Apollyon)

死、破壊、冥府の天使。「アバドン」という名はヘブライ語の「破壊する」という言葉に由来し、「滅びの地」を意味する。

アポリヨン。フランシス・バレットの『魔術師』より（著者蔵）

アポリヨンはギリシア語の名前である。

魔術ではしばしば**サタン**や**サマエル**と同一視される。その名は、邪悪な意図で呪文を唱える際に呼び出される。アバドンは**悪霊**の7つの階級を支配する君主であり、罪悪や不和、争い、荒廃を取り仕切る**エリニュス**または名**フリアイ**である。

もともとアバドンは場所であり、天使でも生きた存在でもなかった。ユダヤのラビの著作や旧約聖書では、本来アバドンとは滅びの地、ゲヘナ（**地獄**参照）の一部分の名であった。この言葉は旧約聖書の中に6回出てくる。箴言15章11節と27章20節では、陰府とともに冥界の一部として名が挙がっている。詩篇88章11節では、アバドンは墓や冥界と結びつけられている。

ヨブ記26章6節では、アバドンは陰府とともに語られている。後にヨブ記28章22節では、アバドンと死が一緒に登場し、人格を持った存在であることが暗示されている。

ヨハネの黙示録9章10節でアバドンは、奈落、地獄の底なしの淵の王として擬人化されている。ヨハネの黙示録は、ギリシア語版の名前、アポリヨンも引用しており、この名はおそらくギリシアの疫病と破壊の神、アポロンと関連していると思われる。

アビゴール
Abigor

地獄の大公である**悪霊**。アビゴールは馬に乗った美男子の姿で現れ、紋章旗か笏を持っている。彼は戦いのあらゆる機密

アビゴール(『地獄の辞典』)

を知り尽くし、未来を見通す。指揮官たちに兵士たちの忠誠を勝ち得る術を教える。地獄においては60の悪霊の**軍団**(レギオン)を統率する。

アブラサス (アブラサクス、アブラクシス)
Abraxas (Abrasax, Abraxis)

　365番目（最高にして最終）の霊体、あるいは不可知の神の領域まで昇っていく天球を支配する下級神を表すグノーシス派の名前。キリスト教の悪魔学者はアブラクサスを**悪霊**の階級に位置付けている。

　アブラクサスはまた、ウロボロス（みずからの尾を嚙む蛇）に乗る太陽の名でもあり、そのウロボロスを支えるのは、太陽の創造主でありすべての神々の上に君臨するエジプト最高の女神イシスである。イシス神話はグノーシス派に入り込んでいる。加えてアブラクサスは、ペルシアに起源を持つ神秘的なミトラ教とも結びついているが、ミトラ教はローマにおいて最初の400年間、キリスト教の有力な対抗勢力であった。グノーシス派がそうであったように、ミトラ教も複雑な占星術と数秘学を特徴としていた。ミトラとアブラクサスの名の絶対値の合計は、それぞれ365となる。

　グノーシス派のアブラクサスは物質世界を創造し、悪魔的な資質を持っていた。至高の力を持つ神であり、その内面には光と闇を兼ね備え、それらを超越する存在である。正統派のキリスト教の見地では、アブラクサスは悪霊とされた。いっぽう、中世の異端派からは好まれる神となった。

　オパールに彫刻を施したグノーシス派の護符では、アブラクサスは人間の体と雄鶏（または時に鷹）の頭、蛇の形の脚を持つ姿で表されている。手には盾か鞭を持ち、盾にはたいがいユダヤ教の神の4文字の名を思わせるIAOという文字が刻まれている。しばしば4頭の白馬に引かせた二輪の戦車に乗り、頭上に太陽と月をともに掲げている。

　雄鶏は目覚めを表し、人間の心と宇宙の中心である太陽と関連している。人間の胴体は言葉の本質すなわち明晰な思考を体現している。蛇の脚は分別を示す。盾は知恵の象徴であり、神の戦士の偉大な防具である。鞭は生命を駆り立てる容赦ない力の印である。4頭の馬は4つのエーテルを表し、それによって太陽エネルギーが全宇宙に循環するのである。

　アブラクサスの名の7つの文字は、7人の創造神と古代の世界で認められてい

アブラクサス（『地獄の辞典』）

た7つの惑星の天球層、すなわち**天使**を表している。その文字の数秘学的な絶対値の合計は、1年の日とその神の数と同じ365である。

カール・G・ユングはアブラクサスを、真実と嘘、善と悪、光と闇を同じ言葉と行いで生み出す能力のゆえに「真に恐ろしい存在」と呼んだ。ユング心理学では、心理的葛藤から抜け出すのは容易ではないとされる。天使の側だけではなく、時には**堕天使**に与して戦わなければならないからである。ユングによれば、アブラクサスを恐れることは知恵、解放、またはグノーシスの第一歩であり、抵抗しないことが到達への道だという。

アフリマン
Ahriman

ゾロアスター教における悪霊の中の悪霊であり、すべての悪の源である。アフリマンはもともと原始的な砂漠の精霊で、ゾロアスター教で悪を人格化した存在となった。そういうわけで彼は不死ではなく、その恐怖の支配は善の勢力によって打ち負かされる。

悪の神としてのアフリマンの起源については、さまざまな伝説がある。そのひとつでは、善神アフラ・マズダは宇宙を創造し、スプンタ・マンユ（光、真実、生命の精霊）とアンラ・マンユ（闇、偽り、死の精霊）という双子を創り出した。双子は覇権を争い、その戦場は地上であった。時を経てスプンタ・マンユはアフラ・マズダに取り込まれ、アンラ・マンユはアフリマンになった。

ふたつの軍勢の戦いは何千年も続き、いくつもの時代に分かれる。第4の時代の後、3人の救済者が現れ、アフリマンとその悪の軍勢を破滅させる。

この伝説の変形として、アフラ・マズダは宇宙の創造に際しふと疑いを抱いた瞬間に、アンラ・マンユを生み出してしまったというものもある。

他の伝説によると、アフリマンとオフルマズド（アフラ・マズダの短縮形）は、創造主ズルワーンから生まれた双子である。ズルワーンは最初に生まれた方が至上の支配者になると宣言した。アフリマンはいちばんになるためみずからを子宮から引きはがして飛び出した。ズルワーンは約束を守らざるを得なかったが、アフリマンが支配できる時を制限した。その終わりにオフルマズドが取って代わり、善と光の統治を行う。この世はいまだアフリマンの支配下にある。だからこそ日照り、飢餓、戦争、病気、疫病や他

の災難が存在するのである。支配している間にみずからを助けるため、アフリマンは9万9999の病気、邪心、圧制、敵意、暴力、憤怒、虚偽という6人の大悪霊を創り出した。またアズという女の悪霊とドラゴンも創った。大悪霊たちは6人の大天使「アムシャ・スプンタ」すなわち「恵み深い神々」と戦う。

アフリマンは預言者ザラスシュトラの手足を損なおうとしたが、失敗に終わった。

アフリマンに関する伝説によると、彼にはゾアクという息子がおり、悪の訓練を施したという。彼はゾアクに、みずからの父を殺すよう命じた。しかし彼は変装し、ゾアクは別の人間を父だと思い込んで殺した。アフリマンは再び変装し、宮殿の料理長に化けた。ゾアクは彼に感銘を受け、褒美を与えようと申し出た。アフリマンはただ彼の肩にキスさせてほしいと頼んだ。アフリマンがそうしたところ、**蛇**たちがそこから飛び出した。ゾアクが何度切り落としても、蛇たちは元通りに育つのだった。今度は医者に変装したアフリマンは、蛇たちに餌として毎日人間の脳味噌を与えるようゾアクに告げた。ゾアクは従い、アフリマンの自慢の種となった。息子の統治は1000年続き、最終的には滅ぼされた。

人智学の創立者ルドルフ・シュタイナーは、アフリマンの軍勢は人類を唯物主義に陥れようとする、知的で巧妙な精霊の集団だと述べている。

アベゼティボウ
Abezethibou

紅海に生息し、この世のあらゆる風向きに反逆を企てる片翼の**悪霊**で、モーセの敵。

ソロモンの誓約の中で、アベゼティボウはかつてアメロトという名で第一天にいたと語っている。モーセがエジプトのファラオの前に連れてこられた時、彼はその場におり、モーセの信用を貶めようとしていたエジプトの魔術師たちを助けるために呼ばれていた。アベゼティボウは、ファラオがエジプトに災いをもたらすよう仕向け、国を脱出するイスラエル人たちを追跡するようエジプト人たちを煽ったのは自分の仕業だとしている。分かれた紅海がエジプト軍の上に流れ落ちてきた時、アベゼティボウは空気の柱に閉じ込められ、悪霊**エフィパス**がやって来て、**ソロモン王**のところへ連れて行かれるまでそのままであった。ソロモン王はアベゼティボウとエフィパスを柱（おそらく天の川を指しているのだろう）に縛りつけ、それを永久に空中で支えているよう命じたのである。

アベル・ド・ラリュー（－1582年）
Abel de Larue

黒犬の姿をした**悪霊**の影響下にあったと信じられていた、フランスの魔術師。フランスのクロミエに住んでいた彼は、「乱暴者」としても知られていた。

アベルは母親によって、フランシスコ会の修道院に入れられた。彼は修道士たちの指導者から殴られたことに怒り、復

讐を企てた。裁判で彼が告白したところによると、黒いスパニエルが現れて、自分に身も心も捧げるなら彼に力を貸し、いつでも助けに駆けつけると約束したという。

1582年、アベルは魔術と呪文をかけた罪で捕らえられ、それを認めた。助けるという約束を悪霊が果たすことはなかった。アベルは有罪となり絞首刑が宣告され、吊された後に身体は焼かれた。処刑されたのは1582年7月20日であった。

アミイ
Amy

堕天使で、72人の**ソロモンの悪魔**の58番目に位置する。堕落する前、アミイは能天使の一員であった。**地獄**の首長で、**悪霊**の36の**軍団**(レギオン)を統率する。彼は専門教養と占星術について完璧な知識を備え、良い**使い魔**を与える。最初燃え上がる巨大な炎として現れ、次いで人間の姿になる。アミイは他の精霊が守っている秘宝を暴き出す。1200年の間、彼は「7番目の王座」、すなわち天使の最上位を確保する、神の前の地位へ復活することを願っている。悪魔学者の**ヨーハン・ヴァイヤー**は、この主張を「信用できない」と語っている。

アミティヴィルの呪われた家
Amityville Haunting

ある一家が1970年代に恐怖の現象を体験した、ニューヨーク州ロングアイランドのアミティヴィルにある家。「アミティヴィルの恐怖」は**エドとロレインのウォーレン夫妻**によって、悪霊が関わっていると見なされた。現代の記録において最も論議の的となった事件であり、数多くの調査、要求と反対要求、訴訟、書籍と映画、激しい宣伝とその正体を暴こうとする試みの対象となってきた。

オーシャン・ストリート112に建つ家で起こった憑依現象は、1974年11月13日に起こった身の毛もよだつ大量殺人と関連があると信じられてきた。デフェオ家の6人——両親、ふたりの息子、ふたりの娘——が、35口径のライフルで銃殺されているのを発見された。彼らの死亡推定時刻は午前3時。3番目の息子で、23歳のロナルド・"ブッチ"・デフェオが殺人罪で起訴された。彼は薬物濫用歴を根拠に精神障害を申し立てたが、6件の第2級殺人で有罪となり、25年の禁固刑を言い渡された。

家は1975年12月まで空いていたが、その後新婚のジョージとキャシーのラッツ夫妻に買い取られた。彼らは殺人事件について知らされてはいたが、ともかくその家を購入した。彼らは12月18日に、キャシーが前の結婚でもうけた3人の子供たち、9歳のダニエル、7歳のクリストファー、5歳のメリッサとともに引っ越してきた。

ラッツ夫妻によれば、彼らはすぐにぞっとするような現象を体験したという。「出ていけ」という声が聞こえ、冬の寒さの中で蠅の大群が押し寄せ、キャシーが殺人の悪夢を見、悪魔の豚に姿を変える「悪魔の少年」の幻が出現し、緑の粘着物が壁からにじみ出し、壁の十字架が逆さま

にひっくり返り、ジョージの前でキャシーの顔がおぞましい老婆のものに変貌し、真夜中に不気味な騒音が響き、幼い少女の幻影がメリッサの遊び友達になり、目に見えない物の怪がキャシーに抱きつき、家の外の雪に割れたひづめの跡が現れ、錠や扉が壊れる、などである。彼らの行動や気分はどんどん悪化していった。子供たちは学校に行けず、ジョージは働くことができなくなった。

ラッツ夫妻は自分たちの祈りで家を清めようとしたが、徒労に終わった。ついに彼らは死ぬほど怯えさせられた一連の出来事に屈し、出ていかなければならないと悟った。ラッツ夫妻は恐怖に満ちた最後の夜に何が起きたか一切公表しなかったが、怪異現象の中にはバンバン叩く音や、フードを被った幻影が階段に現れ、ジョージを指さすというものもあった。1976年1月14日、彼らはあわてて家を離れ、ニューヨーク州ディアパークにあったキャシーの母親の家に転がり込んだ。ほとんどの家財道具は残したままで、後になって引っ越し業者に取りに行かせた。

2月下旬、エドとロレインのウォーレン夫妻は、ニューヨーク市のテレビプロデューサーから、その家とそれにまつわる話について調査してほしいという連絡を受けた。超心理学者と心霊研究者たちがすでにその家に行っていたが、何が起きたかは謎のままだった。プロデューサーはウォーレン夫妻に、その家で降霊会を行ってほしいと依頼した。

ウォーレン夫妻はまだ鍵を持っていたラッツ夫妻のところを訪ねた。ラッツ夫妻は家に再び入ることを拒否し、ウォーレン夫妻に証書を探して持ってくるよう頼んだ。

リハーサルでウォーレン夫妻は、立ち退きが急であったことを知った。クリスマスのジンジャーブレッドの家はまだ居間のテーブルに置いてあった。畳んだ洗濯物があり、冷凍庫には食べ物が入っていた。衣類、宝石、家族写真、その他個人的な持ち物はその場に残されていた。

ウォーレン夫妻は降霊会を行い、その後戻ってきてテレビ用に夜の降霊会を取りしきった。参加者は17人で、その中にはふたりの霊媒、アルバータ・ライリーとメアリ・パスカレッラもいた。降霊会の開始前、エドは**悪霊**がいないか確かめるため、宗教的な挑発を使った。その場にいた約半数が身体的な攻撃を受けた。エドは激しい心臓の動悸に苦しみ、その後3週間も影響を受けた。

コネティカットの家に戻った後も、午前3時頃に悪霊のような力が襲ってきたとウォーレン夫妻は語っている。攻撃の詳細は彼らの自伝『悪魔学者（Demonologist）』の中で公表されている。

悪意ある存在はまず、母屋に隣接する小屋の仕事場でひとり働いていたエドを襲った。ドアが開くのが聞こえ、足音が3歩響いた。最初彼は、ロレインがコーヒーを持ってきたのかと思った。その時風がうなり出し、次第に激しさを増していった。デスクランプの光が弱まり、部屋の温度が急激に下がった。硫黄の匂いがはっきりと感じられた。

エドが聖水の入ったガラス瓶と十字架を手に身構えると、上辺が広く下が尖った三角形の、渦を巻く黒い塊と向き合っているのがわかった。塊は濃さを増し、フードを被った恐ろしい姿に変わり、彼の方へ攻撃的に向かってきた。エドはそれに聖水を投げつけ、十字架を掲げ、**イエス・キリスト**の名において立ち去れと命じた。悪霊は後ずさりしたが、エドとロレインが致命的な自動車事故に巻き込まれるイメージを伝えてきた。そして去って行った。

　次に悪霊は、2匹の犬を傍らにベッドで読書していたロレインのところに行った。大きなドンドンという音がして、部屋の温度が急降下した。風の音が階段を上がってきた。悪霊が部屋に入り、ロレインは金縛りになって反応することも叫ぶこともできなかった。彼女は自分が黒い塊の中に引きずり込まれるのを感じた。金縛りが解け、彼女は神に守りたまえと呼びかけた。空中に十字を切ると塊は前進を止めたが、家から去りはしなかった。エドが駆け込んでくると塊は逃げ、隣の部屋から煙突を上っていった。

　悪霊との遭遇はこれが初めてではなく、アミティヴィルの家のような場所の調査を進めている際に経験したとウォーレン夫妻は語っている。アミティヴィルで起こった出来事は、悪魔学について何も知らないラッツ夫妻がでっち上げられるはずがないことから、悪霊による現象だとウォーレン夫妻は断定した。彼らは大量の写真を撮り、その中には寝室から顔を覗かせる悪霊の少年の顔だと主張する一枚もあった。

　ラッツ夫妻は、デフェオが殺人を犯すのに影響を与えたかもしれない何か悪いものが、あの家自体にあったのだろうかと考えていた。彼らはカリフォルニアのサンディエゴに移り住み、そこで作家ジェイ・アンソンと本を書く契約を結んだ。『アミティヴィルの恐怖』は1977年に出版され、1979年には映画（『悪魔の棲む家』）用に脚色された。アンソンは例の家を訪れたことはなく、テープに録音したインタビューを元に本を書き上げた。そこには多数の間違いや粉飾が含まれていたが、マスメディアで大きく騒がれた。

　疑い深い人たちはこの事件の嘘を暴き出す手段として、そうした間違いを利用した。割れたひづめの跡が見つかったと思われる日には、アミティヴィルで雪は降っていなかった。アメリカ先住民たちは、家が建っていた場所が、かつてシネコック族が精神病や死にかけた人々を置き去りにした土地であり、そこに問題の一端があるというアンソンの主張に反駁した。ペコラーロ神父は、その家に行って洗礼したことはないと言った（ラッツは常に、神父がそうしたと主張していた）。さらに多くの論点が浮上した。ウォーレン夫妻とジョージ・ラッツさえ、アンソンの本は正確とは言えないと認めたが、それはアンソンの悪魔学に関する知識の乏しさによるものであり、ジョージ・ラッツが意図的にやったことではないとした。この件は何年も、毀誉褒貶を繰り返してきた。

　1977年、ラッツ夫妻はデフェオの弁護

士ウィリアム・ウェバーと、この話に取り組んでいた作家のポール・ホフマン、例の家を訪れたことがある千里眼のバーナード・バートンとフレデリック・マーズ、憑依現象についての記事を出版したとして、《グッド・ハウス・キーピング》、《ニューヨーク・サンデー・ニューズ》、そしてハースト・コーポレーションを告訴した。ラッツ夫妻はプライバシー侵害、商売目当ての名前の濫用、精神的苦痛の損害に対して540万ドルを要求した。ウェバー、ホフマン、バートンは詐欺と契約不履行を申し立て、200万ドルの逆提訴をした。ラッツ夫妻の報道機関への請求は取り下げられた。

　ラッツ夫妻の事件は1979年、ニューヨーク州ブルックリンの地方裁判所で公判にかけられた。判事は証言から「この本の大部分はフィクションで、それはウェバー氏の示唆に依るところ大だと思われる」と言って彼らの訴えを却下した。

　ラッツ夫妻からその家を購入したカップルは、自分たちには何ら異常なことは起こらないと言った。しかしマスコミや絶え間なく押し寄せる野次馬に悩まされた彼らは、アンソン、ラッツ夫妻、出版社のプレンティス・ホールに対し、110万ドルを求める訴訟を起こした。彼らは特定されていないがそれより低い額の和解金を受け取っている。助けを求めたラッツ夫妻の相談を受けたペコラーロ神父は、プライバシー侵害と、みずからの事件への関わりを歪曲された件で、ラッツ夫妻とプレンティス・ホールを訴えた。彼は法廷外での示談を受け入れている。

　ラッツ夫妻は死ぬまで自分たちの物語に固執した。1980年代に彼らは離婚した。キャシーは2004年8月17日に、肺気腫で亡くなっている。ラスヴェガスに引っ越していたジョージは、2006年5月8日に心臓病で亡くなった。アンソンは1980年に心臓発作で死去。ペコラーロ神父も既にこの世にいない。

　アミティヴィル事件は今やちょっとした産業に成長し、書籍や映画、記事、ウェブサイト、そして終わりのない論争を生み出し続けている。ジョン・G・ジョーンズの書籍『アミティヴィルⅡ（Amityville II）』と『アミティヴィル最終章（Amityville: The Final Case）』では、主要人物たちの名を変え、他の詳細を加えている。映画では引き続き『悪魔の棲む家PART2』（1982年、）『悪魔の棲む家PART3』（1983年）、『悪魔の棲む家　完結編』（1989年、テレビ用映画）、『アミティヴィルの呪い（The Amityville Curse）』（1990年）、『アミティヴィル1992』（1992年）、『真・悪魔の棲む家』（1993年）、『悪魔の棲む家　最終章／ザ・ポルターガイスト』（1996年）、そしてオリジナルのリメイク版『悪魔の棲む家』（2005年）が制作されている。

アムドゥスキアス
Amduscias

　堕天使で、72人の**ソロモンの悪魔**の67番目に位置する。アムドゥスキアスは29の**悪霊**の**軍団**（レギオン）を統率する**地獄**の大公である。彼は初め一角獣の姿で現れる。命じられれば人間の姿を取ることもできるが、その場合目に見えない楽器の音が聞

アモース神父、ガブリエル（1925年−）
Amorth, Father Gabriele

ローマの大司教の管区内にあるヴァチカンの**悪魔祓い師**。悪魔の害悪を根絶することに身を捧げてきたガブリエル・アモース神父は、個人として世界中で3万件以上の悪魔祓いを指揮してきた。

アモースは現代の娯楽やゲームの多く——例えば悪霊を呼び出したり、**魔術**を使ったり（イリュージョンではなく）、占い板の**ウィジャ盤**で霊と交流したり、ロックミュージックを聴いたり、悪魔的な儀式や内容に触れるなどの行為が——憑依への扉を開くと信じている。彼によれば、除霊を信じる聖職者があまりにも少なく（**イエス**がみずからの名において、十二使徒にその能力を伝えているにもかかわらず［マルコによる福音書3章13~19節］）、ましてや**悪魔祓い**の儀式の訓練をしたことのある者は、なおさら少ないという。

アモースは1925年5月1日、イタリアのモデナに生まれた。彼は悪魔祓いの能力を、ローマ教区の教皇代理枢機卿であるウーゴ・ポレッティ枢機卿から1986年に伝授され、御受難会修道士で36年間主任悪魔祓い師を務めたカンディード・アマンティーニ神父の下で研究を続けてきた。1992年9月22日、アマンティーニ神父がみずからの守護聖人の日に78歳で亡くなると、アモース神父がその跡を継いだ。

あるレポーターはアモースを、映画『エクソシスト』（アモースの大好きな映画）でマックス・フォン・シドーが演じた峻厳な司祭というより、『アダムス・ファミ

アムドゥスキアス

こえてくる。その声は木々を揺り動かし、人間に木を倒す力や、優れた**使い魔**を与える。

アメナディエル
Amenadiel

31人の**ソロモンの精霊**の一員である悪霊。アメナディエルは西の偉大な皇帝で、300人の大公と500人の公爵、40京3000億10万人の従者の精霊を統率する。アメナディエルの公爵長は、ヴァドロス、カンピエル、ルジエル、ミュジリエル、ラプシエル、ラマエル、ゾエニエル、キュリファス、アルメシエル、コドリエル、バルスール、そしてナドロックである。それぞれの公爵は3880人の従者を持つ。アメナディエルは昼夜問わずいつでも呼び出せるが、彼の公爵たちは決まった時間にしか現れない。

リー』に出てくる温和なフェスターおじさんのようだと表現した。アモースの目はひたむきで鋭く、黒っぽい隈に囲まれている。その揺るぎない視線は、**悪霊**をじっと見つめて顔を背けさせる以上のことができそうだ。彼は黒い服に身を包んでいる。たゆみなく仕事に励み、カレンダーを約束で埋め尽くし、読書、講演、執筆を行い、そして最も重要な活動として、悩める周りの人々から悪の力を取り除いている。

彼が最も懸念するのは、例えば**妖術**の実践、悪魔信仰のグループや儀式への参加、悪霊の召喚、死者と話そうとすること、運勢を占ったりカードを読んだり、悪魔的な歌詞や催眠術にかけるようなリズムのロックミュージックを聴き、魔術に手を出す、といった行為を通じて、悪魔的な活動が盛んになっていると感じられることだ。彼はJ・K・ローリングが著した人気小説『ハリー・ポッター』の流行についても、この魔術師の少年の背後には「闇の王のサインがある」と、カトリックの情報誌へのインタビューで警告している。ハリー・ポッターのシリーズ本が子供たちに魔術を教えているとして、イタリアで禁止しようとしたが、失敗に終わっている。

アモースによれば、悪魔憑きは4つのうちどれかひとつのやり方で起こるという。他者からの呪い、罪を重ねる生活、オカルト的な秘術の実践、そして被害者の信仰への試練として、たいていの場合聖人の聖性を証明するため耐え忍ばせる審問によってである。取り憑かれた人間は、罪とオカルティズムの道を選ぶことにより、自分の人生に**サタン**を招いてしまう。それ以外のふたつは不用心な人間が押しつけられるやり方である。

悪魔の被害者がアモースに精神の浄化を懇願すると、神父は他の同業の悪魔祓い師たちのように、悪霊の存在を証明するまで待つことはせず、ただちに救済と解放の祈り——小規模の悪魔祓い——を、電話や電子メールさえ使って始める。彼は自分の最初の骨折りを調査手法として考えている。というのも、もし祈りが被害者に何らかの衝撃を与えるなら、人間でない存在が働いているということだからである。彼がこの職についたばかりの頃、悪魔祓い師がほとんどいないことに絶望していたが、今は活動している悪魔祓い師の数が、イタリアだけでも10倍の300人強に増えたことを心強く思っている。

彼はそういう悪魔祓い師の訓練にも携わり、特にイエス・キリストの名で悪霊や悪魔の除霊に使われていた、祈りと訓戒の祈禱書『**ローマ儀式書**』の変化を重視している。ローマ教皇ヨハネ23世の下で開かれた第二ヴァチカン公会議の間に、儀式書は改訂される予定であったが、アモース神父と同僚たちが何らかの変化を見るまでに長い年月がかかった。他の者たちは『新儀式書』と呼ばれるようになった儀式書に取り組み、それを当てにする人々の忠告を無視していた。

2000年、アモース神父は改訂された典礼への異議を申し立てた。特に『新儀式書』を邪悪な呪文や**呪い**に対抗して使うことへの制限——実際には、そうした

状況での使用の禁止——や、悪霊による行いが完全に立証されるまで、悪魔祓いを行ってはならないという命令を軽蔑した。先に述べたように、アモース神父は人間以外の霊の存在を証明するため、小規模の悪魔祓いを行い、本物の憑依が起きているのか診断する意味で、これが貴重な手法だと確信しているのである。悪霊に取り憑かれていると思っている人々の大半はそうではないと彼は言い、悪魔祓いでなく医学的な治療を必要としているという。アモース神父と同僚たちは、慎重に言葉を選んだ修正案を提出したが、役に立たなかった。

アモース神父によると、教会の支配層は悪魔祓い師のことを狂信的な「悪魔学研究家」と見なし、彼らやその仕事に対し敵意を表すことすらある。アモース神父に対する最も侮辱的な扱いは、アモースと代表的な国際的悪魔祓い師の司祭たちが設立した、**国際エクソシスト協会**の150人の会員たちが、聖ピエトロ広場でのローマ教皇ヨハネ・パウロ2世の謁見に参加するのを、教会事務所から拒否されたことであった。インタビューの際アモースは、スペイン、ポルトガル、スイス、ドイツを含めた国々の主教区全体が、悪魔祓い師の必要性を認めようとしないと明かした。ドイツの司教たちはラッィンガー枢機卿、今のローマ教皇ベネディクト16世に、自分たちはローマ式典礼をもはや使わないので、改訂は必要ないとまで伝えている。

教会が悪霊の活動を認めないのは、「邪悪な存在」がヴァチカンの最深部にまで入り込んでいるからではないかと、アモース神父は主張している。彼の信念は揺るがず、サタンが争いに勝つことはあるかもしれないが、戦争に打ち勝つのは精霊だと語っている。

アモース神父は4冊の本を書いている。『エクソシストは語る』(1999年)、『聖母マリアの福音——神の母との1カ月(Gospel of Mary: A Month with the Mother of God)』(2000年)、『続・エクソシストは語る(An Exorcist: More Stories)』(2002年)、それに2003年に出版されたピオ神父のドイツ語の伝記『ペーター・ピオ——神聖なる者の伝記』である。

アモン
Amon

堕天使で、72人の**ソロモンの悪魔**の7番目に位置する。**地獄**でのアモンは力強く大きな勢力を持つ侯爵である。最初狼

アモン(『地獄の辞典』)

として現れるが、魔術師の命令によってワタリガラスの頭と犬の歯を持つ人間の姿を取る。彼は過去と未来を正確に言い当てる。男女を互いに恋に落ちるよう仕向け、友人や敵同士の論争を解決する。**悪霊**の40の**軍団**(レギオン)を統率する。

アルグル
Algul

アラビアの吸血鬼で夜の**ジン**である。アルグルとは「蛭」(ひる)を意味する。墓地に生息し、保護者のいない子供たちを信用させるため女の姿をしている。このタイプの邪悪なジンは墓地に住んでいても、新鮮な**血**を好む。眠っている子供の血と息を吸い取るために、家に入り込む。保護者のいない子供たちを吸血鬼にするため、暗がりに誘い込む。新鮮な血が手に入らない時は、墓地の死んだ子供たちの血を吸う。

リリト参照。

アルプ
alp

ドイツの民間伝承に出てくる、血を吸い、姿を変える精霊で、**お化け**など悪夢に関わる**悪霊**や、**サキュバス**や**夢魔**(インキュバス)などの性的な略奪者と関連がある。アルプは悪霊または、害をなす死者の霊と思われる。伝承では、母親が出産の苦しみを和らげるため馬の首輪を使うと、その子供はアルプになる運命にあるという。

アルプは魅惑的な人間から、猫、豚、鳥、好色な犬などの動物まで、さまざまな姿になることができる。別の血を吸う悪霊、ホラツィの息から放たれた場合、蝶に化けることすらある。

どんな姿をしていても、アルプは魔法の帽子を被るのを好む。その帽子は姿を透明にし、**邪眼**も含めた超自然の力を与える。

アルプは男にも女にも、奇妙なやり方で性的な悪さを仕掛ける。霧、あるいは**蛇**の形を取って、被害者の口から侵入する。男女両方の乳首から血を吸い、女や牝牛の乳を飲み尽くす。被害者の精気を吸い取る。

伝承によると、女性が夜アルプに悩まされるのを防ぐためには、靴をベッドの脇に置いて、爪先をドアの方に向けておけばいいという。

アルマディエル
Armadiel

31人の**ソロモンの精霊**の中の悪霊。アルマディエルは北東の王として統治する。彼の15人の公爵長は、それぞれ1260人の従者を従えており、良い性質ではあるが適切な時間に呼び出さなければならない。アルマディエルの15人の主要な公爵は、ナサール、パラビエル、ラリエル、カルヴァミア、オラリエル、アルフェリエル、オリン、サミエット、アスマイエル、ジャジエル、パンディエル、カラシバ、アスビビエル、マファイル、そしてオエミエルである。

アロケス(アロケン、アロケル)
Alloces (Allocen, Allocer)

堕天使で、72人の**ソロモンの悪魔**の52番目に位置する。アロケスは**地獄**の公爵

アロケス(『地獄の辞典』)

であり、大きな馬に乗った戦士の姿で現れる。彼のライオンの顔は赤く目はギラギラと燃え、大きくしゃがれた声で話す。天文学と専門教養を教え、役立つ**使い魔**を与える。36の**悪霊**の**軍団**(レギオン)を統率する。

暗黒界の王
Prince of Darkness

サタンおよび**ベリアル**に与えられた称号。死海文書では、ベリアルは神の命(めい)を受けて地獄に堕ち、「悪の王国の支配者」となった。ベリアルは欺瞞の子らを従える。暗黒界の王はまた、死の天使でもある。

アンタウラ
Antaura

ギリシアの偏頭痛の悪霊。アンタウラは女の悪霊で、海の中から上がり、風のように動き、鹿のように叫び、牡牛のように吠える。人々の頭の中に入り込み、強烈な痛みを引き起こす。頭痛を起こす他の悪霊たちに、同じことをやるよう命じる。

アンタウラは、森と満ちてゆく月を支配する女神、アルテミスに行く手を阻まれる。伝説によると、アルテミスは山の中でアンタウラの進路を逸らし、牡牛の頭に入らせたという。

アントニオス(251-356年)
Anthony

修道院制度を確立したとされるキリスト教の聖人で、**サタン**とその**悪霊**たちからの誘惑で有名である。アントニオスとは「この上ない」という意味である。聖アントニオスはエジプトのアンソニーまたはアントニー、砂漠のアントニオス、大修道院長のアントニオスとしても知られている。彼の生涯の詳細と悪霊による苦痛については、エジプト、アレクサンドリアの教会の司教であった、友人の聖アタナシウスによって『アントニオス伝』という本に記録された。アントニオスの誘惑は、中世の芸術家たちにとって人気の題材であった。

●生涯

アントニオスは251年、上エジプトの南メンフィスにあるコーマ(あるいはコマン)村で、キリスト教徒の両親の下に生まれたが、その頃はローマのデキウス帝の命によるキリスト教徒迫害の真っただ中であった。恐れた両親は彼を家から出さず、読み書きもさせず、彼自身が話す以外の言語は教えなかった。

彼が20歳の頃両親は、広大な家屋敷を遺し、妹の面倒を見るよう託して亡くなった。およそ半年後、アントニオスは一生を劇的に変えることになるキリスト教の福音に出会い、感銘を受けた。彼はマタイによる福音書19章21節の「行って持ち物を売り払い、貧しい人々に施しなさい。そうすれば、天に富を積むことになる」を受け入れ、自分と妹が住むのに必要な分を除いたすべての家屋敷を売り払い、その利益を貧しい人々に分け与えた。それから同6章34節の「明日のことまで思い悩むな」に従い、残りも手放した。妹を敬虔な乙女たちの家、すなわち記録に残っている最初の女子修道院に預け、272年頃にはひとりきりの生活を始めた。

アントニオスの最初の隠棲の地は、彼の家からさほど離れていないリビア砂漠で、打ち捨てられた墓所に住み着いた。たいていは日没後にのみ食べ、食事はパンとわずかな塩、それに飲み水だけだった。時には3、4日食べないこともあった。イグサの筵（むしろ）かむき出しの床に寝て、祈りと読書と手仕事をして毎日を過ごした。彼は悪霊からの激しい攻撃を耐え忍んだ。

誘惑に打ち勝った後の285年頃、アントニオスは廃墟となった山の砦に住むためナイル川を渡り、そこでほぼ孤立した生活を20年間送った。半年ごとにパンを運んでくる男以外とは、めったに人と接することはなかったが、にもかかわらず彼は、忠実かつ好奇心旺盛な人々を引きつけた。アントニオスはついに305年、54歳の時に信者たちの懇願に応えるべく山を下り、ファイユームに最初の修道院を建てた。

アントニオスは残りの人生をキリスト教徒のために働いて過ごし、独居の時代に区切りをつけた。311年、彼は殉教者たちの処刑に先立って、慰問のためアレクサンドリアへ赴き、どうにかして自身の逮捕は免れた。彼は砂漠の町ピスピルにもうひとつ修道院を建て、その後孤立した生活を修道者独房で過ごすため、弟子のマカリウスを連れてコルジム山へ行った。彼は毛の下着を着て風呂に入らなかった。それから修道士の生活について教えるため信者の集団に加わった。

355年、イエスに神性はなく人間だとするアリウス派の異端に反駁するため、彼はアレクサンドリアに戻った。彼はキリスト教徒にも異教徒にも、絶大な人気があった。

356年、105歳の時、彼は隠れ家のコルジム山に戻った。病を得た彼は弟子たちに、自分を密かにコルジムの、信者マカリウスとアマタスの傍に埋葬し、外套をアタナシウスに送るよう指示した。そしてアントニオスは横たわり、自分の身体は復活の日に朽ちることなく蘇るだろうと断言し、息を引き取った。

561年、彼の遺体が発見されたと考えられており、最初アレクサンドリアに、次いでコンスタンティノープルに移され、そして最終的に十字軍の時代、ウィーンとフランスに移された。

●悪霊の誘惑

アントニオスが自分の富を放棄し、砂漠に隠棲することを決めるやいなや、肉

体的安楽と栄華の生活に戻るよう語りかけ、誘惑する悪魔に悩まされた。アントニオスは抵抗したが、悪魔はさらに激しく昼も夜も責めたて、何が起こっているのか他の者たちに気づかれるほどだった。アントニオスは断食と祈りを続けた。最も過酷だったのは性的な誘惑の企てであった。彼の伝記を著したアタナシウスによれば、以下のようであった。

そしてみじめな存在である悪魔は、ただアントニオスを欺くため、ある夜、女の姿となりあらゆる仕草を真似てみせた。しかし彼の心はキリストと、キリストから与えられた高潔さで満たされており、魂の霊性を熟考し、相手の欺瞞の炭火を消してしまった。敵は再び自堕落な快楽をほのめかしてきた。しかし彼は怒り悲しむ者のように、迫りくる火と鬱陶しい虫のことに考えを切り替え、敵対者に向けて並べ立て、誘惑を無傷で切り抜けた。これらのことは彼の敵にとって屈辱だった。なぜなら敵は自分を神に匹敵すると考えており、それが若者に嘲られたからである。そして肉体に対する力を誇示していた悪魔が、生身の肉体を持つ人間に敗走させられる羽目に陥ったからである。

しかし悪魔は簡単に諦めようとはせず、今度は黒い少年の姿で現れ、控えめで弁解がましい態度を取った。彼はみずからを「淫行の友」「肉欲の精」とし、アントニオスがこれまでしばしば自分を打ち負かしたことを認めた。アントニオスは彼を非難して言った。「まったく見下げ果てた奴だ。腹黒く子供のように弱いのだから。これからはおまえには煩わされない。『主は私の味方、助けとなって私を憎む者らを支配させてくださる』」悪魔は逃げ去った。

一度悪魔は、アントニオスを襲わせるためハイエナの群れを差し向けたことがあった。アントニオスはハイエナたちに、もし自分を超える本物の力を持っているなら喜んで食われようが、ただ悪魔に遣わされたのなら、自分を傷つけることはできないと言った。ハイエナたちは去っていった。

ある日彼が籠を編んでいると、ロバの

聖アントニオスを誘惑する悪霊たち（著者蔵）

下肢を持った人間が、他の邪悪な霊たちとともに現れた。アントニオスは十字を作り、キリストの名を唱えて彼らを退けた。彼らは砂漠へ逃げ、ロバの脚の頭領は倒れて死んでしまった。

また別の時には、欲求不満の悪魔が大勢の悪霊を引き連れてやって来て、アントニオスをしたたかに打ちのめしたため、あまりの痛さに彼は気絶して床に倒れてしまった。数日後、彼はパンを持ってきた友人によって発見された。最初友人は彼が死んでいるものと思った。まだ生きているのを見て、友人は彼を村の教会まで運び、床に寝かせた。人々の集団が周りを取り囲み、まるで遺体に付き添うように寝ずの番をした。真夜中に聖人は目を覚まし、自分の墓所に連れて帰ってくれるよう頼んだ。

彼の伝記作家アタナシウスによれば、アントニオスはこう言ったそうである。「責め苦はあまりにも度を越えており、人間の仕業による打撃では、このような苦痛を生み出すことはないだろう」。しかしその後がもっとひどかった。墓所が地震の時のように揺れ動き、動物や虫の姿の悪霊たちが押し入ってきた。ライオン、熊、豹、牡牛、蛇、エジプトコブラ、蠍などである。彼らは獰猛に暴れ回り、いかにも彼を攻撃するように見せかけていた。アタナシウスはこう書いている。

しかしアントニオスは彼らに打たれたり突かれたりして、肉体の苦痛はさらに激しくなっていた。それでも彼は横たわったまま揺るぎない魂をもって、身体の激痛にうめきながら見つめていた。しかし彼の精神は澄みきっており、嘲りを込めて言った。「もしおまえたちに力があるならば、誰かひとりが来れば十分だっただろう。だが神がおまえたちを弱くお作りになったからこそ、私をこわがらせようと大挙して来るのだ。獰猛な獣の姿を取っているのが弱さの証拠だ」。そしてさらに大胆に言った。「もしできるなら、私に対抗できる力を備えているなら、ぐずぐずせずに攻めるがいい。だができないなら、なぜ無意味に私を煩わせる？ 神への信仰は、我々を守る印であり壁なのだから」。何度も試みたあげく、アントニオスに対してというより自分たちにがっかりし、彼らは歯ぎしりして悔しがった。

こうした攻撃期間の後、墓所の屋根が突然開き、光の筋が入ってきて悪霊たちは消え去った。アントニオスの痛みはなくなった。彼は神に、なぜ今まで応えてくださらなかったのかと問うた。神はアントニオスの戦いぶりを見たかったのだと答えた。アントニオスが勝利したところで神は言った。「これからはいつもそなたの助けとなり、そなたの名を広く知らしめよう」

それでもアントニオスは悪霊たちの攻撃から解放されたわけではなかった。ひとり修行に打ち込むため、廃墟となった山の砦に向かっている時、悪魔が彼を誘惑しようと美しい銀の皿を道の途中に置いた。彼がこれは悪魔の罠だと断言する

と、「火の上の煙のように」たちまち皿はかき消えた。悪魔は次に本物の金をばらまいてみたが、アントニオスは急いで通り過ぎた。

アントニオスは砦の中に誰も入れようとしなかった。信者たちは食べ物を外に置いていった。しばしば彼らは、恐ろしい怒鳴り声が中で響き渡り、アントニオスに自分たちの攻撃に耐えきれないだろうから出ていくよう言っているのを聞いた。アントニオスは信者たちに、その声は悪霊のものだが、悩まされてはいないと伝えた。

● 悪霊に対するアントニオスの見地

アントニオスが20年ぶりに孤立した山の砦から出てきた時、まったくの健康体で、人を引きつけずにはおかない優雅さをもって、大衆に語りかけた。彼は悪霊について人々に話した。アントニオスは悪霊を、人間とそうかけ離れていない空気のような存在で、無数に、さまざまな種類がいると表現している。彼らは元々邪悪だったわけではないという。

　悪霊たちは我々が言う意味であのように創られたわけではない。というのも神は悪しきものは決して創られず、彼らでさえ善きものとして創られたからだ。しかし天の叡智から滑り落ちて以来、彼らは地を這う者となった。（運命を占う）見せかけでギリシア人たちを欺くいっぽう、我々キリスト教徒への嫉妬から、我々が天国に行くのを妨害しようと情熱を傾け、あらゆる手段を使ってくる。自分たちが落ちた元の場所に我々を上らせないためである。かくしてより多くの祈りと修行が必要なのであり、精霊を通して霊を見分ける才能を与えられた者は、それらの性質を理解する力を持つだろう。どれがより邪悪か、そうでないか、それぞれが本質的に何を追い求めるのか、そしていかにして打倒し、除霊できるのか、ということを。彼らの悪行や策略の変化は数限りない。

悪霊はすべてのキリスト教徒を攻撃するが、とりわけ修道士に対し、最初は邪な考えを吹き込み、次に性的な誘惑を仕掛け、それから恐ろしい怪物や獣の姿となって襲うとアントニオスは語っている。悪霊はこっそり身を隠し、空気を通じて家の中に忍び入る。彼らは人目を欺く変装、例えば**天使**、修道士、聖職者に化けて、眠っている人を起こし、祈るよ

『聖アントニオスの誘惑』ボシュ

う強く勧める——しかしその後、祈りなど役に立たないと主張するのである。下級の悪霊が失敗すると、頭領が呼ばれる。

彼はみずからの経験から、さらに例を挙げて解説した。

ある時、並はずれて背が高く壮麗に飾り立てた悪霊が、私に向かって大胆にも言い放った。「私は神の力を持つ、全能の存在だ。何を与えて欲しい？」しかし私は思い切り奴に息を吹きかけてキリストの名を唱え、倒しにかかった。奴が倒れたと思ったとたん、そんなにも大きな姿だったのに、キリストの名を聞くと他の悪霊たちと一緒に消えてしまった。別の時には断食中であったが、奴は巧妙に修道士の恰好をして、パンのようなものを持って忠告してきた。「食べて、そのような重労働をやめよ。おまえも人間なのだから病気になるであろう」。しかし私が奴の企みを見抜き、立ち上がって祈ると、奴は耐えられず立ち去ったが、戸口を抜ける時に煙のように消えていった。

アタナシウス曰く、彼は山の砦で見つかった時のようにしばしば悪霊たちに打たれたが、キリストへの愛を声高に宣言すると、悪霊たちは互いに叩き合ったという。

サタンは一度、背の高い男の姿で現れ、彼の部屋のドアをノックした。悪魔はなぜキリスト教徒が自分を不当に罵るのか、自分は弱く、彼らの悩みの元は彼ら自身ではないか、と詰問してきた。アントニオスはキリストの名において彼を嘘つきと呼び、悪魔は消え失せた。

キリスト教徒は悪霊を恐れることはない、とアントニオスは語った。彼らは臆病な嘘つきなのだから。彼らには脅しを実行に移す力はなく、舞台の役者のようなものだ。彼らは祈り、断食、十字の印、そして信仰で打ち負かせる。悪霊たちは、と彼は言う。「断食、不眠、祈り、辛抱強さ、穏やかさ、金と虚飾への軽蔑、謙虚さ、貧者たちへの愛、施し、苦行中に怒りを持たないこと、そして最も重要なのがキリストへの敬愛、これらを恐れるのだ」。しかし彼らを恐れる様子を見せると、悪霊たちは攻撃を増してくる。

悪霊はしばしば未来を正確に言い当てることがあるが、それは不用心な被害者を信用させるための計略である、と彼は言った。悪霊はこのようにしてギリシアの巫女たちを惑わせた。

彼は悪霊の正体を暴く検査を薦めている。

なんらかの幻影を見ても、恐れてひれ伏してはいけない。それが何であれ、最初に勇気を持って、どなたですか？ どこから来たのですか？ と聞くことだ。それが聖なる存在の幻影であれば、彼らはあなたを安心させ、恐れを喜びに変えるだろう。だが悪霊による幻影であれば、あなたの意志の確かさを目の当たりにし、たちまち弱ってしまうだろう。なぜなら、どなたですか？ どこから来たのですか？ とだけ問いかけることは、冷静さの証しだからだ。

●アントニオスの悪魔祓いの能力

アタナシウスは、他人から悪霊を祓うアントニオスの能力についての例を挙げている。孤立して生活していた時、人々は彼の部屋の扉を叩いて助けを求めていた。応えないことも多かったが、人々は部屋の戸口に野宿するようになり、徹夜の祈りを続ける過程で、しばしば癒やされていった。

時には彼も人々に応え、おのおのの祈りと信仰によって癒やされるのだと説くこともあった。悪霊にとり憑かれた娘を持つ兵士が彼の助けを求めると、この助言を与えられて帰された。兵士が家に戻ってみると、娘は悪霊から解放されていた。

民衆の中に出ていくと、アントニオスはキリストの名を引き合いに出して悪霊を追い払った。ある時、修道士たちと祈るため船上に招かれた。彼は魚と肉から悪臭がするのに気づき──気づいたのは彼ひとりであった──悪霊にとり憑かれた若い男の密航者を発見して、除霊してやった。

別の若い男が彼の元に連れてこられたが、ひどく取り憑かれていたため自分の排泄物を食べていた。アントニオスは悪霊を追い出し、その男をすっかり元通り健康にしてやった。

アントニオスは癒やしや悪魔祓いをする者たちに、それを吹聴しないよう警告している。というのも、悪霊たちからの攻撃を受けやすくなるからである。

●アントニオスの体験の重要性

アントニオスの悪霊からの勝利、そして記述と忠告の価値は、キリスト教の悪霊に対する視点に重要な土台を築きあげたことである。続く数世紀、**憑依**事件は教会で扱われたが、悪霊たちはアントニオスが描写したとおり攻撃の激しさを強め、攻撃が続くとより上位の頭領を呼ぶという行動に出た。彼らは嘘をつき、姿を変え、正確に予言し、千里眼で見通した。そして最終的に、キリストの名によって追い払われた。

アンドラ（インドラ）
Andra (Indra)

ゾロアスター教の殺戮者、戦士として知られる大**悪霊**で、人間を美徳から背けさせる。アンドラは善の精霊、すなわちアムシャ・スプンタのアルトヤシヒと対立する。彼はまた**地獄**へ行く運命にある魂をも罰する。

アンドラス
Andras

堕天使で、72人の**ソロモンの悪魔**の63番目に位置する。**地獄**でのアンドラスは、**悪霊**の**軍団**(レギオン)を30以上統率する、偉大な侯爵である。彼はワタリガラスの頭か、木のフクロウの頭を持った天使の姿で現れ、黒い狼に乗り、きらめく鋭い剣を携えている。不和を生み出し、不注意で不用心な者はどんな家の主人でも家来でも、すべての召し使いに至るまで殺害する。人々に敵を殺す術を教える。

アンドラス（『地獄の辞典』）

アンドレアルフス
Andrealphus

堕天使で、72人の**ソロモンの悪魔**の65番目に位置する。アンドレアルフスは30の**悪霊**の**軍団**(レギオン)を統率する、強力な侯爵である。彼は最初騒々しい孔雀の姿で、後に人間として現れる。人間を鳥に変えることができ、非常に狡猾にする。完璧な幾何学や、測量に関することは、天文学を含め何でも教える。

アンドロマリウス
Andromalius

堕天使で、72人の**ソロモンの悪魔**の72番目に位置する。**地獄**でのアンドロマリウスは重要な伯爵である。彼は**蛇**を抱えた人間の姿で現れる。盗まれた物を取り戻し、泥棒を暴き出し、不正な行いや秘密裡の取引を見つけ出し、隠された宝を白日の下にさらす。36の**悪霊**の**軍団**(レギオン)を統率する。

アンラ・マンユ
Angra Mainyu

→**アフリマン**

イアリングの悪魔憑き（1928年）
Earling Possession

　20世紀において、最も詳しい記録の残る、**憑依**事件のひとつ。アンナ・エクランドの憑依はまた、ひとりの犠牲者の中に悪魔的存在の一団が取り憑いた点でも珍しいケースである。

　アンナは1882年頃、アメリカ中西部で生まれ、信心深く敬虔なカトリックとして育てられた。彼女が最初に憑依の兆候——神聖なものを嫌う、教会に入れない、口に出せぬような性的行為に対し、よからぬ考えを持つ——を示すようになったのは14歳の時で、結局、1908年には完全に取り憑かれることになった。アンナの苦しみを記録した『サタンよ、去れ！（Begone Satan!）』は、カール・フォーグル尊師によってドイツ語で書かれ、ベネディクト修道会のセレスティン・カプスナー尊師の手で英訳された。それによれば、魔女だと噂されていたアンナの叔母ミナが、アンナの食事に使われたハーブに呪文をかけたことが、憑依の原因だとされている。1912年6月18日、ウィスコンシン州マラトンにある聖アントニオス修道会から来た、バイエルン生まれのカプチン修道会士、テオフィルス・リージンガー神父が、悪魔祓いに成功した。しかし、アンナの父親がアンナに山ほどの**呪い**を投げつけ、彼女が取り憑かれることを願った後で、アンナは再び魔王の

餌食となってしまった。1928年、アンナが46歳の時、テオフィルス神父はもう一度悪魔祓いを試みた。

　テオフィルス神父はアンナのことが知られていない場所を探し、アイオワ州イアリングの教区司祭で、古い友人であるF・ジョゼフ・スタイガー神父を頼った。スタイガー神父は大いにためらったが、近くのフランシスコ修道会の修道院で悪魔祓いを行うことに同意した。1928年8月17日、アンナはイアリングに到着したが、すぐに騒動が始まった。夕食に聖水がふりかけられていることに気づいたアンナが発作を起こし、猫のように喉を鳴らし、清められていない食事が出されるまで、ものを食べなかったのだ。それからというもの、アンナの中にいる悪魔は、尼僧が食べ物や飲み物を聖別しようとしたかどうかを常に察知し、不平を言った。

　次の朝、本格的な古代の儀式が始まった。テオフィルス神父は、鉄のベッドにマットレスを敷き、力の強い尼僧数人にアンナを押さえさせた。アンナの服は、アンナが自分で脱いでしまわないよう、しっかりと体に縛りつけられた。テオフィルス神父が最初の説得を行うと、アンナは口をぴたりと閉ざし意識不明になったが、いくらもしないうちに、異常な空中浮揚が起こった。アンナが突然ベッドから起き上がり、猫のように扉の上の壁にぶらさがったのである。引きずりおろすには、大変な努力が必要だった。儀式の間中、アンナは意識を失っており、その唇が動くことはなかったが、彼女の中からは悲鳴や、うなり声や、不気味な動物的な咆哮をともなう声が響いていた。叫び声に驚いたイアリングの市民が修道院に集まり、悪魔祓いを秘密にしておきたいというテオフィルス神父の望みは打ち砕かれた。

　悪魔祓いは全部で23日間に及び、8月18日から26日まで、9月13日から20日まで、12月15日から23日までの、3回にわたって行われた。その間ずっと、アンナの容体は瀕死にまで悪化していた。少量のミルクと水を飲み込む以外、アンナはものを食べなかった。にもかかわらず、いやな臭いのする吐瀉物を大量に吐き、しばしば煙草の葉そっくりのものを吐き出したり、異常なほど唾を吐いたりした。その顔は無残に醜くゆがみ、しじゅう血まみれになった。頭はふくらんで伸び、目もふくれあがり、伝えられるところによれば、唇は手ほどの大きさになっていた。腹は収縮するだけで破裂しそうなほどにふくれ、非常にかたく重くなったので、鉄のベッドが桁外れの重みにたわむほどだった。

　こうした体の変化に加え、アンナは以前には知らなかった言語を理解するようになった。聖句や聖なるものに怯え、千里眼を発揮して、他の関係者の子供の頃の隠された罪をあばいたりした。尼僧たちやスタイガー神父は怯え苦しみ、悪魔祓いの間ずっとアンナの部屋にいることができずに、交代で仕事をした。スタイガー神父は、彼の教区で悪魔祓いをさせたことを悪魔に罵られ、特にしつこく悩まされていた。悪魔が予言し、おそらくは仕組んだのであろう自動車事故にあった

りもした。自分の力を信じ、平静を保っていたのは、テオフィルス神父だけだった。

下級の悪魔と復讐霊の群れが、まるで「蚊の大群のように」アンナに取り憑いていたが、アンナを最も苦しめていたのは、**ベルゼバブ**、イスカリオテのユダ、父親ジェイコブとその情婦でアンナの叔母であるミナの霊だった。最初に現れたのはベルゼバブで、テオフィルス神父を皮肉な神学議論に引き込み、アンナの父親ジェイコブが、14歳の娘を呪って悪魔を送り込んだことを認めた。テオフィルス神父はジェイコブをつかまえようとしたが、答えたのはイスカリオテのユダを名乗る霊だけだった。ユダはアンナを苦しめるためにここにいること、自殺をし、その罪によって**地獄**に送られたことを認めた。

ようやくジェイコブが話し始め、近親相姦の誘いを拒んだので、アンナを呪ったのだと言った。アンナを誘惑して貞操に関わるあらゆるおぞましい罪を犯させるよう、悪魔に頼んだのだという。『サタンよ去れ！』の中で、著者はジェイコブの生涯を「粗野で野蛮」と評している。ジェイコブはまだ結婚しているうちからアンナの叔母ミナを情婦とし、アンナを何度も誘惑しようとした。臨終に際し、司祭が終油の秘跡を施した時も嘲笑したという。著者はさらに、以下のように書いている。「死後の審判において、他のことは許されたとしても、実の娘を呪ったのだから……結局は永遠の地獄落ちに値するのである。彼はさらに、地獄でもなお娘を苦しめ、痛めつける方法を画策している。ルキフェルはそうしたことを、快く容認しているのだ」アンナが46歳にして本当に処女のままだったのか、父親との性的関係を抑圧していたのかはわかっていない。

最初から他の声に混じって存在していた甲高い裏声が、自分はミナだと明かした。ジェイコブと暮らし、4人の子供を殺したせいで、神に地獄に落とされたという。『サタンよ去れ！』では、子供とはミナ自身の子供であると暗示しているが、あるいは何回もの堕胎で死んだ子かもしれないとしている。著者はミナを、悪意と憎しみの強さにおいては悪魔同然であり、聖体に対する敵意と冒瀆心でいっぱいだったと評している。

著者はまた、この悪魔憑き事件で本当に驚くべきことは、つらい体験の間ずっとアンナの本来の美徳と信仰心が変わらなかったことだと述べている。「悪魔は人間の自由意志に対し力を持たない」からである。いつかは勝てることを感じ取ったテオフィルス神父は、悪魔に対し、この場を去るようにとの説得を続けた。1928年の12月の後半になると、悪魔たちは弱り始め、神父の説得に対し、叫ぶというよりもうめき声をあげるだけになった。テオフィルス神父は悪魔たちに、地獄に帰る時には、それぞれが去ったことの証として、自分の名を叫ぶように要求し、悪魔たちはこれに同意した。

1928年12月23日の午後9時頃、不意にアンナがぴくりと動き、天井に浮き上がろうとでもしているように、ベッドに直立した。スタイガー神父は尼僧たちに

アンナを引き戻すよう命じ、テオフィルス神父はアンナに祝福を与えて叫んだ。「地獄の悪魔よ、去れ！サタンよ去れ、ユダの獅子が君臨する！」アンナはベッドの上に崩れ落ち、「ベルゼバブ、ユダ、ジェイコブ、ミナ」と、絶叫した。続いて、「地獄、地獄、地獄」という叫び声が部屋を満たし、その声が遠くへ消えたと思われるまで、数回続いた。アンナが目を開いて微笑み、頬に喜びの涙をつたわせながら、叫んだ。「イエスのお恵みを！イエス・キリストをたたえよ！」

『サタンよ去れ！』は、次のように結ばれている。「初め、彼らは喜びのあまり、部屋に充満しているひどい臭いに気づきさえしなかった。この世のものとも思えぬその臭気はひたすら耐えがたく、窓はすべて開け放たれた。それは、地上に置き去らねばならなかった人々に対する、地獄の悪魔どもの最後の置き土産だった」

イエス
Jesus

キリスト教における神の子。邪悪なもの、**魔王**と**悪霊**との戦いが人生の中心であり、目的である。「悪魔の働きを滅ぼすためにこそ、神の子が現れたのです」とヨハネの手紙一3章8節に明記される。新約聖書の記述から、イエスには邪悪な力に打ち勝ち、人々を苦しめる悪霊を追い払う能力があったことがわかる。

●洗礼と荒れ野における誘惑

洗礼者ヨハネによる**洗礼**が、イエスの布教活動の始まりとなった。それから間もなく、イエスは荒れ野で40日間昼も夜も断食したあとで、**サタン**に誘惑された。神の子であると証明するため、石をパンに変えろと命じられたのだ。イエスは「『人はパンだけで生きるものではない。神の口から出る一つ一つの言葉で生きる』と書いてある」（マタイによる福音書4章4節）と答える。

次に魔王はイエスを聖都（エルサレム）へ連れていき、神殿の屋根の端に立たせた。魔王はイエスに、ここから飛び降りて、神の**天使**たちに守られることを見せろと命じた。イエスは「『あなたの神である主を試してはならない』とも書いてある」（同4章7節）と答えた。

最後に、サタンは3度目にイエスを誘惑しようとした。イエスを高い山へ連れていくと、この世のすべての国々が見えた。「もし、ひれ伏してわたしを拝むなら、これをみんな与えよう』と言った」（同4章9節）。イエスは誘いをはねつけ、「退け、サタン。『あなたの神である主を拝み、ただ主に仕えよ』と書いてある」（同4章10節）と言った。

サタンは去り、天使が現れてイエスに仕えた。

悪魔を崇拝すれば栄華をもたらすという申し出は、魔王との**契約**を暗示する。1000年以上のちに、異端審問における**妖術**裁判に大きく影響する考え方である。

●悪霊を追い払う

マタイ、マルコ、ルカの福音書には、イエスが「悪霊を追い払う」もしくは「正体のわからない霊を追い払う」場面が何

度も登場する。こうした行為と、病気や障害を癒やす行為は区別されている。一部の**悪魔祓い**の描写を手がかりにすると、癲癇の発作、すなわち痙攣が、当時は悪霊の影響だとされていた可能性もある。

悪魔祓いをするという言葉の語源はギリシア語のエクソーシアであり、「誓約して配下に置く」こと、相手を従わせるために自分より高い権威を引き合いに出すことを意味する。そして悪魔祓いとは、神の名において出ていくよう精霊に厳しく言い渡す（ラテン語ではアジュロ）ことだ。したがって、イエスは厳密には**悪魔祓い師**ではなかった。自分より高い権威を必要としなかったからだ。

イエスが悪霊を追い払った最初の事例は、荒れ野から戻ったあとで起こった。イエスは弟子を選び始め、カファルナウムへ行って教えを授けた。この話は、マルコによる福音書1章23～27節とルカによる福音書4章33～36節で紹介されている。マルコによる福音書には以下の記述が登場する。

そのとき、この会堂に汚れた霊に取りつかれた男がいて叫んだ。「ナザレのイエス、かまわないでくれ。我々を滅ぼしに来たのか。正体は分かっている。神の聖者だ」

イエスが「黙れ。この人から出て行け」とお叱りになると、汚れた霊はその人に痙攣を起こさせ、大声をあげて出て行った。人々は皆驚いて、論じ合った。「これはいったいどういうことなのだ。権威ある新しい教えだ。この人が汚れた霊に命じると、その言うことをきく」

地獄から引き上げるイエス・キリスト

この男の**憑依**と悪魔祓いは、よくある経緯をたどった。第1に、悪霊がイエスに気づいた。第2に、悪霊は取り憑いた男に激痛をもたらしながら、わめき声を出させて去った。第3に、悪霊は最終的にイエスの大いなる力に屈服した。

　イエスがただ悪霊に立ち去れと命じる方法は、同時代の聖職者がとった方法とは大きく異なる。当時の悪魔祓い師の大半が頼ったのは、儀式や詠唱、印形、邪悪な精霊を追い払う品だった。イエスは自分の言葉だけを究極の力とした。カファルナウムの出来事から間もなく、イエスがガリラヤ地方で病人を癒やし、さらに多くの悪霊を追い出したと、マルコとルカは書いている（マルコによる福音書1章32～34節、ルカによる福音書4章38～41節）。

　夕方になって日が沈むと、人々は、病人や悪霊に取りつかれた者を皆、イエスのもとに連れて来た。町中の人が、戸口に集まった。イエスは、いろいろな病気にかかっている大勢の人たちをいやし、また、多くの悪霊を追い出して、悪霊にものを言うことをお許しにならなかった。悪霊はイエスを知っていたからである。

　十二使徒に新しい名前を――悪霊を追い払う力も――与えると、イエスは帰郷して、大勢の支援者と野次馬に迎えられた。友人の中には、彼が一時的に正気を失ったと考える者もいたし、ユダヤのラビの中には、彼が**ベルゼバブ**に取り憑かれたと考える者もいた。マタイによる福音書（12章24～29節）、マルコによる福音書（3章22～27節）、ルカによる福音書（11章14～22節）が、この出来事を詳しく伝えている。

　エルサレムから下って来たラビたちも、「あの男はベルゼブル［訳注／ベルゼバブのこと］に取りつかれている」と言い、また、「悪霊の頭の力で悪霊を追い出している」と言っていた。そこで、イエスは彼らを呼び寄せて、たとえを用いて語られた。「どうしてサタンがサタンを追い出せよう。国が内輪で争えば、その国は成り立たない。家が内輪で争えば、その家は成り立たない。同じように、サタンが内輪もめして争えば、立ち行かず、滅びてしまう。また、まず強い人を縛り上げなければ、だれも、その人の家に押し入って、家財道具を奪い取ることはできない」

　ベルゼバブ、すなわち「蠅の王」という名前はバアルゼブルの変形で、カナン人やフェニキアの最高神を指し、「神聖な住み処の神」あるいは「天国の神」を意味する。預言者エリヤの時代には、自然宗教の神バアルはイスラエルの神ヤハウェ（エホヴァ）の強敵であり、その名はユダヤ人にとってサタンを表した（列王記上18章、列王記下1章3節）。この話は、サタンを神の意志に縛りつけなければ、「家」すなわち取り憑かれた者の体から追い出せないという説も提唱している。

イエスが悪霊を追い払った挿話としてよく取り上げられるのが、悪霊に取り憑かれたゲラサ人またはガダラ人の事例である。これはマルコによる福音書（5章1~13節）、ルカによる福音書（8章26~33節）、マタイによる福音書（8章28~32節）に登場する。マタイではふたりが取り憑かれている。別の話とされるが、どれも内容は同じである。イエスは山上の垂訓を与えたあと、弟子たちとともに船でゲラサ人、またはガダラ人の地方へ向かい、汚れた霊に取り憑かれた男に出会った。マルコによる福音書にはこう書かれている。

　一行は、湖の向こう岸にあるゲラサ人の地方に着いた。イエスが舟から上がられるとすぐに、汚れた霊に取りつかれた人が墓場からやって来た。この人は墓場を住まいとしており、もはやだれも、鎖を用いてさえつなぎとめておくことはできなかった。これまでにも度々足枷や鎖で縛られたが、鎖は引きちぎり足枷は砕いてしまい、だれも彼を縛っておくことはできなかったのである。彼は昼も夜も墓場や山で叫んだり、石で自分を打ちたたいたりしていた。イエスを遠くから見ると、走り寄ってひれ伏し、大声で叫んだ。「いと高き神の子イエス、かまわないでくれ。後生だから、苦しめないでほしい」
　イエスが、「汚れた霊、この人から出て行け」と言われたからである。そこで、イエスが、「名は何というのか」とお尋ねになると、「名はレギオン。大勢だから」と言った。そして、自分たちをこの地方から追い出さないようにと、イエスにしきりに願った。
　ところで、その辺りの山で豚の大群がえさをあさっていた。汚れた霊どもはイエスに、「豚の中に送り込み、乗り移らさせてくれ」と願った。イエスがお許しになったので、汚れた霊どもは出て、豚の中に入った。すると、2000匹ほどの豚の群れが崖を下って湖になだれ込み、湖の中で次々とおぼれ死んだ。

ほかの取り憑かれた者たちのように、悪霊に取り憑かれたゲラサ人は心身を襲う苦痛に耐えていた。男はイエスに助けを求めたが、内なる悪霊がイエスの力を否定して、追い出さないよう懇願した。この話のもうひとつの重要な部分は、悪霊の名づけという、悪霊を退散させる儀式で不可欠な点である。レギオンは古代ローマ軍団（多くの人から悪霊と考えられていた）の主要部隊であり、4000人から6000人の兵で構成されていた。2000人と推定しては少ないだろう。悪霊はとうとうイエスに反抗できなくなり、豚の群れに入れてくれと頼んだ。なぜなら、豚は当時からユダヤの律法で汚れた動物とされ、ふさわしい選択だったからだ。イエスの時代の人々は悪霊が水を嫌うと信じていたため、豚が溺れると、悪霊も滅びたのだった。
　その後もイエスは布教をしながら悪霊を追い払い、彼を救世主と見なした異邦人の女の娘にも、汚れた霊を清めた（マルコによる福音書7章25~30節、マタイによる福音書15章21~28節）。

汚れた霊に取り憑かれた幼い娘を持つ女が、すぐにイエスのことを聞きつけ、来てその足元にひれ伏した。

女はギリシア人でシリア・フェニキアの生まれであったが、娘から悪霊を追い出してくださいと頼んだ。イエスは言われた。「まず子供たちに十分食べさせなければならない。子供たちのパンを取って、小犬にやってはいけない」ところが、女は答えて言った。「主よ、しかし、食卓の下の小犬も、子供のパン屑はいただきます」そこで、イエスは言われた。「それほど言うなら、よろしい。家に帰りなさい。悪霊はあなたの娘からもう出てしまった」女が家に帰ってみると、その子は床の上に寝ており、悪霊は出てしまっていた。

こうした行動は大衆を引きつけ、イエスの名を騙って悪霊を追い払う者がいると弟子たちが告げる（ルカによる福音書9章49~50節）。

そこで、ヨハネが言った。「先生、お名前を使って悪霊を追い出している者を見ましたが、わたしたちと一緒にあなたに従わないので、やめさせようとしました」イエスは言われた。「やめさせてはならない。あなたがたに逆らわない者は、あなたがたの味方なのである」

のちに、ほかに70人［訳注／新共同訳聖書では72人］の信奉者が、特に除霊の力を与えられずに弟子として派遣され、自分たちにも悪霊を追い払う力があると気づいた。イエスは彼らに、悪霊を追い払えたことを喜ぶのではなく、神に価値があると思われたことを喜ぶようにと言った（同10章17~20節）。

72人は喜んで帰って来て、こう言った。「主よ、お名前を使うと、悪霊さえもわたしたちに屈服します」イエスは言われた。「わたしは、サタンが稲妻のように天から落ちるのを見ていた。蛇やさそりを踏みつけ、敵のあらゆる力に打ち勝つ権威を、わたしはあなたがたに授けた。だから、あなたがたに害を加えるものは何ひとつない。しかし、悪霊があなたがたに服従するからといって、喜んではならない。むしろ、あなたがたの名が天に書き記されてい

若者から悪霊を追い払うイエス（著者蔵）

ることを喜びなさい」

イエスの死後、彼の名前が持つ力が強まり、悪魔祓い師たちはそれを使って悪霊を退治した。しかし、イエスの名が必ずしも成功を保証しなかったのは、使徒言行録19章13~16節に記されたとおりである。

ところが、各地を巡り歩くユダヤ人の祈禱師たちの中にも、悪霊どもに取りつかれている人々に向かい、試みに、主イエスの名を唱えて、「パウロが宣べ伝えているイエスによって、おまえたちに命じる」と言う者があった。ユダヤ人の祭司長スケワという者の7人の息子たちがこんなことをしていた。悪霊は彼らに言い返した。「イエスのことは知っている。パウロのこともよく知っている。だが、いったいおまえたちは何者だ」そして、悪霊に取りつかれている男が、この祈禱師たちに飛びかかって押さえつけ、ひどい目に遭わせたので、彼らは裸にされ、傷つけられて、その家から逃げ出した。

この例は、悪魔祓い師たちにとっての除霊の危険性を示している。また、イエスの名の力を正しく理解させ、一部の者に「魔法の技術」の教書を焼き捨てさせた。

これらの福音書に登場する話は、サタンが実在するだけでなく、無垢な魂を意のままにするという証拠を中世の思想家たちに与えた。イエス・キリストのみならず弟子たちも――十二使徒ではなく、ただの忠実な弟子でも――悪霊を追い払えた以上、各地にある教会の聖職者は、やはり主の名において除霊をする力を持っていたのだ。

イコシエル
Icosiel

悪霊で、虚空をさまよう公爵。100人の公爵と300人の仲間のほかに、多くの従者を従える。15人の主要な公爵には2200人の従者がいる。イコシエルとその悪魔たちは室内に現れることが多い。昼夜を問わず召喚することができ、命令に従う。15人の主要な公爵は、ムカリエル、ピスチエル、サナティエル、ゾシエル、アガピエル、ラルフィエル、アメディエト、カムブリエト、ナスリエル、ザカルテル、アセシエル、クマリエル、ムネフィエル、ヘレシエル、ウバニエルである。

イサカーロン
Isacaaron

肉欲の**悪霊**であり、17世紀のフランスで起こったルダンの**悪魔憑き**において重要な役割を果たした。特に女子修道院長**ジャンヌ・デザンジュ**に取り憑き、想像妊娠の原因とされた。悪魔祓いが行われると、ジャンヌから**悪魔祓い師**のひとり、**ジャン＝ジョゼフ・スリン神父**に乗り移った。

『イーストウィックの魔女たち』
Witches of Eastwick, The

ロードアイランドの小さな町に住む3人の女性が、本物の魔王と関わるように

なる、ジョン・アップダイクの小説（1984年）をベースにした1987年の同名映画。ジャック・ニコルソンが魔王を演じた。

アレキサンドラ・スポフォードは彫刻家、ジェーン・スマートはチェリスト、スーキー・ローモントは地元イーストウィック新聞の記者。3人とも、離婚や死別で夫と別れて以来、少しばかり黒魔術をかじっている。靴ひもを解く、パールのネックレスをバラバラにする、嵐を起こす、裸でいる間にハーブや動物の残骸を集める、夜遅くに空を飛ぶ、といったたわいのない呪文は望まない子供を育てたり、恋人に飽きてあれこれ乗り換えたりといった、退屈さをまぎらわせてくれる。それぞれ、体のどこかに魔女または**魔王**の印とされる3つめの乳首あるいはイボをもっていて、3人とも大きな犬か**使い魔**を飼っている。ニューイングランドに住んでいるのは、ここがアメリカの妖術信仰が伝統的にいちばん強いとされている場所だからだ。

そんな禍々しさに惹かれ、ダークで、裕福で、謎めいたよそ者、デイル・ヴァン・ホーンがイーストウィックに引っ越してきて、古い広大な屋敷に使用人のフィデルとふたりで暮らし始めた。中世の魔王の描写と同じく、デイルもまた醜く、毛むくじゃらな体をしている。彼はアレキサンドラ、スーキー、ジェーンを簡単に誘惑して、ひとりずつ、または3人まとめてベッドを共にしてしまう。魔王の伝説どおり、彼の体液は冷たく、尻にキスするよう女たちに求める。

3人は、ヴァン・ホーンを魔女の集まりに加え、フィデルも一緒にエキゾチックな料理、大量の酒、セックス三昧のパーティーを開く。彼女たちの**サバト**は、初期の魔王崇拝者たちの乱交のようで、女たちは招かれていなくても、ヴァン・ホーンの家にいつ集合すればいいかをわかっているかのようだ。3人は、これまでに寝た男たちの妻のこと、特にスーキーの上司の編集長クライドの妻フェリシア・ガブリエルについて、ヴァン・ホーンと意見を交わす。スーキーたちはフェリシアにうるさく小言を言われたので、こらしめるために、彼女に呪文をかけた。するとフェリシアは、羽やコイン、画鋲、卵の殻、虫などを吐き出した。彼女たちの悪行はますますエスカレートして、ク

1987年の映画『イーストウィックの魔女たち』で、シェール、スーザン・サランドン、ミッシェル・ファイファー演じるイーストウィックの3人の女性たちと、彼女たちをもてなす、デイル・ヴァン・ホーン役のジャック・ニコルソン（著者蔵）

ライドはこれ以上フェリシアの暴言を我慢できず、火かき棒で彼女を殺し、自分も首を吊るという結果を招いた。

3人はさらにヴァン・ホーンに影響され、ますます悪に染まっていく。アレキサンドラは、吠えてうるさい犬を死に追いやろうとする。もはや性欲は感じず、魔女の恋人たちにもなにも感じなくなった。彼らは、魔女が不義の恋人たちを結びつけたり、男を不能にしたり、女を不妊にしたり、不満を煽るために使う道具である先金具や結び目の犠牲者のようだ。いったん、その地域の中で使ってしまうと、妖術は一人歩きして、歯止めがきかなくなってしまうことに、アレキサンドラは気づいた。

ヴァン・ホーンが、フェリシアとクライドの娘、ジェニー・ガブリエルと結婚したとき、3人は復讐に出た。中世の呪術師のように、ジェーンが空を飛んでヴァン・ホーン邸へ行き、体を縮めて忍び込み、ジェニーの持ち物（口紅の跡のついたティッシュ、髪の毛、使用済みデンタルフロス、足を剃った後のバスタブに残された毛など）を集めて、まじないをかけた。蠟で女の人形を作って、それにジェニーの毛をつけ、画鋲を刺して呪文をとなえ、ジェニーがガンで死ぬよう祈った。3人はあとから罪の意識に襲われて、呪文を元に戻そうとしたが、ジェニーは結局死んだ。異性との出会いもあり、言葉巧みに女性の重要性を説くにもかかわらず、ヴァン・ホーンはジェニーの兄クリスを恋人として連れて、姿を消した。

映画版はジョージ・ミラーが監督し、シェールがアレキサンドラ、スーザン・サランドンがジェーン、ミッシェル・ファイファーがスーキーを演じた。彼女たちは魔女ではなく、イーストウィックに到着したジャック・ニコルソン演じるデイル・ヴァン・ホーンの前ではただの退屈した女たちとして描かれている。彼は3人に魔術と乱交を教え、女たちは大いに楽しんだが、それも遊び半分で手を出した魔術がエスカレートして、フェリシア・ガブリエルを殺してしまうまでのことだった。フェリシアは死ぬ前に、サクランボの種を大量に吐き出すが、それはヴァン・ホーンと3人の女たちがパーティーで口から吐き出していたものだった。彼らがサクランボを食べれば食べるほど、フェリシアは次々と吐き出すのだ。

ジェニー・ガブリエルは、映画ではまったく出番がなく、蠟人形はヴァン・ホーン自身になっている。女たちが自分たちの生活から魔王を追い出そうとして作ったという設定だ。彼は3人とも妊娠させたが、女たちは子供が生まれる前に彼にいなくなって欲しかった。それは成功し、魔王は恐ろしい強大な効力と共に立ち去った。

映画化について、おもしろい裏話がある。プロデューサーは、最初小説にあるように、ロードアイランドで撮影する予定だったが、地元の現役の魔女たちの抵抗にあい、ロケ地をマサチューセッツ州コハセットへと移さざるをえなくなった。反対運動を率いたのは、ローリー・キャボットで、彼女は有名なセーラムの魔女で、魔女普及啓発連合の共同議長。この連合は、原

作が魔女について間違った固定観念で書かれているとして、異議をとなえている。信仰としての**妖術**(ウィッカ)の現代の使い手は、魔王など崇拝していないという。

イッパパロトル
Itzpapalotl

アステカ族の女の**悪霊**で、魔女の守護者。名前は「黒曜石の短剣の蝶」を意味する。魔法のマントを身につければ、蝶に変身できる。もっと悪魔らしい姿になることもある。例えば、黒曜石の短剣で縁取られた蝶の羽を持つ女は、骸骨に白塗りの厚化粧を施し、舌に短剣、手の爪に豹の鉤爪、足の指に鷲の鉤爪がついている。

イッパパロトルはかつて天国に住んでいたが、**ツィツィミメ**とともに追放された。悪霊になって魔女を支配し、暦の13の不運な宮を管理している。この時期、蝶やハエに変身した、死んだ魔女の大群を従え、わめきながら町や森をさまよう。

イッパパロトル

イッパパロトル一行の機嫌を取るため、住民は鹿を生贄にする。

稲妻
lightning

民間伝承で、**魔王**のしるしとされる。落雷は、物に対して筋状やギザギザ、またカギ状の焦げた跡を残す。伝承によれば、これらは魔王の爪痕であるという。

16世紀の悪魔学者**ニコラ・レミー**は、**悪霊**が稲妻と一緒になって、どこに落ちるかを決めるといった。少年時代、フランスのシャルムにある彼の家に落雷があり「深い爪痕」が残された。魔王の存在を示すさらなる証拠として「硫黄のひどく嫌な臭い」がしたという。

イブリス
Iblis

イスラムにおける**魔王**。イブリスはアラビア語で「絶望」を意味する。正確な起源と特性は定かではない。この名は魔王の最初の名前である。**ジン**の首領かつ父親であり、**天使**であるともされている。どんな姿にもなれるが、ロバの頭を持ち、孔雀の羽根で飾られた、虚栄心の強い存在に描かれることがいちばん多い（**アドラメレク**参照）。

イブリスはクルアーンに9回登場する。そのうち7回は、神の恩寵を失った件に関する記述である。別名のシェイタンは、神に反逆した場面で使われる。

クルアーン18章50節に、イブリスは「幽精(ジン)の一人で、主の御命令から逸脱した」と書かれている。ほかのジンと同様、

イブリスも煙の出ない火の神に創られた。7章12節と38章76節は、イブリスが火から創造されたことに触れている。

しかし、クルアーンはイブリスが天使として扱われたとも示している。アッラーがアダムを創造したとき、すべての天使に会釈して彼を崇めるよう命じた。イブリスはそれを拒否したひとりであり、塵から創られたアダムは、火から創られた自分より身分が低いと訴えた。アッラーはイブリスの高慢を罵り、天国から追放した。イブリスはアッラーを説得して、罰を重ねるのは最後の審判の日まで延期させた。神はイブリスに、地上を歩き回り、人間を誘惑し、誘惑に負けた者を破滅させる権利を与えた。彼は人間を確実に罪人にはできず、誘い込んで選択させるだけだ。イブリスは、配下であるシャイターンの支援を受ける。これもジンの仲間の名前である。

最終的に、イブリスは破滅させる魂とともに**地獄**に落ちる。廃墟に出没したり、清められていない食べ物を食べたりしながら最後の審判を待つ。

別の伝説では、イブリスは最初のジンのひとりであり、虜囚として天国に連れていかれた。ジンの審判を1000年間は見事に務め、1000年間はうまくできなかった。やがて更生したが、アダムを崇めよというアッラーの命令を拒否して罰せられた。

また別の伝説では、人類の創造以前、アッラーはこの世に天使を遣わして、神の法に逆らっていたジンを殲滅しようとした。天使たちは大半のジンを殺してイブリスを捕らえ、天国に連れていって教育した。残りのジンは新しい国を作った。権力を求めたイブリスは天国を離れて彼らの王になり、**アザゼル**と呼ばれた。

イスラム神秘主義の伝説では、イブリスは神にしか会釈できないためにアダムに会釈するのを拒んだ。したがって、イブリスは完璧な愛を捧げる者、忠誠心と献身の手本を象徴する。神の意志に反して神と結ばれるくらいなら、神と神の意志から隔てられたほうがいいと考える者である。

14世紀のシリアの伝説では、イブリスは地上から甘い物と塩辛い物を集めて、アダムの創造に手を貸している。

また別の話には、イブリスがイヴを誘惑した顛末が描かれている。彼は自分を

イブリス

運んでくれる動物に不死を約束する3つの魔法の言葉を与え、まんまとエデンの園に忍び込んだ。**蛇**が取引に応じ、口の中にイブリスを隠して楽園に連れ込んだ。イブリスは蛇の口からイヴに話しかけた。

イブリスは男でも女でもあり、ひとりで妊娠できる。人間が神に反逆するのを祝うたび、悪霊がかえる卵をふたつ産む。

イポス
Ipos

堕天使で、72人の**ソロモンの悪魔**の22番目に位置する。36の**悪霊**の**軍団**（レギオン）を率いる伯爵にして君主。ライオンの頭とガチョウの足、野ウサギの尻尾を持つ天使の姿で現れる。**ヨーハン・ヴァイヤー**によれば、その姿は**天使**か狡猾なライオンのどちらかだという。イポスは過去と未来を知り、知恵と勇気を授け、人間を才気煥発にする。

印章
seal

魔術において、**悪霊**、**天使**、オカルト世界の力に固有のシンボル。特定の霊を呼び出す儀式などで使われる。sigil（印）とも呼ばれるが、これは印章を表すラテン語 sigillum から来ている。

印章は、略記の一形式にたとえることができる。魔術師はそれによって、力を作動させたり、霊を呼び起こしたり、霊を制御したりすることができるようになる。印章だけでは霊を呼び出すことはできないが、実践者が望ましい精神状態に達するための、物理的な焦点として役立つ。その主な目的は、儀式の目的に従って、魔術師の想像力を刺激することである。印章は視覚化や詠唱、強い意志によって力を与えられ、「派遣」される。印章を正しく使うことが、儀式が成功するか否かを決める要素のひとつとなる。主な**魔術教書**のひとつである『レメゲトン』によれば、印章は胸につけなくてはならないとされている。そうでなくては、霊が言うことを聞かないからである。

悪霊の印章はシンボルとなっている。魔法陣の中の数から作られる印章もある。シンボル、占星術の星座、ルーン文字、もしくは魔術師によって作り出された模様が印章になることもある。これらの印章は、呪文の本質全体、あるいは天の力や霊や神々が持つ魔術的な効力を内包することができる。

ウ・メ・シブヤン
Um Es Sibyan

アラビアの**悪霊**で、**リリト**のように、新生児を餌食にする。鶏の体、人間の顔、ラクダの胸をもつ。夜、"Warh, warh, warh" と叫びながら空を飛び、この声を聞いた子供は必ず死ぬという。子供の親は "Tchlok, tchlok, tchlok" という音をたてると、追い払うことができる。

ヴァイヤー、ヨーハン（1515-1588年）
Weyer, Johann

魔女狩りについて疑問を呈したドイツの医師で、人々と**契約**を通して**魔王**についての著作を書いたと言われている。彼

は悪霊の存在を受け入れ、悪をもたらし、**憑依**を引き起こすな能力を認めていたが、異端審問で告発された魔女を拷問・処刑することには反対し、魔王が人間を仲間に引き入れて、まわりに害を及ぼすという考え方には異議を唱えていた。

◉生涯

　ヴァイヤーは、プロテスタント家庭の3人兄弟の次男としてブラバントに生まれた。父親はホップの商人で、息子たちにいい教育を受けさせる余裕があった。ヴァイヤーは15歳のときに、著名な医師で哲学者、神秘学者のハインリヒ・コルネリウス・アグリッパ・フォン・ネッテスハイムの家に学びに行くようになった。アグリッパは、ヴァイヤーにプラトン哲学や新プラトン主義哲学を教え、シュポンハイムの修道院長、ヨハンネス・トリテミウスの神秘学を紹介した。

　16世紀に盛んだった魔女狩り騒ぎへのヴァイヤーの疑問は、アグリッパによって植えつけられたのかもしれない。アグリッパはかつて、妖術を使ったと告発されたある老女を、彼女は単に知的障害があるだけで、悪魔の仕業などではないと擁護したことがあった。

　ヴァイヤーのアグリッパのもとでの修行は約4年続いた。1534年にはパリの大学で医学を学び、オルレアンの大学でも1537年まで学んだ。それは、健康は人間の体の4つの体液、**血**、粘液、黄胆汁、黒胆汁（憂鬱）のバランスによって決まるという、古代からずっと受け継がれ、当時も一般的だった医学理論だった。

　卒業後、ヴァイヤーはブラバントに戻り、ラフェンシュタインの近くで医師として働き始めた。1545年、もっと大きな町アルンヘムで町の医師になり、ほぼ同じ頃、ユディト・ヴィントヘンスと結婚して、4人の息子とひとりの娘をもうけた。

　1550年、ヴァイヤーは、デュッセルドルフのユーリヒ・クレーフェ・ベルク公のヴィルヘルム5世の主治医という名誉ある地位に任命され、残りの生涯のほとんど、そのキャリアを貫いた。カトリック教徒だったが、公爵は自由な思想の持ち主で、ヴァイヤーは彼との快適な関係を楽しみながら、学術研究と執筆に励んだ。1578年、職を退いたヴァイヤーは息子のひとりガレナス（ローマの有名な医師ガレノスにちなんで名づけた）に後を継がせた。自分は執筆と医業を続け、1588年2月24日、テクレンブルクで亡くなった。

◉著作

ヴァイヤーは、医学や哲学について本を書いたが、悪魔学というテーマの重要性を説いた、『悪霊の幻惑、および呪法と蠱毒について』（1563年）が主な著作だ。この中で彼は多くの異端審問官たちの従来の思い込みを攻撃した。ヴァイヤーは、1583年まで何度も自分の著作に加筆修正を繰り返した。

　1577年、ヴァイヤーは、『悪霊の幻惑』の補遺として『悪霊の偽王国』を出した。これは、68の主な悪霊たちの一覧と解説で、彼らの特徴や呼び出し方などがまとめてある。君主たちはそれぞれ6666人い

る1111の軍団（レギオン）からなる、740万5926人の悪霊を束ねている。のちに、ルーテル教会は、ヴァイヤーの見積もりは低すぎるとして、悪霊たちの人口を2兆6658億6674万6664人、約2.6兆人とした。

同時代の**レジナルド・スコット**は、ヴァイヤーの考えに同調し、『悪霊の偽王国』を翻訳して、自著の『妖術の暴露』（1584年）に加えた。

魔術教書である『レメゲトン』または『ソロモンの小さな鍵』には、68の精霊に4人を加えて一覧にし、呼び出す呪文のための**印章**も載っている。この72人は**ソロモンの悪魔**として知られている。

ヴァイヤーは、1577年に『魔女論』を書いた。**魔王**と契約したと考えた女の魔女を、**ラミアイ**という言葉を使って表した。

●悪霊や魔女の見解

ヴァイヤーは、悪霊は実在しないというアリストテレス哲学の見解には反対した。魔王や彼の悪霊の軍団（レギオン）はいると信じていたが、魔女が魔王に力を与えられて人間を傷つけるという考えは認めなかった。魔女が空を飛んだり、魔王を崇める**サバト**に出席していたということも信じていなかった。**妖術**は、魔王によって引き起こされたもので、皮肉なことに、教会が魔女には邪悪な力があると世間に流布し、魔王が諸悪の根源だと人々に信じこませたと考えた。

『悪霊の幻惑』の中で、ヴァイヤーは悪魔との契約という考えは、聖書には出てこないのでまったく根拠がないと、異論を唱えている。魔女の活動だとされている報告を理論的に分析して、告発された魔女のほとんどは、惑わされて精神を病んだ老女、社会からつまはじきにされた愚か者などで、異端者ではないとした。隣人に害を及ぼそうとした者もいたかもしれないが、実際にはなにもできなかったし、偶然になにか害があっても、彼らは妄想の中でやったと信じただろうというのだ。サタンに仕えて、人間に害をもたらした魔女もいたかもしれないが、超自然的な手段を使ってやったわけではないと彼は信じていた。悔い改めた者は許すか、せいぜい彼らから罰金を徴収するくらいでいいと、教会に働きかけた。

ヴァイヤーは、悪霊が人に取り憑くこ

ヨーハン・ヴァイヤー（著者蔵）

とができた可能性はあるとしていたが、医学的、自然現象的説明はすべて除外するよう主張し、超常現象にその原因を探した。

ヴァイヤーのおかげで、一時的にはオランダの大半で魔女狩りは小康状態になったが、カトリックのネーデルラント総督アルバ公がこれをつぶしにきた。ヴァイヤーの本は、本人の意図に反して逆効果を及ぼすようになり、魔女根絶を支持していたジャン・ボダンなどの批評家やジェイムズ1世（ジェイムズ6世）から手ひどく非難された。ジェイムズ王の書いた反魔女の論文『悪魔学』は、ヴァイヤーとスコットの著作に対抗したものだ。ボダンは、ヴァイヤーの著作を燃やすよう煽り、ヴァイヤーに反論するそのほかの著作も出てきて、こうしたことがさらに魔女狩りを刺激することになった。ヴァイヤー自身も魔女だと告発されたが、正式には告訴されなかった。

しかし、彼の論拠はドイツの多くの魔女狩り人たちを納得させ、医師たちに医学的な原因を排除するようますます働きかける羽目になった。

ヴァッサゴ
Vassago

堕天使で、72人の**ソロモンの悪魔**の3番目に位置する。**アガレス**と同じような性質をもつ君主。過去、現在、未来を見通すことができ、なくし物、隠された物を探し出す。温厚で、占いの儀式で呼び出されることが多い。26の**悪霊**の**軍団**〈レギオン〉を統率する。

ヴァプラ
Vapula

堕天使で、72人の**ソロモンの悪魔**の60番目に位置する。**地獄**で36の**悪霊**の**軍団**〈レギオン〉を統率する。グリフィンの翼をもつライオンの姿で現れ、工芸、哲学、本に出てくるあらゆる科学のわざを教える。

ヴァラク
Valac

堕天使で、72人の**ソロモンの悪魔**の62番目に位置する。**天使**の羽をもつ幼い少年の姿で現れ、ふたつの頭をもつドラゴンに乗っている。隠された財宝について、真の答えをおしえ、**蛇**の隠れ家を示し、魔術師に対して彼らを無害にする。30の**悪霊**の**軍団**〈レギオン〉を統率する。

ヴァラク（『地獄の辞典』）

ヴァル
Vual

堕天使で、72人の**ソロモンの悪魔**の47番目に位置する。かつては天使の序列にいた。**地獄**で37の**悪霊**の**軍団**（レギオン）を統率する。最初は巨大なラクダの姿で現れるが、人間に姿を変え、下手なエジプト語を話す。女性の愛を獲得してくれて、過去、現在、未来のことを知っていて、敵を友人に変える。

ヴァレフォル（マラファー、マレファー）
Valefor (Malaphar, Malephar)

堕天使で、72人の**ソロモンの悪魔**の6番目に位置する。10の**悪霊**の**軍団**（レギオン）を統率する。たくさんの頭をもつライオン、または人間の盗賊の頭をもつライオンの姿で現れる。人に盗みを働かせ、絞首台へ送る。

ウィジャ盤
Ouija

文字や数字、「はい」、「いいえ」、「さよなら」などの言葉が印刷された盤の上でプレイヤーが3つ脚の三角形の指示器を滑らせていく、商標登録されたボードゲーム。予言や死者、霊との交信を目的とし、多くの人々に使われた。指先を指示器の上に置き、質問をすると指示器が文字を指して答えを示す。「ウィジャ」という名称はパーカー・ブラザーズによって商標登録されたものである。ウィジャ盤と類似する装置は「トーキング・ボード」と総称されている。

あの世とこの世の伝達手段としてのウィジャ盤は良くも悪くもない、中立的なものである。だがキリスト教会の権威者はその危険性を訴え、ウィジャ盤は使用者に邪な**悪霊**が取り憑くきっかけを与えると指摘した。いっぽう、ウィジャ盤の擁護者は、このゲームは使用者の潜在意識をあぶり出したり、霊との真摯なやりとりをするものである、と主張している。

●ウィジャ盤の歴史

ウィジャ盤の先駆けとなった装置の起源は紀元前540年頃のギリシアにさかのぼる。ピュタゴラスは回転する車輪によってテーブルが動く占い用の道具を所有していたと言われている。ピュタゴラス、あるいはその弟子がテーブルに両手を置くと、テーブルがさまざまなサインやシンボルに向かって動く仕掛けとなっていた。

ウィジャ盤と類似する器具は中世期に使用されていた。現代のウィジャ盤の前身はプランシェット（フランス語で「小さな板」の意）という三角形もしくはハート形の3つ脚の指示器を持つもので、1853年、ヨーロッパで誕生した。発明者はM・プランシェットという名のフランス人降霊術師、というのが定説である。3本の脚のうち1本は鉛筆になっており、この鉛筆が言葉を記したり絵を描いたりする。プランシェットは降霊術師の間で支持され、降霊会の際に自動筆記用に用いられた。

アメリカ先住民によって用いられていたある種のトーキング・ボードはスカディ

ラティクと呼ばれている。

　ウィジャ盤自体の歴史は波乱に満ちている。その起源は曖昧で、誰がどこから着想を得て開発したのかも不明である。プランシェットのさまざまな特徴を合わせ、鉛筆や、下側の縁に文字が書かれたダイヤル・プレートと呼ばれる円形盤を取り外したものと思われる。ふたりのプレイヤーが揺れるＴ字型のバーに神経を集中すると、バーが文字を指し示してメッセージを伝える、という仕組みである。

　ウィジャ盤の発案者は19世紀、メリーランド州に在住していた棺職人のＥ・Ｃ・ライヒェである、との説が有力である。言い伝えによると、ライヒェは数人がテーブルを囲んで座り、テーブルの表面に軽く触れて霊にさまざまな質問をする、というテーブル・ティルティングに関心を抱いていたという。質問に対する答えはテーブルが動いたり震えたりがたがた揺れる、などの形でもたらされる。死者と交信するための装置を作りたいと考えていたライヒェは、重たいテーブルがいとも簡単に霊に操られることに感銘を受け、友人のエリジャ・ボンド、チャールズ・ケナードと共同で装置の開発に取り組んだ。だがやがてライヒェはこの装置の開発から退いた。

　1890年、ケナード・ノヴェルティ社がウィジャ盤の製造を開始した。ケナード、ボンドのうちどちらが会社を立ち上げたのか、あるいはふたりで共同経営にあたったのかは定かではない。しかし後に、ケナードとボンドはおのおの、自分こそが会社の創設者であると主張するように

なった。ウィジャ盤の特許権は1891年、ボンドの名義で登録されている。

　ウィジャという名称の起源もはっきりしていない。一説にはケナードが自身でボードを使用していた際、霊によってその名を与えられたと言われている。ウィジャとは古代エジプト人の言葉で「幸運」を意味する、と霊は告げたという。いっぽう、この名前を思いついたのはライヒェだという説もある。

　ウィジャ盤は初め、霊に話しかけるための装置として発売され、霊媒師は自分たちの職を失うことを怖れ、これに対して怒りをあらわにした。だがケナード・ノヴェルティ社の成功は長くは続かず、1892年、同社はケナード自身の資金援助者アイザックとウィリアム・ファルド兄弟に容赦なく乗っ取られてしまった。ウィジャ盤の特許権は同年、ウィリアム・ファルド名義で登録され、社名はウィジャ・ノヴェルティ社に変更された。ウィリアム・ファルドはまた、ウィジャ盤の歴史の一部を作り替え、ボードの開発者は自分であると主張した。ウィジャという名の由来は、実はフランス語とドイツ語で「はい」を表す「ウィ」、「ジャ」から来ているのだ、とファルドは語った。

　ウィジャ・ノヴェルティ社は苦難の時を迎えた。ライバル会社がこぞって市場に参入しはじめたためだ。アイザックは帳簿を改ざんし、ウィリアムによって更迭された。その後、ウィリアムは再び社名を変更し、ボルティモア・トーキング・ボード社とした。アイザックはオリオールと称するライバル会社を立ち上げ、ウィ

ジャ盤の模造品ともいえる商品を市場に流しはじめた。1910年、ウィリアムは自社製品のプランシェットに透明なプラスチック製の窓を加えた。

ファルド兄弟はウィジャ盤の特許権をめぐって法廷で争った。勝訴したのはウィリアムである。「ウィジャ——神秘のお告げ」は第1次世界大戦中および戦後の大ヒット商品となった。近親者を亡くした多くの人々が、戦死した兵士の霊を呼び出そうとしたためである。ファルドはウィジャ盤を自身で使用したことはないと公言していたが、多くの人々は彼も使ったことがあるに違いないと考えていた。

ボルティモア・トーキング・ボード社は国税トラブルを引き起こした。ファルドは、ウィジャ盤は霊媒術のための科学装置であるから宗教事業の免税対象となりうる、という根拠のもとに税金を免れようとした。これに対し連邦政府はウィジャ盤を「娯楽用のゲーム」と見なした。連邦裁判所は政府側の主張を認めた。ファルドが合衆国最高裁所に上訴するも、1922年、最高裁は1審判決を支持した。以来、ウィジャ盤はゲームもしくは玩具として認知されている。

ウィジャ盤の熱狂的ブームは1920年代終盤には衰退した。1927年、54歳のファルドは3階建てのみずからの社屋の屋上から転落死を遂げた。会社はふたりの息子ウィリアムとヒューバートに受け継がれた。1966年、ボルティモア・トーキング・ボード社はモノポリー、その他のゲームの製造元であるマサチューセッツ州セーラムのパーカー・ブラザーズ社に買収された。パーカー・ブラザーズは1966年、娯楽用品としてのウィジャ盤のトレードマークと製造、販売権を買い取った。

● ウィジャ盤をめぐる賛否

1960年代まで、ウィジャ盤はおおむね無害なものと見なされていた。人々は死者と交信したり未来を占ったり、娯楽や霊からのメッセージを得るためにウィジャ盤を使用していた。聖職者は、個人で霊を呼び出す道具、もしくは手段としてウィジャ盤が人々の間に広まることを危惧し、その使用を厳しく非難した。

ウィジャ盤からどのように答えが引き出されるのかについては2通りの説がある。ひとつは、使用者が無意識のうちに手を動かし、自分の最も望む答えを綴るというものである。もうひとつの考えは、呼び出された霊は実在し、みずからの死を受け入れることができず俗世に縛り付けられた負の霊魂が生きた人間に引き寄せられ、取り憑くというものだ。ウィジャ盤を使う人間がそうした実体を呼び出し、交信するために開けた入り口から邪悪な存在が入り込むのだという。

ウィジャ盤は使用者が霊的洞察力や自己の真実を見出すのを助け、創造性を高める力を持つと信じられている。1913年、パール・カランというセントルイスの主婦がウィジャ盤を使い、16世紀のイングランド人女性「ペイシャンス・ワース」からの交信を受け取った。ワースは旧い英語の方言で喋り、驚くべき量の詩や小説を口述筆記させた。また1919年、ベティとスチュワート・エドワード・ホワ

イト夫妻が友人たちとの娯楽にウィジャ盤を用いたところ、ベティが突然「鉛筆を持て」と指図され、口述筆記をさせられた。こうして、高みから人を見下ろし、超自然的な知恵を発揮する「目に見えない者」との長きにわたる関係が始まった。スチュワートはその様子を『ベティの書（The Betty Book）』という書物にまとめた。1963年、ジェーン・ロバーツはウィジャ盤を使用しているときにセスという、極めて高い知力を持つと自称する霊と出会い、難解だと評判の形而上学の書物を口述筆記させられた。ピューリッツァ賞受賞歴を持つ詩人ジェイムズ・メリルはウィジャ盤を通じた20年間にわたる霊との交信を元に叙事詩『サンドーヴァーの変わる光（The Changing Light at Sondover）』を創作した。ニューエイジの作家ルース・モントゴメリーはウィジャ盤を用いて霊との交信を行い、やがて自動筆記能力を身につけるようになった。

とはいえ、ウィジャ盤はまったく問題がなかったわけではない。ウィジャ盤の発祥から現在まで、ウィジャ盤を通じて犯罪を――時には殺人までも――指示されたと主張したり、ウィジャ盤のせいで狂気に陥ったと訴える人々は多数存在する。しかしながら、そうした人々はもともと情緒不安定の傾向があり、何にせよ、みずからの性向や意思の力の及ばないことを「霊」によって「強制」されたわけではない。

性的暴行、殴打、虐待、強迫観念、憑依などもまた、ウィジャ盤を通じた霊との交信のせいにされてきた。初め、使用者は亡くなった知人や親しい人の霊と対話をしているのだと思っている。だが初めは穏やかな交信を続けていても、やがて悪意のある邪な霊が本性をあらわし、交信は暗く威嚇的なものになっていく。悪霊は利用者の肉体を傷つけたりレイプ、悪夢、怪物の幻視やポルターガイスト現象、さらには空中浮揚をさせる、といった邪悪な行為におよぶようになる。精神医学の救いを求めなければならない事案も発生している。だが精神医学者や心理学者の中には「憑依」はウィジャ盤によって呼び出された霊ではなく、潜在意識から浮かび上がってきた事柄によって引き起こされたものだ、と言う者もある。

ウィジャ盤はさまざまな問題の元凶となる、と考える人々が一部にいるため、実際にどれほどの問題がウィジャ盤のせいで、どれほどの問題が自己充足的な予言によるものなのかを判断するのは困難である。なかには限度をわきまえず際限なくウィジャ盤を利用したり、使用者が霊の出現を求めているのだという認識が不足していることが問題の原因となっている場合がある。イギリスの偉大な魔術師でありオカルト研究者の**アレイスター・クロウリー**はウィジャ盤に対するこのような向き合い方に批判的で、かつてこう語っている。「ウィジャ盤を使用するということは、見知らぬ霊との交信を認めることだ。玄関の扉を開け、誰であれ見ず知らずの相手を家に招き入れるようなことを、あなたはするだろうか？ むろん、しないだろう」

悪魔学者の**エドとロレインのウォーレ**

ン夫妻はウィジャ盤について「霊との交信の意図がいかに前向きなものであったとしても、恐ろしい出来事への合い鍵となりうることは明らかである」と語っている。夫妻は生涯にわたって調査した何千件にもおよぶ悪魔的、また邪悪な事例の中で、10件のうち4件はウィジャ盤によって引き起こされたものだった、と語った。超自然的現象への扉──ウィジャ盤、降霊会、まじない、蠟燭の儀式、自動筆記装置など──はすべからく「災難、恐怖、破壊の道へとつながっている」とエドは言う。

ウォーレン夫妻が扱った事例の中で最も衝撃的なものは、ウィジャ盤にまつわるものだった。1974年3月、夫妻はドノヴァン家から相談を受けた。一家の娘パティが数カ月にわたりウィジャ盤を用いて、10代の頃に死んだという霊と交信を続けていた。パティが霊に出てきてほしいと呼びかけたところ、ドノヴァン家では物が壊れる、石つぶてが降ってくる、物が宙に浮く、黒い影の出現、騒音など、不快な出来事が相次いで起こった。ウォーレン夫妻が調査した後、この事例はカトリックの聖職者による悪魔祓いに委ねられた。悪魔祓いの儀式は1974年5月2日に行われ、そのさなか、身長7フィート、2本の角と分趾蹄の脚と尾を持つ悪霊がウォーレン夫妻の呼び出しに応じて姿を現した。

●ウィジャ盤使用者に課せられた責任

超常現象の研究者や神秘療法者の多くは、ウィジャ盤を利用することに問題はないが、責任ある使用が重要である、と言っている。どんなものであれ、霊との交信装置は娯楽や公開の場での霊界への呼びかけのために利用されるべきではない。また、集会の前、または最中に参加者がアルコールやドラッグを服用することも慎むべきである。ウィジャ盤は決して、悪霊と交信したり呼び出したりするために用いられてはならない。

ウィックランド博士、カール・A
（1861－1945年）
Wickland, Dr. Carl A.

医師。霊媒師の妻アンナが、死者による**憑依**事件の**悪魔祓い**を行うのに協力した。博士によると、弱い電気ショックを与えて、取り憑いている霊を犠牲者の体から追い出してアンナの体に入らせ、最終的に永久に立ち去らせる方法だという。

スウェーデン生まれだが、1881年にアメリカに移住した。アンナと結婚したのは1896年で、シカゴに引っ越してダラム医科大で医学を学んだ。1900年に卒業すると、開業医として働き始め、精神科医に転向した。間もなく、彼は気づかないうちに霊が精神障害や精神病の原因になっていると信じるようになり、この未知の分野を研究し始めた。

ウィックランドによると、取り憑いている霊は、自分が死んでいることを認識していないことが多いという。だから、霊を啓発して、しかるべき道に送り込んでやる。霊が抵抗したら、ウィックランドが補助霊を呼び出して、取り憑いている霊や犠牲者かアンナのオーラ（エネル

ギーの地場）の外、いわば地下牢のようなところに閉じ込める。霊が自分のわがままな態度を諦め、出て行くまでそのままにしておくのだという。

　霊が犠牲者の体から出てアンナの体に移り、最終的に出て行きやすくするように、ウィックランドは電気機器を開発した。これは、患者に弱い電圧の電気ショックを与えて、取り憑いている霊を居心地悪くさせるものだ。この機器は、弱い電気ショックを与える心理療法の先駆けとなった。

　ウィックランドは、取り憑いている霊の身元を判明させることにはあまり関心をもたなかった。むしろ彼は、心が混乱している状態では、霊からは証拠となる有益な情報は得られないと考えていた。アンナの口を通して、外国語しか話さない霊もいた。

　1918年、夫妻はロサンゼルスに引っ越し、ウィックランドは、強迫観念を治療するための国立心理研究所を設立した。その建物は現在でも残っていて、今は服飾会社が入っている。

　ウィックランドは、自分の体験を『迷える霊〈スピリット〉との対話』（1924年）や『理解への入り口（The Gateway of Understanding）』（1934年）という著作にまとめた。1937年にアンナが亡くなり、同じ年、霊媒師のミニー・M・ソウルに、イギリスに行って新しい霊媒師のパートナーを見つけるよう、勧められた。ウィックランドは、透視やトランスのパフォーマンスで名高いバーサ・ハリスに打診したが、断られた。憑依霊の正体を特定するのに役立つ情報を記録していなかったということもあって、心霊研究機関はウィックランドの本を特に検分しなかった。

ヴィネ
Vine

　堕天使で、72人の**ソロモンの悪魔**の45番目に位置する。**地獄**の王であり伯爵。黒い馬にまたがり、手に毒蛇を持つ怪物またはライオンの姿で現れる。命令されて人間の姿になることもある。隠されたものを見つけ出し、魔女を識別でき、過去、現在、未来のことを知っている。命令されて、塔を建て、城壁を破壊し、海を時化させる。35の**悪霊**の**軍団**（レギオン）を統率する。

ウィーンの悪魔憑き（1583年）
Vienna Possessions

　10代の少女が、祖母に送り込まれたとされる、1万2000人以上の**悪霊**に取り憑かれた事件。この事件は、政治的に反プロテスタント宣伝活動の含みがある。

　1583年、オーストリア、ウィーン近郊のマンクスという村に住む16歳の少女が、ひどい痙攣に苦しみ出した。**憑依**だと断定され、**悪魔祓い**のために、聖バルバラのイエズス会礼拝堂に送られた。8週間にわたる厳しい悪魔祓いの後、司祭たちは1万2652人の**悪霊**を追い出すことに成功した。これは、ひとりの人間に取り憑いた悪霊の数の最高記録だ。

　少女に取り憑いていた悪霊の数があまりにも多かったため、少女の体はとても重く、移動させることがほとんどでき

ないほどだった。毎日、病院から礼拝堂へ少女を運んだ御者は、まるで少女が鉛か鉄でできているようで、馬車を引く馬が大量の汗をかいたと語った。

もちろん司祭たちは、この責任の所在をはっきりさせようとした。少女はよく祖母のエリーザベト・プライナーシャーに、ルター派の結婚式や礼拝に連れていかれたと話した。司祭が圧力をかけると、エリーザベトは蠅の悪霊たちをビンの中に閉じ込めていて、それを少女に対して使ったことを白状した。

この自白によって、ウィーンの司祭カスパー・ノイベックがエリーザベトを逮捕した。70歳のエリーザベトは投獄、拷問され、孫娘の話は本当で、**リンゴに魔王**を仕込み、それを孫娘に食べさせて、憑依を成功させたと白状した。エリーザベトは、50年間、**サバト**に参加していたことも告白し、猫や山羊、ときに糸玉姿の魔王と性交したと言った。

エリーザベトは馬の尾にくくりつけられて、ウィーンからリヒプラッツまで引きずられ、そこで火刑になった。

処刑から間もなく、イエズス会の司祭ゲオルグ・シェラーが、この事件について長い説教をしたため、ウィーン当局は**妖術**に対する取り締まりを強化するようになった。

『ウェス・クレイヴンズ ウィッシュマスター』 (1997年)
Wishmaster

邪悪な**ジン**が世に放たれてしまうホラー映画。監督はロバート・カーツマン。アレクサンドラ・アンバーソン役をタミー・ローレン、レイモンド・ボーモント役をロバート・イングランド、ナサニエル・デメレストと名乗るジンをアンドリュー・ディヴォフ、警備員をケイン・ホッダーが演じた。

物語の背景はこうだ。神は煙のたたない火の姿のジンを造ったが、人間のためにそれを、**天使**と人間の世界の間の地球外の空間に追いやった。ジンは世界を取り戻そうとして、人間と敵対する。人間がジンを目覚めさせると、3つの願い事をきいてもらえるが、そうするとジンの集団を自由に世界に呼び出せることになる。1187年にペルシアで、呪術師が非常に力のあるジンを石に閉じ込め、それを神アフラ・マズダ像の中に封印した。

そして現代、その像はニューヨークへ持ち込まれるが、像が入った木枠を酔っぱらったクレーン運転手が落としてしまい、像が壊れて石が飛び出した。それが、オークション会場に持ち込まれ、そこでアンバーソンとボーモントが石の正体をさぐり、値をつけようとする。ところが、アンバーソンが偶然にジンを解き放ってしまい、それが大暴れするようになってしまう。

ジンは、裕福な男性デメレストに変装して、人間を襲って殺し、その魂を奪い始める。しかし、自分を解き放ったアンバーソンに対しては、3つの願いをきく義務があり、彼はジンの援軍を呼び出して世界に放った。アンバーソンは初めてデメレストの真の正体を知り、デメレストは彼女を騙して、残りのふたつの願い

を無効にさせようとする。

アンバーソンの3つめの願いは、アフラ・マズダ像が船から降ろされた日に、クレーン運転手がしらふだったというものだった。この願い事は過去を変え、木箱も像も壊れず、石もそのままジンを閉じ込めたまま、像の中に隠された状態に戻った。

『ウィッシュマスター2　スーペリア』は1999年に公開された。監督はジャック・ショルダー。ディヴォフが再びジンを演じている。モルガナ（ホリー・フィールズ）は、ドジな泥棒。相棒と共に、博物館から珍しい像を盗もうとするが、失敗して相棒が殺され、ジンを解き放ってしまう。ここでは、ジンは1001人の人間の魂を集めないと、世界の破滅に着手できない。さらに、自分を解放してくれたモルガナの3つの願いをきいてやらなくてはならない。

ジンであるデメレストは犯罪を犯して牢に入れられ、そこで魂を集め始める。それから、モルガナにつきまとって、3つの願いの要求に応えようとする。モルガナは聖職者の助けをかりて、ジンを阻止しようとするが、前作のヒロイン同様、彼女もあまり頭がきれるほうではない。

『ウィッシュマスター3　リダックス』は2001年公開。続いて2002年に『ウィッシュマスター4』が公開された。『ウィッシュマスター3』では、大学生のダイアナ・コリンズ（A・J・クック）が、偶然ジン（ジョン・ノヴァク）を自由にしてしまう。ジンはキャンパスで大暴れし、ディアナがジンを石に封じ込める方法を見つけ出すまで騒動が続く。『ウィッシュマスター4』では、画家のサム（ジェイソン・トンプソン）とガールフレンドのリサ（タラ・スペンサー＝ナイアン）が中心。サムが事故にあって、体に麻痺が残ってしまう。リサは弁護士のスティーヴン（マイケル・トルッコ）を雇って訴訟をおこすが、スティーヴンがリサに惚れてしまい、訴訟費用を受け取らずに、デスクの中に隠されていた宝石を見つけてリサに贈る。その宝石の中に封印されていたジン（ノヴァク）が解放されて、スティーヴンに**憑依**し、リサをものにしようとする。リサは偶然に3つの願い事をしてしまい、その3つめが本物のスティーヴンに恋することだった。本当のジンの姿ではリサにはねつけられることがわかっていたので、ジンは求婚を断り、自分が世界を征服したら、一緒に統治するか、**地獄**に堕ちるか、リサに選択を迫る。そこへサムがやってきて、ジンの行動を阻止したので、ジンは死に、リサは生き残った。ジンの目論見は失敗に終わった。

ヴェパル（セパル）
Vepar（Separ）

堕天使で、72人の**ソロモンの悪魔**の42番目に位置する。**地獄**で29の**悪霊**の**軍団**（レギオン）を統率する。人魚の姿をしていて、海に関係することに携わる。水や戦艦を導き、海が船で溢れているように見せかけたりする。命令されると、嵐を起こし、人間に傷を負わせて、その傷を腐らせ、蛆をわかせて、3日から5日で死に至らしめる。**ヨーハン・ヴァイヤー**によると、ヴェ

パルに悩まされていたら、勤勉に務めると解決することがあるという。

ヴェルティス
Veltis

ソロモン王によって、真鍮の容器に閉じ込められた悪霊のひとり。

ヴェルティスのことは、キリスト教迫害で304年に斬首された、アンティオキアのマルガリタの生涯を伝える話の中に出てくる。マルガリタは、牢獄の中で祈りを捧げ、**魔王**と直接対決した。祈っていると、怖ろしいドラゴンが現れ、おまえを食い殺してやると脅かされたが、マルガリタが十字を切ると、ドラゴンは炎に包まれた。

次にマルガリタは、黒い男が膝と手を縛りつけられて座っているのを見た。彼女は男の髪をつかんで自分の足元の地面にひれふさせ、足でその頭を押さえつけた。彼女が祈ると、天から一筋の光が差し込み、彼女の独房を照らした。天国にキリストの十字架が見え、そこに1羽の鳩がとまっていた。その鳩が言った。「マルガリタ、汝は祝福された。天国の門は汝がやってくるのを待っている」

マルガリタは、悪霊に名のるよう求めると、悪霊はまず頭から足をどけてくれと頼んだ。彼女が足をどけると、悪霊は自分の名前はヴェルティスで、ほかの悪霊たちと一緒に真鍮の容器に閉じ込められていたと言った。バビロニア人が容器を見つけて、金が入っていると思って壊したので、悪霊たちが外に解き放たれた。それ以来、ヴェルティスとほかの悪霊たちは、公正な人を悩ませるのを待って待機しているのだという。

魔王や悪霊の力について懐疑的な**レジナルド・スコット**は、マルガリタが天国のような遠く離れた場所のことを見たり聞いたりできたはずはないと言って、彼女の伝説を作り話として切り捨てた。確かに、悪霊たちが自分たちのもつ火の力を使えば、いつでも真鍮の容器を溶かすことができただろう。「悪霊たちは、いつでも地獄の業火を持っているのだから、自分が立っている場所に常に灰を残すことができる」と彼は書いている。

スコットは、聖マルガリタの名前を唱えながら、蠟燭を灯す人が誰でも良い方向に向かえるわけではなく、多少悪くなることもあると考えた。

ウォーレン夫妻、エド(1926-2006年)とロレイン(1927年-)
Warren, Ed&Lorraine

アメリカの**悪魔学**者で幽霊研究家。エドとロレイン夫妻は、数々の霊の身元識別、心霊現象、悪魔の**寄生**、**抑圧**、人や住居の**憑依**などに関わり、アメリカで最も有名な超常現象コンサルタントとして活躍した。主な事件は、1980年代の、ペンシルヴァニア州ウェストピッツトンで起こった**スマル家の怪現象**や、1970年代、ロング・アイランドのラッツ家の、**アミティヴィルの呪われた家**などだ。エドは存命中に、カトリック教会に悪魔学者として認められた俗人という珍しい名誉を得た。

ウォーレン夫妻、エドとロレイン

●背景

　エドとロレインは、ふたりともコネティカット州ブリッジポートの生まれだが、出会ったのは10代になってからだった。エドは1926年9月7日生まれ。父親は州警察官で、熱心なカトリック。エドを教会区の学校へ入学させた。ウォーレン家は未婚の女家主から借りた古い大きな家に住んでいた。その家主に犬や子供を禁止され、虫の居所が悪い彼女にいつも物を投げつけられていた。エドが5歳のときにその家主が死んだ。エドが初めて遭遇した幽霊はこの家主の亡霊で、死の数日後にエドの寝室のクローゼットに現れた。生前と同様意地が悪かったという。エドが体験した超常現象は、必ず論理的な説明がつくはずだと、父親はエドに言いきかせたが、ひとつとして説明できるものはなかった。幼いエドは、ひとりで家にいるより、凍えるような寒い日でも雨の日でも外にいることを選んだ。エドの前に現れた亡霊のひとりに、父親のきょうだいだった尼僧がいた。エドは聖職者になりたいという希望を話したが、その尼僧は聖職者になるのではなく、聖職者の相談にのる人間になるように言った。そうすれば、100人の聖職者以上の働きができるというのだ。

　エドが12歳のとき、一家は幽霊の出る家から引っ越した。エドはそこにいた幽霊たちと比較的うまくやっていたが、超常現象を体験したことで、これを調査し直接対峙したいという欲求がますます高まった。

　エドの家から3ブロック離れた場所で、1927年1月31日、ロレイン・リタ・モランは、アイルランド系のかなり裕福な家に生まれた。学校は、ミルフォード近くのカトリック系女子校、ローレルトン・ホールに通った。このとき、12歳のロレインは初めて、自分がほかの人にはない、特別な透視の才能があることに気がついた。その年の植樹祭のとき、修道女たちが木を植える手はずを整え、苗を地面に下ろすと、ロレインは空をじっと見つめ始め、みるみる木が大きくなった。ロレインが修道女に、修道院長のもつ光よりも自分の光もしくはオーラのほうが明るいと話すと、修道女たちはロレインの霊能力は罪深いと考え、週末に彼女を一室に閉じ込めて、祈りと沈黙を強いた。

　1943年6月23日、ブリッジポートのコロニアル・シアターで16歳のロレインが案内係をしていたとき、エドと初めて出会った。ロレインはすぐにエドと生涯を共にすると直感した。エドはロレインがデートした唯一の異性だった。1943年9月7日、17歳の誕生日に、エドはアメリカ海軍に入隊し、武装した警備隊員と一緒に商船に乗り込んだ。1945年5月22日の休暇に、エドとロレインはブリッジポートで結婚した。ふたりとも18歳で、唯一の子供、ジュディは、エドが除隊する前にはまだ6カ月だった。戦争が終わって、エドはエール大学のペリー芸術学校に入学し、ニューイングランドじゅうを旅して風景を描き、幽霊屋敷を探しながら放浪した。楽しみは、地域の幽霊屋敷の話を聞いたり、家の絵を描いてそれを持ち主に提供したりすることだった。絵

を売って収入を得ていた。

しかし、エドが特に好きだったのは、幽霊屋敷の持ち主にその家に招かれ、詳しく見させてもらうことだった。結局、彼のゴーストハンターとしての体験と、集めた豊富な情報のおかげで、ウォーレン夫妻は放浪画家から、フルタイムの超常現象コンサルタントへと本格的に始動することになった。幽霊屋敷の持ち主が、奇妙な現象が起こることを頻繁に打ち明けられるのは夫妻だけだったので、ますますウォーレン夫妻は、当事者だけでなく、好奇心旺盛な野次馬にまで相談にのったり、アドバイスするようになった。10代の若者と関連する負のエネルギーが、霊の活動を惹きつけていることがわかると、ウォーレン夫妻は大学で講義を始め、聴講者たちに生活や家の中に知らず知らずのうちにトラブルを招かないよう警告した。

1969年、エドの絵画展がメディアや著作権代理人の目を引き、かなりの脚光を浴びることになった。

● 超常現象調査

ウォーレン夫妻は、怪現象に悩む家族やほかの研究者とのインタビューや報告の膨大な文書、超常現象や霊の声を記録した画像や音声、霊が取り憑いた服、人形、その他の物などを集めていた。さらに、信じがたい恐ろしい怪現象を夫妻が仲裁したことに対する、政府、聖職者、一般の人々からの多数の感謝の手紙などもあった。調査から、夫妻は霊によってそれぞれ違う治療法が必要なことを見い出した。夫妻の活躍はアメリカじゅうだけでなく、海外にも及んだ。

現場の調査を依頼されると、夫妻はできるだけ急いで駆けつけた。現場では、ふたりは調査を分担し、エドは当事者の話を慎重に聞き取り、ロレインは家の中を歩き回って霊の活動を感じ取ることができるかどうかを調べた。ロレインはたいていすぐに霊の存在を見つけ、その霊がその場所に住みついた人間の幽霊や亡霊なのか、人間ではない悪魔的なものの影響なのかを見極めた。

● 悪魔学の仕事

ウォーレン夫妻は、神が邪悪なものを人間の元に送ってくるわけではなく、人間がなんらかの方法で悪意に満ちたものを生活の中に取り込んでしまっているに違いないと主張した。例えば、超自然をもてあそんだり（魔術、**ウィジャ盤**、降霊会、**妖術**、悪魔崇拝儀式）、なんでも否定的になって鬱状態に落ち込んだり、人や場所にやたらと執着したりすることによって、悪意を呼び込んでしまう。エドはこうした「許諾」を、招きの法則または引力の法則を呼んだ。一度、侵入を許してしまうと、悪霊は寄生、抑圧、憑依という3段階に渡ってその人を操る。最悪の場合は、最終的な結果は死ということになる。

ウォーレン夫妻の目的は、悪霊の仕業を立証して、聖職者を通して封じ込めを行うことだ。彼らは悪霊の寄生、抑圧、憑依の現れを見極め、熟練した悪魔祓い師が犠牲者から邪悪なものを追い払うの

を助け、祈りや祝福を通じて取り憑かれた人を支えた。夫妻自身は悪魔祓いは行わないが、悪魔祓い師と共に働き、助力した。エドとロレインは、素人が単独で悪魔祓いを行うことを厳しく警告している。

ウォーレン夫妻は、50年以上にわたる活動の間に8000件以上のケースを調査したという。その中には、霊が大きなラガディ・アンの人形に取り憑いて、幼い少女の霊だと主張したアナベル事件、ウィジャ盤を通して寄生されてしまった10代の娘が原因のドノヴァン事件など、世間を騒がせた事件もあった。ウェストポイントの米陸軍士官学校での幽霊事件では、ロレインが霊をあちらの世界に移動させるのを手伝い、墓地の研究を進めて、いかにこの場所が霊たちの集合ポイントになっているかを調査した。

ウォーレン夫妻が手がけた最も有名で物議をかもした事件は、ニューヨーク、ロングアイランドのアミティヴィルでのラッツ家の憑依事件だ。ウォーレン夫妻は、この家の怪現象の信憑性の調査を依頼された、9人のうちのふたりだ。ふたりは、ラッツ家の憑依は本物だと言った。

悪魔学による救済活動、講演、超自然現象ツアーのガイドのかたわら、夫妻は1950年代初めにニューイングランド心霊研究協会を共同設立した。自分たちの体験をもとに、『NY心霊捜査官（Deliver Us From Evil）』、『悪魔学者（The Demonologist）』、『コネティカットの悪魔（The Devil in Connecticut）』、『ホーンテッド（The Haunted）』（スマル事件に基づく）、『狼男（Werewolf）』、『悪魔の実り（Satan's Havest）』、『ゴースト・ハンターズ（The Ghost Hunters）』、『暗黒の地（In a Dark Place）』、『墓地（Graveyard）』、『霊の痕跡（Ghost Tracks）』など10冊の本を書いている。『ホーンテッド』は、1991年に映画化・公開されている。また、テレビ映画として作られた『デーモン殺人事件（The Demon Murder Case）』（1983年)は、『コネティカットの悪魔』が原案だ。

2001年3月26日、エドは仏教徒の悪魔祓いを手伝いに日本へ行った後、心臓疾患で倒れた。1年間入院し、数カ月は昏睡状態だった。その後4年間、ロレインの介護のもと、自宅で過ごしたが、2006年8月23日、自然死し、軍葬にされた。

ロレインは、義理の息子のトニー・スペラと仕事を継続し、研究や調査、講義、さまざまなメディアの企画に参加した。

コネティカット州ストラトフォードに住む、エドの甥**ジョン・ザフィス**は、夫妻と共に事件を調査してきたが、超常現象研究家、調査員として独立し、1998年に、ニューイングランド超常現象研究協会を設立した。

ウコバク
Ukobach

下層の**悪霊**で、花火や揚げ物料理を発明した。炎に包まれた体をもち、**ベルゼバブ**に、**地獄**の大釜の油を管理する仕事を割り当てられた。地獄に落ちた者の魂に焼けた石炭をまとわせ、火をかけて苦しめる。ウコバクはハロウィンのジャック・オー・ランタン（カボチャのちょうちん）の灯油だと言われている。

ウコバク（『悪魔の辞典』）

ウーザ（ウザ、セムヤザ、ウザー）
Uzza (Ouza, Semyaza, Uzzah)

堕天使で、ウーザには「力」という意味がある。『第三エノク書』には、第七天に住むアザエル、アザとともに、3人の主な救いの天使のひとりとされているとある（おそらく堕天使になる前）。3人は、預言者エノクがユダヤの偉大な天使メタトロンに昇進するのに反対したため、罰として天国から追い出された。

ウーザは、エジプトの守護精霊でもある。**シェミハザ**参照。

ウジエル
Usiel

31人の**ソロモンの精霊**のひとり。**アメナディエル**とその命令のもと、北西の君主として支配している。従順な40人の昼の公爵と40人の夜の公爵、それに彼らの多くの従者を抱えている。**ソロモン王**によれば、ウジエルと彼の悪霊たちは、ほかの精霊よりも財宝を隠したり、探し出したりする力をもつという。昼の主要な14人の公爵は、アバリエル、アメータ、アーメン、ヘーメ、サーファー、ポティエル、サーファム、マグニ、アマンディール、バルス、ガマス、ヒサイン、ファバリール、ウジニール。主要な夜の公爵は、アンソール、ゴディール、バーフォス、ブルファ、アダン、サディール、ソディール、オシディール、パシア、マラエ、アスリール、アルモール、ラス・ファロン、エシール。

ウジール（ウジル、ウジール）
Usiel (Uziel, Uzziel)

堕天使だが善良でもある。カバラの伝承では、ウジールは人間の女性と結婚して、巨人をもうけた堕天使だという（**グリゴリ**参照）。『天使ラジエルの書』では、ウジールは善良な天使で、神の王座の前に立つ7人のひとり、4つの風を監督する9人のうちのひとりだとある。

ウドゥグ（ウトゥック）
udugg (Utukku)

バビロニアの**悪霊**で、善良にも、邪悪にもなりえる。邪悪なグループは七悪鬼として知られ、空の神アンと大地の女神キーの子供。彼らは冥界の神ネルガルの補佐として働く。アッカドの伝説では、ウドゥグは冥界の従者で、人間、特にその**血**と肝臓や、動物の臓器でできた生贄の捧げものを取ってくるのが務めだ。邪悪なウドゥグはエキンム、善良なほうはシェドゥという。

レリーフに刻まれたウドゥグの姿

ウリエル
Uriel

悪霊で、虚空をさまよう公爵。10人の公爵長と、その下にも100人の公爵を従え、多くの従者を召し抱えている。彼らは邪悪、不誠実で、人を欺き、**悪魔祓い師**の命令にもなかなか従おうとしない。**蛇**の体に処女の頭と顔という姿をしている。10人の公爵長は、シャブリ、ドラブロス、ナートニール、フラスミール、ブライミール、ドラゴン、カートナス、ドラプロス、ハーモン、オードルシー。ウリエルは大天使の名前でもある。

エウリュノモス
Eurynomus

ギリシアの伝承における、黄泉の国の高位の**悪霊**。ギリシアの地理学者パウサニアス（紀元2年頃）が、『ギリシア案内記』の中で、デルフォイの神託所のエウリュノモスは、死体を骨までしゃぶりつくす、肉食の悪霊だと書いている。色は蠅のように青黒く、鋭い歯を持ち、ハゲタカの皮の上に座っている。のちのヨーロッパの悪魔学者は、エウリュノモスを腫れ物に覆われた体と長い歯を持ち、狐の皮をまとった「死の王」であると表現している。

エクサン＝プロヴァンスの悪魔憑き（1609-1611年）
Aix-en-Provence Possessions

悪魔に憑かれたウルスラ会の修道女たちが、不道徳な性行為や悪魔との**契約**を行ったと決めつけられ、ひいてはひとりの司祭への拷問と処刑にまで行き着いた、センセーショナルな事件。エクサン＝プロヴァンス事件は、**悪魔憑き**の証言に基づいて下された有罪判決の、フランスにおける初期の例のひとつである。17世紀より前のフランスでは、悪魔憑きの人間からの告発は信頼できないと考えられており、ほとんどの聖職者は、悪魔に憑かれた者のどんな言葉も「偽り者であり、その父」（ヨハネによる福音書8章44節）から発せられるものと信じていたので、容認された証拠法に耐えうるとは考えていなかったのである。**ルダンの悪魔憑き**のように、修道女の悪魔憑きの告白では性的な内容が多くを占めていた。

事件の中心人物——そして実行犯——は、修道女マドレーヌ・ドマンドルクス・ド・ラ・パリュで、プロヴァンスの裕福な上流家庭出身の、神経質で高慢な少女だった。子供の頃から信心深かったので、1605年、12歳の時に、エクサン＝プロヴァンスの新しいウルスラ会修道院に送られた。彼女を入れて修道女はわずか6人で、皆裕福な家庭の出身だった。彼女たちの

精神的な指導者は、ジャン＝バティスト・ロミリオン神父だった。

　約２年後、マドレーヌは深刻な抑鬱状態になって家に戻された。そこで家族の友人で彼女を救おうとしていた、20歳年上のハンサムなルイ・ゴフリディ神父の訪問を受けた。ゴフリディははるかに低い階級の出だったが、富裕層の間で人気があった。彼は人好きのする愉快な人物で、美しい容姿は女性に訴えかけた。

　そういうわけで14歳のマドレーヌが、彼に激しい恋心を抱いたのは不思議ではない。彼はしばしば訪れ、家族がいない時に彼女とふたりきりで１時間半過ごした時には、噂が広まった。このような不適切な行いに対し、マルセイユのウルスラ会修道院の長であるカトリーヌ・ド・ゴーメ修道院長から、警告が出された。それでも17世紀のフランスでは、聖職者による不品行は、**妖術**の疑いがない限り大目に見られていた。

　1607年、マドレーヌはマルセイユの修道院に修練女として送られた。彼女はカトリーヌ修道院長に、ゴフリディと親密な関係にあったと告白した。カトリーヌ修道院長は、より辺鄙でゴフリディが近づけないエクサン＝プロヴァンスに彼女を戻した。

　何事もなく過ぎた約２年の後、マドレーヌはひきつけ、痙攣の発作、そして**悪霊**の幻影に苦しみだした。1609年のクリスマス前、彼女は告解の最中に十字架像を打ち砕いた。ロミリオン神父は彼女の悪魔祓いをしようとしたが、うまくいかなかった。そうするうちに彼女の憑依は他の三人の修道女にも伝染し、同じ症状を示すようになって口が利けなくなった。

　1610年のイースターになっても、修道女たちはなお苦しんでいた。ロミリオン神父は６月に、マドレーヌとの情事についてゴフリディに直接問い質したが、否定された。しかしマドレーヌは、発作の間に自分たちの過ちについて声高に言い立てるようになっていた。ゴフリディが神を否定し、彼女に緑色の悪魔を**使い魔**として与え、彼女が13歳の時から性行為をしていたと告発した（後に、最初に関係を持ったのは９歳の時だったと言っている）。特殊な粉を飲むようにと与えられたが、それは彼女が産む子供は誰ひとり彼に似せず、疑われないようにするためのものだったと主張した。

　ロミリオンはマドレーヌに秘かに悪魔祓いを行った。さらに５人の修道女が感染した。そのうちのひとり、ルイーズ・カポーは彼女に匹敵する大騒ぎを演じるようになった。激昂したロミリオンはふたりの若い女性を、アヴィニョンの宗教裁判所長であり、高齢ではあったが非常に恐れられていたセバスティアン・ミカエリスのところへ連れて行った。彼は18人の魔女をアヴィニョンで火刑に処していた。彼は最も断固とした審問官であった。

　ミカエリスの取った手法は、サント＝ボームの岩屋にある聖マリア・マグダレーナ教会で、修道女たちの公開悪魔祓いを行うことだった。それは失敗に終わった。

　マドレーヌとルイーズは別の**悪魔祓い師**、サンマキシマン王立修道院にいたフ

ランドル派ドミニコ修道会の聖職者フランソワ・ドムティウスのもとに送られた。ルイーズは注目を一身に集めた。彼女に憑いていた3人の悪霊、ヴェリン、グレシル、ソニロンが、彼女を通して深い低音の声で語った。彼らはマドレーヌに、**ベルゼバブ、レヴィアタン、バアルベリト、アスモデウス、アシュタロト**——すべて地獄における重要な存在である——に加えて6661の悪霊が憑いており、合計6666に上ると言って彼女を嘲笑った。それに応えてマドレーヌは卑猥な叫びを上げた。悪魔祓い師を含めた目撃者たちは疑いもなく、彼女たちは本当に取り憑かれていると確信した。

12月15日、ヴェリンが再びルイーズを通して語り、ゴフリディがマドレーヌの悪魔憑きの原因だと明らかにした。ミカエリスはゴフリディに悪魔祓いをさせようと、ただし何の説明もせず、彼を呼びに人をやった。ゴフリディには悪魔祓いの知識はまったくなく、ふたりの修道女は彼を魔術師と呼んで嘲笑った。「私が魔法使いなら、魂を1000の悪魔にくれてやるだろう！」彼は言い返した。

ミカエリスはこの言葉につけ込み、ゴフリディを逮捕し岩屋に投獄した。彼が牢獄で苦境にあえいでいる間、彼の住居は魔術の証拠を求めて捜索されたが、何も出てこなかった。マドレーヌはルイーズに負けまいと、告発内容を細かく説明し、神父が「清らかな心」で祈ってはおらず、考えうる限りのあらゆる猥褻行為を行ったと非難した。

それでも確固とした証拠がなかったので、ゴフリディの拘束を引き延ばす根拠はなかった。多くの友人たちも彼の擁護に行った。ミカエリスはしぶしぶ釈放し、ゴフリディは怒りに燃えて自分の教会区に戻った。彼は汚名をすすぐための運動に取りかかり、ローマ教皇にまで訴えかけた。またウルスラ会修道院を抑圧し、厄介者の修道女たちを投獄しようと努めた。ミカエリスは相変わらず、彼を魔術の罪に決定づける道を模索していた。

ミカエリスはマドレーヌをサント゠ボームの修道院に閉じ込めていた。彼女の振る舞いは悪化していた。躁鬱病にかかっていたのかもしれない。彼女は踊り、笑い、幻覚を見、泡を吐き、馬のようにいななき、愛の歌を歌い、礼拝を妨害し、**サバト**の荒々しい話をしたが、そこでは変態的な性行為が行われ、参加者たちが赤ん坊を食らうという。ベルゼバブが彼女の骨を鳴らし、腹を詰まらせた。こうした躁状態の症状の後、彼女は無気力または死んだような眠りに陥った。

1611年2月、ミカエリスはついにエクスの議会に圧力をかけ、ゴフリディを市の裁判所に出廷させることに成功した。マドレーヌとルイーズは神父に対抗する証人の目玉で、法廷で自分たちの悪魔憑きについて図解で詳しく説明し、失神した。マドレーヌはこの毎日の見世物を交代でこなし、自分こそすべての発端だと断言した。ゴフリディを強く愛していると公言し、自分たちの性行為を再現するため実際に床でのたうってみせた。医者たちが彼女を診察し、処女でないことを認めた。彼女は足の裏と左胸の下にある

魔王の印を誇示した。ピンで突いても印からは血が出ず、彼女が痛みを感じることもなかった。印は不思議なことに、繰り返し消えたりまた現れたりした。彼女はひどい鬱状態の間に2度自殺を図った。

法廷での自分の順番を待つ間、ゴフリディはネズミがはびこる地下牢で重い鎖につながれていた。3月に法廷に連れて来られたが、衰弱し意気消沈していた。彼は体毛を剃られ、3つの魔王の印が見つかった。

最終的に神父は容赦ない追及に屈し、「ユダヤ教会の王」になったことと、悪魔との契約にみずからの血で署名し、見返りにすべての女性が言いなりになるという約束をしたことを告白した。サバトについても述べたが、マドレーヌの描写ほど生々しいものではなかった。

ミカエリスはゴフリディの衰弱ぶりを見て有頂天になり、52もの点で嘘を並べた偽の告白書を書いた。ゴフリディは拷問によって自白するよう強いられたと言って、それを認めなかった。1611年4月18日、法廷は彼を妖術、魔法、偶像崇拝、密通により有罪とした。彼は積み上げた灌木の上での火刑を言い渡されたが、それは草の束の上での火刑よりゆっくり焼け死ぬやり方であった。

それでも法廷は神父を用済みにせず、共犯の名前を挙げさせようと容赦ない追及を続けた。ゴフリディは錯乱状態になり、マドレーヌとの関係はいまだ否定しながらも、さらに物議を醸す罪を告白した。彼が最後に法廷に現れたのは4月28日だったが、その時に真実などもはやどうでもいいと語り、焼いた赤ん坊を食べたことがあると述べたのだ。

ゴフリディは4月30日に処刑された。初めに彼は恐ろしい拷問にかけられた。聖職を剝奪され、階級を下げられ、3度の吊し刑、すなわち激しく痛みを伴う脱臼をさせるため、後ろ手に縛られてロープで吊り上げられて落とされる刑を受けた。それから4度の吊し振りの刑、すなわち両足に重しをつけてロープで吊り上げられてから、急激に床すれすれまで落とされた。しかしゴフリディが仲間の魔女や魔法使いの名を挙げることはなかった。

その後、神に許しを請うよう強要され、木の橇に縛りつけられてエクスの街を5時間にわたって引きずり回された。ゴフリディにとって幸いだったことに、マルセイユの司教が特赦を認め、絞首刑となった後で燃える灌木の上で死体が焼かれた。これは大きな意味を持つ減刑であった。

彼が処刑されるやいなや、マドレーヌは「回復」した。しかしエクサン＝プロヴァンスの事件は決して終わってはいなかった。ルイーズは変わらず魔女の幻影を見続け、それによってある盲目の少女が告発され、妖術を使ったとして有罪になり、1611年7月19日に火刑に処せられる事態を招くこととなった。悪魔憑きの伝染は他のふたつの修道院、エクスの聖クレール修道院と、2年後にはリールの聖ブリジット修道院にまで広がった。そこでは3人の修道女が、自分たちに魔術をかけたとして修道女マリー・ド・サ

ンを告発した。シスター・マリーの証言は、多くの点でマドレーヌの振る舞いの真似だったが、最も注目すべきものは魔女のサバトの詳細な描写であった。月曜日と火曜日、魔女たちは悪魔たちやお互いと自然なやり方で性交し、木曜日には変態的な性行為、土曜日には獣姦を実践し、水曜日と金曜日には悪魔への連禱を唱和した。日曜日はどうやら彼女たちの休日だったようだ。マリーはマリーヌの大司教によって遠くへ追いやられ、リールの悪魔憑きは終息した。

マドレーヌの病は人生の後半に再発した。1642年、49歳の時、彼女は妖術を使ったかどで告発された。親族からは見捨てられたので、相続した遺産を使ってみずからの弁護を自分で準備しなければならなかった。1652年にまたしても告発され、多くの証人が彼女に不利な証言をした。悪魔の印が彼女の身体に見つかった。彼女は巨額の罰金刑と、終身刑を言い渡された。10年後、彼女は釈放されてシャトーヴューの親族の下へ送られ、そこで1670年12月、77歳の生涯を閉じた。

『エクソシスト』(1971年)
Exorcist, The

ウィリアム・ピーター・ブラッティの小説。実話である**セントルイスの悪魔祓い事件**をもとにしているが、小説は実際の事件をかなり改変したものとなっている。多くの読者に**憑依**の恐怖と**悪魔祓い**を紹介した。

プロローグでは、イラクでの短い邂逅が描かれる。考古学者と聖職者が古代アッシリアの遺跡の発掘を終えたところで、読者は名前はわからないものの、人を悩ます悪しき存在がやってくることを知らされる。そして、**魔王**のやり方に通じているらしい聖職者が、発掘によって平和を乱された**悪霊**の**パズズ**が、復讐を企てていることを感じ取る。

その後、本篇が幕を開ける。離婚した女優、クリス・マクニールは、11歳の娘リーガンとともに、映画の撮影が終わるまでの間、アメリカ、ワシントンのジョージタウン地区にあるタウンハウスに滞在していた。クリスはたいていリーガンの部屋で起きる、異様な物音と出来事に悩まされるが、それほどの注意を払っていなかった。クリスは使用人のカールに、窓を点検し、引っかく音をたてていると思われるネズミを捕まえるよう命じるが、何も見つからなかった。クリスの親友である映画監督、バーク・デニングズは頻繁にクリスの家を訪れていた。デニングズはひょうきんではあるが、皮肉屋で利己的なアル中で、猥褻なことを言うのが好きだった。家にはその他に、家政婦でカールの妻のウィリー、クリスの秘書でリーガンの家庭教師も務めているシャロンがいた。

明るく優しい幸せな少女として描かれていたリーガンは、徐々に取り憑いた悪霊に屈していく。家にひとりでいる時、リーガンは何度も**ウィジャ盤**で遊び、キャプテン・ハウディと話をしていた。家はまず、**寄生**──犠牲者の周囲のものを通じての悪霊の攻撃を受ける。クリスが天井でラップ音を聞き、リーガンの部屋は

常に寒くなり、リーガンの衣服がしばしば床の上で丸まった山になっている。家具が動かされ、何かが燃えるようないやな臭いが部屋に漂っている。他にも本やものが消えたり、ネズミ捕りにぬいぐるみのネズミがかかっているなどの、小さな事件が起きた。

今やキャプテン・ハウディはリーガンと話すだけではなく、おぞましく忌まわしいことを言い、苦痛や病を与えるといって脅したりもしていた。リーガンのベッドが激しく揺れ、リーガンの性格も変わった。内向的で理屈っぽくなり、しまいには反抗的で淫らで、人をうんざりさせるような性格になった。異常な力を出すようになり、激しく体をねじったりひねったりもし始めた。その体からは、拡大された聞き覚えのない奇妙な声が聞こえていた。蛇のように滑り、話すことといえば性や排泄のことばかりだった。

クリスは娘を苦しめる原因を突き止めようと半狂乱になり、女優業から身を引いてリーガンを次々と医者に見せた。医師たちはリーガンにありとあらゆる検査をしたが、身体的な原因は見つからなかった。ある精神科医がリーガンに催眠術をかけ、リーガンの別人格とみられるものと会話しようとした。その人格——もしくは悪霊——は、ドッグモーフモシオンから来たノウォンマイだと名乗った。不可知論者で、おそらくは無神論者であるクリスも、娘が悪魔に取り憑かれており、カトリックの悪魔祓いが必要だと、確信するようになった。

いっぽう、同じくワシントンに住む、精神科医で聖職者でもあるデミアン・カラス神父は、ジョージタウン大学で聖職者のカウンセリングをしていたが、近くのカトリック教会で何者かが冒瀆行為をする。祭壇の布に排泄物がまかれ、キリスト像には巨大な粘土の男根がつけられ、聖母マリア像は娼婦のように色を塗られていた。祭壇の上には、マグダラのマリアはレズビアンだというラテン語の文章が残されていた。カラス神父は**悪魔崇拝**——冒瀆行為によって性的満足を得ること——を疑うが、医者として教育を受けたせいで、悪魔が近くにいるということを、完全に信じ切れずにいた。

さらに、カラス神父は仕事に疲れ切っていた。患者がらみのトラブルだけでなく、自分の中の圧倒的な罪悪感にも悩まされていたのである。カラス神父は無知で貧しい人間をさげすんでしまうこと、同僚を思うように愛せないことを恐れていた。ニューヨークのスラム街の安アパートで、貧しいまま孤独に死んでいった母親が、神父を苦しめていたのである。映画会社を通じてクリスとリーガンに出会ったカラス神父は、リーガンの中にいる悪霊に悩まされ、リーガンを悪霊から解放する手助けをすることに同意する。

カラス神父が悪魔祓いの許可を得る前に、リーガンとふたりきりで家にいたバーク・デニングズが謎の死を遂げる。2階にあるリーガンの寝室の窓から落ち、下の急な崖に転落したのである。デニングズの頭は完全に1回転しており、どんなに激しく落下したとしても事実上不可能な状態だった。リーガンの中にいる悪霊

が、しまいにはデニングズを殺したと認め、頭を１回転させるのは、魔女を殺す時の一般的な方法だと説明した。

リーガンの状態が悪化するにつれ、本物の憑依の典型的な症状が現れるようになった。ひどい体のねじれや悪臭、おぞましい声、淫らな振る舞い、ベッドが揺れ、家具が動き、窓が音をたてて閉まり、陶器が割れるといったポルターガイスト現象に加え、リーガンは絶え間ないしゃっくりに苦しんだ。肌は炎症を起こし、ついには胸に出血斑が現れ、腹部に助けてという手書きの言葉が浮かびあがった。宗教的なものにひるんだり、それらを冒瀆に使ったりし、しばしば十字架で自慰をした。この世ならぬ知識でカラス神父を罵倒し、神父の母や昔の恋人の声色を使ったり、デニングズの省略の多い早口の話し方をまねたりした。そして、教会にとって最も重要だったのは、リーガンがフランス語、ドイツ語、ラテン語、ロシア語らしきものなど、前には知らなかった言語を話したことだった。リーガンが絶えずつぶやいていたわけのわからぬ言葉は、逆さの英語だとわかった。悪霊の名であるノウォンマイは「私は何者でもない（滞在する）」ということであり、ドッグモーフモシオンは、「私は神のもとから来る」ということだった。

リーガンが苦難の中で死を迎えそうになった時、教会から悪魔祓いの許可が出る。カラス神父は、悪魔との戦いのベテ

『エクソシスト』（1973 年）で、悪魔に取り憑かれ、悪魔に苦しめられるリーガンを演じるリンダ・ブレア（著者蔵）

ランであり、プロローグでパズズの悪意を感じ取った、ランカスター・メリン神父の手伝いをすることになる。リーガンの中の悪魔は、かなり長い間「マリン」と呼び続けていたが、メリン神父が到着するまで、それを神父と結びつけた者はいなかった。悪魔祓いは古代の**ローマ儀式書**に従って進められ、聖職者たちが悪霊に立ち去るよう命じると、リーガンは彼らすべてに向かってつばを吐き、嘔吐し、放尿した。悪霊はふたりの神父を刺激し、公然とその自尊心を揺さぶり、隠れた罪や罪悪感を突きつけた。

メリン神父はこの最後の対決を生き残ることができず、カラス神父ひとりを残して、悪魔祓いの最中に死亡する。カラス神父の魂は、罪悪感を乗り越えられるほど強くはなく、悪霊は勝利を確信する。クライマックスでは、カラス神父が悪霊にリーガンから離れて自分の中に入るようにと命じる。悪魔に完全に乗っ取られることが、自分の罪にふさわしい罰だというのである。窓が砕けて開き、カラス神父は窓の下で死体で発見される。悪霊がカラス神父の申し出を受けたかどうかは、読者の判断にまかされているが、いずれにしろ、リーガンは回復する。

1973年に公開された映画版では、若手女優のリンダ・ブレアが悪魔憑きに苦しむリーガンを演じており、母親のクリスをエレン・バースティンが、メリン神父をマックス・フォン・シドーが演じている。悪霊の声は女優のマーセデス・マッケンブリッジによって演じられ、テーマ曲の『チューブラー・ベルズ』は、アカデミー賞にノミネートされた。映画は観客に衝撃を与え、自分も取り憑かれるのではないかと怯えて専門家の助けを求めた人もいた。

『エクソシスト2』（1977年）はその続編で、1作目ほど成功はしなかったが、リチャード・バートンがリンダ・ブレアを引き続き悪魔憑きから解放しようとする神父を演じている。

エスターライヒ、トラウゴット・コンスタンティン（1880-1949年）
Oesterreich, Traugott Konstantin

ドイツ人哲学教授、**憑依**と**悪魔祓い**に関する古典作品の著者。

トラウゴット・コンスタンティン（T・K）・エスターライヒは1880年、ドイツに生まれた。その生涯はほとんど知られていない。1910年、ドイツ、チュービンゲンの大学で哲学の教員の職に就き、1922年、同大学で教授となる。

1933年、ナチス政府により大学教授の座を追われた。理由は明らかに、1912年にユダヤ人女性と結婚したこと、そして1919年に政治的文章を書いたことによるもので、この文章がのちにナチスの反感を煽ったものと思われる。このためエスターライヒはごくわずかな年金で退職を余儀なくされた。

1945年、ナチスが第2次世界大戦に敗北した後、大学に復職するも、再び退職に追いやられる。伝え聞くところでは、定年間近の年齢であるというのが理由であった。だがおそらく、自然科学分野の調査や憑依の事例にのめりこんでいたこ

とが真の理由であろう。

エスターライヒは『憑依——悪魔、およびその他による』を著し、大昔から様々な文化圏において発生した自発的、および無意識的な憑依や、それを解決した悪魔祓いについてわかりやすく解説した。この本は後に『憑依と悪魔祓い』と題して再版された。

エネプシゴス
Enepsigos

女の姿をした双頭の**悪霊**。数多くの別名を持っており、女神などに姿を変えることができる。エネプシゴスは月の近くをうろついているため、特に3つの姿を取ることが多い（月は満ちていく月、満月、新月と3つの姿を持っているからである）。ギリシアの時の神、クロノスとして呼び出されたりもする。

ソロモンの誓約では、エネプシゴスは**ソロモン王**に三重の鎖で縛られ、予言をさせられた。エネプシゴスはソロモンの王国が分割され、ペルシア人、メディア人、カルデア人の王によって、エルサレム神殿が破壊されるだろうと予言する。神殿にある道具は他の神々に奉仕するために使われ、悪霊を閉じ込めるための器は、人の手で壊される。解放された悪霊が世界中に野放しになり、人間を堕落へと導いてついには神の子が磔にされるだろう。神の子は処女から生まれ、悪霊を超える力を持った、唯一の者となるだろう。その子の名前はエマヌエルであり、その名の文字の合計は644となる。ソロモン王はエネプシゴスを信じず、彼女を解けない鎖で縛ったが、のちにその予言の一部が真実となるのを目の当たりにする。女によって堕落した王は、異教の神々を崇めるようになり、王国は神の手で分割されたのである。

呪文を唱えるための容器参照。

エフィパス
Ephippas

ソロモン王によって捕らえられた、アラビアの風の**悪霊**。

ソロモンの誓約では、アラビアの王アダルケスが、邪悪な風の悪霊から身を守るため、ソロモン王の助力を頼んだとされている。悪霊は毎朝突風が吹き始めると現れ、第3時（9時ごろ）まで風を吹かせる。人や獣も死んでいるが、阻止することができない。そこでアダルケスは、悪霊を抑えられる者をよこしてくれるよう、ソロモン王に頼んだ。

しかし、ソロモン王はエルサレム神殿の建設に問題が起きるまで、この頼みを忘れていた。神殿の隅石にしようとした石があまりにも重く、職人と労働力にしていた悪霊が総がかりでも、動かすことができなかったのである。ソロモンはアラビアの砂漠に召し使いを送り、風の悪霊を革の瓶の中にとらえようとした。召し使いは革製の酒瓶の首にソロモン王の魔法の指輪をつけ、悪霊が中へ吹き込んで瓶を満たすと、指輪で封をして閉じこめた。地元のアラビア人たちは、少年が本当に悪霊を封じ込めてしまったことが信じられなかったが、3日間風が吹かなかったので、納得した。

少年は神殿でソロモン王に瓶を渡した。瓶がひとりでに動き回って7歩も歩き、首から落ちたので王は驚いた。悪霊は瓶の中からエフィパスと名乗り、彼が「処女から生まれ、ユダヤ人によって磔にされる者」（**イエス**）によって妨害されるだろうと告げた。

エフィパスはソロモン王に、自分は山を動かし、家をある場所から別の場所へ運び、王を打ち倒す力があると語る。王が隅石を動かすよう命じると、悪霊はそれだけではなく、紅海に空気の柱を立て、王の望む場所へ運んでみせると答えた。エフィパスは隅石を神殿の入り口へ入れ、王はこれを聖書にしたがった深遠なしるしと受け取った。詩篇118章22節に、「家を建てる者の退けた石が隅の親石となった」とあるからである。

エフィパスは紅海の悪霊、**アベゼティボウ**とともに出て行き、柱を立てる。しかし、彼らはソロモンに出し抜かれ、柱に縛りつけられて空中にぶらさがったまま、時が終わるまで柱を支える羽目になる。空気の柱とは、旧約聖書に出てくる「雲の柱」と同じものか、もしくは銀河のことかもしれない。

エミリー・ローズの悪魔祓い
Exorcism of Emily Rose, The

→アンネリーゼ・ミシェル

エムプーサ
empousai

ギリシアの伝承における女の**悪霊**の一種。**ラミアイ**の同類で、**サキュバス**にも似ている。Empousae は「押し入る者」の意味であり、Empusa は英語では vampire（吸血鬼）と訳されることもある。

エムプーサは地下と（**地下の神々**参照）幽霊と魔術の女神ヘカテの子供である。人々が死んだ身内のために犠牲を捧げていると、ヘカテの命令で真昼に現れる。不潔で醜く、後ろ足はロバで、真鍮のスリッパをはいている。片足は真鍮、もういっぽうはロバの足という姿で描かれることもある。牝牛や雌犬、美女に化けることもあり、美女の姿で男を誘惑すると、その体に入り込んで肉を食べつくし、**血**をすする。

『テュアナのアポロニオス伝』の中で、ピロストラトスが――おそらくはまったくのフィクションであると思われるが――エムプーサの花嫁の話を語っている。1世紀の哲学者で神秘研究家のアポロニオスは、偉大な魔術の力を持ち、精霊を呼び出し、未来を見ることができると信じられていた。ピロストラトスによる伝記は、アポロニオスの弟子のひとり、ダミスのおそらくは創作をまじえた回想によって書かれている。

物語はリュキアに住む25歳のあか抜けた美男子、メニップスに関わる話となっている。ある日、メニップスがケンクレアイへ続く道を歩いていると、フェニキアの女性に化けたこの世ならぬもの――エムプーサ――と出会った。魔法にかけられたメニップスは、彼女の正体を知らぬまま恋におち、結婚の準備をした。

しかしアポロニオスはこの女性を疑っていた。結婚式に出席したアポロニオス

がメニップスによって花嫁に引き合わされると、花嫁は自分が家にあるすべての金銀財宝の持ち主であり、召し使いたちの女主人であることを認めた。アポロニオスはメニップスに花嫁が花婿の肉を食いつくし、血をすするエムプーサであると告げた。花嫁は怒ってアポロニオスに帰るよう命じたが、アポロニオスが彼女の魔法を破ると、金銀も召し使いも消え失せた。

花嫁は泣き出し、正体を告白させたりしないでくれと懇願したが、アポロニオスは許さなかった。彼女はメニップスを殺すつもりで太らせていたこと、血が純粋で強い、若く美しい体を餌食にするのが好きであることを認めた。こうしてメニップスは、恐ろしい運命から救われたのだった。

悪魔の話というわけではないが似たような話が、140年頃にトラレスのプレゴンによって書かれた、『驚異の書1』で語られている。若くして死んだ花嫁フィリニオンは、性に飢えた幽霊となり、マシャテスという男のもとを訪れる。フィリニオンは宝石と肌着を残していき、マシャテスは彼女に指輪と金の杯を与える。ことのなりゆきに気づいた身内が、フィリニオンの墓を訪れると、棺にはマシャテスの与えた贈り物以外何も入っていず、フィリニオン本人はマシャテスが客人となっている家にいた。熟練の預言者が、街の境界の外で彼女の死体を燃やし、地下の神々にたくさん捧げものをすべきだと告げた。ことが実行されると、絶望したマシャテスは自殺した。

エモニエル
Emoniel

悪霊で、虚空をさまよう公爵。100人の君主と公爵長、20人の公爵、多数の従者を従えている。霊のほとんどは森の中に住んでおり、それぞれの司る地上時間に応じて呼び出さなくてはならない。現れれば、快く命令に従ってくれる。12人の主要な公爵は、エノニエル、エドリエル、カモディエル、ファヌエル、ドラミエル、パンディエル、ベイスネル、ナシニエット、クルヒエット、アルメシエル、オアスペニエル、ムジニエルである。

エリゴール（アビゴール）
Eligor（Abigor）

堕天使で、72人の**ソロモンの悪魔**の15番目に位置する。エリゴールは公爵であり、槍と蛇と旗を持った見目麗しい騎士の姿で現れる。隠れたものを見つけたり、愛や情欲をかきたてたり、王や騎士の寵愛をもたらしたりし、軍団を組織して戦争を引き起こす。60の**悪霊**の**軍団**(レギオン)を統率する。

エリニュス（フリアイ）
Erinyes（Furies）

ギリシア神話における3人の女神。のちにキリスト教の普及によって悪魔化された。罪人を罰して死に至らしめ、時には自殺させることもある。エリニュスとは、「怒りをかきたてる」の意味である。

エリニュスはアレクト、メガイラ、ティシポネの3人の女神で、去勢された神、ウラノスの**血**から生まれた。翼を持った

黄泉の国のエリニュス（著者蔵）

醜い女性で、髪や腕や腰に**毒蛇**をからみつかせている。鞭をたずさえ、喪に服す者の黒く長いローブか、女猟師の短いスカートとブーツに身をつつんでいる。

　エリニュスは特に、母殺しをした者を罰する。黄泉の王ハデスの法廷に仕え、罪人の霊をこらしめている。エリニュスが竪琴を弾くと、人間は衰える。特に殺人を犯した者を、狂気や精神を崩壊させるほどの錯乱に追い込んだりもし、病気や患い、飢えを引き起こすこともある。

　エリニュスは贖罪や浄化の儀式で鎮めることができる。

　地獄参照。

黄金を見つける雌鶏
Gold-Finding Hen

　悪霊の召喚をともなう、黄金を見つける儀式。18世紀と19世紀の錬金術師に人気があった。この儀式は、魔法の雌鶏をかえす方法を伝授する。黒い若雌鶏は、命令されると隠れた黄金などの財宝を探し出す。さまざまな**魔術教書**、すなわち魔法の手引書によって、異なる型の儀式がある。

　『赤いドラゴン』（1822年）という魔術教書には、悪霊の手を借りる方法が書かれている。まず、つがいになっていない黒い雌鶏を、コッコッと鳴かせないようにして捕まえる。それを午前零時に**十字路**に連れていき、糸杉の杖で自分のまわりに魔方陣を描く。「エロイム、エッサイム、フルーガティーヴィ・エト・アッペラーヴィ」と3回唱える。儀式にのっとった動作をすると、緋色のオーバーと黄色のベスト、淡い緑色のズボンを身につけた

強欲な宝探しを苦しめる悪霊（著者蔵）

悪霊が現れる。犬の頭とロバの耳、仔牛の足とひづめを持ち、2本の角を生やしている。この悪霊は召喚者の命令を求め、それに従わねばならない。悪霊に宝を探すよう指示してもよい。

オーエラン、イザック・ド（－1609年）
Aueiran, Isaac de

妖術を使い、**魔王**と**契約**を交わしたことで処刑された、若いフランス人男性。

イザック・ド・オーエランは裁判で、魔王に引き合わされたのは10歳か12歳の頃だったと告白した。火を借りに隣家に行った時、住人の女に「サバトの首領」に会いたくないかと聞かれた。承諾すると空を飛んで遠く離れた場所に運ばれた。そこでは**サバト**の真っ最中で、男女が叫び踊っていた。大きな黒い男——魔王——が歩み寄ってきて肩を叩き、残っていくよう迫った。同時に男は**魔王の印**を彼の手につけた。ある日黒い男が現れ、彼をサバトへ連れ戻し、そこで彼は他の者たちと一緒に食べて踊った。

ド・オーエランは逮捕され、ボルドーで裁判にかけられて、1609年5月8日に火刑に処せられた。

お金
money

民間伝承では、**妖精**や魔女、呪術師、**悪霊**、**魔王**から手に入れたお金は価値のないものとして扱われる。

品物やサービスの対価として受け取った金貨や通貨が、実はヒキガエルや動物の爪、貝殻、鉛、その他の価値のないものだったことがわかるが、すでに手遅れだったという話は多い。例えば、魔王から金貨のいっぱい詰まった財布を受け取った犠牲者が、後になって燃えさしと煙しか入っていなかったことに気づくなどである。

ある話では、15歳の若者が、村を通りかかった見知らぬ男に出会う。男は若者に、金持ちになりたいかと尋ねる。若者がなりたいと答えると、男は彼に折り畳んだ紙を渡し、こう告げる。この紙はほしいだけの金貨を出すことができるが、決して広げてはいけない。好奇心を抑えている限り、本物の恩義が受けられるだろうと。若者は紙を家に持ち帰り、それが金貨を吐き出すのを見て驚いた。しかし、広げてみたいという誘惑には抗えなかった。中身を見て彼はぞっとした。そこには熊や猫の爪、ヒキガエルの足など、恐ろしいものが入っていたのである。彼は紙を火にくべたが、燃えるのに1時間かかった。金貨は消えていた。

悪霊は地上の莫大な富のすべてを守っているが、それを利用することはできないと考えられている。**ニコラ・レミー**は、魔女狩りの手引書『**悪魔崇拝**』（1595年）で、1530年にニュルンベルクで、ある男が、悪霊が持ちかけた偽の財産に騙されたと書いている。悪霊は、莫大な財宝の隠し場所を教えた。男が見つけた地下室には、黒い犬に守られた財宝箱があった。しかし、男が箱を取ろうとすると地下室が崩れ、彼は押しつぶされて死んでしまう。使用人のひとりがこの悲劇を見て、逃げ出して噂を広めた。

レミーはまた、悪霊にお金や金貨を贈られて騙された女性の例をいくつか挙げている。お金は財布に入っているか紙に包まれているが、実際は煉瓦や石炭のかけら、豚の糞、木の葉、ぼろぼろに崩れてしまう赤茶けた石などであった。レミーは、ヴィル＝シュル＝モセルのカタリーナ・ルファという女性が、悪霊に本物の金貨を3枚もらったと訴えたために、1587年に彼女に死刑を宣告したといっている。

伝説によれば、16世紀のスイスの錬金術師パラケルススは、晩年、金を持たずにヨーロッパを放浪し、宿の主人に払った金貨は、彼が立ち去った後で貝殻になったという。

幻のお金というのは、魔女や妖精から知らずに買った家畜が消えてしまったり、ほしくもないものに変わってしまったりといった民間伝承と似ている。例えば、牛が川の中で溶けてしまったり、馬が豚に変わったりするなどである。

オセー
Ose

堕天使で、72人の**ソロモンの悪魔**の57番目に位置する。**地獄**の大総長。初めは豹の姿で現れるが、やがて人間の姿に変容する。あらゆる分野の専門教養を教え、神や秘儀に関する質問に正確に答える。召喚者の求めに応じ、人間を望みどおりに変身させることができるが、人間は自分が変身させられたことに気づかない。3つの**悪霊**の**軍団**(レギオン)を統率する。**ヨーハン・ヴァイヤー**の記述によると、オセーはまた人間を狂気や錯覚に陥らせ、自分が王であるかのように信じ込ませることがあるという。が、この錯覚は1時間で消えてしまう。

オノスケリス
Onoskelis

女の悪魔。ソロモンの誓約の際、**ソロモン王**が女の悪魔はいるかと訊ね、いたら見てみたいものだと言ったため、**ベルゼバブ**によって呼び出されたのがオノスケリスであった。

オノスケリスは透けるような肌とラバの脚を持つ美しい女の姿で王の前に現れた。彼女は洞窟や岸壁、峡谷を住み処とし、男を誘惑して絞め殺していると語った。男たちは彼女から黄金を得られると思い込んでいるが、彼女は崇拝者に対してほとんど何も与えない。満月に乗って移動し、やぎ座の星と親しい関係にある。彼女はヤハウェ（イスラエルの聖なる者）の名によって行動を阻止されている。

ソロモン王はヤハウェの名と魔法の指輪の力によってオノスケリスを立ちっぱなしの状態にさせ、エルサレムの寺院の建設に用いる縄を綯う労働に昼夜を問わず従事させた。

お化け
bogey

イギリスの民話に出てくる恐ろしく邪悪な霊、またはいたずら好きな小鬼で、たいがいは大きくて黒く、子供を怖がらせる。「ボギーマン」または「ブギーマン」は夜やって来て、寝室のベッドの側に現

れる。お化けの外見はしばしば、男の黒いシルエットのように見える。

お化けはウェールズではボウグ（**幽霊**）、スコットランドではボウグル、ドイツではボゲルマンと呼ばれる。その他の名前の中には、バガブー、ブー、バグベア、ボック、ボガートなどがある。アイルランドの「プカ」も似ている。お化けは**魔王**の別名でもある。

オビズート
Obyzouth

嬰児を殺したり、死産を引き起こすのを主な所業とする女の**悪霊**で、**ラミア**や**リリト**と類似の悪霊と見なされている。

ソロモンの誓約では、オビズートは乱れたぼさぼさの髪をして現れ、不遜にも、**ソロモン王**が手を洗って身を清め、玉座につくまで一言も質問に答えなかった。王はこれを咎めなかった。オビズートは夜ごと臨月の女の元を訪れ、嬰児を絞め殺した様子をみずから語った。彼女は毎夜、この世の果てまでも旅していった。また人々の目を傷つけ、口をきけなくし、精神を破壊し、肉体に痛みを与える。

ソロモン王は自分に命令を下すことはできない、とオビズートは豪語した。しかし大天使ラファエル（**阻止天使**参照）に咎められ、分娩中の女性が羊皮紙にオビズートの名を記したら「あの世」（悪霊の王国）へ逃避することに同意した。

畏れを感じたソロモン王はオビズートを彼女自身の髪で縛り、エルサレムの寺院の前に吊した。このため寺院の前を通る人はみなイスラエルの神の栄光を称え、神は悪霊を司る権限をソロモンに与えた。

オープティ、ピエール（-1598年）
Aupetit, Pierre

魔術と**魔王**との取引の罪で処刑されたフランスの聖職者。リムーザンのフォッサに住んでいたピエール・オープティは、逮捕され裁判にかけられた時は50歳だった。彼は拷問され、苦しんだあげく自白した。

オープティは**サバト**に参加し、そこでは黒い羊の姿をした魔王の肛門に魔女たちがキスをしていた。オープティはまじないの本で読んだことがあった。彼は**悪霊**、**ベルゼバブ**を使い魔として与えられ、その小指も持つことになった。ベルゼバブは彼が選ぶどんな女性や少女の愛でも獲得する方法を教えた。

オープティはまた、有名な魔術師のクラブープルに魔術を教えられ、流れる**血**の止め方や梃子の使い方を見せられたと言っている。

オープティは1598年5月25日に火刑に処せられた。

オブリー、ニコル
Obry, Nicole

→**ラオンの奇跡**

『オーメン』（1976年）
Omen, The

反キリストの誕生を扱ったホラー映画。脚本デヴィッド・セルツァー、監督リチャード・ドナー。聖書のハルマゲド

ンの予言を実行するため誕生した、**サタン**の息子の物語である。

　グレゴリー・ペック、リー・レミック演じる夫婦が反キリストの赤ん坊をそれと知らずに養子にし、ダミアン（ハーヴェイ・スティーブンス）と名付ける。ペック演じるロバート・ソーン（小説中ではジェレミー）とレミック演じるキャサリン・ソーンはイタリアで仲睦まじく暮らすアメリカ人夫妻で、ロバートはアメリカ大使を務めていた。夫婦にはもうすぐ子供が生まれる予定だった。だがキャサリンが病院で出産した際、悲劇が起きる。赤ん坊が死産だったことをロバートが知らされたのだ。しかしキャサリンがその事実を知る前に、ロバートはとある神父から、誕生直後に母親を亡くした赤ん坊を引き取ってくれないかと持ち掛けられる。妻を失望させたくない一心から、ロバートはその子をもらい受け、キャサリンにふたりの実子として引き合わせる。

　やがて親子はロンドンに移り住んだ。子供が成長するにつれ、一家の周辺では奇妙なことが次々と起こる。乳母が人前で自殺したり、ダミアンが反キリストであるという秘密を知っている神父が串刺しにされて変死するなどである。

　ロバートはカメラマンのキース・ジェニングス（デイヴィッド・ワーナー）の助けを借りて恐ろしい真実を突き止めた。彼はそれを妻に明かした。ロバートとキースはダミアンの生まれた病院を訪れ、ダミアンの生母の墓がある場所を神父から聞き出した。神父は息絶えた。ふたりは墓を突き止め、掘り返した。そこに埋まっていたのは人間の女ではなくジャッカルの骨と、生まれたばかりの赤ん坊の打ち砕かれた頭蓋骨であることを知り、ロバートとキースは戦慄に震えた。殺された赤ん坊の頭蓋骨はソーン夫妻の実の息子のものだった。神父はダミアンを託すため、夫婦を騙していたのだ。

　ダミアンの周辺では依然としていくつもの死が続いた。キャサリンは新たに乳母として雇われたベイロック夫人（ビリー・ホワイトロウ）によって手すりから突き落とされ、死亡した。ロバートとキースはイスラエルのテル・メギッドへ飛び、ブーゲンハーゲンという考古学者を探し出す。この考古学者は特別な力を持つ7本の短剣で反キリストを殺す方法を知っていたのだ。ロバートは短剣を手に入れたものの、ダミアンを殺す気にどうしてもなれなかった。やむなくキースがその役目を買って出ようとしたが、暴走するトラックに載せられたガラスで首を切断されるという陰惨な事故に遭い、命を落としてしまう。

　ロンドンへ戻ったロバートは、そこで乳母の飼っていたロットワイラー犬に襲われる。彼はダミアンの髪の毛の一部を切り取り、そこに「野獣の印」である**666**の文字を発見したとき、引き取った息子の出生の真実に対する最後の疑惑を振り払った。ロバートは乳母と格闘し、彼女を刺し殺そうとした。

　ロバートはダミアンを無理やり教会へ連れていき、祭壇の上で刺し殺して神への生贄にしようと試みた。短剣を引き抜いたが、一瞬迷いが生じた。そのとき、

彼とダミアンを追ってきた警官にロバートは撃たれた。

映画はロバートとキャサリンの葬儀の場面で幕を閉じる。反キリストのダミアンは見事に勝利し、アメリカ大統領の手をしっかりと握っていた。

セルツァーはこの映画のノベライズを手がけ、この本はベストセラーとなった。

映画『オーメン』は2006年、ジョン・ムーア監督によってリメイクされた。ロバート・ソーン役はリーヴ・シュリーバー、キャサリンはジュリア・スタイルズ、ダミアンはシーマス・デイヴィー＝フィッツパトリックが演じた。セルツァーは脚本担当を辞退した。

オリジナル映画の続編である『オーメン2』は1978年に公開された。ドン・テイラー監督による本作ではウィリアム・ホールデン、リー・グラントがダミアンの叔父、叔母のリチャードとアン・ソーンを演じ、ダミアン役はジョナサン・スコット＝テイラーが演じた。シカゴの裕福な親戚とともに暮らしていたダミアンは13歳になり、みずからの出生の真実を知る。彼はリチャードの前妻の息子マークと共に陸軍士官学校に入学する。そこで、ダミアンは周囲から浮いた存在となっていた。

産業資本家のリチャードは第三世界への投資を行っていた。彼はそうとは知らぬままダミアンの秘密の盟友の援助を受け、反キリストの10の王国を地上に実現

反キリスト、ダミアンを演じるジョナサン・スコット＝テイラー。『オーメン2』（1978年）より（著者蔵）

するため土地を買い占めていく。ソーン・インダストリーに土地を売ることを拒んだ人々は次々と死んでいった。

いっぽう、ジャーナリストのジョーン・ハートはダミアンの秘密を知っていたカール・ブーゲンハーゲンの奇妙な死について調査していた。彼女はリチャードに警告しようとするが、悪魔の鉤爪に目をえぐられ、死亡する。

ダミアンの秘密を知った他の者たちも次々に恐ろしい目に遭う。ダミアンは兄弟同然のマークをも殺してしまう。リチャードはダミアンの所業を阻止しようとするが、みずからの正体を大淫婦バビロンであると明かした妻アンによって刺殺された。アンもまた、ボイラーを爆発させたダミアンによって焼死する。ダミアンは再び勝利をおさめた。今度は巨万の富を相続し、みずからの野望を実現することができる立場となっていた。

『オーメン3——最後の闘争』は1981年に公開された。監督はグレアム・ベイカー。成人したダミアン・ソーンを演じたのはサム・ニール。ジャーナリスト、ケイト・レイノルズ役をリサ・ハロー、反キリストを殺害する任務を神から与えられたデ・カルロ神父役をロッサノ・ブラッツィが演じた。ダミアンは盲従的な部下をもつカリスマ性に富んだ人物として描かれ、イギリス大使に任命されて合衆国大統領のお気に入りとなる。また、レイノルズと恋愛関係にあった。

天空の星が異常な配列を示し、新たなベツレヘムの星が現れて、ダミアンにキリストの再臨が近いことを告げた。彼は密かに、イギリスじゅうの男の赤ん坊の殺害を命じる。この計画を阻もうとするものはことごとく死んだ。7本のメギドの短剣を持っているデ・カルロ神父は修道士の一団とともにダミアンの殺害を企てる。だがデ・カルロを除くすべての修道士が命を奪われてしまった。

デ・カルロは、キリストは赤子の姿ではなく成人した姿で再臨することを知っていたが、依然としてダミアンの殺害に執念を燃やしていた。悲劇的なことに、ダミアンはティーンエイジャーのレイノルズの息子を盾にし、デ・カルロは誤ってその子を殺してしまう。だが背後から忍び寄ったレイノルズがついにダミアンの背中を刺す。彼がキリストの出現を大声で請うと、キリストが現れ、ダミアンにこう告げた——「おまえは負けた」

オーラフの娘の悪魔憑き（1831年）
Maid of Orlach Possession

ドイツの催眠術師ユスティヌス・ケルナーの記録の中で、最も注目に値する**憑依**事件。オーラフの娘とは酪農家の娘で、彼女を支配しようと白い霊と黒い霊が対立した。彼らは罪深い修道女と殺人を犯した修道僧の霊であった。最終的には、**悪霊**の憑依から逃れるため、家の取り壊しを余儀なくされた。この娘の事件は、ケルナーが1834年に発表した『現代悪魔憑きの歴史』に記されている。

奇妙な出来事が始まったのは1831年2月のことだった。それは、ドイツのヴュルテンベルクにある小さな村オーラフに住む、グロムバッハというルター派の農

夫の家で起こった。その出来事は牛小屋に集中し、彼の娘マグダレン（「娘」）が巻き込まれた。最初に牛が影響を受け、ポルターガイスト現象が起こった。不思議なことに、牛たちはそれまでと違う場所につながれ、尻尾が結ばれていた。グロムバッハは見張りをしたが、犯人の姿はなかった。

マグダレンはある日、何かに片耳を激しく殴られ、帽子が飛んだ。2月8日から2月11日にかけて、牛小屋で謎の火事が起こった。続いて、マグダレンは誰もいない小屋で子供の泣き声を聞いた。

影のような、灰色の女の姿が、牛小屋の壁に浮かぶのをマグダレンは見た。のちに白い霊と判明するその霊は、火事を起こしたのは悪い霊だが、自分が家を守ったと告げた。400年前、14歳の少女だった彼女は、意に反して修道院に入れられ、そこで人にいえない罪を犯したのだという。彼女はマグダレンに、この家は来年の3月5日までに取り壊さなければいけないといった。「この家から逃げなさい！

この家から逃げなさい！　来年の3月5日までに取り壊されなければ、不幸があなたに降りかかる……逃げると約束して！」と彼女はいった。娘は約束した。

白い霊は、5月まで頻繁に娘の前に現れた。また、宗教言語を話したり、詩篇112編を唱えたりした。彼女はマグダレンの考えを読み、未来に起こることを正確に言い当てた。マグダレンのほかには、誰にもその姿は見えなかった。

5月、白い霊はしばらく訪ねることができないと伝えた。そしてマグダレンは、彼女の邪悪な仲間である黒い霊に苦しめられるだろうと。何があっても、決して彼に答えてはいけないと彼女は言った。

黒い霊はさまざまな姿で現れた。カエル、黒猫、犬、頭のない馬、姿のない男の声となって娘の後をつけ、彼女をからかった。やがて修道僧の姿で現れるようになり、質問に答えるよう誘いかけた。黒い霊は、ときには近所の人の声を真似して、彼女に答えさせようとした。しかし彼女は、頑として沈黙を守った。

硬貨の入った袋が、いつのまにか納屋に現れた。黒い霊は、彼女の耳を引っぱたいたことのお詫びだといった。間もなく白い霊が現れ、その金は貧しい人に与えなければいけないといった。彼女はそのとおりにした。

その後、黒い霊はマグダレンへの攻撃を強めた。7月15日には熊の姿で現れ、答えなければおまえを疫病にかからせると脅した。以降、彼はさまざまな怪物や動物の姿で現れ、金を約束したり、苦しめると脅したりした。

8月21日、黒い霊は体の真ん中に首を持つ、恐ろしい動物の姿で現れた。娘は気を失い、そのまま数時間意識をなくした。その後も彼女が卒倒することは続いた。トランス状態にあるうちは質問に答えることができたが、起きたときには何も覚えていなかった。彼女は、黒い霊がやってきて、白い霊が来ると消えたといった。

8月23日、白い霊はこういった。マグダレンを危害から守るが、早く家を取り壊し、被害を終わらせるようにと。霊が

いうには、黒い霊はマグダレンに完全に取り憑くところだったが、彼女、すなわち白い霊が、それが起きたときにマグダレンを安全な場所へ連れていったということだ。こうしたことから、マグダレンの父親は、ついに家を壊しはじめた。

8月25日から激しさを増した黒い霊の攻撃に、マグダレンは屈した。霊は彼女の体を支配し、彼女の口から話した。憑依の詳細は次のとおりである。

> 仕事の最中に、彼女は修道士のマントを羽織った男の姿を見た。黒い霧からできているようなその男は彼女に近づき、質問に答えようとしない彼女にこういった。「では、おまえが何といおうと、わたしはおまえの体に入り込んでやる」それ以来、彼女は常に左半身を彼に踏まれ、冷たい5本の指に首の後ろをつかまれ、彼が体に入り込んでくるのを感じるようになった。彼女は気を失い、人格を奪われた。その声はもはや彼女の声ではなく、修道士のものだった。そのような状態で彼女が発する言葉は、悪霊にふさわしいものだった。マグダレンはその間ずっと横になり、頭を左側に曲げて、目を固くつぶっていた。まぶたを開くと、黒目が上を向いていた。攻撃の間、左足は地面の上でひっきりなしに上下に動き、それはしばしば4時間から5時間続いた。

トラウゴット・コンスタンティン・エースターライヒは、この出来事をこう語る。

> 彼（憑依した霊）は彼女について語った。彼女が生きていることはよくわかっているはずなのに、その場にいるのは彼女ではなく、自分だというふりをした。そして、この娘に対する悪態や中傷を口にした。彼は娘のことを「雌豚」以外の言葉では呼ばなかった（中略）こうした発作の間、闇の霊は、彼女の口から狂った悪霊にふさわしい言葉を発した。この正直な娘から出てくるはずのない言葉や、聖書、救い主、その他ありとあらゆる聖人への呪いを口にした。

彼女の人格の変化はあまりにも著しかったため「ちょうど、力のある男が家の持ち主を追い出し、悠然と窓の外を眺めてくつろいでいるかのようだった」とエースターライヒはいっている。

黒い霊がいるとき、マグダレンの頭は左右に動き、霊が去るときには突然右側に振れた。近くに聖書があると、黒い霊は**蛇**のようにシューシューいい、唾を吐きかけようとした。

マグダレンは攻撃のことを一切覚えていなかった。かすかに教会へ行ったことを覚えていたが、おそらく、白い霊に守られていることをそう感じたのだろう。攻撃の間、彼女の右足は温かいままなのに、左足は冷たくなった。だが、意識を取り戻すと普通に歩くことができ、どちらの足にも異常を感じなかった。

マグダレンは医師のところへ連れていかれた。医師は自然な病だといい、薬を処方したが、何の効果もなかった。つい

にグロムバッハは彼女をケルナーのところに連れていった。彼は数度にわたって磁気を送ろうとしたが、黒い悪魔はすぐさま対抗するように娘の両手を動かし、それを中和した。ケルナーは祈りと粗食を勧めた。マグダレンはそれにも反応しなかった。しかしケルナーは、この一件は白い霊の約束どおり、3月5日までに自然にけりがつくと信じていた。

娘の苦難に関する噂が広まり、彼女が悪魔に憑かれたときには、大勢の人々が見物に集まった。

白い霊の告げた期限の1日前に当たる3月4日、白い霊が朝の6時に娘の前に現れ、自分の罪を告白した。彼女は、今は黒い霊となっている修道僧に誘惑され、ともに暮らしていたのだという。彼の不行状を暴露しようとしたところ、彼女は殺された。霊が話している間、黒い犬の幻が現れ、火を吐いた。白い霊は娘のほうに手を伸ばし、娘はハンカチで彼女に触れた。布は火花を散らし、手のひらの形の穴が開いた。

白い霊は、地上の心配事から解放され、別れを告げるときが来たといった。娘は隣家に連れていかれたが、そこで黒い霊に取り憑かれ、その間、何も食べられなくなった。たくさんの人が見物に来て、悪霊に質問したが、霊は正確に答えた。

解放が起こったのは、3月4日の夜のことだった。黒い霊は祈り、初めて**イエス**、**聖書**、**教会**、**天国**と口にすることができた。彼は殺人を含む自分の罪をすべて告白した。死後には罰があり、彼は娘の体を離れた後、再び審判の席につかなければならないと語った。

グロムバッハの小屋の最後の壁は、3月5日午前11時30分に破壊された。黒い霊はマグダレンから離れ、彼女は見違えるほど健康になった。その後、彼女が悩まされることは二度となかった。

家の残骸の中から、古い骨が発見された。子供のものを含むそれらの骨は、修道士の犠牲者のものと考えられた。

オリアス
Orias

堕天使で、72人の**ソロモンの悪魔**の59番目に位置する。30の**悪霊**の**軍団**（レギオン）を統率する。蛇の尾を持つライオンの姿をしており、馬にまたがり、うなりをあげる2匹の大蛇を携えている。惑星や星の効能を説き、また人を変身させる力を持つ。人間に権威や高い地位を与え、敵からも味方からも好意を引き出すことができる。

オルニアス
Ornias

ソロモン王によって打ち負かされた**堕天使**のひとり。ソロモンの誓約によると、みずがめ座に住み、吸血鬼の性質を持つ厄介な**悪霊**とされていた。変幻自在に姿を変えることができる。みずがめ座の男はおとめ座の女に対する情欲を示すため、みずがめ座の男を絞め殺す。男色を装い、男に触れて彼らをさいなむ。また、翼を持った動物に変身したり、ライオンの姿をして現れることもある。

エルサレムにソロモン王の神殿が建設されたとき、オルニアスは日暮れになる

と現れ、王が目を掛けている大工の徒弟の賃金や食物を奪い、右手の親指から精気を吸い取っていた。少年は日に日に痩せていき、ソロモン王に理由を尋ねられるとオルニアスのことを語った。憤ったソロモンはオルニアスを支配する権限を神に求めた。大天使ミカエルはソロモンに魔法の指輪を与える。その指輪には、ソロモンに悪霊を支配する力を認める印章が刻まれていた。ミカエルはソロモンに次のように言った。「男女を問わず、すべての悪霊を封じ込める力を汝に授ける。この神の印章を身に着けよ。さすれば汝は悪霊の協力を得てエルサレムを建設することができるであろう」

ソロモンは指輪を徒弟の少年に与え、オルニアスが次に現れたらこの指輪をその胸に投げつけ、ソロモン王の元へ行けと命じるがよい、と言った。オルニアスが燃え盛る炎の姿で現れたとき、少年は言われたとおりにして叫んだ。「行け！ソロモン王がおまえをお召しだ！」オルニアスは悲鳴をあげ、その指輪をソロモンに返してくれたらこの世のすべての金銀をおまえに与えよう、と誓った。だが少年は悪魔を縛り、王のもとへと引き立てていった。

ソロモンは宮殿の門で震える悪霊を見ると尋問に向かった。オルニアスは、自分はとある大天使の血を引いており、大天使ウリエル（**阻止天使**参照）によって阻止されたのだと申し立てた。自分はみずがめ座に属しているが、「みずがめ座の男はおとめ座の女に情欲を抱くため」、その星座の男を絞め殺すのだ、と語った。

トランス状態にある時には3種類の姿に変身するという。「時には、軟弱な男子の肉体を貪りたがる男の姿になり、彼らの体に触れて激しい苦痛を与える。また時には翼を持つ動物に変身し、天空を舞う。また、ライオンの姿になることもある」とオルニアスは言った。

ソロモンは指輪でオルニアスを拘束し、石切り場で石を切り出す労働を強制した。**鉄**を恐れるオルニアスは、他の悪魔を招集することを約束して釈放を求めた。ソロモンはウリエルを召喚し、ウリエルはオルニアスを脅して採石作業を強制した。ウリエルは海獣を呼び出して彼らを震えあがらせ、地面に投げつける力を持っている。

採石作業が終わると、ソロモンはオルニアスに魔界の君主を呼び出すよう命じた。王から魔法の指輪を与えられたオルニアスは**ベルゼバブ**の元へ行く。魔界の君主はソロモンの名を聞いても怯まなかったため、オルニアスは指輪を彼の胸に投げつけ、王の元へ参じるよう命じた。ベルゼバブは火刑に処せられたかのように悲鳴をあげ、命令に従った。

オルニアスは予言の才能を持っており、悪霊が天国へ舞い上がって神の計画を盗み聞きする、とソロモンに告げた。これにより力を使い果たしてしまった悪霊が**堕天使**となった。

オルレアンの霊（1534年）
spirit of Orleans

フランス、オルレアンのフランシスコ会修道士が、金銭が目的で**悪魔祓い詐欺**

を行った事件。

　16世紀には、托鉢の修道士を雇って、葬儀に同道させる習慣があった。人が死ぬと、泣く役目の人間が雇われ、町じゅうを歩き回ってその死を伝え、人々に祈りを促し、埋葬の日時や場所を知らせる役目を担った。修道士たちは、葬儀の間、灯りを運ぶために雇われた。多くの修道士が雇われる凝った葬儀は、死者と遺族が有力者であることを示していた。

　1534年、オルレアン市長の妻が死んだ。彼女は、大勢の人が参列する大仰な葬式や埋葬はしないで欲しいという遺言を遺していた。夫は彼女の遺志を尊重し、特に修道士は雇わなかった。妻は夫と父親だけに見守られて、フランシスコ教会の墓地にひっそりと埋葬された。夫は最低限の修道士たちに、通常よりかなり少ない金貨六枚しか払わなかった。

　これで終わっていれば、修道士たちはこのままなにも言わずにやり過ごしたかもしれないが、ほかにもひと悶着あった。それからほどなくして、市長は木を伐採して薪として売ろうとした。フランシスコ会が薪をただで譲ってくれるよう頼むと、市長はただの薪はないと断った。フランシスコ会は、報復として市長の妻の魂は地獄に落ちたから、悪魔祓いが必要だと主張した。

　夜遅く、修道士たちが祈りにやってくると、新米の修道士が、教会の丸屋根の上に陣取って大騒ぎした。神の名をとなえて厳命しても、悪魔祓いをしても無駄で、新人は大きな音をたてて、自分は口のきけない霊であることを示した。

　修道士たちは、こうした芝居をすることによってこの作り話を固めていった。フランシスコ会の著名な市民支援者のところへ出向いて、教会で恐ろしいことが起こっていると伝え、実際に人々を教会に来させて、夕方の祈りのときに状況を目撃させた。

　新人の修道士が、またしても演技をして、自分は喋ることはできないけれど、なにかを叩く大きな音をたてて、質問に答えると示した。秘密の穴を通して、彼は**悪魔祓い師**の示す質問を聞くことができるという。新人は、自分は市長の死んだ妻の霊で、彼女の魂は、異端のルター派を信仰していたために有罪を宣告されている、遺体をすぐに掘り返して、別の場所に移さなくてはならないと語った。

　修道士たちは、目撃者たちにこの現象の記録したものに署名するよう要求したが、みんなは市長を怒らせるのを怖れて拒んだ。それでも、修道士たちはあちこちの家に出向いてはミサを行った。これは、教会が冒瀆されて清めが必要な場合、資格を与えられている者が行う習わしだった。

　司教が、調査のために判定人として著名な人物を送った。判定人は自分が見ている前で悪魔祓いを行い、誰かが屋根に登って、どんな霊が現れるか見張るよう命じた。修道士たちは、死んだ女性の霊の邪魔をするべきではないと反対し、判定人の前で悪魔祓いは行わないと抵抗した。

　市長はこのいきさつをすべてフランス王に伝え、今度は王が調査のために、パ

リの上院を送り込んできた。また、枢機卿で、フランスのローマ教皇特使でもあるアントワーヌ・デュプラによって、別の調査団も送られてきた。

修道士たちはパリに集められて、審問を受けたが、宗教特権と法的免除を隠れ蓑に協力を拒んだ。新人修道士は、裏切れば仲間の修道士たちの手で殺されるのを怖れて、沈黙を守り続けていた。だが、国王から真実を話せば、免責し、フランシスコ会に戻らなくて済むようにしてやろうと約束され、ついにすべてを白状し、仲間の共謀者たちの前でも同じ告白を繰り返した。

修道士たちはオルレアンに送り返され、牢獄に入れられた。そして、町を行進させられたあげく、公衆の前で罪を告白する羽目になった。

この事件は、嘘をつくと必ず言われる諺、オルレアンの霊の基になった。

オロバス
Orobas

堕天使で、72人の**ソロモンの悪魔**の55番目に位置する。**地獄**の王。地獄で20の**悪霊**の**軍団**(レギオン)を統率する。初めは馬の姿で現れるが、命令に従って人間の姿となる。過去と現在のあらゆる事柄を知り、召喚者に大いなる恩恵をもたらす。過去、現在、未来に関する質問、神学や創世に関する事柄について正確に答える。召喚した魔術師に忠誠を誓っており、魔術師が他の悪霊に誘惑されるのを嫌う。地獄に堕ちる前は、座天使のひとりだった。

オロバス

ガアプ（ゴアブ、タプ）
Gaap（Goap, Tap）

　堕天使で、72人の**ソロモンの悪魔**の33番目に位置する。かつては能天使の序列にあったが、現在は**地獄**の総裁にして君主であり、66の**悪霊**の**軍団**〈レギオン〉を統率する。太陽が南の宮にあるとき、大きなコウモリの翼が生えた人間の姿で、4人の有力な王を従えて現れる。専門教養と哲学を教え、愛と憎しみを呼びさまし、人間の感覚を麻痺させ、過去、現在、未来について正しい答えを与える。魔術師から**使い魔**を引き離す。命令されると、人間を場所から場所へたちまち移動させる。主人であるアマイモンの予言に含まれるものを聖別する方法を伝授する。

解放
deliverance

　悪霊の**悪魔祓い**や、祈禱、清め、ヒーリングなどのような、霊的な戦いの形。主にプロテスタントの宗派、特にペンテコステ派やカリスマ派でよく行われる。

　解放はキリスト教の初期から始まっている。使徒や真の信者は、手を当てることで悪霊を追い出し、犠牲者をいやしてきた。その後、聖職者による形式ばった儀式が優勢になり、こうした活動は制限された。さらに、精神医学や心理学の進歩で衰退したが、20世紀にペンテコステ派やカリスマ派が力をのばすと復活した。

　悪霊の世界は一定のルールにしたがって動いており、低級な悪霊が高位の悪霊の指揮下におかれるという、階級制のもとに成り立っていると言われる。人間が罪をおかすなどしてこのルールを破る

ガアプ（『地獄の辞典』）

と、悪霊はその人間を攻撃する「法的な権利」を得ることになるのである。これが**寄生**、**抑圧**、**憑依**という、一連の問題の原因となる。ある場所で悪事をはたらいたり、人や場所に**呪い**をかけるといったことも、悪霊に「法的な権利」を与えることになる。

悪霊の干渉には、罪を犯すようそそのかす、肉体を攻撃する、妨害する、感情を抑圧する、犠牲者の人格を変える、などの形がある。本当に完全に憑依されてしまうことは、めったにないと言われる。憑依のかわりに、悪魔化という言葉が使われることもある。

悪霊には、次のように様々なタイプが認められる。

◎**パズズ**や**ベルゼバブ**のように、特定の名を持っている悪霊。階級制度の高い位置にあり、**地獄**における真の悪霊を象徴する。人に悪さをするものは少ない。
◎「妬み」や「殺人」などのように、罪に応じた名前を持っている悪霊。人の弱みにつけこんだり、偏執的な傾向をかきたてたりする。
◎特に、心理学的、感情的なトラウマが目覚めた時、入ってくる悪霊。
◎先祖の霊。本当に迷える死者の霊であることもあれば、低級な悪霊が死者になりすましている場合もある。霊媒など、特殊な方法で霊と交信する場合や、**幽霊**という形で特に出会いやすい。

祈禱は悪霊を追い出すために使われるが、カトリック教会で行われていたような、聖職者のみでの公的な悪魔祓いの儀式は、存在しない（**ローマ儀式書**参照）。悪魔化の原因は、悔悛と内からの癒やしによって止めなくてはならないのである。

解放を必要とする場合には、次のような兆候が出る。

◎頭の中の声に暴力や悪事や自殺をそそのかされたり、異常な悪夢を見るなどして、犠牲者が霊の存在に気づいている。
◎体がひきつる、声や顔つきなどがまったく変わる、悪臭がする、ひどく冷たいなど、外からも悪魔化していることがわかる。

ペンテコステ派やカリスマ派やその他の宗派では、キリスト教徒ではなく異教徒が、常に解放を必要としていると、広く信じられている。

解放は、ふつう聖職者の手で行われるが、霊媒や祈禱師や一般信徒など、聖職者でなくても解放を行うことができる者もいる。こうした人々は、聖霊に聖油や特別な洞察力をさずかっているので、犠牲者が悪霊に苦しめられているのかどうかを見分けたり、霊の正体を見抜いたりすることができる。霊の正体は、悪霊の出どころや入り口、悪霊が犠牲者を苦しめている方法を知るのに役立つ。

解放のための祈禱は、霊的な加護を得たり、軽い寄生や抑圧、重症の悪魔化をなおすために行われる。深刻なケースでは、聖霊に力を授かっている経験豊富な

聖職者や、修行を積んだ信徒に処理をまかせるのが得策である。使われる道具には、聖水や油や塩などがある。

カイム（カミオ）
Caim（Caym, Camio）

堕天使で、72人の**ソロモンの悪魔**の52番目に位置する。堕天前、カイムは**天使**の階層に入っていた。**地獄**では偉大な総裁で、30の**悪霊**の**軍団**（レギオン）を統率する。彼は最初クロウタドリかツグミの姿で現れ、それから鋭い剣を持った人間の姿となる。時にはふさ飾りや孔雀の尾羽根で飾り立てた姿で現れる。彼は燃える灰の中から質問に答える。争い事を収めるのを得意とする。鳥のさえずり、牛の鳴き声、犬の吠え声、せせらぎの音を人間に理解させてくれる。未来について正しい答えを与える。伝えられるところでは、マルティン・ルターはカイムと遭遇したことがあるという。

カカベル（カバイエル、コカブ、コキビエル、コクビエル）
Kakabel（Kabaiel, Kochab, Kochbiel, Kokbiel）

善でもあり悪でもある**天使**。『第一エノク書』では、カカベルは36万5000の**悪霊**を統率する**堕天使**で、占星術を教える。『天使ラジエルの書』では、カカベルは高位の天使で、星と星座を支配する君主である。

鏡
mirror

民間伝承によれば、幽霊や**悪霊**といった霊たちが物質界にやってくるための扉または門。鏡は、悪霊の侵入や心霊現象の事例で問題となることがある。

古代から、光沢のある表面は霊の出入り口であり、霊をこの世に呼ぶために利用できると考えられていた。また、未来を予見するのにも使われた。鏡にまつわる民間伝承の多くは否定的なものである。広く信じられているところでは、鏡は「魂を奪うもの」で、肉体から魂を吸い出す力を持つ。ギリシア神話のナルキッソスは、水に映った自分の姿を見ているうちに、やせ衰えて死ぬ。**魔王**や**悪霊**が、鏡を通じて人を攻撃するという伝承もある。

鏡と死に関しても、数多くの伝承がある。人が死ぬと、家じゅうの鏡を裏返さなくてはならない。死者が鏡に映った姿を見ると、安息が得られない、または吸血鬼になるという。死者を鏡に映すこと

カイム（『地獄の辞典』）

は、家族にも不運をもたらす。こうした信仰は、死者が家の外に安置されていた時代を想起させる。人々は遺体が埋葬されるまで、魂がそこにとどまっていると考えていたのである。

別の民間伝承では、死者のいる部屋で鏡に映った自分を見ると、死の予兆になる。また、病人のいる部屋では鏡を覆わなくてはならないという伝承もある。病気になると、魂が弱くなり、憑依されやすくなると信じられているためである。

●問題のある心霊現象における鏡

不愉快な霊の活動に悩まされる家では、素人の悪魔学者を含む調査員が、鏡を取り去るか覆いをかけるよう勧めることがある。寝室では、鏡をベッドの足元、あるいは枕元に置いてはいけない。ベッドに寝ているときに自分の姿が鏡に映ることは、どの角度であろうと悪い影響を与えると考えられている。また、合わせ鏡をしてはいけない。不安定な心霊空間が作り出されるためである。

民間治療では、鏡をドアや窓の外を向くように置くことが求められる。その理由は、霊が窓から覗いたり、ドアの敷居をまたいだりしようとしたときに、鏡に映った自分の姿に怯えて逃げるからである。鏡の縁をこすったり、聖水で表面を洗ったりすれば、霊の入り口を閉ざすことができる。

●霊を呼び出す鏡

エドとロレインのウォーレン夫妻が関わった事件に、霊を呼び出す鏡に関するものがある。ウォーレンは、それが使用者の生活に悪魔的な災いをもたらしたと語った。ニュージャージー州に住む45歳の男性、オリヴァー・Bは、他人に呪縛や**呪い**をかけるために、きらびやかな縁のついた鏡を購入した。

はじめに、オリヴァーは長い時間、集中して鏡を見ることで、はっきりと像を描くことを学んだ。数カ月の訓練の後、彼が見たいものを口にすると、それが現れるようになった。彼は自分の未来を見るすべを学んだ。続いて、嫌いな人物や、自分を不当に扱った人物の像を呼び出すようになった。彼はある人物の未来像を映し出し、自分が呼び出した悪霊の助けを借りて、その人物に不幸が降りかかるよう祈った。その場面が鏡に映り、さらに実体化した。

結局、オリヴァーの魔術は裏目に出た。彼が他人のために呼び出した不幸が、自分に降りかかるようになったのである。さらに、悪霊は彼の家に侵入し、不愉快な騒ぎを起こした。足音や激しい息づかい、ひとりでに開くドア、宙に浮かぶ物、この世のものとは思えない夜間の咆哮などである。

恐ろしい現象が1週間続いた後、オリヴァーはカトリック教会に相談し、ウォーレン夫妻を紹介された。夫妻は調査を行った。エド・ウォーレンは、オリヴァーが繰り返し行った儀式を逆の順序でやらせることで、それを取り消した。このことで、悪霊の**抑圧**はなくなり、鏡の呪縛は無効になったとウォーレンはいう。オリヴァーはウォーレン夫妻にこの鏡を寄贈

し、それは**憑かれた所有物**の博物館に展示されている。

カスピエル
Caspiel

31人の**ソロモンの精霊**の中の**悪霊**。カスピエルは南を支配する最高皇帝として、200人の大公、400人の公爵、1兆2億人の従者の精霊を統治する。彼の最も重要な12人の公爵たちは、ウルシエル、チャリエット、マラス、フェモット、デュダリオン、カモリー、ラルモット、アリディエル、ジェリエル、アンブリ、カルノル、オリエルである。12人がそれぞれ2660人の下位の公爵に付き添われている。公爵たちは頑固で卑しい性質だが、カスピエルが現れる時は多くが付き添う。

カッシアヌス、ヨハネス
（360頃-433年）
Cassian, John

大修道院長であり、教会の父である。同じ世紀に生きて先んじていた聖アントニオスのように、ヨハネス・カッシアヌスは**悪霊**たちの性質や特徴、彼らへの対処法を残した初期の重要な著述家である。しかし教会は結局、正統性に欠けるとして彼の仕事を認めなかった。

●生涯

カッシアヌスはおそらく360年頃生まれたと思われるが、生地は定かでない。可能性がありそうなのは、ガリア、シリア、パレスティナ、スキタイである。380年までの彼については知られていないが、20歳になったこの年、友人のゲルマヌスと生地近くのベツレヘムの修道院で修道士になった。

彼らはそこで385年まで過ごした後、エジプトへ向かい、15年ほど下エジプトとナイルデルタ一帯を旅して、有名な修道士や隠者と過ごした。カッシアヌスは日誌をつけており、見たものすべてを生き生きとした筆致で、細かいところまで正確に、ユーモアのセンスをもって、絵が浮かぶように描写した。

彼らはエジプトを離れ、司教である聖ヨハネス・クリュソストモスがゲルマヌスを司祭に、カッシアヌスを助祭に任命したコンスタンティノープルへ行った。405年、クリュソストモスが退陣させられると、この措置に抗議するコンスタンティノープルの聖職者たちが、ローマ教皇聖インノケンティウス1世（在位401年～17年）へ宛てた手紙を携えて、彼らはローマへ向かった。ローマでカッシアヌスは司祭に任命された。10年後、彼はマルセイユにおり（ゲルマヌスはこの間姿を消している）、聖ヴィクトール男子修道院と聖救世主女子修道院を創設し、大修道院長として務めた。

近隣の司教アプトのカストールから、旅の間に観察し学んだすべてを編集するよう頼まれ、カッシアヌスは12巻の著作『八つの罪源の矯正について』を編集した。その中で、エジプトとパレスティナの共同体の規律と組織について、また修道士の完徳を阻む8つの主要な障害に対する修道士たちの精神的闘争に使われる手段について記している（**七つの大罪**参

照)。彼は極端な禁欲主義にはあまり感銘を受けず、西洋の修道院には勧めていない。代わりに人間を極限まで神に近づける寛容と愛を通して、完徳を達成できると考えていた。

　カッシアヌスの次の著作は『霊的談話集』で、その中には彼とゲルマヌスが修道士たちと交わした討議が語られている。彼が表現した教義は異端的で、自由意思を過剰に重視し、神の恵みにはそれほど重きを置いていない。『談話集』は公には批判されたが、それでも非常に人気が高く影響力があった。聖ベネディクトゥスですら、彼の修道士たちに夕食後、声に出して読ませる本の一冊だと定めている。

　430年頃、カッシアヌスは後の教皇聖レオより、7巻の『主の受肉について』を書くよう任命された。これはキリストが神と人間という別々の存在であるとの考えを推し進める、ネストリウス派の異端への批評である。この急いで書かれた本は、431年エフェソス公会議によるネストリウス派への糾弾を援護するものとなった。

　カッシアヌスは433年頃の7月23日、フランスのマルセイユで亡くなった。彼の死後『談話集』は教皇聖ゲラシウス（在位492~496年）が出したとされる法令により、異端と宣言された。529年にはカッシアヌス自身が、教会会議により異端として非難された。

●**悪霊と魔王に対するカッシアヌスの見解**
　カッシアヌスは人間の考えには3つの源があると言っている。神、**魔王**、そして我々自身である。神からの考えは、我々を精神の進化のより高い段階へと引き上げてくれる。魔王からの考えは、罪の喜びや隠れた攻撃、人を欺く見せかけ、例えば悪を善に見せようとする「光の**天使**」と称する存在などで、人を破滅させる。

　カッシアヌスの悪霊は、アントニオスの悪霊と同じように、空気中に存在して超自然の力を持つギリシアの**ダイモン**に似ている。空気そのものが彼らで充満しており、幸いにも人の目には見えない。というのも、もし見えたら、恐ろしさのあまり狂ってしまうだろう。悪霊は人間に似た同じような考えと知覚を持ち、人の表の振る舞いを見て内面の弱さと無防備さを見抜く。

　『談話集』の第7、8巻は、大修道院長セレヌスとの対話に関するもので、悪霊について多くの議論がなされている。セレヌスは信仰、断食、祈りを通して自分の性的欲望を抑え、悪霊の誘惑に抵抗できた。セレヌスによれば、悪霊は人間の内なる精神を乗っ取ったり、一体化したりすることはできないが、内側に潜む生来の傾向をとらえ、それを不浄な考えに向けてけしかけることはできる。例えば元々の大食の傾向を見てとったら、彼らはそれを自分たちの有利に働くよう利用する。はじめに悪霊は心と頭を乗っ取り、それから身体を乗っ取るのである。

　すべての悪霊が、人間の中のあらゆる罪を扇動できるわけではない、とカッシアヌスは言っている。悪霊はおのおの得意分野があり、それを使う機会を見つけ

るのである。同様に悪霊は、一度に多くの罪をけしかけることはできず、むしろどんな時もひとつかふたつに集中するという。悪霊はまた、個々の強さや能力に違いが見られる。弱い悪霊は最初に始め、人間の抵抗力が強いほど、より強い悪霊が取って代わる。

悪霊は神の許可なくしては、自分の意志では誰ひとり苦しめることができない、とカッシアヌスは書いている。彼らは無敵ではない。彼らにも人間との戦いにおいて、それぞれ心配や確信が持てないことはある。負けると混乱と絶望のうちに退却する。カッシアヌスによると、彼の時代でさえ、砂漠にいた最初の修道士たちの時代と比べると、悪霊の力は弱まってきたという。そういう修道士たちは、悪霊どもが降りてくるのを恐れて、夜中のある同じ時間に眠ることができなかったのである。悪霊にはいちいち挙げていられないほど、多くの言葉や名前があると彼は言う。

しかし聖書全体を調べたり、経典に目を通したりするのは、あまりにも時間がかかってしまう。というのも彼らは予言者たちによって、オノケンタウロス、サテュロス、セイレーン、魔女、ハウラー、ダチョウ、小鬼と呼ばれ、詩篇ではエジプトコブラ、バシリスクと呼ばれているからである。また福音書の中で、ライオン、ドラゴン、蠍と呼ばれ、この世の王子である使徒に、闇の支配者、悪の霊と名付けられている。

● **カッシアヌスの見解の重要性**

カッシアヌスは悪霊がどこにでもいて、人間を攻撃しようと励んでおり、人々の考えや欲望に影響を与える力を持ち、祈りや断食、十字架の印、キリストの名を出すことで彼らを阻止できるという信念を補強した。

カッシアヌスは加えて、悪霊と**魔術**の結びつきを非常に強く主張した。**グリゴリ**によって「カインの娘たち」に教えられた魔法は、冒瀆的な使い方をさせようとする悪霊たちの影響によって貶められた。「魔法使いの奇妙な術や魔法、魔術的な迷信」は人々に「神への崇拝を止めさせ、自然の力や火、または大気の悪霊を崇め奉る」ことを教えるために使われたという。

魔術は、カインの娘たちから魔法を教わったノアの息子ハムによって、洪水を生き延びた。ハムは魔術書を箱舟に乗せることをノアが許さないとわかっていたので、洪水の水で損なわれないように、秘法を金属板や岩に彫りつけた。カッシアヌスは言った。「そして洪水が終わると、彼はそれらを隠したのと同じしつこさで捜し求め、そのようにして冒瀆と永遠の罪の温床が、彼の子孫に引き継がれたのである」

ガドレエル（ガドリエル）
Gadreel (Gadriel)

『第一エノク書』における**堕天使**。名前は「神はわが救い主」を意味する。イヴに道を誤らせ、男たちに兵器の作り方を教える。

鐘
bells

→ **魔除け**

カバラ
Kabbalah (Cabara, Kabala, Qabalah)

　古代ユダヤ教の神秘主義で、西洋魔術の伝統の基礎のひとつ。

　カバラはヘブライ語で「受容」または「受け取ること」を意味するQBL（キベル）に由来する。特に、師から弟子へと口承される秘伝を指す。カバラという語は11世紀、スペインの哲学者イブン・ガビロールによって最初に使われ、それ以降、あらゆるユダヤ教の神秘的実践に適用された。カバラは律法(トーラー)に出てくるが、知的学問や禁欲的規律ではない。それは俗世で生活をしながら神とつながるための手段なのである。

● カバラの支流

　カバラには主に次の4つの支流があり、部分的に重なっている。

　Ⅰ　古典的または教義的カバラ
　　律法の教え、および『形成の書』や『光輝の書』といった、カバラの中心となる文献に関わるもの（後の解説を参照）。
　Ⅱ　実践的カバラ
　　護符や**魔除け**の正式な作り方などの**魔術**、また**天使**や**悪霊**についての伝承に関わるもの。
　Ⅲ　文献的カバラ
　　ヘブライ語のアルファベットと数字との関係に関わるもの。単語や名前の数値を決めるゲマトリア、頭文字を取って新しい単語を作るノタリコン、言葉を暗号に転置する暗号化体系であるテムラーを通じ、その関係や対応を解読することが特徴。テムラーは律法を解釈し、護符を作るのに使われる。
　Ⅳ　口伝的カバラ
　　生命の樹の研究に関わるもの（後述）。

　4つの支流のうち、西洋秘教伝統で最も重要なのは実践的カバラ、文献的カバラ、口伝的カバラである。カバラのこれらの部分は錬金術の原理や哲学と結びつき、祭儀魔術の実践のための哲学的・神秘的・魔術的体系を形成している。「西洋カバラ」とも呼ばれるこの体系は、呪縛をかけるための実用的魔術でも使われる。

● カバラの歴史

　伝承によれば、神はカバラの基となるものを**天使**に伝えたという。堕天した天使たちはその知識を、人間が神のもとへ帰る道としてアダムに伝授した。この知識はノアに伝わり、さらにアブラハムとモーセに伝わり、彼らは70人の長老に手ほどきした。ダヴィデ王や**ソロモン王**はその秘儀を伝授されたという。グノーシス主義と新プラトン主義の影響を受け、その口承的伝統はメルカヴァー神秘主義の伝統と文献に伝わっていった（紀元前100頃〜紀元後1000年頃）。

　メルカヴァーとは「天の車」の意で、エゼキエルが幻視した神の戦車を指す。メルカヴァー神秘主義の目的は、玉座界に入り、玉座に座る神を見ることである。

玉座界は、恍惚状態で7つの天界を抜けた後に到達できるといわれる。神秘主義者の通る通路は危険で、敵意を持った天使たちの妨害に遭う。妨害を避けるためには、護符、**印章**、神聖なる天使の名前、呪文の朗誦などが必要である。

真のカバラの歴史的起源は、ローマの殉教者ラビ・アキバの記した『形成の書』を中心にしている。この本の正確な起源は知られていない。10世紀には使われていたが、3世紀には早くも執筆されていた可能性がある。

『形成の書』は、宇宙論と宇宙進化論を考察したもので、カバラの中心構造を説明している。また、人造人間ゴーレムの製造法が書かれているともいわれる。

917年、実践的カバラの形態が、アーロン・ベン・サムエルによってイタリアに導入された。これはのちにドイツに広まり、ドイツ・カバラ主義または初期ハシディズムとして知られた。これはメルカヴァーの実践を利用し、恍惚状態になり、魔術的儀式を用い、祈りや黙想、瞑想の初期の技術を使った。言葉と名前の魔術的な力は、大きな重要性を持つと考えられ、ゲマトリア、ノタリコン、テムラーの技術の基となった。

古典的カバラは13世紀、フランスのプロヴァンス地方で生まれ、スペインに移り、中世のスペイン系ユダヤ人によって最も広く発展した。古典的カバラが発展する源となった初期の文献は『光輝の書』である。この書は2世紀の賢者、ラビ・シメオン・ベン・ヨハイが著したとされているが、実際には1280~86年にスペインのカバラ研究者モーゼス・デ・レオンによって書かれた。伝承によれば、この書にはラビ・シメオンが神の啓示によって受けた教えが記されているという。

『光輝の書』の教えは、スペイン・カバラとして知られるようになり、14~15世紀にはヨーロッパに広まった。1492年のスペインのユダヤ人追放令の後、カバラ研究はより公なものになった。偉大なカバラ研究者モーゼス・コルドベロ(1522~70年)の弟子で、アリ・ルーリアと呼ばれたイサク・ルーリア・アシュケナジ(1534~72年)が、大胆な新説を打ち立てた。それは、カバラに新たな専門用語と複雑な新しい象徴体系を与えるものであった。ルーリアは、文字の組み合わせを、瞑想と神秘的な祈りの媒介物であると強調した。

14世紀、魔除けや護符を作ったり、精霊を呼び出したりするための魔術的技法を含む、実践的カバラが発達した。実践的カバラは複雑で、天使と交流するための魔術的アルファベットや秘められた暗号を特徴としている。

ハシディズム運動は、ルーリア派カバラから生まれ、カバラを大衆の手が届くものにした。ハシディズムは近代ユダヤ教の主流の中で、神秘主義の実践を支持する唯一のものである。ユダヤ教のカバラへの関心は、18世紀になると薄れた。1922年、ラビ・モルデカイ・K・カプランが始めた再建派の運動は、ハシディズムの伝統を借り、より神秘的なユダヤ教を信奉した。カバラへの興味は、奥義への広い関心のひとつとして20世紀後半に

始まった相互文化的な刷新を経ることとなった。

西洋オカルトのカバラへの関心は、はじめはドイツ・カバラ主義から、続いてルーリア派カバラ主義から生まれた。キリスト教オカルト主義者は、魔術的護符、呪文の朗誦、悪魔学、天使学の印章、文字の並べ替えに魅了され、これらを儀式魔術の手引書の基礎として使った（**魔術教書**参照）。神聖四文字(テトラグラマトン)（YHVH、ヨッド・ヘー・ヴァヴ・ヘー、ヤハウェ、聖なる神の名）は、強い恐怖と興味の対象である**悪霊**をはじめ、宇宙のあらゆるものを支配する力を持つとして、大いに畏れられた。

15世紀後半、カバラはキリストの神性を証明したといわれるキリスト教の教義に調和した。コルネリウス・アグリッパ・フォン・テネスハイムは、彼の記念碑的著作『オカルト哲学』（1531年）にカバラを包含した。また16世紀には、錬金術の記号がキリスト教的カバラに統合された。

カバラは19世紀、フランシス・バレット、エリファス・レヴィ、パピュスといった非ユダヤ系のオカルト研究者によって新たに注目された。レヴィの著作は、19世紀にヨーロッパで広まったオカルト復興で特に重んじられた。同時代の人々と同様、レヴィはカバラをタロットや数秘術と関連づけ、フリーメーソンとの関連性を発見した。彼はフリーメーソン主義の中に、ユダヤ教的カバラ主義と、新プラトン的キリスト教の融合を見出した。彼は『光輝の書』の中で、カバラを3つの確信的オカルト科学のひとつとしている。ほかのふたつは、魔術とヘルメス主義である。カバラについて彼はこう述べている。

　ヘブライの伝統的科学であるカバラは、人間の思考の数学と呼べるかもしれない。これは信仰の代数学である。未知のものを分離することで、すべての魂の問題を方程式として解き明かす。それは思考に明確さを与え、数に厳密な正確さを与える。その結果は、思考にとっては（常に人間の知識の領域に関連して）絶対確実なものとなり、心にとっては深い平安となる。

カバラは西洋神秘主義の伝統の中で最も重要な隠秘教団である〈黄金の夜明けのヘルメス団〉の教えの中心となった。この教団は19世紀後半から20世紀初頭にかけてイングランドで隆盛を見た。1888年、〈黄金の夜明け団〉の創始者サミュエル・リドル・マクレガー・マザーズは、クノール・フォン・ローゼンロスによるラテン語の『カバラ・デヌダータ』の英語版を初めて出版した。そのまえがきで、マザーズはカバラを、聖書の謎を解く鍵と称している。

● カバラの中心的概念

神は知ることも、名づけることも、表現もできない存在、エイン・ソーフ（無限）である。神は自分自身から世界を創造したが、創造によって減ることはなく、すべてをそのまま保持している。人間の使命は、神とのつながりを理解することで

ある。あらゆるものが上界を反映しており、独立して存在するものはひとつもない。したがって人間は、その魂を上昇させて神とつながることで、宇宙のほかのすべての存在を上昇させることができる。

カバラの謎のひとつは、なぜ神が不完全な下界を作ったかということである。とはいえ、神はその善良さの範囲を見せるためにそうしたと考えられている。彼は文字と数字によって形成される32の秘密の知恵の道によって世界を作った。22のヘブライ語のアルファベットと10のセフィロート（ヘブライ語のサファイア）である。セフィロートは神の流出を受ける容器、もしくは神の顕現である。これらは神の代わりとなる言語を形作っている。セフィロートは、存在するすべての数字の源であり、これにより現実が構築される。

セフィロートは神聖で、知ることも声にすることもできない神の名 YHVH（ヤハウェ）、すなわち神聖四文字（テトラグラマトン）からなる。テトラグラマトンは極めて聖なるものであるため、聖書ではエロヒムやアドナイ、エホヴァといった別の名が代わりに使用される。YHVHの文字は、宇宙を構成する4つの世界に対応する。

◎アツィルートは原型と流出界であり、あらゆる顕現形態がそこに由来する。セフィロート自体もここに存在する。アツィルートは黙想の領域である。
◎ブリアー（またはベリヤー）は創造界であり、原型的理念がここでひな形となる。神の玉座はここにあって、神はそこに座り、その本質を彼が創造した世界に流出させる。ここは瞑想の領域である。
◎イェツィラーは形成界であり、ひな形がここで表出される。ここは発話の世界であり、儀式魔術の領域である。
◎アスィヤーは物質界である。ここは日常生活の行動の領域である。

●カバラにおける**悪魔学**

悪霊に関する伝承のほとんどは、実践的カバラの一部である。タルムードやミドラーシュの伝承の融合であり、アラビア、キリスト教、東欧の悪魔学と民間信仰に適合されていく。ほとんどの悪魔学で、悪霊とその性質、役割に矛盾が見られる。多くの文献に、個々の悪霊や悪霊の種類に関する長いリストが載せられている。

悪霊は火と空気から作られ、不毛の地に住んでいる。彼らは冷たさ、北と関連づけられる。また希薄な体を持ち、空を飛ぶことができる。彼らは月と地球の間の空間に住んでいる。彼らには寿命があり、やがて死ぬが、人間よりはるかに長生きである。特に王や女王は長命である。**リリト**やナアマなどは、最後の審判の日まで生き続ける。

悪霊はしばしば、**サマエル**の指示を受けると伝えられる。悪霊は夜の酒宴に集まり、サマエルと性交する。これはキリスト教の悪魔学における、魔女たちの**サバト**に似ている。

アシュメダイ（アスモデウス）の指示に従う悪魔もいる。ゲマトリアにおける

この名前の意味は「暴君」である。悪霊はまた、生命の樹のセフィロートの左側、もしくは悪の側と結びつけられる（のちの解説を参照）。

悪霊と人間の性行為は有名である。悪霊は単独では繁殖できない。性交を通じて繁殖し、肉体を持つことができる。アダムは人間と悪霊との交配によって生まれ、その後も人間と悪霊との性交は長きにわたり続いていく。アダムとイヴの息子であるカインとアベルは、**蛇**という不純な存在に毒されている。蛇はイヴと寝ることで、ほかにも悪魔的な子供を生ませている。

悪霊と人間が交配した子供は生まれ続け、バニム・ショヴァヴィム（背信の子）と呼ばれる。人間が死ぬと、彼らは葬儀に参列し、嘆き、財産を要求する。ほしいものを手に入れるために、嫡子を傷つけさえする。17世紀にはこうした悪霊を寄せつけないための民間風習が生まれた。嫡子が父親の埋葬に立ち会うのが禁じられることもあった。また、墓地を取り囲むことで、嫡子でない悪霊は撃退された。

悪霊は、対立する天使とともに、あらゆる創造物に割り当てられる。彼らは時間、日、月、惑星のアスペクト、煙、**印章**に関する魔術的な儀式によって、呼び出したり、命令したり、撃退したりすることができる。

●生命の樹

セフィロートは、カバラの瞑想の中心的イメージである生命の樹を形作っている。これは、神の物質界への降下を描いた地図であり、人間が肉体を持ったまま神のもとへと上昇する道である。セフィロートの経路は、神の光を流れさせ、それは物質界に近づくにつれ濃く、粗くなる。神の光はこれらの道に沿って物質界に下り、また神に向かって上昇する。

●樹の構造

各セフィラー［訳注／セフィロートの単数形］は、意識の状態と知識の獲得のレベルを表す。つまり、神と結合するための神秘的ステップである。10のセフィ

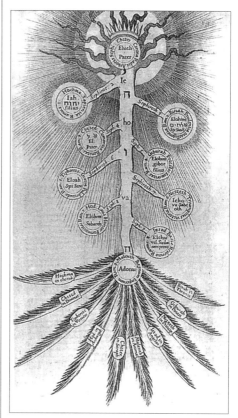

カバラの生命の樹

ロートは、それぞれの意味の理解を助ける異なるグループに配されている。最初のセフィラー、ケテル（王冠）は、エイン・ソーフに最も近く、すべての生命の源であり、祈りの最高の目標である。マルフート（王権）は物質領域を貫き、それとじかに接する唯一のセフィラーである。下位の7つのセフィロートは、創造の7日間と関連している。もうひとつの区分は、5つずつ2グループに分けるものである。上の5つは隠れた力を表し、下の5つは顕現する力を表している。

また別の区分では、上位の3つ——ケテル、ホフマー（知恵）、ビーナー（理知）——が知性と関連し、中間の3つ——ヘセド（慈愛）、ゲヴーラー（厳正）、ティフェレット（壮麗）——は魂と関連し、下位の3つ——ネツァハ（勝利）、ホード（栄光）、イェソード（根幹）——は自然と関連している。

それぞれのセフィラーは、天使と悪霊が司っている。悪霊の力は混沌と混乱を表し、黒魔術の実践に使われる。

セフィロートは言葉では言い表せず、説明してもとうてい本質に近づけない。それは2番目のセフィラーで、非言語的意識であるホフマー（知恵）を通してしか到達できない。ビーナー（理知）は言語的意識である。セフィロートを把握するには、ホフマーとビーナーの間を振り子のように行き来することを学ばなくてはならない。

生命の樹は3つの柱に分かれる。右の柱である男性原理は慈悲を表し、ホフマー、ヘセド、ネツァハのセフィロートを含む。右の柱である女性原理は、厳格を表し、ビーナー、ケヴーラー、ホードを含む。中央の柱は温厚または中庸を代表し、ケテル、ティフェレット、イェソード、マルフートを含む。中央の柱はそれだけで知識の柱とも呼ばれる。

時には11番目のセフィラーであるダアト（知識）が含まれる。これは中央の柱のホフマーとビーナーの下に位置し、このふたつの影響を仲立ちする。また、ケテルの外的な面とも考えられている。ダアトは13世紀に出現した。樹に描かれるときは、一種の影の領分として表現される。ダアトは真のセフィラーにはなりえない。というのも、カバラ哲学の主要な文献である『形成の書』には、セフィロートの数は10であり、それ以上でもそれ以下でもないと書かれているからである。

セフィロートをつなぐ道は、時が経つにつれて複雑化していく。例えば、16世紀初頭の図には16の道しか描かれていないが、17世紀までには、22の道が作られ、それぞれにヘブライ語のアルファベットが割り当てられている。このようにして、神の創造物は数字と文字の要素を通じて作られる。

生命の樹のセフィロートはひとつに結合し、5次元の連続体を作っている。物質界の3つの次元と、時間、そして霊的領域である。アカシック・レコードと同様、これらはかつて起こったこと、またこれから起こることのすべて——神の記憶——を永遠に記録する。セフィロートはまた、知ることのできない神との連絡手段となる。セフィロートの総体は、

テトラグラマトンに表現される。つまりYHVH（ヤハウェ）もしくは「主」として表現される、声にすることのできない聖なる神の名である。

　以下はアグリッパの『オカルト哲学』に記されたセフィロートの名前と、それに関連するものである。

ケテル
　数字：1
　称号：王冠、老いたる者、年を経た者、最も聖なる老いたる者、老いたる者の中の老いたる者、日の老いたる者、隠された者の中の隠された者、原初の地点、なめらかな地点、白い頭、計り知れない高さ、大きな顔（大顔体）、天上の人間
　神名：エヘイエ（私）
　大天使：メタトロン
　天使の位階：ハイヨト（聖なる生き物）
　大悪魔：サタン、モロク
　悪魔の位階：タミエル（ふたりの競争者）
　諸天：原初動
　人間の部位：頭

ホフマー
　数字：2
　称号：知恵、天主、高きところの主
　神名：ヤー、エホヴァ（主）、ヨッド・エホヴァ（アグリッパによる）
　大天使：ラツィエル
　天使の位階：オーファニム（戦車）
　大悪魔：ベルゼバブ
　悪魔の位階：ゴーギエル（妨げる者）
　諸天：黄道十二宮
　人間の部位：脳

ビーナー
　数字：3
　称号：理知、母、偉大なる豊穣の母
　神名：エロヒム（主）、イェホヴァ・エロヒム（主なる神）
　大天使：ツァフキエル
　天使の位階：アラリム（玉座）
　大悪魔：ルキフューゲ
　悪魔の位階：ゴーギエル（隠す者）
　諸天：土星
　人間の部位：心臓

ヘセド
　数字：4
　称号：慈愛、偉大さ
　神名：エル（強き者）
　大天使：ツァドキエル
　天使の位階：カシマリム（輝く者）
　大悪魔：アシュタロト
　悪魔の位階：アグシェケロ（打ち倒す者、あるいは破壊者）
　諸天：木星
　人間の部位：右腕

ケヴーラー
　数字：5
　称号：力、審判もしくは峻厳、恐怖
　神名：エロー（全能者）、エロヒム・ガボル（戦の神）
　大天使：カマエル
　天使の位階：熾天使（炎の蛇）
　大悪魔：アスモデウス
　悪魔の位階：ゴロアブ（燃やす者、あ

るいは燃える者）
諸天：火星
人間の部位：左腕

ティフェレット
数字：6
称号：壮麗、慈悲、王、小さな顔（小顔体）
神名：エロアー・ヴァ・ダアト（神の顕現）、エロヒム（神）
大天使：ラファエル
天使の位階：マラキム（王または群衆）
大悪魔：ベルフェゴール
悪魔の位階：タギリロン（論争者）
諸天：太陽
人間の部位：胸

ネツァハ
数字：7
称号：永遠、勝利
神名：イェホヴァ・ツァバオト（万軍の主）
大天使：ハニエル
天使の位階：エロヒム（神）
大悪魔：バアル
悪魔の位階：ノガ（略奪者）
諸天：金星
人間の部位：右脚

ホード
数字：8
称号：栄光
神名：エロヒム・ツァバオト（万軍の神）
大天使：ミカエル
天使の位階：ベニ・エロヒム（神の息子）
大悪魔：アドラメレク

悪魔の位階：サマエル（誣告者）
諸天：水星
人間の部位：左脚

イェソード
数字：9
称号：根幹、世界の永遠の根幹
神名：シャダイ（全能者）、エル・カイ（強き生者）
大天使：ガブリエル
天使の位階：智天使（強き者）
大悪魔：リリト（誘惑者）
悪魔の位階：ガマリエル（淫らな者）
諸天：月
人間の部位：生殖器

マルフート
数字：10
称号：王軒、王冠、神の栄光の顕現、（小顔体の）花嫁、女王
神名：アドナイ（主）、アドナイ・メレク（主と王）、アドナイ・ハ・アレツ（地上の主）
大天使：顕在面のメタトロン、またサンダルフォン
天使の位階：イシム（火の魂）
大悪魔：ナヘマ（子供の首を絞める者）
悪魔の位階：ナヘモト（悲しみに満ちた者）
諸天：元素
人間の部位：全身

●生命の樹の魔術

　セフィロート間の道はアストラル界を航行する経路である。樹との対話は、祈

り、瞑想、黙想、儀式魔術によってなしとげられる。大量の数字とヘブライ文字を使った伝統的な瞑想の中には、完遂に数日かかるものもある。

セフィロートは、それに対応する神の名前、惑星、天使、金属、人体の部位、エネルギーの中心を示すヘブライ文字のイメージとともに、それらが（さまざまな性質を表す）色に反響するさまを可視化することによって黙想される。呼吸や音も、意識を高めるのに使われる。特定の数値的特性を持つヘブライ文字のマントラも利用される。

カバリエル
Cabariel

31人の**ソロモンの精霊**の中の**悪霊**。カバリエルは西と北の君主であり、昼に50人、夜にさらに50人の公爵が付き添っている。それぞれの公爵は呼び出せば現れる50人の従者を抱えている。昼の公爵と従者たちは良い性質だが、夜の悪霊たちは狡く反抗的で、邪悪である。昼の最も重要な10人の公爵は、サティフィエル、パリウス、ゴディエル、タロス、アソリエル、エティミエル、クリサン、エリテル、アニエル、クファルである。夜の最も主要な10人の公爵は、マドル、ペニエト、クギエル、タルブス、オティム、ラディエル、モルラス、パンドル、カズル、デュビエルである。

ガマリエル
Gamaliel

天使であり**悪霊**。ガマリエルは「神の報い」を意味する。

ナグ・ハマグなどのグノーシス主義の文献では、偉大な霊体、すなわち天使のような半神半人（アイオーン）であり、慈悲と保護を求めてその名前が言及される。**アブラクサス**とサブロとともに、選ばれた者を天国へ連れていく。オカルト研究者のエリファス・レヴィの説では、ガマリエルは智天使の邪悪な敵であり、**リリト**に仕える悪霊である。

ガミジン（ガミュギュン）
Gamigin (Gamygyn)

堕天使で、72人の**ソロモンの悪魔**の4番目に位置する。**地獄**では、30の**悪霊**の**軍団**（レギオン）を統率する公爵。小さな馬かロバの姿で現れてから人間に変身する。しゃがれた声で話す。専門教養を教え、罪を犯して死んだ人々の知らせをもたらす。溺死した人と煉獄にいる人の魂を召喚できる。こうした魂は実体を持たずに魔術師の前に現れ、質問に答える。

神の子ら
Sons of God

グリゴリとして知られる**堕天使**。創世記6章1~4節にはこうある。「神の子らは、人の娘たちが美しいのを見て、おのおの選んだ者を妻にした」この結果、**ネフィリム**という巨人の種族が生まれ（神の子らと呼ばれることもある）、人間世界の大規模な堕落につながった。ヤハウェは、自分の精霊が人間と交わることを快く思わず、天国から邪悪な天使を差し向けた。こうして、神は地上に洪水を起こして破

壊してしまおうと決意した。

　別の聖書の引用は、神の子らは良い天使で、「そのとき、夜明けの星はこぞって喜び歌い、神の子らは皆、喜びの声をあげた」（ヨブ記38章7節）。そして、選民（出エジプト記4章22節、ソロモンの知恵18章33節）、イスラエルの人（申命記14章1節、ホセア記2章1節）、彼らの指導者（詩篇82章6節）でもある。

カムエル
Camuel

　31人の**ソロモンの精霊**の中の**悪霊**。カムエルは東で第3位の精霊で、世界の南東地域の君主として統治する。彼には数多くの精霊が付き添っており、中でも昼の10人、夜の210人の精霊たちは重要である。彼の最も重要な9人の従者は、カミエル、オミエル、ブディエル、エルカル、シトガラ、パリエル、カリエル、ネリエル、ダニエルである。夜の従者のうち10人は昼間も現れる。アシミエル、カリム、ドブリエル、ノダル、ファニエル、メラス、アスゼモ、テディエル、モリエル、トゥガロスである。カムエルとお供たちはみな美しい姿で現れ、礼儀正しい。

ガラディエル
Garadiel

　悪霊。決して一カ所にとどまらず、虚空をさまよう公爵である。従者は1万8150人いるが、支配下に公爵も王もいない。従者の数は、昼か夜かによって変わる。気立てがよく、素直に命令を聞く者ばかりである。

ガリ
galli

　シュメール神話において、黄泉の国クルに住む7人の**悪霊**の一団。

　ガリが付き従うのは、イナンナの姉妹にして、死者と闇の女神エレキシュガルである。この女神は七重の塀に囲まれた宮殿で、ラピスラズリの王座に裸で座っている。人間であれ神であれ、クルに入る者はそこから二度と出られない。しかし、ガリは自由に出入りできる。生者の世界に来ると、人々を脅してクルへ拉致する。ガリはその場に都合のいい姿になれる。飲んだり食べたりせず、ほかの多くの悪霊とちがい、人間に性的虐待を加えたりしない。ただし、子供を嫌悪する。

　神話によると、エレキシュガルはイナンナを黄泉の国に閉じ込めた。イナンナは逃亡したが、ガリに追跡され、黄泉の国に戻るか、適当な身代わりを見つけるよう迫られた。イナンナは、恋人のダム

ガリ（著者所蔵）

ジが彼女の死を嘆くどころか祝っていると知った。怒ったイナンナはひとにらみでダムジを殺し、自分の身代わりとしてガリに引き渡した。ガリはダムジに襲いかかり、彼の顔を切り刻み、斧で切りつけた。ダムジは1年のうち6カ月をクルでイナンナの身代わりを務める。その期間は冬である。

カリオストロ伯爵
Cagliostro, Count

→**ドリス・フィッシャーの憑依事件**、**エレーヌ・スミス**

カルダー、アンドリュー（1965年－）
Calder, Andrew

福音監督教会の司祭、**悪魔祓い師**。アンドリュー・カルダーはジョージア超常現象研究会の創設者にして指導者で、霊の出没や悪魔関連と思われる事件を調査している。かつて霊の出る家に住んだことがあり、そこで超常現象を体験した。彼は市や州機関の法執行官として働き、個人的な研究者としてはビデオの監視に特化している。福音監督教会で聖職位を授けられた司祭でもある。カルダーは悪魔関連の事件についてのリアリティ番組に出演し、ドキュメンタリーやドキュメンタリードラマでも取り上げられている。

カルネシエル
Carnesiel

31人の**ソロモンの精霊**の中の**悪霊**。カルネシエルは東の最高皇帝であり、1000人の大公、100人の公爵、50兆人の従者の精霊を指揮する。彼の最も重要な悪霊の公爵は、ミレジン、オミク、ザブリエル、ブカファス、ベノハム、アリフィエル、クメリエル、ヴァドリエル、アルマニー、カプリエル、ベダリー、ラフォルである。カルネシエルは昼も夜も現れることができる。彼が現れる時は、随行の公爵たちが少なくとも10人、多い時は300人にも上る。

寄生
infestation

ある場所や物体、動物に**悪霊**が存在すること。悪霊が巣くい、混乱をきたせる場合に起こる。これは、**抑圧**と憑依などの、より深刻な悪霊の問題が生じる前触れである。

聖書は、場所あるいは動物の**悪魔祓い**に触れていない。しかし、古代では悪霊の寄生はよく知られ、受け入れられていた。初期キリスト教会の神父オリゲネスの著作には、**イエス**の名の力で、人間だけでなく場所や動物から悪霊を追い払えるとある。

寄生は、**呪い**や呪文、儀式の結果として、またはある場所に住む人々の行動で生じることがある。例えばカトリック教会の教えでは、**ウィジャ盤**のような霊魂と通信する装置を使ったり、オカルトに手を出したり、**魔王**と契約を結んだり、罪深い生活を送ったりすると、寄生されやすくなる。物に呪いや魔力をかけると、悪霊がそれを使って災いを及ぼす（**憑かれた所有物**参照）。

悪霊が寄生するとポルターガイストが

活動し、不気味な人影が出現して、ほかにも超常現象が起こり、恐怖と混乱をもたらす。呪いをかけられた者は、誰もいないときにドアをノックする音を聞くかもしれない。ノックはたいてい3回（聖三位一体を揶揄するため）か6回（3の倍数）である。さらに、ドアの表面か壁の内部で引っかく音がして、暑かったり寒かったりする場所があり、ただただ「身の毛のよだつ」感じがする部屋があり、動物の赤ん坊が苦しむ声やささやきが聞こえ、ノックが壁や屋根を叩きつける音になり、水道の水が止まらず、電化製品のスイッチが勝手についたり消えたりして、小さな物が空中を漂う。

こうした現象の多くは幽霊かポルターガイストの仕業である。特に、十代の若者がいる家庭ではそうだ。さもなければ、肥大した想像力の産物として片づけられる。ほかにも、この初期段階で犯される過ちがある。友人や聖職者、家族に信じてもらえなくても、あわてて霊媒すなわち霊能力者に怪現象を判断させてはいけない。なぜなら、魔性のものが霊媒の感受性をやすやすと操る場合があるからだ。

ときに、寄生は目立たない形で進行する。より耐え難い影響を被害者に与えようと、悪霊は控えめな態度を取り続けるのだ。

寄生を除去するには、聖職者あるいは訓練を受けた素人が簡易な悪魔祓い（除霊）の儀式を行うとよい。悪霊がはびこった物体は祈禱中に焼き払い、灰を流水で撒き散らす。悪霊が少ない物体は、祈禱と聖水の散水とで除霊できる。

狐
kitsune

日本の伝承で、**憑依**する野生の狐の**悪霊**。狐はまた、美しい乙女の姿で現れ、**サキュバス**のように犠牲者を性的に搾り取る。狐は数多くの日本の民話や、憑依に関する文献に登場する。起源は中国の伝承で、それには淫らな生き物である**妖狐**として描写されている。

● 憑依

狐による憑依は、狐憑きと呼ばれる。日本では12世紀からその事例が記録されている。中には、その一族がかつて妖狐を侮辱したことに対する復讐と信じられているものもある。

憑依の犠牲者の大半は女性である。狐の精は、胸または爪の下から肉体に入り込み、左半身または腹に居座る。犠牲者は狐の霊の声が頭の中で聞こえるようになる。話すときには、狐の霊が別の声を出す。犠牲者はある特定の食べ物をほしがるようになる。悪霊は特に豆や米を欲し、それが霊が去る条件になることもある。犠牲者はまた、不眠や落ち着きのなさ、異常行動に見舞われるようになる。

次の事例は、発疹チフスからの回復期にある「生まれながらに神経質」な10代の少女のものである。病で衰弱した状態に、狐に対する強い信仰が加わり、極めて暗示にかかりやすく、憑依に対して弱くなっているように思われる。

子供の頃から怒りっぽく、気分にむらのある17歳の少女が、重度の発疹チ

フスから回復しようとしていた。寝床の周りでは、親類の女性たちが日本式に座り、煙草を吸いながら話をしていた。誰もが口々に、その日の黄昏時に、キタキツネのような生き物が家のそばにいるのを見たと話した。それは奇妙なことだった。それを聞いた病床の少女は、体に震えが走るのを感じ、取り憑かれた。狐は彼女の中に入り、日に何度か、彼女の口を借りて話すようになった。まもなく、その口調は支配的になり、哀れな少女をなじり、暴君のようにふるまった。

そのような行為が数週間続いた後、家族は狐憑きを専門とする憑き物落とし(**悪魔祓い師**)に相談した。憑き物落としは「ものものしい悪魔祓い」を始めた。狐は食物が与えられるまで全力で抵抗した。

　除霊も香も、その他の試みも成功せず、狐は皮肉な口調で、自分は頭がいいのでその手には乗らないといった。しかし、たっぷりと食べ物がもらえれば、病人のやつれた体から出ていってもいいと話した。(中略)ある日の4時、20キロ離れた場所にある狐を祀った神社に、所定の方法で用意したふたつの容器に入った米と油揚げを、大量の焼いたネズミと生野菜とともに用意しろという。いずれも狐の霊の大好物である。そうすれば、きっかりその時刻に少女の体から去ると。果たしてその通りになった。4時きっかりに、食物が遠く離れた神社に供えられたとき、少女は深いため息をつき「狐は出ていった!」と叫んだ。憑きものは落ちたのである。

すべての狐憑きが治ったわけではない。20世紀初頭の報告では、47歳の日本人女性が慢性の憑依状態になったとある。彼女は農婦で、悲しげな表情(恐らく鬱状態であったと思われる)をし、知能は高くなかったが、健康状態は良好であった。彼女は東京の大学病院で診察を受けた。彼女の説明では、8年前のある日、一緒にいた友達のひとりが、近くの村の女性から狐が追い出され、新しい住み処を探しているといったという。彼女はそれがひどく印象に残った。その夜、彼女の家の戸が不意に開き、彼女は左胸にちくりとしたものを感じた——そこは昔から、狐の霊が入り込む場所とされていた。彼女は狐だと思い、たちまち取り憑かれた。

　最初のうち、邪悪な客は彼女の胸の中でときどき身動きし、頭の中へ上がってきて、その口を借りて彼女の考えて

狐憑き

いることをあげつらい、からかうだけで満足していた。やがて、少しずつ大胆になり、あらゆる会話に入ってきてその場にいる人々をののしった。

女性は何人もの悪魔祓い師のところへ行った。その中には、**悪魔祓い**を専門とする山の托鉢僧もいた。だが、誰ひとり役には立たなかった。

臨床医は狐の存在を目撃している。最初に彼女の唇と、霊が入り込んだ左側の腕が痙攣しはじめた。それはさらに暴力的になり、彼女はこぶしで繰り返し左半身を殴りつけた。狐が喋りはじめ、彼女を「愚かな女」と呼び、自分を止めることはできないだろうといった。続いて発作が起こり、女性と狐が口論を始めた。それは10分ほど続いた。狐の言葉づかいは悪化し、やがて霊は彼女から離れた。女性は、こうした発作が1日に6分から10分ほど起こり、夜中に起こされることもあると語った。

臨床医は彼女をガラス張りの部屋に入れ、24時間体制で監視した。そのパターンは一貫していた。感情が高ぶると必ず発作が起こった。

狐は女性よりもはるかに知的な話し方をし、臨床医をからかうことさえあった。

「いいかね、先生。そんな質問で気を引こうとするよりも、もっと利口なことをするんだな。こんな野暮ったいおばさんの中にいるが、おれが本当は若くて明るい娘だと知らないのか？ ちゃんと口説いたほうがいい」

狐は、しかるべき食べ物を供えられれば出ていくといったが、結局は出ていかなかった。クロロフォルム、言葉での命令、「その他の暗示」（恐らく催眠術）で追い出す努力も無駄に終わった。女性は慢性的な「周期性妄想」と診断され、回復することなく退院した。

●変身

人間の姿に変身するために、狐は火を噴く尻尾を1度振り、人間の頭蓋骨を乗せて1回転し、北斗七星に向かってお辞儀をする。頭蓋骨が落ちずにそのままの場所にあれば、変身は成功したことになる。

狐は森に隠れ、人間の声を使って犠牲者をおびき寄せ、術をかける。また、食事の場所や酒場にしばしば出没しては、食べすぎたり飲みすぎたりする人間を餌食にする。彼ら自身が食べすぎたり飲みすぎたりしたときは、犠牲者に何もせずに消える。狐は犠牲者を性的に搾り取るだけでなく、悪ふざけとして女性の髪を切ったり、男性の頭を剃ったりする。

伝承によれば、天気雨のときには、狐の嫁入りが行われるという。鬼火は狐の吐息か、火を噴く尻尾によって作られた火の玉である。あるいは、嫁入り行列を先導する狐が持つたいまつであるともいわれる。

狐の伝承が色濃い日本の山間地では、昔から毎年、狐の難を逃れるための儀式が行われる。人々が行列をなして藁でできた狐や人形を村の外の山へ運び、そこで燃やすのである。

狐の精
fox fairy

→**妖狐**、**狐**

キメリエス
Cimeries

堕天使で、72人の**ソロモンの悪魔**の66番目に位置する。キメリエスは**地獄**の侯爵として、26の**悪霊**の**軍団**(レギオン)を統率する。またアフリカの精霊も支配する。彼は黒い馬に乗った雄々しい兵士の姿で現れる。文法、論理学、雄弁術を教える。なくなった物や埋蔵された宝を見つける。

強迫観念
obsession

悪霊に取り囲まれる状態。obsessionとはラテン語のobsidereに由来し、人や人の内面を外部から包囲する、または攻撃を加える状態をいう。時として「**抑圧**」、あるいは「**憑依**」と言い換えられる場合がある。しかし、正確に言うとこれは誤りである。なぜなら、「憑依」とは人間の内部を完全に乗っ取られる状態を意味するからである。

聖者、修道士、隠者が登場する文学作品には、信心深い者が魂の苦難に立ち向かう過程で強迫観念に襲われる出来事を描いたものが多い。『聖ヒラリウスの生涯』には、この聖人が「あまたの誘惑に遭遇し……横になったとき、裸の女が目の前に現れたことが幾たびあったことか」と記されている。また、聖アントニオスが砂漠に隠棲していたとき、強迫観念に耐えたことは有名である。アントニオスが眠ろうとすると、**魔王**が女の姿で現れ、誘惑しようとした（**サキュバス**参照）。この他、信心深い者や聖書に登場する人物、例えばサウルなど、霊による強迫観念に苦しんだ者の事例は数多くある。

17世紀、若いスペイン人の尼僧ミカエラ・ド・アギーレ夫人が魔王による強迫観念に襲われた。ミカエラ夫人が誘惑をいっこうに受け付けようとしないのにいら立った魔王はある夜、馬に化身して彼女をさいなみ始めた。魔王はミカエラにのしかかり、蹴り、踏みつけ、大けがを負わせて立ち去った。時には、魔王は修道院の井戸に彼女を首まで浸け、一晩中放置することもあった。彼女の伝記を著した作家によると、ミカエラ夫人は最終的に悪魔に打ち勝った。「魔王の狡賢さを嘲笑い、彼女は魔王に斧で木を切り倒すよう命じた。魔王は彼女に歯向かうことができなかった（なぜなら、彼女は聖女だったからだ）。魔王は斧を手に取り、一心不乱に森の木を切り倒すと困惑のうちに立ち去った。年若い尼僧に打ち負かされた怒りに叫び声をあげながら」

現代の精神医学では、強迫観念とはある凝り固まった考えに取り憑かれ、その考えが他の行動を支配したり影響を及ぼすことを意味する。玄関の扉に施錠したか何度も確かめずにいられない、あるいは恐ろしい菌が至るところにはびこっていると思い込む、などがその例である。

グアッツォ、フランチェスコ=マリア（17世紀）
Guazzo, Francesco-Maria

イタリアの修道士で悪魔学者。1608年に出版された異端審問官の主要な指針、『魔術要覧』の作者として知られる。

グアッツォの生涯はほとんどわかっていない。彼はミラノで〈森の聖アンブロシアと聖バルナバ兄弟団〉に入会した。当時のミラノ大司教フェデリコ・ボロメオ枢機卿の要請に応じ、3年以上かけて『要覧』を執筆した。1608年に出版された同書は、ほかの悪魔学者の著作を利用して、当時の迷信の一部を再掲している。**マルティン・ルター**は**魔王**と尼僧の結合から生まれたと断定する記述もある。

グアッツォは**妖術**裁判で判事と判事補佐人を務めた。1605年にドイツのクレーヴェに派遣され、ユーリヒ＝クレーヴェのヨーハン・ヴィルヘルム公が関わる裁判で助言した。公爵は90歳の黒魔術師ヨーハンを、監視して魔法をかけたと訴えた。ヨーハンは、**まじない**と呪文で公爵を衰弱していく病気にかからせ、「気のふれた」状態に追い込もうとしたと告白した。彼は有罪になり、火刑を宣告された。刑を執行する間もなく、ヨーハンはナイフで喉を切って自殺した。グアッツォによれば、ヨーハンの臨終に魔王その人が立ち会ったという。

ドイツでほかの妖術裁判も手伝うよう公爵から依頼され、グアッツォはそれに応じた。

『魔術要覧』はイタリア有数の魔女の案内書となり、長らく『**魔女たちへの鉄槌**』と比較されてきた。グアッツォは同時代に生きた**ニコラ・レミー**やジャン・ボダンのような名声を手にしなかった。みずから魔女裁判を監督せず、尋問もしなかったためであろう。

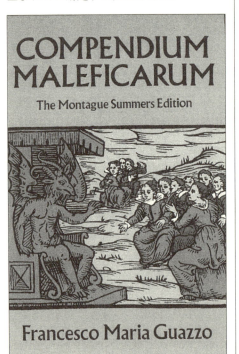

グアッツォの著書『魔術要覧』（著者蔵）

グシオン（グサイン）
Gusion（Gusayn）

堕天使で、72人の**ソロモンの悪魔**の11番目に位置する。**地獄**では、犬頭人（ゼノフィルス）の姿で現れる公爵。過去、現在、未来を見定め、あらゆる問いに答え、地位と名誉を授け、敵対している者たちを和解させる。40の**悪霊**の**軍団**(レギオン)を統率する。

くしゃみ
sneezing

　ヨーロッパの民間信仰によると、くしゃみをすると魂が口から出て行ってしまうという。すぐに神への祈りをとなえて、**悪霊**に盗まれてしまうのを阻止して、魂が肉体に戻れるようにしてやらなくてはならないといわれている。イスラム教では、くしゃみをした人の幸運を祈るようにというアッラーの教えがある。くしゃみが悪霊を追い払うという伝承もあり、「神のお恵みを」というのは、悪霊がその人に取り憑くのを防ぎ、邪悪なものから守るためだ。

グッドウィンの悪魔憑き（1688年）
Goodwin Possessions

　1688年にボストンで子供たちが悪魔に取り憑かれ、ピューリタンの牧師コトン・メイザーが悪魔祓いを行った。この悪魔憑きは、**妖術**を使ったかどで告発された女のせいにされた。メイザーはこの事例を1689年の著書『忘れがたき神のみわざ』にまとめた。この本はピューリタンの住むニューイングランド地方で広く読まれ、また回覧され、1692年から93年にかけて起こった**セーラムの魔女事件**において世論を左右したのである。

　悪魔憑きが始まったのは、サウスボストンに住む石工のジョン・グッドウィンの家だった。被害者は13歳から3歳までの4人きょうだいである。1688年の夏、最年長のマーサが一家の洗濯物を受け取りに、洗濯女の家に出かけた。このグローヴァーおかみというアイルランド女は嫌われ者で、夫にまで臨終の床で魔女だと告発されていた。洗濯物が足りないと思ったマーサが文句を言うと、おかみは泥棒扱いされたと感じて腹を立てた。間もなく、マーサがひきつけに苦しむようになった。1カ月足らずで4人の子供全員が身体的苦痛に悩まされた。医者が何人も呼ばれたが、原因がわからず途方に暮れた。

　子供たちはますます苦しんだが、夜は必ずベッドで眠ることができた。それ以外は口がきけず、手足や舌、口が引っ張られ、皮膚が引きつった。さらに、獣めいた泣き声やうめき声をあげた。

　父親のジョン・グッドウィンは、自分がなんらかの重罪を犯したせいで、「小さな神の家」である敬虔な家が「魔王の巣窟」に変わったのではないかと思い悩んだ。4人の牧師が祈りを捧げる日をもうけるよう求められ、その後末っ子の症状が完全に消えた。コトン・メイザーはグッドウィン家を訪ねて**解放**を祈り、そのうえマーサを自宅に連れ帰って経過を観察した。

　男の子のひとりが、青い帽子をかぶった黒い人影を屋内で見た。その人影は少年を苦しめ、見えない手が彼のはらわたを引き抜こうとした。子供たちの話では、見えない棍棒の打撃が雨あられと降りかかった。頭の中で声がして、友達を殴れ、自分の首を絞めろ、階段から飛び降りろ、など乱暴な行為をそそのかしたという。子供たちは次々と物を壊し、けたたましい声で笑った。

　グローヴァーが召喚され、妖術の罪で裁判にかけられた。この女は6年前に魔

法でひとり殺したとされるという証言が述べられた。彼女は、青い帽子をかぶった、見えない手を持つ黒い人影が自分だったことを認めた。メイザーは獄中の彼女を2度訪問して、「おぞましい老女」と呼んだ。

グローヴァーは妖術の罪を否定しなかったが、魔女の活動をほとんど話さなかった。「王」すなわち**魔王**、および彼の4人の**悪霊**とともに仕事をしたと答えた。メイザーはグローヴァーに**地獄**と結んだ**契約**を破棄するよう促したが、彼女は自分の**天使**の許可が下りなくてはできないと答えた。彼女はメイザーの祈りを望まなかったが、それでも彼は祈った。祈りが終わると、彼女は石を取り出してそれに唾を吐き、嚙みついた。

グローヴァーは有罪判決を下され、絞首刑を宣告された。死に先立ち、彼女が住んでいた救貧院ではバタンバタンという不可解な物音に悩まされた。絞首台に向かう途中、彼女は自分が死んでも子供たちは救われないと言った。なぜなら、ほかにも手を下した者がいるからだと、もうひとりの人物の名をあげた。

苦しみ続けていた3人の子供は、グローヴァーが死んでも回復しなかった。むしろ、症状は悪化の一途をたどった。ジョン・ジュニアは屋内で亡霊を見て、それに押されたり刺されたりした。子供たちは犬のように吠え、猫のように物悲しい声をあげ、猛烈に熱いかまどの中にいるようだと文句を言った。3人の体はあざと赤い傷痕だらけだった。

子供たちの小康状態が2、3週間続いて、再び問題が起こった。牧師たちが来て祈るたび、3人の苦痛が増大したのだ。マーサはメイザーの家に行くと多少は安心したが、やがて魔王に見つかったと断言し、再び苦しみ出した。卵大の不気味な玉を吐き出し、死んだ魔女たちに次々と取り憑かれるのがわかると言った。メイザーが聖書を読むと、マーサの目はうつろになり、床をのたうち回ってうなった。彼女は神とキリストの名を言えなかった。ぼんやりした馬の姿をした悪霊が何度も現れて、彼女を空中飛行に連れ出した。

グローヴァーに名指しされた容疑者は、裁判にかけられる前に死んだ。メイザーたち牧師は解放の祈りを続け、とうとう1688年11月までに悪霊が追い払われた。マーサは最後に1度、容赦ない攻撃を受けた。見えないロープが首にまわったと言い、息が詰まり、ついには顔が黒ずんだ。首には手形がついていた。

その後、悪霊の襲撃は頻度も激しさも落ちていった。クリスマスの時期に、マーサと妹のひとりはアルコールを一滴も口にせずに酩酊状態にされた。最後に起こった発作で、マーサは今にも死にそうに見え、また本人も死ぬと思った。しかし、この発作が止まると元気になった。

メイザーはこの事例に満足して、正義が魔王を打倒する好例だと考えた。

クノスナクトン
Kunopegos（Kunopastom）

タツノオトシゴの姿をした**悪霊**。クノスナクトンは残酷な霊で、大波のように外洋に現れ、船乗りに船酔いを起こさせ

たり、船を転覆させて人間の肉体や財宝を手に入れたりしようとする。彼は悪霊の君主である**ベルゼバブ**に助言を求める。また、波となって岸へ行き、人間に変身することができる。彼は天使**ラメト**に阻止される。

ソロモンの誓約の中で、クノスナクトンは**ソロモン王**に、自分は人間に変身できるといった。ソロモンは、容器10杯分の海水が入った大きな平たい鉢にクノスナクトンを投げ入れ、閉じ込めた。その上部は大理石で補強され、鉢の口はアスファルト、ピッチ、麻縄で覆われた。容器は封印され、エルサレム神殿に保管された。

グラシャ・ラボラス（カアクリノラアス、カアシモラ、グラシャラボラス）
Glasya Labolas (Caacrinolaas, Caassimola, Glashyalabolas)

堕天使で、72人の**ソロモンの悪魔**の25番目に位置する。**地獄**の総裁で、翼のある犬の姿で現れる。人間の体を見えなくしたり、過去と未来を見定めたりすることができる。あらゆる殺戮の首謀者であり、人を流血の惨事に駆り立てる。あらゆる芸術と科学をすぐさま教える。36の**悪霊**の**軍団**(レギオン)を統率する。

グランディエ、ユルバン（−1634年）
Grandier, Urbain

フランスのウルスラ会の修道女たちに起こったルダンの**悪魔憑き**事件において、火刑に処された司祭。ユルバン・グランディエを堕落させたのは、みずからの傲慢な魅力と成功、宗教改革における駆け引き、彼に要請を一蹴された意地悪な修道女であった。生きたまま火刑にされ、事件の関係者でただひとり処刑された。

グランディエは特権階級の出身で、父親が弁護士、おじはサントのグランディエ律修司祭であった。優秀で弁が立つ学生だったため、14歳でボルドーにあるイエズス会の大学に送られた。そこで10年以上学び、1615年にイエズス会の見習い修道士になった。まさに前途洋々であった。

● 問題をはらんだ出世

27歳のとき、グランディエは影響力のある後援者を大勢集め、ルダンの教区主任司祭に任命された。また、聖十字架教会の律修司祭にも選ばれた。当時の町民は、教会組織を嫌悪するプロテスタントのユグノー教徒とカトリック教徒とに二分されていた。

グランディエをめぐり、町の意見はたちまち分かれた。女たちは、新任の司祭を魅力的で、年配の前任者よりはるかにまさると考えた。グランディエは若く、美男子で、洗練された、面白い人物だったのだ。あっという間に上流社会に出入りを許され、彼はいい気になった。

昔は、聖職者が秘かに性的逸脱行為や情事にふけっても大目に見られる場合があった。しかし当時のルダンでは、よからぬ振る舞いを嫌悪する空気が強まっていた。わがままなグランディエは、風潮に留意するべきだったが、それを怠り、未婚既婚を問わず女を意のままにする資格があると思っていた。この態度は、ル

ダンの男たちから敵視される原因となった。

　司祭としてのグランディエは説教が上手で、聖務を見事にこなし、同僚の反感を買っていた。面倒に巻き込まれずにすんだのは、町長ジャン・ダルマニャックの支持と好意を得ていたからだ。

　自分は無敵だと考えたグランディエは、数々の傲慢な失敗を犯した。口論に引き込まれては、他人の振る舞いをずけずけと批判するようになった。特にカルメル会とカプチン会の修道士には手厳しく、彼らの収入源である遺物をけなし、後援者を失わせた。

　グランディエの数多い情事の相手には、フィリッパ・トランカンも含まれていた。その父親ルイ・トランカンはルダンの検事であり、グランディエの最も信頼できる支援者のひとりだった。女はよりどりみどりだったのに、こうした許しがたい形で検事との関係を危うくした事実から、彼の傲慢ぶりがうかがえる。フィリッパが妊娠すると、グランディエは彼女を捨て、ルイ・トランカンを新たな強敵にまわした。検事は、なんらかの理由でグランディエの失墜を願う住民の、非公式だがますます増加する一団のまとめ役になった。

　グランディエが次に狙いをつけたのは、裕福な貴族ルネ・ド・ブルの30歳の未婚の娘、マドレーヌ・ド・ブルであった。マドレーヌは敬虔な生活を好み、何人もの求婚者を断ってきた。思いがけず、グランディエはマドレーヌを真剣に愛してしまった。結婚しようと口説き、彼女の家族とピエール・メヌーを怒らせた。メヌーはルイ13世の支援者で、長年彼女に求婚していた人物である。

　グランディエの敵たちは彼が始末に負えないと、パリ郊外に住むアンリ＝ルイ・シャスティニエ・ド・ラ・ロシュポゼ司教に苦情を言った。グランディエは教区内の既婚女性も若い娘も誘惑していて、世俗的で不信心で、ほかにも聖務日課書を読まないという罪を犯していた。グランディエを軽蔑する司教は彼を逮捕させ、投獄させた。しかし、裁判は延期され、グランディエは上司に嫌疑を晴らす猶予を与えられた。

　ところが、町民からグランディエの不品行に対する告発が続々と寄せられた。司祭を務める教会の床で女たちと性行為に及んだ、女たちに話しかけるたびに体に触れた、などだ。グランディエは逮捕されて屈辱を受けるよりましだと考え、進んで司教の前に現れた。だが、いずれにせよ逮捕され、1629年11月15日に投獄された。

　寒くてじめじめした牢獄で2週間過ごしたあと、グランディエは悔い改めたと訴え、司教に釈放を嘆願した。司教は回答として、さらに重い罰を科した。1630年1月3日、グランディエは毎週金曜日にパンと水を与えられる3カ月の断食刑を言い渡され、ルダンでは永久に、ポワティエの教区では5年間、聖職に就くことを禁じられた。こうした刑は自身の破滅につながるので、彼は上訴すると公言した。大司教は彼の重要な後援者ダルマニャック町長と親しいため、勝ち目があっ

たのだ。

　グランディエの敵たちはパリの国会に訴え、彼は宗教法廷で裁かれるべきだと主張した。公判期日は8月に決まった。ほんの6年前に、聖職者が不倫の罪を犯して生きたまま火刑に処された。グランディエの敵たちは、彼も同じ最期を迎えてほしいと願った。

　裁判はグランディエの有利に進んだ。町民の告発は取り消され、フィリッパの父親は娘が私生児を産んだことを言わず、彼女のなけなしの評判を守ることにした。大司教は依然としてグランディエを支持した。

　グランディエは主任司祭に復職し、自分は無敵だと思ったに違いない。ここは賢くルダンを離れろと友人たちから忠告されても、敵に仕返しするためか、聞き入れなかった。

●グランディエの失脚
　グランディエの運命を決めた出来事は、当初は些細なものに思われた。ルダンにあるウルスラ会の女子修道院長**ジャンヌ・デザンジュ**から、欠員になっていた律修司祭の席に招かれたのである。このときは、ほかの職務に追われているからと辞退した。ジャンヌに会ったこともなければ、女子修道院に行ったこともなかった。ジャンヌはグランディエに秘かに性的な執着を抱いていて、彼はずっと前から修道女の間で淫らな噂話の的になっていた。

　意地悪で執念深いジャンヌは傷ついた。その後、律修司祭に任命されたミニョン神父はグランディエを嫌っていた。ミニョンは修道女たちの性的な秘密や気質、呪われた修道院に出没する幽霊のいたずらに精通していった。彼女たちはあっけなく暴走し、**悪霊**に魅入られて悩まされるようになった。ミニョンはグランディエの敵と共謀し、彼のせいで修道女たちが苦しんでいると触れ回った。

　グランディエは誰もこうした話を信じないと思って一笑に付した。しかし、話が突飛であればあるだけ、彼の敵ばかりか、カトリックとプロテスタントの信者が多い地域でも耳を貸す者が現れた。教会は信仰の武器を見せつけて、敬虔な信者を感化しようとしたのだ。カトリック教徒には悪魔憑きほど効く武器はなかった。

　間もなく修道女たちは公開の悪魔祓い

ユルバン・グランディエ神父の火刑（著者蔵）

にかけられ、膨れ上がった群衆の前で錯乱状態を見せ始めた。悪魔祓い師を務めたのは、ミニョン神父とフランシスコ会の**ガブリエル・ラクタンス神父**、カプチン会のトランキル神父であった。ラクタンスとトランキルはどちらも、悪魔のような人間がいると信じていた。

● 拷問と処刑

8月18日、グランディエは有罪を宣告され、拷問を受けてから生きたまま火刑にされて、灰をばら撒かれることになった。判決では、聖ペテロ教会とウルスラ会修道院でひざまずいて許しを請うことも強要された。修道院には記念の銘板が150ルーブルで取り付けられることになり、その費用はグランディエの没収財産からまかなわれた。刑はすみやかに執行される手はずだった。

グランディエが身の潔白をよどみなく訴えても、裁判官の表情は変わらなかった。ところが大勢の傍聴人が感極まって号泣したので、裁判官たちは退廷を余儀なくされた。グランディエはラクタンスとトランキルによる最後の礼拝を拒否して、人生で最後の祈りを捧げた。悪魔祓い師たちはグランディエにかけられた疑惑をとことん追求し、彼が「神」という言葉を口にするとき、それは「悪魔」を指すと主張した。

有罪判決と死刑執行を予想して、およそ3万人が惨劇を見物しようとルダンに押しかけていた。

グランディエは体毛を剃られたが、医者が裁判所命令を拒んだので、爪ははがされなかった。刑の実施を進めるために、この罰は見送られた。次に彼は「特別尋問」に備えた。犯罪の告白である。

悪霊が邪魔をしてグランディエの苦痛をやわらげないよう、ラクタンスとトランキルは拷問に使う縄と板と木槌の悪魔祓いをした。グランディエは縛られ、床に寝かされて、両膝から下に4枚のオークの板をくくりつけられた。外側の板は固定されたが、内側の板は動いた。板の間にくさびが何本も打ち込まれ、グランディエの両足の骨を砕いた。この耐えがたい拷問は45分あまり続いた。くさびを打たれるたびに告白を迫られたが、グランディエは拒絶した。ラクタンスとトランキルの手でとどめの一撃が加えられた。めちゃめちゃに折れた両足を突かれ、痛みがひどくなった。悪魔祓い師たちは、魔王がグランディエに苦痛を感じさせなかったと断言した。

さらに2時間、グランディエは用意された告白書に署名するよう持ちかけられたが、道徳的にできないと言い、断固として拒んだ。法廷はついに断念して、彼に火刑を宣告した。

グランディエは硫黄を浸したシャツを着せられ、首に縄をかけられ、ラバの引く荷馬車で町中を引き回された。そのうしろを裁判官たちが行進した。聖ペテロ教会の入り口で行進が止まり、重さ2ポンドの蠟燭がグランディエの手にのせられた。彼は荷馬車を降ろされ、犯した罪を詫びるよう促された。足が折れたグランディエはひざまずくことができず、うつぶせに倒れた。それを起こして抱えた

のは、支援者のひとりグリロー神父だった。神父がグランディエのために祈り、ふたりとも痛ましい場面で涙に暮れた。見物人がグランディエのために祈ると罪になるので、祈ってはならないと命じられた。

ウルスラ会修道院で同じ手順が繰り返され、グランディエはジャンヌたち修道女を許せと求められた。すると彼は、自分は修道女たちに害を及ぼしたことはなく、神が彼女たちの行為を許すよう祈るだけだ、と言った。

グランディエに不利な証言をしたルネ・ベルニエ神父が進み出て許しを請い、彼のためにミサをあげると申し出た。

火刑場になった聖十字架広場に見物人があふれていた。自宅に窓がある者はみな、窓辺が満員になるまで貸し出した。さらに多くの見物人が教会の屋根に陣取った。番人はやむなく群衆をかきわけて、教会の北壁付近の地面に打ち込まれた高さ15フィートの火刑柱に近づいた。その根元に薪の束が山と積まれていた。

グランディエは、敵が祝杯を挙げている特別観覧席に向かい、薪に留められた鉄の椅子に縛りつけられた。火刑の前に、絞殺される約束だった。

カプチン会の修道士たちが火刑場の悪魔祓いを行い、薪と藁と石炭、土、空気、受刑者、処刑人、見物人も清められた。悪霊がグランディエの苦痛をやわらげないよう、再び悪魔祓いが行われた。彼の死は極めて耐え難いものになろうとしていた。

グランディエは何度か発言しようとしたが、修道士たちに聖水を浴びせられたり、鉄の十字架で口を殴られたりして、かなわなかった。ラクタンスは依然として告白を迫ったが、グランディエは絶対にしなかった。彼は死刑囚に広く認められていた「親睦のキス」[訳注／カトリックのミサで行われる挨拶]をラクタンスに求めた。初めこそラクタンスは拒絶したが、群衆に抗議され、腹立たしげにグランディエの頬にキスした。

グランディエは、自分はもうすぐ神の裁きを受けるが、そのうちラクタンスも受けるだろうと告げた。それを聞いたラクタンスが火をつけ、トランキルともうひとりの悪魔祓い師、アルカンシェル神父も続いた。処刑人たちは手際よくグランディエを絞殺しようとしたが、カプチン会の修道士たちの手で首縄に結び目が作られていて、締めつけられなかった。修道士たちは残っている悪霊を追い払おうと、炎の一端に聖水を振りかけた。グランディエは生きたまま焼かれ、悲鳴をあげ始めた。

1匹の大きな黒い蠅が現れ、悪魔祓い師たちはそれを**蠅の王ベルゼバブの象徴**と受け止めた。グランディエの体はすっかり炎に包まれた。そのとき鳩の群れが炎のまわりを飛び回った。グランディエの敵はこれを悪霊の象徴と考え、支援者は聖霊の象徴と考えた。

火が燃え尽きると、処刑人が灰を東西南北の主要方位へ運んだ。群衆は火刑台に押し寄せ、死人の歯や骨のかけら、わずかな灰といった忌まわしいみやげをあさった。**まじない**や呪文の道具にするためである。

呪術師の遺物は極めて強力だとされていた。全部なくなると、満足した群衆は思い思いに飲んだり食べたりした。

のちに、ジャンヌはウルスラ会修道院に戻り、再び悪魔祓いを受けた。あの蠅は悪霊のバルクであり、司祭の悪魔祓いの書物を火に投げ込もうとしていた、とジャンヌは言った。彼女の主張では、グランディエは神ではなく本当に悪魔に祈っていた。彼は悪魔祓いのせいで極度につらい死を経験し、**地獄**で特別な苦しみを受けているのだ。

ジャンヌと修道女たちはグランディエの件を悔い改め、罪を犯したことを気に病んだ。しかし、グランディエがじきに忘れられるいっぽうで、悪魔憑きと悪魔祓いの件数は増え続けた。トランキルとラクタンスもやはり悪魔に悩まされて死んだ。

グリゴリ
Watchers

堕天使。人間の女性と関係して、神の美徳を貶める。**神の子ら**と呼ばれることもある。彼らの巨人族の子孫**ネフィリム**や、グリゴリが地上で引き起こした堕落が、神を怒らせたため、神は大洪水を起こして、地上のすべての生き物を破壊した。神の子らと人間の娘たちとの同棲は創世記6章1~4節に少しだけ出てくる。

グリゴリは、堕天することなく神の御座に近い**天使**としても表されている。そのため、彼らが善良なのか、邪悪なのかに関して混乱が生じている。

『第一エノク書』には、グリゴリが堕天した話が詳しく出ている。天国の子供たちである天使としてのグリゴリは、人間の美しい娘たちを見て欲望を抱き、自分の妻にしようとした。だが、彼らのリーダーである**シェミハザ**が、自分だけがこの大罪の責任をとらされるのを恐れ、総勢200人の天使が一致団結することを誓った。シェミハザの下に仕える天使長（10人の長と呼ばれる）は、アラケブ、ラミール、タメル、ラメル、ダネル、エゼケル、バラカァル、アセル、アルマロス、バトレル、アナネル、ザクィール、サソマスプウィール、ケスタレル、トゥレル、ヤマヨル、アラツァル。

グリゴリたちは、地上に堕ちて女性たちをものにしたが、彼らの多くは、新妻を裏切って不倫をした。その子供、巨人のネフィリムは人間に敵対し、人間の肉を食べ、その血を飲んだ。

グリゴリは、人間に魔法の薬、呪文、植物や薬草の知識などの秘法を教える。**アザゼル**は、戦争兵器、宝石、化粧品、染料、錬金術の技術を、アマスラスは、植物の知識や魔術の使い方を、バラキヤルは占星術、コカレレルは黄道帯、タメルは星まわり、アスデレルは月と人間の欺瞞を教える。

『第一エノク書』の後半では、堕天使の21人の主要な長の名前が出てくる（何度も名前をつけられている天使もいる）。

シェミハザ
アルメン
トゥレル
ダニュール

バラケル
アルマロス
ベサセル
トゥレル
イェテレル
トゥレル
アザゼル
アリスタキス
コクバエル
ラムヤル
ネクィエル
アザゼル
ベトリャル
ハナネル
シプウェセル
トゥマエル
ルメル

5人の魔王として知られる堕天使たち
◎イェクン——天使たちの子供たちを惑わせて地上に堕とし、人間の娘たちに誘惑させる。
◎アスベル——聖なる天使を惑わせ、人間の娘たちにその体を穢れさせる。
◎ガデレル——人間の子供たちにあらゆる死のショックを見せ、武器や戦争や死の道具の作り方を教え、エヴァを惑わせる。
◎ピネーネ——人間に苦痛と甘美を見せ、あらゆる知恵の秘密を示す。紙とインクを使って書くことの秘密を教え、永遠に過ちを犯させる。
◎カサヤ——魂、**悪霊**などあらゆる邪悪なもののむち打ち、子宮の中で押しつぶされたらしい胎児の破滅を示す。

『第一エノク書』69章4~12節によると、魂のむち打ち、蛇の嚙みつき、太陽の一撃、タバタという名の**蛇**の息子について書かれている。

　罪、堕落、抑圧が地上に蔓延し、恐怖を覚えた天使のミカエル、スラフェル（スリエル／ウリエル）、ガブリエルらが、地上で苦しむ人々のために行動を起こしてくれるよう神に嘆願する。神は大洪水を起こして、地上の邪悪とあらゆる生命を一掃すると宣言する。そしてラファエルに、アザゼルの手足を縛って暗闇の中に投げ込むよう命令する。ラファエルは、砂漠に穴を掘ってその中にアザゼルを投げ込み、鋭い岩で覆ってしまう。神はガブリエルに、グリゴリの子供たちを殺すよう言い、ミカエルには、シェミハザに

グリゴリのひとりであるベリアル。フランシス・バレットの著書『魔術師』（著者蔵）

妻や子供たちと共に汚辱にまみれて死ぬ運命にあることを伝えるよう言う。神は最後の審判の日まで70世代にわたって、彼らを石の下に縛りつける。それから彼らは火の底に連れて行かれ、そこで牢につながれて、永遠の責め苦を受ける。グリゴリと共謀した者はすべて、同じように罰せられる。そしてついに、ミカエルは地上から不正を絶滅させる。

グリゴリは、預言者エノクに助けを求め、エノクは夢の中で彼らの声を聞く。目覚めたときエノクは、重い審判が下されるため、おまえに平穏はないだろうとアザゼルに伝える。そして、エノクは恐怖に震えるグリゴリたちに話しかける。グリゴリたちはエノクに許しの祈りを書いてくれるよう頼む。エノクは彼らの祈りと懇願を記録し、読み上げるがいつしか眠りに落ちる。また別の夢で、エノクは疫病を見る。目覚めると、グリゴリたちのところへ行って、彼らの罪を叱責し、彼らの懇願は聞き入れられないだろうと言う。

それでもエノクは、グリゴリたちの代わりに仲裁に入ろうとするが、神に拒まれてしまう。神はグリゴリたちの巨人の子供は、地上や地中にずっとはびこるため、悪霊と呼ばれるだろうと言う。神はエノクに、おまえたちは天国を拒絶したのだから、平穏はないのだと、グリゴリたちに伝えるよう言う。

『第一エノク書』では、見張り役の聖なる天使の名前をあげている。つまり、グリゴリという言葉は、天国では天使の立場を与えられていて、堕天使ではないということだ。聖なる天使たちは次の6人。

◎スルエル——永遠と震えの天使
◎ラファエル——人の精霊の天使
◎ラグエル——世界と太陽や月のために報復する天使
◎ミカエル——人々や国家への博愛に従う天使
◎サラクァエル——人類の霊より高いところにいて、聖霊の中にいる天使
◎ガブリエル——エデンの園、蛇、智天使を監督する天使

『第二エノク書』では、エノクはグリゴリやネフィリムの大軍団が第五天に囚われている。彼らは気力を失い、口を開くこともない。彼らのための神へのとりなしが失敗したエノクは、神に向かって徹底的に祈禱書を読んで、その怒りを鎮めるよう説く。グリゴリたちは言われたとおり、悲し気に哀れを誘うような様子で歌う。

『第三エノク書』では、グリゴリたちを聖なる天使と表現している。グリゴリと聖者たち（ダニエル書で使われている言葉）と呼ばれる4人の偉大な君主たちが、神に向き合う栄光の王座の反対側にある第七天に住んでいるという。彼らがこう呼ばれるのは、最後の審判（死後）の3日目、炎の鞭で体と魂を清める（神の御前に魂を捧げること）からだという。

それぞれのグリゴリは、世界の70の言語に対応する70の名前をもっていて、それらはすべて神の名前に基づいている。それぞれの名前は、神の王冠に炎のペン

で書かれている。そこから前方に放たれる火花と光は、どんな天使も、セラピムですらまともに見ることはできない。

グリゴリは、シェキーナーへの賛美で褒めたたえられ、神は彼らから相談がなければなにもしない。天国の裁判所の役人として働き、裁きに持ち込まれたそれぞれのケースを議論し、締めくくる。評決を知らせ、判決を公布し、ときに地上に降りて、刑を執行する。

アムランの誓約（Q543、545~548）と呼ばれるクムランの聖典で、グリゴリに関して書かれた箇所は、いくつかの断章と写本が現存しているのみだ。写本Bの第1断章には、匿名の作者によって、ふたりのグリゴリが神を巡って争っている夢について書かれている。神は訊ねる。「そのようにわたしよりも力があるというおまえたちは誰だ？」するとグリゴリたちは、自分たちはすべての人類を支配する力を与えられていると答え、ふたりのうちどちらが、支配者としてふさわしいか、選ぶよう神に頼む。ひとりは、色とりどりの暗黒の外套を着た蛇のような恐ろしい姿をしていて、まるで毒蛇のような顔立ちだった。

第2断章には、グリゴリのひとりである**ベリアル**の名が出てくる。彼には、ベリアル、暗黒の君主、邪悪の王という3つの名前があり、あらゆる闇を支配する力を与えられ、彼のすべてのやり方、すべての仕事は暗闇に関することだ。第3断章では、光の子らについてふれている。彼らはミカエル、光の君主、公正の王という3つの名を名乗る存在に支配されている。

別の断章では、すべての暗闇の子らは、その愚かさと邪悪さのせいで滅ぼされ、光の子らは、すべての平和と真実は光で作られるため、永遠の喜びと歓喜を享受できるだろうとある。

グリフィン・デーモン
griffin-demon

邪悪な霊から守ってくれるアッシリアの守護者。人間の体に鳥の頭と翼がついている。**悪霊**を追い払うため、家や宮殿の基礎にグリフィン・デーモンの像が置かれていた。

クリンゲンベルクの悪魔憑き
Klingenberg Possession

→**アンネリーゼ・ミシェル**

黒犬
Black dogs

悪魔的な力、死、破滅を連想させる怪奇の動物。黒い幽霊犬は民話の中に広く行きわたっている。彼らは**悪霊**や**魔王**が変身した姿か、あるいは悪霊の仲間である悪魔的な動物と言われている。

怪奇な黒犬はしばしば尋常でない大きさで、ギラギラ光る赤や黄色の目を持つ。この世のものとは思えない、ぞっとするような吠え声を上げる。彼らは辺鄙な片田舎をうろつきたがる。それを見ることは、死や破滅の前触れとなる。

ときおり、黒い幽霊犬が人気のない道の真ん中に現れることがある。車にはねられると彼らは消え、乗り物に傷はつか

ない。

　イギリスの民話で最も有名な黒犬は、ブラック・シャックである。シャックは古代アングロ・サクソンの言葉で「悪霊」または「サタン」を意味する scucca あるいは sceocca に由来する。

　ヨーロッパの魔女狩りの時代、魔女たちはしばしば黒犬の姿を取った**使い魔**を連れているか、彼らの主人で黒犬の姿をした魔王の訪問を受けると言われていた。

　アラビアの伝承では、黒犬は**ジン**が好んで取る形である。ジンが人間になついてきた場合、より近づくために黒犬の姿になることがある。

　アベル・ド・ラリュー、**ケルベロス**参照。

クロウリー、アレイスター
（1875－1947年）
Clowley, Aleister

　イングランドの魔術師、オカルト研究者。霊の扱いに長け、強い力を持つ**悪霊**を相手にすることもできた。性、麻薬、犠牲を用いた異常な魔術を行って物議をかもしたが、魔術の分野に大きな功績を残した。

●生涯

　クロウリーの本名は、エドワード・アレクサンダー・クロウリーといい、1875年10月12日、イングランド、ウォーリックシャー州のレミントンで生まれた。裕福なビール醸造業者だった父親は、熱心なダービー派信者で、プリマス・ブレスレンもしくはエクスクルーシヴ・ブレスレンとして知られる、根本主義的宗派の一員だった。息苦しく狂信的な空気の中で育てられたクロウリーは、これに激しく反発し、母親から反キリストを意味する「獣」の名で呼ばれることとなった。クロウリーは後年、この名を喜んで使い、みずからを「黙示録の獣」と称したりしている。

　クロウリーはオカルトに傾倒し、**血**や、拷問や、退廃した性に夢中になった。また、「緋色の女」（訳注／黙示録にある大淫婦バビロンを示す）によって堕落させられるという幻想を好んだ。こうした好みを生活に組み入れては周囲を仰天させ、注目を集めることを楽しんだ。アレイスターの名を名乗ったのは10代の時だった。

　1887年に父親が死ぬと、クロウリーはケンブリッジにあるダービー派の学校に送られた。無慈悲な校長の手で悲惨な経験をさせられたことにより、クロウリーはダービー派を憎むようになった。

　ケンブリッジ大学のトリニティ・カレッジで3年間学んだが、学位を取ることはなかった。詩を書き、さかんに女遊びや男遊びにふけり、「大いなる業」であるオカルトの研究を進めた。オカルトの研究においてクロウリーに霊感を与えたのは、アーサー・エドワード・ウェイトの『黒魔術と契約の書』や、カール・フォン・エッカルトシャウゼンの『聖所に浮かぶ雲』だった。クロウリーの最初の詩集は1898年に出版され、クロウリーはその中で、彼の魂をめぐって神とサタンが長いこと戦っているという、オカルト信奉の前兆ともいえる言葉を述べている。クロウリー

はこう書いている。「神が打ち勝ち——ひとつの疑問だけが残った。ふたりのどちらが神なのだろう？」

トリニティ・カレッジでの3年目に、クロウリーは本格的に魔術すなわちmagickに身をささげた。「マギ（魔術師）の科学をまがい物と区別するため」、magicの綴りにkの文字を書き加え、「魔術の復権」を誓った。クロウリーは魔術を、ひとつの生き方であり、創造力を持った意志をきびしく訓練することで得られる、自己管理の道であるとしている。

トリニティ・カレッジを出ると、クロウリーはロンドンのチャンセリー通りにフラットを借りた。ウラジミール伯爵と名乗り、一日中オカルトに没頭した。奇怪な噂が広まり、クロウリーの催眠術師めいた目と、この世ならぬオーラが、それに拍車をかけることになった。ぼんやりした光がクロウリーの周囲を取り巻いていると言われ、クロウリーの話によれば、それは彼のアストラル霊だということだった。フラットの隣人のひとりは、邪悪な力によって階下に投げ落とされたと主張し、客人たちは階段をのぼっている時に、魔法でめまいを感じたとか、ひどく邪悪なものの気配を感じたと語った。

1898年、クロウリーはスイスのツェルマットに登山に出かけた。クロウリーはそこで、イングランドのオカルト研究者、ジュリアン・ベイカーと出会った。ベイカーはロンドンにもどったクロウリーを〈黄金の夜明け団〉の一員である、ジョージ・セシル・ジョーンズに紹介した。1898年11月18日、クロウリーはジョーンズのすすめで、〈黄金の夜明け団〉に入団した。クロウリーは「フラター・ペルデュラボー（我、耐え忍ばん）」という魔術名を獲得した。クロウリーの別名はほかにもあり、のちに魔術師（メイガス）の位を得た時には、大いなる野獣を意味する、メガ・セリオンの通称を使った。

〈黄金の夜明け団〉に入った時、クロウリーはすでに熟練の魔術師だったので、そこでの第一段階は退屈なものであった。クロウリーは、1899年に出会ったアラン・ベネットや、〈黄金の夜明け団〉の創設者のひとりである、サミュエル・リデル・マグレガー・メイザースの教えを受けた。メイザースは、彼が翻訳した『魔術師アブラ＝メリンの聖なる魔術の書』という古い写本を使って、クロウリーにアブラメリンの魔術を伝授した。メイザースは、その本には魔力があり、霊的存在がやどっていると信じていた。アブラメリンの魔術を行うには、世間から完全に隔離された場所で、魔術書の教えにしたがって6カ月精進を積まねばならない。魔術に成功した者は、富や、抗いがたい性的魅力や、意のままに使える幻の兵の軍団をもたらす護符を作ることができるとされた。クロウリーは、1900年のイースターに、スコットランドの住居、ボールスキン館で、この魔術にとりかかろうとした。

しかしクロウリーの計画は〈黄金の夜明け団〉の内紛により、中断する。この内紛の結果、クロウリーは1900年、〈黄金の夜明け団〉から追い出されることになり、クロウリーは秘密の儀式の資料を

公表することで、これに報復した。

　1900年から1903年までの間、クロウリーは極東などを訪れる大旅行をし、東洋の神秘主義を深く研究した。

　1903年、クロウリーはふたりの妻のひとりめとなる、ローズ・ケリーと結婚した。ローズ・ケリーはクロウリーとの間に、ローラ・ザザという娘をひとりもうけた。クロウリーとローズの新婚旅行は数カ月続いた。1904年、ふたりがカイロにいる時、クロウリーは空気の精シルフを召喚しようと試みた。ここエジプトで、クロウリーはのちにアイワスと呼ばれる霊的存在との交信に没頭する。アイワスとの交信はクロウリーにとって最も意義深いものとなり、クロウリーの人生や作品に影響を与え、クロウリーにホルスの永劫（時代）の到来を知らせた。

　クロウリーは並外れた性欲の持ち主で、大勢の愛人を持っていた。「緋色の女」と呼ばれた女性もいれば、クロウリーとの間に私生児をもうけた女性もいた。クロウリーは愛人にとがらせた歯で「蛇の接吻」を与え、血をすすることを好んだ。愛人に焼き印を押すこともあり、最終的には全員が麻薬漬けやアルコール漬けになったり、街の女になるにまかせた。「魔法の子供」を作ろうとして失敗したこともあり、この時の試みをもとに1929年、『ムーンチャイルド』という小説を書いている。

　ローズ・ケリーはアルコール中毒になり、1909年、不義を理由にクロウリーと離婚した。クロウリーは1914年の終わりから1919年までアメリカで暮らし、ホルスの永劫（アイオン）に関するメッセージに、周囲の興味をひきつけようとしたが、失敗した。自身の性遍歴の記録を取り、これに『王者の技の王』（レックス・デ・アルテ・レギア）と題名をつけた。クロウリーに雇われた売春婦の多くは、クロウリーが実は自分たちを性魔術に巻き込もうとしているなどと、思いもしなかった。クロウリーはそのころまでにはヘロイン中毒になっており、クロウリーと当時の「緋色の女」であるロディー・マイナーは、おそらくは悪霊であろう霊的存在と交信するため、性魔術や麻薬を使った儀式を行った。クロウリーはこうした存在をアストラル界に存在する「魔術師アマラントラ」と呼んだ。

　1916年、クロウリーは魔術師（メイガス）の地位に昇進するため、カエルを磔（はりつけ）にする奇怪な黒魔術を行った。

　1918年、クロウリーはニューヨークで

アレイスター・クロウリー（リチャード・クック）

教師をしていたリア・ハーシグに出会った。クロウリーはリアを「トートの猿」と呼び、彼女はクロウリーの最も有名な「緋色の女」となった。ふたりは『法の書』を広め、魔術を行い、自由な性を楽しむ男女の共同体である、〈テレマ僧院〉を設立しようと決めた。

1920年、クロウリーはシチリア島のチェファルに古い僧院を見つけた。クロウリーはそこを買い取って聖テレマ僧院と名をあらため、頻繁に乱交パーティーや魔術の儀式を行っては、彼の私生児たちを出席させた。リアはクロウリーとの間にアン・リアという娘をもうけたが、アンは幼くして死んだ。1921年、クロウリーはみずからが魔術師として神と同等のイプシシマスに達したことを認めた。しかし、1923年、弟子のラウール・ラヴデイの死などのスキャンダルにより、クロウリーは僧院を追われることとなった。

1929年、クロウリーは2番目の妻、マリア・フェラーリ・ド・ミラマーとライプツィヒで結婚した。マリアは魔術の力を持っていると言われており、クロウリーは彼女を「ヴードゥーの高等女祭祀」と呼んだ。しかし、クロウリーが19歳の娘と親密になったため、ふたりは1年もたぬうちに別居することになった。マリアが精神を病んで施設に入ったので、クロウリーは彼女と離婚することができた。

晩年、クロウリーは健康障害や麻薬中毒、財政問題になやまされることになった。クロウリーは実話や小説を書いて出版することで、かろうじて破産をまぬがれていた。1934年、金銭に窮したクロウリーは、女彫刻家のニーナ・ハメットを名誉棄損で訴えた。ハメットは1932年に出版された自伝、『笑うトルソー（Laughing Torso）』の中で、クロウリーが黒魔術を行い、人間を生贄にしていると述べていた。イングランドの判事や陪審員、傍聴人、新聞記者たちは、裁判でなされた証言に、そろって胸を悪くした。判事は、「これほどまでにおぞましく、忌まわしく、冒瀆的な話は聞いたことがない」と言い、陪審員はハメットに有利な判決を下して裁判を閉廷した。

1945年、クロウリーはヘイスティングズの下宿屋、ネザーウッド荘に引っ越し、生涯最後の2年間を過ごした。喘息に悩まされ、大量のヘロインを消費しながら、自堕落で退屈な日々を送った。1947年12月1日、クロウリーは心臓疾患と重い気管支炎のため世を去り、イングランドのブライトンで火葬にされた。葬儀ではグノーシス派のミサが行われ、クロウリーの詩、「パンへの讃歌」が朗読された。灰はアメリカの弟子のもとへ送られた。

クロウリーの著作は、数多くの版や、著作集が出版されている。『法の書』以外で最もすぐれた作品とされているのは、『魔術――理論と実践』（1929年）で、儀式魔術についての優秀な著書として多くのオカルト研究者から評価されている。『神々の春秋分点（The Wquinox of the Gods）』（1937年）は、『法の書』を反映した内容となっている。『嘘言の書』は91の説教を目玉としており、それぞれに解説がついている。『トートの書』には、タロットの解釈が書かれており、クロウ

リーによって生まれたトートのタロットは、現在使われているタロットの中でもポピュラーなものとなっている。

クロウリーの著作は人々に霊感を与え続けている。世界のあちこちにテレマ教の組織があり、様々な分野の芸術家たちが、クロウリーの影響を受けている。おそらくクロウリーは、生きている時よりも死後になってから、名声と信頼を得たといえるだろう。クロウリーは今もなお、「悪魔的なオカルト研究者」とけなされると同時にすぐれた魔術師として賞賛され、激しい論議の的となっている。

●霊的存在との交信
「アイワス」1904年3月18日、ローズ・ケリーが突然トランス状態になり、アストラル界から、メッセージを受け取った。エジプトの神ホルスがクロウリーを待っているというのである。伝言を送ってきたアイワスは、堂々たる姿の霊的存在で、ローズによれば、エジプトの三神、ホルス、オシリス、イシスの使者だという。

クロウリーはアイワスを「聖守護天使」もしくは「高次の自己」であるとし、〈黄金の夜明け団〉における超人的な達人である「秘密の首領」など、より高位の存在への仲立ちであるとした。神秘論者はアイワスが独自の存在なのか、クロウリー自身の一部であるのかと議論を続けているが、クロウリーにとってはこの聖守護天使は、独立した霊的存在であり、人格から分離したものではなかった。クロウリーは、最初はこの霊的存在の名をAiwazと綴っているが、のちに数霊術的な理由から、Aiwassとあらためた。

クロウリーはアイワスを男の霊であるとし、これまで出会ったどの霊的存在よりも理解しがたく、明らかに異質な存在であるとしている。クロウリーが発した質問に対する答えからは、アイワスが以下のような存在であることがわかるだけだった。

　……私とはあまりにも異質な精神を持っているので、親しく対話することなどとてもできない。妻が彼から受け取るものは、魔術的に不条理なことをせよという、私への命令のみだ。彼が私の手の内にあるのではなく、私が彼の手の内にあるのだ。

1904年4月7日、アイワスはクロウリー夫婦が借りているアパートの客間を、神

アイワス（リチャード・クック）

殿に変えるよう命じた。さらに、それからの3日間、きっかり正午に神殿に入り、きっかり1時間の間、耳にしたことを正確に書き留めるようにと、クロウリーに命じた。

クロウリーは指示どおりにした。「神殿」に入ると、南に面する壁と向き合い、ひとりでテーブルに座った。背後からアイワスの声が聞こえ、クロウリーはその声を以下のように説明している。「朗々としたテノールもしくはバリトン……深く、音楽的で、表現力豊かなその声は、厳かでもあり、なまめかしくもあり、優しくもあり、激しくもあり、とにかく伝える内容の雰囲気に合ったものである」その声は「沈黙のうちに語る」とクロウリーは言い、のちにアイワスを「ホール＝パアル＝クラアトの使者」あるいは「沈黙の王」と呼んで、ギリシア神話の沈黙の神、ハルポクラテスに相当するホルスの一面であるとしている。

口述の間、クロウリーはアイワスの姿をその目で見ることはなかったが、心でその霊的存在のイメージを感じていた。それによればアイワスは、

　　紗か香煙の雲のように透き通った、「繊細な物質」もしくはアストラル界の物質でできた体を持っていた。年のころは30代、背が高く引き締まった体つきの、精悍かつ剛健な浅黒い男で、蛮族の王のような顔立ちをし、目にしたものを破壊することがないよう、その目は覆い隠されていた。

さらに、アイワスはアッシリアかペルシアの衣装をまとっているように見えたという。

クロウリーは、4月8日から10日までの間、3時間にわたって、アイワスの口述を受け、声に遅れぬよう、手書きの走り書きを続けた。筆記は1日にきっかり1時間続き、この65ページにわたる手書きの原稿が、『法の書』(『リーベル・レーギス』)の基礎となったのである。クロウリーはこの書を新たなる永劫(時代)、新たなる宗教の先触れと考えていた。それぞれの章が、天空の女神ヌイトや、ホルスのふたつの面——太陽にあたるハ＝カディットとラ＝ホール＝クイト、すなわち「ふたつの地平線のホルス」——など、エジプトの神々の声を伝えている。

何年もの間、アイワスはクロウリーの畏怖の対象だった。『神々の春秋分点』において、クロウリーはアイワスの本性を十分に理解できたことがないと認めている。クロウリーはアイワスを「神もしくは悪霊もしくは魔王」と交互に呼び、人知を超えた知生体、他の神々の使者か伝令、クロウリーの守護天使もしくは無意識であるとしている(ただし、無意識という説は守護天使のほうを取って否定している)。クロウリーはまた、ときどきアイワスの肉体、人間の体に宿り、クロウリー自身と同じようにしっかりと実体を持ったアイワスの姿を、見ることを許されたと語っている。

カナダのブリティッシュコロンビア州バンクーバーで、〈東方聖堂騎士団〉の支部を運営するC・S・ジョーンズは、魔術

の秘儀を伝授されるうちに、アイワスが実は邪悪な悪霊であり、人間の敵であるとわかったと語り、気が狂ったと見なされた。

『法の書』は、クロウリーの最も重要な著書となった。その中心となるのは「テレマの法」であり、「汝の欲するところをなせがこの法のすべてとなる」である。この言葉は「汝が好むところをなせ」という意味だと誤って解釈されてきたが、クロウリーによれば、「汝がしなくてはならないことをし、それ以外のことはするな」ということなのである。完璧な魔法とは意志と普遍的な意志、もしくは宇宙の力とが完全に連合することである。それに身をゆだねた時、人は宇宙の力の流れへ通じる、完璧な経路となれるのである。

『法の書』では、テレマの法だけでなく、すべての人間が至高の存在であり、永劫(アイオン)の中で自己実現できるという考えが述べられている。「すべての男女は星である」と、『法の書』は述べている。ただし、ホルスの永劫(アイオン)の前には、すさまじい暴力と侵略と劫火の時代が来るという。

アイワスはクロウリーが〈黄金の夜明け団〉の大達人である「秘密の首領」によって選ばれたのだと告げ、クロウリーが来るべきホルスの永劫(アイオン)——人間の偉大なる3つめの時代——の預言者になるのだと言った。クロウリーはホルスの永劫(アイオン)と新たな宗教——クロウリー教——が世界中に広まり、それまでの宗教にとって代わるのだと本気で信じていた。『法の書』は、残りの生涯の間もずっと、クロウリーの人生の中心であり続けた。

クロウリーはアイワスの口述のすべてを理解しているわけではないと主張している。しかし、『法の書』の文体は、クロウリーの他の著作と共通点があり、この本の内容がクロウリーの潜在意識から生まれたかもしれないことを示している。そこで約束された自己実現は、クロウリーにとってとらえにくいものだったようである。クロウリーは生涯を通じて、莫大な富も含めて望みのものを出現させるだけの能力を、自分が持っていると信じていた。だが、遺産を使ってしまったあとで、富を出すことはできなかった。

「吸血霊」スコットランドの住居に戻ると、クロウリーは〈黄金の夜明け団〉に自分が新しいリーダーになると告げたが、返事はなかった。クロウリーはその時、メイザースが心霊攻撃を仕掛けてきていると結論し、反撃のため、**ベルゼバ**

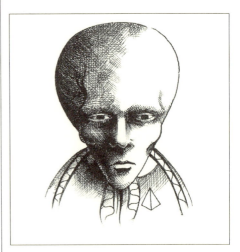

クロウリーに呼び出された知的存在、ラム（リチャード・クック）

ブと配下の悪霊を呼び出すことでこれにこたえた。

　メイザースは6カ月かけて魔術の儀式を進めて準備を整え、戦争と侵略の星である火星の力を取り込むことで、意識の中から吸血霊を生み出そうとしていた。メイザースはトランス状態になると、自分のみぞおちのあたりから現れる吸血霊に意識を集中し、クロウリーを襲うよう命じた。だが、メイザースは悪霊を自分で送り込むという、痛恨のミスを犯した。魔術では、悪霊はしばしば、弟子の手によって相手に送られる。そうすれば間違いが起きたり、魔術がはねかえされたりしても、苦しむのは師匠ではなく弟子ということになるからだ。

　すぐれた魔術の腕を持つクロウリーは、思念霊をとらえ、もっとおぞましい形にしてから、メイザースを襲い返させたのだった。この戦いはおそらく数年続いたと思われ、世界中の記者によって、詳述された。

　攻撃が続くにつれて、メイザースは健康を害し、1918年にメイザースが死ぬと、未亡人のモイナは、その死をクロウリーが心霊攻撃で血を抜いたせいだとした。

　死の前に、メイザースは思念から生まれた忌まわしい吸血霊の姿を、以下のように語っている。

　　そいつが現れた時には、上半身しか見えなかった。明らかに女で、貧弱な胸が、黒い衣服のようなものを通して突き出ていた。腰から下は何もなかった。深い穴のような目がじろじろとこちらを見ており、強い赤黄色の光で、ぼんやりと光っていた。白くふくれた肩の間の低い位置に、平たい頭がついており、そのおぞましい「目」の下辺りで、切断されたかのようだった。ちっぽけな役立たずのひれのような腕は、ほとんど腕の痕跡のようで、まだ形作られていない、胎児の腕のように見えた。

　　だが、そいつには腕など必要ないのだった。異常に長い、粘膜におおわれた灰色の舌が、そいつの恐ろしい武器だった。舌の先には、管か何かのように中身のない、小さな丸い穴があいており、そのみだらな舌が、丸く唇のない口から蛇のようにちろちろと出たり入ったりしていた。常に私の不意をつこうと狙っており、血に飢えたミサイルのように、突然私に襲いかかっては私の金の生命力を吸い出そうとしていた。

　　おそらく、最もおぞましく、身の毛がよだつほど忌まわしいのは、そいつがのどを鳴らす猫のように、私にすり寄ってくることだった。半ば実体のない体を私にこすりつけながら、その間もずっと抜け目なく、私が隙を見せるのを待っている。そして、隙をつくのに成功すると——私も常に身構えているわけにはいかないし、ずっと魔術の障壁をはったままにしておけるほど強いわけでもない——そいつは邪悪な舌で私のオーラに穴をあけ、むきだしの肌に触れて、耐え難い痛みを引き起こす。その後は、体も心も1週間以上、

完全に無気力になってしまう。物憂く恐ろしい体験だった。

クロウリーを知る者は、クロウリーがこのような悪霊を作り出すことも、たぶんできるだろうと信じていた。

「コロンゾン」1909年、ローズ・ケリーと離婚した後、クロウリーは彼の魔術の助手となった詩人、ヴィクター・ノイバーグと同性愛の関係を結んだ。ふたりの最も有名な共同作業は、1909年、アルジェリア、アルジェの南の砂漠で行われた。苦労の末、「地獄の住人」である、悪霊コロンゾンを呼び出すことに成功したのである。霊感を受けたクロウリーは、性を魔術に組み入れることにし、性魔術の力を確信するようになった。1912年までには、クロウリーは〈東方聖堂騎士団〉という性魔術を用いたオカルト結社と関係を持つようになり、1922年にはイギリス支部の長として迎えられた。魔術名は**バフォメット**だった。

「ラム」1918年、メイザースが死んだのと同じ年に、クロウリーは「ソロル・アヒサ」の名で知られるロディー・マイナーと「アルマラントラ」と呼ばれる性魔術の儀式を行った。この活動は星と星との間の空間に入り口を作り、そこを通ってラムという知的存在がこの自然界に入ってこられるようにするものであった。その後、広がった入り口を通って、別の知的存在が入ってきて、多くの未確認飛行物体や、地球外生物との遭遇体験のもとになっていると信じられている。

この儀式がもたらした啓示のひとつは、卵の象徴化である。クロウリーと「ソロル・アヒサ」は、「すべては卵の中にある」と告げられている。

クロウリーはラムを中国とチベットの間のレングから来た、死んだラマ僧の魂だと信じていた。ラムとはチベット語で「道」、「経路」の意味がある。クロウリーによれば、これは数字の71、もしくは「無」を示しており、「無」への門であり、銀河系シリウスとアンドロメダとをつなぐ輪である。ラムはアイワスが始めた仕事をまっとうするための存在であった。

クロウリーはラムの似顔絵を描き、この肖像を見つめれば、知的存在と交信できるようになると言った。ラムは悪霊であり、他の悪霊たちを近づける入り口だと考えている人もいる。

黒ミサ、**666** 参照。

グロットー
grotto

地域で組織された悪魔崇拝者のグループ、および例会を開く場所。この言葉は〈悪魔教会〉が考案した。1966年にサンフランシスコで創立された同教会は、全米の各地にグロットーを設立した。1970年代なかば、グロットーは解散されて同教会が秘密組織として再結成された。ほかの悪魔崇拝者も、地方支部をグロットーと呼んでいる。

黒の書
Black book

悪霊や**天使**を含めた霊との取引や、予言、超自然的力の獲得法や使用法の説明が載った、魔法の指南書。黒の書そのものの憑依によって、超自然的力や富、幸運が持ち主に授けられることもある。しかし黒の書の使用はたいがい裏目に出て、深刻な結果を招くことになる。黒の書の中には、**魔王**との**契約**として**血**で書かれたと言われるものもある。

ドイツの説話によると、出所のわからない黒の書が遺産として代々受け継がれ、何人かの農民が取り憑かれる羽目になったという。その魔力は順を追って、また逆向きに読むことで解放される。逆さまに読むのに失敗すると、魔王はその男や女を操ることができた。いったん活性化すると、本は人々に莫大な富を与え、罰を受けることなく他人に恐ろしい害を加えさせることができた。しかし黒の書を使った結果、持ち主の悲嘆を引き起こしたこともあった。彼らは本を処分しようとしたが、どうしてもできなかった。彼らは聖職者に助けを求め、聖職者は首尾よく本を引き出しに釘付けにした。このような話はキリスト教の力が、超自然の力と異教の民間魔術の力双方を上回ることを示すためのものである。

黒の書はしかし、民間伝承の中で不思議な力を与えられた物という存在を越えている。実際には多くの人々や家庭が、黒の書を生活の手引きとして持っていた。その中には魔法による治療や治癒の秘訣、祈り、**まじない**、呪文、祝福、葬式、季節や農耕の儀式、占いの技術、悪や不運を追い払い、幸運を引きつける方法が書かれていた。その素材は昔ながらの習俗や伝承と、キリスト教の要素の融合である。黒の書の中には、4世紀頃、トルコに住んでいたアンティオキアのキプリアヌスに源を持つと書いているものもある。伝承によれば、キプリアヌスは呪術師で、**悪霊**と魔王の支配を、十字架の印を作って逃れたという。彼はキリスト教に改宗し、司祭となった。殉教者として生を終えている。

魔術教書参照。

黒ミサ
Black Mass

カトリックの聖ミサの猥褻なパロディで、そこでは**魔王**が崇拝される。異端審問の時代、魔女狩り人や悪魔学者たちは、魔女たちが——または異端者なら誰でも——悪魔的な**サバト**の一部として、**悪霊**や魔王とともに頻繁に黒ミサを行うと主張した。黒ミサは何世紀にもわたって行われ、現代でも起こっているが、よく言われるように一般に行われているか——あるいは常軌を逸しているか——は疑わしい。

●特色

黒ミサの儀式に唯一の決定的な形式というものはない。カトリックの聖ミサ、あるいはその一部を逆さまに執り行って滑稽に真似るのが目的で、十字架を逆向きにし、踏みつけたり唾をかけたり、聖体を刺したり、その他の罰当たりな行為

を実行する。時には尿が聖水の代わりに参列者にかけられ、ワインの代わりに尿や水が使われ、腐ったカブの薄切りや黒い革の切れ端、黒い三角形のものが聖体の代用となる。黒い蠟燭が白い蠟燭の代わりとなる。儀式は聖職を追われたか、または改宗した司祭によって執り行われ、彼らは逆さ十字架や山羊の頭、魔術的シンボルの刺繍の入った、黒か乾いた血の色のローブを着用する。

黒ミサの形式で有名なもののひとつに、中世のガスコーニュで始まったとされる聖セケールのミサがあるが、これは敵に呪いをかけて、じわじわと消耗させる病で死に至らしめるためのものである。モンタギュー・サマーズは『妖術と悪魔学の歴史』の中で、これを詳細に描写している。

　フクロウがホーホー鳴きながらうろつき、コウモリが粉々になった窓から入って飛び回り、ヒキガエルが聖なる石に毒液を吐くような、荒廃し、あるいは人気(ひとけ)のない教会の、壊れて汚された祭壇で、ミサは行われるという。司祭は夜遅く、不浄で邪悪な生を送る侍者ひとりのみを連れて、そちらへ向かわなくてはならない。11時の鐘の最初の音を合図に、彼は始める。地獄の典礼を逆さに呟き、ミサ典文をしかめ面や冷笑とともに唱える。真夜中の鐘と同時に彼はミサを終える。

聖セケールのミサには、三角形の黒い聖体と、洗礼前の赤ん坊の死体が投げ込まれた井戸の黒ずんだ水が必要である。

●歴史

ミサの魔術的な使い方と、悪用という申し立ては、キリスト教そのものと同じくらい古くから存在する。2世紀に聖エイレナイオスは、グノーシス派の教育者マルコスを、ミサの悪用で告発した。『ゲラシア・サクラメンタリ』（6世紀頃）は、天候の管理、多産、防衛、愛の占いなど、さまざまな魔術的用途のミサがあるといわれていたことを記録している。ミサにはまた、人を殺す目的もあったと言われており、早くも694年にはトレドの議会で、こうしたミサが公に有罪の宣告をされている。

黒ミサの魔術的な意義は、聖ミサに奇跡が含まれているという信仰に基づく。すなわちパンとワインの、キリストの肉体と血への変質である。司祭が魔術師のように、聖ミサで奇跡を起こすことができるなら、他の目的のミサでも魔術を起こせるに違いないからである。聖ミサを邪悪な目的、例えば人を殺すための呪いなどに貶めようとした司祭たちは、カトリック教会によって、すでに7世紀には有罪を宣告されていた。

中世になるとミサの魔術的な利用は増加した。悪魔崇拝の一部として黒ミサの形式が整い始めたのと、異端審問の広がり、魔女の邪悪な力に対する民衆の恐怖の高まりは、時を同じくしている。サバトや魔王との**契約**、黒ミサの罪に焦点を当てた、それぞれ最初の魔女裁判は、すべて14世紀に起こっている。

1307年、有力で裕福なテンプル騎士団は、キリストを捨てる誓い、詰め物をした人間の頭への偶像崇拝という罰当たりな儀式を行ったと告発され、壊滅した。テンプル騎士団はまた、十字架に唾をかけ踏みつけ、黒猫の姿をした魔王を崇めた罪にも問われた。団員たちは逮捕され、拷問されたあげく、処刑された。

1440年にはフランスの男爵ジル・ド・レが、自分の城の地下室で、富と権力を得るため黒ミサを行ったとして逮捕され、告訴された。彼は140人以上の子供を生贄として誘拐し、拷問し、殺した罪に問われた。有罪となり、彼は処刑された。

16～17世紀には、フランスの司祭たちが黒ミサを行った罪で逮捕され、処刑された。それらの多くは、社会に衝撃を与え、教会に反抗するための芝居がかった行事であり、本物の「悪魔崇拝」であったかは疑わしい。例えば1500年、カンブレの聖堂参事会は、自分たちの司教に反抗するため黒ミサを執り行った。オルレアンの司祭、ジャンティアン・ル・クレールは、1614～15年にかけての裁判で、「魔王のミサ」とその後の飲酒と乱交騒ぎを行ったと告白した。

黒ミサは1647年の**ルヴィエの悪魔憑き**など、世間の注目を浴びた**憑依**事件にも登場した。ウルスラ会の修道女たちが言うには、魔術にかけられ、取り憑かれ、司祭たち――率いていたのはトマ・ブール神父――に黒ミサに裸で参加するよう強制され、十字架を汚し、聖体を踏みつけ、悪霊たちと性交した。

芝居がかった反カトリック的な黒ミサは、17世紀後半、魔女や呪術師に寛容だと批判されたルイ14世の治世で頂点に達した。貴族階級の間で流行し、司祭を雇って暗い地下室で猥褻な黒ミサを行わせるまでになった。こうした儀式の主催者は「ラ・ヴォワザン」という名で知られたカトリーヌ・デエーで、運勢を占い媚薬を売る魔女であった。ラ・ヴォワザンはミサを執り行う司祭の組織を雇い、その中には金の縁取りとレースの裏地をつけた礼服と、真っ赤な靴を身に着けた、醜く邪悪なギボール神父もいた。

ルイ14世の愛人マルキーズ・ド・モンテスパンは、王の興味が他の女性に移り始めたのを恐れ、ラ・ヴォワザンの礼拝を求めた。モンテスパンの裸を祭壇として、ギボールは彼女の上で3度の黒ミサを行うことで、サタンとその手下の色

黒ミサの儀式

欲と欺瞞の悪霊たち、**ベルゼバブ**、**アスモデウス**、**アシュタロト**に、モンテスパンの望みを何でも聞き届けるよう祈ると言った。香料が焚かれる間、子供たちの喉を搔き切ってその血を聖杯に注ぎ入れ、小麦粉と混ぜて聖体が作られた。ミサで祭壇への接吻が必要となるたびに、ギボールはモンテスパンに接吻した。彼は聖体を彼女の性器の上で聖別し、そのかけらを膣に挿入した。儀式に続いて乱交が行われた。子供たちの死体は後で、ラ・ヴォワザンの家の暖炉で焼かれた。

この黒ミサの醜聞が表に出ると、ルイは246人の男女を逮捕し、その多くはフランスでも最高位の貴族たちだったが、裁判にかけた。拷問によって告白がなされた。貴族のほとんどは禁固刑と田舎への追放だけで済んだ。36人の平民が処刑され、その中には1680年に生きたまま火刑になったラ・ヴォワザンも含まれていた。

ルイはモンテスパンを裁判から外していたが、彼女は大変な恥辱と不名誉に苦しんだ。ルイの妃マリー・テレーズが1683年に亡くなると、彼は別の女性マダム・ド・マントノンと結婚した。

芝居がかった反教会の黒ミサと並行して、魔女たちが実施する黒ミサへの告発が行われた。14世紀から18世紀、異端審問官たちは猥褻な儀式での悪魔崇拝が、妖術には欠かせないと考えていた。魔女狩り人や異端審問官に拷問された犠牲者たちは、**サバト**での猥褻な祭儀に参加し、そこでは十字架が汚され、魔王が司祭として礼拝を行っていたと告白した。そのようなサバトが実際に、異端審問官や悪魔学者が描写したように行われていたかは疑問である。歴史的なヨーロッパの妖術に黒ミサが含まれていたという証拠はない。

黒ミサは退廃的な流行として19世紀のオカルト復興の時代まで続いた。ジョリ・K・ユイスマンスの1891年の小説『彼方』（『下方』または『さらなる深み』）は、ジル・ド・レの話に焦点を当てている。悪魔的な儀式を探求する中で、ルヴィエからブール神父を引っ張り出し——ユイスマンスは彼自身さえ登場人物として差し込んでいる——黒ミサも描かれている。

ユイスマンス自身を元にした登場人物デュルタルは、かつてウルスラ会の修道女たちに使われた煤けてかび臭い礼拝堂で、今は貸し馬屋と干し草を蓄える納屋となっている場所へ、イアサントという女性に、連れて行かれる。そこは悪魔主義者たちに乗っ取られていた。参列者の中には堕落した修道女がいる。ヒヨス、チョウセンアサガオ、乾燥ベラドンナ、没薬を焚く息がつまるような臭いが充満している。猥褻で罰当たりなミサと聖体の冒瀆の後、その場は「娼婦と狂人たちによる、おぞましい伏魔殿」へ突入する。参列者たちはのぼせ上がって服を引きちぎり、床を転げ回る。性的な行為が暗示されるが、ユイスマンスは語らない。目撃していた彼のふたりの登場人物は気分が悪くなり、その場を退出するのである。

19世紀後半のロンドンにあった友愛会〈地獄の火クラブ〉は、魔王を崇拝し黒ミサを定期的に行っていたと言われているが、その儀式は大量のアルコールを伴っ

た、性的な逸脱の延長といった方が近いだろう。

20世紀になると、黒ミサは悪魔崇拝をテーマにした小説や映画の重要な要素となっていった。最も影響を与えた小説のひとつに、デニス・ホイートリーによる1934年の『黒魔団』があるが、これには**アレイスター・クロウリー**をモデルにした黒魔術師モカタが登場する。この小説は1968年、オカルト復興と、宗教としての妖術あるいは妖術崇拝が生まれていた頃に、イギリスのハマーフィルム社によって『悪魔の花嫁』として映画化された。近代の妖術あるいは妖術崇拝は、儀式ばった魔術と、異教徒の季節的な祭式の復元による様式を強調しており、黒ミサはその中に含まれない。

1960年代に起こったオカルト復興は、実践的な宗教としての現代の**悪魔崇拝**を生み出した。社会への反抗から生まれた悪魔的なカルトはまた、黒ミサも社会に衝撃を与える形式に定めた。

●黒ミサにおけるアレイスター・クロウリー

1947年、アレイスター・クロウリーの葬儀の間、墓の側で黒ミサが執り行われた。生涯を通じてクロウリーは、「黒魔術」を実践し、悪魔的儀式を行ったと言われてきた。しかし彼が力説していたのは、自分が黒魔術を忌み嫌い、精神的な力の悪用である黒ミサなど行えるはずがなかったということだ。

クロウリーの儀式は「反キリスト教」であり、「悪魔的」と同じではない。例えば彼はグノーシス派のミサについて書いているが、これはみずからイギリスでの会長を務めていた〈東方聖堂騎士団〉で、今なお中心的な儀式である。

1933年、《ロンドン・サンデー・ディスパッチ》紙は、黒魔術についてのクロウリーの記事を掲載した。その中で彼は、黒ミサについて述べている。

　パリでは、またロンドンにおいてさえ、わずかなその場限りの利益を得るためにこうした礼拝を行って、限りなく貴重な精神的才能を悪用する見当違いの輩がいる。

　「黒ミサ」はまったく別問題なのだ。

　私は聖別されたキリスト教の司祭ではないのだから、やりたくてもミサを執り行うことはできなかった。

　執行者は司祭でなくてはならない。礼拝の概念が、聖体の秘跡を冒瀆することだからだ。その結果、カルトの真実性とその儀式の効果を信じることになる。

　背教者となった司祭は自分の周りに、騒ぎを追い求める人間と宗教狂信者を集める。そして冒瀆の儀式だけが黒魔術の効果をさらに増す。

　秘跡を悪用するやり方はたくさんある。最もよく知られているのは、「聖セケールのミサ」で、敵を弱らせるのが目的である。

　こうした「ミサ」は常に秘密の場所で、望ましいのは廃れた教会だが、真夜中に行われ、司祭は法衣を着て現れる。

　しかし法衣を着ていても、悪意ある

変化、信条的な尊厳の歪曲が見られる。

祭壇はあるが、蠟燭は黒い蠟でできている。十字架像は頭を下にして固定されている。

司教とともにいる聖職者は女性で、そのドレスは教会用の上着のように見えるが、むしろ劣情をそそるレビューの衣装のようである。下品に見えるよう作り変えられている。

儀式は罰当たりな改ざんを加えた、正統的なミサの滑稽な真似事である。

しかし司祭は、注意して聖体を正統なやり方で聖別する必要がある。ワインはベラドンナやクマツヅラなどの魔法の薬草を混ぜられているが、司祭はそれをキリストの血に変えなければならない。

このミサの恐ろしい原則は、パンとワインが神を拘束したということである。そして参列者たちはおぞましい冒瀆行為にさらされる。

とてもここには書けない。

これは悪の勢力を解き放ち、彼らと同盟を結ぼうとするものだろう。(ネズミが猫と友達になろうとするようなものではないか！)

会衆派の形式での黒ミサで司祭は、忌まわしい行為を終えて―それらは率直に言って、言葉にできない―聖体のかけらを床にまき散らし、助手たちは争って泥まみれのかけらを奪い合うが、それを持つと彼らのちっぽけで悪辣な企みがかなうと信じているのである。

私が個人的に黒魔術の効力を実感した最も忘れがたい経験は、スコットランドに住んでいた時に起こった。堕落し追放された教団の会員の陰謀により、私の猟犬が死に、使用人が狂人となったのだ。その闘争は、憎しみの流れが跳ね返って、不運な魔術師を倒すまで続いた。

この効力の説明としては、もし何かをしようと強い意志をもって一心不乱に信じれば、達成する力が生じるということである。

●悪魔崇拝における黒ミサ

〈悪魔教会〉が1966年に創設された時、黒ミサは儀式の中に含まれていなかった。創設者のアントン・サンダー・ラヴェイは、時代遅れだと言っていた。〈悪魔教会〉の信者たちは、演劇的な行事としてときおり黒ミサを行っている。

他の悪魔的集団は、それぞれ独自の礼拝や黒ミサの様式を持っている。マイケル・アキノが創設した〈セト寺院〉は、黒魔術を自己利益のための礼式のひとつに含めている。黒ミサの要素はいくつかの儀式に組み込まれている。スティーヴン・ブラウンによって創設された〈9つの角度教団〉は、黒ミサを自己開発への道筋の一部に組み込んでいる。その中の冒瀆行為には、キリスト教やキリストを嘲るだけではなく、アドルフ・ヒトラーを「高貴な救い主」と持ち上げることも含まれる。こうした集団は、黒ミサを執り行う「伝統的な秘密主義の悪魔主義者たち」と、多くが黒ミサにさほど重きを置かない「非伝統的な悪魔主義者たち」

黒ミサの形式は集団によって異なる。悪魔的な黒ミサは魔力を手に入れ、高めるために行われる。**イエス**は呪われ、サタンは褒め称えられる。女性の裸を祭壇とし、膣を聖櫃とする罰当たりなミサが執り行われる。激しい音楽に乗せて歪めた讃美歌の朗唱、あらゆる種類の猥褻行為、イエスへの呪い、サタンへの称揚を行う儀式の最中に、可能であればカトリック教会から盗んできた本物の聖体を膣に入れる。偽司祭は最後に、聖体を入れたままの女と実際に性交する。その後参列者たちの乱痴気騒ぎが続く。

他の要素としては、人間の髑髏に入れた尿や血、ワインを飲む、卑猥な言葉や悪霊たちの名前、特にベルゼバブの名を叫ぶ、十字架を踏みつける、罰当たりな祈りや讃美歌を朗唱する、その他の冒瀆的な所業が挙げられる。幼児の生贄や人肉食もありそうに思えるが、そのような主張は疑わしい。動物の生贄の方があり得ることである。

クンダ
Kunda

ゾロアスター教における酩酊の**悪霊**。クンダは酒を飲まなくても酩酊する。彼はまた、男魔法使い(ウィザード)が魔術を使うのを助ける。

軍団(レギオン)
Legion

悪霊の単位。1軍団(レギオン)には6666人の悪霊がいる。**ヨーハン・ヴァイヤー**は悪霊を分類し、72人の君主が、合計740万5926軍団の配下を統率しているとした。軍団は軍隊式に組織され、それぞれの悪霊には階級や特定の任務が割り当てられている。軍団は、君主が魔術師に呼び出されたとき、それに付き従う。また、**サタン**によって派遣され、犠牲者にたかり、虐げ、取り憑く。

契約
Pact

主にみずからの魂と引き換えに悪霊、または**魔王**と交わす拘束力のある約束。

魔王との契約は、聖書のいくつかの節の中で触れられている。イザヤ書で、預言者イザヤは次のように語っている。「お前たちは言った。我々は死と契約を結び、陰府(よみ)と協定している」(28章15節)。マタイによる福音書4章には荒野におけるイエスへの誘惑、悪霊に対する崇拝の見返りとして栄光と権力を約束したことについて、次のように記されている。「更に、悪魔はイエスを非常に高い山に連れて行き、世のすべての国々とその繁栄ぶりを見せて、『もし、ひれ伏してわたしを拝むなら、これをみんな与えよう』と言った」(4章8~9節)。イエスがこれを拒むと、悪霊は立ち去った。

●伝説中の契約

悪霊や魔王との非公式の契約は、人々がしばしば財宝や愛、権力を手に入れるためにみずからの魂を売るようそそのかされる、というかたちで伝説や民話の中に登場する。魔王との契約は、いかなる

魔術的行いも、また予言ですら、すべからく悪なる契約と関係している、とする神学者たちの長きにわたる仮説を根拠としている（**魔術師シモン**参照）。こうした主張は、予言を非難したオリゲネス（185〜254年）によってなされた。初期キリスト教における最も重要な教父のひとりであった聖アウグスティヌス（354〜430年）は『キリスト教の教義』の中で、魔王との契約という考えの信憑性を裏づけている。魔王との公式の契約に関する記述は5世紀、聖ヒエロニムスの著作に初めて登場する。

ヒエロニムスの記した物語は聖バシレイオスと深い関わりがある。ある男が美しい娘を誘惑したいと考え、魔術師のもとへ相談に訪れる。男は見返りとして、キリストとの絶縁を書面に明記することに同意する。魔術師は魔王に手紙を書き、男を支配するための助言を求める。そして男に対し、キリストへの絶縁状を持って夜間に外出し、それを空中に放り投げるよう指示した。

男は言いつけに従い、暗黒の力を召喚した。彼は**ルキフェル**の元へ連れていかれ、**洗礼**の模倣を強いられ、キリストとの絶縁を再確認させられた。ルキフェルは書面に署名するよう男に指示した。男が従うと、魔王の力によって娘は男と恋に落ちる。だが娘の父親は彼女を尼僧にしようと考えていたため男との結婚を許さなかった。娘は恋人に屈した。聖バシレイオスは男が魔王と契約したことを知り、男を悔い改めさせ、娘が**地獄**に堕ちるのを救った。

初期キリスト教における魔王との契約をめぐるもうひとつの逸話はアダナの教会の財宝管理者**テオフィルス**にまつわるものである。伝えられるところでは、テオフィルスは538年頃、司教の座につくためみずからの魂を魔王に売り渡したという。この逸話はさまざまな形でヨーロッパ全土に口承され、**ファウスト**の伝説の原型となった。同時に、生母マリア崇拝の機運を高めることにもなった。というのも、この話のさまざまなバージョンの中で、しばしば聖母マリアがテオフィルスを救った人物として登場するからである。

13世紀、キリスト教会の最も偉大な神学者である聖トマス・アクィナス（1227頃〜1274年頃）は『箴言集』の中で次のように記している。「魔術師は悪魔となされた個人的契約を介して奇跡を起こす」

魔王との契約にまつわる物語は中世、とりわけ16〜17世紀の魔女をめぐる集団ヒステリーの時期に多く見られる。契約の餌食にされたのはほとんどの場合、魔女ではなく誘惑に屈しやすいごく平凡な人間だった（**トマス・マイヨ**参照）。サタン、または悪霊がある時は人間の、またある時は動物の姿で現れ、人間に救いの手を差し伸べる。契約は数年間の期限つきでなされ、その間にサタンは見返りを回収する——犠牲者は死に、その魂は**地獄**に堕ちる。ファウストの伝説では、科学者であり錬金術師の男が若さと肉欲を求めてみずからの魂を**メフィストフェレス**に売り渡す。ファウスト伝説の女性版は『**ナイメーヘンのメアリ**』である。こ

れらの道徳的物語は小冊子の形で出版され、サタンをペテン師として描いている。犠牲者は超自然的存在に気に入られるにもかかわらず、たいていの場合無残な死を遂げる。聖母マリアが犠牲者の仲だちに入り、魔王から契約の効力を奪い取ることもある。

ジャック・コラン・ド・プランシーによると、「暗黒界の天使はさほど厄介な存在ではない。ただし、見返りとして約束された魂を悪霊が受け取る、という条件さえ守られればの話だ」という。

●妖術、憑依における契約

異端審問が行われていた時期、魔王との契約は非常に重大な問題となった。すべての魔女は魔王と契約関係にあるが、自分の利益のためではなく、他者を故意に傷つける力を得るために魔王または彼に追随する悪霊のひとりに仕えることを約束しているのだと、ヨーロッパの魔女狩り人は信じていた。契約は口頭で行われる場合もあるが、伝統的には無垢な子羊から作られた羊皮紙にしたためられ、血で署名がなされる。魔女が人間に魔法をかけて悪霊に憑依させると、魔法にかけられた人間もまた魔王との契約関係に引き込まれる可能性がある。

魔王との契約が初めて世に示されたのは1335年、フランスのトゥールーズで行われた**妖術**をめぐる裁判の中だった。この裁判はまた、悪魔の集会である**サバト**を扱った歴史上初の裁判としても重要な意味を持つ。魔女の疑いを掛けられたカトリーヌ・ドロールは既婚の女性だが、密会相手の羊飼いによって魔王との契約を強いられた、と証言した。フリオ・カロ・バローハは著書『魔女とその世界』の中でドロールの宣誓証言を元に次のように記している。

　この忌まわしい儀式は深夜、森のはずれの2本の道が出会う場所で行われた。彼女は左腕から血を流し、教区の墓地から盗んだ人骨で起こした火の中にその血を滴らせた。彼女は自分でも記憶していない意味不明の言葉を口走り、すると魔王ベリトが紫色の炎の姿となって現れた。それ以来、ドロールは有害なスープや食事を作るようになり、人間や獣を死に至らしめた。

この証言の後、ドロールは毎週金曜の夜に忌まわしいサバトに参加していたことを告白した。

悪魔学者によると、悪魔との契約には明確なものと暗黙のもののふたつのタイプがあるという。明確な契約とは、証人の前で目に見える魔王に対し忠誠や敬意を心から誓うものである。いっぽう暗黙

ふたりのドミニコ会修道士が、魔王との契約に署名したかどで処刑された（著者蔵）

の契約には魔王に対して直接、または魔女などの代理人を介して提示された嘆願書も含まれる。

異端審問官のための主要な手引書『**魔女たちへの鉄槌**』（1487 年）では、魔王の契約の主な目的は新たな魔女を育成することと、それらの魔女に悪行を強要することであると力説している。時に契約はサバトの淫らな儀式の中で行われることがあり、そこでは、新たに契約を結んだ者たちが赤ん坊を調理して食べ、魔王の肛門に口づけをし、みずからの血で聖書に署名をする。また魔王やその配下の悪霊たちと性交を行い、魔王に対する忠節を誓う。契約を交わした者はキリスト教との絶縁を強要され、十字架を踏みつけ、聖体祭儀を拒否しなければならない。『魔女たちへの鉄槌』では魔女の疑いによって責め苦を強いられた人々の証言を元にした、契約がなされる際のさまざまな方法が説明されている。ベルンからやってきたある男は、教会へ行き、ミサの最後の言葉が終わる前に司祭たちの面前でキリストへの忠誠、キリスト、洗礼、そして教会を否定するよう魔王に要求されたと語った。それから男は「リトル・マスター」こと魔王に対する忠誠を誓った。彼は火刑に処せられた。

契約はサバトの場で、あるいは大衆の面前で行われず、密かに行われる場合がある。通常、黒い服を着た男の姿で現れた魔王が契約の候補者に近づき、抗いがたい申し出を提示する。誘惑は魔王に対するほんの数年間の忠節といったごく些細な条件から始まるものの、人の魂と同等の価値のある見返りが必ず要求される、と『魔女たちへの鉄槌』には書かれている。

魔女裁判の証言によると、契約は無意識のうちになされる場合がある。どうやら魔王は獲物を捕らえる機会を逃すことは滅多にないようだ。フランス人悪魔学者**ニコラ・レミー**は、1587 年に母親と共に悪魔との契約を結んだ女性の事例について記している。ある日、母子がイグサを摘みに出かけたところ、目の前にひとりの靴屋が現れた。男のベルトには松やにの染みがついていた。娘によると、母親は初めから男が現れるのを予期していたようだったという。男は母子に自分への忠誠を誓わせ、ふたりの眉に爪痕をつけた。男は娘と性交を行い、続いて母親とも交わるとふたりの手を取って輪の中で踊った。男は母子に金を与え、煙のように消えてしまった。金はたちまち粉々に砕け、塵となった。

17 世紀イタリアの主導的悪魔学者**フランチェスコ＝マリア・グアッツォ**は、明確なものであれ暗黙のものであれ、契約を結んだ人間は次のような 11 の共通の特徴を有しているという。

Ⅰ　キリスト教への忠誠を否定し、神からの恩寵を辞退し、聖母マリアからの庇護を拒絶し、**洗礼**を否定する。魔王は契約者の眉に爪痕をつけて聖油を拭い落とし、洗礼の印を消し去る。

Ⅱ　魔王による洗礼の模倣を耐え忍ぶ。

Ⅲ　旧名を捨て、新たな名前を与えられる。

Ⅳ　魔王は契約者に堅信式、洗礼式、いずれの場における名付け親をも否定させ、新たに洗礼と堅信を授ける。

Ⅴ　魔王に従属していることの象徴として、みずからの衣服の一部を与える。

Ⅵ　地面に描かれた円の中で魔王への忠誠を誓う。円は神性の象徴であり、地面は「神の足台」を意味している。この儀式により、魔王は天と地の神であることを契約者に知らしめる。

Ⅶ　生命の書よりみずからの名前を削除し、死の書に名前を書き込むよう魔王に祈りを捧げる。

Ⅷ　子供を殺して捧げるなど、定期的に魔王に対して生贄を捧げることを誓う。

Ⅸ　悪霊からの虐待をまぬがれるため、悪霊に毎年貢ぎ物を捧げる。貢ぎ物は黒いものでなければならない。

Ⅹ　魔王は契約者、特に忠誠が疑わしい者の体の一部にみずからの印をつける。

Ⅺ　魔王に印をつけられた者は、そののち多くの誓いをたてる。その見返りとして、魔王は彼らの傍に寄り添い、この世のあらゆる望みを叶え、死後の幸福を約束する。その誓いとは次のようなものである。

　◎決して聖体を崇めないこと。
　◎言葉と行いの両方で聖母マリアおよび聖人たちを繰り返し侮辱し、罵ること。
　◎十字を切る習慣、また聖水、聖なる塩やパンなど、教会によって清められた物の一切の使用をやめること。
　◎聖職者に対する懺悔を決して行わないこと。
　◎魔王との契約に関して固く口を閉ざすこと。
　◎可能な場合はサバトに参加すること。
　◎他の人間を魔王に仕えるよう勧誘すること。

　グアッツォは、他の悪魔学者の意見に賛同し、魔王は決して誓約を守らないのだから、これらの手の込んだ契約は無意味なものである、と述べている。

　異端審問者は魔女の疑いをかけられた者たちに魔王との契約を告白させるため拷問を行ったが、この方法は有罪を確定させるのに非常に重要なものだった。自白に関する書面は必要なかった。死刑判決を下すには口頭による告白だけで十分であり、しばしば処刑は火刑によってなされた。17世紀のフランスでは魔王との契約が明らかにされた有名な事例が2件起きており、そのうち1件は口頭で、もう1件は書面による証言がなされている。

　1611年、悪魔に取り憑かれた修道女にまつわる**エクサン＝プロヴァンスの悪魔憑き**事件でルイ・ゴフリディ神父が裁判にかけられた。神父は拷問の末、みずからが交わした契約について口頭で次のように告白している。

　　私ことルイ・ゴフリディは神、聖母マリア、天におわしますすべての聖人、とりわけ我が庇護者である洗礼者ヨハネ、さらには聖ペテロ、聖パウロ、聖フランシスより賜ったあらゆる世俗的、精神的善なるものを棄て、みずか

らの肉体と魂をルキフェルに捧げ、持てる限りの善なるものと共に彼の前にたたずんだ（それらを受け取る者に触れる聖なる物の美徳を救いたまえ）。そして、これらの言葉に従って、私は誓いの署名を行い、これを封印した。

ゴフリディの犠牲者のひとりはマドレーヌ・ド・ラ・パリュという名の女性で、彼女もまた口頭による魔王との契約を次のように告白している。

　偽らざる本心をもって、また最も慎重なる意思をもって、私は神、父と子と聖霊、聖母マリア、すべての天使、とりわけ我が守護天使、主イエス・キリストの苦難、キリストの尊い血とそこからもたらされる恩恵、楽園におけるすべての物、そして神が将来与えたもう善き霊感、私のためになされる、またはなされるであろうすべての祈りを拒絶することを宣言いたします。

ゴフリディ神父は有罪となり、火刑に処せられた。修道女マドレーヌは有罪判決を受け、教区から追放された。
1633年、フランス、ルダンの聖ピール・ドゥ・マルシェ修道院の修道士**グランディエ・ユルバン神父**は、やはり悪霊に取り憑かれた修道女をめぐる**ルダンの悪魔憑き**事件で裁判に掛けられた。この裁判では証拠として書面による契約書が提示された。書面は旧いラテン語で書かれ、血の署名がなされていた。内容は次のとおりである。

　我ら、全能なるルキフェル、およびその介添人たるサタン、ベゼルバブ、レヴィアタン、エリミ、アシュタロト、およびその他の者は、本日、我らが郎党なるユルバン・グランディエとの同盟の契約を受領したり。我らはこの者に、女どもの愛、処女らの花、修道女らの純潔、世俗の栄誉、快楽、富を与えん。この者は3日ごとに姦淫せん。酩酊は彼のものなり。彼、年に1度、我らにみずからの血で記したる捧げ物をせん。教会の秘蹟を足元に踏みにじり、その祈りは我らにこそ捧げめ。これなる契約の力によりて、彼は人に交じりて地上に20年の間幸福に生き、終には神を呪わんために我らが許に来らん。於地獄、悪魔議会。
　（悪霊の署名）サタン、ベルゼバブ、ルキフェル、エリミ、レヴィアタン、アシュタロト
　悪魔の首長にして我が主、地獄の諸侯の署名と印によりて認証する。
　（副署）記録者バールベリト

グランディエは有罪となり、火刑に処せられた。

イングランドでは17世紀、有名な「魔女狩り将軍」マシュー・ホプキンズが魔女と認定された多くの人々を拷問にかけ、魔王との契約を告白させた。
16世紀の著名な医師であり悪霊、妖術に関する著述家**ヨーハン・ヴァイヤー**は著作『悪霊の幻惑、および呪法と蠱毒について』の中で、サタンと契約を交わし

た魔女は実在すると認める一方、諸悪の根源はサタンであり魔女ではない、と論じた。契約を結んだ魔女が家畜を殺したとしても、彼女の所業は超自然的手段ではなくサタンの悪意によってなされたものであるという。みずからの利得のために悪霊と契約関係を結ぶ妖術家は確かに存在するが、彼らは教会によって迫害された異端者と同じではない。もし有罪とされた魔女がサタンとの関係を断ち、悔い改めるならば、彼らは許されるべきである、とヴァイヤーは論じている。

契約そのものについては、ヴァイヤーは「錯覚に基づくもの」であり、「まったく無意味な」妄想であると断じている。法的には、人間と悪霊との間の契約などというものは存在しえない、と彼は言う。「そのような妄想はサタンの選んだ幻影が視覚、すなわち視神経に狡猾に働きかけ、本来の気性や気質を妨げたとき、もしくは悪霊の仕業により口笛やささやき、つぶやきが聴覚に働きかけて邪な考えを植えつけたときに喚起される……サタンは己の力を発揮し、みずからの行為を宣言する際、手下の手助けを必要とせず、神や善良なる神の使徒を除く何者の意思、命令によっても強制されることはない」

ヴァイヤーは魔女をめぐる集団ヒステリーや魔王との契約に公然と異を唱えた最初の著名人であった。

●悪魔崇拝における契約

現代の**悪魔崇拝**のならわしでは、信奉者は7人のサタンと契約という形で約束を交わす。悪魔教会では、悪魔崇拝者となるのに必ずしも正式な契約は必要ないとされている。教会の創設者アントン・サンダー・ラヴェイは『サタンの聖書』（1969年）の中で、魔王との契約は「人々が教会から離脱しないよう信者を脅すため、キリスト教によって考案された」脅迫である、と述べている。

●魔術における契約

魔術教書は、悪霊の寵愛を得るために契約を交わす方法を伝授している。契約には2種類ある。悪霊が無条件で奉仕することに合意する一方的な契約と、悪霊が条件つきで合意し、違反した際に契約者の肉体と魂を没収するという相互的な契約である。魔術教書によると、魂の中にはたやすく悪霊と結束するものもあれば、そうでないものもあるという。後者は危険で、信用できない。

魔術教書の中で最も重要視されている『ソロモンの鍵』は、愛や恩寵を得るための魔術に関してのみ「刑罰の約定」および「契約」について言及している。こ

十字架を踏ませる悪霊

の書では、魔術師を悪霊から守るにはペンタクル——言葉やシンボルによって描かれた魔術の印——があれば十分である、と書かれている。

『大いなる教書』には、魔術師が魔法円や衝撃の杖、すなわち悪霊に畏れられている魔法の杖の使用法を修得できない場合、契約は必須であると述べられている。これらふたつの魔法の道具を操る能力を持っている魔術師にも、契約は推奨されている。契約は**ルキフェル**、**ベルゼバブ**、**アシュタロト**など高位の悪霊と直接交わすことはできず、配下の悪霊とのみ交わされる。この書にはルキフェルの宰相である**ルキフゲ・ロフォカレ**を召喚するための長い契約について記されている。

契約のために魔王を呼び出す呪文には、**十字路**の中央で雄鶏を生贄として捧げ、呪文を唱えながらその血を道の真ん中に滴らせる、というものがある。すると魔王が現れ、魔術師の血で契約書に署名するよう求める。

また、契約書を記し、みずからの血で署名することを求める呪文もある。契約は牝牛が最初に出産した仔牛の皮で作られた無垢な羊皮紙に認められ、魔法円の中に立って、もしくは座ってなされなければならない。契約書の内容は次のとおりである。「我、偉大なる悪霊の与えしすべてのものへの見返りとして7年間の奉仕を誓う。その証しとして、我が名をここに記す」

契約がなされる間、次のような文言が唱えられる。

我、すなわちすべての堕天使の長にして帝王たるルキフェル、汝に求む。我が定めし汝の指導者を召喚するにあたり、我が意に従い、彼と契約を結ぶことを。

悪霊の王たるベルゼバブ、我もまた汝に求む。契約において我を守らんことを。

公爵たるアシュタロトよ、汝に望む。我に好意を示し、今宵、偉大なる悪霊が人の姿にて悪のにおいなく我が前に現れんことを。また、彼に誓いし契約により、我が求めるすべての財宝を我に与えんことを。

偉大なる悪霊たる我、汝に求む。汝が住み処を棄て、世界のいずこにいようとも我と話さんことを。さもなくばソロモンが反逆する霊を従わせ、契約に至らしめるに用いた大いなる鍵の呪文により汝を従わせるものなり。

直ちに現れよ、さもなくば我、鍵の呪文によって汝を絶えず苦しめるであろう。アグロン、テトラグラマトン、ヴァイケオン、スティミュラマトン、エロハレス、レトラグサマトン、クリオラン、イシオン、エシティオン、エクシスティエン、エリオナ、オネラ、エラシン、モイン、メフィアス、ソテル、エマニュエル、サバオト、アドナイ。我、汝を呼ぶ。アーメン。

●契約破棄

魔王との契約は決して取り消せないわ

けではなく、贖罪は常に可能である。道徳的物語においては、聖母マリア、もしくはイエスに対し贖罪を訴え、彼らが仲立ちに入る場面が描かれている。(ただしファウスト伝説のいくつかの版では、ひとたび契約がなされると救済は一切なされない)

18世紀、レデンプトール会の創設者、聖アルフォンソ・マリア・デ・リゴリは悪霊との契約を破るよう進言した。彼は、契約を放棄し、それが書面でなされた場合は契約書を燃やす、または契約破棄を宣言しなければならない、と訴えた。すべてのお守り（**まじない参照**）、護符、また黒魔術に関する書面を破壊し、可能な限りの復帰策を講じることが肝要である。

現代の悪魔学者によると、人は常に悪魔の契約を撤回する自由意志を有している。悔い改めることにより、契約は無効となる。

ラクダに乗ったゲモリー

クリストフ・ヨゼフ・ハイツマン参照。

ケシリム
kesilim

ユダヤ教の悪魔学で、いたずらをし、人を誤った方向へ導いて笑いものにする**悪霊**。ケシリムは「からかう霊」を意味する。ケシリムは17世紀の書『エメク・ハ＝メレク』に登場する。関連する悪霊に、下級悪霊のひとつレジム（道化）がある。彼らはポルターガイストとなり、家のものを放り投げる。

ゲディエル
Gediel

31人の**ソロモンの精霊**のなかの**悪霊**。**カスピエル**の副司令官であり、昼と夜に20人ずつの従者がいる。公爵にはそれぞれ20人の従者がいる。みな礼儀正しく、**悪魔祓い師**か魔術師の命令に進んで従う。昼にゲディエルに仕える8人の主要な公爵は、コリエル、ナラス、サバス、アッサバ、サリエル、パンシエル、マシェル、バリエトである。夜の主要な公爵は、レシエル、サディエル、アグラ、アナエル、アロアン、シレカス、アグラス、ヴリエルである。

ゲモリー（ゴモリー）
Gemory (Gomory)

堕天使で、72人の**ソロモンの悪魔**の56番目に位置する。**地獄**で26の**悪霊**の**軍団**（レギオン）を統率する、力のある公爵。公爵夫人の冠をかぶり、ラクダに乗った美女の姿で現れる。隠された財宝を見つけ、過去、

現在、未来について本当の答えを教える。女性、とりわけ少女の愛を得るが、高齢の女性からも愛される。

ケリッパー（外殻）
kelippah

ユダヤ教の悪魔学において、個々の名前で識別されない悪霊、または悪魔的な力を指す。ケリッパーは「殻」「莢」または「皮」を意味する。複数形のケリッポートは、あらゆる悪の力であり悪の根源で、初期のユダヤ神秘主義やカバラの伝承に、人にまといつく悪霊として登場する。彼らは生命の樹（**カバラ**参照）のセフィロートを形作る霊的な光の破片または残余として生まれ、総体として生命の樹の影の側となる。ケリッポートは上界と下界の媒介者である。

ケルベルス（ケルベロス）
Cerberus（Kerberos）

3つの頭を持つ犬または犬のような生き物で、ギリシア神話の冥府、ハデスの門を守る。元々は「悪魔的な」生き物ではなかったが、ケルベルスは**魔王**の地獄の番犬や、他の民話に出てくる**黒犬**のモデルとなった。

古代の神話でケルベルスは、風と火山の噴火に関わりを持つ怪物、ドラゴンと**蛇**の形をしたテュポーンの子とされている。テュポーンはギリシアの伝説に出てくる多くの獣の父親で、半分女、半分蛇のエキドナも含まれている。ケルベルスは一方をステュクス川に面した穴に住んでおり、その川は生者の地を死者の地から隔てている。そこで彼は、カローンが渡し舟で運んできた新参の死者の亡霊を迎える。ケルベルスは友好的か敵意を持っているか予測しづらいので、死者は蜂蜜菓子の貢ぎ物とともに埋められる。亡霊が彼に渡して、確実に好意を勝ち取れるようにである。

地下世界の門番として、ケルベルスは亡霊の逃亡も防ぐ。彼は地下世界への降下に関する無数の神話に登場し、その中にはヘラクレスの十二功業や、未遂に終わったオルフェウスの恋人エウリュディケーの救出の試みなどがある。

ホメロスの詩ではケルベルスは「犬」と書かれている。ハデスはヘラクレスに、武器なしで彼を抑えこめたら、アケロン川からケルベルスを連れ出して良いという許可を与えた。ヘラクレスはメルクリウスとミネルヴァとともに地下へ降り、犬と格闘して服従させ、ティリンスの王エウリュステウスの許へ連れて行った。ケルベルスから落ちた唾液から、毒のあるトリカブトが生まれた。

紀元前およそ8世紀のギリシアの詩人ヘシオドスが、ケルベルスを正式な名で呼んだ最初の有名な著述家である。ヘシオドスはその獣を、50の頭を持つと表現している。

ローマの詩人の時代になると、ケルベルスは3つの頭と竜の首と尾を持ち、蛇の頭が背中にかけて並んだ犬に進化した。ウェルギリウス（紀元前70～19年）は、『アエネーイス』6巻で、アエネイアースの地下世界への旅を描く中で、ケルベルスを非常に詳しく描写している。

厳めしいケルベロスは、
　　すぐに立ち上がり
その首筋の蛇たちは、
　　鎌首を逆立たせた
賢明なシビュレーは用意怠りなく
蜂蜜漬けの菓子をひとかけ
　　門番をたぶらかそうと
強い薬を仕込んで　投げ与えた
貪欲に歯をむき出して
今にも吠えんばかりのその顎の前に
3つの巨大な口が大きく開き
　　まっすぐに
飢えに迫られ
　　好物の餌をむさぼり食う
長い大あくびから眠りへと向かい
　　その恐ろしい手足は萎え
よろめき倒れ
　　広々とした洞穴を埋め尽くす
門番はとりこにされた
　　大将は一刻も待つことなく
通り過ぎ　引き返せない道を行く

小悪魔(インプ)
Imp

　ふだんは瓶や指輪に閉じ込められている小さな**悪霊**。**使い魔**や、**ジン**のようなもので、魔術に使う目的で召喚される。善なるものも、邪悪なものもいる。

　使い魔としては、昆虫や小鳥などの動物の姿をとることもあり、魔女や魔法使いに命じられた仕事をするために遣わされる。異端審問の時代、魔女狩り人たちは魔女たちを非難した。魔女が小悪魔に邪悪

冥府の門を守るケルベロス（著者蔵）

な行為をさせる代わりに、自分の血を、指、イボ、胸、あるいは、こぶなど皮膚の突起部から吸わせているというのだ。

かつて世界一の高さを誇った12世紀の建造物、イングランドのリンカン大聖堂には、エンジェル・クワイアの柱の上に、石に刻まれた悪霊、リンカン小悪魔がいる。にやにや笑いの小悪魔は脚を組んで座っている。

さまざまな伝説があるが、ある押韻詩にはこう歌われている。ある日、魔王が上機嫌で若い小悪魔たちを遊びに出した。ひとりはリンドゥム（リンカン）に吹く風に乗り、大暴れしようと、教会に連れていけと風に命じた。エンジェル・クワイアの物を壊し始めた小悪魔は、天使に罰として石に変えられた。

もうひとつの説では、14世紀に魔王がふたりの小悪魔を遣わしていたずらをさせた。最初、ふたりはチェスターフィールドで教会の尖塔をねじ曲げ、それからリンカン大聖堂へ向かった。そこで司教をつまずかせ、テーブルや椅子を叩き壊し、エンジェル・クワイアを破壊しはじめた。天使に止められ、ひとりの小悪魔は反抗して石柱に飛び上がり、天使を目がけて重い物を投げつけた。天使はその小悪魔を石に変え、永遠に柱に置いた。ふたり目は残骸に隠れ、通りかかった魔女のほうきの柄にしがみついて逃げ出した。魔女はその小悪魔を黒猫に変えて自分の使い魔にした。

リンカン小悪魔は、幸運と悪運のどちらも連想させる。その姿は宝飾品に用いられ、王族さえ身につけた。イギリスの皇太子（のちのエドワード７世）は小悪魔のネクタイピンを贈られた。翌年、皇太子の２頭の馬が主要レースで勝利した。ひとつはグランドナショナル、もうひとつはエプソムダービーである。

小鬼
goblin

→ゴブリン

コカビエル（カビエル、カカビエル、コカブ、コキビエル、コクビエル）
Kokabiel (Kabiel, Kakabiel, Kochab, Kochbiel, Kokbiel)

堕天使で、善良な天使としても描かれる。コカビエルは「神の星」の意である。『第一エノク書』では、コカビエルは36万5000の悪霊を統率する堕天使とされている。

『第三エノク書』では、彼は星の君主であり、36万5000の奉仕天使を支配しているという。この天使たちは、第二天ラキアで、町から町へ、国から国へと星を運行する。『天使ラジエルの書』では、コカビエルは高位の天使である。

国際エクソシスト協会
International Association of Exorcists

悪魔祓いを行うローマ・カトリック教会の司祭の組織。1993年、**ガブリエル・アモース神父**によって設立された。

1993年にローマで開かれた初会合には、6人の悪魔祓い師しか参加しなかった。それから１年足らずで80人が加入し、現在は世界中に500人を超える会員

がいる。会員は厳選され、司祭は加入にあたって監督司教の許可を得なくてはならない。会合は毎年秘かに開かれる。

2代目会長はジャンカルロ・グラモラッツォ神父が引き継ぎ、アモース神父は名誉会長になった。

悪魔祓い師たちは、悪魔による**憑依**が増加した一因はニューエイジにあると言う。彼らの説によると、ニューエイジ信奉者が信じているのは、みずからを現す人格神ではなく、物質世界と一体化した、人格を持たない神である。

護符
talisman

それ自身に魔術的、超自然的な力が宿っていて、それを持ち主に伝える呪物。それを身につけている者を邪悪な害から守る**魔除け**とは違う。護符は通常、ただひとつの機能を行い、強力な変身を可能にする。呪術師や**妖精**の魔法の杖、**ジン**の魔法のランプやボトル、アーサー王の剣エクスカリバーや7リーグ・ブーツ、ヘルメスの姿を消すことのできる兜などは、すべて護符だ。護符は持ち主に運、成功、富、愛、魔術の能力をもたらし、病気を治してくれる。呪文をとなえることによって使う。

どんなものでも護符になりえる。穴のあいた石などのようなものは、自然の力が引き出されたもの、あるいは**天使**や精霊や神々の行為によって力が吹き込まれたものかもしれない。護符は**魔術**によって作られることもある。**悪霊**やほかの精霊たちが、呪術師や魔術師の**血**や精液などによって、護符と結びつけられることもある。魔術師は護符を通して精霊たちを支配する。護符が必要なくなったら、燃やしてしまわなくてはならない。間違った者の手に渡ると危険だからだ。

魔術書（**魔術教書**参照）には、占星術的に吉兆のときの護符の作り方が出ている。特別な目的のための作られた護符は、金属に刻みつけられたり、紙に書き留められたりして、儀式のときに清め捧げられる。西洋の護符のほとんどは、**カバラ**にある一致の原則に基づいていて、天地創造のすべてが関係している。例えば、惑星はすべて、日常生活のさまざまな面と一致しているので、惑星の象徴が記された護符は、生活全般に影響を及ぼす力を与えられていることがあるという。

ゴフリディ、ルイ
Gaufridi, Louis

→エクサン＝プロヴァンスの悪魔憑き、洗礼、契約

ゴブリン（小鬼）
goblin

家庭に執着する放浪の小妖精で、居住者を助けもすれば困らせもする。下級の**悪霊**に相当し、根は邪悪でなく、いたずら好きな性格だ。類似の小鬼にイングランドとスコットランドのブラウニー、ドイツのコボルト、ロシアのドモヴォーイがいる。ギリシアでは、こうした小妖精はコバロイ、すなわち「悪たれ」とか「いたずら者」と呼ばれる。ゴブリンはフランスの言葉である。ホブゴブリンは悪事

に余念がない、厄介なゴブリンである。

ゴブリンは洞窟に住むが、かわいい子供たちがいて、ワインがふんだんにある家に引き寄せられる。屋内に入り込むと、夜間に家事をしたり、子供のしつけでいい子にごほうびを、悪い子に罰を与えたりして、人間に手を貸す。気まぐれで、いたずら好きな性分で、夜間に家事をするどころか、炊事用具や食器をばんばん鳴らし、家具を動かし、壁やドアを叩き、眠っている者のふとんをはがして、誰も寝かさないこともある。手を焼かせるゴブリンを追い出すには、床に亜麻の種をまくとよい。毎夜、種をきれいに掃除するのがいやになるからだ。

ゴブリンはハロウィンと結びつくようになり、生者の世界と死者の世界を隔てるとばりがいちばん薄くなる夜にさまようと言われている。

お化け参照。

コラ、アンティード(－1599年)
Colas, Antide

妖術と、**サタン**と性交した罪で告発された女性。フランスのドールで逮捕され、裁判にかけられたアンティード・コラは、外科医のニコラ・ミエールに診察され、へその下に穴が見つかった。コラは、彼女がリザベットと呼んでいた**魔王**と、その穴を通して性交していたことを告白した。魔王が彼女の側に横たわる時、彼が頼んだとおりに彼女がやらないと、彼女を痙攣させたり身震いさせたりし、身体の左側を刺したとも言った。コラは1599年、ドールで火刑に処せられた。

コラン・ド・プランシー、ジャック(1793－1887年)
Collin de Plancy, Jacques

フランスの悪魔学者、神秘主義者、文筆家。

彼は1793年、ジャック・オーギュスト・シモン・コラン・ド・プランシーとして、フランスのプランシー＝ラベイで生まれた。彼はプランシー＝ラベイとパリで、印刷業と出版業を営んでいた。1830年から1837年の間はブリュッセルに住んでいたが、カトリックの礼拝が復興した後フランスに戻り、生涯をそこで過ごした。彼は1887年に亡くなった。

神秘主義や迷信に興味を持ち、コラン・ド・プランシーはいくつものペンネーム

ゴブリン、ゴヤ画

を使って、占い、魔術、錬金術、**呪術**、**妖術**について何十冊もの本を書いた。そのうち約80冊は迷信について力を注ぎ込んだ本だった。多作だったので、かなり裕福に暮らすことができた。

彼の作品のうち最も有名で意義深く、時の流れに耐えうるのは『地獄の辞典』で、2巻構成で1818年に本名で出版された。この辞書は**悪霊**を紹介し、妖術や魔法に関する注目すべき事件や裁判、同様に幽霊や奇妙な超常現象についての要約も載っている。この本はいくつか版を重ねた。1863年には画家のルイ・ブルトンが69点の素描一式を制作し、5人を除いたすべての悪霊の絵であった。それらはM・ジャローによって彫られ、コラン・ド・プランシーはみずからの本に追加した。版画の多くは、S・L・マクレガー・メイザーズが有名な魔術教書を翻訳した『ゴエティア――ソロモンの小さな鍵』でも再版された。この挿絵入りの辞書は、今なお悪魔学の古典のひとつに数えられている。

コラン・ド・プランシーの他の注目すべき著作は、『人間の前に現れた幽霊と悪霊の歴史』(1819年、ガブリエル・ド・プランシーのペンネームで出版された)、『狂気と理性の辞典』(1820年)、『悪魔の自画像、あるいは悪霊の冒険と特性、陰謀、災難、恋愛、そして人間に尽くしてきた奉仕についての短編集』(1825年)、『七つの大罪の伝説』(1864年)等である。

コール、アン
Cole, Ann

コネティカットのハートフォードで起きた**憑依**事件に巻き込まれた女性で、町の人々を驚かせ、訴えられた魔女が処刑される事態にまで発展した。アン・コールは突然、超自然的な方法で、彼女にとって見知らぬ他人だった告訴された魔女の、悪意に満ちた行為について知ることができたらしい。インクリース・メイザーは著書『輝かしい神意の記録についての小論』(1684年)の記述で、コールを「真に敬虔で高潔な人物」と評している。

1662年、コールは父――「神を敬う人物」と表現されている――の家に住んでいたが、奇妙な発作を起こすようになり、「彼女の舌が悪霊(ダエモーン)によって発達し、彼女自身知るはずのないことについて表現した」とマザーは書いている。時に語り

魔王と会話するコラン・ド・プランシー (著者蔵)

は数時間に及ぶこともあった。コールは名前を上げた人物が彼女や他の人々に対し、身体的に苦しめたり名前を汚したりという「有害な企て」を、いかにして実行しようとしているかを詳しく説明した。

たまにコールは、わけのわからないお喋りに陥った。それから彼女は完璧なオランダ訛りの英語を話し、あるオランダ人一家の隣に住む女性が、夜中に腕をつねられる奇妙な現象に悩まされていることを語った。

コールに名指しされた人物の中に、「好色で無知な」レベッカ・グリーンスミスという女性がおり、**妖術**を使った容疑で投獄されていた。グリーンスミスは自分への告発を否認していたが、コールの発言の記述に直面すると仰天して、すべてを告白した。グリーンスミスが言うには、**魔王**は初め鹿あるいは子鹿の姿で現れ、彼女が恐れることなく信用するように彼女の周りを跳ね回っていた。彼女は魔王と何度となく性交し、しばしば**サバト**にも同行した。魔王との**契約**を結んだことについては否定したが、クリスマスに楽しいサバトに参加して、その間に契約に署名するよう魔王から言われたと語った。グリーンスミスはまた、自分の家から遠くないところに魔女の集合場所があり、そのうち何人かは動物やカラスの姿でやって来るとも言った。

この告白はグリーンスミスを有罪にするのに十分で、彼女はおそらく首を吊られて処刑された。彼女の夫も、何ら悪事を犯していないと言ったにもかかわらず、死に追いやられた。法廷はどうやら、この女の夫であったなら、彼女の悪事に関わっていないはずがないと考えたようである。

やはりコールに名指しされた男と女が、縛られて水に投げ込まれる水責めの試練を受けたが、これは魔女が有罪か無罪か調べる一般的な試練であった。彼らは浮き上がりも沈みもせず、浮標(ブイ)のように水から半分出たり入ったりしながら揺れていた。証人のひとりが、両手を両足に縛りつけられたなら、誰でも沈まない(つまり有罪となる)はずだと抗議し、彼みずからこの試練を受けてやろうと申し出た。彼はそっと水に入れられ、被告たちと違って放り込まれたわけではないのに、即座に沈んで無実を証明することとなった。

コールに名指しされた他の何人が裁判にかけられ、妖術の罪で処刑されたかはわかっていない。何人かはハートフォードから逃げ出し、2度と姿を見せることはなかった。アン・コールは結局回復し、発作を起こすことはなくなった。彼女は「真面目なキリスト教徒」としての生活を取り戻した。彼女の発作は潜在的な超能力、すなわち千里眼の現れだったとも考えられる。特に刺激もないのに突然開いた超能力の窓が、事件が忘れられるとすぐに閉じてしまったのだろう。

コロンゾン
Choronzon (Coronzon)

16世紀にジョン・ディーとエドワード・ケリーによって名を与えられ、1909年**アレイスター・クロウリー**に、劇的な儀

式を通して召喚された**悪霊**または精霊。ディーは「コロンゾン」、または精霊とのエノク的交信では333と呼ばれるものについて言及している。彼はそれを悪霊とは考えていなかった。クロウリーはコロンゾンを、離散と奈落の悪霊と呼んでいる。

クロウリーによる召喚の記述は、非常に劇的である。それは客観的な経験として、あるいは幻視体験として起こった出来事で知られているわけではない。クロウリーはコロンゾンに打ち勝ち、寺院の総長、秘密の首領となったと主張した。

召喚は1909年に行われた。11月、クロウリーとノイバーグは休暇でアルジェに行き、砂漠を南下してオーマルへ向かった。そこでクロウリーは、かつて『法の書』を口述筆記させた霊的存在アイワスの声が、「私を呼べ」と語りかけてくるのを聞いた。彼はディーとケリーが天使や精霊と交信するのに使っていたエノクの鍵を持っており、それを使えという神聖なメッセージを受け取ったと感じた。クロウリーは最も難しい19番目の鍵または合図を使って、拡張した意識の30のエーテルまたはエール（レベルまたは段階）のうち、ふたつに接触することに成功した。彼は残りの28のエーテルにも接触しようと決意した。

クロウリーとノイバーグは砂漠に出て小山に上った。合図を行うため、クロウリーは朱色に塗って軸にトパーズを一対彫り込んだ、カルヴァリー十字を握った。トパーズは49枚の花弁を持つ薔薇とともに彫り込まれていた。透視による幻影が見えてくると、クロウリーはノイバーグに書き取らせた。彼らはふたつのエーテルに接した日を除いて、1日にひとつのエーテルに接触する儀式を執り行った。最後の番号のエーテルから始め、最初に向かってさかのぼっていった。

クロウリーの幻影の多くは、本質的に黙示録的なものだった。15番目のエーテルで彼は、寺院の総長の魔術的階級への入門を経験したが、その称号を真に理解する道は他のエーテルに接触することだけであった。しかしその次の14番目のエーテルに接触するのに、クロウリーは大きな困難を経験した。何回か挑戦した後、彼は中止した。

彼とノイバーグが山を下る途中、クロウリーは突然ある閃きにとらわれた。それはノイバーグとホモセクシャルの魔術儀式を行って、ギリシアの自然の神、パンに捧げるというものだった。彼らは山の頂上に引き返し、力を持つ名前や言葉で守られた魔法円を砂に描き、粗雑な石の祭壇を作った。クロウリーは自我を消していく過程で、性行為において受け身の役を演じた。その儀式は彼にとって、魔術におけるセックスの重要性への見方

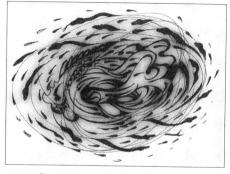

コロンゾン（リチャード・クック）

を変える転換点となった。今や彼はそれを有益な聖餐式と見るようになった。

その儀式はまた、意識においても飛躍的な現状打破を導いた。その日の夕方遅く、クロウリーは14番目のエーテルに接触できたのである。幻影の中で彼は、秘密の首領と寺院の総長になるという希望の目的を果たすには、自我を完全に消し去って、魂を無限の海と融合させなければならないと知らされた。これだけが、奈落、すなわち普通の限りある命の人間と秘密の首領とを分ける、大きな隔たりを越える唯一の方法なのである。

クロウリーは他のエーテルへの探究を再開でき、象徴性に満ちた天啓を次から次へと得た。11番目のエーテルで教えられたのは、10番目のエーテルでは意識して、単独の存在物で「すべての悪の勢力の最初にして最も破壊的」で「完全な無」から成る存在、悪霊のコロンゾンが住む奈落を越えなければならないだろうということだ。

奈落を越える儀式は、1909年12月6日、ブーサーダの町の郊外で行われた。クロウリーとノイバーグは砂漠へと歩み、ちょうどいい細かい砂の地面がある谷を見つけた。彼らは石で円を作り、その外側に魔法円を描き、それから魔法の三角陣を描いた。悪霊は三角陣の中に呼び出される。円はその中に座って魔法のナイフで武装し、起こったことを記録するノートを持ったノイバーグを守るためのものである。クロウリーは三角陣に入るつもりだったが、これは魔術師にとって危険な行為であった。そうすることで彼は、儀式にてみずからの身体を悪霊の顕現の媒体として差し出した、西洋の魔術の伝統ではおそらく最初の魔術師になったのである。

儀式の開始前ノイバーグは、魔法円を「思考と言葉と行動」で守り、入ってくる者はたとえクロウリーでも、ナイフで攻撃することを誓った。

クロウリーはどうやら、エーテルを呼び出した時には三角陣に入っていなかったようだが、ノイバーグからは見えず声も聞こえない「秘密の場所」にいた。呼び出しの呪文の後、クロウリーは三角陣に入った。悪霊が実体化するのを助けるため、彼は三角陣のそれぞれの頂点で3羽の鳩を生贄にし、その血を振りまいた。血が一滴でも三角陣の外に垂れないよう、彼は細心の注意を払った。外に垂れてしまうとコロンゾンがこちらの世界に現れてしまうからである。すべての血が砂に吸い込まれると、彼はエーテルの合図を朗誦した。彼は完全に恍惚状態であった。

ノイバーグは、クロウリーの声を真似た声が、異教の名前や罰当たりな言葉を叫ぶのを聞いたと記録した。三角陣の内側に幻影が現れた。初めにノイバーグは、パリで知っていた娼婦の姿を見た。「女」は彼を誘惑しようとしたが、コロンゾンが変身した姿だと判断した彼は抵抗した。それから「女」は言いなりになると申し出たが、それも彼は拒絶した。悪霊は次に老人や蛇、その後クロウリーに姿を変え、水をくれと懇願した。ノイバーグは変わらず円の中に居続けた。

ノイバーグはコロンゾンに、みずから

の本質を明言するよう命じた。悪霊は、神の名に唾を吐きかける者だと答えた。三角陣の主であり、五芒星など恐れないと。彼はノイバーグに、「魔術の偉大な奥義」と思い込ませる言葉を与えたが、それらは無意味なものと判明し、悪霊の冗談に過ぎなかった。ノイバーグはアイワスを呼び出した。コロンゾンはこの天使の名を知っていると言い、「そなたと彼との関係は、そなたの汚らわしい魔法の隠れ蓑に過ぎない」とも言った。

真の本性を示すよう重ねて命じられ、コロンゾンは自分の名は離散であり、口論で自分を負かすことはできないと言った。彼は冒瀆的な言葉を矢継ぎ早に繰り出し、ノイバーグの記録する能力に多大な負担をかけた。罵り言葉で魔術師を混乱させながら、コロンゾンは魔法円に砂を投げかけた。輪郭線が十分にぼやけると、彼は裸の男の姿となって円の中に飛び込み、ノイバーグを地面に叩きつけた。ふたりは激しく戦った。悪霊はノイバーグの喉を、泡だらけの牙で切り裂こうとした。ついにノイバーグはコロンゾンを無理やり三角陣に戻すことに成功し、魔法円を修復した。

人間と悪霊は口論した。コロンゾンはノイバーグを**地獄**のあらゆる拷問にかけると言って脅し、ノイバーグは悪霊を嘘つきだと罵倒した。これが長いこと続いた後、悪霊は突然かき消え、円の中にクロウリーだけが残っていた。クロウリーは砂にバビロン[訳注／クロウリーの神秘主義における女神、大淫婦バビロン]の名を書き、儀式は終わった。彼とノイバーグは清めのために火を起こし、円と三角陣を儀式に従って破壊した。

ノイバーグは文字どおりコロンゾンと格闘したのであり、悪霊に憑依されたクロウリーとではないと主張した。神秘主義者たちの中には、クロウリーがどうにかして心霊体を発散し、それを使って悪霊がノイバーグと格闘できるような実体を取ることができたと、肯定的に捉える者もいた。それとは別に、すべての体験は幻影だったという説明も提案された。真実がどうであれ、クロウリーとノイバーグはともに、クロウリーが悪霊を打ち負かし、寺院の総長と秘密の首領の地位に到達したと感じていた。クロウリーの新たな未来像は、『法の書』の哲学で世界を教化する教師、預言者となることであった。

クロウリーの知人たちの中には、この儀式がその後ずっと彼を蝕み、生涯コロンゾンに取り憑かれてしまったと言う者もいた。

『コンスタンティン』(2005年)
Constantine

オカルトの探偵で**悪魔祓い師**が、**地獄**へ行って**悪霊**と戦い、**ルキフェル**と対決するホラー・スリラー映画。監督はフランシス・ローレンス、主役ジョン・コンスタンティンにはキアヌ・リーブス、ロサンゼルス警察の刑事アンジェラ・ドッドソン役にレイチェル・ワイズを迎えている。映画の登場人物たちは大枠で、ヴァーティゴ・コミックスから出版されているコミックシリーズの『ヘルブレイザー』を原案としている。

映画では、コンスタンティンが生まれつき、**天使**と悪霊を見つける能力を持っているという設定になっている。どちらの存在も、人間の自由意思に介入することは禁じられているが、人間と天使か悪霊どちらかの混血であるハーフブリードは、それができる。コンスタンティンは両親から頭がおかしいと思われている。彼は自殺を図り地獄へ行くが、医者の力で一命を取りとめる。神と**サタン**が両方とも自分に対して怒っており、自殺を図ったせいで最終的に地獄行きが決まっていることを知りながら、彼は成長する。

映画はメキシコの若い男性が偶然、ナチスの運命の槍を発見し、超自然の力に憑依されるところから始まる。彼は道すがら起こる破壊をそのままにして、ロサンゼルスに向かう。いっぽうコンスタンティンは、今やひっきりなしに煙草を吸うヘビースモーカーで、末期の肺癌を患っている。彼は十代の少女から強力な悪霊を祓ってやる。コンスタンティンが治療を受けている病院で、精神を病んだ若い女性が自殺する。彼女の双子の姉であるアンジェラ・ドッドソンは病院へ行き、コンスタンティンと出会う。カトリック教徒として、彼女は妹のために教会に認められた葬式をしてやりたいと願うが、教会は拒絶する。コンスタンティンは聴衆の中に、女性の存在となっている大天使ガブリエルを見つけ、なぜ神は自分を許しも癒やしもしてくれないのかと尋ねる。

コンスタンティンは悪霊がアンジェラを追っていることを知り、また彼と同様に彼女も天使と悪霊を見つけることができるのを発見する。彼女はその能力を抑圧していたが、彼が今、再び覚醒させる。彼女はハーフブリードのバルサザールのところに彼を連れていくが、バルサザールは悪霊マモンと共謀してこの世を乗っ取ろうとしており、彼の仕事は運命の槍の助けがなければ達成できないのである。マモンはアンジェラに**憑依**する。

コンスタンティンはアンジェラの悪魔祓いをしようと空しく奮闘する。ガブリエルが現れ、痛烈な調子で人類に幻滅したと語り、この世にマモンを解き放つと

ヤン・ファン・エイクによる大天使ガブリエル

言う。コンスタンティンは、ルシファーが自分の魂を回収しに現れるのがわかっていたため、手首を切る。**魔王**が現れた時、時間は止まる。ルシファーはマモンの計画に激怒し、悪霊を地獄へ追い返す。彼はガブリエルの翼を焼き、**天使**は人間に格下げとなる。

　ルシファーはコンスタンティンの肺から癌を取り除き、地獄へ拉致しようとする。コンスタンティンは自己犠牲の褒美として神の光に救われる。彼は地上に、アンジェラの元へと戻される。運命の槍が現れ、ガブリエルはそれで自分を殺してくれと言ってコンスタンティンを嘲る。代わりに彼は彼女の顔を殴る。

　コンスタンティンはアンジェラに槍を渡し、煙草を止め、今は自分の運命の支配者となった。

ザガン
Zagan

堕天使で、72人の**ソロモンの悪魔**の61番目に位置する。地獄の総裁で王、グリフィンの翼をもつ牡牛の姿で現れ、人間に姿を変える。人間を賢く、知恵あるものにしたり、水をワインに、血を油に、油を水に、ワインを水や**血**に変える力をもつ。どんな金属でも貨幣にでき、愚か者を賢人にすることができる。33の**悪霊**の**軍団**（レギオン）を統率する。

サキュバス
succubus

美しい女の姿で現れ、男性を誘惑する**悪霊**。
夢魔（インキュバス）の女性版で、古代神話に登場し、美しく官能的な女性の肉体を持つ。男性が特にひとりで寝ている間に現れ、エロティックな夢や悪夢を見させ、夢精を引き起こす。ヨーロッパの魔女狩りのときは、サキュバスは**魔王**の手先として、男性を執拗に誘惑して肉欲の罪に陥らせ、見返りに不死を約束するとされた。

サキュバスは、魔女狩りのときは夢魔ほど表立って出てこなかった。当時は、一般的に女性のほうが男性よりも淫らだと信じられていたので、夢魔のほうが暗躍する機会が多かった。当時の悪魔学者によると、男性がサキュバスに襲われても、それは男性の過失ではないとされた。

ニコラ・レミーは、1581年に起こったサキュバス事件について『悪魔崇拝』の中で書いている。ダルハイムに住むペトローン・アルメンテリウスという男性が、アブラヘルというサキュバスにそそのかされて、息子を殺した。彼は悲しみと罪の意識にさいなまれて、自殺をはかろうとした。アブラヘルが、自分を崇めてくれるなら、息子を生き返らせてやろうと言ったので、アルメンテリウスが応ずると、確かに息子が生き返った。しかし、それはすべて幻影で、息子はすぐにまた死んでしまい、腐臭がし始めた。

サキュバスとの性行為は、氷の空洞を貫くような恐ろしい体験だと言われている。サキュバスは、実は変装した夢魔で、男性の精液を集めて、それで女性を妊娠させることもあるという。サキュバスとセックスすると、悪霊の子供が生まれる

と信じる人もいる。ユダヤの夜の悪霊**リリト**は、こうして悪霊の子供たちを無数に生んだ。

　魔女だと言われた男性は、ほかの悪魔の罪以外に、悪霊と性行為を行ったことを告白するまで拷問された。1468年、イタリア、ボローニャでは、ある男性がサキュバスの売春宿を経営していた罪で処刑された。

　審問官の手引書『**魔女たちへの鉄槌**』（1487年）は、サキュバスを撃退するための5つの方法を明記している。

◎アヴェ・マリアを唱える。
◎聖餐の告白をする。
◎十字を切る。
◎新しい家に引っ越す。
◎悪霊を破門する司祭や聖職者に協力をあおぐ。

　主の祈りや聖水も効果があると言われている。
　フランチェスコ＝マリア・グアッツォは、『魔術要覧』（1608年）の中で、サキュバスがスコットランド、アバディーン近くで若い男性を無理やり誘惑したとされる事件について書いている。サキュバスは夜ごと、その若者のところに現れ、明け方まで居座った。若者はサキュバスを追い払おうとしたが、無駄だった。ついに、地元の司教が彼に別の場所へ引っ越して、祈りと断食を行うよう命じた。数日後、若者はサキュバスが立ち去ったと言った。

　17世紀末、ドイツのポーゼンで奇妙な裁判が行われた。若い男性が鍵のかかった家の地下室に押し入り、戸口で死んでいるのが発見された。その後、悪霊たちがその家で生活を始めて、ひどい騒ぎを起こしたので、家の持ち主は、怯えて出ていった。

　地元の悪魔祓い師たちは悪霊を追い払うのに失敗し、ラビであるザモスのヨエル・バール・シェムが呼ばれた。シェムは悪霊たちの正体をあばくことに成功した。悪霊たちはその家は彼らのものだと主張していて、裁判所でそれを証明する機会を要求した。ヨエルと、姿は見えないが言っていることは聞こえるという悪霊の代弁者との裁判が始まった。

　悪霊たちの言い分は、家の前の持ち主がサキュバスと性交し、人間と悪霊の子供ができた。その男はサキュバスとの関係を断つようラビに説得されたが、悪霊は地下室を引き渡し、子供を相続人とするよう要求した。人間の男とほかの相続人が全員死んでしまったので、悪霊の子供たちは家の所有権を主張しているというわけだ。

　新しい持ち主は、法的にきちんと買った家だと主張し、悪霊の子供たちは、死んだ男の正式な跡取りではないから、法的権利はないと言った。それに、悪霊は前の持ち主に無理やり性的関係を強いていた。

　結局、裁判所は、悪霊たちの住まいは砂漠か荒れ地であって、人間の家ではないとして、悪霊たちに不利な判決を下した。ラビ、ヨエルが**悪魔祓い**を行うと、悪霊たちは退散したという。

蠍人間
scorpion-people

アッシリアおよびバビロニアにおける、半神の超自然的な存在で、**悪霊**から守ってくれる。蠍人間は、人間の体と頭を持ち、顎ひげを生やし、鳥の脚と爪、蛇の頭をした男性器、蠍の尾を持つ。また、神性を示す角冠をかぶっている。彼らは強力な守護者で、それをかたどった小さな像は、家や建物に置かれる。

サタナエル（サタナイル）
Satanael (Satanail)

堕天使。サタナエルは**サタン**または**魔王**の名である。

●ボゴミル派のサタナエル

グノーシス的な善悪二元論を唱える宗派で、10世紀から15世紀にかけてヨーロッパで隆盛を誇ったボゴミル派では、サタナエルは神のふたりの息子のうち、年長の方とされていた。もう一方はキリストである。

サタナエルはキリストの前に存在し、他の**天使**たちと並んで善として創造された。彼は非常に尊敬され、執事として神の右腕となった。しかし間もなく、彼は自分の持ち場に不満を抱き、反旗を翻した。彼は他の天使たちを仲間に加わるよう説得し、退屈な儀式のお勤めから解放してやると約束した。神は彼ら全員を天国から追放した。サタナエルは虚空をさまよった末、彼自身のための新しい世界を作ろうと決意した——みずから第二の神になれる第二の天国である。宇宙はこの第二の天国となった。

サタナエルは物質的な世界を創造し、その悲惨さや苦しみも創った。彼は旧約聖書に影響を与えた。彼はアダムを土と水から創った。しかしアダムには欠陥があり、その右足と人差し指から命が**蛇**の形となって流れ出た。サタナエルはアダムに精神を吹き込んだが、それも漏れ出て蛇となった。サタナエルは神に助けを求め、神が人類を統治できると約束した。神は失墜によって激減した天使の階級を埋め合わせたかったので、承諾した。

この話の別の版では、サタナエルはアダムに命を吹き込むことができず、アダムは命のない状態で300年が経った。サタナエルは世界中を放浪し、不潔な動物たちを食べて回った。アダムの身体のある場所まで戻ると、彼は食べたものをアダムの口へと吐き出した。こうして魂が、汚れて腐敗した肉体の家に閉じ込められた。

アダムが創られた後、サタナエルは神の力を借りてイヴを創った。彼は蛇の姿を取り、尾を使ってイヴと性交し、双子のカインとカロメナを産ませた（アベルはアダムとイヴの間にできた子供である）。神はイヴを汚したことでサタナエルを罰し、黒く醜い姿に変え、創造の力と神性さを取り上げた。神はサタナエルが、生涯にわたって世界に統治権をふるうのを、なすがままにさせた。

サタナエルは支配を持続させるため、モーセに戒律を与えた。彼は人類を抑圧し、本物の神ではなくみずからを崇めさせるよう励んだ。人類は神が意図したように、天使の階層まで上ることはできな

かた。

5500年後、神はキリストを地上に遣わした。人々にみずからが置かれている真の状況を教え、キリストの下に団結するのを助けるためである。キリストすなわちミカエルはサタナエルを打ち負かし、彼に取って代わって神の右腕という地位につき、再度彼を天国から追い払った。彼は接尾辞のelを失い、サタンとなった。

ボゴミル派は、物質世界を拒否し軽蔑すべきだと述べていた。彼らは教会での秘跡や十字架も、キリストが十字架上で死んではいないという考えから拒絶した。聖人たちの奇跡や行為も、魔王による詐術だという。唯一の救済は苦行によってこそ得られるのである。

ボゴミル派は、サタンが終末の時に世界に放たれるが、キリストすなわちミカエルに打倒されると信じている。

●エノク書のサタナイル

『第二エノク書』でのサタナイルは大天使で、**グリゴリ**の指導者である。第2の日、神が天国の岩（土台）から切り取った大いなる炎で、すべての天使たちを創った日に、彼は天国から追放される。

しかし大天使の階級にいた者が、彼の権威の下にいた集団とともに、道を外れた。彼は地上の自分の冠を雲の高みに引き上げ、我が力と肩を並べようという不可能な考えを思いついた。

そこで私は彼を、彼の天使たちもろとも高みから放り出した。そして彼は底なしの地獄の上の中空を、休むことなく飛び回っている。（29章4~5節）

サタナイルは第五天にグリゴリ、**ネフィリム**とともに幽閉された。

サタン
Satan

人格化した悪とすべての**悪霊**の頭。**魔王**と同一視される。サタンはヘブライ語で「敵対者」を意味し、固有の名前ではなかった。サタンは何世紀もの間に神の正反対、敵手、暗黒界の王、魂を堕落させる者へと進化した。彼の最終目的は、人類を神に背かせ、**地獄**で永遠の苦痛を刑として宣告することである。

固有の名としての「サタン」は、新約聖書以前の宗教書にはほとんど登場しない。大文字の「ザ」・サタンはおろか、単なる小文字のサタンすら、創世記の記述にはない。イヴを誘惑した**蛇**は、サタンとは同一視されない。旧約聖書ではさまざまな敵対者としてのサタンが描かれ、中には民数記のバラムとロバの話のように天使である敵対者や、嘘をつく精霊、ヨブ記では**神の子ら**のひとりで神に対する人々の信仰の深さを試すため、地上を歩き回るサタンが登場する。信心深く献身的なヨブの場合、神がサタンに彼を試す許可を与え、彼は長年ぶり返す病気、天災、喪失に苦しめられた。告発者としてのサタンは、ゼカリア書にも描かれている。歴代誌上でもサタンは立ち上がり、ダヴィデに民の人口調査をするよう挑んでいる。詩篇109章では邪な男たちをサタンと呼び、ヤハウェに罰せられるだろ

うと書いている。

　新約聖書ではサタンはさらに、特定で単独の存在として人格化され、「魔王」と「サタン」という言葉は入れ替え可能な形で使われている。福音書ではサタンが荒野で**イエス**を試したことが書かれている。マルコによる福音書では彼をサタンと名付けており、マタイやルカによる福音書では、彼を「試す者」もしくは「悪魔」と呼んでいる。ルカによる福音書では、悪魔はイエスがしかるべき敬意を払うなら、地上の栄光を約束すると言っている。ルカによる福音書の10章で、イエスはサタンが「稲妻のように天から落ちるのを見ていた」と述べ、これはイザヤ書の中の**ルキフェル**の墜落と似ているが、おそらくは過去の出来事ではなく、これから起こる墜落の予言であろう。ルカはまた、イエスを裏切るよう仕向けるため、サタンがユダの中に入り込んだと述べている。

　ヨハネによる福音書には魔王についての記述がある。そもそも「彼は最初から人殺し」で、真理をよりどころとしていないと言い、この引用はしばしばエデンの園の蛇に言及するものである。イエスは彼を世界の支配者と言っている。ユダの心への侵入に関して、魔王とサタンはともに名が挙がっている。

　使徒書簡にも魔王とサタン両方の記述がある。パウロは福音を広める彼の努力を邪魔する者、人間の道徳と信仰を試す者、邪悪な人間を罰する使者として名指ししている。コリントの信徒への手紙二2章10~11節で、パウロはサタンが世界を狙っており、人を許すことでサタンにつけ込まれないようにすると語っている。同じ手紙でパウロは人々に、光の天使に変装することができるサタンに対して身を守るよう力説している。彼はまた「サタンの天使」がサタンを倒しに遣わされるとも言った。サタンが自惚れで思い上がるのを防ぐためである。パウロはサタンが悪霊の軍隊をまとめるとは考えていなかった。むしろ悪霊たちは異教徒の命のない偶像だと言っている。エフェソの信徒への手紙でパウロはサタンに対する心の武装をするよう助言し、罪を犯すことはサタンに隙を与えることだと警告している。ヘブライ人への手紙では、サタンは死の力を持ち、彼を打ち負かすことがキリストの使命であると書かれている。

　黙示録ではサタンは竜と蛇の同義語である。彼は人々を試し、天使と戦い、罰せられ縛られる。

　初期の教父たちはサタンの正体を、魔王やエデンの園の誘惑者やルキフェルとさらに固く結びつけた。2世紀の殉教者ユスティノスは、サタンを蛇と同一視した最初の人物だった。キリストによるサタンの失墜は、イザヤ書に出てくるルキフェルの失墜の記述で予言されていたと、彼は言っている。ユスティノスはまた、サタンを神の子ら、あるいは**グリゴリ**と結びつけ、使徒書簡の能天使と権天使（天使の階級のふたつ）を、異教徒の神と悪霊に連携させた。

　他の教父たち、テオフィロスやテルトゥリアヌスも、サタンをエデンの園の誘惑者と同じだとした。キプリアヌスによれ

ば、魔王はかつて神に愛され、親密な関係の天使であったが、世界の始まりの時、人間に嫉妬したせいで神に墜落させられた。不死の性質を失った彼は、人間の不死も奪い去った。エイレナイオスもこの見方に同調した。

オリゲネス（およそ185~250年）は、サタンをルキフェルの文脈で再解釈した最初の教父である。

紀元100年頃に書かれた偽典『アダムとエバの生涯』では、天使サタンは大天使ミカエルから、神に似せて作られたアダムにひれ伏し、敬うよう命じられたが、アダムの方が劣っており、アダムの方こそ自分を敬うべきだと言って拒絶した。サタンの下にいた天使たちも拒絶したので、神は彼ら全員を天国から追放した。ムハンマドはこの文章から影響を受け、クルアーンの中でこの話を10回語っている。その悪霊の名は**ジン**の頭の**イブリス**である。

サタンがアダムを敬うのを拒絶したため追放されたという考えは、しかしながらキリスト教では定着しなかった。サタンは確かに人間に嫉妬したが、それは失墜後のことだった。

サタンは後に異教の神と結びつけられるようになった。その考えはアダムとイヴの罪のせいで、サタンが人類と世界の上に立つ権利を持つというように発展した。償いは、みずからの命をもって借りを返したキリストを通して行われた。聖アウグスティヌスによれば、アダムの罪は全人類がサタンに隷属することを意味するという。

中世には聖人伝とその研究が人気で、聖人がサタンとその悪霊たちを打ち負かし、**悪魔憑き**の人々を**憑依**から救う話が数多く提供された。

最も偉大かつ影響力のあった教会の神学者である聖トマス・アクィナスは、ただひとりの魔王、すなわちサタンしか認めず、他の著者の引用を除けば、決して複数形の「魔王たち」とは言及しなかった。アクィナスは、天使が関与できる罪は高慢と嫉妬のふたつのみで、なぜならその他の罪は、肉体的な欲求に関するものだからだと言っている。アクィナスによれば、悪霊たちには償いの可能性は皆無で、地獄（彼らが使者を苦しめる場所）へ行くか、煙たい大気中（彼らが生者を苦しめる場所）へ行くかのどちらかしか道はない。人類はアダムの罪のせいで、サタンに引き渡されても当然

イエスとサタン（著者蔵）

だとも述べた。

いつの時点か——起源は定かでないが——サタンは地獄の支配者、死者の魂をさいなむ者の頭領となった。16世紀以降、彼の主な役割は人類を誘惑することであった。

芸術家ウィリアム・ブレイクは幻視でサタンを見たが、それはスーフィズム（訳注／イスラムの神秘主義哲学）でも信じられている考えである。

18世紀になる頃には、サタンは時代遅れの迷信と見なす神学者たちも現れ、その中には大きな影響力を持っていた改革派教会の聖職者ダニエル・エルネスト・シュライエルマッハー（1768~1834年）もいた。魔王の概念は啓蒙不足から来ると彼は論じ、イエスと弟子たちがサタンについて、直接にはほとんど言及していないと指摘した。シュライエルマッハーはサタンは存在せず、都合のいい悪の暗喩として使われていると主張した。

20世紀半ばよりサタン信仰が起こるが、原理主義の台頭と悪霊**憑依**への関心の高まりが、その結果に一役買っているのだろう。

サバト
sabbat

人里離れた場所で行われる、魔女、異端者、**悪霊**、**魔王**たちの野外パーティー。乱交、大食、神への冒瀆、魔王崇拝、炙った幼児の肉を食らうなど、不埒な行為にふけると言われている。こうした儀式のことを sabbat または sabbath というのは、ヘブライ語の sabbath や synagogue からきているのかもしれない。

異端審問の狂乱の中、拷問によって魔女だとされた人たちからサバトについての不気味な自白が引き出され、熱狂的な悪魔学者たちによって記録された。しかし、このような儀式が本当に行われていたという証拠はない。むしろ、異教徒は卑猥な儀式をするものだと決めつけた異端審問の姿勢そのものが、異教徒の季節の祭を歪め、おとしめた結果だったのだろう。

悪霊たちの狂乱の宴という考えは、キリスト教では異端審問が始まるずっと以前からあったが、**ワイルドハント**のような伝承で、異教徒の神の悪魔性がさらに助長された。10世紀のベネディクト派修道院長プリュムのレギノは、『教会の規律』の中でこう書いている。

これは、決して見過ごしてはならない。誰からもかえりみられない女たちが、道を踏み外してサタンに従い、悪霊が見せる幻影や夢みごこちな見世物に惑わされたのだ。真夜中、人々が寝静まっている間に、異端の女神ディアナに従い、たくさんの女たちの集団と一緒に、獣に乗って広大な範囲を飛びまわったと信じ込んで公言してはばからない。また別の夜には、呼び出されて悪魔に敬意を表し、仕えたという。

初めてサバトが異端審問の裁判にかけられたのは、1335年トゥールーズでのことだった。

アンヌ・マリー・ド・ジョージェルとキャ

サリン・デローが、生前も死後も魔王に仕えるという**契約**を約20年の間結んでいたと告白した。金曜の夜には、さまざまな場所でひらかれるサバトに出席したという。ジョージェルは、山羊の姿の魔王と交わり、彼に毒草の使い方を教わり、デローも山羊と性交したと話した。魔女たちは、夜の間に乳母から盗んできた新生児を食べ、汚ならしいビールを飲んだ。

sabbat（またはsabbath）という言葉は、15世紀中頃までは定まっていたわけではなかったが、トゥールーズの裁判以降、こうした会合をさす言葉として共通して使われるようになった。サバトは魔女狩りのとき、イングランドよりも大陸ヨーロッパでよく聞かれた。イングランドでは、1612年のランカシャーの魔女裁判で特に害のな祝宴がサバトと呼ばれた以外、1620年以前に魔女のサバトの記録はない。

サバトは昼に行われることもあったが、たいていは夜、山奥や洞窟、深い森など人里離れた場所でひらかれた。踊りの後の真夜中12時が開始時間になることが多かった。悪魔学者によると、最もよく知られた開催場所は、ドイツのハルツ山地にあるブロッケン山で、4月30日のワルプルギスの夜（ベルテイン祝祭）に最大の祭りが行われた。裁判で魔女たちは、サバトには大勢の魔女が集まってく

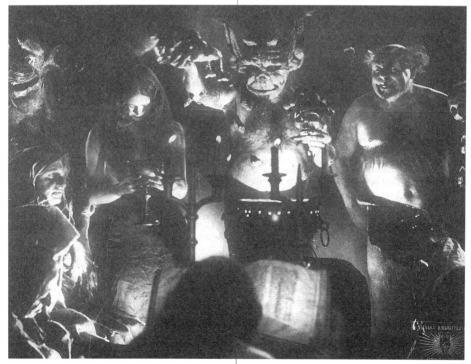

1922年の映画『魔女』（Haxan）の中の、夜のサバトに集まる魔王と魔女たち（著者蔵）

ると証言した。みんな身元を隠すために仮面をつけていたという。

　サバトが行われる頻度については、魔女裁判での証言によって違う。魔女たちは、1週間に1度から数回出席したと言われている。1614年の**エクサン＝プロヴァンスの悪魔憑き**裁判では、マリア・ド・セインズが毎日出席したと証言し、水曜や金曜には神を冒瀆する特別なサバトや**黒ミサ**もあったと言った。前述のワルプルギスの夜や、収穫祭（8月1日）、ヨハネ祭（6月22日）、万聖節（10月31日）のような異教徒の儀式と結びつけられた記録もある。

　魔女たちは自宅の煙突から家を出て、空を飛んでサバトに向かう。動物に姿を変えた悪霊の背中に乗ったり、箒や杖、アシ、農具にまたがって行ったり、魔女自身が動物に姿を変え、**使い魔**を従えていくこともあった。魔女たちは、自分のベッドに悪霊をそのままの姿で残しておいて配偶者を騙す。審問官に、どうやって狭い煙突の中を通ったのかと訊かれ、魔王が障害を取り払ってくれたので、通り抜けられる十分なスペースがあったと魔女たちは言った。こうした移動の見返りとして、魔女たちは動物の姿の悪霊に純潔を奪われる。歩いてサバトにいくこともあったが、そういったときの場所は、たいてい村の郊外の森だという。

　魔王はいつも悪臭をはなつ醜い山羊の姿で現われた。ヒキガエル、カラス、黒猫の姿のときもあると言われている。魔王は王座に座ってサバトを進行し、悪臭を放つ山羊に変身すると、魔女たちは服を脱ぎ捨て、魔王の足元にひざまずいて、その肛門にキスをして敬意を表す。

　魔女たちは自分がしでかした最新の邪悪な罪を告白させられる。前回のサバトからなにもしていなければ、悪霊に打ち据えられる。

　洗礼を受けていない幼児が、生贄として捧げられる。新参の魔女は、魔王の**黒の書**に**血**で署名して、キリスト教を放棄する誓いをたて、十字架を踏みつけて正式に入会する。魔王は新人魔女の体にツメで印をつける（**魔王の印**参照）。その後、盛大な宴が続き、盛んに飲み食いが行われる。悪魔学者たちは、食べ物はまずくて塩もないことに注目した。塩は邪悪なものの清めに使われるからだ。幼児が生贄にされると、魔女たちはそれを炙ったり、パイにしたりして食べる。墓から掘り出した遺体を食べることもあり、凝固した黒い血のようなワインを飲む。これらを飲み食いするのを拒んだり、吐き出したりすると、悪霊から打ちのめされる。

　宴の後はたいてい、まだ食べ足りずに満足できない者が残り、輪になって左回りに踊る。互いに背中合わせになって、身元が知られないようにさらに用心する。それから、魔女と悪霊たちとで見境なく性交が始まる。**フランチェスコ＝マリア・グアッツォとニコラ・レミー**が、16世紀のヨハン・フォン・ヘンバッハというドイツの若者の話を引用している。魔女だと言われていたヨハンの母親が、ある夜、彼をサバトへ連れていった。ヨハンは笛の名手だったので、木に登って、集まったみんなのために笛を吹くよう母

親に言われた。ヨハンは言われたとおりにしたが、みんなのあまりの狂乱ぶりに恐れをなした。「なんてことだ！　この狂人たちの集団はいったいどこからやって来たんだ？」と叫んで木から飛び降りたが、肩を怪我してしまった。ヨハンは助けを呼んだが、魔女たちは跡形もなく消えてしまったという。ヨハンはこの話をあちこちで言いふらしていたが、信じる者もいれば、幻想だろうと言う者もいた。

1589年、サバトに出席していたといわれる魔女、キャサリン・プレヴォットという女性が、フライセンで妖術を使ったかどで逮捕された際に同じ話をした。1590年には、オティーラ・ケルヴァーストとアンヘル・エーザルツというふたりの女性が、妖術を使ったせいで有罪となり、やはり同じ話をして、マエブーフでサバトが行われたと言った。

魔女たちは、猥褻な宗教ミサ（**黒ミサ**参照）も行った。夜出かけては、嵐や面倒を起こし、夜明けに雄鶏が鳴く前に家に戻ってきた。

毎週、サバトに出る魔女もいれば、伝統的な異教徒の季節の祭に出る者、年に1度か2度しか出席しない者など、サバトの夜はそれぞれ違う。

1459～1460年に、フランス、アラスで裁判にかけられた魔女たちがサバトについて告白し、その様子が審問官ピエール・ル・ブロサールによって次のように記述されている。

魔女たちは vauderie、つまりサバトに行くときは、魔王にもらった軟膏を木の棒で手のひらや手全体に塗り広げる。杖にまたがって、魔王自身に導かれて空を飛び、町や森や水辺を越えて、集会場所に向かう。ワインや食べ物が乗ったテーブルがあり、魔王が現われる。牡山羊の姿のときもあれば、犬やサルのときもあるが、決して人の姿では出てこない。魔女たちは、捧げものをし、魔王を崇拝し崇める。多くは自分の魂、少なくとも自分の体の一部を捧げる。それから、蝋燭を手に持って、魔王である山羊の尻にキスをする。

臣下の礼が終わると、十字架を踏みにじり、唾を吐きかけ、キリストや三位一体を罵倒し、神など気にもとめていない証拠として、自分たちの臀部を天に向けてさらす。それから、満足するまで飲み食いした後、乱交を始める。魔王は男女両方の姿で現われ、男たちは女の姿の魔王と、女たちは男の姿の魔王と交わる。同性間、獣間の性交、ソドミーや、神や自然に反する途方もなく邪悪な犯罪も行う。

1659年、フランスの羊飼いの女が、夏至の頃に仲間と目撃したサバトの様子を伝えている。

うるさく騒ぐ音や、獣の恐ろしい咆哮が聞こえてきたので、どこから音がするのか探してみると、山のふもとに猫、山羊、蛇、ドラゴンなど、あらゆる不浄な醜い動物が集まっていた。彼らはサバトを行っていて、ひどく大騒ぎし、神聖を汚すあらん限りの醜い暴言を吐

き、忌まわしい罰当たりな言葉をあたりにまき散らしていた。

サバトは、アメリカの植民地での妖術事件にも出てくる。ピューリタンの牧師で魔女狩り人のコトン・メイザーによると、1692〜93年のマサチューセッツ州セーラムの魔女騒ぎでは、魔女たちは悪魔の聖餐式に出席したとして糾弾された。

魔女だけでなく異教徒も、こうした儀式にふけった。例えば、フランシスコ派の分派であるフラトリセリは、飲んで浮かれ騒ぐサバトを行ったと言われている。乱交で生まれた子供は生贄にされて焼かれ、その灰をワインに入れて神官たちが飲んだ。同様に、教会から迫害され、破門されたワルド派は、魔王を頼って、彼と契約を結んだという。

人々がサバトに出席したのは、物理的に現実のことなのか、単なる想像の産物なのか、悪魔学者たちの間では議論になっている。異端審問官の主な手引書である、1487年の『魔女たちへの鉄槌』には、サバトの場所へ魔女の体が実際に運ばれることもあるが、想像の中で体験することができる者もいるとある。悪魔学者のひとり、アンリ・ボゲはそうした儀式を信じていた。

レミーは、現実のサバトも想像上のサバトもあったと言っている。先のプレヴォットのような魔女の、魔女は完全に目覚めてサバトに出席しているときもあれば、眠っている間に参加している場合もあるという告白を引き合いに出している。悪霊たちは魔女の体を実際に移動させたり、眠っている間に頭にイメージを植えつけることもあるという。

レミーは本物だと言われているサバトの例をあげている。1590年7月25日、ニコレット・ラング＝バーンハードという女性が、ガーミンゲンからアセンコールまで旅していた。森の小道を行くと、真昼間に野で輪になって踊っている男女と出くわした。彼らは互いに背中合わせになって、奇妙な踊りをしていた。そこには、足先が割れたひづめになっている山羊や牡牛に姿を変えた悪霊もいた。恐怖にかられたラング＝バーンハードは、**イエス**の名を叫び、守ってもらおうとした。たちまちひとりの男を除いて全員が姿を消した。その男は、ペッター・グロス＝ペッターであることがわかったが、彼は宙に舞い上がると、箒を手放した。すると、ラング＝バーンハードは猛烈な強風に巻き込まれて窒息しそうになった。なんとか宿に帰り着いたが、それから3日間、ひどい病で床に寝たきりになった。

ラング＝バーンハードがこの話をしたため、グロス＝ペッターは逮捕され、拷問を受けて、ほかの出席者の名前を吐いた。牧夫のヨハン・ミヘルは、自分の群れから引き離され、サバトの現場に連れてこられて踊らされたと告白した。そこで木に登って、羊飼いの杖で音を奏でるよう言われた。ラング＝バーンハードがイエスの名を叫んだので、彼は木から落ちて、気がついたら自分の群れのところに戻っていたという。

この事件の決定的な証拠は、実際に現場の土が、人が輪になって踊ったように

踏み荒らされていたことだ。裁判所の記録によると、人の足跡とひづめの足跡が入り乱れていたという。その足跡は次の冬に土が耕されるまで残っていたようだ。

このように悪意をもった活動がまとまってあったかどうかは疑わしい。魔女のサバトは、魔女狩り人の作り話かもしれない。彼らは魔女の疑いをかけられた人たちを拷問にかけて、とんでもない自白をさせて、大衆の妖術への恐怖を煽り、教会の異端者、プロテスタント、敵対者、邪魔者に敵対する政治的な計画を推進させた。ごく普通の季節の祭や会合が、伝説や迷信と一緒にされて、審問官の策略で悪魔的なサバト話に歪められていった可能性は十分にある。自白した者は、サバトに出席していたほかの者の名前を言うよう圧力をかけられ、こんな調子で、村全体が魔王崇拝に巻き込まれてしまった例もあった。

魔術崇拝者と異教徒は、サバトという言葉を使って、自分たちの信仰儀式のことを表現しただけで、この儀式は、季節の祭やその変化を見守るための、古代から伝わる単なる気晴らしなのだ。初期の悪魔学者たちが言うような、悪魔的な儀式につながるものはなにもない。

ザフィス、ジョン（1956年−）
Zaffis, John

超常現象研究家で作家。悪霊の出現や**憑依**に関して、第一人者として知られている。30年以上にわたって、7000件以上の国際的な事件を取り扱い、そのうち90件以上の本物の憑依事件に手を貸し、それぞれ違う信仰の聖職者と共に、**悪魔祓い**に参加した。ザフィスは自分のことを悪魔学者とは呼ばない。この言葉は超常現象界ではとても曖昧に使われているからだという。

ザフィスは、1956年12月18日、コネティカット州ブリッジポート生まれ。両親はジョンとバベット・ウォーレン・ザフィス、姉ふたりの3人きょうだいの一番下だった。母親のバベットは、あの悪魔学者の**エド・ウォーレン**と双子のきょうだい。子供の頃、ウォーレンきょうだいは怪奇現象を体験しているが、超常現象を仕事にしたエドと違って、バベットはこうした不可解な現象を怖がり、自分の子供たちには関わらせないようにした。しかし、心霊的に敏感だったジョンは、やはり惹きつけられ、まだ幼い頃からエドと妻の**ロレイン・ウォーレン**の関わった事件に興味を示すようになった。

ザフィスが15歳か16歳のとき、ベッド脇に幽霊が現れ、ますます超常現象にのめり込むようになった。透明な男の姿をしたものがベッドの足元に現れて、ノーと言うように首を振っていたという。母親は、それは彼の亡くなった祖父だと思った。この出来事から間もなく、祖母が亡くなった。

ザフィスが18歳になった頃、エド・ウォーレンが扱っている事件に参加を許された。エドはザフィスに、悪霊はこの世界に関わる者を絶えず破滅させようとしているので、誘惑してきて、自滅するよう仕向けてくるだろうと注意を与えた。それでもジョンは心を決め、エドか

ら悪魔学を手ほどきされた。12年の間、ウォーレン夫妻の仕事の傍ら、観察や勉学を続け、ついにザフィスは、幽霊の出現や憑依事件の最前線で働くようになった。

ザフィスは、いくつかの大学で工学や品質管理を学んだ。1984年10月13日、シェリル・ディミチェレと結婚し、娘ふたり息子ひとりの3人の子供をもうけた。一家はストラトフォードに住んだ。

1998年、ザフィスはニューイングランド超常現象研究協会（PRSNE）を立ち上げ、このグループと共に働き始めた。同じ年、母親のバベットが亡くなった。死後、ザフィスのところに2度現れたという。2度目は2004年で、その直後父親のジョンが死んだ。それからも、バベットはなにか重大なことが起こる前に、ときどきザフィスの夢の中に現れた。

特に2000年以降は、憑依事件が増えた。週に数件、調査の依頼を受けるようになり、多いときは1日に10件から15件も依頼が入るときもあった。ザフィスはよく、コネティカット州モンローの聖母マリア・ロザリオ・チャペルの**ロバート・マッケナ司祭**と仕事をした。事件の大多数は、悪魔祓いは必要なく、邪悪な霊が取り憑いている場所の浄化で済むことが多かった。悪意ある霊がすべて悪魔的なものであるとは限らず、ときに不機嫌な人間の亡霊の場合もある。

憑依の問題の多くは、**ウィジャ盤**や占いなどの扱い方を誤り、霊界への扉を大きく開け放ってしまうのが原因と言える。特に、遺族の最愛の故人に化けて惑わそうとする霊や、高位の精神的師などが入り込んできて牛耳られてしまうのだ。最初の兆候のひとつは、**寄生**で、誰もいないし開いているのに、ドアや窓をノックされたりする。しかし、これが文字どおり、見えない存在を招き入れる始まりとなる。

憑依事件には、長年この世界に関わっていてもなお、恐ろしい面があると、ザフィスは認めている。邪悪な力のやることは冷酷で、たくさんの強靭な人たちがその力の前に屈するのを見てきたという。ザフィス自身は熱心なカトリック信者ではないが、悪霊の邪悪な力のせいで、却って神を信じる心が強くなったと語る。どんな信仰であっても、強い信仰の基盤をもつことが、この仕事には重要なのだ。

ザフィスが関わった最も震撼した体験のひとつは、コネティカット州サジントンの元葬儀場で、爬虫類のような姿をし

ジョン・ザフィス（本人提供）

た霊が現れたことだ。その葬儀場は個人の住宅に改装され、そこに引っ越してきた家族が怪現象に苦しんでいた。ザフィスとウォーレン夫妻らは、問題の家を24時間監視して、調査を行った。ある夜、ザフィスが部屋でひとりで監視を続けていると、気温が急に下がり、なにかが起こりそうな気配がした。振り向いて、上を見上げると、階段の上にくすんだ色の爬虫類のような姿が見え、それが彼のほうに降りてきた。それの背後には、なにかがはためくような動きがあった。すると声が繰り返し聞こえてきた。「おまえは、彼らが俺たちになにをしたか知っているだろう」ザフィスは車のキーをつかんで、家を飛び出し、3日間そこには戻れなかったという。その間、彼は調査から手を引き、このまま関わっていていいのか自問していた。だが結局は、この怪異をなんとかして欲しいと助けを求めている人たちがいる限り、なんとしてでも引き下がるわけにはいかないと、決心した。この元葬儀場の家については、ローマ・カトリックの聖職者によって、完全な悪魔祓いが行われた。

ザフィスは、幅広い種類の超常現象を体験していて、重大な憑依事件にとりかかる前には、自宅でもよく騒ぎが起こった。明かりがついたり消えたりしたり、ノックの音、ラップ音がしたり、車が動かなくなったりといったことは、珍しいことではなかった。

ザフィスは、超常現象の調査を始めてから、霊が取り憑いた物を集めてきた。それらをまとめて祈りを捧げると、霊が中和されて離れていくといわれていた。厄介な物は、それがアクリル性のものの場合で、取り扱いが難しく効果をあげることができないこともある。最も重要なもののひとつは偶像で、ある事例では、黒魔術にはまったある若い男が、所有していた偶像に宿った霊に有害な影響を受け、自殺を指示された。幸いなことに、彼は自殺しなかったが、この問題を解決するのに悪魔祓いが必要だったという。

2006年、ザフィスは難しい憑依事件に関わり、最高位の**悪霊**である**地獄**の君主と遭遇した。黒魔術を行ったせいで取り憑かれた犠牲者は、自然なブラウンの目の色が白濁するという異常な症状を3度も見せ、この映像が残っている。

ザフィスは数多くのメディアに登場して、講演を行っている。ブライアン・マッキンタイアーとの共著『暗闇の影（Shadows of the Dark）』（2004年）では、自身の超常現象調査の仕事と、その主な事件について書いている。**憑かれた所有物**のコレクションのいくつかは、**アダム・クリスティアン・ブライ**との共著『憑かれた所有物』1巻で紹介されている。

サジントン事件は、2009年に公開された映画『エクトプラズム　怨霊の棲む家』の原案となった。

サブナック（サバナック、サブナッケ、サルマク）
Sabnack, Sabanack, Sabnach, Salmac

堕天使で、72人の**ソロモンの悪魔**の43番目に位置する。ライオンの頭をもつ戦士の姿で現われ、青白い馬に乗っている。砦の塔や陣営、町を出現させることができ、

命令されれば、相手に傷を負わせて苦しめ、腐敗した傷口に蛆をわかせる。**悪魔祓い師**の命令で、善良な**使い魔**を送ることもある。50の**悪霊**の**軍団**(レギオン)を統率する。

サマエル
Samael (Sammael)

ヘブライの伝承における**悪霊**の君主で「神の毒」として知られ、神が定めた死刑宣告の執行人である。サマエルはもうひとりの死の悪霊**アドラメレク**とも関連がある。

ラビの伝承によると、サマエルはサミエルまたはシムーンと呼ばれる砂漠の風の悪霊である。鳥のように空中を飛び、月の暗い斑点は彼の排泄物だという。

サマエルはエデンの園でイヴを誘惑した**蛇**である。彼は割礼していない性的な伴侶で**リリト**の夫であり、彼女とともに多数の悪霊の子供たちを創り出し、その中には息子の**サリエル**もいた。サマエルとリリトが世界を子孫であふれさせることを恐れ、神はサマエルを去勢した。

神が族長アブラハムに息子のイサクを殺せと命じた時、サマエルは神に逆らうため、それに従わないようアブラハムを説得しようとした。アブラハムが拒絶すると、サマエルはアブラハムの妻サラのところへ行き、イサクが神の生贄になると告げ、その知らせを聞くなり彼女は死んでしまった。

カバラの伝承では、15世紀のスペインのカバラ主義者が、サマエルをつかまえて支配しようと試みたが失敗に終わったという。カバラ主義者は神の名において彼を召喚し、その頭に「そなたの主人の名はそなたの上に」と記された王冠を乗せて、彼を縛った。しかしサマエルはカバラ主義者を騙し、彼の勝利を確実なものにするため、香を焚くよう——偶像崇拝的な行為である——説得した。香が焚かれると、サマエルは即座に逃げ去った。

サマエルは生命の樹のセフィロートに属する、邪悪な10人の悪霊の支配者である。

カバラ参照。

サリエル（サラキエル、サラカエル、サラケル、スルケル、スリエル、ウリエル、ゼラキエル）
Sariel (Sarakiel, Saraqael, Saraqel, Suruquel, Suriel, Uriel, Zerachiel)

善い**堕天使**。エノクの著述によればサリエルはサラケルであり、ウリエルとは別の存在である。サリエルは牡羊座を支配し、夏至を司る9人の**天使**のひとりである。堕天使として月の軌道を教える。

ヘブライの伝承では、サリエルは**リリト**と**サマエル**（他の記述ではアシュモダイまたは**アスモデウス**）の息子であり、「サマエルの剣」と呼ばれている。サリエルの顔は炎のように燃える。贖いの日の真夜中、祈祷者、賢人の祈り、長老たちが彼を呼び立てる。サリエルはしぶしぶ、燃える顔を持った130人の兵士たちとともに空中を飛んで来る。そして彼を呼び立てた者全員を啓蒙する。書記のピフィロンが、サリエルによって封印された天界に関するすべての秘密を持ち運んでいる。これらの秘密は長老たちに明かされる。

クムラン文書のひとつに出てくる、光の息子と闇の息子の戦い（神の勝利とし

ても知られる）では、サリエルは善の勢力における4人の指導者のひとりである。人間の戦士たちは誰がどこで戦うか、的確な指示を出され、兵器も事細かく説明される。4つの区分（砦）があり、それぞれが盾に自分たちの大天使の名を刻みつけている。サリエルは3番目の砦にいる。

ザリカ
Zarika

ゾロアスター教で、邪悪な渇きをもたらす大悪霊。ザリカは、邪悪な飢えの悪霊である**タル**と対になって、植物や動物に盛る毒をタルのために作る。ザリカは善神アムシャ・スプンタであるアムルダトに敵対する。

ザール
zar

イスラムの伝承における、女性を襲い取り憑く**ジン**で、犠牲者が宝石や香水、服やおいしい食べ物など豪勢な贈り物を受け取るまで、立ち去ろうとしない。

男性の支配下におかれ、二流市民と見なされているムスリムの女性は、ザールを頼って力と特権を与えてもらう。夫は、家庭内の安定を保つために、妻に高価な贈り物や菓子を与えなくてはならない。こうした懐柔策は巧妙なごまかしではないかという疑いもわくが、精霊の関与を信じる習慣はイスラム文化に深く根づいているため、夫たちは特に身のほどをわきまえる様子もない。ザールが取り憑いた例は、19世紀初頭のエジプトや中東への旅行者によって記録されている。こうした地域では、現在でもザール崇拝が続いている。

ザールの**憑依**や除霊（**悪魔祓い**）は、たいてい次のような感じだ。犠牲者の女性は些細な不平をザールによる憑依のせいにするが、ほかの親戚の女たちは医者ではなく、シェチャー・エズ・ザールという老女のシャーマンのところへ連れていく。老女は手数料をとって診察し、ザールを犠牲者の苦しみの根源と見なして、ときどき理解できる言語を混ぜながらも、老女にしかわからないザール語でザールに尋問する。何度か話をすると、ザールは取り憑いた女性が夫から豪勢な贈り物をもらったり、かまってもらえれば、出て行くと言う。

ザールが出て行く予定の午後、犠牲者の家でザールを鞭打つ儀式が行われる。犠牲者の女友達と親戚が集まり、料理やコーヒーが出され、笛や太鼓の演奏もある。老女とその助手は、音楽や生贄の子羊などと共に最後の悪魔祓いの儀式を行う。子羊の**血**を犠牲者の額や全身に塗ると、彼女は狂ったように踊り、体を揺さぶり、しまいには気を失う。犠牲者が報われたと満足して、ザールは去る。

儀式によっては、ザールへの尋問は、犠牲者たちの踊りやトランス状態に入ったあとで行われることもある。老女は犠牲者の治療を求め、ザールは贈り物を条件として指定する。恍惚とした踊り手たちが、ザールを宥めるシルバーのリングやブレスレットなどを見せられるのかもしれない。

ザールによって指定された日に、別の

発作が起こることがある。これは望みを満足させることによってのみ和らげることができる。

ザールの除霊は、現代の都会でのイスラム文化の一部となっている。カイロのような多くの大都市では、公共の建物の中で週に1度は、定期的に悪魔祓いが行われている。儀式の期間は3晩から7晩で、支払われる手数料によって違ってくる。

あらゆる階層の女性たちが参加し、霊が出て行くまで踊り明かしてくたくたになるが、さんざん楽しんで家に帰る。憑依からの解放は一時的なものかもしれず、夫にまた裏切られるかもしれない。しかし、夫たちがこの憑依を信じてくれれば、女たちに贈り物をねだる自由が与えられ、いつもなら禁止されているようなやり方で、夫たちに文句を言ったり、怒りを爆発させたりすることができるのだ。

19世紀のアビシニアのザールの憑依は少し違い、女性だけでなく男性にも取り憑くザール、ブッダーという邪悪な霊がいる。犠牲者の男性はたいてい真夜中に苦しみ、急に走り出したかと思うと、地面に転がり、疲れ果てておとなしくなるまで叫び続けたりする。治療法は、雌鶏を連れてきて、それを頭の周りで振り回して地面に叩きつける。雌鶏が即死すれば、ザールが鳥の体に入り込んで、犠牲者は除霊されたことになる。雌鶏がまだ生きているようなら、鳥が死ぬまで治療を繰り返さなくてはならない。

サレオス
Saleos

堕天使で、72人の**ソロモンの悪魔**の19番目に位置する。サレオスは公爵であり、公爵の王冠をかぶり鰐に乗った雄々しい兵士の姿で現れる。男女間の愛を鼓舞し、世界の創造について信頼のおける話をする。30の**悪霊の軍団**(レギオン)を統率する。

ジェイムズ1世（ジェイムズ6世）（1566-1625年）
James VI and I

スコットランド（ジェイムズ6世）とイングランド（ジェイムズ1世）両国の王で、魔女を**魔王**の従者と見なして迫害した。著書『悪魔学』は魔女狩りに新しい見解を与えなかったが、イングランドの悪魔学者の手引書となった。

ジェイムズは1566年に生まれた。母親はスコットランド女王メアリ、父親は女王の2番目の夫で従弟である、放蕩者のダーンリ卿ヘンリー・スチュアートである。メアリはジェイムズを妊娠中にイタリア人秘書、ダヴィッド・リッチオと浮気をしていた。ヘンリーは1度、メアリの目の前でリッチオを襲った。彼女を流産させようとしたのは明らかだ。それが失敗に終わると、ヘンリーとその一派の貴族たちはリッチオを剣やナイフでめった切りにして、バルコニーから投げ落として殺した。

メアリは浮気をやめず、ヘンリーに復讐を企てた。1567年、火薬を爆発させて死なせようとしたが、不首尾に終わった。のちに庭でヘンリーの絞殺体が発見され

ている。

誰も罪には問われなかったが、ヘンリーの死はボスウェル伯の陰謀と噂された。ボスウェルはメアリを誘拐、強姦して妊娠させ（彼女は双子を流産した）、それから結婚した。この事件が引き金になり、スコットランド人の間で反乱が起こった。メアリは1歳のジェイムズに王位を譲り、摂政政治が行われた。それは1583年、彼がジェイムズ6世としてみずから統治に着手するまで続いた。

のちにメアリは父方の親戚にあたるエリザベス1世からイングランドの王位を奪おうとした反逆罪で、エリザベスに捕らえられ、監禁されて、その後斬首された。

このような殺人、反逆、陰謀、そして流血が渦巻く環境は、ジェイムズに影響を及ぼしたに違いない。刺殺されないよう、常に詰め物をした服を着るようになったのだ。

1583年、ジェイムズがスコットランドの王位に就いたとき、聖職者たちは民衆が募らせていく妖術に対する不安に押され、1563年に成立したスコットランドの妖術禁止法をより厳しく執行するよう要求した。ジェイムズは、魔女を敬虔な人々を脅かす邪悪な存在と見なし、魔女狩りの横行を黙認して、ときにはみずから魔女裁判に出席までした。

ジェイムズは、少なくとも3回は魔女に殺されそうになったと思い込んだ。1590年から92年に行われたノース・ベリックの魔女裁判で、ジェイムズと彼の花嫁を殺そうとした魔女たちの陰謀が告白された。1589年、ジェイムズは代理人を立てて、会ったことのない15歳のデンマーク王女アンと婚約した。同年、アンはノルウェーからスコットランドに向けて出立したが、船は2度も恐ろしい嵐に見舞われ、危うく難破しかけた。船はオスロの港に入り、そこで数カ月足止めされた。ジェイムズは花嫁の船を迎えに出港したが、嵐はやまず、彼とアンは1590年の春までスカンディナヴィアに留まることを余儀なくされた。スコットランドへの帰途でも、なおも嵐に襲われたが、なんとか無事に上陸できた。

ノース・ベリックの魔女たちは、自分たちがこの嵐を起こしたと告白した。ジェイムズは彼女たちを「大うそつき」と呼んだが、初夜にアンとふたりだけで交わした会話を被告のひとりが再現するにいたって、ついに彼女たちの超常的な力を信じた。

ノース・ベリックの裁判では、ジェイムズは指導者ドクター・ジョン・ファイアンへの残酷な拷問を指図した。裁判が

ジェイムズ1世と拷問される「魔女」たち

終わると、ヨーロッパにおける妖術の研究に取り組み、主要な悪魔学者の著作を読んだ。悪魔崇拝の魔女や**サバト**はすべて妄想だとする主張に、彼は失望した。特に、**レジナルド・スコット**の『妖術の暴露』(1584年)や、**ヨーハン・ヴァイヤー**の『悪霊の幻惑、および呪法と蠱毒について』(1563年)に示された見解に憤慨した。

ジェイムズはみずからの反論を『悪魔学』に著し、1597年に出版した。同書は魔女に対する定説になんら新しい情報を加えることなく、スコットランド民衆の魔女ヒステリーを増長させた。ジェイムズが主張したのは、魔女は魔王から力を与えられて嵐を呼び、蠟人形を燃やして人に病気や死を招くことができること、彼女たちは「ディアナと森の宮廷」の信奉者であることだ。また、魔王は犬や猫や猿、あるいは「そのたぐいの動物」に似た姿で現れ、常に人を欺く新しい術を編み出していると述べた。魔女の見分け方については、被疑者を縛り、深い水に投げ込む浮遊(無実の者は沈み、たいていは溺死し、有罪の者は浮かびあがったところで、死刑に処せられる)を支持した。

ジェイムズは、人と悪霊との性行為を信じたが、**夢魔**(インキュバス)による妊娠は信じなかった。それは架空の話だと述べ、悪霊が女性を想像妊娠の状態にすることは認めた。悪夢の性的な側面については、濃厚な粘液が心臓の上にたまって引き起こされる「自然の病気」とし、患者は霊に押さえつけられているような気がするのだ、と述べた。

悪霊による**憑依**は認めたが、教会がそれを完治できるとは思っていなかった。**悪魔祓い**(除霊)の方法として**イエス**が示す、祈り、断食、神の名にかけて悪霊を追い払うことなど、の単純さを指摘した。

また、男魔法使い(ウィザード)より魔女が多いのは、女が元来弱くて、悪に染まりやすいためだという通説を支持した。被害者の心を癒やす治療的救済として、魔女の処刑を認め、さらに「カニング・マン」に呪術を依頼した者は極刑に処すと主張した。魔女については、「使い魔に相談する者」と定義した。

1597年頃には、スコットランドの魔女ヒステリーは危険なほど高まり、過熱した魔女狩り人が偽証により人々を告発していた証拠もあった。立派なことに、ジェイムズはこうした告発を無効とし、その後のスコットランドでの治世において、妖術の罪による処刑は減少した。

1603年にエリザベス1世が死ぬと、ジェイムズはジェイムズ1世としてイングランドの王位に就いた。同年、ロンドンで『悪魔学』を再刊し、スコットの『妖術の暴露』を燃やすよう命じた。

1604年、ジェントリからの圧力で、新しい妖術禁止法が議会を通過し、妖術に対する罰則が強化された。1563年に成立したエリザベス時代の法では、**妖術**、**魔術**、**まじない**、**呪術**などで、身体的危害を加えたり、財産に損害を与えたりした場合、初犯では年4回のさらし刑つきの禁固刑1年、再犯では死刑に処せられた。財宝のありかを予言したり、「背徳の」愛

をもたらしたり、意図的に危害を加えたりした場合は、年4回のさらし刑つきの終身刑、魔術で人を殺すと極刑となった。

1604年の法律では、妖術の犯罪は初犯でも1年の禁固刑または終身刑ではなく、死刑となった。さらに、どんな目的であれ、**悪霊**を召喚した場合は極刑に処せられた。

この法律が成立しても、魔女狩りの波が押し寄せることはなかった。イングランドで最初に重要な裁判が開かれたのは、1612年のランカスターで、その裁判では10人が絞首刑となり、ひとりがさらし刑となった。ジェイムズが統治した22年間で、妖術の罪で処刑された者は40人に満たなかった。ジェイムズは魔女の嫌疑をかけられた何人かを証拠不十分で放免し、魔女として告発された多くの事件の偽の証拠を暴いた。1616年に9人もの犠牲者が絞首台に送られた、レスターの少年の「憑依」事件も含まれていたが、ジェイムズがその不正を発見したのは刑が執行されてからだった。彼は判事や弁護人にひどく不興を示したが、罰することはなかった。

1604年の妖術禁止法は、1736年にジョージ2世の時代に廃止され、新しい法律に変わるまで効力があり、1692年にマサチューセッツ州セーラムで告発された魔女裁判でも適用された。

ジェイムズは晩年、関節炎や痛風などで健康を損なった。卒中に襲われて著しく衰弱し、重い赤痢にかかり、それからほどなく、1625年3月27日に死亡した。

シェディム
shedim

ヘブライの悪魔学において、**サキュバス**と**リリト**と人間を合わせて作られた悪霊。人間の「悪魔のような子供」のこと。人が死ぬと、彼らは墓場へ行って泣く。伝承では、シェディムの危害を避けるため、故人の嫡出子は埋葬の際には墓地から遠ざけておかなくてはならないという。

17世紀のドイツ系ユダヤ人の信仰では、シェディムのことを次のように表している。

ユダヤ人は、男性の精子がその体を離れると、マーラト（女の悪霊）とリリトの助けをかりて、邪悪な霊に育つと固く信じている。しかし、これは時期がくると死ぬ。人が死に、その子供たちが嘆き悲しみ始めると、シェディムや悪霊たちもやってきて、子供たちと一緒になって、父親の死に関わろうとする。父親の遺体を突いたり引っ張ったりすると、遺体は痛みを感じる。神自身が、遺体の傍らにこうした有害な悪霊たちがいるのを見て、死んだ男の罪を思い出す。

ある習慣では、遺体を埋葬する前に10人の男たちが遺体のまわりを、詩篇91章やその他の祈りを唱えながら7回踊り回り、シェディムを追い払わなくてはならないという。それから、棺の上に石を置いて、創世記25章6節を唱える。「アブラハムは、側女の子どもたちには贈り物を与え、遠ざけた」

のちの伝説では、シェディムは森の中に住んで踊る、毛深く獰猛な悪霊で、不機嫌な人間をグロテスクな異形なものと一緒に置き去りにするといった悪さをすることが知られている。

シェディムは**アスモデウス**に支配されている。

シャイターン参照。

ジェドバラの悪霊(1752年)
Demon of Jedburgh

スコットランドのジェドバラで起きた、魔女らしきものの話。

1752年、アーチボルド・ダグラス大佐は、新兵募集のため、ジェドバラに来ていたが、軍曹のひとりが、宿舎を変えてくれと言い出した。滞在中の家に「恐ろしい姿をした」**悪霊**がいて、夜な夜な彼を悩ませるのだという。ダグラス大佐は、この申し立てを一蹴した。

しかし、件の軍曹はすぐにまた悪霊に命を脅かされているので、宿舎をうつらせてくれと訴えてきた。夜、目を覚ましたら、醜い影が彼に覆いかぶさるように立っていたのだという。影は黒猫に変わり、窓から飛び出して、教会の尖塔の向こうに飛んでいった。さらに軍曹が聞いたところでは、下宿の女主人は魔女で、亭主は「第二の目（千里眼）」を持っていると噂されているらしい。

その夜、ダグラス大佐は銃と剣をすぐそばに置き、軍曹のかたわらで夜を明かした。真夜中、物音に目を覚ましたダグラス大佐は、巨大な黒猫が窓から飛び込んでくるのを見た。大佐が猫めがけて発砲し、片耳を撃ち落とすと、猫は消え去った。

次の朝、ダグラス大佐と軍曹は、下宿の女主人が、血だまりの中で失神しているのを見た。女主人の片方の耳は、撃ち落とされていた。ダグラス大佐は、女主人を当局に突き出すと脅したが、女主人と亭主は、どうぞ見逃してくれと懇願した。ダグラス大佐は「悪しき習慣」をやめるならという条件で、ふたりの願いを聞き入れた。夫婦が約束を守ったかどうかは定かではない。

この物語は、おそらく事実と創作が混じったものだと思われる。正体を明かす傷は、魔法がからむ民間伝承、変身できる呪術師や魔女、狼人間の物語に非常によく見られるものである。

シェミハザ(セミアザ、シェムハジ、シャマイザ、シェムヤザ)
Semyaza (Semiaza, Shemhazi, Shamayza, Shemyaza)

堕天使の長。**神の子**ら、**グリゴリ**のひとりで、地上の女とともに暮らした。シェミハザとはおそらく、「アザ、もしくはウザの名前の意味」で、「強さ」を意味する。

『光輝の書』によれば、シェミハザはイヴの娘のひとりと同棲し、ヒワ、ヒヤというふたりの息子をもうけた。この息子たちは、毎日ラクダ、馬、牡牛をそれぞれ1000頭ずつ食べた。こうしたことへの罰として、シェミハザはオリオン座の中で逆さになり、天と地の間で宙づりになっている。

『第一エノク書』では、シェミハザはグリゴリの長であるとされ、大天使ミカエルから罰の警告を受けている。

塩
salt

→魔除け

地獄
hell

　地下にある死者の魂の住み処。キリスト教では天国の反対であり、**魔王**に支配される場所で、悪霊たちが罪人たちを永遠に苦しめている。地獄には神がおらず、光も差さず、愛もない。耐え難い火と恐ろしい拷問の地だ。地獄という名は、北欧神話の冥府の女神ヘル（ヘル）から取られた。たいていの来世は、悪人を善人から隔離して、離れた住み処へ送る。

●エジプト人の地獄

　アメンティ（アメンテットともいう）は、エジプトの神話と宗教においてオシリス信者の冥界である。隠れた地（アメンティ）は太陽が西に沈むところにある。そこに魂が着くと、ジャッカルの頭を持つ死者の神アヌビスに広間へ導かれる。この神に心臓と「真実の羽毛」の重さを比べられ、次に42人の裁判官に裁かれる。立派な魂はアアルの原へ行く。道中、長い剣で武装した悪霊が警護する15ないし21の門を通る。エリュシオンに似た平野では、死者の食物が栽培された。心臓の計量と審判で落とされた魂は、アンミト（アンムト）という怪物に食われ、苦悩の地に送られる。

●ギリシア人の地獄

　ギリシアの冥界ハデスは影の王国である。死者の魂は、陰鬱な世界をさまよう色のない亡霊だ。詩人ホメロスによれば、死者の魂には血も骨もなく、コウモリのように甲高い声で鳴き、生贄の動物と降霊術の儀式から再生する生命力を得ようとする。ギリシアの思想では、善人は報われて悪人は罰せられる。

　死者は渡し守カローンの船に乗り、悲しみの川、アケローン川を渡って来世に着く。このとき死者は、舌の下に置かれた硬貨で運賃を支払わねばならない。門を守る三つ頭の犬、**ケルベロス**の脇を通過すると、死者は裁きの場に向かう。

　ハデスにはふたつの領域があり、善き魂が住む楽園エリュシオンの原と、悪しき魂が落ちる地獄タルタロスに分かれている。川が多く、アケローンのほかに主な川は、コキュートス（嘆きの川）、プレゲトーン（火の川）、レーテー（忘却の川）、ステュクス（嫌悪の川）がある。ステュクスは生者の世界と死者の世界を隔てる川である。

　冥界の3人の裁判官、ミノスとラダマンチュスとアイアコスが、三叉路の合流点で魂の重さを測る。祝福された魂はエリュシオンの原へ送られ、悪しき魂はタルタロスへ送られ、そのどちらでもない魂はアスポデロスの原へ送られる。

　悪しき魂はみじめで苦しむが、悪霊の手にかかるわけではない。

　初期のキリスト教徒は「ハデス」という言葉を使って、ヘブライ語の「シェオル」を死者の国と訳した。

●ゾロアスター教における地獄

　ゾロアスター教の教えでは、地獄は巨

悪の化身**アフリマン**によって地球の真ん中に作られる。善神アフラ・マズダとの戦いにおいて、アフリマンは地球を攻撃し、空を引き裂いて夜を創る。地球へ驀進し、まっすぐ突き抜けてトンネルを作る。この穴が地獄になり、悪霊がはびこっている。地獄に落ちた魂はここに送られて、酷暑や極寒、腐りかけの食物に苦しみ、悪霊たちにかじられ、のみこまれ、槍で突かれる。罰の程度は、魂の犯した罪悪と犯罪に見合っている。完全な善でも完全な悪でもない魂は、煉獄に似たハミスタガンへ向かう。そこは酷暑と極寒の陰鬱な世界だ。しかし、地獄送りは永久に続かない。最後の審判で、すべての罪が清められる。

死後、人の魂は3日間肉体の頭部にとどまって先行きのために祈る。そして、嘆いている家族の涙で増水した川を渡らねばならない。涙が大量に流されていたら、川は渡れない。魂は守護天使の助けを受ける。川を渡れたら、チンワト橋、すなわち「報復者の橋」に着く。そこで3人の裁きの天使、ミトラ、スロシュ、ラシュヌの前に引き出され、生前の行いが秤にかけられる。善行か悪行の報いを受け、橋の幅が広がって渡りやすくなったり、幅が狭くなって地獄に落とされたりする。

『アルダ・ヴィラフの書』には地獄が活写され、悪臭が漂い、火が燃える、陰鬱な場所に描かれる。地獄には重要な丘が4つある。邪悪な考えの地ドゥシュ＝フマト、邪悪な言葉の地ドゥシュ＝フクト、邪悪な行いの地ドゥシュ＝フヴァルシュトだ。そして砂漠のチャカティダイティがあり、チンワト橋の下には悪霊が群がる暗い穴がある。最下層の穴をドゥルガスカンといい、あまりに暗くて視力が失われる世界である。

罰は犯した罪の性質に見合っている。6世紀から伝わる『アルダ・ヴィラフの書』には85の罰が書かれ、101章中85章が地獄に関する内容である。幻視者アルダ・ヴィラフは、信心深いスロシュと天使のアタロを案内人にして、天国と地獄の両方に旅をする。地獄では光景と拷問を目撃するだけでなく、アンラ・マンユの姿を見る。のちにアフリマンとして知られる恐ろしい破壊者である。

後年のキリスト教の地獄とは違い、悪霊が地獄に落ちた魂を強制的に罰することはない。むしろ、魂がみずからを罰し、悪霊がそれを見物する形である。最も一般的な罰は、悪臭を放つ腐敗物を最後の審判まで何千年も食べ続けることだ。ほかにも罰として食べるのは、自分の死体、生身の体、排泄物、月経血、精液、血液、死者の脳味噌、自分の子供たちなどである。また拷問には、吊り下げ（特に逆さ吊り）、手足の切断、斬首、切り裂き、切断、切りつけによる自傷、嚙みつき、貪り、かぶりつき、串刺し、殴打、八つ裂き、踏みつけ、突き刺し、引きずりもある。悪しき魂は刺され、叩かれ、巻き上げ機で手足を引き伸ばされる。そして、途方もない重荷を負わされ、つらく無益な作業を強いられる。天火や大釜、フライパンで焼かれて料理される。熱気や冷気、煙、雪、悪臭を放つものに投げ込まれる。

飢えと渇きに耐え、しじゅう熱い物をなめさせられ、排便や自慰を強いられる。泥に沈められ、**蛇**に変えられる。目玉をくりぬかれ、舌を引き抜かれ、目と鼻と口に腐敗物を入れられる。ペニスは嚙み切られ、乳房はつぶされて切り取られる。

ゾロアスター教の地獄では火が燃えているが、拷問には使われない。ただし、熱した道具や物、溶かされた金属が、悪しき魂に押し当てられる。

●ユダヤ教の地獄

シェオル(死者の国)は、魂が来世を生き続ける地下の暗闇の地である。ヘブライ語のシェオルにあたるギリシア語は「ハデス」だが、これは死後の行き場であって、罰を受ける場所ではない。ダニエル書の12章2節は、救世主による王国の到来に触れ、神はシェオルにある魂を見捨てないとする確信を述べる。「多くの者が地の塵の中の眠りから目覚める。ある者は永遠の生命に入り、ある者は永久に続く恥と憎悪の的になる」

すべての魂はひとまずシェオルに向かう(ただし、少数の高潔な魂は神がただちに天国に連れていく)。『第三エノク書』では、ふたりの破壊天使が「中間の」(同程度によくも悪くもある)魂と悪しき魂をシェオルに連れていく。中間の魂は神の前に出ても恥ずかしくないよう、火で清められる。彼らは人間の顔と鷲の体を持つ、霊的な存在である。顔は罪に汚れて緑色であり、清

地獄で罪人を鞭打つ悪霊(著者蔵)

められるまで変わらない。

悪しき魂は、犯した罪のせいで顔が鍋底のように真っ黒に汚れ、天使にゲヘナ（地獄）へ連れていかれて罰を受ける。ゲヘナあるいはゲヘンナ（ヒノムの谷）は、エルサレムの南にあるヒノムの谷そのものと関係がある。そこは**モロク**に人身御供を供える場所だ。ゲヘナの創造については諸説ある。世界が作られた２日目に神の手で作られた。あるいは世界より先に存在していて、２日目にそこで燃える火が創られた。ゲヘナは天上にも、暗い山々の裏にも、地球の奥深くにも存在する。燃え盛る火は地球上のいかなる火の60倍熱くて絶対に消せず、硫黄の悪臭を放つ。罪人たちはゲヘナへ直行し、激痛が永遠に続く罰を与えられる。

●キリスト教の地獄

正統派のキリスト教の教えでは、地獄には４つの層がある。初めのふたつは辺獄である。キリスト教に接する機会のないまま死んだ魂が向かう場所は、現在は空いている。もうひとつは洗礼を受けていない子供が行く場所だ。３つ目は煉獄であり、たいていの人間が天国に入ることを許される前に行く。滞在期間は各自の罪の重さで決まる。４つ目が地獄そのものであり、贖罪の見込みがない者が永遠に罰を受ける場所である。

地獄は地球の奥深くに存在する。正統派の信仰によると、地震は地獄に落ちた魂の痙攣で引き起こされる。

地獄に至る３つの道は、住宅地と荒地と海底にある。中世において、洞窟は地獄の入り口と考えられていた。

地獄の特徴は、温度が極端なことだ。耐え難い炎暑とタールと火炎もあれば、極寒と氷と寒冷もある。魂は犯した罪に応じて、ゾロアスター教の地獄に登場した方法と類似した方法で罰せられる。悪霊に拷問され、肉体を引き裂かれる。突き刺され、舌や乳房で吊すなど、苦しい姿勢で吊り下げられる。内臓と肉は貪り食われ、睾丸と乳房は切り刻まれる。排泄物とごみを食べさせられる。蛆虫が目を出入りする。

●イスラム教の地獄

ジャハンナムはイスラム教の地獄であり、罪人だけでなく、信仰を持たない者と神を信じない者の行き先である。地獄に落ちた者はザックームという木の苦い実を食

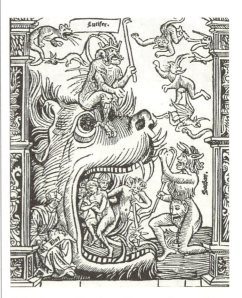

地獄の入り口。顎の上にルキフェルがいて、前にはサタンがいる（著者蔵）

べさせられ、ほかの拷問にもさらされる。クルアーンは、わがままなイスラム教徒に向けて地獄の責め苦を強調している。罪人は「枷に繋ぎ合わせられ」、「衣類はタールからなり、彼らの顔を火が覆う」（第14章49～50節）。神のお告げに背く者は「火獄(ジャハンナム)があり、血膿の汁を飲まされる。彼らはそれを一飲みするが、ほとんど喉を通らず、彼にはあらゆる場から死が迫る」（第14章16～17節）。「信仰を拒んだ者たち、彼らには火の服が裁断され、頭の上から熱湯が注がれる。腹の中のものはそれで溶かされ、皮膚もまた。そして彼らには鉄の棒がある」（第22章19～20節）。

大食漢たちが地獄でヒキガエルやネズミ、蛇を食べさせられる罰を受けている（著者蔵）

●地獄への訪問

多くの聖職者や夢想家が、来世の片側あるいは両側を訪れた。ザラスシュトラはモーセと同様、天国と地獄の両方に深夜の旅をしたとされる。**イエス**は十字架にかけられてから天国に昇るまでの3日間に地獄を訪れたと伝えられている。聖書に明確な記述はないが、使徒信条にはイエスが地獄へ行ったと書かれている。新約聖書のペトロの手紙一3章19節には、イエスが「捕らわれていた霊たち」のところへ行って宣教したとある。ここは地獄を指すと解釈される箇所である。**エマヌエル・スウェーデンボリ**は何度も幽体離脱をして来世を旅し、**聖ヨハネ・ボスコ**は生々しい明晰夢で地獄を訪れた。

地獄の火クラブ
Hell-Fire Club

18世紀にイングランドで創設された悪魔崇拝者の集団。実際に悪魔崇拝の儀式や礼拝を行うより、常軌を逸した行為にふけることが目的だった。

〈地獄の火クラブ〉の第1号は、ウォートン卿が「飲んで、賭けて、神を冒瀆する」ために創設した。当時は同様のクラブが、主に貴族社会で流行していて、〈エディンバラ・スウェティング・クラブ〉、〈ダブリン・ブラスターズ〉、〈デモニアックス〉などがあった。1721年に国王の布告でこうしたクラブは禁じられ、秘密組織となった。

最も有名な〈地獄の火クラブ〉は、サー・フランシス・ダッシュウッドが創設した。彼はバッキンガムシャーにあるウェストウィカムの大地主であり、裕福な未亡人と結婚した人物である。ポール・ホワイトヘッドと協力して、ヨーロッパで官能的な出土品を見てまわり、ヴァチカンでは枢機卿たちの隠し部屋も見学した。彼

らは呪文やまじないが書かれた**魔術教書**を入手し、魔術にふけるのも面白そうだと考えた。

ダッシュウッドとホワイトヘッド、その仲間はコーンヒルのパブ〈ジョージとハゲワシ〉に集まるようになった。そして、自分たちのモットーと信条として、「汝の欲するところをなせ」を制定した。これはのちに、**アレイスター・クロウリー**の「テレマの法」に現れる、「汝の欲するところをなせがこの法のすべてとなる」の一部となった。

初めは〈秘密の兄弟団〉の名で、次いで〈ウィカムの聖フランシスの托鉢修道士会〉の名で知られたこの集団は、悪魔崇拝の真似事をする点で薔薇十字運動［訳注／17世紀のヨーロッパに波及した神秘主義運動］に強く影響されていた。彼らは会合の場をより悪魔にふさわしい場所、メドメナム修道院に移した。丘の上に立つ、12世紀のシトー会修道院の廃墟である。ダッシュウッドは既存の建物にわざとらしいゴシック様式の塔を加え、壁と天井にフレスコ画を描かせ、なまめかしい彫像をいくつも置いた。さらに教会堂を異教の祭壇がある休憩室に変え、修復した。ダッシュウッドと仲間の「修道士たち」は平均して月に2回修道院で過ごした。「修道士」にはそれぞれ個室が与えられ、女性を連れ込むことができた。また、遊覧船でテムズ川を行ったり来たりできた。

「修道士たち」は付近の洞窟でも儀式を行った。この洞窟は丘の中心まで延びていた。300フィート下には地下河川が流れていて、ダッシュウッドはそれをステュクス川と名づけた。洞窟は礼拝所となり、その多くがタントラ教の象徴で飾られた。秘密の通路は聖アグネスと呼ばれ、ウェスタの巫女［訳注／ローマ神話。神殿の聖火を守った処女］の役を果たした女性の部屋に通じていたのだろう。内部には迷路もあった。

作家のヒュー・ウォルポールは、クラブがヴァチカンのシスティーナ礼拝堂で秘かに行った悪魔崇拝の儀式を目撃して、その光景を著書『ジョージ3世の治世の回想（Memoirs of the Reign of King George III）』に記した。

聖金曜日［訳注／復活祭の日曜日の前の金曜日で、キリストの受難を記念する日］にシスティーナ礼拝堂に入る者は、それぞれ入り口で案内係から小さな鞭を受け取る。内部は薄暗く照らされ、3本だけ灯された蝋燭は司祭の手で1本ずつ消されていく。1本目が消される際、悔悛者たちが片肌を脱ぐ。2本目のときはもっと脱ぐ。そして暗がりで3本目の蝋燭が消されると、彼らは自分の肩を鞭で「叩きつけ」て苦悶と嘆きの声をあげる。これを芝居にすぎないと考えたサー・フランシス・ダッシュウッドは、たっぷりした外套を着た者たちと一緒に礼拝堂に入り、澄まして司祭から鞭を受け取って奥へ進んだ。闇の中で、彼は外套からイングランドの馬用の鞭を取り出し、いたるところで打ちつけた。会衆は魔物が襲ってきたと思い、「悪魔だ！　悪魔が

いる！」と叫んだ。ダッシュウッドが即座にヴァチカンを離れなかったら、深刻な事態になっていただろう。

ダッシュウッドのクラブは35年間存続した。

シトリー
Sitri

堕天使で、72人の**ソロモン王の悪魔**の12番目に位置する。豹の顔とグリフィンの翼をもつ大君主。その後、美しい人間の姿になったといわれている。男や女を燃え上がらせて恋に落とし、服を脱がせるよう仕向ける。60の**悪霊**の**軍団**（レギオン）を統率する。

ジニー
genie

イスラム以前とイスラムの伝承では、**ジン**である。「ジニー」はジンを英語に翻訳した言葉で、1655年に初めて活字になった。また、さらに古いラテン語「ゲニウス」にも関連があると思われる。これは人間、土地、物の守護神または守護霊であり、キリスト教によって悪と決めつけられた。

ジニーが英語でジンを表す俗語となったのは、アラビアの説話集『千夜一夜物語』のフランス人翻訳者がジンの代わりに使ったためだ。有名な一編「アラジンと魔法のランプ」には、願いをかなえる魔法のランプから解放されたジニーが登場する。

ローマ神話では、ゲニウス（複数形はgenii）は人の誕生に立ち会い、一生そばにいて、人格と運命とを形作る。場所の守護神であれば、ゲニウスはその場に独特の力と雰囲気を与える活力となる。

アッシリアの伝承では、ジニーは守護霊あるいは下級の神である。美術では、壮麗な儀式を行う姿を描かれることが多い。擬人化され、動物の頭（ときには翼）と人間の胴体と手足を持っている。王たちや王族、超自然のものを警護して浄化し、悪霊とそれがもたらす混乱に備えて戸口をあける。絵の中では、右手に松ぼっくり、左手に水か花粉が入った手桶を抱えている。手桶も松ぼっくりも、浄化を連想させる。ジニーの絵は建物を守るために置かれる。

ジン参照。

シニストラリ、ルドヴィコ・マリア（1622－1701年）
Sinistrari, Lodoviko Maria

フランシスコ修道会の神学者で、悪魔学に貢献したその功績は、**悪霊**との性行為を検証した『悪魔姦』だ。シニストラリは、悪霊を**サタン**の邪悪な従者というよりは、**リュタン**もしくはいたずら好きな小鬼のようなものになぞらえた。

シニストラリは神学者として、傑出したキャリアの持ち主だ。1622年2月26日、イタリア、ピエモンテの小さな町アメノで生まれ、有名なパヴィア大学で教育を受けた。1647年に、聖フランシス修道会に入った。パヴィア大で哲学の教授になって、神学を教えるようになると、ヨーロッパじゅうから彼の講義を聞きに学生が押し寄せた。彼はまた、伝道者としてもイ

タリアじゅうで人気があり、ハンサムで親しみもあることから、王族や一般市民を含めた万人から好かれた。

宗教裁判所最高法顧問も務め、フランス、アヴィニョン大司教の総代、ミラノ枢機卿の神学者にもなった。1688年までに、シニストラリはスペイン、サクロモンテのフランシスコ教会で隠遁し、そこで詩を書き綴った。教えの法則を編纂し、ほかの著作も残した。1701年3月6日、79歳で死去。

シニストラリの著作『悪魔姦、およびインキュバスとサキュバスについて』は、1872年にロンドンの本屋で蔵書家のイシドア・リジューがオリジナルを発見するまで埋もれていた。店はフィレンツェで亡くなったある男の蔵書の一部を入手していて、『悪魔姦』は手書き原稿の中にあった。86ページしかなく、イタリアの羊皮紙にラテン語で手書きされていた。リジューはこれをフランス語に訳して、1875年に出版、その後、英語に翻訳された。1927年版には、モンタギュー・サマーズによる序文や注釈がついている。

『悪魔姦』は悪霊の特質をテーマにしている。シニストラリは、**夢魔**（インキュバス）という言葉を使って、霊を邪悪なものというより、いたずらな小鬼のようなものとして描いていて、同時代の悪魔学者、特に**フランチェスコ＝マリア・グアッツォ**の意見を支持している。魔女や魔法使いは、実際に**サバト**に出席して、地獄の**契約**の一環として**魔王**や悪霊と性交するという。悪霊たちも夜、人間の前に現れ、人間の恋人のふりをして交わる。シニストラリによると、人と性交するこうした悪霊の一部は、人に取り憑く異端の悪霊とは違い、単に肉欲を満足させたい、人間を困らせたいと思っているだけだという。

●ヒエロニマの夢魔（インキュバス）

シニストラリは、自分自身が関わったこうしたケースについて述べている。『悪魔姦』の原稿を書く約25年前、彼はパヴィアの聖十字架修道院の神学講師だった。「非の打ちどころのないほど道徳的な」ヒエロニマという既婚女性が、夢魔に悩まされていた。事は、謎めいたケーキから始まった。ある日、ヒエロニマはパン生地をこねて、焼いてもらおうとパン屋にそれを渡した。パンが戻ってきたとき、バターとヴェネツィアの練り粉でできた独特な形の大きなケーキが一緒に入っていた。ヒエロニマがこれは自分のパンではないと言ったが、パン屋に聞き入れてもらえず、そのままパンを持って帰って、夫と3歳の娘とメイドと分けて食べた。

翌日の夜、「ケーキは口に合ったか」というささやくような問いかけにヒエロニマは目を覚ました。「怖がらないで。あなたを傷つけるつもりはない。それどころか逆にあなたを喜ばせてあげるつもりだ。あなたの美しさのとりこになり、優しく抱きしめてもらいたいと思っているだけ」と声が続いた。そして、ヒエロニマは頬にキスされるのを感じ、十字を切って、**イエス**と聖母マリアの名を繰り返し念じた。30分ほどで、目に見えない誘惑者は去っていった。

翌朝、ヒエロニマはすぐに贖罪司祭のと

ころへ行き、誘惑を拒み続け、聖遺物で身辺を固めるよう助言された。夢魔は毎晩繰り返し、ヒエロニマのところにやってきて、彼女を消耗させた。取り憑かれているといけないので、除霊をしてもらったが、司祭はヒエロニマの中に邪悪な霊の存在を認めることはできなかった。司祭は家と寝室、ベッドを清め、夢魔にヒエロニマを悩ますのをやめるよう命令した。

すると悪霊は、ハンサムな若い男の姿でヒエロニマの前に現れるようになった。金髪、顎鬚、海のような緑色の瞳、美しいスペイン風の服を着ていた。まわりに誰かがいても構わずヒエロニマに近づいてくるが、ほかの人には男の姿は見えない。熱烈な恋人のように彼女に寄り添い、甘い言葉をささやいて手にキスをする。

それでも何カ月も拒み続けていると、今度は夢魔は怒り始めた。ヒエロニマがいつも身に着けている銀の十字架や神羊像を取り上げ、鍵をかけておいたはずの宝石箱から金銀の宝石類がいつのまにかなくなった。夢魔はヒエロニマを殴るようになり、顔や腕や体に醜い傷痕が残るほどだったが、不思議なことに1日か2日たつと消えてしまった。ヒエロニマの娘をさらって居場所をわからなくしたり、家具をひっくり返したり、陶器を壊したりしたが、すべてすぐに元通りになった。

悪霊は夜にヒエロニマのところに現れ続け、彼女の拒絶に腹をたてた。ある夜など、巨大な屋根ふき石を寝室に持ち込んで、ベッドの周りに高い壁を築いたので、ヒエロニマと夫は梯子を使わないとベッドから出ることができなかった。

ある夜、ヒエロニマと夫は夕食に客を招いていた。ところが、食卓に用意していた料理と食器が一瞬にして忽然と消えてしまった。食事にありつけなかった客たちが帰ろうとすると、食堂でなにかが割れるようなものすごい音がした。すると、食卓が元通りになっていて、用意していたものより豪華な料理や、なかった外国産のワインなどが並んでいた。みんなは再び席について、食事を楽しみ、火のそばに場所を移すと、また食卓が消えてしまった。再び現れたとき、最初に用意した料理が乗っていたという。

こうしたおかしな出来事が数カ月続いてから、ヒエロニマはセント・ジェイムズ教会に行って、遺体が腐敗しない不朽体である聖人フェルトレのベルナルディに祈りを捧げ、夢魔を追い払ってくれるなら、フランシスコ会士が着るようなひものついた不格好な修道服を一年中着ると約束した。

ヒエロニマが修道服を着た翌日は、ミカエル祭の日だったので、彼女はミサに行った。教会の入り口に入ったとたん、突風が吹きつけてきて、修道服がはぎ取られ、裸になってしまったため、ヒエロニマは途方にくれた。ふたりの騎士が彼女をマントで覆い、家に連れて帰った。半年たってから、夢魔は修道服を返してきた。

シニストラリは、それから何年も夢魔はヒエロニマを悩ませたと書いている。しかし、彼女は誘惑に屈しなかったので、

ついに夢魔は諦めて、永遠に去っていった。このような夢魔の誘惑例はたくさんあるが、悪霊たちは、信仰に逆らうのではなく、単に純潔を攻撃してくる。つまり、夢魔との性交に同意することは、神を否定する罪ではなく、単に色情の罪なのだ、といっている。獣姦やソドミー（異常性行為）と同じレベルなのだ。彼に言わせると、こうした行為は、サバトに出席する魔女や、魔王と契約を交わす者たちのように、意図的に悪霊と交わるのとは違うという。

●夢魔とサキュバスの特性

　シニストラリは、悪霊は姿を消したり、肉体をもったりして、性交目的で女性に近づき妊娠させることができるという考えに同意している。しかし、その情熱は感覚から出てくるものであるはずで、体と魂の組み合わさった肉体的な器官がなければ、感覚をもてるはずがないと反論する。つまり、夢魔は理性的な魂をもった、完全に合理的な生き物で、神聖なものを見て逃げ出したり、魔女を誘惑して魔王と契約させたりする、人に取り憑く邪悪な霊とは違うという。その行動は、彼らが単に性的な欲望だけで動いていることを示していて、どんな理性的な生き物もそうであるように、欲望が達成できないと、不満がたまり怒り出す。

　さらに、この説を裏づける証拠として、夢魔によって性的に悩まされた動物の例を、シニストラリは指摘している。動物は魂をもっていないので、夢魔は彼らの魂を破滅させたり、断罪する目的意識をもつことができないという。ここでも、彼らの目的はセックスだけだからだ。

　夢魔は、病を引き起こすようなことはしないが、殴ったりして人を虐待する。魔女たちを指図して人を困らせるようなことをする必要はなく、自分たちの意思と判断で、みずからそれを行う。

　そうした自分の主張を裏づける証拠として、シニストラリは夢魔の誘惑例2件を引き合いに出している。ひとつは信頼のおける贖罪司祭による話から。彼は修道院に住んでいた若く気高いある尼僧のことを気にかけていた。夢魔が、その尼僧の前に昼も夜も現れ、あなたと交わりたいとしつこく情熱的に口説いてくるようになったのだ。尼僧は拒み続けたが、誘惑は執拗に続いたので、**悪魔祓い**、聖遺物、神の祝福、祈りの助けをかり、一晩中、蠟燭に火を灯した。それでも、夢魔は、ハンサムな若い男の姿で繰り返し現れ続けた。

　その尼僧が水気質だということを見抜いた、無名だが優れた神学者によって、解決法が見い出された。当時の一般的な見方では、似た者同士は惹きつけあうということになっていたため、悪霊も同じような水気質だと推測したのだ。この神学者は、尼僧の部屋を繰り返し煙で燻すよう指示した。土器やガラスの容器に、ショウブ、ヒョウチョウカの種、ウマノスズクサの根、良質で小ぶりのカルダモン、ショウガ、ヒハツ、ナデシコ、シナモン、チョウジ、メース、ナツメグ、エゴノキの蘆木、安息香、沈香と根、芳しいビャクダン1オンスと、ブランデーと水を半々

に割ったもの3クォートで満たす。この容器を熱い灰の上に乗せて煮詰め、部屋を閉め切る。

　すると、夢魔がやってきても中に入れず、この蒸気のせいで退散する。しかし、それ以外は、尼僧が庭を散歩しているようなときなど、いたるところに夢魔が現れ、彼女を抱き寄せキスしようとした。しかし、その姿はほかの人には見えない。

　神学者は、尼僧に丸薬、麝香の香りを焚きこめた匂い玉、琥珀、シベット、ペルーのバルサム、その他外国の精油を持たせた。これが夢魔を撃退し、憤怒にかられて永久に立ち去ったという。

　もうひとつのケースには、シニストラリ自身が関わっている。パヴィアのカルトゥジオ会の修道院で、アウグスティーノという助祭が悪霊の攻撃を受けた。悪魔祓いを含め、あらゆる霊験治療が失敗し、シニストラリは前述のケースで効果があった同じ香を処方した。悪霊は、骸骨、豚、ロバ、天使、鳥、僧、修道院副長にまでなって、現れ続けた。

　修道院副長として現れた悪霊は、アウグスティーノをすっかり騙した。アウグスティーノがひざまずいて告白する話を聞き、部屋とベッドを聖水で清め、悪霊に立ち去るよう命令までした。そしてどこへともなく消えたかと思うと、真の姿をあらわしたのだ。それから修道院副長の姿で教皇のところへも現れ、とても好きなのでと言いながら、麝香とブランデーを所望した。

　シニストラリは、その悪霊は今度は水ではなく火の特性をもっていると推理し、冷やす効果のある薬草であるスイレン、セイヨウキンミズヒキ、トウダイグサ、マンドレイク、ヤネバンダイソウ、オオバコ、ヒヨスなど、逆の指示を出した。これらの薬草をふたつの束に編み込んで、ひとつをアウグスティーノの部屋の窓に吊し、もうひとつをドアに吊した。床にもまき散らすと、次に夢魔が現れたとき、入ってくることができなかった。彼は怒り、口汚く罵ると、立ち去って二度と戻ってこなかった。

　シニストラリは、夢魔は精神修養法の途中にあって、人間のように救済したり、断罪したりすることができると言った。彼らもまた生まれて、生きて、死ぬ。独自の精液を持っていて、自己を再生することができるし、人間の女性を孕ませることもできる。しかし、女性を妊娠させるためという一般的見解に反して、悪霊はサキュバスになって、人間の男性を誘惑し、夢魔になって女性を口説かなくてはならないが、夢魔と人間の子供には、子はできず、自分で再生することもできないという。

　シニストラリの、悪霊との性交に関する視点は、当時は少数派だった。17世紀までに、サバトや魔王との契約、その他地獄の活動について懐疑論者が出てきた。それより1世紀前に声をあげていた、**レジナルド・スコット**のような人もいた。なぜ、シニストラリの原稿がその死後171年間も世に知られないままでいたのか、その理由はわかっていない。彼がこれを出版しようとした記録は一切残っていない。

シペ・トテック
Xipe Totec

アステカ神話における黄泉の国の**悪霊**。ナイトドリンカーと呼ばれることもある。これは、彼が悔悛せずに眠りについた死者の魂の**血**を吸うからだ。アステカの敵は悔悛の神として彼を怖れ、戦いの捕虜を**生贄**として彼に捧げる。

ある話では、シペ・トテックがとある村に行き、村人に彼らの罪が巨大な怪物の姿になって町はずれに潜み、人々に魔法をかけると信じ込ませた。そして、怪物を縛り上げて、崖から投げ捨てなければならないと言って、人々をその場に誘い出し、そこで怪物の幻を呼び出した。それが本物だと信じた人々は、怪物を縛り上げて、崖っぷちまで引っ張っていったが、シペ・トテックが人々の目を欺き、彼らは崖から落ちて死んでいったという。

シミール
Symiel

31人の**ソロモンの精霊**のひとり。北東の王として、昼は10人、夜は1000人の公爵たちとともに支配している。昼間の公爵たちはそれぞれ、720人の従者をもち、夜の公爵たちは、それぞれ790人の従者をもつ。昼間の公爵は善良な性格だが、夜の公爵は頑固で、命令をきかない。昼間の主な10人は、アスミール、クルバス、ヴァスロス、マルグロン、ロミエル、ララエル、アコール、ボニール、ダジエル、ムソール。夜の主な10人は、マフラス、アピエル、クリエル、モラエル、アラフォス、マルラーノ、ナルツァール、ムラーエ、リセル、ナラエル。

シモン、魔術師（1世紀）
Simon Magus

グノーシス派の魔術師、呪術師。クリスチャンの敵対者に、シモンは**悪霊**で、**魔王**からその力を授かったと言われ、異端者や黒魔術師の原型となった。

シモンはサマリア出身で、キリスト教とこれに関連する奇跡に惹かれ、助祭フィリポによって改宗した。シモンはフィリポの魔術に影響を受けていた。

使徒言行録8章9~24節によると、使徒ペテロとヨハネはサマリアに派遣され、手を当てることによって、人々に聖霊を授けた。シモンは彼らの超自然の神業を目撃すると、お金を渡してこう言った。「この力をわたしにお与えください。そうすれば、わたしが手を置いた者は誰でも聖霊を受けることになるでしょう」使徒たちは、シモンが聖なる力を金で買おうとしているとして怒り、彼を教会から追放した。ペテロは彼に言った。「おまえの銀は、おまえと共に滅びる。おまえが神の贈り物を金で買えると考えたからだ」シモンの名はシモニーという言葉を生んだ。これは教会の職務を売買する罪のことだ。

シモンはローマへ行き、ここで自分のオカルト的能力で人々を魅了した。それからエジプトへ向かって、そこで姿を消したり、空中浮遊したり、念力で物を動かしたり、火傷することなく火に触れたり、動物に姿を変えたりといった魔術を学んだと言われている。だが、幻覚や催

眠術を使ってこれらの芸当をやってのけたのかもしれない。ローマ皇帝ネロはいたく感心し、シモンに宮廷魔術師の名を与えた。

外典のペテロの言行録によると、使徒ペテロはローマへ行って、シモンに挑戦し、彼の詐欺を暴こうとしたという。ふたりは互いに、相手より勝る優れた魔術を披露して競った。シモンはフォロ・ロマーノのてっぺんから飛び降りて空中浮遊しようと試み、そのまま地面に墜落して両足を骨折し、その後死んだと言われている。

シモンはグノーシス派の一派を創設したと信じられていて、それがのちにシモン派として知られるようになった。

契約参照。

シャイターン（マジキーン、シャイタン、シェディーム、シェディム、シェイタン）
shaytan（mazikeen, shaitan, shedeem, shedim, sheytan）

イスラム伝説のジンのようなもの。アッラーによって煙のたたない炎から作られた邪悪な存在。ヘブライとアラビアの神話では、雄鶏の足を持つ悪魔。

アル・シャイターン（複数）は、**イブリス**の指示で働き、人間を絶えず罪の道へと誘惑しようとして、心の中に喜びの幻影を見せて、欲望へと駆り立てる。美しい女性の姿に変身して（**サキュバス**参照）、男性を性的に誘惑する。動物の姿になったり、死体に宿ったり、人に**憑依**することもある。

シャイターンは汚物や排泄物を食らい、食事の後に手洗いを忘れると、夜中に手から足まで徹底的に舐めまわす。伝説によると、水が嫌いで、**ソロモン王**にビンの中に閉じ込められたことがあるため、水差しやビンの蓋をあけることができない。ソロモン王が封印した赤い印章のついたビンを、モロッコの漁師が偶然にあけてしまったため、おびただしい数のシャイターンが世に放たれてしまったという。

白い雄鶏がシャイターンを撃退する。家じゅうのドアをしっかり閉めておけば、家の中には入って来ない。

シャイターンはイブリスの別名でもある。
サタン参照。

邪眼
evil eye

目によって病気や不幸、災厄、死を引き起こす、悪魔的な力。

邪眼の存在ははるか古代から、世界中で幅広く信じられてきた。邪眼について言及した最も古い記録は、紀元前3000年頃のシュメール人、バビロニア人、アッシリア人の楔形文字の文書に見られる。古代エジプト人は邪眼の存在を信じ、邪眼が目や口に入り込むのを防ぐため、アイシャドウや口紅を使っていた。旧約聖書や新約聖書にも、邪眼に対する言及があり、古代のヒンドゥー教徒の民間信仰にも、邪眼に関するものがある。邪眼への迷信は現代でも特にイタリアのような地中海沿岸の国々や、メキシコや中央アメリカなどに根強く残っている。

邪眼には無意識と故意の2種類があり、ほとんどの場合、無意識に起こると

信じられている。邪眼を投げかけた者にはそんなことをするつもりはなく、おそらくは自分のしたことに気づいてすらいないのである。こうした偶然に対し、報復がなされることはない。

　意図的な悪意ある邪眼は「凶眼」と言われ、妖術の一種で、病気、貧困、けが、失恋、もしくは死などの不幸や災害すらもたらすとされている。中世では**魔王**と結託している魔女は、目の前を横切った者に邪眼を投げかけ、邪眼で異端審問官に魔法をかけて有罪にされないようにすると言われていた。

　邪眼は人、特によそ者が、他人の子供や家畜や所有物をほめたり、名残惜し気な視線を投げかけた時にも起きる。すぐに対策を講じなければ、子供は病気になり、家畜は死に、所有物は盗まれ、仕事は不運続きとなる。邪眼を退けることができなければ、犠牲者は治療の奥義を知る専門家——普通は一族の長老の女性——に頼る必要がある。

　羨望のまなざしに加えて、邪眼は普通とは違う、異なった目の色の持ち主や街のよそ者によって引き起こされることがある。例えば茶色の目をした人の国にいる、青い目の異邦人といった具合である。不幸にして、生まれながらに一生消えない邪眼を持ち、見たものすべてを破壊してしまう人間もいる。

　邪眼から身を守る方法には、まず**魔除け**がある。最も一般的なのは、カエル、角、こぶしを握り、親指を人差し指と中指の間から突き出す「女握り」などである。角や女握りは男根を象徴し、ローマ神話の男根崇拝の神、ファスキヌス（プリアポス）と関わりを持つ。ファスキヌスの名は「妖術」を意味するfascinumから来ている。邪眼はしばしば「魅了(ファシネーション)」ともいわれる。さまざまな薬草や石、赤いリボン、唾を吐くことなども魔除けとなる。

シャックス（チャクス、スコックス）
Shax（Chax, Scox）

　堕天使で、72人の**ソロモンの悪魔**の44番目に位置する。コウノトリの姿をもつ侯爵で、しゃがれ声で喋る。命令されれば、相手の視力や聴覚や理解力を奪う。1200年の間、数々の王たちから金を奪っては返してきた。魔法の三角陣の中に入るよう命じられると、なんでも運んでくれるが、嘘つきなので信用できない。命令されれば、馬でも盗んでくる。悪霊の手元になければ、隠された物をすべて見つけてくれる。良き**使い魔**になることもあり、30の**悪霊**の**軍団(レギオン)**を統率する。

ジャヒー
Jahi

→**ドゥルジ**

シャムシール
Shamsiel

　かつては守護天使（**天使**）だったという**堕天使**。シャムシールは日の光、もしくは神の強大な息子という意味。

　ヨベルの書によると、堕天使としてのシャムシールは**グリゴリ**のひとりだという。『第一エノク書』では、太陽の印を教

える堕天使。

守護天使としては、楽園の君主で、エデンの園の守護者、第四天の統治者。ユダヤ教神秘主義の経典『光輝の書』によると、彼は365人の天使の軍団（レギオン）の長で、戦いにおける大天使ウリエルのふたりの副官のうちのひとり。祈る者に栄誉を与え、第五天へ導く。この世の楽園を訪れたモーセの案内役を務めた。

ジャンヌ・デザンジュ（1602-1665年）
Jeanne des Anges

フランスのポワティエのウルスラ会女子修道院長。有名な**ルダンの悪魔憑き**事件で、首領格の**悪霊**に取り憑かれた。意地悪で執念深いジャンヌ・デザンジュ（天使たちのジャンヌ）が、憑依を装ううちに重症の**悪魔憑き**になり、それが無実の**司祭ユルバン・グランディエ**の処刑につながった。ジャンヌは聖女のごとく崇拝されて生涯を終え、自身の経験を、アビラの聖テレジアの自伝を手本にした自伝に生々しく描いた。

本名ジャンヌ・ド・ベルシエは1602年に貴族の家に生まれた。父親はド・コーゼ男爵ルイ・ド・ベルシエ、母親はシャルロット・グマール・デシレである。ジャンヌは幼少時に結核を患ったようで、発育が遅れて背骨が曲がってしまった。見た目が悪いため、内向的で神経過敏になった。人を見たら敵だと思い、すぐに相手をばかにした。

ジャンヌの両親はこの育てにくい娘を幼いうちに厄介払いしようと、近隣の修道院で副院長を務めるおばに預けた。3年あまりでジャンヌはいったん自宅に戻されたが、修道生活を送れる年齢になると、ウルスラ会修道院に送られた。仕事ぶりがぞんざいで態度が横柄でも大目に見てもらえたのは、実家が裕福だったからだ。そのうちジャンヌは性格ががらりと変わり、従順ですこぶる敬虔になった。退任を控えた副院長は、25歳のジャンヌを後継者に推薦することにした。ジャンヌは1627年から1665年に死ぬまで、3年間を除いて院長の地位を守った。

その自伝に、ジャンヌはかなり変わった、人をばかにした記述を残した。彼女はわざと修道院に不可欠な存在になり、自分の得になるよう愛想よく振る舞ったという。また、恍惚と歓喜を装うのが巧みになった。偽の精神性を通じて、ほかの修道女より有能なことを証明しようとしたのだ。

修道女たちは噂話に興じる時間が長く、注目の的はルダンの容姿端麗な司祭、女たらしで有名なユルバン・グランディエ神父であった。ある時期、ジャンヌは遠くから性的にグランディエのとりこになり、その執着が約5年間募った。彼女はこう書いている。

> 会えないときはあのかたへの思いで焦がれ、あのかたがわたしの前に現れるときは……。わたしは不純な考えや行動と戦う信念が持てず……。悪霊にこれほど心を乱されたのは、生まれて初めてです。

ウルスラ会の指導者であったムーサン

律修司祭が死ぬと、ジャンヌはすかさずグランディエを後継者に招いた。だが彼は、自分はその器ではないし、教区司祭の務めが忙しいからと言って、辞退した。ジャンヌは愕然としたうえに侮辱されたと感じて、グランディエの敵になり、町で増えていく彼の敵と結託した。会の指導者には、おおっぴらにグランディエを嫌っているミニョン律修司祭を任命した。

そのいっぽう、ジャンヌはグランディエに関わる生々しい夢の話で修道女たちを楽しませた。亡きムーサンが煉獄から戻って祈禱を求める夢は、すでに話してあった。今度はムーサンがグランディエに変身して、彼女を愛撫し、愛をささやき、性行為を迫った夢だ。こうした淫らな話も受け入れる聞き手がいた。ほかにも何人かの修道女が、別の聖職者の性的な夢を見ていたからだ。

1632年にムーサンが死んで間もなく、修道女たちが怪しい人影を見たと訴えた。ムーサンとグランディエを始めとする男たちが、夜間に修道院を歩き回るという。ミニョン律修司祭は性的な夢の話やお喋りをやめさせず、それを**サタン**から遣わされた夢魔と見なして、助長するようになった。むしろ、ミニョンはこうした出来事をグランディエに対抗する武器としたのだ。ミニョンはグランディエの敵の数人と会い、修道女に魔法をかけたかどで彼を告発する策略を思いついた。共謀者たちはカルメル会の**悪魔祓い師**たちの援助を得た。ウルスラ会の修道女たちが悪霊に悩まされていて、悪霊はすべてをグランディエのせいにした、と

いう噂がルダン中に広まった。

初めのうち、グランディエは噂話を一笑に付した。自分が会ったこともない女たちに魔法をかけたという話を、誰も信じるはずがないと考えた。しかし、ミニョンが執拗に言い続け、悪魔祓いが何カ月も行われた。ジャンヌはグランディエにすげなく断られた仕返しがしたくて、ミニョンに従った。

ミニョンの次の手は、新たに評判の高い、魔王の活動を確信している悪魔祓い師たちを呼ぶことだった。それはヴニエールの教区司祭ピエール・ランジェとサン＝ジャックの教区司祭M・バールである。悪魔祓いは公開され、町民が修道院に押し寄せた。1632年10月6日、バールの3回目の悪魔祓いでジャンヌは痙攣を起こし、床をのたうちまわり、うなり声をあげ、歯ぎしりした。7人の魔王が彼女を捕らえていると断言した。見物人はおおいに楽しんだ。

2日後、バールは**アスモデウス**と戦い、この悪霊がジャンヌの腹部に居座っていると言った。これを追い払うには2時間かかった。ジャンヌをベッドに押さえつけ、聖水1クォートで浣腸すると、ようやく彼女から離れたのだ。のちのジャンヌの話では、当時はひどく混乱していて、自分の身になにが起こっているかわからなかったという。

ジャンヌは、悪霊に取り憑かれているとミニョンとバールに言われたが、自伝によると、内心は疑問に思っていた。悪魔と**契約**を結んだ覚えはなかったからだ。ジャンヌは取り憑かれていると言わ

れるたびに腹を立て、もし悪霊が自分を動かしているなら、実に巧妙なものだと思った。それでも、公開の悪魔祓いの場では悪魔憑きを演じた。悪魔祓いを目にした教養人の大半は、修道女たちが本当に憑かれていると思わず、医者たちは症状には自然の原因があると考えた。最も騙されやすい目撃者は、教養のないカトリック教徒だった。

ミニョンは、マルセイユの悪魔憑きと**エクサン＝プロヴァンスの悪魔憑き**におけるルイ・ゴフリディ神父の死を描いた自著をジャンヌに貸した。そのため悪魔憑きの演技に駆り立てられたのか、彼女は本当に取り憑かれていると信じてみた。

のちにジャンヌが自伝に書いたところでは、憑依されてから３カ月間ほど「精神の乱れ」に浸っていた。絶えず「癲癇を起こし」、自分の身に起こった出来事をほとんど覚えていなかった。そんな振る舞いをするのは、意志薄弱でそそのかされやすいからだと弁解した。だが、そそのかしたのは「悪霊」だったとあくまでも言い通した。

混乱するのは自分のせいだ、悪霊は与えた機会に乗じて動くだけだ、ということをたいていは明確に理解できました。

それを悪魔祓い師たちに話すと、悪霊のしわざだと言われました。悪霊がわたしに潜むため、あるいはわたしの中にひどい悪意を見せて失望させるために、混乱させたのだと。この説明で得心がいきました。当時は悪魔祓い師たちに言われたことに甘んじていたものの、判断を下す良心は安らぎを与えてくれませんでした。そこで、彼らの力強い言葉にごまかされたのです。実は、彼らはわたしがそれほど邪悪だと思えず、魔王に罪の意識を植えつけられていたと考えたようです。

わたしをよく理解してもらうため、重大事とささいな事柄の両方でいくつか事例をあげておきます。そうすれば、悪霊につきまとわれた人間は信仰を守り、自覚をしっかり持つことが大切だとわかるでしょう。

ラクタンス神父がわたしの指導者兼悪魔祓い師になった最初の頃に、神父がささいなことを行うやり方が、たとえいいやり方であっても気に入りませ

ジャンヌ・デザンジュに取り憑いていた首領格の悪霊ベルゼバブ（リチャード・クック）

んでした。けれども、それはわたしが邪悪だったせいです。

　ある日、神父がわたしたち修道女全員に尋問の場で聖体を拝領させると約束しました。

　そのとき、わたしたちは一日の大半を動揺と痙攣で苦しんだので、聖体拝領のために神父が修道院の礼拝堂内陣に入るか、わたしたちが教会まで出向くかのどちらかでした。神父がほかの方法を望んだので、腹が立ちました。内心で不平をもらすようになり、彼がほかの司祭のやり方にならってくれたらいいと考えました。

　うっかりその考えにこだわっていると、悪霊が神を辱めるため、聖餐のパンに非礼な行為をしたような気がしました。憂鬱になり、その考えを捨て切れませんでした。聖体拝領に行くと、魔王に頭を支配されました。わたしが聖餐のパンを口に入れて湿らせると、魔王はそれを神父の顔に吐き出したのです。わたしがみずからそんな真似をしなかったのはよくわかっていますが、恥ずかしながら魔王に機会を与えてしまいました。こちらが手を貸さなかったら、魔王にそんな力はなかったでしょう。

　ジャンヌが聖体を拝領したとき、内なる悪霊は彼女にパンを神父の顔に吐き出させた。彼女の頭に冒瀆の言葉が満ち、それが口からとめどなくあふれ出た。彼女は神と神の徳の体現を憎み、神を不快にする方法を考えた。

悪霊について、ジャンヌはこう書いている。

　悪霊は、彼の欲望とわたし自身の欲望の区別がつかないほど、わたしを混乱させました。そのうえ聖職をひどく嫌い、悪霊が頭にいるとき、わたしは自分のベールとそばにいる修道女たちのベールを引き裂きました。それを踏みつけ、嚙み、修道誓願を立てた時間を呪いました。このすべてが乱暴に行われたので、自分が自由の身だったとは思えません。

　悪魔祓い師たちがふたりの治安判事に自分の目で憑依を確かめるよう勧めると、彼らは招きに応じた。ジャンヌは激しく体をよじらせ、豚のようになった。ミニョンはジャンヌの口に指を2本差し込んで、悪魔祓いの儀式を執り行った。取り憑いた悪霊が、彼女は悪魔との2件の契約に影響されていると明かした。1件の材料は3つのサンザシの棘で、もう1件の材料は彼女が修道院の庭で見つけて、ベルトに差した薔薇の花束だった。これはグランディエが壁越しに放り投げたとされている。ジャンヌは花束を「受け取る」ことで、グランディエに対する執着的な愛情に溺れ、ほかになにも考えられなくなった。

　この演技に満足したミニョンは、この事例には20年前に起こった類似の事例の特徴があると治安判事に言った。エクサン＝プロヴァンスにおける、ウルスラ会の修道女たちの悪魔憑き事件では、ルイ・

ゴフリディ神父が悪魔と契約を結んだと申し立てられ、火刑に処せられた。

知事であるM・ド・セリゼーはジャンヌを自然の病気および詐欺だと考え、儀式を止めようとした。しかし、ミニョンは司教を説得して、儀式の継続を命じさせた。続いて法的な画策がなされ、グランディエが禁止命令を求めるいっぽうで、非公式ながら悪魔祓いが続けられた。ミニョンはしきりに、グランディエに魔法をかけられたことを修道女たちに吹き込んだ。やがて大司教が介入し、かかりつけの医師に調べさせた。修道女たちは怯え、憑依の痙攣をやめた。

痙攣がやむと、修道女たちは支援者に背かれた。これまで詐欺を働いていたように見えたからだ。友人や家族にさえ見捨てられ、財政的に苦しい時期が続いた。

1633年の秋、国王ルイ13世の行政長ジャン・ド・マルティン・ローバルドモン男爵が調査して、グランディエを裁判にかけることにした。グランディエは友人たちから逃亡を勧められたが、無実の自分が勝訴すると確信して町に残った。

グランディエは、**呪術**を使い、**サバト**で魔王、配下の悪霊たち、魔女たちと交わったかどで告発された。予備審問では、1630年に証言を撤回した証人が全員進み出て、実は真実を述べていたと誓った。グランディエの弁明は許されなかった。彼の母親が非合法の審問会に対して嘆願書を添えて抗議したが、嘆願書は破棄された。母親はパリ高等法院に上訴したが、国王は高等法院がこの件を取り扱うのを禁じた。

審問会では、修道女たちがグランディエに金切り声で叫び、彼の幽霊が夜中に修道院をうろついて誘惑すると訴えた。検察側は数々の「魔王との契約書」をでっちあげた。修道女の独居房からなぜか現れたものか、彼女たちが吐き出したとされたものだ。1通は3滴の**血**がついた紙で、8粒のオレンジの種が包まれていた。別の1通は5本の藁の束で、また別の1通はミミズ、消し炭、髪と爪を切ったものが入れてあった。6月17日、ジャンヌが**レヴィアタン**に取り憑かれていたときに、ある契約書を吐き出した。そこに入っていたのは――レヴィアタンによれば――1631年にオルレアン近郊の魔女のサバトで生贄にされた子供の心臓、聖体の灰、そしてグランディエの血と精液だった。

こうした数々の衝撃的な証拠を打ち消したのは、悪魔憑きの検査で、修道女たちが習っていない外国語を使えなかった事実だった。ジャンヌはラテン語の乏しい知識を露呈し、話そうとして失敗した。ほかの取り憑かれた修道女はラテン語、ヘブライ語、ギリシア語などを理解しようとも話そうともしなかった。また、たびたび遠吠えをして、質問に答えなかった。グランディエと交わした契約のせいで、一定の言語を話せないと訴えることもあった。

修道女たちは予知能力の試験に失敗した。グランディエの魔法の手引書は愛人のひとりの家に隠してあると彼女たちは言ったが、そこでは発見されなかったのだ。

グランディエが処刑されると、修道女たちはたちまち後悔の念と罪悪感を覚え

たが、引き続き公開の悪魔祓いを受けていた。サーカスの動物のように演じたのだ。1634年12月、新たにイエズス会士の悪魔祓い師が4人やってきた。そのひとり**ジャン＝ジョゼフ・スリン神父**を、ジャンヌはひと目見て嫌いになった。スリンが近づくたびに痙攣を起こし、わめき、舌を突き出し、逃げ出した。さらに笑ってスリンをからかった。この悪ふざけが悪霊のひとり**バラム**を刺激したようで、これが彼女を駆り立てたため、スリンの悪魔祓いははかどらなかった。神父はこう書いている。

　この悪霊は、神が創りたまいし存在に持つべき真剣さにまっこうから逆らい、彼女の中である種の歓喜を助長して、神との完璧な対話に欠かせない悔恨の情を損なった。こうした滑稽な1時間を過ごしただけで、わたしが何日もかけて築いたすべてが台無しになった。そしてわたしは、この敵を追い出したいという強い願望を彼女の中に誘発したのである。

　ジャンヌは妊娠を装って注意をそらした。新たに**イサカーロン**に悩まされるようになったと主張したのだ。彼女はこう言った。「体に手術を施されました。あれほど奇妙で恐ろしかったことはありません。そのあと、身ごもったと言われました。わたしはその話をうのみにして、妊娠のあらゆる兆候を示したのです」

　ジャンヌの腹部は大きく膨らみ、月経が止まった。彼女はたびたび嘔吐し、乳房から乳汁を出した。絶えず極度の興奮状態にあり、安らぎを得るのは、夜ごとに訪れるイサカーロンに犯されるときだけだった。拒むと、鞭で打たれた。

　ジャンヌは薬草を使った人工流産を考えたが、断念した。ナイフで子宮から胎児を切り出すことも検討したが、さすがにそれはできなかった。一度イサカーロンから妊娠を中絶する魔法の膏薬を差し出されたものの、受け取らなかった。

　医師がジャンヌの妊娠は本物だと言ったが、イサカーロンは悪魔祓いの場で、なにもかもジャンヌに潜んだ悪霊が作り出した幻覚だと言った。ジャンヌが大量の血を吐いて、妊娠の症状が消えた。ジャンヌとスリンにとって、ひとつの奇跡が起こったのである。

　スリンはジャンヌから徹底的に悪霊を追い払おうとした。悪魔祓いだけに頼らず、次は彼女の魂を高める精神的な教えを使ってもよかった。スリンがジャンヌに取り憑いた悪霊をわが身に引き受けると言うと、彼はさっそく強迫観念にとらわれ、やがて憑依された。

　ジャンヌは相変わらずスリンに悪態をつき、抵抗したが、急に態度を変えた。聖女になりたいと思ったのだ。おまけに、アビラの聖テレサを模範にしたかった。ジャンヌは祈りの時間を増やし、厳しい禁欲生活に入った。髪を短く切り、板張りのベッドで眠り、食事にニガヨモギを振りかけ、釘を打ったベルトを巻いた。そして、1日7時間自分を鞭打った。規律を信奉するスリンに励まされた。

　ジャンヌはスリンの話を聞き入れるよ

うになり、1635年の夏には修道院の屋根裏部屋でたびたびふたりきりで会っていた。ここでスリンが神秘神学を解説し、ともに祈った。この密会は町で噂になったが、当人たちは気にしなかった。

ジャンヌはスリンに指示された苦行がいやになるたびに——これは人前ではなくふたりだけのときだ——悪霊たちを表面に出して大声で抗議させた。スリンが悪霊にみずからを鞭打つよう命じると、彼らは従い、ジャンヌに悲鳴をあげさせた。

1635年2月イサカーロンは、3人の匿名の魔術師が聖体拝領用のパンを3枚持ち、焼こうとしていると告げた。スリンがイサカーロンにパンを取ってくるよう命じた。初め、悪霊は拒否したが、次第に折れた。不可解にも、3枚のパンが修道院の壁のくぼみに現れたのだ。この行いは奇跡に見えた。

スリンは悪魔祓い師からジャンヌの精神的指導者へ姿を変え、イエズス会上層部の不興を買っていた。1635年10月、彼はボルドーに戻って別の悪魔祓い師と交代するよう命じられた。動揺したジャンヌは数日間病気になり、悪魔祓いを受けるよう求められた。11月5日、スリンは大観衆の前でジャンヌからレヴィアタンを追い払い、修道院に残ることを許された。

ジャンヌの額に血の十字架が浮かび、3週間消えなかった。それからバラムが、出ていく準備ができた、去り際にジャンヌの左手に自分の名前を記すと言った。悪霊が自分の名ではなく聖ヨゼフの名を刻むよう、ジャンヌは必死に祈った。11月29日、バラムはジャンヌに「ヨゼフ」の名を残して去った。スリンはこれを神の格別の恩寵と見なし、ほかの悪魔祓い師は自己暗示の所産だと考えた。しかし、大衆はジャンヌを聖女だと思った。のちに、イエス、マリア、サルの聖フランソワの名も彼女の腕に加えられた。名前は数週間で薄れるので、ジャンヌの守護天使が書き直した。

1636年1月7日にイサカーロンがジャンヌの体を出ていった。スリンは**ベヘモット**と戦ったが、10カ月たっても進展がなかった。10月には精神を病み、ボルドーへ呼び戻された。後任はルサ神父になった。

スリンのときと同様、ジャンヌはルサにも抵抗したが、悪魔祓いを強行された。ジャンヌは気分が悪くなって血を吐いた。体調が悪化して、特別な聖油が与えられた。おまえは死にそうになるが死なない、と神が告げる幻視を見た。医者から臨終が近いと判断される状態になり、守護天使が美しい若者の姿になった幻視を見た。続いて見た聖ヨゼフに油を塗られると、ジャンヌは奇跡的に回復した。のちに彼女は、シュミーズに油のしみがついたと明かした。証拠をでっちあげたのだろうが、それは聖遺物の資格を帯びた。

ベヘモットは、ジャンヌがスリンに伴われてアヌシーにあるサルの聖フランソワの墓に詣でないかぎり、彼女から出ていかないと宣言した。スリンは6月にルダンに呼び戻されると、同僚のトマ神父とともにジャンヌの巡礼に付き添い、彼女に対する務めを果たした。

1638年にジャンヌは5カ月間の巡礼で、フランスじゅうを意気揚々とめぐり、

パリ、リヨン、オルレアン、グルノーブル、ブロア、アヌシーを始めとする大都市を訪れた。何万もの人々がジャンヌと彼女の遺物、腕に刻まれた名前としみのついたシュミーズを見にきたことがわかった。アヌシーでは、憑依された娘がしみのついたシュミーズに触れて解放された。

特権階級の人々もジャンヌに注目していた。ルイ13世の妻アンヌ王妃、大司教たち、死期の迫ったリシュリュー枢機卿（個人的にはルダンの悪魔憑きを詐欺だと考えていた）である。ジャンヌのしみのついたシュミーズは、ルイ14世の誕生時に体に掛けられた。彼女は行く先々で喝采を浴びた。

10月15日、ベヘモットが契約を守ってジャンヌから出ていくと、スリンは再びボルドーに戻った。

巡礼を終えたジャンヌはルダンの女子修道院に戻り、2度とそこを離れなかった。退屈して注目されたくなったが、もはや注目を引ける悪霊も奇跡もなかった。重病になって奇跡の回復を遂げたものの、今回の「奇跡」はほとんど目立たなかった。

何度か悪霊が舞い戻り、ジャンヌを殴ったり悩ませたりした。しかし、彼女は地獄の使いと戦うことより天国の奇跡を起こすほうに関心があった。心臓がふたつに割れ、キリスト受難の道具で目に見えないしるしを付けられた、と彼女は訴えた。煉獄にいる魂がやってきて、話をした。彼女は次第に守護天使と関係を築き、「真の光」が自分に明かされるよう祈った。天使はそれに応え、ひどく心の狭い者たちにもじきじきに助言を与えたのだ。

1644年にジャンヌは自伝を書き始めた。事件を説明した箇所を読むと、自己陶酔型で、自分の行動の結果に無頓着だった性格がうかがえる。あの不運なグランディエについては、悲劇の真っただ中でさえほとんど触れず、嘘をついて彼を陥れた罪と後悔の念を綴っている。むしろ、ジャンヌはみずからの人生を魂の探求ととらえ、意志の弱さゆえに悪霊に逆らわれたと考えた。精神状態が最悪だった時期、彼女は2度自殺を試みた。

ジャンヌは長年スリンに手紙を書き送ったが、初めて返事を受け取ったのは1647年、スリンが彼女の精神的指導者の職を辞した年だった。それから1655年に彼が死ぬまで手紙のやりとりが続いた。ジャンヌは人生の終盤に向かってもなお注目の的であろうとして、魂の状態を告白し、文通と親しい交流を楽しんだ。

1662年までに、ジャンヌの「奇跡」は終わった。たとえ聖女にふさわしくても、彼女はやはり批判にさらされ、晩年にも魔女とか魔術師と呼ばれた。

ジャンヌは1665年1月に死んだ。頭部は切断され、金銀を施した聖遺物箱に納められた。しみのついたシュミーズは、すでにその箱に納めてあった。これらの遺物は広く信仰の対象となった。

女子修道院はある画家に依頼して、ベヘモットを追い出す場面の巨大な絵を描かせた。中央でジャンヌが、スリンとトランキル、カルメル会士の前にひざまずき、恍惚の表情を浮かべている。王族も庶民も見物している。聖ヨゼフがまばゆ

い光を放ち、その頭上に智天使たちが浮かんでいる。3本の稲妻は、ジャンヌの口から悪霊が出ていったことを示す。

この絵は80年以上礼拝堂に飾られていたが、司教が外すよう命じた。修道女たちはこれを別の絵で覆い隠した。1772年に女子修道院は閉鎖された。絵とシュミーズ、ジャンヌのミイラ化した頭部は隠され、行方不明になった。

十字路
Crossroads

魔法の力が働く場所で、特に精霊や**悪霊**を呼び出す時に使われる。道の交差点は、エネルギーの力も交差するので、古代から魔術的に重要だと考えられてきた。

十字路には悪霊や**妖精**、邪悪な霊などがよく訪れ、無防備な旅人が来るのをじっと待ち、彼らを迷わせる。伝承によれば、十字路は**サバト**に行く魔女と魔術師たちが集まるところである。十字路の悪霊たちが踊った場所には、草も生えない。

魔術的儀式の中には、死者との降霊術や、**黄金を見つける雌鶏**の出現、精霊や悪霊の召喚、動物の生贄など、十字路で行われるものもある。十字路はまた混乱の場所でもあるので、十字路に駆け込むことで邪悪な霊からうまく逃れられるという伝承もある。

呪術
sorcery

悪霊を含む霊の助けをかりて、呪文をかける魔術の技。**妖術**と関連する。sorceryは、フランス語で呪文を意味するsorsからきている。

呪術は愛、多産、運、健康、富など、人の運命に影響を与える。災害やよそ者、敵から守り、悪事を是正し、正義を行い、情況を制御し、怖ろしい現象を説明することなどを担う。相手を傷つけ、呪い、殺す力をもち、他者がかけた魔術の呪文を阻止することができる。**使い魔**を利用して、魔術を送り込み、呪文を成就させる。姿形を変える力ももつ。

西洋の黒魔術は、72人の**ソロモンの悪魔**、つまり**堕天使**をベースにしている。彼らの務め、特徴、**印章**は、ソロモン王のものとされる魔術教書『レメゲトン』に詳しいが、彼の時代よりかなり後に書かれたものと思われる。

シュタイナー、ルドルフ（1861–1925年）
Steiner, Rudolf

思想家、芸術家、科学者、教育者で、人智学を神秘学、キリスト教の奥義、**ゾロアスター教**の要素とあわせた心霊科学を開発した。人生の一時期、シュタイナーは、秘かに暗黒の力に相当深刻に苦しんでいたという。

1861年2月27日、ハンガリーのクラリヴィクで、オーストリア人の両親のもとに生まれた。父親は鉄道公務員で、息子に鉄道の土木技術者になって欲しいと思っていたが、早くから霊的才能を見せていたシュタイナーは別の道に進んだ。8歳のときに透視の能力を見せ始め、19歳のときに、身元を決して明かさないある熟達者が、シュタイナーに最初に神秘学の道への手ほどきをした。

シュタイナーは神智学協会に加入し、内部抗争やその懐の狭さ、東洋的神秘主義への偏りに幻滅するまでの約10年、そこで活動した。

1913年、シュタイナーは神智学協会から何人かのメンバーを引き抜いて、人智学協会を創設し、人間の特性の4つの段階、つまり感覚、想像力、霊感、直観の精神的成長を指導するという方針を示した。スイス、バーゼル近くのドルナッハで、ゲーテアヌムという奥義研究のための学校を設立し、そこでゲーテの戯曲や独自の神秘芝居を上演した。学校の建物は1920年に焼失したが、1922年に再建され、現在でも組織の国際本部として機能している。

晩年の25年間は、シュタイナーはヨーロッパやイギリスじゅうを旅し、6000回以上の講演を行った。出版物は350冊以上にものぼり、ほとんどが講演集だ。彼のオカルト哲学の代表作品は、『いかにして高次の世界を認識するか』（1904～05年）、『神智学』（1904年）、『神秘学概論』（1909年）だ。

● 神秘哲学

40歳までにシュタイナーは、自身の内なる発展を目指して、自分の精神科学や哲学を確立するのに専心し、霊的な世界や存在を体験するために、自分の内に秘めた能力を高めた。創造におけるすべての情報の宝庫であるAkashic記録の研究に時間を費やした。

シュタイナーは、『**ファウスト**』の著者であるヨハン・ヴォルフガング・フォン・ゲーテの影響をかなり受けている。

40歳のとき、自分の精神哲学や透視体験、これらから学んだことについて公に話すときがきたと感じた。このときまでに、彼は深い瞑想を通じて霊的世界の体験をかなりしていた。彼によると、人間は一時期、今よりももっと霊的で人知を越えた能力をもっていたが、物質界に落ちてその能力を失ってしまった。人間が落ちた最下層に、**イエス・キリスト**が現れて、より高みの霊的階層まで再び昇る機会を与えたという。シュタイナーにとって、生命、死、キリストの復活は、人類と宇宙の歴史の中で最も重要な出来事だった。しかし、福音には完全な話は書かれていない。

シュタイナーは、人間というものは**天使**たちや知性、霊的な存在に導かれて、より高い意識への道をたどるものであると見なしていた。最も重要なのは、人類が地球を再び浄化することで、宇宙的啓蒙への道案内をしてくれる大天使ミカエルである。

古いキリスト教精神は崩壊し、新しい霊性がなければ、人類は科学技術によって圧倒され麻痺させられてしまうだろうという。人間自身が助けや協力を求めれば、高尚な存在が強い推進力を送って、人類が新たな霊的な見方ができるよう助けてくれる。一方で、ルキフェルやアフリマン的な存在、つまり暗黒やカオスの力が、精神科学を理解するのを学ぶのに不可欠な、人間の思考、感覚、意思の天使的な力に、常に挑戦してくるという。

シュタイナーは、1912年4月4日の講

義で、新たな霊的推進力がなければ、科学技術が私たちの外面的な生活を支配するだけでなく、圧倒し、麻痺させてしまい、宗教的、哲学的、芸術的、倫理的な興味を消滅させ、私たちをただ生きているだけの機械に変えてしまうだろうと述べた。今日、多くの人たち、高い教育を受けた人ですら、すでに物理的なものの無知な奴隷となり下がっているという。**堕天使**たちが、情報、コンピューター・テクノロジー、経済ネットワークの世界で暗躍し、人種差別や国家主義を通して地球に悪を広めているのに、それが近づいてくるのがはっきり目に見えないため、人々は自分たちが彼らに毒されているのに気がつかない。

●ルキフェルとアフリマン的存在

シュタイナーは、悪行を通して破壊を奨励する存在を、ルキフェル的な霊と呼んだ。また、人を物質主義世界の機械じかけの泥沼におとしいれる存在を、アフリマン的な霊と呼んだ。**アフリマン**は、ペルシアの悪が人格化したもの。シュタイナーは、**ルキフェル**を大気と暖かさ、アフリマンを大地と冷たさと結びつけた。季節の変化は、両者の力関係の永遠の葛藤を示している。

シュタイナーは、邪悪な力との深刻な内面の葛藤に直面し、最終的にそれらに勝つのは、キリストの奥義の神秘への自分自身の専心だと感じていた。より崇高な意識に到達するための精神修行の途中では、必然的にこうした葛藤を伴うと警告した。彼は、内面の葛藤にとことん対処することを頑なに抵抗し、仮想敵への戦いを挑むのを好む人々がいることに気づいた。新たな千年が近づく1000年ごとに、ルキフェルとアフリマン的存在は、人間の進歩への攻撃を特に強めている。私たち自身の恐怖や、観念の投影のせいで、ますます精神的な品性を落とし、心が奴隷と化し、集団ヒステリーを起こしやすくなる。

シュタイナーは、近代の最大の課題は、ルキフェルとアフリマンの間の両極性を理解することだと考えた。近代の意識は神と**魔王**、天国と**地獄**の極性を理解し、極端に両極に向かうのはいいことではなく、人類は、真ん中でうまくバランスをとる中庸を見つけなくてはならない。

ルキフェルとアフリマンの力が関わってくるカオスは、人間の進化に必要なものだが、極めて反社会的だ。シュタイナーは高い礼節に努め、人間の関係を再評価した。ドルナッハにある彫像は、ルキフェルとアフリマンの間に立つ、人間の代表を表している。教養があり、友人であり、ときには傷つけられることもある、彼らに注目することによって、人は精神のバランスを保つことができる。1916年10月10日、シュタイナーは、一般的に人は前世で会ったことのない相手には遭遇しないものだと言っている。好き嫌いで判断することは、現実の社会的人間関係における最大の敵で、人を非難することは、因果応報的な関係をすっかり消滅させてしまい、次の生まれ変わりのタイミングを遅らせ、進歩がなくなってしまうという。

シュタイナーは、アフリマン的存在は、

非常に高い知能をもち、並外れて頭が良く、博識だという。彼らは自然を隠れ蓑に暗躍し、破壊や憎悪を助長して、人間の物理的な有機体を破壊しようと働きかける。感覚的衝動や強い欲求が高まり、こうした衝動は、特に衝動が存在するあらゆる低い生命体の力と思考とを置き変えてしまう。

ルキフェル的存在は、人間のエゴイズムや、創造しものを生み出す情熱を育むために、ありとあらゆることを行う。シュタイナーは、ルキフェルやアフリマン的存在が精神科学によって理解され、対抗しなければ、未来の進化は危険にさらされるだろうと言っている。

ソラト参照。

呪文を唱えるための容器
incantation bowl

悪霊を捕らえるか、追い払うために使われる**まじない**すなわち呪文が記された素焼きの容器。別名をバビロンの悪霊あるいは**魔王**の罠という。

スープ皿ほどの大きさの容器は、家や建物の四隅の土台の下に逆さに埋められ、悪霊が忍び込むひび割れをふさいだ。容器の魔法で、さまざまな悪から身を守れると信じられていた。例えば、男女の悪霊、特に**リリト**とその末裔の攻撃、病気、**妖術**、呪術師の**呪い**、**邪眼**などである。容器は引っくり返るか、悪霊を捕らえるかのどちらかであった。

この容器はバビロニア人と、一時バビロニアで捕虜になったヘブライ人に普及していた。使用された期間は不明だが、おそらく2世紀から7世紀にかけてであろう。現存するほぼすべての容器にアラム語が記されている。ペルシア語が記された物も多少ある。まじないはインクを使い、容器の内側の縁から中央へらせん状に書かれている。ときには外側にも字が続いていたり、中央に鎖でつながれた悪霊が描かれていたりする。まじないは家や家族、財産を守ると設定されている。ある容器には、魔王と配下の夜の怪物すべてからの「絶縁手形」が示され、村を出ていけと命じている。

多くの銘文は強力な**天使**たちか、**ソロモン王**とその魔法の指輪の印形に呼びかける。天使の助けを求めようと、大天使メタトロンの名前がよく使われる。メタトロンに授けられた称号には、全世界の大王、世界の王、神の玉座の王がある。

一部のユダヤの容器では、「偉大なるYYY、11の名を持つ天使」と主の御使い（ヤハウェの天使）に言及するか、類似の銘文が見られる。

以下にまじないの一例を挙げる。

悪霊ＮＴＹ、ＴＴＹ　ＱＬＹ、ＢＴＹ、ヌリエル、聖なる岩。封印され、さらに封印され、封じ込められたのは、インマの娘アハト、アハトの息子たちラビとマルキとディプシ、アハトの娘ヤナイ、インマの娘アハト、クァルクォイの息子アトヨナ、シルタの娘クァルクォイ、インミの娘シルタ—彼らの家と子供たちと財産はエル・シャッダイの、神は幸いなるかな、認印付き指輪と、男女の悪霊に魔法をかけるソロモ

ン王、ダヴィデの息子の認印付き指輪とで封印された。封印され、さらに封印され、封じ込められたのは、男女の悪霊、まじない、呪い、呪文、叩く音、邪眼、邪悪な黒魔術、母と娘が使う黒魔術、義理の娘と義理の母親が使う黒魔術、ずうずうしい女が使う、失明させて魂を吹き飛ばす黒魔術、男たちにもたらされる邪悪な黒魔術、ありとあらゆる悪である。主の名において。主よ、万軍は神の名である。アーメン、アーメン、セラ。これは悪霊ティティノスを阻止するまじないである。封印されたのは「Ｓ　ＱＬ」の群れとおぼしき者、および「Ｓ　ＱＬ　ＭＹＬＹＭＹＬＹ　ＴＹＧＬ」の群れとおぼしきものである。

多くの容器に**リリト**を寄せつけない呪文が記された。すべての悪霊でも一、二を争うほど恐れられた悪霊は、たいてい銘文の真ん中に鎖でつながれた姿を描かれた。銘文はリリトを追放するか、絶縁命令を出す。次のひとつ目の銘文は、**鉄**の使い方に言及している。精霊、とりわけ悪い精霊を弱らせるか、縛り上げる共通の手段である。

呪縛は、魔女リリトの鼻に釘を打つ。呪縛は、魔女リリトの口に鉄のペンチを入れる。呪縛は、魔女リリトの……首に鎖か鉄を使う。呪縛は、魔女リリトに鉄の手かせをはめる。呪縛は、魔女リリトの足に鉄の台をのせる。

汝、砂漠のリリト、汝、鬼婆、汝、食屍鬼よ……裸で、一糸まとわず、髪を乱して生み出され、背中に鳴き声を響かせる。

ラビス参照。

食屍鬼（グール）
ghoul

人間、特に旅人や子供、墓場から盗まれた死体の肉を食う悪霊。世界中に存在するが、アラビア伝承中のものが有名である。食屍鬼(グール)の語源はアラビア語の男性名詞グルと女性名詞グラであり、これは「悪霊」を意味する。アラビア伝承には数種類の食屍鬼がいる。なにより恐ろしいのは女のタイプで、生身の女の姿で現れる力を持っている。こうした悪鬼は、疑うことを知らない男と結婚して夫を餌食にする。

食屍鬼は夜行性で、墓場や廃墟など、ひと気のない場所に住む。ときには死んだ人間とされ、人目につかない墓で長期間眠ってから目覚め、起き上がり、死者と生者の両方を貪るといわれる。また、砂漠で味わう得体の知れない恐怖を擬人化していて、ラミアイと**リリト**に並ぶ夜の恐怖であり、出産の悪霊であろう。

ジョンソン、カール・レナード（1954年-）、ジョンソン、キース・エドワード（1954年-）、ジョンソン、サンドラ・アン・ハッチングス（1963年-）
Johnson, Carl Leonard; Johnson, Keith Edward; Johnson, Sandra Ann Hutchings

超常現象の研究者たち。悪霊に駆られた行為をともなう事例を専門とする。一

一卵性双生児のカールとキースのジョンソン兄弟は、悪魔学者として超常現象の研究者と協力し、悪霊の仕業とされる事例を取り上げるテレビ番組に出演してきた。キースとサンドラのジョンソン夫妻はニューイングランド異常現象調査会を設立した。

カールとキースは、1954年12月9日にロードアイランド州プロヴィデンスで生まれ、同州ノース・シチュイットで育った。ジョンソン一家はこの町の新しい家に真っ先に引っ越してきた。すぐに、子供たちも含めた家族が超常現象を体験した。誰もいないのに声がしたり、壁や窓を叩かれたりしたのだ。1度は、兄弟の母親が持っていたグラスの水が、ずるずるとやかましい音を立てて忽然と消えた。カールとキースが5歳になるまでに、寝室の窓の外で人間の快活な会話が聞こえるようになった。声がはっきり聞こえるほど近くに感じるのに、単語は一語も聞き取れなかった。こうした奇妙な体験を経て、兄弟は幼少時から心霊現象に強い興味を持った。

シチュイットでの学校時代、カールとキースは超常現象の研究を本格的に始めた。対象は幽霊、**天使**、**悪霊**、人間以外の霊などである。カールが特に興味を持ったのは、人間と精霊両方の本質に潜む悪魔的で暗い面だった。なかでも、**アレイスター・クロウリー**とアントン・サンダー・ラヴェイ（**悪魔崇拝**参照）の著作を貪り読むようになった。

カールとキースは17歳のとき、ロードアイランド・カレッジで**エドとロレインのウォーレン夫妻**が行った講義に出席した。兄弟は、この有名な超常現象および悪魔学の研究者たちと長年の友人になった。この出会い、とりわけエドと知り合ったことがキースの転機となり、悪魔学の分野に進むきっかけを与えた。

兄弟はロードアイランド州のグループとともに超常現象の研究に携わり、ときにはウォーレン夫妻に協力して、**悪魔祓い（除霊）** を手伝った。

サンドラ・アン・ハッチングスは、1963年5月17日にロードアイランド州ウォーウィックで生まれた。7番目の子の7番目の子であり、民間伝承によれば、超能力のような超自然の力を生まれながらに持っている。ウォーウィックのハイスクールに通い、同市の大学で福祉の学位を取得した。また、市民劇団に積極的に関わり、そこでキースに出会った。ふたりは1991年に結婚し、息子のキース・エドワード・ジョンソン・ジュニアとともにウォーウィックに在住している。

1990年代、カールもウォーウィックに引っ越した。3人は一時期、大西洋超常現象調査会に参加した。ここの会員はテレビの人気リアリティ番組『ゴースト・ハンター』に出演していた。2004年、キースとサンドラが独自の団体、ニューイングランド異常現象調査会を設立して、そこにカールも加わった。3人は**ジョン・ザフィス**や**アダム・ブライ**といった一般の悪魔学者と協力を続け、『ゴースト・ハンター』以外のリアリティ番組に出演した。

キースとサンドラは超常現象につい

て、人間ではないものの出没を専門に授業と講義を行っている。ニューイングランド地方で毎週放映されているトーク番組『幽霊はそばにいる』では、司会を務めている。カールは隔週で共同司会者を務める。

3人の推定では、出没した幽霊のうち15パーセントほどに、人間ではない存在が絡んでいるという。こうした事例は1990年代から増加している。ひとつの重大な要因に、世界的規模で緊張感が高まり、テロ行為と2001年の世界貿易センタービルへの攻撃もあって、不安と無防備な気分が広がっていることがある。

ジル・ド・レ（1404–1440年）
Gilles de Rais（Gilles de Retz）

裕福で高名なフランスの貴族。幼児殺害、**黒ミサ**の実施、**魔王**に生贄を捧げた罪で処刑された。

ド・レ男爵ジル・ド・モンモランシー＝ラヴァルは若い頃に軍功を立てた。王太子シャルルとイングランドがフランスの王位をめぐって争ったときは王太子に味方して、ジャンヌ・ダルクの護衛を任された。ジャンヌとともに何度か闘い、勝利を得た王太子がシャルル7世になる戴冠式に出席しようと、彼女に同行してランスへ向かった。そして、新国王から元帥に任命された。1431年にジャンヌがイングランド軍に捕らえられて処刑されると、ジルはブルターニュの所領へ戻った。

ジルは遺産を相続しただけでなく、1420年に裕福な女性と結婚したため、莫大な財産を持ち、国王もしのぐほど贅沢な生活を送った。数百人の使用人を雇い、200人の騎士を護衛に雇い、豪勢なパーティーを開いた。やがて財産を使い果たし、膨大な借金を抱えると、借金を返済して優雅な生活を維持するため、土地を売却するようになった。1435年には、それ以上の土地を売却したり、抵当に入れたりすることをシャルル7世から正式に禁止された。

自暴自棄になったジルは錬金術に手を染め、さらに富を得ようと**悪霊**を召喚するようになった。ほどなく、彼が錬金術どころではない悪事を働いている噂がささやかれた。子供たちを誘拐して、性的虐待と拷問の儀式を加えた末に殺害するというのだ。ブルターニュ公とその秘書が、ジルを異端のかどで有罪にできたら領地を没収しようと、悪い噂を広めたのだろう。ジルは1440年9月に逮捕され、140人以上の子供を誘拐して、黒ミサの儀式で殺害した罪で告発された。ナントにおいて、教会裁判と民事裁判の両方で裁かれた。

教会裁判官はジルに対して47の罪状をあげた。少年少女に加えた性的虐待、瀕死の状態になるまでの首吊り、強姦してから斬首、火あぶり、拷問、手足の切断などである。彼は多くの子供の血を抜いて、ゆっくりと死なせる間に、あるいは死なせた後に彼らと性交渉を持った。また、短剣で彼らの目をくりぬいたり、内臓を取り出したりして、魔王に捧げたといわれている。さらに、苦痛にあえぐ子供たちを満足げに眺めていたことを非難

された。

　ジルは数々の罪状を虚偽だと言い、法廷での弁明を拒否した。だが、破門すると脅迫され、無罪を申し立てた。教会裁判は40日間続いた。ジルは拷問された末、罪を犯したことだけでなく、それを楽しんだことまで告白した。使用人および共犯とされた人々のうち、数人がやはり拷問された。

　民事裁判では行方不明の子供たちの親が出廷し、我が子がジルの館の付近で姿を消したと証言した。ジルの側近たちは、主人が子供たちを犯してから殺したところを目撃し、子供たちの首を数えた、と証言した。

　ジルは異端、男色、神聖冒瀆の罪を宣告され、殺人でも有罪とされた。民事裁判で死刑を宣告され、1440年10月26日に処刑された。いくつかの理由から、彼は絞殺されたのち、魔女や魔法使いに対する一般的な刑罰である火刑に処せられた。遺族はジルの遺骸を引き取って、カルメル会の教会に埋葬することを許された。

ジン（ジェニ、ギン、ジャーン、シャヤーティーン、シャイターン）

djinn（genii, ginn, jann, jinn, shayatin, shaytan）

　アラビアの伝承において、人間に干渉してくる霊の一種。悪霊じみていることも多いが、**悪霊**と同義の存在ではない。ギリシアの**ダイモン**のように、ジンには繁殖力があり、善良なものも性悪なものもいる。超自然的な力を持ち、魔術の儀式で呼び出して、さまざまな仕事や奉仕をさせることができる。『千夜一夜物語』など、多くのアラビアの民間伝承では、願いをかなえる「精霊（ジニー）」として登場する。

●初期の伝承

　イスラム教以前の伝承では、ジンは煙のない火から生まれた意地の悪い存在で、不死ではなかった。他の超自然的な存在とともに、カフという世界を取り巻くエメラルドの山の、神秘の領域に住んでいた。砂漠や荒野をうろつくのが好きで、普通は目に見えないが、虫や動物や人間など、どんな姿にでも変身できる力を持っていた。

　ソロモン王は、ジンを支配し、ジンから身を守る魔法の指輪を使っていた。指輪にはおそらくはダイヤモンドと思われる宝石がはめ込まれ、独自の生命力を持っていた。その指輪によって、ソロモン王はジンの首に奴隷の焼き印を押していた。

　ある話では、ソロモン王がヨルダン川で水浴びをしている間に、嫉妬深いジン（**アスモデウス**だと言われることもある）が、指輪を盗んだと語られている。ジンは宮殿のソロモン王の玉座に座って王国を支配し、王を放浪者にしてしまう。神がジンに指輪を海に投げ込ませ、指輪を取り戻したソロモン王は、ジンを瓶の中に閉じ込めて罰したという。

　また別の話では、ソロモン王がジンをクリスタルであふれた自分の宮殿に連れていき、鉄のテーブルを囲んで座ったとされている。クルアーンでは、王がどのようにジンを働かせて、宮殿や絨毯、池、彫像、庭を作らせたかが語られている。ソロモン王が遠く離れた場所に行きたい

時には、ジンが王を背にのせてどこへでも運んだ。

ソロモン王はまた、ジンにエルサレム神殿や街すべても作らせた。

●イスラム教の伝承におけるジン

イスラム教の神学がジンを吸収して修正すると、見目麗しく気立てのよい存在となったジンもいた。イスラム教の信仰では、人間は土と水から作られ、天使の本質は光であると信じられている。ジンは天地創造の日に、煙のない火、もしくは自然の火から作られた。特定の状況でなければ、たいていの人間には見えないが、犬やロバは、ジンを見ることができる。人間よりも前から地上にいたが、どのぐらい長くいたのかはわかっていない。アダムやイヴの2000年前に作られ、天使と同等の発達をしていたという記述もある。ジンの長であった**イブリス**（シャイターンとも呼ばれる）は、アダムを崇めることを拒み、彼に従ったジンたちとともに、天から追放されることになった。イブリスは魔王と同義の存在となり、イブリスの臣下たちはすべて悪霊となった。イブリスの玉座は海の中にある。

人間と同じように、ジンには自由意志があり、善悪を理解することができる。クルアーンはジンが作られた目的は、人間と同様、神を崇めることだと述べている。ジンはみずからの行動に責任を負い、最後の審判で裁かれることになる。**地獄**は、ジンと人間の両方であふれるだろうと言われている。

ジンの争いの物語は、**天使**と悪霊の争いの物語と同じように、たくさんある。いくつかの記述によれば、ジンには以下のような、3つのタイプがあると言われる。

Ⅰ　空を飛べるジン。重くも軽くも、大柄にもやせっぽちにもなることができ、非常に柔軟な体を使って姿を変える。

Ⅱ　決まった場所に住み、そこから移動することのできないジン。廃屋などに住んでいる。

Ⅲ　蛇や蠍、地面を這う動物、犬（特に悪魔や**イブリス**の化身である**黒犬**）、猫などの姿で現れるジン。朝早くまたは夜遅くに、猫を追い払ってはならな

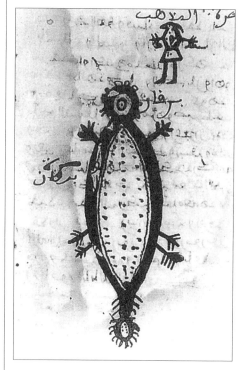

写本に残されたジンの姿

い。変身したジンである場合、復讐されるからである。

　預言者ムハンマドは、夜には道具に覆いをかけ、扉を閉ざし、子供から目を離さないようにと警告している。夜になるとジンがはびこり、ものを持ち去ってしまうからである。ムハンマドはまた、明かりを消すようにとも警告している。ジンが灯心を引っ張り、火事を起こすからである。しかし、ジンは鍵のかかった扉を開けることはできないし、結び目を解いたり、器の覆いをはずしたりすることはできない。家の中で蛇を見つけた時には、殺す前に3日の間呼びかけるべきである。もし蛇が姿を変えたジンであれば、ジンは立ち去る。

　クルアーン72章にあるように、ジンは改心することもある。「言え、『私に啓示された。幽精（ジン）の一団が（私のクルアーンの読誦を）聞いて言った、『まことに、われらは驚くべきクルアーンを聞いた』。『それ（クルアーン）は正導に導く』」。ムハンマドは、クルアーンを読み聞かせることで、ジンを改心させたのである。しかし、改心したとしても、ジンは皆ずるく、信用ならない。

　ジンは**妖術**によって命じられれば、墓を守ることもある。エジプトでは、王の墓をあばくことは不吉とされている。墓を守っているジンが、神聖な場所をおかすものに、災いをもたらすからである。

● ジンの生涯
　ジンの寿命は人間よりもずっと長いが、ジンはけして不死ではない。男女両方のジンがいて、子供も生まれる。肉や骨、動物のふんを食べ、遊び、眠り、動物を飼ったりもする。

　ジンの外見はさまざまに描写されている。山羊の足や黒い尻尾、毛むくじゃらの体を持つものもいれば、並外れて大きかったり、頭のてっぺんに目があるものもいる。

　ジンは地上のどこにでも住むことができるが、砂漠や廃墟や不浄な場所──墓場、ゴミ捨て場、浴場、ラクダの放牧地、ハッシッシの吸引所など──を好む。人間の家に住むこともできる。物陰と日光の間にいるのが好きで、暗くなるとすぐにうろつき始める。市場もジンの気に入りの場所なので、イスラム教徒はいちばんに市場に入ったり、最後まで残っていたりしないよう警告される。

　イスラム教では、人間は死者と交信して未来や死後に起こることを聞いたり、癒やされたりすることはできないと信じられている。そうしたことは、神の領域だからである。ジンはこの分野でも、ある程度の力を持っており、人間の前に死者の魂となって現れ、幻影や声を通じて、生者と交信することができる。植物に話しかけられ、その薬効を知ったという者は、実際には悪魔と話をしているのである。人間に**呪術**を教えたのはジンだと言われている（**グリゴリ**参照）。

　食事前にアッラーの名を口にすることなしにものを食べると、ジンが人間の食べ物を食べ、力を盗むという。

●人間とジンの結婚

妖精と同じように、人間と恋をし、結婚するジンもいる。明白な証拠はなく、ジンと人間の両方の性質を持った子供もいないが、アラブ首長国連邦には、女のジンの血を引いていると主張している部族がいる。ジンとの結婚が合法か否かという議論もあるが、イスラム世界の法学者のほとんどは、ジンとの結婚は非合法であるとしている。異種族同士の結婚で子供は生まれるのかということも、議論の的となっているようである。母親が人間であれば、子供は目に見え、人間によく似た存在となる。母親がジンの場合、子供の姿は見えない。

ジンは人間同士の仲に干渉することがある。人間に恋をすると、結婚をだめにしたり、仲を裂こうとしたりしてくるのである。

●ジンによる憑依

人間のあたりまえの行動が、無意識のうちにジンを殺したり傷つけたりすることがある。そうしたことが起きると、ジンは復讐のため、気に障った人間に取り憑く。ジンは共同体を嫌うので、ひとり暮らしの人間もジンに取り憑かれやすい。

ダイモンと同様、人間の中にはひと組のジンがおり、ひとりは善をひとりは悪をささやいてくる。人間の気分がジンに左右されることもあり、わけもわからずうれしくなったり、悲しくなったりする。ジンは人間の精神や体に影響を与えることはできるが、魂や心を動かすことはできない。

ジンに取り憑かれた人間は気がふれたようになり、怒りっぽくなったり、不安、憂鬱状態になるなどの兆候を示す。女性の声は男性のように、男性の声は女性のようになる。食事のあとで吐き気を覚える、頭痛がする、しじゅう誰かと争いたくなる、肩が重くなる、絶えず不満を覚える、自殺したくなるなど、体にも影響が出る。

ジンを去らせるには、去ってくれるよう頼むだけでは不十分なこともあり、訓練を積んだ者が、ジンを体から追い出すため、除霊（**悪魔祓い**）をしなくてはならない場合もある（**ザール**参照）。

●現代のジンとの遭遇体験

ジンは現代の迷信においてもなお、傑出した存在であり、ジンと遭遇することはしばしばある。見える者には、多数のジンが見えている。中東の特定の地域では、ジンの存在が固く信じられている。都会の中流より上の人々は、ジン信仰を迷信と見なしているきらいがあるが、地方や田舎ではジンは影響力を持ち続けている。

アメリカ軍の退役軍人で遠くを見る能力（千里眼）の持ち主であるデイヴィッド・モアハウスは、著書、『CIA「超心理」諜報計画スターゲイト』の中で、頭部を負傷したせいで一時的にジンが見えるようになったいきさつを語っている。ヨルダンのバテン・エル・グール（「獣の腹」の意味）で、アメリカ軍がヨルダン軍とともに演習のための野営をした時、彼はアメリカ軍の中にいた。

ヨルダン人はここを夜になると悪霊が出てきて人を取り殺す、呪われた谷だと考えていた。怯えきったヨルダン兵の悲鳴や叫び声で眠りを破られるのも、珍しいことではなかった。彼らは昼の光の中で、悪霊を見たと宣言するのだ。……バテン・エル・グールはサウジアラビアから広がる砂漠の外に刻まれた、荒涼たる岩だらけの谷である。クモ類をのぞけば、そこには生きているものの姿はない。

モアハウスは、誤ってヘルメットを撃たれたせいで頭に傷を負い、大きなこぶが残ることになった。それ以来、モアハウスは、ジンの存在を感じることになった。

夜の何時頃かに、私は目を開き、テントの外にこの世ならぬ光を見た。それはさながら日食の光のようで、ストーブか何かから出ているわけではなさそうだった。光は夜空いっぱいに広がっていた。バテン・エル・グールと、その向こうの丘全体が、奇妙な灰青色の光を浴びていた。私は絶壁の端まで歩いていき、谷をのぞきこんだ。いくつもの黒い影が、幽霊か何かのように、やすやすと谷底を横切っていた。それらはさまざまな群れや形となって岩からあふれ出し、テントが集まっている辺りを動き回った。ヨルダン側の野営地からくぐもった悲鳴が聞こえ、私は一瞬、盗賊団かイスラエル人の襲撃を受けたのかと思った。泡を食って助けを呼びに行こうと振り返った私は、影のひとつにぶつかってしまった。反射的に目を閉じたが、私はぶつかってなどいなかった。私の体はそいつの中を通り抜けていたのである。私は振り返り、影が絶壁の向こうへと消えていくのを見つめた。

その後、モアハウスの頭のこぶは、消えてなくなったという。

スウェーデンボリ、エマヌエル（1688−1772年）
Swedenborg, Emanuel

科学者で神秘主義者。肉体から抜け出して、天国や**地獄**を行ったり来たりすることができ、死後の世界の構造と階層を非常に詳しく述べたという。人は天国か地獄かを選ぶことができると信じていた。スウェーデンボリは、自分の体験を書いたが、その見解は当時の人たちからは受け入れられなかった。彼の死後、19世紀以降にその功績は哲学者や神学者に影響を与えた。

スウェーデンボリは、1688年1月29日、スカラのルター派牧師の次男としてストックホルムに生まれた。もともとスウェドベルグといったが、1719年に貴族に叙されたときに父親が姓をスウェーデンボリに変更した。学校を卒業すると、スウェーデンボリは、オランダ、ドイツ、イングランドへ旅し、そこで天文学者のエドモンド・ハレーやジョン・フラムスティードと出会った。1716年にスウェーデンに戻った頃には、スウェーデンボリ

の名声は、カール12世の耳にも入り、王立鉱山大学の特別査定官に任命された。鉱業に興味のあったスウェーデンボリは、ウプサラで教えるチャンスを断った。

スウェーデンボリは生涯結婚せずに、仕事に専念した。創造性豊かな発明家でもあり、14マイル離れた場所へ陸路で船を運ぶ装置や、潜水艦、飛行船、装填なしで60から70回撃つことのできる空気銃などを着想し編み出した。1734年から44年にかけて、動物、鉱物学、地質学、創作、解剖学に関するさまざまな論文を書いた。1745年には、自分の幻視体験に基づいた『神への崇拝と愛』を出版し、宗教と神の啓示の研究にのめり込んでいった。

スウェーデンボリは、1743年に陶酔的な幻視を見るようになった。このときまでは、霊的な考えをそれほど口にすることはなかったが、魂の存在については論じていた。突然、天国と地獄、**天使**や精霊の働きや、聖書の真の意味、宇宙の序列についての啓示に圧倒された。

幻視の間は完全に意識があり、最大3日もトランス状態を保つことができた。この間、呼吸は極端にゆっくりになり、無感覚になったが、精神は鋭いままだった。彼は自分のトランス状態を、人が1度死んで蘇生されるまでの間に起こることにたとえた。

スウェーデンボリはまた、眠りと覚醒の瀬戸際の状態、つまり寝入りばなか起き抜けのどちらかの状態を、長時間そのまま保っておける特殊な能力があった。意識が不明瞭なこの状態のなか、彼は鮮明なイメージや声に集中することができたという。自分の幻視を霊界への旅と呼び、自分が自分の肉体から抜け出ていくのがはっきりわかると言った。

1744年と45年に見た幻視の影響は大きく、スウェーデンボリの霊的な感覚は大きく飛躍した。のちに物質的な現実世界と、霊的な精神世界の両方に同時に存在することができるようになり、1747年には、査定官の仕事を辞めて、完全に幻視の研究に専念した。

晩年、イングランドに居を移し、84歳で死んだ。彼の亡骸はロンドンに埋葬された。

スウェーデンボリの死後、1772年に、彼の信奉者がさまざまな教会や研究団体を設立して、神秘主義を広めた。1778年にはイングランドに、1792年にはアメリカに新エルサレム教会が設立された。1810年には、スウェーデンボリ協会が設立されて、彼の本が翻訳されて出版されたり、図書館がつくられたり、出資研究や講義が行われた。スピリチュアリストたちは、魂は死後も生き残り、霊との交信が可能だというスウェーデンボリの概念を受け入れた。スウェーデンボリのように、彼らもまた生まれ変わりを否定した。

スウェーデンボリは、自分の幻視体験をラテン語で書いた30巻の書物を残している。このうち『天界と地獄』(1758年)の中で、魂はどのように霊界へ向かい、この世の関心と共鳴する階層を選ぶのかを書いていて、社会、町、生活、仕事、子供たち、その他の話題について説明し

ている。

　スウェーデンボリによれば、人々は自由意志によって、自分たちの生活を築き、最終的に天国か地獄かを選ぶという。男も女も神の愛や、隣人への思いやりに人生を捧げるか、自己愛や邪悪を美化するか、完全に自由なのだ。こうして、自分自身の天国や地獄をつくっていき、最後に選択するのだという。

　死後すぐに、人の魂は霊的世界、または精霊の世界である中間地点へ移動する。ここは、地上と天国と地獄の途中にある。霊的世界と物質世界ははっきり分かれているが、通信法体制を通して互いに映しあっている。魂が目覚めると、自分が後にしてきた世界と似たような環境にいるのがわかる。この第1段階の状態は、数日続く。天使、友人、親戚が新たな魂を出迎えてくれ、配偶者が先に来ていれば、また一緒になれるかもしれない。

　続く第2の段階では、魂は内面の瞑想に入り、隠すことのできない本性を審理する。生きている間に抱えていた密かな考えや意思は、実際にそう行動したかどうかよりも重要だ。それは、魂がその考えのままに誤った行動をしていたら、他人の注意を引いたり、とりいったりしたかもしれないからだ。こうした自己反省によって、魂は天国か地獄の終の棲家に移動する準備をする。第1段階では、邪悪な魂も良い魂も一緒にいるが、第2段階ではこれが分かれていく。

　邪悪な魂は、第2段階を経て最後には地獄へ行く。良い魂は霊の不純を浄化する「ヴァステーション」（訳注／「剥奪」を意味する）を通って、第3段階に移動する。そこで、天国で天使になるための指導を受ける。

　スウェーデンボリの地獄は、彼の時代に伝道師が語っていたような、永遠に地獄の業火に焼かれるといったものとは大きく違う。そこは、神の愛や真実よりも、自己愛や邪悪を選んだ人々が住むもっと現代的な場所だ。主は人々を地獄に落としたりはしないが、自分の天使たちを通じて、魂を救済するための仕事をきっちり行う。生前、天使たちは邪悪な考えや意思を良い考えへ変えようと努めるが、邪悪や偽りをどうしても捨てられない人は、死後に自分の地獄をつくることになる。

　地獄の住民たちは、天使と同じように地上の生活や習慣を続けるが、悪や堕落の度が過ぎると懲罰の脅威が絶えない。解決法は、自分たちの邪悪な性格を抑えることしかない。彼らを導く、堕天使、**ルキフェル**や**サタン**はいない。ルキフェルやサタンは彼ら自身が地獄を意味し、地獄のすべての霊は、もとは人間だったため、最高位の**魔王**はいない。彼ら自身が悪意や暗黒を選んだのだから、その顔が歪んだ恐ろしい怪物のようになるのだ。彼らは暗がりに住んでいるが、自分自身の憎悪の炎に焼かれるようだ。怒りや復讐心を口にし、互いに仲間を求めあう。天使が近づいてくると、嫌悪を露わにして身を縮め、苦しみに悶える。常に偽りの感情がぶつかりあって、歯ぎしりのような音を発する。地獄の入り口や門は、いたるところに無数にあるが、こうした道を選んだ魂にだけそれは見える。

中は獣のねぐらじみた洞穴に似ていて、荒れ果てた家や町、売春宿、汚物や排泄物でいっぱいだ。ほかにも、不毛の砂漠のような地獄もある。

スウェーデンボリは、邪悪な霊とも会話している。かつて、ひと組の男と女が、地獄から天国へ行くことを許された。女はセイレーンで、男の愛人だった。男は、彼の地獄では自然が彼らの神で、宗教は下層階級のための玩具にすぎないと言っていた。彼は天使や天国はなんの意味もないとして受け入れなかったという。また別のとき、スウェーデンボリは魔王に人々を困らせるのをやめられないと言われ、彼らは天使の姿を見ると、怒りを見せた。

こうした死後の世界においては、地上のような時間は存在しない。その人の内面の状態の変化によって、時間ははかられる。宇宙もまた違い、似たような考えをもつ霊は、実際にいる場所に関わらず、互いに近くにいるという。

スウェーデンボリは、魂の永遠の状態は、神が判断したり救い主が補ってくれるものではなく、はっきりと個人に責任があるとしている。天国へいくか、地獄へいくかは、その人の考えや意識によって人生の早いうちから道が始まっている。究極は、それぞれの魂がもつ真の性質で決まるということだ。

スコット、レジナルド（1538-1599年頃）
Scot, Reginald

イングランドの作家で、魔女狩りを真っ向から批判した、数少ない人物のひとり。魔女が**魔王**の従者であり、魔王の名のもとにいまわしい行為をしているという、当時の一般的な考えをあからさまに嘲笑した。**悪霊**や霊が、生者の生活を邪魔する力を持つということにも懐疑的だった。

スコットは悪魔学者でも聖職者でも法律家でもなく、怒れる市民だった。スコットは1538年頃、イングランドのケント州に生まれた。父親のリチャード・スコットは、裕福な地主であるサー・ジョン・スコットの3番目の息子であり、末息子だった。スコットは17歳の時にオックスフォード大学にやられたが、学位を取ることなくケント州に戻り、スミースに居を構えた。政府の補給金徴収係として働き、議会で1年務め、ホップの栽培を行った。裕福な従兄弟、サー・トーマス・スコットの不動産を管理し、彼の援助を受けた。

スコットは2回結婚した。1568年10月11日に最初の妻、ジェイン・コッブと結婚し、エリザベスという娘をもうけた。その後、ジェインが死亡すると（いつ死亡したのかはわかっていない）、アリスという未亡人と再婚した。アリスには最初の結婚の時にできた、マリーという娘がいた。

スコットは多くの時間を読書に費やし、特にオカルトや迷信など、不可解な話題を好んだ。独学で法律、迷信、民間伝承を学び、魔女を糾弾する当時の悪魔学者の著作を研究した。そして、彼の意見では罪もないのに誤って告発されたと思われる人々が、魔女として拷問され、処刑されることに、怒りを覚えるようになっていった。スコットは魔女狩り人の

主張に対する反論を書き、1584年、魔女狩りの嵐が吹き荒れているさなかに、『妖術の暴露』を出版した。冒頭の一文には、魔女狩り人に対する軽蔑が表れている。「妖術に関する作り話が、瞬く間に人の心を支配し、深く根を張っているので、（今日では）神の御手と罰を辛抱強く待つ者は、ほとんどいないに等しい」スコットの言葉の多くは、悪魔学者ジャン・ボダンと、ふたりのドミニコ会士によって書かれ、異端審問官の第一の手引書となっていた『**魔女たちへの鉄槌**』に向けられていた。

『暴露』をまとめるにあたり、スコットは自身の迷信、法学、文学の知識を利用した。さらに、彼の意見に反対する者も含め、数多くの学者、神学者、さまざまな分野の専門家たちの著作も参考にした。同じく魔女狩りに強く反対していたドイツの医師、**ヨーハン・ヴァイヤー**の影響も受けたが、ヴァイヤーが少なくとも超自然的なものの存在を信じていたのに対し、スコットは超自然的なものも完全に否定していた。

スコットは魔女を以下のような4つの種類に分けている。誤って告発された無実の者。魔王と**契約**を結んだと錯覚している者。**呪術**ではない方法で、人に危害を加える悪人。呪文を唱えたり予言をしたりするふりをしている、詐欺師やペテン師。嵐が起きたり作物が枯れたりするのは、魔女ではなく、神の手によるものだとスコットは言っている。

生者と霊が契約を結ぶのは不可能だと、スコットは信じていた。契約をしたという「自白」は、拷問され、処刑を逃れようと必死になった結果、なされたものである。聖書のどこにも悪魔との契約について述べた箇所はないと、スコットは言った。

スコットはさらに、悪霊や霊が現れたというのは、精神障害による幻想であり、夢魔との性交は「自然の病」であると考えていた。夢魔に関する話は、人間的な情欲を隠すものだとスコットは言った。霊は肉体的な欲求を持つことができない。夢魔との経験のいくつかは、悪夢もしくは「夢魔」——腹部の「未熟な生の部分」から生じる濃いガスが、脳に達し、脳を圧迫している状態——のせいであるとした。スコットはここでも聖書を引き合いに出し、**夢魔**（インキュバス）や**サキュバス**の存在を証明するような記述は聖書にないと述べた。

スコットはまた、魔王や魔女や悪しきものに対して、**まじない**を使うことを嘲笑し、**イエス**や使徒たちが悪しきものを追い払うために、聖水、銘文、聖書の一節が記された羊皮紙、首のまわりや家の中につるされた事物などを必要としたという証拠はないと指摘している。

『暴露』には悪霊の一覧、その外見や仕事、魔術の儀式によって悪霊を呼び出し命令する方法などについて、掘り下げた箇所がある。そこには悪霊をクリスタルの中に捕らえ、命令を実行させる方法が詳しく示されている。スコットはこうした魔術の行為を「よく知られた冒瀆」、「馬鹿げた迷信の儀式」と呼び、欺瞞以外の何物でもないとしている。騙されやすく、信じやすい者だけが、**地獄**から悪霊を呼

び出せるなどという、魔術師や降霊術師のうそを信じるのだと、スコットは言った。スコットはさらに、魔術を行うことと、教会の儀式による「ローマ・カトリックの奇跡」の違い、魔術とまじないの違いについて、疑問を示している。教会によれば、魔術が誤った迷信に基づいているのに対し、まじないは迷信を含んでいないので合法だということである。

魔女狩りを非難していたのはスコットだけではなく、スコットの著作は、イングランドで根強く続いていた、妖術を疑問視する姿勢の一部であった。独創性には欠けていたものの、『暴露』はイングランドの聖職者に受け入れられた。しかし、スコットランド王**ジェイムズ6世**（のちのイングランド王、ジェイムズ1世）は、これに激しく反発した。彼は『暴露』を焚書にするよう命じ、みずから反論の書である『悪魔学』を書いた。

モンタギュー・サマーズはスコットを「頭が悪く、偏屈で無能で想像力のかけらもない」「ものの見えない小地主」と評している。

スコットは1599年10月8日、スミースで生涯を閉じた。埋葬場所については意見がわかれており、スミースの教会墓地の、一族の墓に葬られたという説もあれば、ブラボーン教会にあるサー・トーマス・スコットの墓の近くに葬られたという説もある。

スタントンドリュー
Stanton Drew

イングランド、サマセットにある立石。**魔王**伝説と関連している。3つのストーンサークル、2本の石の街路、洞窟、ホートヴィルのクォートと呼ばれる落石からなる。

伝えられているところによると、ある土曜日に結婚式が行われ、招待客たちが夜までダンスに興じた。真夜中、演奏者がサバトでは演奏できないと言って、音楽をやめた。すると、謎めいた黒い男が現れて演奏を続け、客たちはどんどんテンポをあげて踊り続け、やめることができなくなった。明け方、不意に演奏が終わり、その謎の男が正体を表し、魔王本人であることがわかった。客たちは逃れることはできなかった。魔王はいつかまたおまえたちのために演奏しに戻ってくると言い、そのときがくるまで、客はその場に凍りついて、立石になったという。

スパー、オースティン・オスマン（1888-1956年）
Spare, Austin Osman

奇抜、ときに恐ろしげなアートで、オカルト的な幻影を表したイギリスの魔術師。彼の芸術的才能は、広く知れ渡り、天才とまで呼ばれていた。伝統的な芸術家としてのキャリアを追い求めることもできたのに、深層意識の中からわきあがってくる**悪霊**や精霊の肖像を創り出すことに専念した。

スパーは1888年12月31日にロンドンで生まれた。父親はロンドン市の警官だった。13歳で学校を卒業すると、ステンドグラス工場で働き始め、ケンジントンの王立芸術大学への奨学金を得て、1909年

まで成功を欲しいままにした。

　スパーのオカルト人生の要素は、子ども時代から育まれていた。母親とは距離をおき、ミセス・パターソンという謎めいた老女に傾倒した。パターソンは、自分は1692年の魔女裁判で処刑を逃れたセーラムの魔女の血を引いていると主張していたが、セーラムの事件は、子供たちの集団ヒステリーが原因と考えられていて、この言い分はありそうもないことだった。幼いスパーは、彼女のことを魔女の母親と呼び、のちに彼女は優れた占いのわざをもっていて、思考を実体化する能力があったと語っている。

　ミセス・パターソンは、スパーに精霊や自然力を目に見えるものとして呼び覚ます方法や、彼の夢のイメージを具体化して解釈するやり方を教えた。情報は、ミセス・パターソンの**使い魔**である黒鶯の助けをかりて夢の中で伝達された。また、彼女は魔女の**サバト**にスパーを連れて行った。スパーは、これをこの世のものとは思えない幾何学構造でできている、別次元の世界で起きていることだと表現した。スパーは何度かこのようなサバトに参加したという。

　ミセス・パターソンの指導の元、スパーは意思と性（彼の性衝動は非常に強かった）と、**アレイスター・クロウリー**の功績をおもに基本とする、彼独自の**魔術**を開発していった。

　ミセス・パターソンが亡くなると、黒鶯はスパーに引き継がれた。左道（訳注／魔術の分類。左道は邪悪な黒魔術と同一視されることが多い）の使い手にとって、黒鶯は夢の中や星の世界のヴァンパイアの精霊として見られていて、意思、欲望、信念を集中的に強く念じる儀式によって呼び出すことができる。それは、獣だったり悪霊のようだったり、さまざまな形で現れる。

　スパーは、意思の力があれば心の奥に潜むどんな欲望もかなうと信じていた。儀式的な魔術よりも簡単なやり方が、未発表の彼の魔術教書『ゾスの生きた言葉の書』の中に書いてある。欲望のアルファベットで印か護符を作り、欲望は全部しっかりと書き記す。重複する文字は罫線で消し、残った文字をモノグラム（組み合わせ文字）のような印にまとめる。その印をじっと見つめて、潜在意識の中に印象づけ、隠されていた欲望を表に解き放つ。そうすれば、「内なる神」が邪魔されることなく、望む目的を達成することができるという。

　ある逸話によると、スパーはなにもない空中から、新鮮な薔薇の切り花を取り出してみせると友人に言った。薔薇を表す絵をいくつか描いて、薔薇と繰り返し唱えながら、空中でそれを振った。しかし、結果は出たものの、それは思いもかけないことだった。部屋の頭上で配管設備が破裂して、スパーと友人は汚水まみれになってしまったのだ。

　スパーの芸術で、最もよく知られているものは、先祖返りだ。先祖の存在からの原初の力を、人間の心の深層から引き出して具体化すること。これもまた、ミセス・パターソンからの教育の賜物だった。また別の話では、彼の先祖返りのひ

とりが、目撃者のひとりを自殺に追いやり、別の目撃者を錯乱させたという。

自分が見た霊やイメージを絵に描く能力はあったのに、スパーは自分の奇怪な体験を言葉で表現するのに苦労することがあった。幻視のなかで自分が連れていかれた場所を、ただ「空間を越えた空間」と表現することしかできなかった。

1956年、スパーはイギリスの魔女ジェラルド・B・ガードナー（**妖術**参照）から連絡を受け、ケネス・グラントとの魔術戦争に協力を要請された。ガードナーは、グラントが自分のニュー・イシスロッジのために、ガードナーの魔女を盗んだと思っていて、グラントに魔術攻撃を仕掛けて、自分の魔女たちを取り戻すつもりだった。特にガードナーがこだわったのは、クランダという名の自称水の魔女だった。この年にスパーは亡くなったが、ひっそりと極貧生活をしていて、地元のパブで肖像画を描いてなんとか生計をたてていた。

欲望のアルファベットを使って、スパーはガードナーのために失った財産を正統な場所に取り戻すための護符を作った。スパーはその護符を、コウモリの羽と鷲の爪をもった両生のフクロウのようなものと表現した。ガードナーは失った財産の特徴についてはっきりとスパーに伝えなかったが、それはスパーとグラントが親しい間柄なのを知っていたからだ。

ニュー・イシス寺院で、ブラック・イシスの儀式を行う間、クランダは明らかに護符の悪い影響を受けた。彼女の役割は、祭壇の上に言われるままに横たわることだったが、彼女は汗をかきながら体を起こして、催眠術をかけられて生気のないとろんとした眼差しをしていた。まるで、恐怖に取り憑かれたように身震いし、痙攣した。のちに彼女は自分が体験したことを、巨大な鳥が現れてその爪で彼女をつかみ、夜の闇の中に連れ去ったと言った。彼女はもがいて逃れようとして、気がついたら祭壇の上に落ちていた。同席していた魔術師たちはなにも見なかったが、大きな鳥の爪が風を切るような音が聞こえ、冷たい風が部屋を駆け抜けるのを感じたと言った。実際に窓枠に爪でひっかいたような跡が見つかり、窓の下枠のところが、息を吹きかけてできたような奇妙なゼラチン状の物質で覆われていた。潮の強い香りが数日間、寺院の中に漂っていたという。

結局、クランダは、ガードナーの元に戻れず、ニュージーランドへ行ってそこで溺れ死んだ。

スパーの業績のいくつかは、彼が編集したふたつの季刊誌《From》と《Golden Hind》の芸術評にとりあげられた。自分の魔術体系をまとめた『快楽の書』（自己愛）、『恍惚の心理学（The Psychology of Ecstacy）』（1913年）、『生の焦点』（1921年）の3冊の本が出版され、『自動書記の書（A Book of Automatic Drawing）』が彼の死後、1972年に出版された。『醜い恍惚の書（The Book of Ugly Ecstacy)』（1996年）には、彼の手による悪魔的な存在の絵や、星の精液と蓄えられた性的エネルギーでできた、星々の世界で発見した自動機械が掲載されている。

スパーは人生のほとんどを、ロンドンで貧困のうちに世捨て人のようにして暮らしていた。距離を置いて人と交わることなく、人間よりも猫を相手にするほうを好んだ。彼は現代のカオス魔術の元祖と考えられている。

スマル家の怪現象（1986-1987年）
Smurl Haunting

ペンシルヴァニア州ウェストピッツトンの民家で起こった怪現象。チェイス・ストリート328の330に住む、ジャックとジャネット・スマル夫妻の家で起こったこの事件は、悪魔学者の**エドとロレイン・ウォーレン夫妻**が調査したため、広くマスコミの注目を集めた。3度**悪魔祓い**が行われたが、**悪霊は立ち去らなかっ**た。でっちあげだという懐疑論者もいる。一連の出来事は、ロバート・カランが『ホーンテッド——ある家族の悪夢（The Haunted: One Family's Nightmare）』として発表してベストセラーになり、同名のタイトルで映画も作られた。

問題の家は、1896年築の二世帯住宅の家で、中流クラスの住む簡素な住宅街にある。スマル家は、ペンシルヴァニア州ウィルクスバレに住んでいた、絆を大切にするカトリックの家系で、海軍の退役軍人のジャックは神経精神病学の専門家として働いていた。1972年のハリケーン・アグネスによる被害で、スマル家は引っ越せざるをえなくなった。ジャックの両親、ジョンとメアリ・スマルが、1973年にウェストピッツトンに1万8000ドルで家を購入し、右半分にジョンとメアリが住み、ジャックとジャネットとふたりの娘ドーンとヘザーが左半分に引っ越してきた。自分たちでリフォームし、ジャックの両親とも親しい交流を楽しんだ。18カ月の間は、彼らの新生活はのどかなものだった。

その後、奇妙なことが起こるようになった。1974年1月、新しいカーペットに妙なしみが現れ、ジャックのテレビが火を噴き、何度修繕しても水道管が水漏れした。リフォームした浴室の真新しいシンクやバスタブに、まるで獰猛な獣が爪でひっかいたようなひどいひっかき疵がつき、新たに塗り直した木の部分にも同じような疵がついた。1975年には、長女のドーンが自分の寝室で人が浮遊するのを何度も目撃した。

それでもスマル家は、こうした出来事を黙認した。生活はそのまま続き、1977年には、新たに双子のシャノンとキャリンが生まれて、子供がふたり増えた。その頃には、明らかに家の中の様子がおかしかった。誰も使っていないのに、トイレの水が流れたり、無人のはずの2階で足音が聞こえたり、引き出しが開いたり閉まったりした。電源が入っていないのに、ラジオが突然鳴り出したり、誰も座っていないのに玄関の椅子がキーキー音をたてて揺れたりした。すえたような妙なにおいが家の中に充満し、ジャックは見えない手に撫でられたような気がしたという。

1985年、こうした迷惑な騒動が恐ろしい出来事に変わった。家じゅうが氷のように冷たくなり、ジョンとメアリが隣か

ら口汚く罵ったり、卑猥な言葉を投げつける大声を聞いたが、ジャックとジャネットはそんな口喧嘩などしていなかった。2月には、ジャネットがひとりで地下室にいたとき、何度も自分の名前を呼ぶ声を聞いた。

2日後、氷のような冷気が黒い人影となって現れた。身長は5フィート9インチくらいで顔はなかった。最初、それはキッチンにいたジャネットの元に現れ、壁を通り抜けて、メアリの前に現れた。

それからというもの、怪現象がますます増えた。大きなシーリングライトがシャノンのうえに落ちてきて、もう少しで死ぬところだった。夜には、13歳のヘザーの姿が見えなくなり、ジャックが空中浮遊した。6月には、ジャネットが夫と愛し合った後、乱暴にベッドから引きずり出された。その間、ジャックは金縛りにあったように体が動かず、悪臭で息ができなくなった。飼っているジャーマン・シェパードのサイモンが、やたら落ち着きがなくなって暴れまわったかと思うと、ぐったりした。激しく壁を叩く音や、ひっかく音が聞こえ、亡霊のような犬が2世帯を駆け抜け、シャノンがベッドから投げ出され、階段を転げ落ちた。姿の見えない蛇がシューと音をたて、ベッドカバーが引き裂かれ、大きな足音が屋根裏部屋を横切った。近所の人にも影響が出た。誰もいないのに、スマル家から叫び声や奇妙な騒音が聞こえたと何人かが証言し、自分たちの家にもなにかがいるという人もいた。ほとんどの隣人が同情的だった。スマル家はこうした怪現象と戦うことを心に決めた。

1986年1月、ジャネットがウォーレン夫妻の噂を聞きつけ、夫妻に相談しようと決めた。ウォーレン夫妻は、ローズマリー・フルーという正看護師兼霊媒師と共に到着し、調査を始めた。まず、スマル夫妻に宗教の信仰や家庭生活の幸せについて訊ね、**悪魔崇拝**をしたことがあるか、**ウィジャ**盤を使ったことがあるか、どんな形であれ超自然的なものを家の中に入れたことがあるかどうかなどを質問した。スマル夫妻はノーと答えた。それからウォーレン夫妻とフルーは、家の中を歩きまわって、寝室のクローゼットが両世帯をつなぐ交差地点であることを見つけ、そこで4人の邪悪な霊の存在を確認した。3人はたいしたことない霊だったが、4人目は悪霊だった。

家庭内の不和、オカルトを呼び込んだり惨事などの痕跡はなかったため、ウォーレン夫妻は長年休止状態だった悪霊が、思春期に入った少女たちの感情エネルギーのせいで目覚め、こうした怪現象を引き起こしたに違いないと推測した。

ウォーレン夫妻は、宗教音楽を流したり、祈りを唱えたりして、2度宗教的に挑発して、姿を表すよう悪霊を誘導しようとした。悪霊は**鏡**や鏡台の引き出しをがたがた揺さぶったり、「汚らわしいろくでなしめ、この家から出て行け」と壁に書いたりして反応した。ポータブルテレビが不気味な白銀の光を放ち、祈りと聖水だけが、こうした怪現象を止めることができるようだった。

怪現象はその後も続き、不気味な光が

戻り、壁を叩く音はますますひどくなった。ジャックとジャネットは平手をくらい、嚙みつかれ、ひどくくすぐられたり、些細な物がなくなったりした。ある日、ジャネットが悪霊にイエスなら1回、ノーなら2回音をたててくれと頼んだ。家族を傷つけるためにここにいるのかと訊くと、答えはイエスだった。ジャックの前に、古めかしい服を着たふたりの女の幽霊が現れたりもした。

さらに恐ろしいことに、ジャックが若い肉体をもつ老婆の姿をした恐ろしい**サキュバス**にレイプされた。老婆の目は赤く、歯茎はグリーンだったという。エド・ウォーレンがひどい流感で呼吸困難になり、**夢魔**(インキュバス)がジャネットを暴行し、壁の中で豚のような鳴き声が聞こえた。

スマル家は、何度もカトリック教会から支援と対策を得ようとした。スクラントン教区のローマ・カトリック教会からは、専門家に相談すると言われたが、正式に乗り出してくれそうにはなかった。一時、ジャネットはオリアリー神父の助けをかりようと考えたが、そのような神父は実在しないことがわかった。どうやら、悪霊がなりすましていたようだ。

ウォーレン夫妻は、**ロバート・マッケナ司祭**に連絡をとった。マッケナは伝統主義の司祭で、第二ヴァチカン公会議によって義務づけられた儀式における変更を受け入れることをあくまで拒んでいた。司祭は、ウォーレン夫妻のためにラテン語によるミサと、50の**悪魔祓い**を行った。そして、古代の儀式を執り行って、**悪霊**を激怒させた。

怪現象はますます激しくなった。娘のキャリンが奇妙な熱を出して、深刻な病気になり、もう少しで命を落としそうになった。ドーンは家の中の存在に犯されそうになり、ジャネットやメアリの腕には切り傷や嚙み傷ができた。家じゅうに暗い雰囲気が漂い、エド・ウォーレンは、家族全員が悪魔憑きの第二段階、怪現象に続く**抑圧**に移行していると説明した。続いて**憑依**、最後には死に至るという。

春も終わる頃、マッケナ司祭は2回目の悪魔祓いを行ったが、効果はなかった。悪霊はポコノ山脈への家族のキャンプ旅行にまでついてきたり、仕事場でジャックを困らせたりした。どこへ行っても悪霊がついてくるので、スマル家はほかの家に引っ越すこともできなかった。教会にも見放されて、ついにスマル家はテレビ出演することを決めた。

匿名のまま、スマル家はフィラデルフィアのトークショー『People Are Talking』で、リチャード・ベイのインタビューを受けた。帰宅すると、悪霊が仕返しをしてきた。ジャネットを宙に浮かせて、壁に叩きつけたのだ。ジャックの前には、豚に似た2本足の怪物の姿で現れた。マットレスから人の手のようなものが現れて、ジャネットの首の後ろをつかみ、ジャックがまたレイプされた。

1986年8月、スマル家はこの一連の出来事を多くの人に知ってもらうことは、嘲笑されるよりも重要なことだと感じ、《ウィルクスバレ・サンデー・インデペンデント》紙のインタビューを受けることを承諾した。スマル家の自宅は、マス

コミや興味本位の野次馬、やたらと調査したがる懐疑的な輩が押し寄せて観光名所になった。一部の隣人を含む懐疑的な人たちは、スマル家が著書や映画収入を当て込んで、一連の話をでっちあげたに違いないと話した。

　ニューヨーク、バッファローにある、超常現象の科学的調査のための委員会（CSICOP）という懐疑的団体の会長ポール・カーツが、調査をしようとしたが、スマル家やウォーレン夫妻に拒否された。カーツは、一家に警護をつけて１週間ホテルに滞在してもらい、その間に家を調査したい、ホテルの費用は出すと申し出たのだ。また、一連の怪現象の手がかりになるかもしれないということで、無料で精神鑑定と心理鑑定もすると言った。スマル家によれば、CSICOPは最初からこの話は捏造だと決めつけていて、ウォーレン夫妻や教会と仕事をしたがっていただけだという。

　ふたりのCSICOPの調査員がスマル家に向かったが、門前払いをくわされた。カーツはのちにCSICOPの機関紙《スケプティカル・インクワイラー》に記事を寄せ、この事件は超常現象などではなく、まずいことが発見されるのを怖れたスマル家が、調査員を家に入らせないようにしたのだという考えを明かした。ドーン・スマルの体験談の矛盾や、ウォーレン夫妻への批判をとりあげ、スマル家が体験した怪現象のいくつかは自然現象として説明できるとほのめかした。

◎奇妙な音の原因は、この地域にある廃鉱山の洞窟のせい。
◎ジャックが霊にレイプされたのは妄想。
◎悪臭は下水道管の破損のせい。
◎思春期の子供たちのいたずら。

　カーツは、ジャネットが怪現象を警察に通報したと言っているが、警察にはその記録が残っていないことを指摘。さらに、この件でひと稼ぎしようとした動機を怪しんでいる。というのも、この怪現象が報道されてすぐに、スマル家がハリウッドの映画会社と話し合いを始めたためだ。スマル家は金への執着は否定した。

　エド・ウォーレンは、1986年8月下旬にみずからもうけた記者会見で、レポーターや懐疑主義者たちへの疑いを強めた。エドは、うめき声やつぶやき声など異様な音を録音し、不鮮明だが家のまわりをうごめく黒い塊の姿をビデオに撮ったと話した。ジャーナリストやCSICOPにテープを提出するよう言われたが、エドは断った。テープはあるテレビ会社に提出したが、その会社の名前を憶えていなかったのだ。エドは、カーツやほかのレポーターに、教会が独占的に抱えていると話したが、教会はのちに、引き渡されたものはなにもないと言った。

　エドは、家にとどまりたいという記者たちの要求も断った。一晩家に泊まって、超常現象を目撃して欲しいというスマル夫妻の最初の要請にマスコミは誰も耳をかさなかったくせに、今さら問題外だと言ったのだ。スマル家はもはやマスコミと取引しないし、自分がこの件を担当し

ているのだからとつっぱねた。

　スマル家は、メアリ・アリス・リンクマンという霊媒師と接触した。彼女は家を調べて、ウォーレン夫妻が発見した4人の霊を確認した。ひとりはアビゲイルという錯乱した老女で、もうひとりはパトリックという黒髭の男。彼は自分の妻とその恋人を殺して、暴徒によって絞首刑にされたという。3人目はよくわからなかったが、4人目は力の強い悪霊だと言った。

　マスコミの報道で、ついにスクラントン教区が動き出し、調査を引き継ぐことをしぶしぶ申し出た。いっぽうウォーレン夫妻は複数の司祭たちと、大規模な悪魔祓いの儀式を計画していて、祈禱師たちの一団が家に集まった。教区から調査を依頼された聖ボナヴェントゥラ大学のアルフォンサス・トラヴォルト尊師は、スマル家に邪心はなく、一連の出来事に悩まされていることは確かだが、悪魔的な存在が本当に一連の事件の原因なのかどうかははっきり言えないと語った。

　1986年9月、マッケナ司祭が3度目の悪魔祓いのために到着した。今度は儀式の効果があったようで、約3カ月間はおかしなことは一切起きなかった。

　1986年のクリスマス前、ジャックは再び、彼を悪魔憑きの第三段階に引き込もうとする黒い影と遭遇した。彼はロザリオをつかんで祈り、これが一連の事件とは関係のない現象であることを望んだ。しかし、激しくものを叩く音、ひどい悪臭、暴力が再び始まった。

　1988年に一連の怪現象を綴った著作『ホーンテッド』が印刷所にまわされる直前に、スマル家は別の町に引っ越した。教会は1989年に4度目の悪魔祓いを行い、やっと平穏が訪れたように思えた。映画版『ホーンテッド・ハウス』は、1991年に公開された。

スミス、エレーヌ（19世紀）
Smith, Helene

　霊の**憑依**を体験したスイスの霊媒師。肉体を持たないカリオストロ伯爵に惑わされた。本名キャサリン・エリース・ムラー。スミスは、霊媒師として金をとったことはなく、友人や愛好家たちのために娯楽として降霊会を行って、スイス、ジュネーヴの大きな店で、高い地位を得て生活をしていた。

　スミスの降霊会は、トランス状態、アラビア語での自動書記、理解不能な言語を話すグロッソラリアが特徴で、自分に催眠術をかけてトランス状態に入り、レオポルドという人物に乗り移らせてスミスを通して喋ったり書いたりさせた。

　スミスは、自分の前世はヒンドゥーの王女、マリー・アントワネットだったと主張していた。自分が慎ましい生活をしているのは、アントワネットが犯した因縁の罪を償っているのだという。スミスがトランス状態で接触した霊のひとりに、カリオストロがいる。彼が現れたとき、スミスは一時的に霊に取り憑かれた様子を見せ、瞼が垂れ下がり、二重顎になって明らかに容貌が変わった。霊は彼女の声帯を使って、低いバスの声で喋った。レオポルドが彼女を通して喋ってい

る間も、その体に変化が現れた。

　スミスのまわりの霊集団をコントロールしていたレオポルドは、火星まで移動させられたと言った。霊たちがスミスがトランス状態の間に彼女を火星に連れて行ったという。その結果、彼女は樹木や家、町の通りなど、火星のありのままの風景を語り、火星の言語で自動書記も行ったので、多くの降霊術者がこれを信じた。

　1890年代後半、スミスはたくさんの優れた研究者たちの研究対象になった。最も有名なのは、スイスの心理学教授テオドール・フルールノアだ。彼は5年間降霊会につきあい、精神分析技術を使ってスミスの個人的な来歴を調査し、彼女が降霊会で示した歴史的な情報を確認した。

　フルールノアは、スミスがカリオストロと入れ替わる様子を緩やかな過程と表現した。まず、スミスは見えない力に腕をつかまれたような感覚を覚え、それを振り払うことができない。それから首の後ろに痛みが走り、瞼が落ちて二重顎になって、カリオストロの肖像に顔が似てきた。スミスは大げさな気取ったような振る舞いを見せ、手でフリーメーソンのようなサインをつくると、男性のような低い声で、イタリア語訛りでゆっくりと喋った。カリオストロはまわりに「汝」と話しかけ、秘密結社の会長のように振る舞ったと、フルールノアは観察している。

　フルールノアは、スミスはすばらしい創造力の持ち主で、それをテレパシーや念力で補っているのだろうと結論づけた。スミスが話した火星の言葉はフランス語を幼稚に模倣したもので、サンスクリット学者は、その98パーセントは地球上の言語をなぞっているだけと断定した。尊大で、貫禄があり、頭の切れる「レオポルド」は、スミスが作り出した最も高度に発達した第二の人格だろうとした。

　フルールノアは、自分の発見を1900年に著書『インドから火星へ』として出版したが、支持者がスミスの味方になり、フルールノアは彼女の人生から追い払われた。この暴露本のせいで、却ってスミスの人気があがり、裕福で名声も得た快適な人生を謳歌した。

スリン、ジャン＝ジョゼフ（1600-1665年）
Surin, Jean-Joseph

　フランスの司祭。1630~1634年に起きた、ウルスラ会修道女の**ルダンの悪魔憑き**事件に関わった。スリン自身も取り憑かれ、残りの人生の健康に障害をきたした。

　スリンは、**悪魔憑き**を扱うのに適していなかった。長年の苦行のせいで神経過敏な気質だったからだ。おそらくこの件には手を出すべきではなかったのだろうが、彼は取り憑かれたように義務感を感じて、**悪霊**との闘いに身を投じた。生涯を通じて童貞だった。

　スリンは早い時期から信仰生活に入り、修道院で育って、ボルドー大学に入学した。ここで、1617年に学校を去った**ユルバン・グランディエ神父**とは同期だった。グランディエは、ルダンの悪魔憑き事件で火刑になった。スリンは司祭になりたてのころ、食事や睡眠、社会との接触を断ち、禁欲生活を実行していた。ルーアンで務め、4年間漁村マレンヌに滞在

した。そこで、幻視や脱魂の症状のあるふたりの女性を監督した。

　1634年12月15日、スリンがルダンに着いた時には、グランディエは処刑されていた。34歳のスリンは、健康にいろいろ問題を抱え、ひどい頭痛や筋肉痛、鬱、ふさぎこみや錯乱に悩まされていた。精神的にも多くの不調があり、ちょっとでも体を動かすと痛みが走った。自分は、あらゆる種類の精神的苦痛や圧力の攻撃を受けていると常に感じていた。ほとんどの問題は、彼がなんでも信じやすいことが原因かもしれなかった。言われたこと、特に霊的な体験について語る人の話をすべて鵜呑みにしてしまうのだ。そんなわけで、彼はルダンの取り憑かれた修道女たちの主張に疑いをもたなかった。

　仲間のイエズス会士たちと違ってスリンは、特に**ジャンヌ・デサンジュ**やほかの修道女たちが本当に取り憑かれていると信じた。彼は、「最も強力で邪悪な4人の地獄の魔王との闘い」に関わっていて、「激しく戦い、頻繁に攻撃を仕掛けることを神が許してくださったので、悪魔祓いは最低限の戦いの場になった。敵は昼夜を問わず、何千通りもの違った方法で、密かに正体を明らかにしてくるからだ」と書いている。

　スリンはまた、悪魔憑きの近くにいるときに感じる、性的誘惑についても率直に書いている。取り憑かれている者たちは、思わせぶりに体を震わせ、悪霊との交わりを臆することなく話すという。

　ジャンヌは始め、**悪魔祓い**をしようとするスリンを遠ざけようとした。スリンは、必ず彼女を救えると信じ、精神的な教示を与えようとした。来る日も来る日も、ジャンヌから恥知らずで屈辱的な態度をとられても耐え忍んだ。

　ついに、スリンは致命的な間違いを犯した。ジャンヌの身代わりになって、**憑依**を引き受けることを願い出たのだ。彼の願いは聞き入れられ、1635年1月19日、**強迫観念**の影響を感じ始め、4月6日の聖金曜日には、憑依の兆候を見せ始めた。悪霊がジャンヌから自分に移ってくるのを感じ、スリンは成功したことに得意になると同時に、深い絶望に落ち込んでいった。

　1635年5月、スリンはローマのイエズス会士ダティッキ神父宛てに自分の苦しみをこう綴っている。

さまざまなことがありました。神は教会では決して見ることのできないものをお許しになったと思います。それもひとえにわたしの罪ゆえにです。わたしが聖務を果たしている間に、魔王がその取り憑いていた者の身体からわたしのなかへと移ってきて、わたしを攻め、打倒したのです。わたしを振り回し、わたしの中を駆け回っているのが目に映ります。数時間にわたって、悪魔がわたしに取り憑いて荒れ狂いました。それはわたしに対する、なにか幻想に対する罰としての、神の懲罰だと言う人もいれば、まったく違うことを言う人もいます。わたしとしては、自分が今いるところを死守し、自分の運命をほかの誰の運命とも交換するつもりはありません。大変な窮地に追い込

まれることほどすばらしいことはないと確信しているからです。

スリンは、ダティッキ神父に自分のために祈り、この手紙は極秘にするよう頼んだが、ダティッキは複写して、広めてしまった。

ジャンヌは、スリンが1635年10月に**レヴィアタン**、続いて11月29日に**バラム**、1636年1月7日に**イサカーロン**を追い出すのに成功するまで、憑依の症状を見せていた。次にベヘモットと10カ月戦ったが、うまくいかず行き詰まった。ベヘモットはジャンヌが聖フランシスコ・サレジオの墓に巡礼したら、出て行くと言ったので、スリンは彼女に同行した。

旅の途中、スリンは悪霊たちのせいで言葉を話せなくなった。スリンは墓前で救いを祈ったが、効果はなかった。聖人の乾いた血の塊を食べたが、一瞬しか言葉は戻らなかった。ボルドーに帰る途中で、喋る能力が戻ってきて、ぎこちなく説教できるくらいにはなった。

スリンはよく、自分の中にはイサカーロンとレヴィアタンのふたりの悪霊がいると言っていた。**魔王**は、スリンにお前はすべてを奪い取られるだろうと言い、**魔女**と**契約**して、スリンが神と対話するのを妨げた。

悪霊たちはスリンを苦しめた。スリンはまるで自分の中にふたつの違う魂がいて、それがせめぎ合っているような感じがすると言った。神の至福の喜びにひたれる穏やかな状態から、神への怒りと反感、神から離れたいという激しく荒々しい欲望まで、感情や行動の起伏が激しくなった。十字を切るといった精神的行動をとろうとすると、すぐに体の中の敵対している悪霊たちが邪魔をしてくる。高潔なことを考えても、怒りが対抗してくる。自殺という考えにもさいなまれた。

スリンは、いくつかの罪のために、神に罰せられていると言う人もいる。もしそうなら、その運命を受け入れ、喜んで窮地に陥り、死ぬ覚悟はできているとスリンは言う。

1637年から38年にかけてずっと、スリンは病に苦しみ続けた。落ち着きを取り戻して正常な時期もあったが、1639年にはまた苦しみがひどくなり、動くことも喋ることもできなくなった。会話や説教もできなくなり、7カ月の間、完全に話す能力を失った。読んだり、書いたり、着替えや歩行、まっすぐ立っていることすらできなくなった。服を着たまま眠り、発熱や部分的な体の麻痺が起こり、医者も診断のつかない謎の病にかかって、どんな薬も効かず、食べたものもほとんど吐いてしまった。

1639年から1657年まで、スリンは手紙を書いたり、人と接するのをやめ、ほとんど孤独のうちに暮らした。気分や思考や感情の起伏が激しく、家を燃やしてしまいたいという衝動に繰り返しかられた。まわりは彼が気がふれたと思い、避けるようになった。スリンは自分のことを、他人に悪霊を乗り移らせる能力をもつ魔術師だと信じていた。

怒った聖人やキリストの幻がスリンを苦しめ、自分は**地獄**へ堕ちると信じ込ん

だ。聖母マリアの幻がスリンを非難、叱責し、罰として彼めがけて稲妻を落とした。スリンはそれが体を貫くのを感じた。

1645年5月17日、スリンはボルドー近くのサン・マケーにあるイエズス会士の家で、自殺をはかろうとした。家は川にせり出すように建てられていたので、窓から川に飛び込もうとしたが、下の岩に着地してしまい、大腿骨を折っただけで生き延びた。

数カ月後、スリンは足をひきずりながらも、再び歩けるようになり、読み書きもできるようになった。説教をし、告解を聞こうという精神力も戻ってきたように思えたが、それから3年間、仲間の修道士に監視されて、これ以上自殺しようとしないよう、ベッドに縛りつけられた。

1648年、同情的なバスタイド神父が、サントの大学の学長に任命され、スリンを一緒に連れて行った。バスタイドの看護のおかげで、スリンはきちんと生活できるくらいの健康を取り戻した。肉体的な痛みがあっても、精神的には穏やかでいられた。だが、まだ自分は呪われていて、完全に邪悪だと思い込んでいた。

スリンはボルドーに戻り、1651〜55年の間に、『精神教理問答』というすばらしい著作を口述した。1657年には、残された力を振り絞って紙に文字を書き始め、1660年には歩けるようになった。深い心霊体験をして、自分の守護天使を通して個人的なアドバイスをするようになったが、やめるよう命じられた（ジャンヌものちに同じことをしたが、続けることを許された）。

スリンは病人を訪ね、手紙を書くなど、再び司祭として活動し始めた。しかし、彼の行動はどこか変で、上の者は彼の手紙のほとんどを検閲した。

1663年、スリンはルダン事件について『実験科学』に書き、1665年に穏やかに死んだ。

現代の解説者たちは、スリンは本当に取り憑かれていたわけではないと考えている。彼は自分の理性を保っていたので、憑依ではなく慢性的な強迫観念に取り憑かれていただけだと解釈している。

スロックモートンの悪魔憑き（1589-1593年）
Throckmorton Possessions

若者たちが悪魔憑きにあい、わずかな証拠からまんまと魔女を滅ぼしたとされる事件。イングランド、エセックス州ウォーボーイズのスロックモートン（またはスログモートン）に住む5人の少女が起こした騒ぎが発端で、これが1世紀のちのマサチューセッツ州セーラムの魔女狩り集団ヒステリーの前兆となった。

少女たちが**憑依**にあい、魔女だと訴えられた者が裁判にかけられ、処刑された事件が記されているのは、1593年にロンドンで出版された『ウォーボーイズの三人の魔女の、きわめて奇妙で感嘆すべき暴露』という書物の中だけだ。これによると、名士ロバート・スロックモートンの5人の娘たちほか数人に魔術をかけて、ひどい苦しみを与えたとして、ハンティントンの最後の巡回裁判所で3人の魔女が告訴され、有罪を宣告されて処刑

された。さらにその魔術のせいで、レディ・クロムウェルも死に追いやられた。この時代にこんな事件は聞いたことがないとある。この本の一部は少女たちのおじ、ギルバート・ピッカリングによって書かれたようだ。

ウォーボーイズの地方名士であるロバート・スロックモートンと妻、ジョアン、エリザベス、メアリ、グレース、ジェインの5人の娘たちは、上流階級の生活を楽しみ、寛大なことで知られていた。裕福な地主として、スロックモートンは近所の多くの貧しい人たちを支えていて、その中にサミュエル一家もいた。アリス・サミュエルとその娘アグネスは、よくスロックモートン家を訪ね、互いに顔見知りだった。

1589年、末娘のジェインがくしゃみの発作や痙攣を起こし、トランス状態に陥るようになった。両親は恐ろしくなって、ケンブリッジの医師バローとバトラーに相談した。ふたりの医者はジェインの尿を診ただけで、魔術のせいだと診断した。76歳のアリス・サミュエルが、スロックモートン家に見舞いに訪れると、ジェインはアリスが**妖術**を使ったせいだと、大声で老女を責めたてた。「彼女ほど魔女らしい女を見たことがある？ とても彼女を見ていられないから、あの黒い帽子を取って」と言った。

それから2カ月以内に、ほかの姉妹たちも1日に何度もひどいヒステリーを起こすようになった。平静に戻ると、発作を起こしたことは記憶にないが、絶対にアリス・サミュエルが原因だと全員一様に言った。

長女のジョアンは、最終的にはこの家の中で12人の**悪魔憑き**が出るだろうと予言した。それからすぐに、7人のメイドたちが魔術の犠牲になった。そのまま解雇されていたら、彼女たちの悪魔憑きは解消されたかもしれない。スロックモートン家の使用人で残った者は皆、取り憑かれ、この苦しみの原因として、やはりアリスを名指しした。娘たちやメイドたちのヒステリー症状は、3年以上も続いた。

誰かが祈りを捧げ、聖書を読もうとすると、女たちは金切り声をあげ、体をねじって悶えた。特に**魔王**を攻撃する、ヨハネによる福音書の冒頭の部分にさしかかると、発作が激しくなった。このような症状は、一般的に本物の憑依だと信じられていたが、少女たちにとっては敬虔な礼拝をさぼる都合のいい口実だったのかもしれない。エリザベスは、日課の祈りをさぼるために、たびたびひどい癇癪を起こしたが、誰かとカードをしているときだけは静かだった。特に素敵な泉のほとりで外食しないと、歯ぎしりがひどくなるので、家族は毎日ピクニックに出かけるありさまだった。

スロックモートン夫妻は、娘たちの憑依に疑問をもった。その土地に住んでまだそれほどたっていなかったし、誰にも家族に魔術をかけるような動機がなかったからだ。ふたりは、娘たちがアリスを非難し、愚弄するのに耳をかさなかったが、ヒステリーはおさまらなかった。1592年晩秋には、ミセス・スロックモートンは、本当に魔王がいるのかもしれな

いと思い始めた。

1590年9月、スロックモートン家は、レディ・クロムウェルとその義理の娘の訪問を受けた。レディ・クロムウェルは、イングランドの裕福な下院議員サー・ヘンリー・クロムウェル（サー・オリヴァー・クロムウェルの祖父）の奥方だ。レディ・クロムウェルは、クロムウェル家の賃借人のひとりでもあるアリスに会うと、怒って老女のボンネットをはぎ取り、魔女だと罵倒して、髪を焼くよう命じた。恐怖を覚えたアリスは、レディ・クロムウェルに泣きついた。「奥さま、どうして私にそんなことをなさるのです？　あなたを困らせたことなど、これまで一度もないというのに」

家に戻ると、レディ・クロムウェルはひどい悪夢を見るようになった。アリスが送り込んできた、**使い魔**の猫に、体の肉を引き裂かれる夢だ。レディ・クロムウェルが完全に回復することはなく、徐々に健康がむしばまれて、15カ月後の1592年7月にじわじわと死んでいった。このときは、アリスがその死の原因とはすぐには見なされなかった。

このときには、娘たちがサミュエル家に行ったり、アリスがやってきても、娘たちは落ち着いていたので、アリスは数週間スロックモートン家で一緒に暮らすことになった。しかし、アリスと娘のアグネス、魔女と疑われた人間は、娘たちに繰り返しひっかかれるようになった。これは、本物の魔女かどうかを確かめる習慣だった。体のどこかになにかを刺して痛みを感じないようなら、その人は魔女ということになるのだ。

娘たちは、魔王と取引したことを白状するよう、アリスを繰り返し説得し、まわりが涙するほどの感動的で敬虔な言葉を述べた。こうした執拗な圧力に根負けして、アリスは、1592年のクリスマス前に白状した。

クリスマス後間もなく、アリスの夫ジョンと娘のアグネスが、アリスに告白を撤回するよう説得した。アリスは自分は潔白だと主張したが、12月29日にリンカンの司教とハンティントンの治安判事の前で再び白状した。サミュエル家の3人は皆、投獄されたが、アグネスは保釈金で釈放された。すると娘たちはアグネスをひっかいて、有罪の証拠を引き出そうとした。正体がわかった悪霊は、ブラック、キャッチ、ホワイトというどうでもいい名前の小者で、スマックスという姓の3人のいとこ同士だった。悪霊たちは、よく鶏の姿で現れた。

スロックモートン家の娘たちは、今度はレディ・クロムウェルの死を、アリス・サミュエルのせいにし始め、本格的に告訴した。1563年に制定された妖術禁止法に基づいて、この追及はかなり厳しく、殺人者としてアリスを死刑の危機に追いやった。

1593年4月5日、サミュエル一家は、妖術によるレディ・クロムウェル殺害容疑で裁判にかけられた。感情移入しやすい裁判官のエドワード・フェンナーは、スロックモートン家の娘たちの証言や、サミュエル一家が長年魔術をかけたせいで、家畜を殺されたと主張する人たちの

言い分を受け入れた。陪審員はわずか5時間で、3人全員に有罪を下した。

アリス、アグネス、ジョンが、絞首刑になってから、スロックモートン家の娘たちは完全に平静を取り戻した。レディ・クロムウェルは、アリス・サミュエルの黒魔術のせいで死んだとされたため、サミュエル家の財産は没収され、レディ・クロムウェルの夫ヘンリー・クロムウェルがそれを引き継いだ。ヘンリーはその資金を使って、ケンブリッジのクイーンズ・カレッジで年1回の説教を行い、妖術や魔術の憎むべき違反行為に対抗するよう人々に説いた。この説教は1812年まで続いた。

スロックモートン事件は、妖術や**邪眼**を信じる人たちに大きなショックを与えた出来事だった。この事件は出版物によって、広く知られるようになり、支配層にも衝撃を与えた。クロムウェル家は、1603年に王位についたジェイムズ一世の議会に仕えた。魔女に対してさらに厳しい処罰を求める世間の圧力に応えて、1604年に議会はさらに罰則を強化した新しい妖術禁止法案を通過させた。

聖句箱
tefillin

→**魔除け**

セジ
Sej

→**ドゥルジ**

セト寺院
Temple of Set

→**悪魔崇拝**

ゼパル
Zepar

堕天使で、72人の**ソロモンの悪魔**の16番目に位置する。赤い鎧を着た武装した兵士の姿で現れる公爵で、女性をどんな男性でも恋するようにさせ、彼らが恋人として楽しめるようになるまで、ほかのものに変身させてしまったりする。また、彼は女性を不妊にし、**地獄**の26の**悪霊**の**軍団**(レギオン)を統率する。

セプター
Scepter

巨大な犬の姿をした**悪霊**で、四日熱を引き起こす。

ソロモンの誓約では、セプターは**ソロモン王**に、王の時代の前は自分は犬ではなく人間で、この世でさまざまな不法行為を働いたと語っている。彼の強さは天の星を支配するほどで、さらに数多くの悪行を企てている。彼は星を追う人間を騙し、愚かな行為をさせる。彼はまた、喉を通じて人間の心臓（思考）を掌握し、破壊する。

ソロモンはセプターに、なぜそんなに羽振りがよいのかと尋ねた。悪霊は彼に、下男を預けてくれたら山の中のある場所へ連れていき、エメラルドの石を見せるといった。その宝石はソロモン王の神殿を飾るだろうと。

ソロモンは同意したが、下男に魔法の指輪を渡した。それがあれば悪霊を抑え

ることができる。下男はセイヨウネギのような形のエメラルドを手に入れ、指輪を使ってセプターを束縛した。ソロモンは宝石から200シケルの重さを取り出し、職人たちの明かりとして昼に夜に運ばせた。やがて彼は、鍵をかけてそれを保管した。彼はセプターと、無頭の悪霊**ムルデル**に、神殿のための大理石を切り出すよう命じた。

セプターは天使ブリアトスに阻止される。

セーラムの魔女事件
Selem witchcraft hysteria

1692~93年にかけて、マサチューセッツ州セーラムで、魔女と言われた人たちが裁判を受け、処刑された事件。全部で141人の人たちが疑いをかけられて逮捕され、19人が絞首刑になり、ひとりが圧搾死をとげた。きっかけは少女たちが、**魔王**と結託した魔女に襲われ、**悪霊の使い魔**を送り込まれたと訴えたことが始まり。この騒ぎが拡大して、ニューイングランドのピューリタン社会で悪魔の影響に対する恐怖が広まり、政治的・社会的緊張が高まった。

魔女騒ぎが勃発したとき、すでにセーラムの村と町は緊迫状態だった。発端は、1689年にセーラム村の4代目の聖職者として着任した、尊師サミュエル・パリスの家だった。聖職者になる前、パリスはバルバドスで商人として働いていて、マサチューセッツに戻ってきたとき、ジョンとティトゥバ・インディアンという夫婦の奴隷を帯同していた（インディアンはおそらく夫婦の苗字ではなく、彼らの民族を述べたものだろう）。ティトゥバは、パリスの9歳の娘エリザベスと、11歳の姪アビゲイル・ウィリアムズをかわいがっていた。ティトゥバは少女たちに、自分の生まれ故郷バルバドスについての話をして喜ばせていたのだろう。その中に魔術や占い、魔法の話が含まれていてもおかしくない。

少女たちは、セーラムの村のほかの娘たち、スザンナ・シェルドン、エリザベス・ブース、エリザベス・ハバード、メアリ・ウォレン、サラ・チャーチル、マーシー・ルイス、アン・パトナム・ジュニア（アン・パトナム・シニアは彼女の母親）と一緒に、面白半分にオカルトをかじり出した。だが、間もなく発作を起こす者が出るようになって、少女たちは怖気づいた。

1692年1月、ベティ・パリスを筆頭に何人かが、穴に中に潜り込んでは奇妙な音をたて、体をねじ曲げてのたうちまわるようになった。少女たちが、ティトゥバの魔術に関わっていたのを隠すために妖術にかかったふりをしていたのか、本当になにかに取り憑かれたと信じていたのかを知るよしはない。当時の風潮の中、彼女たちは魔法をかけられたと専門家に診断された。

17世紀のピューリタン社会では、妖術が病気や死の原因とされていて、魔女たちは魔王からその力を得ていると考えられていた。だから、次のステップは、魔女および魔女が原因であることを見つけ出して、それを根絶して少女たちを治療することだった。熱心な祈りや励ましを受けた後で少女たちは怖くなったが、自

分たちが共謀していたことを認めることもできなかったし、そうするつもりもなく、さまざまな名前をあげ始めた。

ティトゥバは、ライ麦に被害を受けた少女たちの尿を混ぜたもので、イングランド伝統のレシピに従った魔女ケーキを作らされ、それを犬に食べさせた。もし、少女たちが魔術をかけられていれば、犬も同じような発作に苦しむか、魔女の使い魔になるか、どちらかの現象が起こるはずだった。尊師パリスは、魔王と対決するのに魔王の助けを求めたとして、ケーキを作らせたメアリ・シブリーを激しく非難し、その罪について説教し、教会で大勢の前で恥をかかせた。だが、そのせいで災いが起きた。「魔王が我々の間に呼び出され、その怒りは猛烈に恐ろしい。彼がいつ沈黙するかは主のみが知る」とパリスは語った。

最初に告発され、糾弾されたのは、ティトゥバ自身、サラ・グッド、サラ・オズボーンだった。彼女たちの逮捕令状が出され、3月1日、3人はセーラムの町の治安判事ジョン・ホーソンとジョナサン・コーウィンの前に召し出され、被害にあった少女たちはすべての尋問に同席した。3人がそれぞれ質問を受けるために立ち上がり、女の亡霊が部屋をさまよっていて、自分たちに噛みつき、つねり、部屋のどこか（たいていは天井の特定の梁）に鳥やほかの動物の姿になって現われると主張すると、少女たちは発作を起こして痙攣した。ホーソンとコーウィンは怒って、なぜ少女たちをそんなに苦しめるのかと訊ねると、ふたりのサラは悪いことはなにもしていないと答えた。

しかし、ティトゥバは魔女のケーキの件以来、パリスに責められ、冬の集まりの話や悪霊を呼び出したことを明かすのを怖れて、自分は魔女だと告白してしまった。そして、魔王が好んで変身する黒い犬に脅かされ、少女たちに害を与えるよう命令され、黒と赤の2匹の大きな猫に仕えるよう言われたと話した。杖にまたがって空を飛び、グッドとオズボーンとその使い魔と共に魔女の集会（**サバト**参照）に参加した。グッドの使い魔は女の頭をもつ黄色の鳥で、オズボーンのは長い鼻をもつ毛むくじゃらな生き物だったという。ティトゥバは、前の晩にグッドとオズボーンに、アン・パトナム・ジュニアをナイフで襲うよう強要されたと言った。アンは魔女にナイフで脅されて、首を切られそうになったと主張し、この証言を裏づけた。

ティトゥバは、マサチューセッツにはほかに魔女の集会が6つほどあることを明かした。それは、長身で白髪の全身黒づくめの男に率いられていて、彼に会ったことがあるという。翌日の尋問で、ティトゥバはその長身の男が何度も接触してきて、魔王の書に**血**で署名するよう強要されたと話し、そこにはすでに9人の署名があったという。

3人はボストンの牢獄に連れて行かれ、そこでグッドとオズボーンは重い鉄の鎖につながれて、亡霊たちにまとわりつかれたり、少女を苦しめたりすることないようにされた。すでに弱っていたオズボーンはそこで死んだ。ティトゥバも告発者

の仲間入りをした。

　逮捕や裁判の法的手続きが複雑になったのは、マサチューセッツ湾の植民地特許状が失効したせいだ。1629年にピューリタン植民地として確立し、自治を行っていたが、イングランド法廷は1684～85年にかけてその特許状を無効にして、植民地の自立を制限しようとした。マサチューセッツ湾には極刑裁判を管理する当局がなくなり、魔女狩りが起こった最初の半年は、嫌疑を受けた者は足かせをはめられて牢獄で苦しい生活を強いられるだけだった。

　ピューリタンにとって、特許状の失効は神からの罰を表わしていた。植民地は神との契約で成立していたので、祈りや断食、善行に努めれば、契約にあるマサチューセッツの目的を維持でき、害から守られると考えられていた。植民地で些細な違反行為や派閥争いが起こると、それは契約に反する罪と次第に見なされるようになり、妖術の勃発は植民地内の悪行に対する神の究極の報復と思われた。コトン・メイザーとその父インクリース・メイザーによる説教集が出版され、日曜ごとに尊師パリスが説教壇から飽くことなく延々と妖術を罵倒したので、村人たちは自分たちの間を闊歩している悪を、なんとしてでも根絶しなくてはならないと思い込むようになった。

　1692年5月、新知事ウィリアム・フィップス卿は、高等刑事裁判所（「聞き、そして決定する」）を設立し、魔女の吟味を行った。5月末までには、およそ100人が少女たちの訴えによって牢獄に入れられた。ブリッジ・ビショップが、最初に有罪とされ、6月10日に絞首刑になった。

　法廷は亡霊の証拠の問題をなんとかしなくてはならなかった。問題は、少女たちが亡霊を見たかどうかということではなく、無垢の人間の姿で魔王が少女たちを苦しめることを正義の神がお許しになったかどうかということである。魔王が普通の人の姿になれないというのなら、亡霊の証拠は被疑者にとって意味がない。なれるというのなら、治安判事たちは誰が有罪とわかるのだろうか？

　法廷は聖職者の意見を求めた。6月15日、インクリースやコトン・メイザーを中心とした聖職者たちは、亡霊の証拠ばかりを重視するのはいけないと判事に注意した。ほかの証拠、例えば犠牲者が魔女の眼差しを見て崩れ落ちるかどうか、魔女に触れることで苦痛から解放されるかどうか、を見ることが最も信頼できる証拠だと見なされた。それでも、聖職者たちは魔女たちを精力的に告発することをさかんに要求し、法廷は亡霊の証拠を優先する判決を下した。

　セーラム村の元聖職者であるジョージ・バロウズの処刑は際立っていた。8月19日、バロウズと何人かが絞首台の丘(ガロウズ・ヒル)に送られた。バロウズは吊るされる前に、主の祈りを完璧に暗唱して大衆を驚かせた。バロウズを自由にしろという声が大きくなったが、少女たちは「黒い男」がバロウズに祈りの暗唱をさせたのだと叫んで反撃した。魔王は主の祈りを暗唱できないとされていたので、大衆の勢いは次第にしぼんでいった。さらに、コトン・

メイザーが、バロウズは叙階された聖職者ではなく、魔王は役に立つとなれば、光の天使にさえ姿を変えることができると大衆に向けて話し、暴動を鎮めた。皆がおとなしくなると、メイザーは処刑を続行するよう促し、執行された。これまでと同様、遺体は浅い穴の中に無造作に捨てられ、バロウズの手や顔がそのままさらされていたという。

サミュエル・ウォードウェルは、すっかり怖気づいて、黒い男に必ず金持ちになれると言われて、魔王の書に署名してしまったことを告白した。後になって、ウォードウェルはその告白を撤回したが、法廷は前の証言のほうを信じた。処刑のとき、ウォードウェルは処刑人のパイプの煙にむせた。それを見たヒステリックになった少女たちは、あれは魔王が彼の最期の告白を阻んでいるのだと主張した。

裕福な地主のジャイルズ・コウリは、法廷が彼を吟味する権利があることを認めるのを拒否したために、9月19日に圧迫死に処された。コウリはセーラムの野に連れていかれて、杭につながれ、大きな木の板を乗せられた。その上にさらにひとつずつ石が乗せられてゆき、ついにはコウリの舌が口から飛び出るほどの相当な重さになった。保安官のジョージ・コーウィンが鞭でその舌を口の中に押し戻そうとした。どんな質問を向けられても、コウリはただひたすらさらなる重しを求めるだけだった。石が彼の頭の上にまで積み上げられ、ついに彼は圧死した。アン・パトナム・ジュニアは、コウリは魔王の書に署名したとき、絞首刑にはならないと約束されたので、コウリの処刑は神の正義だと見た。

少女たちが図に乗って、著名人たち、例えば知事夫人のレディ・フィップスまでをも魔女だと騒ぎ始めると、この狂騒は逆に静まり始めた。10月29日、ついにフィップス知事は高等刑事裁判所を解散した。亡霊の証拠には証拠としての効力はないとされ、裁判は終わりを迎えた。

結局、これらの告発は神とニューイングランドとの間の契約に対するもうひとつの裁判と見なされた。これは償うべき恐ろしい罪である。この騒動の数年後、この訴訟手続きに関わっていた、コトンとインクリース・メイザー、その他の聖

コトン・メイザーによる魔女狩りパンフレットの表紙（著者蔵）

職者たち、治安判事、告発者でさえも、病気に苦しみ、それぞれ挫折に陥った。サミュエル・パリスも、セーラムの聖職者の座を追われた。

　1703年には、マサチューセッツ州の植民地議会は、有罪判決を受けたり、処刑された者に対して遡及的大赦を与え始めた。さらに驚いたことには、犠牲者やその家族に対して、損害賠償を認めた。1711年には、マサチューセッツ湾は、過失によって犠牲になった者に対して自発的に補償する最初の行政府のひとつとなった。

　1693年、インクリース・メイザーは、自著『良心の諸問題』の中で、魔女を見つけることはおそらく不可能だろうと認めている。その理由は、魔女だと断定するのは、神が人間の認識の限界に**サタン**に課したという前提に基づいてなされるものだが、サタンも神も人知を超えたものだからだという。

　1957年にマサチューセッツ議会は、犠牲者のうち何人かの嫌疑を晴らす決議案を通過させたが、市民は手ぬるい、もっと進めるべきだと感じた。1992年には、1692年の裁判で処刑された犠牲者全員の記念碑が建てられた。これは、ナチスの強制収容所で亡くなった犠牲者に関する作品でノーベル賞を受賞したエリ・ヴィーゼルによって捧げられた。この記念碑は、セーラムのオールド・ベリーイング・ポイントに建てられていて、公園のような広場には犠牲者たちの名前が刻まれた石のベンチが置かれている。

セーレ
Seere

　堕天使で、72人の**ソロモンの悪魔**の70番目に位置する。東の王、アマイモンに仕える君主で、翼ある力強い馬に乗った、美男子の姿で現れる。瞬時にことを起こし、どこへでも一瞬で移動し、あらゆる盗みを見つけ出す。気立てがよく、命令にも従ってくれるが、善悪には関心がない。26の**悪霊**の**軍団**(レギオン)を統率する。

セントルイスの悪魔祓い（1949年）
St. Louis Exorcism

　小説や映画の『エクソシスト』の着想の元となった、複数の**憑依**事件。悪魔憑き、**ポルターガイスト**、妄想など、さまざまに解釈されている。事件の詳細の多くは公表されておらず、関わった**悪魔祓い師**は全員死亡している。これは悪魔憑きではなく、ポルターガイスト現象、トゥレット・シンドローム（訳注／チック症を伴う遺伝的神経疾患）、精神障害で説明できるとする専門家もいる。

　悪魔憑きは、ロビー・ドウ（仮名）という13歳の少年。彼は、ワシントンDC郊外のメリーランド州コテージ・シティで1935年に生まれたが、子供時代は問題を抱えていた。母親はルター派信徒で、父親は背教者だった。

　1949年1月、この家族は、家の天井や壁をひっかくような音に悩まされるようになった。ネズミだと思って害虫駆除業者を呼んだが、ネズミの痕跡はなく、音はやむどころか、ますますひどくなった。キーキーときしる靴を履いた誰かが歩き

回っているような音が、今度は玄関で聞こえるようになり、皿や家具が理由もなく移動した。

ロビーが攻撃を受けるようになり、ベッドが激しく揺さぶられて眠ることができなくなった。寝具が何度も引っ張られ、引きはがされまいととしがみつくと、床へと投げ出された。

セントルイスに住むロビーのおばティリーが、1949年1月26日に亡くなり、ロビーはとてもショックを受けた。ティリーは心霊主義者で、ロビーの体験した超常現象に興味を示していて、ふたりでよく**ウィジャ盤**を使った。ロビーは、ウィジャ盤を使って、死んだおばと交信しようとしたのかもしれない。

一連の騒ぎの裏には邪悪な霊がいるに違いないと確信したドウ家は、ルター派の聖職者ルター・シュルツに相談した。シュルツは、ロビーや両親と彼らの自宅で祈りを捧げ、次にロビーと家にふたりきりになった。教会でもロビーのために祈禱を行い、父と子と聖霊の名において、ロビーに取り憑いているものに立ち去るよう命令した。しかし、怪現象はその後も続いた。

ロビーの苦しみは増し、昼も夜もなにか奇妙な物音や動きのせいで、眠ることができなかった。2月、シュルツはロビーをひと晩自分の家で過ごさせるよう提案し、両親の許可を得た。

その夜、ミセス・シュルツが客室を使い、ロビーとシュルツがふたつの四柱式ベッドがある主寝室で寝た。夜中、シュルツはロビーのベッドがきしむ音を聞いた。ベッドを抑えると、速い振動が伝わってきた。ロビーはすっかり目が覚めてしまったが、横になったまままったく動けなかった。

シュルツはロビーを肘掛け椅子に寝かせたが、ほどなく重たい椅子が動き出した。後ろに数インチ動いたかと思うと壁に激突し、次にゆっくりとひっくり返って、ロビーを床に投げ出した。ロビーはトランス状態になっていて、逃げ出そうともしなかった。

シュルツは、ロビーの両親を説得して、彼をジョージタウンの医療病院に送った。そこでロビーは2月28日から3月3日まで、医療と心理の面から検査を受けた。ロビーは激しく暴れ、報告書によると、「セントルイスへ行け！」というメッセージが、ロビーの皮膚に引っ掻いたような血のように赤い文字で現れたという。

ロビーの両親は、電車で彼をセントルイスへ連れて行き、親戚のところに滞在して、イエズス会士に相談した。レイモンド・J・ビショップ神父が家にやってきて、ロビーを清めたが、事態は**寄生**よりもますます悪くなった。神父はウィリアム・ボウダーン神父に相談し、ふたりで大司教ジョゼフ・E・リッターのところへ行って、**悪魔祓い**を依頼し、承諾された。

● 悪魔祓い

ロビーの悪魔祓いは、3月16日、ロアノークドライヴにある親戚の家で行われた。ロビーはますます、悪魔憑きに苦しむようになり、咳こんで痰や涎を吐き出したり、その体に痛々しく血がにじんだ

不可解なみみずばれやひっかき傷が現れたりした。悪態をついたり、吐いたり、唾を飛ばしたり、排尿したり、悪魔祓い師に襲いかかって、異常な力を見せたりした。治ったかと思うと、またもとの暴力的な振る舞いに戻ったりした。落ち着いたとき、ロビー自身は自分がしたことをなにも覚えていなかった。

3月21日、ボウダーンはロビーをアレクシアン・ブラザーズ病院に連れて行き、監視つきの病棟に入れた。何週間にもわたる、秘密厳守の悪魔祓いが再開された。何人の人間がこれに関わったかは知られていない。同席者の中には、ウィリアム・ヴァン・ルー神父と、チャールズ・オハラ神父がいた。病院のスタッフや神学生もいて、その中にはボウダーンに手伝いを乞われたウォルター・ハロランもいた。

4月1日、ロビーはカトリックの洗礼を受けるために、聖フランシス・ザビエル教会（現在は存在しない）に連れて行かれた。ボウダーンが良かれと思ってやったことだが、ロビーは教会へ行く途中で暴れ出した。教会を冒瀆されるといけないので、ボウダーンは中に入れないことにして、その代わりに、ロビーを牧師館に連れていった。**血**や粘液を吐いたり、暴れて卑猥な言葉を叫んだが、なんとか聖体拝領が行われ、ついに洗礼までこぎつけた。

一進一退を繰り返して数週間、ロビーの状態は好転してきた。転機は、ロビーが鋭い剣を持った**天使**が**悪霊**を一喝して立ち去らせた夢をみたことだった。4月、悪魔祓いは成功したと宣言された。

ロビーは両親とともにメリーランドに戻ってきて、不可解な超常現象のない、普通の暮らしを始めた。ロビーの父親は、カトリックを再び信仰し、母親は改宗した。ロビーはワシントンDCの郊外で暮らしている。

●追記

ビショップは悪魔祓いの詳細を日記に残していた。教会はこれを公にする気はなかったが、シュルツによってマスコミに漏れてしまった。ウィリアム・ピーター・ブラッティは、1949年8月に《ワシントン・ポスト》紙のAP通信で、事件に関する記事を読んだとき、ワシントンのジョージタウン大学の学生だったが、興味を抱いて、できる限り情報を集めた。20年後、ピーターはこれらを原案として、細かいところは多数変更し、フィクションをつけ加えて、小説『エクソシスト』を仕上げた。これがベストセラーになった。

『エクソシスト』は1971年に出版され、ウィリアム・フリードキン監督によって映画化され、1973年に公開された。脚本はブラッティが書いた。撮影中、キャストやクルーのほとんどが奇妙な体験をし、関係者9人が死亡するという不幸にみまわれた。映画は観客も恐怖におとしいれ、悪魔に憑かれる恐怖から、医者に診てもらったり、精神的な助けを求める人も出た。映画は邪悪だと酷評されたが、続編まで作られ、シリーズ2はブラッティ自身が監督した。

2000年には、再びブラッティとフリー

ドキンのコンビで、新『エクソシスト』が公開された。フリードキンは取り憑いた悪霊の顔を見せようとして、多くの観客の恐怖を台無しにした。

◉ 分かれる意見

事件について信憑性に欠ける話や伝聞がたくさん出てきて、実際のところなにが起こったのか、いまだに意見は分かれている。批評家たちは、ロビーが外国語で喋ったり予言したりするという、教会が定めた憑依の基準を満たしておらず、さらに、彼が見せた異様に強い力は、悪魔が見せる超常的な力の特徴とは考えられていないと反論した。

シュルツは、ノース・カロライナ州ダラムの超心理学者J・Bとルイーザ・ラインに連絡した。ライン夫妻はセントルイスまで車でやってきたが、到着したときには超常現象は起こらなくなっていた。それでも、ふたりはこの事件を、そこに住む人の無意識の突発念力が引き起こすポルターガイスト現象である、再発性自然サイコキネシスと考え、ロビー自身の無意識の力が彼の心の力を通して、まわりの物体や彼自身の体に影響を与えているのだとした。

ボウダーンは、これは真の悪魔憑き事件だと信じていると言ったきり、それ以外は口をつぐみ、1983年に86歳で死んだ。ビショップ神父は1978年に72歳で死んだ。ビショップの日記のコピーを燃やしたハロランは、ロビーが本当に悪魔に取り憑かれたとは思わないが、自分はそれがわかるほど専門家ではないと、後からつけ加えた。晩年、彼は精神疾患だけではすべての現象の説明はつかないと言っている。ハロランは2005年に83歳で亡くなった。

ロビー自身は、自分の体験についてはなにも語らず、おもだった悪魔祓い師たちも亡くなり、彼の口からさらに新たな証言が出ることはなかった。この事件はいまだに議論が続いている。

洗礼
baptism

変容、再生、入信、**悪魔祓い**のための精神的な儀式。キリスト教の伝統において、洗礼は悪と**魔王**の罠から魂を守る。**憑依**事件では、悪魔祓いをされた**悪魔憑き**は必ず、洗礼を受け直さなければならない。

キリスト教の洗礼は水を用いて行われるが、それはヨルダン川での洗礼者ヨハネによる**イエス**の洗礼で確立された伝統を守り続けているからである。カトリックでは聖水を額に振りかける。プロテスタントのいくつかの宗派では、水にすっかり浸かって洗礼を行う。

洗礼は多くの魔術的儀式の一部に組み込まれており、同時に他の要素を含むこともある。火の洗礼や**血**の洗礼は、熱烈な清めと浄化を表している。血はまた贖罪をも表し、十字架上のキリストが流した血を表す。

悪霊からの**解放**活動では、洗礼は精神の洞察力と癒やしという聖霊からの贈り物を受け取るのに不可欠である。

●悪魔の洗礼

異端審問による魔女狩りの時代、魔王は通常**サバト**で地獄の**契約**の一環として、冒瀆的な洗礼を信者たちに施していたと信じられている。魔女たちはキリスト教の信仰を捨て、新たな帰属を象徴するグロテスクな新しい名をつけた。1662年に裁判にかけられたスコットランドの魔女、イゾベル・ゴウディが語ったところでは、魔女たちはみずからの血で洗礼を受け、「暴風」「堤防越え」「風起こし」「危険すれすれ」「ぶち壊しマギー」「吹き荒れケイト」といった名を名乗ったという。

訴えられた魔女たちの告白によれば、子供たちも大人に交じって魔王からの洗礼を受けた。1611年、ウルスラ会修道院の修道女たちによる**エクサン＝プロヴァンスの悪魔憑き**での役割によって処刑されたルイ・ゴフリディは、サバトでの洗礼を目撃したと告白した。彼は以下のように述べた。

> サバトで洗礼が執り行われ、どの魔術師も魔王に心酔し、もし少しでも可能性があるなら是が非でも我が子全員をサバトで洗礼させるという特別な誓いを立てる。そうしてサバトで洗礼を受けた子供たちは、本来の名前とは似ても似つかない名をつけられる。この洗礼の水には硫黄と塩が使われ、硫黄は受ける者を魔王の奴隷にし、塩は魔王の勤行による洗礼を確立させる。ルキフェル、ベルゼブト、その他の悪霊たちの名において洗礼を行うのが礼式と対象であり、十字の印を作って逆の順序で足から始まり最後に頭で終わる。

このようなサバトや洗礼に関する詳述は、信用できない作り話と思われる。証言者たちは拷問によって自白を強要されたからである。

ゾアク
Zohak

→**アジ・ダハーカ**

阻止天使
thwarting angels

特定の**悪霊**に対抗して、その力を無効にする**天使**のこと。あらゆる病気、悪天候、その他の不運は、それを引き起こす担当の悪霊が決まっている。そうした各悪霊に対して、祈りと**魔術**によって呼び出され、彼らの悪さを阻止する対抗天使がいる。適切な阻止天使を知ることは、素早く効果的な助けを頼むのに重要だ。

最も重要な阻止天使は、惑星の支配者の6人の天使で、世の中のあらゆる苦しみの原因である、暗黒世界の魔力を持つ**天体**を阻止する力を単独でもつ。

惑星の支配者は以下のとおり。

Ⅰ　ラメキエルは欺瞞に対抗する。
Ⅱ　バルキエルは紛争に対抗する。
Ⅲ　マルマロトは破壊に対抗する。
Ⅳ　バルティオウルは苦悩に対抗する。
Ⅴ　ウリエルは罪科に対抗する。
Ⅵ　アステラオトは権力に対抗する。

魔除け、**魔術**、**ソロモン王**参照。

ソツ
Zotz

マヤの恐ろしい**悪霊**で、黄泉の国の王。犬の頭と尖った歯、巨大な翼をもった姿で、血に飢えた歪んだ笑みを浮かべる。不誠実を意味する白と黒のモノトーンで現れることもある。洞窟の奥深くに住んでいて、人里離れた場所で待ち伏せして、夜に旅人を襲い、金品を奪ってそれを洞穴の中に隠す。

あの世には、コウモリの家と呼ばれるソツの自分の領域がある。有罪を宣告された魂はソツの前を通らなくてはならない。そこで彼は魂の**血**を飲む。マヤ伝説では、ふたりの兄弟が地獄に**堕**とされ、ソツの前を通ったとき、ひとりの頭がソツに食いちぎられてしまった。もうひとりが、近くにいたカメと頭を取り替えると、食いちぎられて死んだ少年が蘇ったという。

ソラス(ストラス)
Solas(Stolas)

堕天使で、72 人の**ソロモンの悪魔**の 36 番目に位置する。最初はワタリガラスやフクロウの姿をしていて、人間としても現れることのある力のある君主。天文学や薬草の効力を教え、植物や宝石を介して予言を行い、26 の**悪霊**の**軍団**(レギオン)を統率する。

ソラト
Sorath

悪霊天使で、太陽の精霊。その数字は 666。**ルドルフ・シュタイナー**は、ソラトは黙示録における太陽の悪霊で、**ルキフェル**や**アフリマン**よりもはるかに強大で邪悪な力だとした。そして、1000 年が過ぎると、気高い人々は太陽の精霊、キリストの優美な幻影を見ることができるだろうと予言した。それに対してソラトは自分が取り憑いた人間を通して対立を強める。取り憑かれた人間は、きつい性質をもち、わけのわからないことを喋りまくり、感情的になって破壊的な怒りを爆発させ、獣のような獰猛な顔になる。そして霊性をもつものを愚弄する。ソラトとその数字 666 には、黒魔術(**魔術**)の秘密が隠されている。ソラトをしのぐ太陽の守護神としての力は、大天使ミカエルで、奈落への鍵と鎖を手に持っている。

666 参照。

ソレヴィール
Soleviel

悪霊で、虚空をさまよう公爵。200 人の公爵と、200 人の仲間を指揮し、多くの従者を抱えて、場所から場所へ放浪する。12 人の公爵長は、従順で気立てのいい 1840 人の従者を抱えている。12 人の公爵は、イナチール、プラクシール、モラーチャ、アルモダール、ナドルシール、コブシール、アムリール、アクソシール、チャロエル、プラシール、ムルシール、ペナドールである。

ゾロアスター教
Zoroastrianism

預言者ザラスシュトラ(ギリシア語でゾロアスター)の教えを基本とした、古

代ペルシアの信仰。西洋の天使論や悪魔学の発達に影響を与えた。

ザラスシュトラは、紀元前650年初頭頃に生まれたとされる。彼の生涯についての文献は断片的にしか残っておらず、彼の手によるものとされている文献も、数百年の開きがある。ゾロアスター教の歌や詩をまとめた神聖な書物『ガーサー』や、教えを説いた経典や創生神話『アヴェスタ』は、預言者の手によるものなのか、弟子がまとめたものなのかははっきりわからない。

ゾロアスター教は、ヒンドゥー教と共通の基盤をもち、共通の神もいるが、肝心な点は違う。その宇宙観は二元論で、善と悪の力の争いが精神世界と物質世界の階層的規模で繰り広げられるとしている。初期インド・アーリアの讃歌集リグ・ヴェーダに似た文書、ヤシュトに名前が出てくるヒンドゥーの半神半人は、**天使**になった。ゾロアスター教が改訂されたとき、ヴェーダで**ダエーワ**またはデーヴァと呼ばれていた神や半神半人は、悪魔になり、イランのアフラやインドのアスラなどの神は排除された。例外はアフラ・マズダ（のちにオフルマズドと呼ばれる）で、ほかのあらゆる神性を発する真の神の地位にまで昇格した。

邪悪なものは別の原理で、善神に敵対し滅ぼそうと脅かす存在だ。神に敵対するのは、アンラ・マンユ（ヒンドゥー教のアリヤマン）で、のちの**アフリマン**、破壊の神だ。闘いの期間は限定されていて、オフルマズドがアフリマンを負かす。悪の根源として古代の文献によく出てくるライとの闘いに、神は人間の協力を必要とする。悪は物質的なものとは限らない。物質界は神の創造物で、悪をくじくために神が備える武器だ。物質界は神が**魔王**のために仕掛けた罠なのだ。最後にはオフルマズドはアフリマンに死の一撃をくわえる。

原初の創造の書ブンダヒシュンによると、このふたつの敵対者は常に同じ時期に存在しているが、オフルマズドが最初にゾロアスター教の主要な祈りの言葉である、アーフナーヴァーリャー（真言）を詠う。これには、アフリマンが必ず破滅することが記されている。この真実を突きつけられて、アフリマンは3000年間意識を失う。オフルマズドは世界を創造し、アフリマンを負かす武器として、精神界と物質界のふたつの世界を創る。いっぽう外典ズルバーンでは、初めの創造神話が変えられていて違うことがわかる。ズルバーンでは、意識を失っていたはずのアフリマンが、最初に嘘の言葉（アーフナーヴァーリャーの対極）と、邪悪な心であるアーコマンを創ったとある。

人間の魂は、フラヴァシまたはフラヴァーと呼ばれる霊的な存在で、個人の魂や守護天使だけでなく、その土地の精霊や知恵も網羅しているという概念だ。

人間の肉体とフラヴァシは両方とも、オフルマズドと彼の妻または娘スパンダルマすなわち地球の創造物だ。魂は人間の肉体よりも先に存在していたが、東洋の多くの信仰のように、はるか昔から存在していたわけではない。オフルマズドのものである人類は、いずれ彼の元に帰

る。最初の人類はアフリマンの「悪霊の娼婦」と交わった。善悪を選ぶのは、それぞれの自由だが、悪は自然に反する行いである。地上の生活は、一方はオフルマズドや彼の従者、もう一方はアフリマンと彼の悪霊軍団の勢力との間の闘いなのだ。ザラスシュトラにとって、これはまさに本物の闘いで、ダエーワの崇拝者たちは、まだ昔ながらの信仰を信奉していたため、彼はこれらをすべて邪悪だとした。

● 善の力

オフルマズドは、6人のアムシャ・スプンタに助けられている。彼らは恵み深い不死の存在で、大天使に匹敵し、オフルマズドの代理人として仕えている。オフルマズドが人間を採用してから、それぞれのアムシャ・スプンタも物質的な創造物を採用した。彼らの名前は、抽象概念や美徳の化身である。

◎ヴァフマン——良い考え、善良な心
◎アルトヤシヒ——最善の正義、真実
◎シャリヴァー——選ばれた王国、物質的な支配
◎スパンダルマ——寛大で正しい心根、敬虔における知恵、地球と同じ
◎フーダット——健康、総括、救済
◎アムルダト——人生、不死

アムシャ・スプンタの下には、ヤザタ（尊敬に値する者）という中級の善神がいる。彼らは軍団として、天国（精神性）と地上（物質性）の下位区分に分かれている。オフルマズド自身は精神的なヤザタを率い、ザラスシュトラが物質的なヤザタを導く。天の知性や、水、空気、火、土の**ダイモン**に働きかけるなどの仕事がある。

● 悪の力

アフリマンには**悪霊**の軍団が仕えていて、ほとんどが強欲、憤怒、怠惰、異端などの悪徳を擬人化したものだ。6人の大悪魔がいて、アムシャ・スプンタに対抗し、彼らの善行を打ち砕こうとする。『ブンダヒシュン』によると、破壊、苦しみ、老化の悪霊、苛立ちや堕落を引き起こす者、悲しみを再現する者、憂鬱や恥の申し子など、おびただしい数の怒りに支えられている。彼らはとても数が多く、非常に悪評高い。

6人の大悪魔たちは次のとおり。

◎アーコマン——邪悪な心。邪悪な考えを広め、不和を生み、アムシャ・スプンタの善神ヴァフマンに対抗する。
◎アンドラ——殺し屋で、アルトヤシヒに対抗する。
◎ナオガティヤ——傲慢、でしゃばり、不服従、反抗を支配し、スパンダルマを侮辱し、対抗する。
◎サール——暴君。善神シャリヴァーに対抗し、悪政、乱世、酩酊をはびこらせる。
◎タル——邪悪な飢え。フーダットに対抗する。
◎ザリカ——邪悪な渇き。アムルダトに対抗する。

ほかにも次のような数多くの悪霊が神話の中に出てくる。

◎アカタサ──悪を形成し、詮索好きでおせっかいな悪魔。
◎アナクシティ──争いの種をまく。
◎アパオサ──雨の神トリシュティヤと闘い、たいてい最後には負ける。黒い裸馬に乗っている。
◎アライティ──吝嗇を奨励する。
◎アラスト（アラスカ）──虚偽と嘘、悪意、羨望、嫉妬を広める。
◎アスルスティ──不服従をけしかける。
◎アヤシ──**邪眼**を操作する。
◎ダイウィ・ダエーワ──嘘を奨励する。
◎ドリウィ・ダエーワ──極貧を支配する。
◎フレフター──欺瞞と誘惑を組み合わせる。
◎カスヴィ・ダエーワ──怨念を支配する。
◎マーミ──創造主である神オフルマズドに、自分の母親と交われば、太陽が生まれ、姉妹と交われば、月が生まれると納得させようとする。
◎パイティサ・ダエーワ──反作用や敵対を司り、世界を破壊するアフリマンの力を擬人化した、最も破壊的な悪霊。
◎パス──欲深さとがめつさを支配する。
◎シェタスピー──キリスト教信仰を擬人化する。
◎スパズガ──中傷、誹謗、陰口、ゴシップを広める。
◎スペンジャーギャク──嵐を引き起こす。
◎ヴァレーノ──肉欲や不倫を煽る。
◎ヴァトヤ・ダエーワ──幸先のいい風と争い、嵐を起こす。
◎ヴァヤ──地獄に向かうチンワト橋に到着した死者の魂を苦しめ、彼らの通行を邪魔しようとする冷酷なもの。
◎ヴィザーレ──死者の霊とその死後三日三晩争い、それらを束ねて拷問にかけ、**地獄**の門にさらす。
◎ヴァンブラ・ダエーワ──生きている者を吸血鬼にする。
◎クスル──殺人を煽る。
◎ザマカ──冬の悪を支配する。
◎ザウルヴァン──老化、老衰、衰弱を支配する。

●ゾロアスター教の習わし

ゾロアスター教には4つの主な流れがある。ザラスシュトラの教え、創造主でダエーワのリーダーであるアフリマンを生んだマズダ教の教え、ズルワン教の教え、マギの教えだ。

7世紀、イランのイスラム化の結果、ゾロアスター教の分派はあちこちにちらばって衰退し、多くの信者たちは東のインドを目指した。そこでは彼らはパールシーと呼ばれた。現在では信者は50万人未満で、そのほとんどがインドのボンベイ付近に住んでいる。

ゾロアスター教徒は、この世での自分たちの役割は、自然と協同して高潔な生

活を送ることだと考えていて、あらゆる苦行や修道院的禁欲生活には反対する。彼らの務めは、結婚して子供を育てることで、アフリマンを倒すために、地上での人間の生活は不可欠なものだからだ。農業は、病気や死の創造者である敵に対抗するために、地球を実りある強いものにし、豊かにするため崇められる。肉体を清浄にしておくための厳格な独断論があり、有益な動物の世話や、農業の実践、厳しい儀式のしきたりなどがある。独身は、不自然で邪悪なものとされる。

モラル面では、正当性や真実、良き仕事ぶりに重きをおく。その人の行いがただひとつの判断基準で、死後にそれぞれの魂の善悪の行いが天秤にかけられ、「報復者の橋」の上で正義のラシュヌに公正に判断される。良い行いのほうが重ければその魂は天国へ進み、悪のほうが重ければ、**地獄**へ落ちる。善と悪が同等の重さならば、魂は「混合した場所」へ行く。そこでは穏やかな矯正が行われ、苦しみは暑さと寒さだけだ。ゾロアスター教の地獄は、キリスト教の煉獄のように、その罰は一時的なもの。罪の最終的な浄化は最後の審判のときに行われる。罪によって残された汚点は、すべての魂から一掃され、ここからはひとつの例外もなく潔白になる。やがて犯した罪のせいで永遠に罰せられる者はひとりもいなくなる。

罪は邪悪なものと見なされ、誰が自分の友人で誰が敵なのか、判断を誤るもの。オフルマズドが誰かの友人なら、アフリマンはすべての悪と苦しみを続行する敵だ。西洋の神と違って、オフルマズドが悪を許さないのは、このようなアフリマンの特徴が目に余るからなのだ。一神教信者たちはこうして惑わされ、まさにこれはアフリマン、破壊者的な存在にとって、真の勝利を意味している。彼はペテン師、嘘つきで、悪は神から引き継いだと説いて、人々を騙す。しかし、彼の勝利は長くは続かず、最後はすべての人間の魂が再びその肉体と一緒になって、創造者で父であるオフルマズドの元へ戻る。

ソロモンの悪魔
spirits of Solomon

伝説の**ソロモン王**に囚われた、72人の**悪霊**や**ジン**のこと。ソロモンは彼らを真鍮の容器に閉じ込めて、海に投げ込んだ。容器はバビロニア人によって発見され、中身が宝物だと信じた彼らが容器を壊すと、悪霊やその**軍団**（レギオン）が放たれ、それぞれの住み処に帰っていった。**ベリアル**だけは例外で、姿を現して、生贄と神の恩恵と引き換えに託宣を届けた。

『レメゲトン』または『ソロモンの小さな鍵』は、72人の悪魔を呼び出すための魔術教書で、悪霊たちは、真鍮容器の悪魔、悪霊の偽の君主国としても知られている。悪魔たちは団結して、あらゆる悪を成し遂げる。

72人の悪魔が、真鍮容器に閉じ込められた順番は次のとおり（それぞれの項目参照）。

　バアル
　アガレス
　ウァッサゴ

ソ

- ガミジン
- マルバス
- ヴァレフォル
- アモン
- バルバトス
- パイモン
- ブエル
- グシオン
- シトリー
- ベレト
- レラユー
- エリゴール
- ゼパル
- ボティス
- バティン
- サレオス
- プルソン
- モラクス
- イポス
- アイム
- ナベリウス
- グラシャ・ラボラス
- ブネ
- ロノウェ
- ベリト
- アシュタロト
- フォルネウス
- フォラス
- アスモデウス
- ガアプ
- フルフル
- マルコシアス
- ストラス
- フェニックス
- ハルパス

- マルファス
- ラウム
- フォカロル
- ヴェパル
- サブナック
- シャックス
- ヴィネ
- ビフロンス
- ヴァル
- ハゲンティ
- プロケル
- フレアス
- バラム
- アロケス
- カイム
- ムルムル
- オロバス
- ゲモリー
- オセー
- アミイ
- オリアス
- ヴァプラ
- ザガン
- ヴァラク
- アンドラス
- フラウロ
- アンドレアルフス
- キメリエス
- アムドゥスキアス
- ベリアル
- デカラビア
- セーレ
- ダンタリオン
- アンドロマリウス

ソロモンの精霊
aerial spirits of Solomon

　四大元素に関連し、伝説の王ソロモンに率いられる**悪霊**たち。良い精霊も悪い精霊もいる。彼らはこの世の秘められたことすべてを明るみに出し、土、大気、水、火の四元素に含まれるものなら何でも呼び起こしたり運んだりすることができる。誰の秘密でも、たとえ王のものでも暴き出せる。

　精霊たちは羅針盤上の点に並んだ31人の君主に支配される。羅針盤上の点にみずからを向かわせることで彼らを召喚することができる。君主たちはその支配下に、大公と無数の精霊、悪霊を置いている。魔術師が胸に特別な**印章**をペンダントとしてつけていない限り、君主たちを魔術で召喚することはできない。精霊の呪文については、『ソロモンの小さな鍵』の名で知られる『レメゲトン』という魔術教書に書かれている。

　ソロモンの悪魔参照。

ソロモン王（紀元前10世紀）
Solomon

　イスラエルの伝説の王、ダヴィデの息子、エルサレム神殿の創設者、**悪霊**や**ジン**による軍団の司令官。

　ソロモンとその父ダヴィデが実際に実在したかどうか確証はないが、彼らは旧約聖書の中で最も重要な人物だ。ソロモンは神から偉大な知恵と知力を授かり、ほかの人間をはるかにしのぐ知識をもつ。植物や獣や自然界のあらゆるものについての知識が豊富で、遠くからソロモンの意見をあおぎに人がやってくる。伝説では、彼の知恵は恐るべき魔術の知恵にまで及び、彼の名前は（ダヴィデの息子という名も含め）、善も悪も含めた聖霊たちを統治するのに使われる。

　旧約聖書の列王記上において、ソロモンは父ダヴィデの死に際して王位に就いた。主がソロモンの夢枕に立ち、こう言った。「何事でも願うがよい。あなたに与えよう」（3章5節）ソロモンは、あなたの民を正しく導き、善と悪を判断することができるように、この僕に聞き分ける心をお与えください、と答えた。ソロモンが富を望まなかったことを喜んだ主はこう言った。「見よ、今あなたに知恵に満ちた賢明な心を与える。あなたの先にも後にもあなたに並ぶ者はいない」（3章12節）。主はソロモンに比類なき富も与え、ソロモンは知恵のシンボルとなった。

　統治4年目、ソロモンは彼の宮殿であり、政治の場である名高いエルサレム神殿を建立した。この聖域のいちばん奥深い場所に、金箔をかぶせたオリーヴ材の2体の智天使を設置し、1体の片方の翼が一方の壁に、もう1体の片方の翼がもう一方の壁に、そしてそれぞれもうひとつの翼が部屋の真ん中で互いに触れるよう配置した。神殿が完成すると、司祭たちは、モーセのふたつの石板が入った契約の箱を智天使の翼の下に置いた。石板には十戒が書かれていた。

　ソロモンはまた別の夢をみた。掟を守り、ほかの神を信仰しなければ、ソロモンの宮殿は繁栄するだろうと主が約束したのだ。もし、これを破ったら、神はソ

ロモンの王国を破滅させるという。

　40年近くもの統治で、ソロモン王の世は繁栄した。「ソロモン王は世界中の王の中で最も大いなる富と知恵を有し、全世界の人々が、神がソロモンの心にお授けになった知恵を聞くために、彼に拝謁を求めた」（10章23~24節）。彼は自然界も人民も治めたのだ。

　ソロモンはのちに、700人の妻と、300人の愛人を持った。何人かの妻が彼を異端の神、特にアスタルトに改宗させたため、怒った神がソロモンのもとに敵を送り込んだ。最終的には、神はソロモンから王国を奪わなかったが、その代わりひとりを残して息子を全員奪った。

　あるとき、ソロモンはエブス人と称するある人物のところに赴き、その娘シュラミテ（ソウマニティス）と恋に落ちた。しかし、**モロク**の司祭に、「汝、レムファンとモロクの偉大なる神を信じぬ限り、彼女を妻とすることはできないだろう」と言われた。ソロモンは抵抗したが、司祭らは5匹のイナゴを与え、「モロクの祭壇の上でこれらを押しつぶせば、十分だろう」と言った。

　ソロモンは言っている。「わたしがそうすると、すぐに神の精霊がわたしから離れていった。そして、わたしは偶像としても、悪霊にとっても物笑いの種になった。だから、わたしはこれを自分の誓約に書いた。それを読んだ汝は祈り、汝の始まりではなく、汝の死について心に留めるかもしれない。そうすれば、汝は完全な神の恵みを永遠に見出すだろう」

　ほかの文章は、ソロモンの知恵についてふれている。彼は偉大な魔術師になり、自然界を支配し、天使を呼び出したり、悪霊に命令を下したりすることができるという。これらは、ソロモンの誓約、頌歌、詩篇、偽典のすべて、偽典の一部であるソロモンの知恵に詳しく書かれている。ヨセフスの『ユダヤ古代誌』は、ソロモンが1500もの頌歌、詩の本や、3000もの寓話、たとえ話、悪霊を祓うための本を書いたとしている。魔術書『天使ラジエルの書』は、ソロモンは有名な秘密の書の継承者で、それが彼にあらゆる知恵の源としての称号を与えていると言っている。

　オリゲネスの時代から、ソロモン王はユダヤ伝承よりもキリスト伝承において有名になり、**魔除け**や護符、まぐさ（訳注／入り口、窓などの上の横木）に描かれたり、悪霊に対抗したり、追い払ったりするための多くの呪文にその名が使われるようになった。彼の魔術の印章は五芒星か六線星形だ。

　イスラム伝承では、ソロモン王は世界最大の支配者で、アッラーの真の使者、伝達者で、ムハンマドの原型だとされている。ソロモンの悪霊やジンに対する魔術の力は有名で、「私に、私の後の誰一人にもありうべきでない王権を授け給え」（クルアーン38章35節）と頼んで、ジンよりも勝る力を得た。アッラーは彼に唯一無二の力を与えてそれに応えた。「そこで、われらは彼に風を従わせ、それは彼の命令によって彼の意図したところを穏やかに流れる。また、悪魔たち、（つまり）あらゆる大工と潜水夫を（従せた）。

また枷に繋がれたその他の者（悪魔）たちをも（従せた）」（同38章36~38節）。ソロモンだけが、ジンを束ねる力を与えられたが、かなり後になって預言者ムハンマドが、ソロモンが王国を懇願したのを引き合いに出して、**イブリス**を撃退した（**悪魔祓い**参照）。

伝説によると、ソロモンの死後、ジンが不信仰と偽情報満載の魔術書を書き、それをソロモンの椅子の下に置いた。その本が見つかったとき、ジンはソロモンがその本にある魔術を行ってジンを支配したと主張した。その結果、ソロモンはキリスト教徒やユダヤ教徒から信用されなくなった。ほかの者がその本を使って魔術を行おうとしたが、学者によると、魔術を行った者は死後に幸せになれず、アッラーから直接力を授かったというソロモンを信じなかった者も間違いを犯したという。クルアーンは次のように言っている。

　彼らの持っているものを確証する使徒（ムハンマド）がアッラーの御許から来ると、啓典を授けられた者の一部の者らは、まるで知らないかのようにアッラーの書を背後に投げ捨てた。
そして彼らは、スライマーン王の治世に、悪魔たちがよむことに従った。スライマーンは不信仰に陥らなかった。ただ、悪魔たちが信仰を拒絶し、人々に魔術を教え、バービル（バビロン）の二人の天使ハールートとマールートに下されたものをもまた（教えた）。しかし、両者は「われらは『試練』にほかならない。不信仰に陥ってはいけない」と二人が言ってからでなければ誰にも教えなかった。彼らは両者から妻と夫の間を引き裂くことを習ったのであるが、彼らはアッラーの御許可なしにはそれで誰をも害することはできなかった。彼らは自分たちを害し、益しないものを習ったのである。そして彼らは、まさにそれを買った者、その者には来世にはなんの分け前もないことを確かに知っていた。そして彼らが自分自身をそれとひきかえに売ったもの（魔術）のなんと悪いことよ。もし彼らが知っていたならば。（同2章101~102節）

イスラムの警告にも関わらず、ソロモン魔術の魅力には抗えないことがわかった。ソロモンが書いたとされる、数多くの魔術手引書や、**魔術教書**は、キリスト教信仰が始まった時代には一般的だった。12世紀までに、少なくと49の書物が存在した。最も有名なものは、17世紀から19世紀の魔術書のなかで頻繁に引用された『ソロモンの大いなる鍵』だ。

●ソロモンの誓約

おそらく紀元1世紀と3世紀の間に書かれた偽典で、ソロモン王が悪霊に命じてどのようにエルサレム神殿を建立したかを記した伝説の書。悪魔学、天使論、医学知識、天文学、**魔術**についての記述が満載されている。著者は不明だが、ギリシア語を話し、バビロンのタルムードについて明るい、キリスト教徒によって

書かれたのではないかと言われている。悪霊と関連する魔術の知識が大半を占め、バビロニアの影響がみられる。

悪霊は、**堕天使**あるいは、堕天使と人間の女性の子として表され、天体や星座に住んでいるという。獣や自然の力に姿を変えることができ、砂漠に潜み、墓場をうろつき、人を惑わせることに集中する。彼らは悪霊の君主である**ベルゼバブ**によって支配されている。

星の体そのものに、魔力があり、人知を上回る破壊的な力をふるう。36の十分角(デカン)、つまり黄道十二宮を10度ずつ分割したものが36集まってできたものは、**天体**と呼ばれ、心身の病を引き起こす悪霊によって支配されている。欺瞞、紛争、悲運、苦悩、罪科、権力、「最悪のもの」という悪に匹敵する7人の世界の支配者がいて、「最悪のもの」を除いてそれぞれ対抗する天使が決まっている。

ソロモンの誓約は、天使を神の使いとしているが、彼らの起源や階層については書かれていない。天使の主な役割は、悪霊の行動を阻止し、彼らを無力にすること。それぞれ担当する悪霊が決まっていて、人間は悪霊を撃退したいとき、ふさわしい天使の名前を呼ばなくてはならない。そうしないと、悪霊が神として崇められてしまう。名を呼ぶ天使には、大天使ミカエル、ラファエル、ガブリエル、ウリエルがいる。

悪霊**オルニアス**が、ソロモンの愛息の魂をその親指から吸い取ったので、ソロモンは悪霊に勝る力を授けてくれるよう神に求めた。祈りのさなか、ミカエルが現れて、彼に宝石が埋め込まれた印章のついた指輪を授け、この魔法の指輪はあらゆる悪霊、男女に勝る力を与えてくれ、神殿を建立する助けになるだろうと言った。ソロモンがおまえたちを呼び出す！という命令と共に、胸にこの指輪を投げつけられた悪霊たちは征服された。ソロモンは悪霊たちを尋問し、敵対する天使の名を訊き出した。征服されると、悪霊たちは神殿建設に駆り出された。

ソロモンに尋問された悪霊のひとりは自分の名前を言わず、ただ自分のことを巨人の時代に大虐殺で死んだ好色な巨人の霊だと言った。誰も近づくことのできない場所に住んでいて、誰かが死ぬと、墓の中の遺体のそばに座って、死んだ人間の姿を乗っ取るのだという。誰かが訪ねてきたら、男でも女でもとらえて殺す。殺せなかったら、その人間に悪魔を取り憑かせて、その肉を食らい、涎を滴らせる。悪霊はソロモンに対して、自分が救世主キリストに邪魔されていることを認め、相手が十字架を持っていたり、キリストの印を額につけていたりすると、逃げ出すと言った。ソロモンは悪霊を縛り上げ、ほかの悪霊と同じように閉じ込めた。

ソロモンの誓約は、十二宮の黄道を36に分けた、黄道十二宮の十分角(デカン)の悪霊についても書いている。十分角はそれぞれ**天使**によって支配されているが、誓約では病気や争いをまねく、下層の悪霊に格下げされている。

ソロモンは彼らを目の前に呼び出して尋問し、その悪行と敵対する天使の名前を訊き出した。彼らは不格好な犬の頭を

もつ姿、人間、牡牛、鳥の顔をもつドラゴン、獣、スフィンクスなどの姿で現れる。十分角の悪霊の順番は次のとおり。

第1　ルアクス（リクス）あるいは王
　頭痛を引き起こし、「ミカエル、ルアクスを閉じ込めてください」という言葉で撃退できる。

第2　バルサファエル
　偏頭痛を起こす。「カブリエル、バルサファエルを閉じ込めてください」という言葉で追い払うことができる。

第3　アトサエル
　目に障害を及ぼす。「ウリエル、アトサエルを閉じ込めてください」という言葉で追い払うことができる。

第4　オロペル
　喉の痛み、粘液異常を引き起こす。「ラファエル、オロペルを閉じ込めてください」という言葉で撃退できる。

第5　カイロクサノンダロン
　耳の障害を引き起こす。「オウロウエル（ウリエル）、カイロクサノンダロンを閉じ込めてください」という言葉で遠ざけることができる。

第6　スフェンドナエル
　耳下腺腫瘍や体が後ろに弓なりに強直する異常を引き起こす。「サバエル、スフェンドナエルを閉じ込めてください」という言葉で封じ込めることができる。

第7　スファンドル
　四肢を麻痺させ、手の感覚をなくし、肩をもろくする。「アラエル、スファンドルを閉じ込めてください」という言葉で制圧する。

第8　ベルベル
　人間の心や感情を捻じ曲げ、道を誤らせる。「カラエル、ベルベルを閉じ込めてください」という言葉で退治できる。

第9　コウルタエル
　結腸の痛みを引き起こす。「イアオト、コウルタエルを閉じ込めてください」という言葉で撃退できる。

第10　メタティアクス
　腎臓の痛みを引き起こす。「アドナエル、メタティアクスを閉じ込めてください」という言葉で退散させられる。

第11　カタニコタエル
　家庭不和や不幸を引き起こす。7枚の月桂樹の葉に「天使、イア、イエオ、サバオト」と対抗天使の名前を書いて追い払う。

第12　サフソラエル
　精神的混乱を引き起こす。撃退するには、「イア、イエオ、サバオトの息子たち」と書き記し、その**魔除け**を首のまわりにつける。

第13　フォボテル
　腱を弛緩させてしまう。「アドナイ」という言葉を聞くと退散する。

第14　レロエル
　発熱、悪寒、震え、喉の痛みを引き起こす。「イアクス、強情を張るな、熱くなるな。ソロモン王は11人の父たちより公正なのだから」という言葉を聞くと、逃げていく。

第15　ソウベルティ
　震えや麻痺を引き起こす。「リツォエル、ソウベルティを閉じ込めてくださ

い」という言葉で撃退できる。

第16　カトラクス
　致命的な高熱を引き起こす。唇にコリアンダーの粉をこすりつけ、「ゼウスの命にかけて、神の形から下がれ」と言うと避けることができる。

第17　イエロパ
　虚脱や胃の障害をもたらし、入浴中に発作を引き起こす。苦しんでいる当人の右耳に向かって、「イオウダ、ジザボウ」と3度となえると、退散する。

第18　モデベル
　夫婦を離婚させる。8人の父親の名前を書き、それを戸口に貼ると撃退できる。

第19　マルデオ
　しつこい発熱を引き起こす。屋内に彼の名前を書くと追い払うことができる。

第20　リクス・ナソソ
　膝の障害を引き起こす。パピルスに「フォウネビエル」と書くといなくなる。

第21　リクス・アラス
　幼児に喉頭炎を引き起こす。「ラアリデリス」と書いて持ち歩くと追い払える。

第22　リクス・アウダミオス
　心臓の痛みを引き起こす。「ライオウオト」という言葉を書くと退散する。

第23　リクス・マンサド
　腎臓病を引き起こす。「イアオト、ウリエル」という言葉を書くと撃退できる。

第24　リクス・アトンメ
　肋骨の痛みを引き起こす。座礁した船の木材に「霧のマルマラオス」と書くと、逃げていく。

第25　リクス・アナトレス
　腸の不調を引き起こす。「アララ、アラレ」という言葉で撃退できる。

第26　リクス・ザ・イナウサ
　心変わりさせ、人の心を奪い取る。「カラザエル」という言葉を書くと対抗することができる。

第27　リクス・アクセスブス
　下痢や痔を引き起こす。苦しんでいる人に混じりけのないワインを飲ませると退散する。

第28　リクス・ハパクス
　不眠を引き起こす。「コク、フェディスモス」という言葉を書くと出て行く。

第29　リクス・アノステル
　ヒステリーや膀胱痛を引き起こす。月桂樹の種を砕いてオイルをとり、それを体にすりこみながら、ママロスと呼びかけると退散する。

第30　リクス・フィシコレト
　慢性的な病気を引き起こす。「智天使、熾天使、助けてください」と言いながら、塩を加えたオリーヴオイルで体をマッサージする。

第31　リクス・アレレト
　魚の骨で喉を詰まらせる。苦しんでいる人の胸に魚の骨を刺すと退散する。

第32　リクス・イクトゥロン
　腱を切ってしまう。「アドナイ、マルス」という言葉を聞くと退散する。

第33　リクス・アコネオト
　喉の痛みや扁桃炎を引き起こす。ツタの葉に「レイクルゴス」と書いて積み上げると、撃退できる。

第34　リクス・アウトト

愛し合う者同士の間に、嫉妬や仲たがいを引き起こす。アルファとベータの文字を書くことによって追い払うことができる。

第35　リクス・フテネオト
あらゆる人に邪眼を向ける。たくさんの苦しんでいる目を魔除けにすることで撃退できる。

第36　リクス・ミアネト
体にあらゆる悪さをして、肉体を腐らせたり、家を破壊したりする。家の前に「メルト、アルダド、アナアト」という言葉を書くと、逃げていく。

ソロモン王は黄道十二宮の悪霊たちに、水を帯びるよう命令し、彼らが神の神殿（エルサレム）に行けるよう祈る。

●魔術書

ソロモンの誓約は、その魔力の伝説と、彼が書いたとされる魔術指南書にとって重要な役割を担っている。最も重要な魔術書、**魔術教書**は、『ソロモンの大いなる鍵』とも呼ばれる『ソロモンの鍵』、『レメゲトン』または『ソロモンの小さな鍵』の２冊で、ソロモンの知恵をベースにしていると言われている。ほかの多くの魔術教書はこれらの文書から引用されている。

ソワソンの悪魔憑き（1582年）
Soissons Possessions

フランスのソワソンで起きた４件の**憑依**事件で、カトリック教会がプロテスタントのユグノーに対抗するために、これを利用した。多くの点で**ラオンの奇跡**に似た事件で、キリストの現存をはっきり証明した。悪魔憑きや**悪魔祓い**は全体的に平凡で、プロパガンダとしての価値は失われていた。それでも、大勢が悪魔祓いの目撃者となり、あるケースでは、そのために巨大なステージまで建てられた。

　悪魔憑きのひとりは、ローラン・ボワソネという13歳の少年で、ボノワールという**悪霊**に取り憑かれた。ボノワールはユグノーを褒めたたえ、司祭や修道士をこきおろして、ユグノーはふかふかのベッドが待つ、すばらしい楽園に行くことができると言った。神聖な処女の遺品を少年の腹の上に置くと、腹が膨れて少年は痙攣した。

　ボワソネはふたりのフランシスコ会修道士に引き渡された。ひとりはラオンの奇跡のときに、ニコル・オブリーの悪魔祓いに同席していた。演技ではないかどうかを確かめるために、発作が起きている間に、修道士たちは少年に普通の水を、次に聖水を交互にふりかけた。普通の水ではなんの反応もなかったが、聖水のときは痙攣がひどくなった。

　ボノワールは、ボワソネがこれを受け入れたら出て行くだろうとして、聖餅を食べさせようとした司祭を挑発したが、結局は立ち去った。悪魔祓いの間、少年が痙攣を起こしたため、悪魔祓い師ジャン・カナールは彼の口に聖餅を入れることができなかった。やっとのことで神聖な指である人差し指と中指を少年の口に入れて、その口をこじ開け、聖餅を食べさせると少年の口を閉じて鼻をつまんだ。すると、少年の体内で**イエス**とボノ

ワールが戦い始めた。豚が絞め殺されるときのような金切り声や、子犬がいじめられてキャンキャンいうような声が聞こえた。

カナールは悪霊に向かって、神への賛美を唱え、イエスとその肉体を崇め、神、キリスト、カトリックとローマ教会に従うようにと3度言った。

悪霊は怒って、「俺を絞め殺す気か、俺が退散すると思っているのか」と叫んだ。

カナールが、少年の鼻から手を離すと、すぐにさっと風が吹いて、煙が立ち昇った。ボワソネがひざまずいて、神に感謝します、回復しましたと叫んだ。

その後、ボワソネは、ボロという名の別の悪霊にもう一度取り憑かれた。ボロは聖人たちと懇意にしていて、サン・ジャック（セント・ジェイムズ）から指示を受けたと話した。自分のボスはエルゴンで、エルゴンとサン・ジャックは同一人物だとも説明し、魔王を追い払うのは結構だが、自分は本当は悪霊ではないので関係ないと言った。この主張に、悪魔祓い師たちは悩んだが、ボロに自分が邪悪な存在であることを認めさせ、少年から立ち去らせるのに成功した。

別の悪魔憑き事件は、マルグリット・オブリー（ラオンの奇跡のニコル・オブリーと関係があるかどうかには言及なし）のケース。ニコルのように、マルグリットも**ベルゼバブ**に取り憑かれた。フランシスコ会がやはり詐欺ではないかどうか、普通の焼き菓子と聖餅を使って彼女を試した。密かにマルグリットのワインに聖水を入れて飲ませようとすると、彼女は拒絶した。

別の例は、50歳の既婚男性で、熟練工のニコラ・フォーキアが取り憑かれたケース。クラモイジーという名前の悪霊と、もうひとり名前のわからない悪霊に二度取り憑かれた。クラモイジーはボロと同じ種類の霊だと言い、洗礼を受けられなかった幼児のリンボに住んでいて、1年に3度、天国を訪れたという。

クラモイジーがフォーキアに取り憑いたのは、彼の3人のユグノーのいとこたちにカトリックに戻るよう説得するためだという。いとこのうちふたりは、すぐに改宗したが、残るひとりは、悪霊、司祭、悪魔祓いの経験のある僧のシャルル・ブレンデックが長いことやりあった末に改宗した。3人とも改宗すると、クラモイジーはフォーキアから立ち去った。

この事件は全部、うまいこと悪魔祓いできたが、ほかのケースや世論に実際に影響を及ぼすほどではなかった。1年後の1583年、ランスの教会会議が、悪魔祓いの実施に警告を発し、被害者には悪魔祓いどころか、医者も必要でなかったことを確かめた。

ダイモン
daimon

　ギリシア神話において、神と人間の中間にいる、霊や知的存在の一種。ダイモンとは「神のような存在」という意味である。性悪なものも善良なものもいるが、善良なものでも、怒らせると敵意ある振る舞いをする。善良なダイモンはアガトダイモンと呼ばれ、性悪なダイモンはカコダイモンと呼ばれる。キリスト教では、あらゆるダイモンと異教の神々に、地獄の**悪霊**の位があてがわれている。

　ダイモンには、様々な種類が存在している。特定の場所を守る霊もいれば、守護霊、願いをかなえる霊、奉仕する霊、半神半人もいる。ダイモンはまた、死者の魂や幽霊、星や惑星、地上の植物や無生物とも関わりを持っている。天使と似たような救いの霊や、神のような存在、死者の魂などもダイモンとされる。ダイモンは、（特に神託をつげるために）**憑依**という形で、人間の体を乗っ取ることができ、人に取り憑いて体や心の病を引き起こすことがある。血を吸う性質のあるものもいる。

儀式**魔術**の**魔術教書**には、ダイモンを呼び出し、命令する方法が書かれているものもある。

ダエーワ（デーヴァ、デヴ）
daeva (daiva, deva, dev)

　ゾロアスター教の強大な悪霊。地獄の大群の長であり、善の霊であるアムシャ・スプンタと対極をなす真逆の存在。人間の病気、罪、苦痛を具現する。ダエーワのほとんどは男である。

　最も古いゾロアスター教の聖典である『ガーサー』では、ダエーワは邪悪で不実な神々であり、「拒絶される（すべき）神々」である。『アヴェスタ』のもっと新しい聖典になると、ダエーワは混沌と無秩序を作り出す、凶悪な存在である。後期の伝承や言い伝えでは、ダエーワは、人間が考えうる限りの悪を具現するものとされている。

　ダエーワは、善なるものと人間に戦いを仕掛けるため、**アフリマン**の邪悪な思考の中から生まれたものであり、霊ではあるが人間の姿になることができる。悪人がダエーワと呼ばれることもある。

預言者ザラシュストラが生まれた時、ダエーワは地下に潜って隠れたが、誘惑に弱い人間をいつでも襲えるよう、秘かに動き回っている。汚れた場所に寄ってきやすく、死体が野ざらしになっている場所ですごすのが好きである。

ダエーワは、悪の方角である、北から来たと言われる。アルズーラ山が**地獄**の入り口で、この山は最初の人間であるガヨマートに殺された、アフリマンの息子にちなんで名づけられている。

ダエーワの軍団は数多くあり、それらのほとんどについては、あまり知られていない。しかし、最も強力な悪霊の中には、その力や性質、名前が知られているものもいる。

プルタルコスによれば、創造主オフルマズド（アフラ・マズダ）は、24人の神々を作り、宇宙の卵の中に置いた。アフリマンが24人のダエーワを作り、卵の中に入り込ませたので、悪と善とが混じり合うことになった。後期のゾロアスターの聖典では、ダエーワの数は**軍団**（レギオン）を構成するとされている。

ダエーワに従う悪人は、死後、「悪思界」に行くよう宣告される。これは、**ドゥルジ**に下される宣告と同じものである。

ダエーワの中で最も恐ろしいのは、**アスモデウス**に匹敵する存在である、**アエシュマ**であるとされる。

ターセ
Tase

ミャンマーの伝承で、生きているものを餌食にして、病気や疫病を広める悪魔的な死者の集団。ターセにはいくつかのタイプがある。

◎ターバー・ターセは、出産のときに死に、サキュバスとして蘇った女性の霊（**リリト**参照）。
◎タイヤ・ターセは、悲惨な死に方をした元人間で、グロテスクな姿をした巨人。天然痘、コレラ、その他死に至る病を広める。臨終の床に現れ、死にゆく者を笑う。
◎フミンザ・ターセは、ワニ、トラ、犬の体に乗り移って、人間を襲う。かつて彼らが不幸な暮らしをしていた場所に現れる。

ターセは、ポットを叩いたり、大きな騒音をたてたり、生贄や踊りで宥めると撃退することができる。死者を墓標を立てずに埋葬したり、かつて住んでいた場所を忘れさせたりすると、悪魔的な姿で戻ってくることはないという。

堕天使
fallen angels

神の恩寵を失い、天から追放されて**悪霊**になるという罰を受けた天使。『エノク書』の3つの版で、堕天使は**グリゴリ**と結びつけられている。グリゴリとは、地上の女性と暮らし、人間を堕落させるために天からおりてきた200人の天使で、神から厳しい罰を受けた。『第二エノク書』には、堕天使の4つの階級が書かれている。

Ⅰ **サタナイル**。堕天使の王。かつては高位の天使だったが、神よりも自分のほうが偉大かもしれないと考えたため、天地創造の2日目に天から追放された。第五天にとらわれている。

Ⅱ **グリゴリ**。同じく第五天にとらわれており、落胆して沈黙している。

Ⅲ **背教の天使**。サタナイルに従った天使たちで、サタナイルと共謀して神の命令に背いた。「地上の闇よりも大きな闇」がある、第二天に閉じ込められており、監視されながら「無限の審判」を待っている。堕天使たちの姿は黒く、絶えず泣いていて、自分たちのために祈ってくれとエノクに頼む。

Ⅳ 「地下」にとらわれる刑を受けた天使。おそらくはグリゴリの一部である。

キリスト教では、**ルキフェル**は、天から追放された傲慢で尊大な天使で、イザヤ書には短く「曙の子」、「明けの明星」と書かれている。伝承によれば、天使の3分の1——1億3330万6668の天使——はルキフェルとともに堕天したと言われる。彼らは9日間にわたって堕落したとされ、神学者たちは、9つの序列のそれぞれから天使が堕落したと断言している。堕天使が10番目の序列を構成しているという神学者もいる。堕天使は人間の魂を破滅させようと目論む悪霊となったとされ、こうした考え方は、強い影響力を持つ神学者、聖トマス・アクィナスによって強められた。ルキフェルは後に、**サタン**と結びつけられるようになった。

ダーリングの悪魔憑き（1596年）
Darling Posession

イングランドのバートン・オン・トレントで、13歳の少年、トマス・ダーリングが起こした、まやかしの**憑依**事件。ピューリタンの聖職者になりたいと切望していたダーリングは、魔女が屁をした彼を呪ったため、悪霊に取り憑かれたと申し立てた。この事件にはピューリタンの**悪魔祓い師**である**ジョン・ダレル尊師**も、わずかながら関わることになった。事件の記録は、ダーリングが苦しんでいる間、ほとんど常に一緒にいた、ジェシー・ビーという「商売人」によって書かれている。

1596年2月、ダーリングは発作を起こし始めた。体を震わせ、嘔吐し、緑の**リ**

ルキフェルと手下を天から追い払う大天使ミカエル（著者蔵）

ンゴや、緑の**天使**の幻影を見るようになった。発作を起こしている時以外、足腰が立たなくなった。ビーが**ヨハネによる福音書**を読み始めると、必ず発作を起こし、4章、9章、13章、14章、17章など、決まった箇所にくると判で押したように同じ反応を示した。

ダーリングの尿を調べた医者は、ダーリングが魔術にかけられていると断言した。ビーとダーリングの叔母はダーリングの状態について話し合った。聖書を読んで聞かせると発作を起こすから、本当に**妖術**のせいなのだろうとビーは言い、ダーリングはこの会話を盗み聞いていた。

すぐにダーリングはそれらしい話を思いついた。発作が始まった日、森に出かけて、顔に3つのイボがある「小柄な老婆」に会ったとダーリングは言った。その老婆は、60歳のアリス・グッドリッジという女性で、母親と同じく魔女なのではないかと、すでに疑いの目で見られていた。ダーリングが放屁したので、グッドリッジは次のような韻文を唱えてダーリングを呪った。

　　　悪さには痛み、屁には鐘(ベル)。
　　　私は天国に行くが、
　　　　お前が行くのは地獄(ヘル)。

グッドリッジはそれから地面にかがみ込み、ダーリングは取り憑かれて家に帰った。

グッドリッジは逮捕され、裁判官の前に引き出されて、かき傷をつけられた。告白を強いられたグッドリッジは、問題の日、森でダーリングに会ったことは認めたが、前に卵の入ったかごを台無しにした、別の少年と間違えたのだと主張した。言葉で危害を加えたことをわびたが、「鐘」という言葉は使っていないと言った。かがみ込んだ時、「赤白まだらの子犬」の姿をした**魔王**が現れたので、その犬をミニーと呼び、ダーリングを苦しめるために、急いで送り込んだという。

ダーリングは若い**悪魔憑き**をうまく演じた。発作を起こしながら、砂漠で**サタン**に誘惑される**イエス**を模倣し、**魔王**との見事な神学議論を演じて見せた。若くして魔王の手にかかることを嘆き、グッドリッジの幻影を見て、彼女を魔女の通称とされる「赤帽の婆」の名で呼んだ。**悪霊**がグッドリッジを殴って脳味噌をかき出し、ヒキガエルが彼女の骨の肉をしゃぶるだろうと言った。

バートン・オン・トレントの聖職者たちが、発作を止めようとして失敗した。名高いピューリタンの聖職者で、祈禱により少年から悪霊を祓おうと訪れた、アーサー・ヒルダーシャムも同様だった。

ビーの書いた報告書はジョン・ダレルのもとへ送られ、ダレルはサタンが光の天使を装い、少年の口を通して神の啓示らしき言葉を発しているのだと確信した。1596年の5月の終わりに、ダレルはダーリングが不浄な霊に取り憑かれていると述べ、祈禱と断食を勧めた。この件で名声を得るつもりはなかったので、じかに出向くことはなかった。

翌日、ダーリングの友人と家族は、派

手な見世物を見せられながら、ダーリングに取り憑いた悪霊を祓うことに成功した。ダーリングは夢うつつの状態になり、「悪霊」は彼の口を借りて、主である**ベルゼバブ**のところへ行くと言った。魔女をしたがえた巨大な悪霊が現れると、ダーリングはグッドリッジを許すと言い、神も彼女を許すようにと願った。そして、ベルゼバブに立ち去るよう命じた。

神が慰めのためにつかわした天使の幻影がこれに続いた。さらに悪霊との会話がかわされ、悪霊はここを去って監獄にいる魔女を苦しめに行くと言った。興味深いことに、グッドリッジは不眠を訴えていたということである。

ダーリングは夢うつつからさめたと思うとまた夢うつつになった。声が言った。「我が子よ、立って歩くのだ。悪霊は汝のもとから立ち去った」不意にダーリングの足が動くようになり、ダーリングはイエスのおかげだと言った。災厄はすぐには終わらず、再び誘惑を受けたが、鳩の幻視を見た後で、ダーリングは完全に回復した。

グッドリッジは禁固1年を言い渡された。ダーリングは憑依を装ったことを告白したがまた撤回し、夢うつつの時に言った啓示めいたせりふは、本当に神の御言葉だと言った。1599年、ダレルが詐欺罪で裁判にかけられると、ダーリングもビーも、彼に不利となる証言をした。

ダーリングはオックスフォード大学に入り、ピューリタンの聖職者になるという野心を持ち続けた。しかし1602年、ピューリタンを迫害していた副大法官のジョン・ホーソンを誹謗したかどで、鞭打たれ、耳を切り取られることになった。

タル（タウル）
Taru（Tauru）

ゾロアスター教やペルシアの伝承で、邪悪な飢えの大悪霊。たいてい、もうひとりの大悪霊ザリカ（邪悪な渇き）とペアになっている。ザリカが毒を作り、それをタルが植物や動物に投与する。タルは、善い神アムシャ・スプンタであるフーダットに敵対する。人が片方だけしか靴を履かないで歩き回ると特に喜ぶ。この文化ではこの行為は罪だと考えられているからだ。

ダルキエル
Dalkiel

地獄の天使で、黄泉の国シェオルの統治者。死の沈黙の天使**デュマー**に仕え、地獄で諸国の民を罰している。ラグジエルと同じような存在とされる。

ダレル尊師、ジョン（16世紀）
Darrel（Darrell），Reverend John

イングランドのピューリタンの聖職者。**魔王**を祓った結果、詐欺で有罪となった。ジョン・ダレルは地位のある聖職者だったが、カトリックの穏健派、英国国教会、ピューリタンの宗教的対立に巻き込まれることになった。そして、この一件をきっかけとして、英国国教会は、**悪魔祓い**の儀式を禁じることになったのである。

その運命的な事件の前に、ダレルは様々

なケースの、9人の悪魔祓いを依頼されている。1586年のキャサリン・ライト、1596年のトマス・ダーリング、そして1597年のランカシャー州における、7人の悪魔憑きの子供である（**ランカシャーの7人の悪魔憑き**参照）。ライトの悪魔祓いは成功しなかった。ライトの**憑依**を引き起こしたかどで、ひとりの魔女が告発されていたが、事件を扱った法廷は、彼女を牢に入れることを拒否し、悪魔祓いをやめなければ投獄すると、ダレルに警告した。**ダーリングの悪魔憑き**においては、ダレルは断食と祈禱を勧めはしたが、個人の手柄になることがないよう、現場に出向くことはなかった。

ランカシャーの7人の子供の事件は、すでにエドマンド・ハートリーに対する処刑が行われていた。もともと子供たちを治すために呼ばれたのだが、結局は、事件を引き起こした魔女であることがわかったのである。子供たちは痙攣やひきつけを起こし続け、ダレルが相談を受けることになった。ダレルは、ダービーシャー州の聖職者、ジョージ・モアの手を借り、ある午後、悪魔祓いを行った。そして、悪魔を退散させることができるのだから、自分たちの教会こそ唯一絶対の本物だという、ローマ・カトリックの主張を覆すことこそが、ピューリタンによる悪魔祓いの最大の価値だと力説した。

ダレルが扱った最後の事件は、ノッティンガムのウィリアム・ソマーズの悪魔祓いで、1597年の11月に始まった。ソマーズは20歳で、発作と、体中を動き回る卵の大きさほどもあるこぶに悩まされていた。振る舞いも猥褻で、公衆の面前で犬と交合したりしていた。ダレルは150人の見物人の前で悪魔祓いを行ったが、ソマーズはまた取り憑かれ、しまいにことの元凶である魔女の名前を口にした。ソマーズはそれぞれの魔女の前で、一貫した反応をしたわけではなかったが、ダレルは13人全員を逮捕させた。魔女たちは、ふたりをのぞいてみな釈放されたが、ダレルはソマーズの告発は正しく、おそらくイングランドじゅうの魔女を見つけることができるだろうと主張した。

1598年1月、告発された魔女の身内である有力者が、魔法で人を死に至らしめたとして、ソマーズを妖術で訴えた。ソマーズは詐欺を告白し、口から泡をふく方法や、発作を装うやり方などを実演して見せた。

ダレルは、告白を撤回するようソマーズを説得した。ヨーク大主教が設置した委員会に呼ばれたソマーズは発作を起こし、委員会はソマーズが本当に取り憑かれていたと確信した。しかし、3月20日とその後にもう一度、ソマーズは再び教会と当局に、本当は発作を装っていただけだと主張した。

ソマーズの豹変は世間をいらだたせ、聖職者たちは妖術や魔王に関する説教ばかりするようになった。民衆への影響や、ピューリタンやカルヴァン主義者の力が増していることに危機感を抱いたカンタベリー大司教は、ダレルに矛先を向けた。キャサリン・ライトとトマス・ダーリングがダレルに対する証人として召喚され、ソマーズとともに詐欺を告白した。

ライトとソマーズは、発作を装う方法を教えたのはダレルだと、ダレルを告発しさえした。ライトの主張は、14年間定期的に発作を起こしていたという前歴とは食い違っており、ダーリングは告白を取り下げた。

主にソマーズの詳細な告発に基づき、教会裁判所は、1599年5月、ダレルを詐欺師と判定し、聖職者の位を剝奪した。ダレルは数カ月牢獄での生活を強いられたが、刑を受けることはなかった。釈放後、ダレルは少なくとも2年間、身を隠していた。ダレルの地位を奪った者たちは、そのままになった。

ダレルの有罪判決を受けて、英国国教会は、監督教会の第72号法典を通過させ、公的な儀式としての悪魔祓いを禁じた。今日では、主教の許可を得て、非公式に悪魔祓いを行う聖職者もいるものの、ほとんどの英国国教会信者は、他のプロテスタント信者と同様に、**マルティン・ルター**の説を採用している。魔王は祈禱によってのみ、苦しむ魂からうまく追い出すことができる、魔王がいつ去るかは、神のみが知ることだからという信条である。

ダンタリオン
Dantalian

堕天使で、72人の**ソロモンの悪魔**の71番目に位置する。強大な力を持つ公爵で、手に書物を持ち、無数の男女の顔を持った、人間の姿で現れる。人の心を読み、自由に変えることができ、恋をさせたり他の場所にいる者の幻影を見せたりもする。芸術や科学を教える能力を持ち、36の**悪霊**の**軍団**(レギオン)を統率する。

血
blood

神を鎮めたり、**悪霊**や他の霊を呼び出すため、生贄の儀式で発散される力の源。血の生贄についてはいくつかの**魔術教書**にも見られるが、神を喜ばせるため動物の生贄を必要とした、古代の儀式に由来するのだろう。

●動物の血

動物の血は民間の**まじない**や呪文に使われる。黒猫の血は肺炎を治すと言われている。白い杖で死ぬまで打ち据えられた黒い雌鶏の血は、類感呪術に利用できる。その血を被害者に、あるいはその服に塗りたくり、雌鶏と同じくらい苦しんで死ぬ**呪い**をかけるのである。

アレイスター・クロウリーは魔術的儀式で、動物を生贄にした。1909年、助手のヴィクター・ノイバーグと仕事をしていた時、クロウリーは**コロンゾン**という名の**悪霊**との恐るべき出会いを経験した。3羽の鳩の喉を掻き切り、その血を砂に注ぐ行為を含む儀式で、この悪霊は呼び出されたのである。

●人間の血

血の源の中には、他より力があると思われているものがある。人間の血は魂と同一視され、非常に大きな力を持つ。人間の血を摂取することは、犠牲者の力と強靱さを征服者に与えると信じられてい

る。ある人物の血を数滴所有することは、魔女や魔術師がその人を支配し、あるいはその人の感情の状態に魔術師が引き具をつけることを可能にする。類感呪術の原則からすると、その人物は魔法にかけられるか呪われる。

処刑された犯罪者の血は、処刑によって放出された恨みと憤怒のエネルギーゆえに、病気や不運に対する強力な防御となると言われている。斬首などの公開処刑の見学者たちは、後で魔術の儀式に使えるよう、犠牲者の血をハンカチや布切れに取ろうとした。

人間の血は、誓約や兄弟の契りを交わす際の調印にも使われる。ヨーロッパの異端審問での魔女狩りの頃、魔女は魔王への隷属と服従を誓う**契約**に、血で署名すると信じられていた。魔女の魔力を中和、もしくは破壊するには、彼女の血を火の中で焼く——だからこそヨーロッパでの一般的な処刑方法は火刑だったのだ——または「流血」と呼ばれる習わしが必要である。魔女は胸の上に細かい刻み目を入れられて血を流すままにされ、時には死に至ることもあった。

人間の血は建物の土台を強化すると信じられ、生贄の犠牲者が寺院や砦、他の建築物の壁に埋められることもあった。

● 経血

経血は月の位相と結びつけられ、とりわけ強力とされる。女神の血はワイン、ミルク、蜂蜜酒、そして「知恵の血」と呼ばれ、世界中の神話に登場する。知恵や豊穣、再生、不死、治療のまじないとして飲まれる。不死の飲み物の象徴である**イシス**の血は、ファラオたちに神性を与えた。古代の道教では、赤い陰の液と呼ばれる経血は、長寿や不死をもたらすという。

経血には男性から恐れられてきた長い歴史があり、月経中の女性と交際したり触れたり、性交することは、その血が有害だとして禁じられてきた。古代ローマ人は、月経中の女性が触れると、ナイフは切れ味が鈍り、果物はしなび、ワインは酸っぱくなり、**鉄**は錆び、**鏡**は曇ると信じていた。レビ記18章19節には、「月経の汚れを持つ女性に近づいて、これを犯してはならない」と記されている。タルムードでは、夫婦は月経の期間と、清潔を確実にするためその後1週間、性的に離れていなくてはならないと教えている。

キリスト教では、経血は**悪霊**を生み、祭壇を汚すと信じられていた。17世紀後半までは、月経中の女性は聖体拝領に参加できず、それどころか教会に入れない場合すらあった。

小さな月
moonlet

→**魔除け**

チェスマック（チェシュマック、チェシュマック・ザ・カラップ）
Cesmak (Cheshmak, Cheshmak the Karap)

ゾロアスター教の、つむじ風と破壊の**悪霊**。『**デーンカルド**』［訳注／ゾロアスター教の習俗について記載した百科事

典］に出てくるチェスマックは、黄金の身体と大きな胸を持つ娼婦である。彼女は預言者ザラシュストラ（ゾロアスター）を、天国でのオフルマズドとの会合から戻った時誘惑しようとしたが、彼は彼女を打ち負かした。

地下の神々
chthonic deities

　古代の神話において畏怖の対象である地下の神々で、あまりに恐れられたため、たいていは名前を持たないか、遠回しな呼び方しかされない。彼らはしばしば、墓や死を連想させる**蛇**の姿で現れる。地下の神々は元々、死者の亡霊を代表する先祖の霊であった。彼らはなだめるための贈り物や生贄によって奉られた。

　地下世界の支配者として、地下の神々は死者の魂を苦しめ、混沌、闇、うす暗がり、邪悪な霊（**悪霊**参照）の上に君臨する。キリスト教が異教の信仰を制圧していく中で、地下の神々はどんどん悪や**魔王**と関連づけられるようになった。

　最も偉大で最も恐れられた地下の神は、ギリシアの死者の王ハデスで、かぶると姿が見えなくなる帽子を持っていた。ハデスは冷酷だが邪悪ではない。彼はめったに地下の陰鬱な王国を出ることはない。彼の名は**地獄**の同義語となった。ローマ人も彼を地中の鉱物と結びつけ、富の神プルートーと呼んだ。

　ハデスは妻のペルセポネー女王とともに地下世界を支配する。神話によると、ペルセポネーは愛らしい春の乙女で、穀物と収穫の女神デーメーテールの娘で

あった。ハデスは彼女を強く求め、ある日大地の割れ目から、黒い馬に引かせた二輪馬車で地上に出て、彼女をさらい地下世界へと連れて行った。悲しみのあまりデーメーテールは、地上のすべてのものを枯らし死なせてしまった。他の神々は気持ちを和らげるよう懇願したが、彼女は怒って拒絶した。ついにゼウスが間に入り、兄であるハデスにペルセポネーを地上に戻すよう命じた。ハデスはしぶしぶ従ったが、初めにペルセポネーにザクロの粒を食べさせ、これが永遠に彼女を彼に縛りつけることとなった。妥協策として、ペルセポネーは毎年春に地上に戻って地表を花で満たし、秋になるとハデスの許に戻って冬の死をもたらすのである。

　その他の地下の存在として、3人の**エリニュス**（フリアイ）がおり、ティシポネ、メガイラ、アレクトと呼ばれ、地上の罪人を容赦なく追い詰めて罰する。そして死の神タナトスと、彼の弟である眠りの神がいる。「小さな死」すなわち眠りの神からは夢が生まれ、それは地下世界からふたつの形で湧き上がる。ひとつは角の門を通った正夢、もうひとつは象牙の門を通った逆夢である。ギリシア人とローマ人は夢の意味、特に予言や神託の性質を持つ夢のお告げに、多大な重要性を置いた。

　古典の地下世界の描写で最も鮮やかなのは、ローマの詩人ウェルギリウスとギリシアの詩人ホメロスの著作である。ホメロスにとって地下世界は、現実的なものは何もない薄暗い場所である。ウェル

ギリウスにとってはもっと現実的で、罪人は苦しめられ、善人は褒美をもらって喜ぶ場所である。ウェルギリウスは地下世界の地形や、魂が入っていく方法について描いている。道をたどるとふたつの川に行き着き、初めに悲しみの川アケロンがあり、それが嘆きの川コキュートスへと流れ込む。そこでは年老いた渡し守カローンが水を横切って魂を運ぶが、それは生きている者が死体の唇に置いた小銭で通行料を支払うという、正しいやり方で埋葬された者だけである。他の3つの川は地下世界を区切っている。火の川プレゲトーン、神々が立てた破れない誓いの川ステュクス、そして忘却と健忘の川レーテーである（生まれ変わるため地上に戻る魂は、レーテーの水を飲まなければならず、それで前世のことを覚えていないのである）。

ハデスの門は3つの頭と竜の尾を持つ犬**ケルベルス**に守られ、その主な役割はいったん中に入った魂を逃がさないことである。ハデス自身、地下世界の暗がりのどこかにある巨大な宮殿に住み、寒く茫漠たる荒れ野に囲まれている。

ヘカテは地下の神々と関連を持つ強力な女神であり、魔術と**妖術**の守護神となった。ヘカテには3つの側面がある。豊穣の女神、月の女神、そして夜、亡霊、霊魂の女王である。

ヘカテは冥府の力を持ち、夜になると血走った目の地獄の犬や、死霊の従者の一団を率いて地上をさまよう**ワイルドハント**を行う。彼女は犬だけには見え、もし犬が夜中に吠えていたら、ヘカテが近くにいるということである。彼女は悪夢や狂気を引き起こし、恐ろしさのあまり古代の人々の多くは、彼女のことをただ「名もなき者」と呼んだ。彼女は無月期の女神、生命の破壊者だが、同時に甦らせる者でもある。ある神話では、熊または猪に姿を変えて自分の息子を殺すが、また甦らせる。暗い側面としては、睾丸の首飾りを着け、髪の毛はうごめく蛇で、メデューサの蛇のように見た者を石に変えてしまう。

ヘカテはすべての**十字路**の女神であり、一度に三方を凝視する。古代の呪術師たちは十字路に集まり、彼女や冥府の従者である小鬼のエンプーサやポルターガイストのケルコプシス、悪鬼モルモに忠誠を誓って貢ぎ物をした。3つの頭を持つ彼女の像が、多くの道の辻に置かれ、彼女を鎮めるための秘密の儀式が満月の下で行われた。悪霊除けのため、家の前にも松明や剣を持ったヘカテの像が建てられた。

オリュンポス山に住む天上の神々の多くは、例えばゼウスやヘルメスのように地下の側面も持つが、地下世界の神々ほどには恐れられていない。速足の使者の神ヘルメースは、死者の魂を地下へ、生まれ変わる準備のできた魂を生者の世界へと案内する。デーメーテールもまた、ペルセポネーとの絆ゆえに地下の側面を持つ。

ツィツィミメ
Tzitzimime

テスカトリポカのきょうだいのひとり

で、聖所侵犯、神を冒瀆したかどで、きょうだいもろとも天国から追放された。ツィツィミメとは「危険な存在」という意味。堕天する前には、このきょうだいたちは、星と星座の名前をもっていた。

ツィツィミメは、蠍、おぞましい昆虫、カエル、ヒキガエルの姿で現れるとされている。1年のある時期、彼らは光線に姿を変えて、家庭の中に侵入する力を持つ。昔は、悪霊たちの侵入を防ぐために、人々は夜、家の隙間を塞いだ。

きょうだいのひとり、**ヤカテクトリ**は奇妙な儀式で使う杖として崇められていて、人々は鼻や耳からの**血**を、祭壇に置かれたこの杖に塗る。これは悪霊を宥め、人々を煩わせるのを防ぐと信じられていた。

別のきょうだいは、ロバの骸骨の姿で夜、道端に現れ、道行く人々を怖がらせる。たまたまこの骸骨に会ってしまうと、目的地まで執拗についてくるという。

使い魔
familiar

人間と一定の関係を続け、奉仕や世話をしたり、情報や教えを提供したりする霊。familiar という語は、ラテン語で「家人や召し使い」を意味する familiaris からきている。

使い魔には善良なものもいれば性悪なものもおり、知性や力も千差万別である。使い魔はまた、四大元素の霊や動物、鳥、虫、もしくは精霊の恋人など、多くの姿を取る。その姿は人を欺く意図があることもあり、使い魔の性格を反映するものである。個人の使い魔は特定の一族になつき、何世代にもわたってその家につかえることもある。使い魔は人や動物に取り憑くことができ、彼らがつながりを持つ人間に頼らず、行動することができる。

使い魔は、魔術の儀式で呼び出されることもあれば、贈与、指名を受けたり、売買などの取引をされることもある。もしくは、自分の意思で現れることもある。瓶や指輪の中に住まわせることができ、世界中のシャーマニズムや**呪術**の一部となってきた。

●古代の使い魔信仰

ギリシア人やローマ人は、家や建物やその他の場所に住み、人間と結びつく**ダイモン**という使い魔の存在を信じていた。こうした霊は、助言や案内をしてくれたり、従者として働き、仕事をやってくれたり、番人の役目をしてくれたりする。ソクラテスはダイモンが耳元でささやいて、危険や災難を教えてくれると言った。プロティノスもまた、呼ぶと現れて命令に従う使い魔を持っていたと言われている。この使い魔は、特定の場所を守護するジェニのような低級霊よりも上位

主のために仕事をする低級な悪霊や使い魔（著者蔵）

の霊だった。

その他の古代の使い魔信仰は、エルフ、ブラウニー、ノーム、トロルなどの**妖精**伝説に姿を変えている。鉱山で働き秘宝を守る霊が、使い魔と呼ばれることもある。エルサレム神殿を建てるため、**ソロモン王**に召喚された**ジン**も、使い魔に通じるところがある。

●魔術や妖術における使い魔

使い魔はさまざまな目的のために、魔術で呼び出すことができる。魔術の秘儀に関する伝承では、使い魔は常に、魔術師や魔法使い、まじない師、祈禱師の従者であり召し使いである。低級な使い魔には、不可思議な力で現れる魔法の本のように、生命のないものもある。イングランドの魔術師ジョン・ディーは、使い魔の霊が宿っている水晶占い（占い）のクリスタルを手に入れ、助手のエドワード・ケリーとともに、それを使って天使や精霊と交信していた。高位の使い魔は、植物や動物、人間の姿をしている。目的に応じて、どんな姿にでもなれる使い魔もいる。ディーはマディミという別の使い魔を持っていて、この使い魔は少女や大人の姿で現れた。性的な事柄を扱うときには、裸で現れることすらあった。

伝承によれば、使い魔は魔術で瓶や指輪や石に閉じ込めることができ、かけ事や恋愛や仕事で成功するための**まじない**として、売られることもあった。

妖術の世界では、使い魔は契約をした相手に**魔王**から与えられる低級な**悪霊**や**小悪魔**である。または魔女が他の魔女から使い魔を受け継ぐこともあった。魔女狩り人によれば、使い魔の悪霊はあらゆる面で魔女につかえると言われ、まじないや魔法を行い、性的なことすらするとされた。魔女の使い魔のほとんどは、動物の姿をしていると信じられていたが、瓶や酒瓶に入れられた精霊であることもあった。**妖精**ですら使い魔であるといわれた。

魔女は多種多様な使い魔を持つことができた。猫、とりわけ黒猫は好まれた。ヨーロッパでは、猫はすべて魔女の使い魔であるという恐怖から、猫の大量虐殺が行われたりした。

魔女狩り人のピエール・ド・ランクルは、最も高位の魔女は角の生えたカエルの姿をした使い魔を持っていると言った。カエルは魔女の左肩に座っており、別の魔女以外は見ることができない。人間の姿をした使い魔を持っている魔女もいた。

そのほか、魔女が持っている一般的な使い魔には、異種の怪物はもちろん、犬、ヒキガエル、ネズミ、白イタチ、イタチ、鳥、ハチ、ミツバチ、蛾、ハリネズミ、ウサギ、農場の家畜などがいた。例えば、イングランドで魔女として逮捕されたエリザベス・クラーク（17世紀）は、ヴィネガー・トムという使い魔を含め、5人の使い魔を持っていると告白した。ヴィネガー・トムは牡牛の頭を持ったグレイハウンド犬のような生き物で、首のない子供に変身することができた。

使い魔はすべて、悪魔の本性を暴露するような、奇怪な名前を持っていると信

じられていた。イングランドのチェルムスフォードで魔女として逮捕され、1556年に裁判にかけられたエリザベス・フランシスは、サザンという名の白いぶち猫を飼っていた。魔女裁判で記録された他の名前には、ヴェル＝ジョリ、ヴェルドレ、エレモーザー、グリーディゲート、イゼベル、アブラヘル、グリゼル、マルティネット、ブラックマン、パイワケットなどがある。

逮捕され、投獄された魔女は、使い魔が助けに来るかどうかを確かめるため、こっそり見張られた。魔女のほうへ寄っていく蠅やアリやゴキブリですら、使い魔であると言われた。見張りは、使い魔——魔王から急派された刺客だと信じられていた——が、裁判の前に逮捕された魔女を殺すことがないよう、慎重に見張らねばならなかった。

魔女は自分の使い魔をたいへんよく世話すると言われ、体にある「魔女の印」、すなわち小さな乳首や染み、みみずばれなどから、自分の血を吸わせるとされた。

使い魔を持っていることは、魔女が死刑にされるのに十分な証拠となった。イングランドで1604年に出された妖術禁止法では、「目的や意図を問わず、悪しき霊、邪悪な霊に相談、契約、接待、利用、飼育、謝礼を渡すなどの行為をすること」は重罪とされた。

魔女裁判における使い魔とは対照的に、文学に登場する**メフィストフェレス**は、品の良い使い魔である。常に背の高い黒衣の男の姿で犠牲者である**ファウスト**に仕え、ファウストの魂を破滅させようとしている。ファウストはまた、黒い犬の使い魔にも付き添われている。

現代の魔女や魔術崇拝者や多神教徒の多くは、使い魔を魔術の助手としている。使い魔のほとんどは動物（多くは猫）であり、心霊と調和する力のおかげで、魔術において理想のパートナーとなるのである。ペットを使い魔とする魔女もいれば、霊界へ「呼びかけ」を送り、適当な動物を召喚する魔女もいる。アストラル界の思念体から、使い魔を作り出す者もいる。

使い魔は儀式に参加し、敵意ある霊を防ぐ。彼らは霊気や心霊的な力に敏感であり、魔法円の中にいる主が力を高めたり、呪文をかけたり、水晶占いをしたり、霊と交信したり、その他の魔術を使ったりするのを歓迎する。使い魔はまた、霊的なレーダーとしても役立ち、目に見えぬ力であれ、邪な魔術に手を出した人間であれ、敵意や悪意のある力に対して、それとわかる反応をする。使い魔は魔女によって、霊的な力で守られている。

●性的な使い魔

使い魔は、人間のような性的交わりを

使い魔

楽しむ。相手の人間から精気を吸い出すこともあれば、直接交わるために人間の姿になったり、人間の体に取り憑いたりすることもある。交わりが高次の霊的なものとなるか、肉体的、身体的なものとなるかは、使い魔の性質によりけりである。できるかぎり時間を長く引き延ばすことにより、使い魔が交わりに影響を与えようとすることもある。使い魔は普通、人間の男女の上にかぶさるか、かたわらに横たわる。人間は強い快楽の波により、使い魔との交わりを感じる。使い魔は、相手の体に取り憑き内部から快楽を生み出したり、相手の恋人に乗り移って手や体を操ったり、エロティックな夢をみせることで、人間と交わることもできる。

低級で悪魔的な霊との交わりには、**夢魔**（インキュバス）（男の悪霊）、**サキュバス**（女の悪霊）との性交がある。魔女ヒステリーの時代には、魔女は悪霊の恋人と交わっていると言われ、魅惑的な人間の姿に化けた悪霊が、夜、眠っている人間を襲って強姦するとされていた。

◉**使い魔に伴う問題**

使い魔との日常的な接触は、悪夢や、使い魔を原因とする身体的な障害を引き起こすことがある。犠牲者が影響を与えている霊を見たり聞いたり感じたりする**強迫観念**や、使い魔が完全に犠牲者を支配してしまう**憑依**が起きることもある。

また、霊は常に嘘と真実との区別がつくわけではないので、霊のくれる情報はきちんと識別せねばならない。使い魔が頭の中の声となって現れ、自傷行為や自殺、周囲への暴力など、強迫観念による異常な行動の原因となることもある。使い魔との身をけずるような過剰な接触は、心身や感情の圧迫や、崩壊を生む場合がある。

問題が生じた使い魔は、彼らとの協定を終わらせるか、必要であれば儀式を行うことによって、立ち去らせることができる。

シニストラリ、ルドヴィコ・マリア参照。

憑かれた所有物
Possessed possessions

霊に取り憑かれた物体。どんな物体も霊に取り憑かれることがあり、それが周囲に問題を引き起こす場合がある。憑かれた所有物、という用語はデラウェア州の超常現象研究者エド・オコノウィッツによって造り出された。

呪いや呪文、または魔術の儀式を通じて物が霊に取り憑かれる場合がある。中には前の所有者の人格が受け継がれたように見える物もある。民間伝承では、**ソロモン王**がジンを容器や指輪の中に封じ込めたように、物が実体を持つ霊を封じ込めるために用いられたことがあった。

霊に取り憑かれた物体はしばらくの間じっとしているが、しかるべき人間によってしかるべき状況に置かれると活動的になる。霊に取り憑かれた物体が引き起こす問題にはポルターガイスト現象、幻影や黒い人影、悪霊の**寄生**、悪夢、病気などがある。

解決方法としては、物や家屋に取り憑いた霊を清めたり**悪魔祓い**を行う、また

翼あるドラゴン
Winged Dragon

堕天使で、72人の**ソロモンの悪魔**のひとり。ドラゴンの四肢、背中と顔に翼、人間の足をもち、美しい女性と性交する。ソロモンの誓約によると、ドラゴンは自分が襲った女性が子を生み、それがエロスになったとソロモン王に言った。女性は殺され、ドラゴンは話している間に火を吹いて、レバノンの森と、神の神殿用の木々を焼き尽くした。

翼あるドラゴンは、バザザトという天使によって阻止されるということがわかり、ソロモン王はこの天使を呼び出して、ドラゴンに神殿を建てるための大理石を切り出させた。

『ディアボロス／悪魔の扉』(1997年)
Devil's Advocate, The

魔王に誘惑され、欺かれた若く野心的な弁護士を描いた、ホラー映画。監督はテイラー・ハックフォード、映画スターのアル・パチーノが変装した悪魔であるジョン・ミルトンを演じ、キアヌ・リーヴスが弁護士ケヴィン・ロマックスを、シャーリーズ・セロンがロマックスの妻、メアリー・アンを演じている。

ロマックスは裁判で、子供に猥褻行為をした被告人の弁護を務めていた。ロマックスは依頼人の有罪を承知していながら検察側の証人を論破し、依頼人は無罪となる。ロマックスはすぐに世界で最も力のある法律事務所、ミルトン・チャドウイック&ウォーターズのミルトンから、夢のような仕事の申し出を受け、これを受け入れる。有罪の人間の弁護も含めた、怪しげな事件をまかされたロマックスは、すべての裁判に勝訴する。ミルトンはロマックスに休職を勧めるが、手段を選ばず勝つことに取り憑かれたロマックスは、休職を拒否する。

いっぽう、ミルトンに強姦されたメアリー・アンは精神を病み、ロマックスは彼女を精神科に入院させるが、メアリー・アンは自殺する。ロマックスはその後、

『ディアボロス／悪魔の扉』(1997年)より。仕事の成功のため、悪魔と取引した弁護士、ケヴィン・ロマックスに扮するキアヌ・リーヴスと、変装した悪魔、ジョン・ミルトンを演じるアル・パチーノ(著者蔵)

母親からミルトンが実は彼の父親であることを聞かされる。ロマックスはミルトンと対決し、ミルトンが**サタン**であるという事実を知る。恐れおののいたロマックスはミルトンを撃とうとするが、ミルトンには傷ひとつつけられなかった。

ミルトンはロマックスに**反キリスト**の子供をもうけるため、異母姉のクリスタベラと交わるように言う。ロマックスは自殺することで、ミルトンの計画を阻止する。

場面は冒頭の猥褻行為の裁判に戻るが、最初とは異なる結末となる。良心に負けたロマックスが、弁護士資格を剥奪されることになったとしても、弁護人をおりることを決意したのだ。その後、ひとりの新聞記者が、インタビューをしたいと近づいてくる。この話を記事にし、ロマックスを英雄にしてやろうと言う。ロマックスが同意し、裁判所を出ていくと、記者の姿がミルトンに変わり、言う。
「虚栄は――私が最も好む罪だ」

ディブク
dybbuk

ユダヤ教の悪魔学において、人間の肉体や魂に取り憑く、邪悪な霊もしくは消える運命の魂。人間の口を借りて話し、激しい苦痛や苦悶を引き起こすため、別人格が現れたように見える。dybbuk（dibbukとも書く）という語は、17世紀に、ドイツやポーランドのユダヤ人の言葉から生まれた。dibbuk me-ru'ah（悪しき霊の断片）、dibbuk min ha-hizonim（人間の悪魔的な面から出たディブク）というふたつの句の省略形である。17世紀より前には、ディブクはイブルと呼ばれる多くの悪しき霊のひとつだった。

初期の民間伝承では、ディブクは病気の人間だけに宿ると思われていた。旧約聖書にも、人に取り憑く悪霊についての言及がある。例えばサムエル記上には、サウルが霊に取り憑かれ、ダヴィデがハープをひいて霊を祓ったいきさつが書かれている。トビト書では、大天使ラファエルがトビトに**悪魔祓い**の方法を教えている。1世紀のラビによる文学では、悪魔祓いをするためには、若い赤牝牛の灰か、特定の薬草の根を、水で囲んだ犠牲者の足元で燃やす必要があるとされた。**ソロモン王**の名のもとに呪文を唱える、神の御名を繰り返す、聖書の詩篇を読む、薬草の**魔除け**を身に着ける、などの方法もある。

16世紀に入る頃には、人に取り憑く悪しき霊に対する概念も変化した。多くのユダヤ人が、霊は転生したものの過去の罪のせいで新しい体に入れず、生きた罪人に取り憑かざるを得ない魂であると信じるようになった。霊はそうしなければ他の悪しき霊に苦しめられるので、人の体に取り憑く気になるのである。ディブクはきちんと埋葬してもらえなかった人間の魂であり、それゆえ悪霊になったと考える人もいる。

カバラにも、ディブクを祓うための儀式が含まれており、多くは現代でもまだ使われている。ディブクを祓う儀式は、バールシェム、すなわち奇跡を行うラビによってなされる必要がある。霊を祓うやり方によって、ディブクは救われる場

合もあれば、**地獄**に落とされる場合もある。ディブクは普通、犠牲者の足の小指を通って出て行き、ディブクが出て行った場所には、小さな赤い穴が残る。

デヴィル・フィッシュ
devil fish

メキシコの魔女（「ブルハ」もしくは「ブルホ」）が、呪術をかける時に用いる、エイに属する魚。乾燥させると、頭に角を生やし、尻尾と水かきのある腕を持った人間の姿そっくりになる。隣人の噂話を邪魔する効果があると言われる。

テオフィルス（538年頃）
Theophilus

魔王と**契約**を交わした伝説の修道士。テオフィルスの話は、大団円におさまる結末のおかげで中世で人気だった。さまざまな言語で書かれ、多くの教会で読まれ、13世紀のトルヴェール（吟遊詩人）のリトブフによって『テオフィルスの奇跡』という芝居にもなった。

テオフィルスは、シチリア北部のアダナの教会で出納係をしていた。司教職を勧められたが、謙虚な彼はその仕事は荷が重いとして断った。彼の代わりに司教になった人物は、テオフィルスを苦しめ悩ませることに倒錯的な関心を抱き、呪術を使ったとして彼を告発したため、テオフィルスは職を失った。

報復として、テオフィルスは「邪悪な老ユダヤ人」のサラタンに会いに行った。サラタンは、テオフィルスを**十字路**に連れて行って、異国の言葉で魔王を呼び出した。魔王は復讐を提案して、テオフィルスの魂と引き換えに司教の座を与えようと言った。テオフィルスは同意し、イエスとマリアと断絶して、自分の**血**で契約書に署名した。

『テオフィルスの奇跡』によると、契約書にはこうある。

この公開状を読む者すべてに、我、サタンは知らせよう。テオフィルスの運命が確実に変更されること、彼が我に臣下の誓いをしたこと、その結果、彼が司教の職を得るであろうこと、彼の指の指輪でこの書状に印章を押し、彼自身の血でこれを書き、それ以外のインクは使わなかったことを。

サタンが約束したように、教会はテオフィルスに不利な証拠はなにもないと了

悪魔と契約を交わすテオフィルス

解した。その司教は追放され、テオフィルスがその後釜に就いた。ところが、テオフィルスの心は晴れなかった。**地獄**で永遠に過ごすことを後悔し始めたのだ。彼は聖母マリアに助けを求め、絶えず祈り続けた。彼を哀れに思った聖母マリアは、神にとりなしてその許しを得てくれた。救済されたテオフィルスは、契約書を燃やし、皆の前で告白をし、残りの生涯を敬虔に平穏に暮らしたという。

テオフィルスの話の教訓は、悔い改め、祈りを捧げれば、魔王の誘惑から救われるということだろう。

ファウスト参照。

デカラビア（カラビア）
Decarabia (Carabia)

堕天使で、72人の**ソロモンの悪魔**の69番目に位置する。**地獄**の侯爵であり、30の**悪霊**の**軍団**(レギオン)を従えている。五芒星の中に星の姿で現れるが、命じられれば人間に変身することもある。魔術師の前で魔法の鳥を飛ばし、**使い魔**として残していく。その鳥は普通の鳥と同じように、歌ったりものを食べたりするという。草や貴石に秘められた力に通じている。

テスカトリポカ
Tezcatlipoca

アステカの黄泉の国の君主で、呪術師、魔女たちの王。テスカトリポカという名前は、煙る鏡という意味。彼が他人の未来を予言し、スパイするために使った黒曜石の**鏡**と関連している。彼はまた「恐ろしい者」という意味のYaomauitlとしても知られている。

ポプル・ヴーによると、テスカトリポカは、額に暗黒の支配者であることを示す星がついていて、腰にはジャガーの皮をまとい、耳には鳥の遺骸をつけ、片方の鼻腔に蛇の頭がついているという。王として、出産のときに死んだ女性の切断した腕を持っていて、それを使って降霊術の儀式を行う。

テスカトリポカときょうだいの**ツィツィミメ**が世界を作った。テスカトリポカがタモアンチャンという天国の聖なる薔薇をうっかりつんでしまったため、ふたりは楽園を追い出された。テスカトリポカは、巨大な蜘蛛の巣を伝い降りて、黄泉の世界に入ったという。

テスカトリポカの話はいろいろある。彼は、オセロットの皮をまとい、首をくびきでつながれた新参者の死者の魂たちに目の前で判決を下し、彼らを**地獄**のミクトランにある障害物のある悪路を走らせた。

伝承によると、メキシコでの人の生贄

テスカトリポカ。『ボルボニクス絵文書』より

儀式はテスカトリポカが始まりだという。彼は雄鶏の姿になって、最初に作られた女性を誘惑したとされている。それから、彼は女を殺し、心臓を切り取って、太陽に捧げた。

テスカトリポカは、伝説の種族トルテック族が滅びた原因となった。彼はトルテック族を集めて、盛大な祝宴を開き、そこで彼らは歌って踊った。突然、恐怖に襲われた彼らは、テクスカルトラウホ川にかかる石の橋を越えて逃げ出した。テスカポリポカは橋を壊し、トルテック族のほとんどが、川に落ちて石になった。生き延びた者も人事不省になってしまった。

テスカトリポカは、病気や疫病を広める。回転草のようなどろりとした塊になって、行く先々で病気を流行らせる。雄鶏やコヨーテの姿になって、**十字路**に潜んで旅人を待ち伏せすることもある。特に夜に風をうならせて馬を駆る。

鉄
iron

悪霊、吸血鬼、魔女、邪悪な霊、**妖精**などから身を守るもの。

鉄は**ジン**や**リリト**をはじめとする出産に災いをなす妖精たち、その子供たちを追い払う。悪霊の攻撃を避けるため、鉄のハサミか小さな道具がベッドに置かれる。棺や墓場には鉄製の物が備えられ、棺と墓に鉄釘が打たれ、吸血鬼と安らかに死ねない幽霊が墓を出て、生きている者を襲わないようにする。

デナムの悪魔祓い（1585-1586年）
Denham Exorcisms

12人のカトリックの聖職者が、6人の偽の**悪魔憑き**に対し、**悪魔祓い**を行った事件。首謀者は、イエズス会士のウィリアム・ウェストンで、エドマンズとも呼ばれる。悪魔祓いのほとんどは、イングランド、バッキンガムシャー州デナムの、サー・ジョージ・ペカムの屋敷で行われた。「悪魔憑き」は偽物で、プロテスタントの改宗をうながすための宣伝活動と、女王に対する政治的陰謀の一部だった。

悪魔祓いの記録は、ロンドン主教、リチャード・バンクロフト付の牧師、サミュエル・ハースネットによって書かれ、1603年に公表された。記録には以下のような表題がつけられている。『女王陛下の臣民から忠誠心を奪い、イングランドのキリスト教の真実から遠ざけるために、悪名高きローマ・カトリック教会が、偽りの悪魔祓いを行った一件の公表。エドマンズ、別名イエズス会士のウェストンと、その邪悪な共犯者である、カトリックの聖職者数名により実行された。陛下の教会裁判所の理事の前で宣誓しながら、悪魔に取り憑かれたふりをした一団に対する調査と、告白の写しを添付する』

ウェストンは1584年9月、カトリックの聖職者に対するきびしい迫害が起きているさなかに、イングランドに到着した。数人のイエズス会士が殉教し、国外へ逃げ出す者もいた。1585年に出された法令により、イエズス会士とローマ・カトリックの神学校の聖職者は、イングランドにとどまっているだけで、反逆罪に問われ

ていた。彼らをかくまった者も重罪とされた。さらに、1563年の妖術を禁止する法令により、悪魔祓いも含め、霊を呼び出した者は、初犯であっても死刑とされた。それにもかかわらず、ウェストンと仲間の聖職者は悪魔祓いを始めた。表向きは、プロテスタントをカトリックに改宗させるためであった。

しかし、より大きな要因も含まれていた。エリザベス1世を暗殺し、スコットランド女王、メアリ・スチュアートにその後を継がせ、スペインのイングランド侵攻を可能にしようという、バビントンの陰謀である。イングランドで最初にウェストンの悪魔祓いを受けたのは、ウィリアム・マーウッドだった。マーウッドは、ダービーシャー州の貴族でカトリック教徒である、アンソニー・バビントンの召し使いで、バビントンはのちに、6人の悪魔祓いについて証言するため、デナムを訪れた。悪魔祓いを行った聖職者のふたり、ジョン・バラードとアンソニー・ティレルは陰謀の一味だった。先導者はバラードで、バビントンを説得して仲間に引き入れていた。ウェストンもおそらくこのことを知っていて、陰謀成功の助けとするために、悪魔祓いを利用したのである。

デナムの悪魔憑きのうち4人は、のちに憑依を装っていたことを告白した。残りのふたりが告白していたのだとしても、彼らの記録は残っていない。4人のうちのふたりはプロテスタントで、デナムで女中をしていた15歳のサラ・ウィリアムズと、その姉でサラが発作を起こし始めた時に仕事を肩代わりした17歳のフリデスウィド（フィド）だった。フィドは洗濯室で倒れ、自分も取り憑かれたのだと思い込まされた。残りのふたりはカトリック教徒で、18歳のアニー・スミスと、同じく18歳ぐらいと思われる、リチャード・メイニーだった。アニー・スミスは、ペカム家の家族ぐるみの友人で、発作を起こしたのでデナムに送られた。イングランド人のリチャード・メイニーはフランスでミニム会の修道士となったが、修道会のきびしさと、修道会で主食とされる魚が嫌いであったことから、そこを去っていた。メイニーはまた、ヒステリーにも悩まされていた。

悪魔憑きたちは、幻影、啓示、預言が見えるふりをし、発作を装った。彼らに取り憑いた**悪霊**は、エリザベス1世とその廷臣をたたえ、彼らは**魔王**の忠実な従者であると宣言した。悪魔祓いはおびただしい数の群衆の見ている前で行われ、公式の記録によれば、その年のうちに少なくとも500人が改宗した。

悪魔祓いの儀式は、犠牲者を酔わせたり、吐き気をもよおさせる薬を使ったりもするもので、いやなにおいのする煙もともなっていた。犠牲者は椅子にしばりつけられ、油やサック酒やヘンルーダなどの、怪しげな薬を飲むよう強要された。燃え盛る硫黄で温まった皿が、彼らの鼻先に突きつけられた。犠牲者が正気を失い、本当に取り憑かれたのだと思い込んで、悪霊についてわけのわからないことを口走ったとしても、何の不思議もなかった。彼らは正しくそれと見分けられるように教え込まれた、イングランドの聖人

の遺物や骨を見せられた。聖職者たちは、骨をサラとフィドの口の中に押し込んだ。少女たちは、悪魔の恐怖のしるしと見られる、激しい嫌悪をわざわざ演じる必要はなかった。

メイニーに取り憑いた悪霊モジュは、サラとフィドが周囲に魔女と信じられていた、ブッシーのホワイト夫人に魔法をかけられたのだと言った。聖職者たちはホワイトの猫をとらえ、「消え失せるまで」鞭で叩いた。ブッシーに使者が送られると、ホワイトが出産の床にいるのが見つかり、出産中に赤ん坊は死んだ。フィドは聖職者たちを人殺しだと非難した。

すべての悪魔憑きの中で、メイニーは最も見事なショーを演じた。1586年のイースターに先立ち、日曜には煉獄の幻影を見て、イエスの受難日である復活祭前の金曜に、天にのぼると告知したのだった。当然のことながら、当日はこのイベントを見ようと大勢の群衆がつめかけた。メイニーはベッドに横たわり、厳かな調子で祈ったり説教したりしていたが、その後2時間のトランス状態に陥った。目覚めると、彼はため息をつき、うめき声をあげて言った。

　　まだその時は来ていない。聖母マリアが私の前に現れ、さらに善行をほどこし、未知の不思議を語るという目的を、神が授けているのだから、まだ生きなくてはいけないと言った。

メイニーはさらなる芝居を用意していた。1586年4月23日、最後の悪魔祓いが行われた時、メイニーに取り憑いた悪霊モジュが現れ、自分は7人の悪霊とともに来ていると言った。「そのすべてが、偉大な名声を持った軍団長である」と、身振り手振りで**七つの大罪**を示して見せた。このぞっとするような見世物が終わると、モジュは「ローマ・カトリックの坊主ども」に呪いの言葉を浴びせ、メイニーの幻影はすべてまやかしであり、カトリック教徒がキリストや「サフラン袋」（モジュは聖母マリアをそのように呼んだ）に化けた悪魔を崇拝するよう仕向けたかったと語った。その後、悪霊は去った。

1586年8月4日、ウェストンとバラードはサー・フランシス・ウォルシンガムの命令により、逮捕された。エリザベス1世の「スパイの元締め」であるウォルシンガムは、デナムの悪魔祓い事件も含め、カトリック教徒の動きを、用心深く見張っていたのだった。デナムの館は手入れを受け、居住者のほとんどは逮捕され、聖職者たちも投獄された。ウェストンを有罪とする証拠は見つからなかったが、それでもウェストンは10年もの間、ウィズビーチ城に監禁されることになった。ティレルは女王の情報提供者となった。

バラード、バビントンと逮捕された共犯者たちは、ロンドンのウェストミンスターホールで拷問され、取り調べを受けた。彼らは絞首刑後、はらわたを抜かれ、四つ裂きにされることになった。9月20日、21日に、ふた組の処刑が行われた。バラードは最初の組だったが、彼らの処刑は酸鼻を極めるひどいものとなり、見物していた群衆は顔をそむけた。つるさ

れた後、死ぬ前に切り刻まれてしまい、生きながら解体されることになったのだ。エリザベス1世もこの知らせに嫌悪感を示し、ふた組は完全に死ぬまでつるしておき、その後、死体を解体するようにと命じた。

バビントンの陰謀はこうして失敗に終わり、最後には1587年の、スコットランド女王メアリ・スチュアートの処刑を引き起こすこととなった。

いっぽう、ウェストンはウィズビーチ城で手をこまぬいていたわけではなく、イングランドのカトリック教徒の中で、宗派の対立を煽り続けた。1602年、デナムの悪魔祓い事件についての調査が始まり、その後新聞が発行されたが、これはウェストンをおとしめようとする試みの一部であると思われる。

デモリエル
Demoriel

31人の**ソロモンの精霊**に含まれる**悪霊**。北の皇帝で、400人の大公と600人の公爵、700京8兆900万1人の臣下の精霊を従えている。12人の公爵長はそれぞれ1140人の精霊を従えており、アミビエル、カバリム、メナドル、ブリシエル、ドリエル、マドル、カマエル、ドゥビロン、メクル、クリバル、ダブリノス、コミエルと呼ばれる。

デュマー（ドウマ）
Dumah（Douma）

沈黙と死の静寂、擁護を司る天使。エジプトの守護天使でもある。デュマーとはアラム語で「沈黙」を意味する。デュマーは**地獄**の支配者であり、バビロニアの伝説では14番目の門を守っている。ユダヤ教神秘主義の経典である『光輝の書』では、ゲヘナ（地獄）の長であるとされ、幾万もの破壊天使を指揮下に置き、罪人を罰する役目を持った1億2000万の従者を従えている。タルムードで短く言及されている内容によれば、罪人も安息日には1日の休息を許され、地上に出て徘徊することができるが、夕方になるとデュマーに地獄に戻されるのだという。死後1年の間は、罪人だけでなくあらゆる死者の魂が、毎晩デュマーによって地上に解き放たれるとも言われている。

天狗
tengu

アジアの**ゴブリン**または**悪霊**で、吸血鬼、ポルターガイスト、詐欺師のような存在。

天狗の記録は、8世紀にさかのぼる。翼と手足に長く鋭い爪をもつ人の姿をした悪霊として現れる。鼻はカラスの嘴に似ていたり、赤くて丸かったりして、その大きさが天狗の力の強さを表す。扇や杖を持っていることもある。人里離れた山岳地帯で人をさらい、特に子供を拉致するのを好む。天狗に取り憑かれる（**憑依**）ことは、必ずしも悪いことばかりではない。憑依された者は並外れた能力や知識を得ることができるという。

天使
angel

神と限りある命の人間とを仲介する存

在。天使はすべての生物、自然界、宇宙の万物に貢献する。彼らは**魔術**においても大きな役割を果たす。彼らの任務の中には、**悪霊**や悪魔、すべての悪の勢力との戦闘がある。天使は祈りや求めに応えて神から遣わされる。

angel という言葉は、ギリシア語の angelos に由来し、「伝令」という意味である。伝令として領域の間——人間と神の——を行き来することは、天使の主要な任務のひとつである。天使は人間を助けることであれ罰することであれ、神の意志どおりに割り当てる。彼らはまたみずからの自由意思で行動できるが、罪を犯すことはない。

天使はユダヤ教、キリスト教、イスラム教に特有の存在だが、世界中の神話の中に存在する、手助けし守ってくれる精霊という概念に起源を持つ。天使はユダヤ人の神話から徐々に発展したが、その神話はバビロニア人やペルシア人、シュメール人、エジプト人、その他ユダヤ人が接触してきた民族の神話から影響を受けた。ユダヤの天使はキリスト教、イスラム教の神話に移っていった。

聖書は天使を、天界の王国に無数に存在する神の代理人と表現している。彼らには実体はないが、形を取る能力があり人間としても通用する。彼らはまた炎や稲妻、まばゆい光としても現れ、翼をつけていることもあれば、つけていない時もある。聖書にはさまざまな天使の部類について書かれており、それらは6世紀までに階級にまとめ上げられた。

キリスト教の教父たちは、天使の任務、本質、数、能力、役目について、徹底的に考察してきた。神学的な関心は中世に頂点を迎え、ルネサンス期には衰えはじめた。

天使はユダヤの魔術において傑出した存在であり、創造のあらゆる面を統括している。彼らは西洋の魔術の伝統で重要な部分を形作っている**カバラ**に基づく魔術で、大きな役割を演じている。天使は悪霊と同様に、魔術書や**魔術教書**に描かれている儀式に取り込まれている。

天使と悪霊の最大の対決は、**黙示録**によればハルマゲドンで起こることになっ

キリスト教の大天使ミカエル

ている。大天使ミカエルに率いられた天使の軍隊が、**サタン**の軍勢と戦い、打ち負かす。

阻止天使参照。

天体
heavenly bodies

世界中で不幸と紛争をもたらす闇の世界の**悪霊**。

ソロモンの誓約では、この世の悪魔じみた力である天体を7人か36人の2群に分類している。第8章で描かれるのは前者の7つである。**ソロモン王**に尋問された悪霊たちは、リュディアかオリュンポス山でまとまって暮らすと言って、位置を変える。天国における彼らの星は小さく見えるが、神々と同様に名前をつけられている。そのうち6人は特定の**天使**たちに阻止される（無力にされる）。7人の天体は次のとおり。

◎欺瞞。人を惑わし、とびきり邪悪な異端信仰をもたらす。天使ラメキエルに阻止される。
◎紛争。争いや戦争に武器を提供する。天使バルキエルに阻止される。
◎破滅。人間を勝者と和睦せずに戦わせる。天使マルマロトに阻止される。
◎苦悩。人間を対立する二派に分裂させ、嫉妬心を起こさせる。〈紛争〉を従えている。天使バルティオウルに阻止される。
◎罪過。人間に殺し合いや棺の掘り返しなどの邪悪な行為をさせ、道を誤らせる。大天使ウリエルに阻止される。
◎権力。権力欲を煽り、暴君を作り、王を退位させる。天使アステラオトに阻止される。
◎最悪のもの。ソロモン王をアルテミスの鎖につないで傷つける、と王に告げる。〈最悪のもの〉は**阻止天使**を定めない。

ソロモン王は7人の悪霊に対し、エルサレム宮殿の土台を掘る刑罰を言い渡す。その長さは250キュービット［訳注／およそ113メートル］である。

ソロモンの誓約18章には36の天体が紹介されている。黄道十二宮の十分角（デカン）（星座を10度で分けた部分）に対応する悪霊たちだ。彼らはソロモン王に召喚されると、「不格好な犬の」頭で現れる。人間や牡牛やドラゴンの体に、鳥や獣やスフィンクスの顔がついている。闇の支配者と名乗り、王には彼らを傷つけたり監禁したりできないと言う。だが王は、空中と地上と地下のすべての精霊を支配しているため、天体もほかの精霊のように王の前にやってくる。王は彼らに、順番に進み出て名乗るよう命じる。その悪霊たちは以下の通り。

◎ルアクス。頭痛を起こす。ミカエルに阻止される。
◎バルサファエル。偏頭痛を起こす。ガブリエルに阻止される。
◎アトサエル。目と視力に障害を起こす。ウリエルに阻止される。
◎オロペル。喉をひりひりさせ、鼻水を出す。ラファエルに阻止される。

◎カイロクサノンダロン。聴力障害を起こす。オウロウエル（ウリエルの異形であろう）に阻止される。
◎スフェンドナエル。耳下腺腫瘍を発生させ、つらいこわばりをもたらす。サバエルに阻止される。
◎スファンドル。四肢を麻痺させ、手の神経（手根管であろう）を破壊し、肩をもろくする。アラエルに阻止される。
◎ベルベル。性的倒錯を起こす。カラエルに阻止される。
◎コウルタエル。腸全般に痛みを起こす。イアオトに阻止される。
◎メタティアクス。腎臓に痛みを起こす。アドナエルに阻止される。
◎カタニコタエル。家庭に争いと不和を招く。阻止する方法は、月桂樹の葉を浸しておいた水を屋内に撒き、「天使、イア、イエオ、サボオト」と唱える。
◎サフソラエル。精神錯乱をもたらす。「イア、イエオ、サボオトの息子たち」と書いた**まじない**を首に掛けるとよい。
◎フォボテル。腱の弛緩を起こす。アドナイに阻止される。
◎レロエル。悪寒、発熱、喉の痛みを起こす。阻止するには、「イアクス、ここにとどまるな、むきになるな。ソロモン王は11人の父親より公正だからだ」と唱える。
◎ソウベルティ。震えとしびれを起こす。リツォエルに阻止される。
◎カトラクス。命取りになる発熱を起こす。阻止するには、唇にコリアンダーをこすりつけて「ゼウスの命により言い渡す。神の形［訳注／聖書より。神に似せて作られた人間を指す］の前から下がれ」と言えばよい。
◎イエロパ。人の腹部に座り、入浴中に痙攣を起こし、発作をもたらす。苦しんでいる人の右耳に「イオウダ・ジザボウ」と、3度話しかければ阻止できる。
◎モデベル。夫婦を離婚させる。「8人の父親（エジプトの神々）」の名前を書いた紙を戸口に貼れば、追い払える。
◎マルデオ。下がらない高熱を出す。阻止するには、屋内に彼の名前を書くとよい。
◎リクス・ナソソ。膝に障害をもたらす。「フォウネビエル」という名前をパピルスに書けば阻止できる。
◎リクス・アラス。乳幼児に喉頭炎を起こす。阻止するには、「ラアリデリス」という名前を紙に書いて持ち歩くこと。
◎リクス・アウダミオス。心臓に痛みを起こす。ライオウオトに阻止される。
◎リクス・マンサド。腎臓に痛みを起こす。「イアオト、ウリエル」と書かれたまじないで阻止できる。
◎リクス・アトンメ。肋骨の痛みを起こす。座礁した船から取った板に「霧のマルマラオス」と書けば、阻止できる。
◎リクス・アナトレス。おならと腸の激痛を起こす。「アララ、アラレ」と唱えれば阻止できる。
◎リクス、ザ・イナウサ。人間の考えを変えさせたり、心変わりをさせたりする。カラザエルに阻止される。
◎リクス・アクセスブス。下痢と痔を

起こす。患者にまじりけのないワインを飲ませれば阻止できる。

◎リクス・ハパクス。不眠症をもたらす。阻止するには、「コク、フェディスモス」と書いたまじないをこめかみに貼るとよい。

◎リクス・アノステル。ヒステリーと膀胱の痛みを起こす。阻止するには、月桂樹の種をつぶして作った油を体にすりこみながら、「ママロスの命により言い渡す」と繰り返すこと。

◎リクス・フィシコレト。慢性の病気を発症させる。阻止するには、塩を加えたオリーヴ・オイルで体をマッサージしながら「智天使、熾天使、お助けください」と唱えるとよい。

◎リクス・アレレト。魚の骨をのみこませる。阻止するには、胸に魚の骨を刺すとよい。

◎リクス・イクトゥロン。腱の断裂を起こす。「アドナイ、マルス」の言葉で阻止できる。

◎リクス・アコネオト。喉の痛みと扁桃炎を起こす。阻止するには、山積みのツタの葉に「レイクルゴス」と書いたまじないが有効である。

◎リクス・アウトト。愛しあう人々に嫉妬心を抱かせ、仲たがいさせる。αとβの文字が書かれたまじないで阻止できる。

◎リクス・フテネオト。**邪眼**を向ける。彫刻された目で阻止できる。

◎リクス・ミアネト。「肉体に恨みを抱き」、肉を腐敗させて家を崩壊させる。阻止するには、「メルト・アルダド・アナアト」と書かれたまじないを玄関先に置くとよい。

ソロモン王はこのすべての天体に、エルサレム宮殿まで水を運ばせた。

ドゥルグワント
Dregvant

ペルシアの伝承や**ゾロアスター教**において、贅沢や不道徳を表す、邪悪で罪深い**悪霊**。ドゥルグワントとは、カスピ海の南にあるギーラーンの街の住人につけられた名前で、彼らは悪魔の化身であると思われていた。

ドゥルジ
Druj

ゾロアスター教において、悪の原理を表す、女の**悪霊**。ドゥルジとは「虚偽」、「欺瞞」を意味する。古代ペルシアではドラウガの名でも呼ばれる。最初の悪しき存在である**アフリマン**とも関係があり、善と悪との最後の戦いでは、アシャがドゥルジを滅ぼすという。

ドゥルジ
druj

ペルシアの伝承や**ゾロアスター教**において、主に女の悪しき存在、呪術師、怪物、悪鬼、悪人、**地獄**の軍勢の階級を指す言葉。特殊なドゥルジには以下のようなものがある。

◎ドゥルジ・ナス。堕落、腐敗、衰退、疫病、不浄などを表す屍の悪鬼。犬が

視線を投げることで、死体から追い出すことができる。9日間の入浴と清めの儀式により、生きた人間からも追い払うことができる。
◎アジ・ダハーカ。3つの頭と6つの目、3つの口を持ち、肩から2匹の**蛇**を生やした半人半魔で、世界に破壊をもたらすため、**アフリマン**によって作られた。同じく悪霊である母、**アウタク**と近親相姦を犯した。
◎セジ。疫病の化身で、「滅びと不幸をもたらす悪鬼」と言われる。
◎ジャヒー。肉欲を表す女のドゥルジ。ジャヒーとは、「売春婦」、「娼婦」を意味するjahikaの語根である。アフリマンがジャヒーに接吻したことから、地上で月経が始まった。ジャヒーの名はまた、呪術師や魔術師にも関係がある。

ドズマリーとエクスカリバー

ドズマリー・プール
Dozmary Pool

　イングランド、コーンウォール州、ボドミンムーアにある小さな湖。**魔王**と関わりを持つ。伝承によれば、魔王は**ジャン・トレギーグル**に、カサガイの殻でドズマリー・プールの水をかき出すという、永久に終わらない仕事を課したという。終わることのない仕事を課すという、魔王によるこれと似たような罰は、ほかにもある。
　ドズマリー・プールはまた、アーサー王とも関わりがあり、死せるアーサー王がヴェルベデーレに命じて、魔法の剣、エクスカリバーを投げ込ませた湖の候補地とされている。湖の中から手が現れて剣をつかみ、**妖精**である「湖の貴婦人」に返したという。ドズマリー・プールには不可思議な光や、おそらくは夜、危険な荒野で道に迷って湖で溺れたと噂される、人馬の霊が出没するということである。

ドラゴンの頭
Head of the Dragons

　頭が3つあり、見るも恐ろしい皮に覆われたドラゴンの姿をした**悪霊**。
　『ソロモンの誓約』では、ドラゴンの頭は三つ叉の精霊であり、身体障害や癲癇を起こす。この悪霊は、3つの行為を通して他者を圧倒するという。女性の子宮に入って胎児を盲目にしたり、耳をうしろ向きにして、耳も口も不自由にしたりする。また、人間を転ばせ、歯ぎしりさせ、泡を吹かせる。ゴルゴタでは、「助言者の

天使」(キリスト)に妨害された。

この悪霊は、**ソロモン王**が建設していたエルサレムの神殿の土台の下に大量の黄金が埋蔵されていると王に告げる。王はその黄金を発見して、魔法の指輪でドラゴンの頭を締めつける。そして、神殿に使う煉瓦を作る刑を言い渡す。

ドリス・フィッシャーの憑依事件
Doris Fischer Obsession

心霊研究家の**ジェイムズ・ハーヴェイ・ハイスロップ**によって調査された、霊による**抑圧**事件。

1914年、ハイスロップは、ドリス・フィッシャー(本名ブリッティア・L・フリッチル)の事件に巻き込まれることになった。この事件は初め、米国聖公会派の聖職者で心理学者でもある、W・フランクリン・プリンス医師によって報告された。フィッシャーは子供の頃、アルコール中毒で虐待癖のある父の手により、非常に深刻な精神的外傷を受け、1892年、彼女が3歳の頃から、多重人格の徴候を示すようになった。彼女はまた、心霊に対して非常に敏感なところがあり、母親の急病と死を予告することができた。フィッシャーとその兄弟は父親と暮らし続けたが、フィッシャーはますます、「病気のドリス」と意地悪な「マーガレット」という人格の中へ、引きこもるようになっていった。フィッシャーはしまいに、プリンス夫妻の養子となった。プリンスは新しく認識された多重人格諸症候群についてよく知っており、プリンス夫妻はフィッシャーが正常な状態に戻るのを助けた。

ハイスロップは数年の間、精神病の症状のいくつかは、霊の影響によって引き起こされる——もしくは少なくとも悪化させられる——という仮説を持ち続けてきた。ハイスロップ自身は心霊主義者ではなかったが、祈祷などによる心霊的な「治療」に賛成であり、心霊との交信は生理学的な治療と同じくらい重要だと信じていた。そうした心情から、ハイスロップは、フィッシャーを霊媒のミニー・ソウルのもとへ連れて行った。フィッシャーに取り憑き、心の平安を乱している霊を発見し、取り除きたいと願ってのことだった。

交霊会の間、ソウルはフィッシャーに母親からの長いメッセージを伝えた。ソウルはまた、カリオストロ伯爵の声を聞いた。ハイスロップはカリオストロ伯爵がその場にいることを好まず、交霊会とフィッシャーから去るように言った。のちの研究者たちは、カリオストロはハイスロップとフィッシャーが秘かに望んでいながら抑圧した、性的なものを表していたと推測している。

次に、ソウルはリチャード・ホジソンの声を聞いた。ホジソンの霊はフィッシャーの一件に心霊が関わっているというハイスロップの疑いを裏づけ、できることは何でもすると約束した。最後に、ソウルは、「ミネハハ」もしくは「笑う水」と称する、若いインディアンからのメッセージを受け取った。ミネハハは、ヘンリー・ワズワース・ロングフェローの詩、「ハイアワサ」の主人公なので、ハイスロップは疑念を持ったが、交霊会を続行

した。ミネハハがフィッシャーの一件をよく知っており、フィッシャーの抱える問題の多くを引き起こしているのは自分だと訴えたことに、感銘を受けたからだった。さらなる交信の後、ハイスロップは「マーガレット」という人格は、ドリスの心から派生したものではなく、憑依している霊そのものだと信じるようになった。

霊がなぜ、フィッシャーを傷つけるのかとハイスロップが尋ねると、ソウルの交信相手は、霊は悪い影響をおよぼすからだと答えた。ソウルを助ける支配霊はまた、フィッシャーの件は霊を祓うことで簡単に治療できる、数多くの狂気や多重人格の事例とまったく変わらないと語った。1915年までには、ハイスロップはフィッシャーが霊に取り憑かれていたと確信するようになり、最後の著書、『死後の生』（1918年）でフィッシャーとの体験を書いている。

ハイスロップはカリオストロがフィッシャーに取り憑いている霊の指導者だと信じ、伯爵の霊を祓った。他の霊は、残っていても何もできなかったので、ハイスロップはフィッシャーの治癒を願いつつ、この一件から手を引いた。フィッシャーはプリンス夫妻とともにカリフォルニアに戻り、しばらくの間、普通の生活を取り戻した。しかし回復したわけではなく、自分の中のさまざまな人格や、精神障害と数年戦ったのちに、最後には精神病院で生涯を閉じた。

霊の憑依の可能性に興味を失ったわけではなかったが、ドリス・フィッシャーの一件は、ハイスロップにとって最後の大きな調査となった。

トレギーグル、ジャン（ジョン）
Tregeagle, Jan（John）

魔王によって罰せられた、17世紀のコーンウォールの追いはぎ。ジャン・トレギーグルの幽霊は、自分の悲運に抗議して泣きわめいたことで知られる。

ジャン・トレギーグルは実在の人物。イギリス、コーンウェルの評判の良くない執政官だった。偽造、詐欺、所有者不明財産の違法な没収などによって、のし上がったと言われている。さらに、魔王と**契約**したとも噂されていた。

伝えられているところによると、トレギーグルは年をとるにつれ、自分の魂の運命を心配するようになり、聖職者に賄賂を使って、自分が死んだら、魔王に魂を取られないよう、清められた土地に埋葬してもらうよう計らった。彼はセント・ブレオックの教会墓地に埋葬され、そこで7年間は安らかに眠っていた。

土地の所有者の問題で法的争いが起こったとき、トレギーグルの幽霊が墓から呼び出されて、法廷で証言した。被告の代わりに彼が証言して、裁判に勝ったが、その被告はとても危険だからとして、トレギーグルを墓に戻すのを拒んだ。聖職者はトレギーグルを魔王から引き離しておくには、永遠に彼を忙しくさせておくしかないと考えた。トレギーグルは呪文をかけられて、水の漏れるカサガイの貝殻を持たされ、永久に終わらない仕事を与えられて、**ドズマリー・プール**から

釈放された。

　ある夜、トレギーグルは逃げ出して、魔王と彼の**地獄**の犬たち（**黒犬**参照）と共に、ボドミンムーアを駆け抜けた。トレギーグルは、**ロシュの岩**の頂上にある廃チャペルに隠れようとしたが、頭が東の窓にはさまって抜けなくなってしまった。

　トレギーグルは、司祭とふたりの聖人に助けられて、パドストウの海岸に連れて行かれ、砂からロープを作るという、延々と続く終わることのない仕事を与えられた。潮がやってくるたびにロープは壊れてしまい、トレギーグルは抗議して泣きわめいた。その声があまりにもうるさいので、今度はベレッパーに送られた。そこで海岸の砂をすべて掻き出す仕事をさせられるはずだったが、**悪霊**が邪魔しにやってきて、彼の袋の中身をぶちまけて砂州を作った。

　トレギーグルはベレッパーでも嫌われて、ランズエンドに送られ、今度は砂を掃除する仕事を与えられたが、またしても抗議して騒ぎ出した。トレギーグルの幽霊は、特に風の強い夜にロシェの岩に現れ、いまだに地獄の番犬の責め苦に苦しんで、叫び声をあげているという。

ドロティエル
Dorochiel

　31人の**ソロモンの精霊**のひとりである**悪霊**。北と西を支配する君主で、昼間の間は40人の公爵を従え、夜にはさらに40人の公爵がこれに加わる。これらの公爵たちやその従者を呼び出す魔術師は、彼らが支配している地上時間に注意しなくてはならない。彼らは皆善良で愛想が良い。朝を支配する12人の公爵はマガエル、アルティノ、エフィエル、マニエル／エフィエル、スリート／マニエル、カルシエル／スリエル、カシエル、ファビエル、カルバ、メラク、アルソー、オミエルである。昼を支配する12人の公爵は、グディエル、アスフォル、エミュエル、ソリエル、カブロン、ディヴィエル、アブリエル、ダナエル、ロモル、カサエル、ビュイシエル、ラルフォスである。日暮れ時を総べる12人の公爵は、ナハイエル、オフシエル、ブルス、モメル、ダルボウル、パニエル、クルサス、アリエル、アロジエル、クサイン、ヴラニエル、ペルーサーである。真夜中過ぎの時間を支配するのは、パフィエル、ガリエル、ソリエル、マジエル、フティエル、カイロス、ナルシアル、モジエル、アバエル、メロス、カドリエル、ロディエルの12人の公爵である。

トンプソン／ギフォードの憑依
Thompson/Gifford Obsession

　心霊研究家**ジェイムズ・ハーヴェイ・ハイスロップ**が調査した霊の**憑依**事件。この事件は、ハイスロップだけでなく、そのほかの大勢に対しても、霊の憑依が本当にあることを証明した。

　フレデリック・L・トンプソンは、39歳の金属細工師で、週末芸術家。彼が1907年1月、ハイスロップの元を初めて訪ねてきた。トンプソンは、自分は18世紀後半の著名な風景画家、故R・スウェ

イン・ギフォードの霊に支配されていると主張した。見たこともないのに、木々や岩がごつごつした海岸線を描きたいという、抑えきれない衝動に突然かられたというのだ。トンプソンは、ある夏、マサチューセッツ州ニューベドフォードでギフォードに会ったことがあるというが、1898年にトンプソンから連絡をとって、ティファニーのガラス会社への推薦状を求めたという。とはいえ、ふたりは知り合いとは言えず、ましてや友人の間柄でもなかった。1900年、トンプソンはニューヨークへ引っ越し、金属細工と宝石の仕事に就いた。1905年1月15日にギフォードが亡くなったことは知らなかったという。

その年の夏から秋にかけて、トンプソンは絵を描きたいという強い衝動にかられた。なぜそんな気持ちになったのかはわからなかったが、ギフォードがニューベドフォードの海岸で絵を描いていたのは知っていて、そんな風景の絵を描き始めた。トンプソンは、自分の芸術家の分身をミスター・ギフォードと呼んでいて、この事実は、ハイスロップがトンプソンの妻キャリーに確認している。

しかし、1906年1月、トンプソンはギフォード作品の展示会を観に行って、初めてギフォードが亡くなっていたことを知った。ギフォードの作品と自分の最近の力作が似ていることに感動して、爽やかな海風に吹かれている気分になったという。すると、「きみは私が描いたものを見ている。どんどん描きたまえ」という声が聞こえてきて、トンプソンは気を失った。

トンプソンは、プライベートな時間に絵を描き続けたが、そのせいで経済的に生活が苦しくなってきた。自分でも、正気の沙汰ではないとわかっていて、ふたりの医師にも妄想症だと診断された。そして、心霊研究の評判を聞きつけて、ついにハイスロップのところへやって来たのだ。ハイスロップは興味をひかれたが、トンプソンは人格崩壊に苦しんでいると最初思った。しかし、トンプソンの主張が本当なら、霊媒師に相談するのが解決の糸口になるかもしれないと思い、1907年1月18日、トンプソンと共にマーガレット・ゲールに会った。

ハイスロップは、トンプソンのことを単にミスター・スミスと紹介しただけで、なんの情報も与えなかったのに、ゲールは即座にギフォードの存在を感じ取った。2日前にトンプソンがハイスロップに詳しく語った風景についても、ゲールは描写した。3月16日、ハイスロップはトンプソンをボストンに連れて行き、当時、最も優秀な霊媒師と言われていた、ミニー・M・ソウルと引き合わせた（ハイスロップの論文では、ミセス・チェノウェスとされている）。彼女の霊的な伝達者サンビームが、ギフォードの個人的な習慣、服装やかつらのことまで、情報を教えてくれるのだという。それらは後でギフォードの未亡人に確認できた。さらに、数日トンプソンの脳裏につきまとって離れなかった、水辺を見下ろすねじれた木の描写もありありと鮮明だった。ソウルの交信によって、トンプソンが気が

ふれたのではないことが証明され、彼は心の中の風景を探しに、ニューイングランドの海岸へ向かった。

1907年の夏から秋にかけて、トンプソンはギフォードお気に入りの島を巡り、描かずにはいられなかった風景を実際に目の当たりにし、音楽やギフォードの展覧会で聞いた声も聞こえた。探していた木の1本に、ギフォードは自分のイニシャル「R・S・G 1902」と刻んでいた。1908年初めまでに、トンプソンは大きな絵を完成させ、売った。著名な美術評論家が作品を見て、ギフォードの作品と気味が悪いくらい似ていると認めた。トンプソンは、長い間抱いていた芸術家になりたいという自分の希望を育んでいただけだったが、トンプソン自身が意識する以上に、ギフォードとのつながりが彼に影響しているのではないかと、ハイスロップは疑っていた。

トンプソンがギフォードの霊に取り憑かれていたのか、それとも単に自分の絵にギフォードのスタイルを取り入れただけなのかを証明するために、ハイスロップはギフォードの霊と接触することにした。最初にゲールと会ってから、ハイスロップはソウルをボストンからニューヨークに連れてきて、トンプソンと定期的に会えるようにした。1908年6月4日の降霊会で、ソウルはギフォードの霊と交信した。ギフォードはこの世に戻ってきて、トンプソンを通じて自分の作品を完成できることに有頂天になっていた。その後の降霊会で交信の回数を重ね、ギフォードの影響を示す景色や色合いについて明らかになった。

ボストンに戻ったソウルは、7月15日にハイスロップと面会し、降霊会でギフォードの霊と思われるものが、死の天使の夢をトンプソンに送ったと明かした。ハイスロップがニューヨークに戻ると、トンプソンの妻が訪ねてきて、最近夫が死の夢をみて、その絵を描いているので心配だと話した。ハイスロップは、まだはっきり本人だと確認できていない状態のギフォードの霊と、実際に接触できるのも近いと感じた。ハイスロップは、1908年12月まで、トンプソンに関する降霊会にはこれ以上出席せず、その間、ミセス・ウィリス・M・クリーヴランドという霊媒師に相談していた。クリーヴランドとの最初の会見は、がっかりするものだったが、12月9日の朝、彼女はトンプソンとふたりだけで会見した。彼女を通してギフォードがトンプソンに話しかけ、自分の作品をトンプソンに与えたので、それをおろそかにしないよう言った。ギフォードの霊が憑依したクリーヴランドは、自動書記で初めてイニシャルを書こうとし、トンプソンがこの夏に訪ねたマサチューセッツの海岸の風景をスケッチし始めた。霊は子供時代の思い出にふけり、初期の絵を懐かしんで、トンプソンに絵を描き続け、自分のことを忘れないよう諭した。最後に霊はトンプソンに別れを告げ、クリーヴランドの手を使ってR・S・Gと書いた。

ハイスロップは、フレデリック・トンプソンへのR・スウェイン・ギフォードの霊の憑依は真実だと確信した。のちの

調査で、いんちきだとか超テレパシーという意見もあったが、ハイスロップが下した最初の結論に異議が唱えられることはなかった。ギフォードの霊は、二度とトンプソンを煩わせることはなかったと言われているが、トンプソンは金属細工の仕事を辞めて専業画家になり、1912年にプロの画家のための名誉あるサルマガンディー・クラブに加入した。ニューヨークを拠点に数年仕事をしてから、ニューベドフォード海岸沖のマーサズヴィニヤードに移った。1920年代に再びニューヨークに戻り、絵や彫刻の制作を続け、さまざまな展示会で自分の作品を披露して、いい暮らしをしていたようだ。20年代後半にはマイアミを拠点として、1927年頃に亡くなったという。

ナアマ
Naamah

　カバラの民間伝承における**悪霊**で、4人の堕天使のうちのひとり。**サマエル**の伴侶。ナアマとは「快楽」を意味する。ナアマは強大な悪霊**アスモデウス**、その他の悪霊の母である。人間の男や天使を誘惑し、**リリト**とともに子供に癲癇を起こさせる。

『ナイメーヘンのメアリ』
Mary of Nemmegen

　16世紀の物語で、ひとりの女性が**魔王**に誘惑され、究極の贖罪を行い、魔王に打ち勝つというもの。
　『ナイメーヘンのメアリ』は、16世紀初頭にアントウェルペンで出版された。著者は不詳だが、アン・ビンズと考えられている。本書が登場したのは、女性は弱い器で、悪魔の力に利用されやすいと見られていた時代である。メアリの勝利は、**ファウスト**の女性版といえるが、同時代に書かれたクリストファー・マーロウの戯曲『フォースタス博士』や、のちにヨハン・ゲーテが書いた『ファウスト』に登場する、同じく弱い人間だが絶望した男性主人公とは極めて対照的である。
　物語では、メアリはゲルダースという町に住んでいる。ある日、ナイメーヘンに買い物に出たメアリに宵闇が迫り、夜になるまでに家に帰れなくなる。彼女はおじとおばの家に行き、入れてくれと頼むが、おばに断られる。重い荷物を持ったメアリは途方に暮れる。彼女は神でも魔王でもいいから助けてくれと叫ぶ。
　それに答えたのは魔王だった。彼は醜い片目の若者となって現れる。魔王は完全な姿でなく、どこか欠陥のある姿にしかなれないのだ。彼はメアリに「科学に精通した者」だと自己紹介する。彼の恋人になれば、あらゆる知識を与え、彼女のために金や銀の雨を降らせ、どの女性よりも彼女を愛するといった。さらに、彼女は名前を捨てる必要があると告げる。「なぜなら、メアリ（聖母マリア）では、私とふたりの友情に悪いことが起きるからだ」
　メアリはそれに同意し、**魔王**と事実上**契約**を交わす。彼女はまた、霊を呼び出す魔術や呪縛を教えてくれとせがむが、

魔王はそれを断念させる。

彼女はエメキンと名乗るようになる。エメキンは魔王と親しくなり、さまざまな町へ行く。その中にアントウェルペンがあった。エメキンはその知識で人々を驚嘆させ、男性は彼女の寵愛を争い、彼女を巡って殺し合いをするほどだった。エメキンはそれらすべてを楽しんだが、自分と同じ名前の聖母マリアとのつながりを忘れたことはなかった。

その間、彼女のおばは魔王のせいで錯乱し、姪を追い出した自分に罰を与えるため、首をかき切って死ぬ。

放縦な暮らしを7年続けた後、エメキンは徐々に飽き飽きし、魔王にアントウェルペンを離れてナイメーヘンに戻ろうといった。ふたりが戻ったのは、聖母マリアのための伝統的な行進が行われる日であった。それを見て、エメキンは悔い改める気になる。

魔王は彼女を空高く持ち上げ、彼女の首をへし折るつもりで落とした。しかし、神がそれを許さなかった。エメキンはたくさんの人々のいる通りに落ちた。その中には司祭であるおじがいて、彼女の告白を促した。おじは彼女にいった。「絶望の中で落ちてくる者が見捨てられることはない」彼女はその後、教皇に謁見し、罪の許しを願った。興味深いことに、彼女は物質的な罪だけを告白し、学習や知識への欲望については告白していない。

教皇は彼女に重い罰を与えた。彼女は首と腕に3本の鉄の輪を着けなくてはならなかった。2年後、輪は奇跡的に外れて落ち、神が本当に許したことを示した。

オランダの戯曲版では、**悪魔の訴訟**劇が挿入されている。魔王の擁護者マシェロエンが、神に裁判を申し立てる。人間の罪も、**堕天使**と同じように裁かれるべきだと。神の情けが深いあまり、人間は次第にたちが悪くなっていると彼は言った。神は彼の言うとおりだと認め、マシェロエンは魔王が神の復讐者として振る舞う権利を訴えた。聖母マリアが間に入り、哀れみ深く神に慈悲を乞う。メアリは裁判に勝つ。

『ナイメーヘンのメアリ』は、人がどれほど美徳から堕落しようと、常に贖罪と神の許しの希望があることを示した。いっぽうファウストは、一度契約を結び、罪に落ちた以上は、**地獄**に落ちるよう運命づけられている。

七つの大罪
Seven Deadly Sins

キリスト教には、魂を**地獄**に落とすかどうかについて、神の法が定めた7つの倫理的罪がある。七つの大罪には、特別な代理人としてそれぞれ7人の**悪霊**がついていて、それが絶えず人間を誘惑してくる。

七つの大罪は聖書の中では触れられていないが、多くの文章の中で引用されている。聖書がひとつの言語に**翻訳**された頃まとめられ、10以上の大罪グループが存在する。4世紀の教会の教父、**ヨハネス・カッシアヌス**は、次の8つの大罪について書いている。大食、姦淫、強欲（貪欲）、憤怒、憂鬱、怠惰（無関心）、虚栄（エゴ、愚かな自惚れ）、そして高慢である。6世紀にこれらはグレゴリウス1世によって

改訂され、13世紀には、聖トマス・アクィナスが『神学大全』の中で、キリスト教の教義をはっきり定義してさらに詳しく書いている。アクィナスは、これらの罪を本能的欲望と見なしている。

1589年、悪魔学者で魔女狩り人の**ペーター・ビンスフェルド**が、七つの大罪と悪霊を対にしたリストを出版した。カトリック教会によって認められたそれぞれに対抗する美徳とともに、次のようにまとめている。

七つの大罪の最も一般的なグループ分けは、特定の並びになっている。そのうち5つは生来の精神的なもの、あとのふたつは肉体の欲望だ。7つそれぞれはさらなる罪を生み、それぞれの罪に対抗する徳と、象徴となる動物が決まっている。

Ⅰ　高慢——ルキフェル

七つの大罪を代表する悪霊たち（著者蔵）

高慢は、天国から落ちた天使**ルキフェル**（**サタン**や**イブリス**と同義）と悪霊になった彼の仲間たちとつながる。高慢は傲慢や栄誉欲の原因になり、神や人の心から生まれるものを遮断して、あらゆる美徳を破壊する。

高慢は獅子によって象徴され、人間性がこれに対抗する徳となる。

神の宿るすべてのものを信じているのを、認められることでしか高慢に対抗できない。

Ⅱ　強欲——マモン

なにを得ても満足することがない、強い欲望、妄想のこと。強欲は詐欺、不正、窃盗、殺人、客嗇につながる。アクィナスは**マモン**を「金銭の魔王」と呼んだ。象徴する動物はオオカミで、対抗する徳は充足。

Ⅲ　肉欲——アスモデウス

肉欲は最初の肉体的な大罪で、不信、欺瞞、裏切り、不貞につながる。**アスモデウス**は、多くの**憑依**事件やトビト書の中に出てくる悪霊。象徴する動物は山羊かロバ。対抗する徳は純潔。

Ⅳ　嫉妬——レヴィアタン

十戒のひとつ「汝、欲しがるなかれ」が、魔王の罪としての嫉妬を表している。嫉妬のせいで、誰よりもいいものをたくさん手に入れたいという所有欲に取り憑かれる。聖パウロは、やたらと欲しがる心を悪の根源と呼んだ。とりわけ、金持ちになりたがる人間は誘

惑に負け、魔王の罠にはまりやすいからだ。金や物がなく、これらへの欲求が強い者は、嫉妬の罪を犯す可能性がある。

レヴィアタンは、深みに住む**蛇**型の怪物で、犠牲者を丸呑みにする。犬で象徴され、対抗する徳は博愛。

Ⅴ　大食――ベルゼブブ

いくら食べても、飲んでも満足できず、度を超してしまう罪。**ベルゼバブ**（蠅の王）は、悪霊たちの君主でサタンと同義。地獄では大食の者は無理やりヒキガエルを食べさせられ、腐敗した水を飲まされる。

大食は悪ふざけを生み、分別の欠如をもたらす。救済法は断食と祈り。

節制が対抗する徳。

Ⅵ　憤怒――サタン

激怒、復讐、戦争、流血、暴力、残虐性、不合理、人間のあらゆる下劣な行為を生み出す。憤怒が引き金になって、簡単にサタンに煽られてしまう。抑えのきかない怒りは肉体的、感情的、精神的にすべての面を荒廃させる。憤怒は豹や荒れ狂ったイノシシのような牙をむく動物で象徴される。

カッシアヌスは、憤怒は分別をなくし、正しい判断をできなくさせてしまうもので、魂の最も奥深いところから根絶しなくてはならないものだと言っている。

忍耐が対抗する徳。

Ⅶ　怠惰――ベルフェゴール

怠惰は第二の肉体的罪。怠慢、不注意、無関心、無頓着を生む。アクィナスは、怠惰は回り巡ってほかの多くの罪を生み出す無知の原因となると言っている。排泄物を捧げられて崇められる**ベルフェゴール**は、この罪を操る。ロバの姿で表され、対抗する徳は勤勉。

ナベリウス（ケルベルス）
Naberius (Cerberus)

堕天使で、72人の**ソロモンの悪魔**の24番目に位置する。ナベリウスは侯爵で、19の**悪霊**の**軍団**（レギオン）を統率している。鉤爪を持った雌鶏の姿で魔界を飛び回る。しわがれた声で話し、芸術、科学、とりわけ修辞学に長け、それらの技法を教える。同時に、失われた威厳や名誉を回復する力を持つ。

ナベリウス

ナンシーの悪魔憑き（1620年）
Nancy Possession

フランス、ロレーヌで発生した若い女性の憑依事件。悪魔に取り憑かれたエリザベート・ド・レンフェンはナンシーで悪魔祓いの祈禱を受けた。彼女に取り憑いた**悪霊**は数カ国語を流暢に操ることができた。

ド・レンフェンは1617年に寡婦となった貞淑な女性であった。ポヴォワという医師が結婚を申し込んだが、彼女はこれを断った。ポヴォワは恋の媚薬を盛って彼女を力ずくで落とそうとし、ド・レンフェンはこの媚薬の成分によって体に異変をきたす。ポヴォワが魔法の力をもつ別の調合薬を与えたものの、これがさらに症状を悪化させる結果となった。憑依の症状がこのときから顕著に現れたことからみて、この調合薬が彼女に心理的影響を及ぼしたことは明らかだった。ポヴォワは間もなく**呪術**を用いた容疑に問われ、火刑に処せられた。

ド・レンフェンは別の医師にかかったが症状はいっこうに改善されなかった。万策尽きた彼女は周囲の勧めにより悪魔祓いの祈禱師に頼ることにした。儀式は1619年9月2日、レミレモンで行われた。だが効果はなく、ド・レンフェンはロレーヌ公国の首都ナンシーへ移送され、そこで医師たちによる更なる問診と検査を受けた。医師団は、彼女の病状は悪魔に取り憑かれたことが原因であると言明した。

悪魔祓い師の中には教会職員、神学者、修道士、医師、王立裁判所の代表者などが含まれていた。彼らはヘブライ語、ギリシア語、イタリア語、ラテン語を含む様々な言語で悪魔を審問したが、悪魔はおのおのの言語に対応して答えた。一度は、わざと誤ったギリシア語で悪魔を引っ掛けようという試みがなされた。だが悪魔は文法の誤りを見事に指摘した。時には、ひとつの文章の一部はフランス語、一部はラテン語というように、悪魔の返答が数カ国語を交えてなされることもあった。

さまざまな言語を用い、悪魔祓い師たちは悪魔にいくつもの指示を与えたが、悪魔はそれを理解し、課題をやってのけた。悪魔はド・レンフェンに十字を切る、聖水を運ぶ、トゥールの司教の脚に口づけをする、さらには体を動かしたり様々な姿勢を取らせたり、といった行動を強いた。悪魔はカトリックの宗教思想に関する質問に正確に答え、その場にいる人々の隠された罪を暴露した。悪魔祓い師が口に出さないうちに悪魔が彼らの意図を察することもあった。彼らの唇の動き、さらには手の動きからでさえ、悪魔はそれらを理解していた。また、悪魔祓いの儀式を見にやってきた証人のうち、誰がカルヴァン主義者で誰が清教徒であるかを言い当てることもできた。

この憑依に批判的な言及をする者は厳しく非難された。ミニモ会修道士クロード・ピソイは、もしド・レンフェンの事件が本当であるなら自分も悪魔に取り憑かれるべきだ、と公言した。ピソイは上層部の圧力によって口を封じられた。

ド・レンフェンは最終的に悪魔を祓われ、修道女の会を創設した。悪魔祓い師

たちはド・レンフェンの憑依が本物であることを証明する声明に署名し、事件は1622年、プリチャードという高名な医師によって文書にまとめられた。

ナントの夢魔（12世紀）
Nantes incubus

6年以上の間女性と性交に及んだのち、聖ベルナルドゥスによって悪魔祓いされた**悪霊**。

聖ベルナルドゥスが1135年、フランス、ブルターニュ地方の修道士を訪ねるためナントを旅していたとき、**夢魔**(インキュバス)と性交にふけっている女性の話を聞き及んだ。この異常な関係は6年間続いたのち、女は罪悪感にさいなまれ、みずからの罪を司祭に懺悔した。司祭らは彼女に貧困者への施し、巡礼、聖者たちへの仲裁の祈りを命じた。だがいずれも夢魔を追い払うには至らなかった。女の夫はこの事実を知ると彼女を棄てた。夢魔はますます激しく彼女を性的に攻めたてるようになった。

女は聖ベルナルドゥスに救いを求めた。聖者に何を懇願しようと無駄だと、夢魔は彼女に言ったという。ベルナルドゥスは彼女を慰め、翌日もう一度訪ねてくるように言った。女は言われたとおりにし、夢魔から受けた恐ろしい脅迫の言葉をベルナルドゥスに伝えた。聖ベルナルドゥスは自分の杖を女に与え、それを寝床に入れて寝るように、と言った。杖が寝床の中にある限り、夢魔は彼女に手出しをすることはできなかった。激怒した夢魔は聖者が杖とともに街を去ったら思い知らせてやる、と女を脅した。

次の日曜日、聖ベルナルドゥスは町中の人々にむかって、灯した蠟燭をもって教会に集まるよう呼びかけた。彼は説教の中で事件について語り、夢魔を呪い、彼女を含む女たちを二度と犯してはならない、とキリストの名において禁じた。蠟燭が燃え尽きたとき、夢魔の魔力は尽きた。女は二度と夢魔に悩まされることはなくなった。

聖ベルナルドゥス

ニスロク
Nisroc

善良な**天使**にも**堕天使**にもなるアッシリアの神。**地獄**の堕天使としてのニスロクは地獄の王宮の厨房を支配している。

聖なる天使としては、権天使の長とされている。

ニヤーズ
Niyaz

ゾロアスター教の欲望、貧困、欠乏の神。しばしば貪欲、強欲、暴飲暴食、煩悩の神アズと組んでいる。ニヤーズは精力旺盛で傲慢。人間の悪行や災難、不吉な死を操っている。

ネフィリム
Nephilim

天使と人間の女性との共棲（**グリゴリ**参照）によって生まれた巨人の一種。ネフィリムとは「堕ちた」、「堕ちた者」、または「投げ捨てられた者」の意味を持つ。時に、天使の親と同様ネフィリムも**神の子ら**と呼ばれることがある。ネフィリムの長はヘレルである。彼らは神の不興を買った。

創世記6章4節には、神の子らが人間の女性と関係を持ったとき、ネフィリムがすでにこの世に存在していたことを示す次のような記述がある。「当時もその後も、地上にはネフィリムがいた。これは、神の子らが人の娘たちのところに入って産ませた者であり、大昔の名高い英雄たちであった」。このように天使と人間との交わりがもたらした堕落を見て、神はこの世に人間を創造したことを後悔した。神は人類のみならず、この世のあらゆる生物を一掃することを決意した。神はノアとその妻だけをこの災難、すなわち大洪水から免れさせ、新たな人類の祖とした。

ところが、すべてのネフィリムが死に絶えたわけではなかった。後の民数記の言及には、アナキム人、すなわちネフィリムの息子たちに関して次のような記述がある。「そこで我々が見たのは、ネフィリムなのだ。アナク人はネフィリムの出なのだ。我々は、自分がイナゴのように小さく見えたし、彼らの目にもそう見えたにちがいない」（13章33節）。アナキム人は後に撃退される。

『第一エノク書』には、ネフィリムの巨大さについて次のように詳しく描写した一節がある。

そして女たちは子を宿し、身の丈が3000キュビトもある巨人を生んだ。これら（巨人）は人々の産物をことごとく食い荒らし、やがて人間は彼らに食物を与えるのを嫌がるようになった。すると巨人はこれ（人間）に襲いかかり、食い物にしようとした。そして彼らは鳥や野獣、爬虫類や魚を殺生するようになった。やがて彼らは互いの肉を共食いし、その血を飲んだ。やがて世界がこの迫害者に非難を浴びせた。(7章3~7節)

いっぽう、グリゴリは人間に、知ることを許されていない秘儀や魔術を教えこんでさらなる堕落を広めていた。天上からは、大天使ミカエル、ガブリエル、そしてスラファルがこの地上の惨劇と迫害を恐怖の目で眺めていた。彼らは巨人たちが地上に流血と迫害をもたらしている

ことを神に伝え、これを止めるよう嘆願した。神は地上に洪水を起こし、これらの破戒行為を罰することを宣言した。神はガブリエルに対し、次のように言った。

　人でなしどもや堕落した者、姦淫によって生まれた子供たちを処罰せよ。そしてその子らを破滅させ、グリゴリの子供たちを人々から隔離し、互いに闘わせよ。（そうすれば）彼らは数日のうちに闘いの中で破滅するであろう。彼らは汝にあらゆることを請い願うであろう——みずからの代わりに父親の命乞いをするであろう。なぜなら、彼らは永遠に生きることを望んでいるからだ。（彼らは）500年も生き続けることを願っているのだ。（10章9~11節）

　ネフィリムはまた、「巨人の書」（4Q532）と呼ばれる死海文書の本文中でも言及されている。ネフィリムである**セムヤザ**（グリゴリの長）のふたりの息子、アーヤとオーヤはとある庭園を訪れ、200本もの木々が天使たちによって切り倒されるという同じ夢を見た。ふたりは夢の意味がわからず、ネフィリムの評議会でその話をした。評議会は評議員のひとりであるマハワイを指名し、楽園にいるエノクに夢の意味を訊ねるよう命じた。マハワイは旋風のごとく宙に浮き、両手を羽ばたかせて鷲のように空を飛び、エノクの元にたどり着いた。エノクは、200本の木は来るべき大洪水で破滅させられる200のグリゴリの象徴である、と語った。

　この死海文書では、マハワイはその後再び鳥に変身してさらなる旅に出たと記されている。彼は太陽にあまりに近づきすぎ、もう少しで灰になるところだった。だが天からエノクの声が聞こえ、死に急ぐでない、引き返せと呼びかけたため命拾いをした。

ネメシス
Nemesis

　復讐、神の正義、悪行に対する天罰を表すギリシアの女神。「正当な報いの賦与者」を意味するネメシスは古代ギリシア、ローマの人々の間で悪魔祓い、また**悪霊**や**憑依**を避ける際に呼び出されていた。

　神話では、ネメシスはオーケアノス、またはゼウスの娘とされている。通常、翼をもつ地味な容貌の女性として描かれ、鞭、手綱、剣あるいは天秤を左手に持っている。時に左手に腕尺の物差し、右手に杖を持ち、片足を車輪の上に乗せた姿が描かれる場合もある。ネメシスは冷酷無惨な罪人や邪な人間、高慢な人間、金儲けをしすぎた者に対する憤りが擬人化されたものである。人々に平等をもたらし、悪行をはたらいた者に正当な報いを与えて社会の平衡を保つのを役割としている。

　ローマ人はネメシスをインウィディア（嫉妬）とかリウァリタス（感情的な諍い）と呼ぶ。現代用語では、nemesisは大敵を示す言葉として使われている。

　ネメシス・ストーン・リングとは、悪に対する**魔除け**のことである。ネメシス・ストーンは、ネメシスを祀った祭壇

から採った石で、ネメシスの姿が彫り込まれている。この石の下にはカモの羽と「死の花」と呼ばれるモウズイカが置かれている。この魔除けの指輪を悪魔に取り憑かれている人に与えると、悪魔はみずからの罪を告白し、取り憑いた人間を解放する。これを首に掛けると、指輪が悪魔によって引き起こされた悪夢を追い払い、子供を**ラミア**から守ってくれる。この指輪はまた、「発狂」症状（精神異常）の改善にも役立つ。指輪の力を正しく発揮させるためには、身に着けている者は常に忌まわしいこと、邪なことを避けていなければならない。また、この指輪は人の寿命や死に方を明らかにしてくれる、という言い伝えもある。

呪い
curse

　害をなすための呪縛や行動。**悪霊**やその他の霊や、神々の助けを祈ることもよくある。キリスト教では、呪いは**憑依**などの、悪魔がらみの問題の原因となることがある。呪いを行っている人間も、最後にはその効果に苦しむことになる。curseという言葉は、アングロ・サクソン語のcurseinから来ており、語源は不明だが「災いや害を祈る」という意味である。

　呪いは、魔術の世界においてはありふれたことであり、非キリスト教世界では力のある悪霊を呼び出して行う、正当な手段のひとつとされていた。ギリシア人やローマ人は、仕事や政治やスポーツや恋愛を有利にするために、日常的に呪いを使っていた。エジプト人は魔術のパピルスに呪いを書きつけ、その習慣はギリシア人やローマ人に受け継がれた。紀元前500頃〜紀元後500年のヘレニズム世界では、「タブラエ・デフィクシオヌム」という呪いの板が、特に人気だった。

　呪いの板とは、特に相手を冥界の力に引き渡すことを目的としてピンなどで固定された、板のことである。この板はうすい鉛（もしくは別の原料）の一片でできており、犠牲者の名前と呪いの言葉、魔術のシンボル、呪いを行うために呼び出された様々な神々や、より一般的な**ダイモン**の名前がきざまれる。板は新しい墓や、戦場や、刑場など、冥界に行く途中の死者の魂が集まるとされている場所に埋められる。呪いはこれらの霊たちに、犠牲者を攻撃する力を与えるのである。呪いの板はまた、釘でとめられ、やはり霊がいるとされる、井戸や泉や川に投げ込まれることもある。呪いは、競技会でライバル選手を勝たせないようにするなど、ありとあらゆる目的で使われた。アフリカで発見されたローマ帝国後期の板には、以下のように、戦車レースの相手を呪ったものもある。

　　ダイモンよ、汝が何者であれ、ここに命じる。この日、この時、この瞬間より、緑組と白組の馬を苦しめ、死にいたらしめよ。戦車の御者であるクラルス、フェリックス、プリムルス、ロマヌスを打ちのめし、殺し、息の根を止めよ。汝を送り込んだもの、空と海の神、イアオ、イアスド……アエイアの名にかけて、今、命じる。

イアオ、イアスドとは神を意味するユダヤ名、ヤハウェの変形である。

聖書には様々な形の呪いが230回も出てくる。**イエス**は空腹なのに実をつけていなかったイチジクの木を呪った。次の日、イチジクは根元から枯れてしまった（マルコによる福音書11章12~14節）。しかし、イエスもパウロも呪いを非難し、あなたに呪いをかけるものを祝福するようにと説いている。

呪いは、世代をこえることもある。第三者によって一族が呪われたり、罪深い行為に関わったことにより、一族が呪いを受けたりすることがある。キリスト教では、妖術やオカルトに関わった者やその家族は、呪いを受けるとされている。オカルトには、神ではなく霊と交信して知識を求めたり、呪いの対象も含め、他者をあやつったり思いのままにするために術や魔法を使うことも含まれる。

周囲から悪い評価を受けたり、自分に否定的な感情を持ったり、不健全な交友や性的関係を持つなど、不幸を願うことによって、他者を不利にする呪いもある。

解放を行う聖職者や、**悪魔祓い師**など、特別な洞察力を持った人たちは、人が呪いを受け、悪霊に苦しめられているのか否かを、判定することができる。呪いにかかると、精神的、感情的におかしくなる、たびたび病気にかかりいつまでも治らない、生殖能力がなくなったり流産したりする、経済的に問題が出る、事故にあいやすい、自殺や暴力による死など、一族に不自然な早死にをするものがいる、などの兆候が出やすい。

カトリック教会で憑依された人間の**悪魔祓い**が行われる場合、呪いを受けた事物は危険なので破壊すべきであるとされた。犠牲者が呪いのかかったものを吐き出した場合、悪魔祓い師はこれに直接触れてはならない。触れてしまった時には祈禱をし、聖水で両手を洗わなくてはならず、その事物は焼き捨てるべきであるとされた。

そこまでことが深刻でない場合は、祈ったり教会で手当てを受けたり、聖書を読んだり、悔い改めて禁欲したり、十字架像や宗教に関わるものを家に置いたり、敬虔な生活を送ったりするだけで、呪いが消えることもあった。

●魔術で悪霊を呪う

儀式魔術の儀式で呼び出された悪霊や霊が現れるのを拒んだ場合、魔術師によって火に焼かれるよう呪いを受けることがあった。霊を恐れさせ従わせるために、こうした脅しがなされたのである。魔術教書『ソロモンの鍵』には、以下のような呪いが書かれている。

　汝がこれまで享受してきた、地位も名誉もすべて奪う。この呪いの効能と力をもって、汝を硫黄と炎の海へ、地獄の深淵へ追い落とす。汝はそこで、未来永劫焼かれることになるのだ。

このほかにも、「鎖の呪い」、「総合的呪い」（もしくは「霊の鎖」）と呼ばれる呪いがある。これらの呪いには、言うこと

をきかない悪霊を**鉄**の鎖で縛った箱の中に閉じ込め、呪いの儀式を行うことが含まれている。

　おお、性悪で傲慢な精霊N、汝は命令に従うことを拒み、万物の創造主であり、無限の力を持つ真の神の、栄光ある御名に従うことを拒んだ。よって、これらの名の圧倒的な力をもって、我は汝を呪い、地獄の深淵へと追い落とすものである。今すぐこの魔法円の前の三角陣の中に現れ、我が意に従わないならば、汝は天罰の日が来るその時まで、消えることのない業火と硫黄の中にとどまることになるのだ。アドナイ（神）、ゼバオト、アドナイ、アミオラム、この名にかけて、すぐにおとなしく現れよ。来たれ、来たれ、王の中の王、アドナイが汝に命じる。

　魔術師はその後、羊皮紙に悪霊の名と**印章**を書き、硫黄やいやな臭いがするものが入った黒い木の箱に入れる。箱を鉄の鎖で縛り、悪霊を閉じ込める。そして箱を剣先で突き刺し、火の上にかかげて言う。

　火よ、汝を作り、この世の生き物すべてを作りたもうたものの名にかけて命じる。燃え盛り、ここにいる精霊Nを今もこれからも永遠に苦しめ、焼きつくせ。

　魔術師は悪霊の名と印章が、箱の中で焼かれ、埋められるだろうと警告する。

それでも悪霊が現れなければ、魔術師は呪いの言葉を徐々に激しくしていき、天に集うあらゆるものや太陽神や月の女神、星々、天軍の光の怒りを乞う。そして最後の手段として、箱を火の中に投げ込むのである。これに耐えられなくなった悪霊は、姿を現すことになる。

●呪いを受けた事物

　事物は儀式によって呪いを受けることがあり、持ち主に不幸や、時には死すらもたらす。周囲の事情によって、ものに呪いがかかることもある。例えば、イングランドの「泣き叫ぶ髑髏」は、安らかに眠ることのできない死者の幽霊が取り憑いたものと言われる。泣き叫ぶ髑髏のいくつかは、16世紀にヘンリー8世が始めた宗教改革によって、宗教的な迫害を受けた犠牲者のものである。また、17世紀半ばのピューリタン革命において「円頂党」と呼ばれていた、クロムウェルの支持派の髑髏もある。さらに、殺人など、様々な暴力事件によって、首をなくした人の髑髏もあると言われる。呪いの事物にはこのほかに、持ち主をトラブルに巻き込む家つきの悪霊などがある。（**憑依**参照）。

●呪いを防ぐ

　呪いに対抗する方法は、数多くある。**魔除け**があれば、それらについて特別な知識を持っていてもいなくても、呪いから身を守り、呪いをそらすことができる。宝石や準宝石は、呪いなどの黒魔術や病気や不運から身を守る魔除けとして、古

くから使われてきた。例えば、古代のエジプト人は、ラピスラズリに呪文を彫りつけていた。古代ギリシア人やローマ人は、一定の彫刻を施した宝石や準宝石を指輪や首飾りにして、呪い除けとして身に着けていた。

　人はあらゆる理由で、敵から呪いを受けると、多くの文化圏で思われてきた。魔法や**まじない**や祈禱は、善意の霊の加護や仲裁を請うものである。呪いを受けた人間が、呪いを破り、相手を呪い返すために、別の魔女や呪術師のもとを訪れることもある。

バアル（バエル）
Baal (Bael, Baell)

　カナンの農業と豊穣の神が、**堕天使と悪霊**に転じたもの。古代シリアとペルシアの小さい神々は、バアル、すなわち「神」を意味する名を持っていた。最も偉大なバアルは、カナンの最高神エルの息子であった。彼は生命の神で、死と再生の循環を司っていた。彼はモト（死）と戦い、殺されて地下の世界へと送られた。穀物は枯れ、バアルの妹で愛の女神アナトが彼の遺体を見つけ、正式な埋葬をするまでそれは続いた。カナン人は子供を焼いて生贄として捧げることで、バアルを崇めた。

　『光輝の書』によれば、バアルは大天使ラファエルと同格であるという。

　バアルは72人の**ソロモンの悪魔**の筆頭である。東方を支配する王で、66の**悪霊**の**軍団**(レギオン)を統率する。人間の頭の両脇に猫、ヒキガエルという3つの頭を持つ。彼はしゃがれ声で話し、目に見えない世界や知恵を分け与える。

バアルベリト（バルベリト）
Baalberith (Balberith)

　主要な**悪霊**で、**エクサン＝プロヴァンスの悪魔憑き**で修道女マドレーヌに取り憑いた霊のひとりである。バアルベリトはかつて天使の階級における智天使の王子であった。**ヨーハン・ヴァイヤー**によれば、バアルベリトは**地獄**の文書館の秘書かつ司書で、第2階級の悪霊、地獄同盟の主である。彼はまた偉大な祭司長であり式典長でもある。**魔王**との**契約**を副署、または公証する。人間を神への冒瀆や殺人へと誘う。

　エクサン＝プロヴァンスの事件で、バアルベリトはマドレーヌ修道女に取り憑いた悪霊すべての名を進んで挙げ、彼らと対抗できる聖人の名も同様に教えた。

　バアルベリトの名前の変形にはバアル、バアルディヴァー、バアルプア、バーラム、バアルフェゴール、バアルセブル、バアルゼフォン、バエル、バエル、**バラム**、バルベリト、ベアル、ベルベリト、ベレト、ベルファゴール、ベリアル、**ベルフェゴール**、**ベリト**、ビレト、ビレット、ビレト、そしてエルベリトがある。ベリトとしては、王

冠を被って馬に乗る姿で描写される。

バアルベリトに20年間にわたって気に入られる魔法の儀式は、次のとおりである。黒い鶏を夜に**十字路**に持っていき、喉を掻き切って生贄とする。「ベリト、私のために20年間働け」と唱える。そして鶏を動物たちが掘り返さないよう、十分に深く埋めるのである。

ハイスロップ、ジェイムズ・ハーヴェイ
（1854–1920年）
Hyslop, James Hervey

アメリカの哲学者で心霊研究者、教育者、倫理学の教授。死後の生存に興味を持ち、**憑依**と**強迫観念**に関してすぐれた研究を行った。

ジェイムズ・ハーヴェイ・ハイスロップは1854年8月18日、オハイオ州ゼニアで敬虔な長老派教会信徒の家に生まれた。両親から牧師になるよう期待されたが、哲学と心理学の新興分野を学び、1877年に同州ウースターのウースター大学で文学士の学位を取得した。幼少期に宗教教育を受けたにもかかわらず、大学に入る頃にはキリストの神性に疑念があると公言していた。しばらく勉強した結果、新約聖書を否定すると決意した。

ウースター大学卒業後はライプツィヒ大学に入り、1879年に世界初の正式な心理学実験室を創設したヴィルヘルム・ヴントのもとで学んだ。ライプツィヒでは、未来の妻メアリ・F・ホールにも出会った。音楽を学ぶフィラデルフィア出身の女性である。ハイスロップは2年後に帰国し、最初にシカゴ郊外のレイク・フォレスト大学で、次にマサチューセッツ州ノーサンプトンのスミス大学で教鞭を執った。そのかたわら、ボルティモアのジョンズ・ホプキンズ大学で勉学も続け、1887年に心理学の博士号を取得した。また、論理学、倫理学、教育、心理学についての著書を7冊出した。1889年から1902年には、ニューヨーク市のコロンビア大学で論理学と倫理学を教えた。当時のほかの教養人にも当てはまるが、ハイスロップは興味の幅が広く、地質学と生物学も研究した。

ハイスロップは1886年まで心霊の知識はなかったが、《ネーション》誌に出ていたテレパシーの記事に興味を引かれた。そこに取り上げられた少年は、父親と数頭の馬が土手を越えて25マイル先の川へ入っていく幻影を見たとされていた。ハイスロップはその話を「記憶違いか、事実の認識の誤り」ではないかと考えた。記事の書き手に手紙で質問したところ、その現象が真実かもしれないと思わせる返事が届いた。

コロンビア大学で、ハイスロップは同僚を通じてイギリス心霊研究協会（SPR、1882年発足）とそのアメリカ版（ASPR、1885年発足）を紹介された。また、リチャード・ホジソンが実施した、イギリスの霊媒リアノーラ・パイパーを対象にした研究に協力した。1888年、パイパーとの一連の交霊会が始まった。当初は懐疑的だったハイスロップも、死んだ父親や何人もの親類からの個人的なメッセージをパイパーの口から伝えられ、驚いた。12回目の交霊会で、彼は家族の霊と交信したと

1889年にASPRは財政難からSPRのアメリカ支部となり、1905年にホジソンが死ぬまでそのままだった。1906年、ASPRは独立組織として再編され、ハイスロップが会長となり、1920年に死ぬまでその地位にあった。

ハイスロップの扱った最も有名な事例は、1907年の**トンプソン／ギフォードの憑依**である。金属細工師のフレデリック・L・トンプソンが、死んだ画家のR・スウェイン・ギフォードにずっと乗り移られていたと訴えたのだ。トンプソン／ギフォードの憑依の事例のあと、ハイスロップは多くの霊媒、主にミニー・ソウルとともに幅広く研究を続け、協会を運営した。さらに、協会報の執筆を一手に引き受け、雑誌や学会誌にも記事を寄せた。

ハイスロップは事例研究のとりこになり、ニュージャージー州の駅者S・ヘンリーの話も調査した。ヘンリーは、妻の死と不気味になっていく身体的経験に悩まされていた。胃に妙な液体がたまり、独特の呼吸法を取らねばならず、さらにその液が頭に昇って気が狂うと言うのだ。また、後頭部の穴から体を出ていけそうな気がするとも言う。ハイスロップはヘンリーの症状を、クンダリニー［訳注／ヨガでいう、人間の奥底にある活力］とも幽体離脱とも認めなかった。ふたりが知り合って約2年後の1908年までに、ヘンリーは妄想に苦しむようになり、すでに精神に異常をきたしていた。ハイスロップはヘンリーをニューヨーク市のASPRに連れていき、催眠術にかけて悩みを忘れさせようとした。この単純な治療は功を奏した。ハイスロップは幽体離脱を見たことがなかったため、ヘンリーの問題は精霊による憑依で引き起こされたとした。

1909年、ハイスロップはエッタ・デキャンプに出会った。彼女はニューヨーク市在住の霊媒で、オハイオ州で過ごした子供時代から霊感が強かった。《ブロードウェイ》誌の編集者兼校正者だったが、1909年まで自分では手紙しか書いたことがなかった。しかし、W・T・ステッドが自動筆記を通じて受け取った精霊交信の話を読んで、試してみることにした。デキャンプによると、感電したように腕がびりびりして、その2、3日後に大量の文章を書き始めた。

当時デキャンプが筆記をやめようとすると、ひどい頭痛と耳痛を覚えることが多かった。トランス状態に入れば多少は安心できたが、理性を失うまいとした。彼女は筆記がほとんど判読できず、字がきれいに書けないなら書ける者を連れてくるように、と精霊に文句を言った。その後、筆記は読みやすくなった。デキャンプと最初に交信したのはインディアンの戦士であり、死んだ作家が未完の短編集を完結する人物を探していると告げた。

すぐにデキャンプの鉛筆が動き、フランク・R・ストックトンの魂が到着して交信を望んでいる、と書いた。彼女は激痛を覚えたが、ストックトンに支配されると痛みがやわらいだ。デキャンプはストックトンの作風で短編小説を書き始め、それを雇い主のジョージ・ドゥイスターズ

に見せたところ、ハイスロップを紹介された。

ストックトンは風変わりな児童小説を書いて、19世紀後半に人気があった。最も有名な短編「女か虎か」は現在もよく読まれている。ユーモアと皮肉と突飛な展開を満載した、特異な作風の作家である。ドゥイスターズがデキャンプの書き写した数編を《ハーパーズ》誌でストックトンを担当していた編集者に見せると、本物そっくりだと言われた。デキャンプは亡父とも交信するようになった。

デキャンプはストックトンの作風で執筆を続け、ハイスロップがほかの問題を調査していた1910年から1912年は連絡が途絶えていた。1912年、デキャンプが完全な心身衰弱になりかけたのを機にハイスロップが交霊会に参加して、その場でついにストックトンの存在が確認された。ソウルと行った一連の交霊会を通じて、ストックトンと死後間もないドゥイスターズが現れ、精霊の憑依と死後の生が真実であると再度ハイスロップに証明した。1913年にデキャンプはみずからの経験を、書き写したストックトンの小説も含めて『フランク・R・ストックトンの帰還（The Return of Frank R. Stockton）』にまとめた。刊行当初は評判を呼んだが、デキャンプはやがて結婚して静かな生活に入り、ストックトンと交信しなくなった。

第3の事例は、アイダ・リッチーの名で通っているが、本名をアイダ・マリー・ロジャーズという女性に関するものだった。1891年に死んだ偉大なオペラ歌手、エマ・アボットから交信を受けていると、ロジャーズは主張した。彼女自身が新進オペラ歌手であり、正式な訓練をほとんど受けていないにしては、めきめきと頭角を現していた。ロジャーズがハイスロップに相談したとき、母親、エマ・アボット、故ウィリアム・ジェイムズがこぞって自動筆記を通じて話しかけると言った。ジェイムズはハーヴァード大学で講師を務めた哲学者で心理学者でもあり、ハイスロップの友人だった人物だ。再びソウルを迎えた交霊会で、ハイスロップはロジャーズの母親やアボットと接触した。彼らとの交信で、精霊たちがロジャーズの歌手活動を助けるべく尽力しているとわかったが、彼女は大スターにはなれなかった。

ハイスロップが最後に扱った重要な事例は、1914年に始まった**ドリス・フィッシャーの憑依事件**であった。

噂によれば、ソウルとともに開いたボストンの交霊会で追い払おうとした精霊のせいで、ハイスロップは1919年に健康が脅かされたと思い込んだ。事実、数カ月間体調が悪かった。彼は肉体を持たない精霊の存在が科学的に証明されたと確信して、賛成しない者をはねつけた。1919年の年末には脳卒中になり、翌20年6月17日に死亡した。

ハイツマン、クリストフ・ヨゼフ（17世紀）
Heizman, Christopher (Christoph) Josheph

バイエルンの二流画家。1677年に**魔王**との**契約**に署名したと公表し、死ぬまで**悪霊**に苦しめられた。

1677年8月29日、「異様な痙攣」に襲

われたハイツマンは警察に行き、9年前に**サタン**に魂を売ったと訴えて、保護を求めた。警察はその頼みを聞き入れた。

ハイツマンは魔王との契約をめぐる事情を書いて明らかにした。ある日、魔王は黒い大型犬を連れた市民の姿で現れ、なぜ悩み苦しんでいるのかとハイツマンに尋ねた。「息子になるとインクで署名すれば、苦しみから救ってくれる。あらゆる策を講じて助けてくれる」と、彼は書いている。

ハイツマンは9年間の契約に応じた。契約書が作成され、彼の**血**で署名された。それから数年、魔王は幾とおりものおぞましい姿でハイツマンの前に何度も現れた。乳房と鉤爪のあるドラゴンになることもあった。また、サタンから**地獄**の光景も見せられ、彼はそれを次のように描写した。「燃え盛る炎と悪臭が充満していた。そこに大釜があり、なかから人間たちの痛ましいうめき声が聞こえてきた。大釜の縁に忌まわしい悪魔が座り、ただひたすら燃えている樹脂や硫黄を注ぎ、人間の上に倒れ込む」

契約満了の期日が近づくと、ハイツマンは行く末が不安になってきた。彼は地元警察によってマリアツェルの聖堂に送られ、数日間の**悪魔祓い**（除霊）を受けた。その間、聖母マリアが魔王から契約書を取り戻した。それから1年足らずで、ハイツマンは依然として魔王に苦しめられていると訴え、再び聖堂に現れて悪魔祓いを受けた。今回は、聖母が契約書を引き裂いた。

ハイツマンはバイエルンの修道院に入ったが、それでも平穏に暮らせなかった。魔王と悪霊の幻にさいなまれつつ余生を送り、1700年に死んだ。

著名なウィーンの司書兼調査員兼法廷評議員ルドルフ・パイアー＝トゥアン博士は、マリアツェルで作成されたハイツマンの悪魔祓いの文書を発見した。博士は文書をジグムント・フロイトに見せ、この事例を分析してほしいと頼んだ。もともと1923年に出版された《イマーゴ》誌に発表された論文「17世紀のある悪魔神経症」は、フロイトの精神分析の要と考えられている。

マリアツェル文書は、ハイツマンが悪魔に憑かれていたときに描いた絵も含めて、フロイトを以下の結論に導いた。

Ⅰ　ハイツマンの自画像にはかなり女性的な表現が見られ、彼がホモセクシャルへの性向を抑圧していることを示す。
Ⅱ　絵に現れた多数の乳房は、ハイツマンと魔王との性的な結びつきを表す。
Ⅲ　9という数は妊娠の夢想を表す。ハイツマンと魔王が契約を結んでから履行するまでには9年の間隔があり、ハイツマンが魔王に抵抗したのは9日間である。
Ⅳ　どの絵にも魔王にペニスが描かれている。これは妊娠の夢想とともに、以下の事実を示す。ハイツマンは「実父に女性的な態度をとり、ついには父の子を産む妄想にふけることを嫌悪した。亡父を悼み、思慕が募ると、抑圧された妊娠の夢想が復活する。ハイツマンは神経症を通じて、また父親を卑

しめて、この夢想から身を守るしかない」

Ⅴ　ハイツマンは魔王に身を売って心の平和を買った。「父が亡くなり、それが原因でハイツマンはメランコリーに陥った。そこで悪魔が彼に近づき、なぜそれほどまでに悲しみにうちひしがれているのかと尋ね、助けてやろうと約束する……。ひとりの人間が、気のふさがった状態から解放されたいがために、悪魔と契約を結んだということになる」（吉田耕太郎訳）

Ⅵ　結局のところ、魔王は父親代わりであった。

パイモン
Paimon

堕天使で、72人の**ソロモンの悪魔**の9番目に位置する。地獄に堕ちる前は主天使の地位にあった。みずからの知識を自負し、**ルキフェル**とともに堕天使となっ

パイモン（『地獄の辞典』）

た。**地獄**では200の**悪霊**の**軍団**（レギオン）を統率する。ラクダに乗り、冠をかぶった男の姿で、トランペット、シンバルなどを奏する楽隊に先導されて現れる。耳を塞ぎたくなるほどの大声で話す。あらゆる芸術、科学、秘儀を教え、召喚者の思いのままに人を従わせる。また善き**使い魔**を与える。パイモンはどんな質問にも答えを与える。北西の方角を守護している。

バクケイ
bacucei

ギリシアの伝承における驕りの**悪霊**。バクケイは人々を虚飾、尊大さ、傲慢、慇懃無礼、偽りの謙遜へと扇動する。

ハゲンティ（ハーゲンティ）
Hagenti（Haagenti）

堕天使で、72人の**ソロモンの悪魔**の48番目に位置する。33の**悪霊**の**軍団**（レギオン）を統率する総裁。グリフィンの翼を持つ牡牛の姿で現れるが、魔術師に命じられれば人間に変身する。ワインを水に変え、あらゆる金属を黄金に変化させ、知識を授ける。

パズズ
Pazuzu

紀元前1000年時代のアッシリア、バビロニアの悪霊。病気や疫病、伝染病などを家庭内にもたらす。鷲の脚、ライオンの鉤爪、犬の頭、蠍の尾、飛び出した目と4枚の翼を持つ。

　植物を枯らし、人を死に至らしめるアラビアの砂漠の熱風を支配するが、空気

感染病から人を守るために召喚されることもある。パズズの頭を模した人形を外に向けて窓辺に置くと、パズズ自身の魔力を追い払うことができる。

パズズは出産の悪霊**ラマシュトゥ**を征服し、冥界へと追いやった。パズズの頭（**魔除け**参照）を妊婦の首から下げると魔除けとなる。

ウィリアム・ピーター・ブラッティの小説『**エクソシスト**』では、パズズは悪霊として現代に蘇り、少女リーガンに憑依する。

パディエル
Padiel

31人の**ソロモンの精霊**のうちのひとり。東の精霊の2番目に序列されており、王として南の方角を支配している。昼は1万、夜は2万の精霊を統率し、さらに数千を支配する。下位の精霊は信頼に足る。ソロモン王によると、彼らはパディエルによって授けられた力しか持っておらず、パディエルの許可がある場合のみ召喚される。

バティン（マティム）
Bathin (Mathim)

堕天使で、72人の**ソロモンの悪魔**の18番目に位置する。バティンは**地獄**の強力で偉大な公爵であり、30の**悪霊**の**軍団**（レギオン）を指揮下に置く。**蛇**の尾を持つ人間の姿で現れ、青白い馬にまたがっている。彼は薬草や貴石の科学的知識を理解している。人々を国から国へ瞬時に移動させることができる。

ハデス
Hades

ギリシア神話において、死者が住む黄泉の国を支配する神。ティタン族のクロノスとレアの子。兄弟のゼウスとともに、時の神である父クロノスを策略で倒す。ハデス、オリュンポスの神ゼウス、もうひとりの兄弟である海の神ポセイドンが、くじを引いて世界を3つに分ける。その結果、ハデスは最悪の部分である地下を引き当てた。

ハデスは自分の王国の人口を増やそうとして、誰にも出ていかせない。冥府の門は、やはりハデスと呼ばれ、3つの頭を持つ犬**ケルベロス**が番をしている。ハデスは地上からさらってきたペルセポネーを妻にした。

ハデスが富の神とも呼ばれるのは、地下から貴金属が採掘されるためである。別名をプルートー（富める者あるいは隠された者の意）という。

かぶると姿が見えなくなる兜を持っている。

地獄参照。

バビロニアの悪魔への罠
Babylonian demon trap

→**呪文を唱えるための容器**

バフォメット
Baphomet

サタンの山羊のシンボル。バフォメットは半分人間、半分山羊、あるいは山羊の頭を持つ姿で描かれる。バフォメットという名前の由来は定かではない。マホ

メットかムハンマドを歪曲したものかもしれない。イギリスのオカルト歴史家のモンタギュー・サマーズは、ふたつのギリシア語の単語「バフ」と「メティス」の混合体、すなわち「知識の吸収」だと示唆している。バフォメットはまたメンデスの山羊、黒い山羊、あるいはユダの山羊とも呼ばれてきた。

中世にはバフォメットは偶像神と信じられており、人間の髑髏、詰め物をした人間の頭、または黒い巻き毛がついた金属製や木製の頭という形で描かれた。この偶像神はテンプル騎士団に、豊穣と富の源として崇拝された。最もよく知られたバフォメットの肖像は、19世紀フランスの魔術師、エリファス・レヴィによるもので、「メンデスのバフォメット」と呼ばれた。レヴィはタロットの悪魔のカードと、古代エジプトのメンデスで崇められていた牡山羊の要素を混ぜ合わせた。その牡山羊は女性の信者と姦淫したと言われ——**魔王**が魔女と行ったと教会が主張したのと同様である。

1966年サンフランシスコで創立された〈**悪魔教会**〉は、**悪魔崇拝**の象徴としてバフォメットのイメージを借用した。そのシンボルは、逆さ五芒星の中に描かれた山羊の頭で、二重の円に囲まれている。外側の円には、五芒星のそれぞれの点のところにヘブライ数字が書かれており、それを解読すると**レヴィアタン**、すなわち魔王を連想させる巨大な水蛇の**悪霊**となる。

パメルシエル
Pamersiel

31人の**ソロモンの精霊**のうちのひとり。東の精霊長で、**カルネシエル**の下に仕えている。1000人の精霊を統率するが、彼らを召集できるのは日中に限られており、その性格も強情で横柄であるため、扱いには細心の注意を要する。パメルシエルの支配する主な公爵長はアノイル、マドリエル、エブラ、ソテアノ、アブラルゲス、オルメヌ、イツレス、ラブリオン、ハモルフィエル、イトラスビエル、ナドレルである。パメルシエルと彼の支配する公爵長は邪悪で不誠実で信用することができない。しかしながら、彼らは命令されれば土地や家に入り浸る他の悪霊を追い払うことができる。

魔術教書『レメゲトン』にはパメルシエルとその公爵長を召喚するためのやり

バフォメット（著者蔵）

方が記されている。儀式は家の最も奥まった部屋、あるいは人目につかない木立や森の中、または神秘的な場所で行わなければならない。儀式を観覧する第三者がいてはならない。儀式を行う場所は風通しのよいところがふさわしい。パメルシエルとその配下の精霊は石やガラスなどの中に召喚され、その物体の中に閉じ込められることがある。直径4インチの水晶をソロモン王に捧げられたテーブルの上に置く。パメルシエルの**印章**は胸につけなければならない。

バラキヤル
Baraqijal

占星術を教える**堕天使**。バラキヤル（おそらくバラキエルの変形）は、『第一エノク書』の中で、堕天使の軍団長で「10人の長」である。ヨベル書では**グリゴリ**のひとりと見なされる。

『パラダイム』（1987年）
Prince of Darkness

ジョン・カーペンター脚本、監督によるホラー映画。**サタン**が世界中に究極の悪を振りまこうと画策する物語。脚本の執筆にあたり、カーペンターは悪なるものの考えに物質と反物質の物理現象を結合させた。作品は善と悪との対決を描いた、映画史上最も不気味なホラー映画との評判を受けた。

ルーミス司祭役を演じたのはドナルド・プレザンス。ルーミス司祭はロサンゼルスの打ち棄てられた教会の地下室でガラス製の大きな謎の円筒形の柩を他の司祭たちと共に発見する。中には渦巻く緑色の液体が入っていた。ルーミスは大学教授のハワード・バイラック（ヴィクター・ウォン）を招いて調査を依頼する。学生グループを連れて現場に到着したバイラックは物理学を通してこの問題に挑む。調査班は一冊の書物から、その液体が実はサタンそのものであり、サタンは異次元に閉じ込められたアンチゴッド、すなわちさらに大いなる悪の力の申し子であることを知った。サタンが柩から出されると、その父親を世界へ解き放つための出口を探すだろう。

液体は柩からあふれ、サタンが学生たちに次々と**憑依**していく。取り憑かれた学生は仲間の学生に襲いかかる。あたりには虫の大群がはびこりだした。学生たちは教会の外へ逃げることもできず、教会は悪霊に憑依された人々の群れに包around された。さらに、学生たちは同じ恐ろしい夢を分かち合い、1999年の未来から送られてきた警告を受け取る。夢に現われたビデオテープには、教会から抜け出す黒い人影がちらりと映っていた。「警告する。これは夢ではない」という声が何度も繰り返される。

憑依を受けたひとりの学生が悪の世界への入口である**鏡**にアンチゴッドの姿を描こうとしたが、鏡は小さすぎてうまくいかなかった。学生はさらに大きな鏡を見つけ、その上にサタンの父親の手を描き始めた。彼は別の学生キャサリン・ダンフォース（リサ・ブロント）に飛び掛かられ、ふたりは悪の入り口である鏡の中に吸い込まれていく。司祭が鏡を封印

し、サタンの父親ともども全員を中に閉じ込める。

悪の力は退散した。憑依された学生たちは死に、憑依を免れた者は回復し、霊に取り憑かれた群衆は散り散りに去っていった。

その後、調査団の一員だったダンフォースの恋人ブライアン・マーシュ（ジェイムソン・パーカー）は再び何度も同じ夢を見るが、その夢では、教会から抜け出す黒い人影が憑依されたダンフォースであることがはっきりと示されていた。夢から覚めぬまま、ブライアンはベッドの上を転げまわり、隣に横たわるサタンの姿をしたダンフォースを探し求める。彼は叫び声をあげながら目覚め、寝室の鏡に歩み寄ってそれに触れるところで映画は幕を閉じる。

ハラヘル
Halahel

魔術教書『**レメゲトン**』において、善良でもあり、邪悪でもある**悪霊**。**バアル**の掟に従う。

バラム（バラン）
Balam (Balan)

かつては天使の階級の主天使の一員だったが、今は**堕天使**のひとりで、40の**悪霊**の**軍団**（レギオン）を統率する。バラムは72人の**ソロモンの悪魔**の51番目に位置する。恐ろしく強力な王で、牡牛、人間、牡羊の頭を持ち、尾は**蛇**で、燃え上がる炎の目をしている。怒った熊にまたがり（裸で描かれている絵もある）、拳にハイタカを

バラム（『地獄の辞典』）

止まらせている。しゃがれ声で話し、過去、現在、未来について正しい答えを与える。人々の姿を見えなくすることができ、機知を持たせる。

パリカー
Pairikas

ペルシアの民間伝説や**ゾロアスター教**における**ダエーワ**。悪意のあるやり方で人をたぶらかす力を持つ、美しい妖婦の姿をした悪霊。自然界、家畜、あらゆる草木に悪影響を及ぼす。**アフリマン**はパリカーを利用して星に魔法をかけ、降雨をさまたげて凶作、飢饉、不毛を引き起こす。パリカーはまた、流星を降らせる。

パリス
Palis

アラビアの民間伝承における砂漠の悪霊。人の足の裏を舐め、その**血**を搾り取

る吸血鬼。どのような姿をしているかは不明である。

　砂漠の旅行者が眠りに落ちるのを待ち、その足を舐める。パリスの攻撃から身を守るため、旅行者は自分と仲間の旅行者の足の裏同士を合わせて眠らなければならない。周囲に塩をまいておくとパリスを追い払うことができる。

バルチャス
Baruchas

　31人の**ソロモンの精霊**の中の**悪霊**。バルチャスは王として東と北を統治する。彼の14人の公爵長はそれぞれ、7040人の従者を抱え、みな良い気質で喜んで命令に従う。その公爵たちは、クイッタ、サラエル、メルコン、カヴァイル、アボク、カルタエル、ジャニエル、ファロ、バオクサス、ゲリエル、モナエル、チュバ、ルナエル、デカリエルである。

ハルパス（ハルファス）
Halpas（Halphas）

　堕天使で、72人の**ソロモンの悪魔**の38番目に位置する。**地獄**ではコウノトリの姿をしていて、しわがれ声で話す伯爵。町を焼き尽くす。町を築いて武装した兵士で満たすともいわれる。ハルパスは邪悪な者に剣を振るい、人間を戦場などに送り込む。26の**悪霊の軍団**（レギオン）を統率する。

バルバトス
Barbatos

　堕天使で、72人の**ソロモンの悪魔**の8番目に位置する。もともと天使の階級における力天使の一員であったバルバトスは、**地獄**の偉大な伯爵、公爵で、**悪霊**の30の**軍団**（レギオン）を統率する。太陽が射手座の方向にある時、彼は4人の王と3つの軍団を率いて現れる。彼はすべての生き物の言葉、中でも鳥のさえずり、犬の吠え声、牡の仔牛の鳴き声を理解する。バルバトスは魔法で隠された宝を暴き、友人同士や権力者を和解させることができる。あらゆる科学を教え、過去や未来の出来事を何でも知っている。

バルビエル（バラキエル、バルブエル、バルエル）
Barbiel（Barakiel, Barbuel, Baruel）

　堕天使であり、また善い天使とも表現される。

　堕天使としてのバルビエルは、かつて天使の階級における力天使の君主である。**地獄**では、7人の選帝侯のひとりとしてザフィエルに仕える。善い天使としてのバルビエルは、10月の支配者であり、バラキエルと同一視される場合、2月の支配者である。

バルミエル
Barmiel

　31人の**ソロモンの精霊**の中の**悪霊**。バルミエルは最初で筆頭の精霊として**カスピエル**に仕え、王として南を統治する。彼と**悪魔祓い師**の命に従う公爵たちを、昼間に10人、夜に20人指揮する。それぞれの公爵は20人の従者がいるが、夜の公爵4人だけは別で、ひとりも持っていない。昼間の主要な8人の公爵たちは、ソシャス、ティガラ、シャンシ、ケリエ

ル、アクテラス、バルビル、カルピエル、マノイである。夜の主要な8人は、バルビス、マルグンス、カニレル、アクレバ、モルカザ、バアバ、ガビオ、アスティブである。

バレガラ
bar egara

家の屋根に座っていて、人が仕事に出かけようとするところを襲うシリアの**悪霊**。

ハーレクィン
Harlequin

ヨーロッパの民間伝承では**ゴブリン**（小鬼）の姿をとり、その名前は**サタン**すなわち**魔王**と同じ意味になることもある。

ハーレクィンの語源は不明であり、アールクィン、ハーレキン、ハイアーレキン、ヘレクィン、ヘネキン、ヘレキンなど、さまざまな書き方がある。ハーラケンは魔王と鬼火の名前に使われる。アルリカンはフランスの民間伝承で、**小悪魔**といたずらっ子の両方を表す。ヘネキンはときに**夢魔**（インキュバス）と関わり、夜に**十字路**で踊る。ハーレシンギーは夜中にさまよう死者の群れである。イングランドでは、このような集団が11世紀と12世紀に記録され、死んだ貴族が含まれることもあった。彼らは昼間も現れた。ハーレクィンは**ワイルドハント**と関わりがある。嵐の夜に馬で空を駆けめぐる**幽霊**と**悪霊**の一団の首領である。また、16世紀から18世紀にかけて人気があったコメディア・デラルテというイタリアの即興劇では、しばしば道化役を務めていた。

反キリスト
Antichrist

キリストの究極の敵。反キリストはキリストの再臨と黙示録を連想させる。元々は人間である反キリストは、もっと近代には半分人間、半分**悪霊**として、また女によってこの世に送り出された**サタン**の息子として登場する。

聖書で反キリストに特定した唯一の言及は、ヨハネの手紙に見られる。言葉は曖昧で「キリストの敵対者」「偽キリスト」「キリストに逆らう者」あるいは「キリストに取って代わろうとする者」と解釈できる。その記述では、反キリストは現存する言い伝えであり知識であると想定しており、それは敵が世界を支配する機会をとらえるために、再臨に先んじて現れるというものである。

ヨハネの手紙一2章18~22節ではこう述べられている。「偽り者とは、イエスがメシアであることを否定する者でなくて、だれでありましょう。御父と御子を認めない者、これこそ反キリストです」。4章3節で著者はこう語っている。「イエスのことを公に言い表さない霊はすべて、神から出ていません。これは反キリストの霊です。かねてあなたがたは、その霊がやって来ると聞いていましたが、今や既に世に来ています」。ヨハネの手紙二7節では「人を惑わす者が大勢世に出てきたからです。彼らは、イエス・キリストが肉となって来られたことを公に言い表そうとしません。こういう者は人を惑わす者、反キリストです」と述べている。

このように反キリストとは、人々に悪

影響を与える霊または態度のことであり、疑う者（すなわち異教徒）であり、ひとりの個人ではないのである。

新約聖書の他の文章では、反キリストという言葉を使わずキリストの敵について語っている。マルコとマタイの福音書では、偽預言者について言及しており、テサロニケの信徒への手紙一2章3~12節では、再臨に先んじて現れる「不法の者」あるいは「不法の男」について書かれている。

だれがどのような手段を用いても、だまされてはいけません。なぜなら、まず神に対する反逆が起こり、不法の者、つまり、滅びの子が出現しなければならないからです。この者は、すべて神と呼ばれたり拝まれたりするものに反抗して、傲慢にふるまい、ついには、神殿に座り込み、自分こそは神であると宣言するのです。まだわたしがあなたがたのもとにいたとき、これらのことを繰り返し語っていたのを思い出しませんか。今、彼を抑えているものがあることは、あなたがたも知っているとおりです。それは、定められた時に彼が現れるためなのです。不法の秘密の力は既に働いています。ただそれは、今のところ抑えている者が、取り除かれるまでのことです。その時が来ると、不法の者が現れますが、主イエスは彼をご自分の口から吐く息で殺し、来られるときのお姿の輝かしい光で滅ぼしてしまわれます。不法の者は、サタンの働きによって現れ、あらゆる偽りの奇跡としるしと不思議な業とを行い、そして、あらゆる不義を用いて、滅びていく人々を欺くのです。彼らが滅びるのは、自分たちの救いとなる真理を愛そうとしなかったからです。それで、神は彼らに惑わす力を送られ、その人たちは偽りを信じるようになります。こうして、真理を信じないで不義を喜んでいた者は皆、裁かれるのです。

黙示録では他の敵に関する言及もあり、主に地の獣、海の獣、ドラゴンまたは**蛇**、そして悪魔そのものについても語られている。

反キリストの概念は、2世紀にはさらに広く発展したが、主にそれは教父エイレナイオスによるところが大きく、彼は**魔王**への最善の防御はキリストであると主張した。キリスト教徒の祈りと、キリストの名を発することで**悪霊**は逃げていく。しかし反キリストは人間であり、背教者、殺人者、泥棒として現れる。彼は「魔王の力すべて」を持つとエイレナイオスは言っており、信者、崇拝者を引きつける。反キリストは最終的に打ち負かされ、サタンと悪霊たちは**地獄**で果てしない責め苦を受けることになる。

初期教会のもうひとりの教父であるオリゲネスは、反キリストを「サタンであり魔王である邪悪な悪霊の息子」と定義づけている。反キリストはキリストとの最後の対決の際、キリスト受難の時に捕らえられていたサタンとその悪霊に助けられることになっている。最も影響力のあっ

た初期の教父のひとり、アウグスティヌスは、反キリストは悪人の集団ではなく、ひとりの個人と想定した。

中世初期までには、反キリストは徐々に悪の擬人化ではなく、人間と考えられるようになってきた。反キリストはルキフェルに育てられたか、または世界の終末にルキフェル自身が取る姿と考えられた。この姿は神学に関する著作や、伝説、演劇や文学の中に、次第に確固たる位置を占めるようになった。よくある話の筋としては、ルキフェルが大淫婦バビロンに反キリストを産ませるというものだ。

16世紀のプロテスタントの宗教改革の後、ローマ教皇はしばしば反キリストと呼ばれたが、カトリック側は**マルティン・ルター**こそ反キリストを産ませるだろうと言った。

1848年には、聖母マリアの幻影がフランスのラ・サレットに出現し、ローマの椅子が反キリストに差し出されるだろうと予言した。「私は幾度となくサタンがローマの聖職階級の最高位の領域に入り込むだろうと警告してきました。第3の秘密というのは、我が子よ、サタンが私の息子の教会に入り込むということなのです」

1928年、アイオワ州イアリングで起こったある女性の悪魔憑き（**イアリングの悪魔憑き**参照）において、ルキフェルは中心的な悪霊であった。**悪魔祓い師**のテオフィルス神父は、反キリストの時代は近いと確信するようになった。しかし彼は、反キリストは魔王の息子ではなく、この世で活動するため地上の材料で肉体を作り上げたルキフェル自身であると考えた。魔王の息子としての反キリストという見方は、近代において最も一般的で、**『ローズマリーの赤ちゃん』『オーメン』『ディアボロス／悪魔の扉』**などの小説や映画に代表される。

ピアース=ヒギンズ、キャノン・ジョン・D
Pearce-Higgins, Canon John D.

英国国教会の主教。「脱憑依」の仕事で知られる心霊主義者。ロンドンのサウスワーク大聖堂の元副司祭であり、英国国教会心霊および超自然研究団体の創設者のひとりであった。心霊現象委員会の委員長を務める。心理学に詳しく、霊が介在していると思われる事例における精神医学の混乱をおさめることに尽力した。

ピアース=ヒギンズは**悪魔祓い師**とい

「反キリストの堕落」（15世紀）

う言葉を使うことを好まなかった。彼の行う宗教的行為はキリスト教の他の悪魔祓いにおける悪霊を封じ込めたり退散を命じたり、といった考え方とはまったく異なるものだった。彼は霊に取り憑かれた犠牲者同様、実体のない霊にも相談や助言を施すことが必要であるという信念のもと、実在する霊に呪いをかけて苦しめるようなことはしなかった。どれほど手に負えない霊もいつかは悔い改める時がくるかもしれない、というのがピアース＝ヒギンズの持論であった。

カール・A・ウィックランド博士と同様、ピアース＝ヒギンズは取り憑いた人間の肉体から出て行くことを強要するのではなく、新たな意識に目覚めることを霊に説得した。彼は悪霊や悪魔憑きに対するキリスト教の普遍的認識に異を唱え、**魔王**やその手下が本当に人を苦しめるのであれば、一神論ではなく二神論が成り立つはずだ、と主張した。魔王を封じ込め、神の力によって宣誓を強要し、天罰を下すというキリスト教の**悪魔祓い**の考えには、人は肉体が滅んでもみずからの死に気づかない場合がある、という認識が欠けている。いっぽうピアース＝ヒギンズは、魔王といえども罪を犯した人間と同様、地獄に堕ちた**堕天使**であり、失った名誉を回復する日がいつかくるかもしれない、と考えた。それゆえ、人に取り憑いた霊にも憑依の犠牲者と同じように救済が必要である、と彼は主張する。

憑依は、死後の世界へ連れてこられた魂が困惑し、この世に執着して留まろうとすることによって引き起こされる場合が多い、とピアース＝ヒギンズは言う。彼は**憑依**する霊ともっと真摯に向き合い、憑依された人間と憑依する霊の両方を優しく導き、死と死後の世界への理解を深めさせることが肝要だと考えた。この世に執着するこれらの霊の存在ゆえに、霊に取り憑かれた人や場所は世間が思う以上に多く存在すると彼は信じている。

ピアース＝ヒギンズはこの世に執着する霊を解放し、天国へと導く儀式書『ホワイト・ライト』を著した。彼はその一連の儀式を悪魔祓いではなく「癒やし」と呼んだ。

彼は霊媒の力を用いて人や場所を「癒やし」、すなわち憑依から解放した。英国国教会の典礼と特別の祈禱を組み合わせた彼の儀式は、救済を求める世界中の人々の間に広まった。

ビディエル
Bidiel

悪霊で、虚空をさまよう公爵である。ビディエルは20人の公爵と、さらに下位の200人の公爵、加えてその他の従者を統率する。この公爵たちは仕事場や居場所を毎年変える。彼らは美しい人間の姿で現れ、**悪魔祓い師**に進んで従う。10人の大公は、ムディレット、クルシャン、ブラムジエル、アルモミエル、ラメニエル、アンドルキエル、メラシエル、カルブレル、パルシフィエル、クレモアスである。

ピトム
Pithom

ユダヤの民間伝承における**蛇**の悪霊で、予言によって召喚される。ユダヤ教の口承律法であるタルムードの中にピトムに関する言及がある。人間の姿をしているが、頭が両肩の間の胸についている。わきの下から、または両手を上げてわきの下に頭を挟んだ恰好で託宣を下す。

ビフロンス
Bifrons

堕天使で、72人の**ソロモンの悪魔**の46番目に位置する。ビフロンス伯爵は怪物じみた風貌だが、求められれば人間の姿も取れる。彼は天文学、占星術、幾何学、その他の数学的な科目、薬草、貴石、森に関する知識を教える。死体を墓から別の場所に移し、墓の上に人魂を灯す。6つの**悪霊**の**軍団**(レギオン)を統率する。

ヒュドリエル
Hydriel

悪霊にして、虚空をさまよう公爵。100人の大公と、200人の公爵、および彼らの従者たちを配下に置く。12人の主要な公爵には、それぞれ1320人の従者がいる。すべての悪霊は適切な惑星時間に召喚せねばならない。現れるときは、誰も処女の頭部を持つ**蛇**の姿をしている。**ブリエル**の精霊と違い、この悪霊たちは礼儀正しく従順である。水辺と湿った場所を好む。ヒュドリエルの12人の主要な公爵は、モルトリエル、シャモリエル、ペラリエル、ムスジエル、ラメニエル、バルキエル、サミエル、ドゥシリエル、カミエル、アルビエル、ルシエル、シャリエルである。

憑依
Possession

悪霊、呪われた魂、死霊、霊、神などにより人の心や体を乗っ取られ、支配されること。憑依には様々な形があるが、ほとんどは悪霊によるものではない。大昔から信じられている普遍的な現象でありながら、憑依に対する研究方法はまちまちである。キリスト教では、憑依は人の健康や生活ばかりか死後の世界までも脅かす魔王の指示を受け、邪な霊が行うものと考えられている。

古代より、人々は神やその他の霊が人間の日常的な事柄に干渉すると信じていた。霊が人の心や体、あるいはそのどちらかに取り憑き、人間を思いのままに操ってある種の行動をさせることがある。憑依は通常、望ましくないことと見なされているが、中には憑依は神の恩寵のしるしであると考える慣わしもある。憑依のひとつのタイプは、巫女、霊媒師、神がかった予言者らが一時的、かつ自発的な憑依を受け、その過程で自分たちが実体のない存在の意思を伝える媒体となって交信を行うものである。自発的憑依のもうひとつのタイプは、聖霊のような霊が宗教的意識を変容させる場合である。

取り憑いた霊には罪や責任のない場合もある。憑依はほとんどの場合一時的なもので、取り憑く者が目的を達すると終わるが、時には強い手段を講じる必要の

ある問題を引き起こす場合がある。憑依によって問題が生じた場合、**悪魔祓い**、すなわち取り憑いた霊を追い出したり取り除いたりする行為が、聖職者や魔術師などの訓練を受けた専門家によって行われる。中には精神医学的な性質をもつ憑依もあり、精神障害、人格の変化などの原因となる場合がある。

●悪霊による憑依

悪霊による憑依とは、悪霊が人の肉体に棲みつき、その人間の思考、発言、行動に影響を与えたり支配することをいう。取り憑かれた人間はしばらくの間は普段どおりに見えるが、やがて悪霊によって奇怪で手に負えない振る舞いを見せるようになる。そのような行動に及んでいる間、憑依された人間は忘我の状態にあり、奇怪な行動がおさまると、平常心を取り戻すための移行期間が訪れる。

取り憑かれた人間は通常、複数の悪霊に支配される。悪魔祓いが行われないかぎり、悪霊は取り憑いた人間の健康を著しく蝕み、やがては死に至らしめ、場合によっては自死へと追いこむ。

カトリックの神学理論によると、悪霊は人の魂に取り憑くことはできないが、死後の世界での地位を損なうような振る舞いを人にさせ、**地獄**へ堕ちるよう仕向けるという。地獄に堕ちた人の魂は、悪霊と似たようなやり方で生きた人間に取り憑くことができる。

●悪霊の憑依に関するキリスト教の歴史

旧約聖書には、邪な霊に関する言及はごくわずかしか存在しない。いずれの場合も、邪な霊は人間を罰し、苦しみを与えるため神によって遣わされる。サムエル記上16章14～16節には、神の遣わした霊がサウルの体に棲みついて彼を苦しめ、またサウルがダヴィデの奏でる竪琴によって癒された様子が次のように描かれている。

　主の霊はサウルから離れ、主から来る悪霊が彼をさいなむようになった。サウルの家臣はサウルに勧めた。「あなたをさいなむのは神からの悪霊でしょう。王様、御前に仕えるこの僕(しもべ)どもにお命じになり、竪琴を上手に奏でる者を探させてください。神からの悪霊が王様を襲うとき、おそばで彼の奏でる竪琴が王様の御気分を良くするでしょう」

新約聖書では、悪霊と憑依はさらに重要な役割を演じる。4つの福音書および使徒行伝では、当時の慣習では治療者によってなされていた「不浄の霊」の追放をイエスが行い、それによって癒しを施した様子が語られている。悪霊は苦しみと同時に病気をももたらすと信じられていた。大勢の「悪霊に取り憑かれ、発狂したひとりの男がイエスに救いを求めにやってきた。その悪霊たちは、6000人のローマの兵士になぞらえてみずからを**軍団(レギオン)**と名乗っていた。憑依が終わりに近づいていることを悟った悪霊たちはイエスに自分たちを近くの豚の群れに入り込むことを願い、イエスは彼らの願いを聞き

入れた。豚の群れはたちまち凶暴になり、悪霊もろとも崖を下って溺れ死んだ」（ルカによる福音書8章30節）

聖書に示されたどの事例でも、人間が過去に犯した過ちゆえに憑依されたとは見なされていない。聖書に引用されている事例のほとんどは、人に取り憑いた霊が軍団とともに引き起こすトラブルや病について描写している。ルカによる福音書9章38〜43節には、少年が悪霊の仕業と思われるひきつけの発作を起こしたという、明らかな癲癇の事例が記されている。また同11章14節には、悪霊によって唖者にされた男に関する次のような描写がある。

> イエスは悪霊を追い出しておられたが、それは口を利けなくする悪霊であった。悪霊が出て行くと、口の利けない人がものを言い始めたので、群衆は驚嘆した。しかし、中には、「あの男は悪霊の頭ベルゼブルの力で悪霊を追い出している」と言う者や、イエスを試そうとして、天からのしるしを求める者がいた。

ルカによる福音書13章10〜13節では、悪霊により18年間足が不自由となった女の話が次のように語られている。

> 安息日に、イエスはある会堂で教えておられた。そこに、十八年間も病の霊に取りつかれている女がいた。腰が曲がったまま、どうしても伸ばすことができなかった。イエスはその女を見て呼び寄せ、「婦人よ、病気は治った」と言って、その上に手を置かれた。女は、たちどころに腰がまっすぐになり、神を賛美した。

マタイによる福音書15章21〜28節には、娘に憑依した悪霊を追い払ってもらった信心深い母親の話が語られる。

> イエスはそこをたち、ティルスとシドンの地方に行かれた。すると、この地に生まれたカナンの女が出て来て、「主よ、ダビデの子よ、わたしを憐れんでください。娘が悪霊にひどく苦しめられています」と叫んだ。しかし、イエスは何もお答えにならなかった。そこで、弟子たちが近寄って来て願った。「この女を追い払ってください。叫びながらついて来ますので」イエスは、「わたしは、イスラエルの家の失われた羊のところにしか遣わされていない」とお

多くの憑依の症例に関わる主要な悪霊のひとり、アスモデウス（著者蔵）

答えになった。しかし、女は来て、イエスの前にひれ伏し、「主よ、どうかお助けください」と言った。イエスが、「子供たちのパンを取って小犬にやってはいけない」とお答えになると、女は言った。「主よ、ごもっともです。しかし、小犬も主人の食卓から落ちるパン屑はいただくのです」そこで、イエスはお答えになった。「婦人よ、あなたの信仰は立派だ。あなたの願いどおりになるように」そのとき、娘の病気はいやされた。

　新約聖書の時代の終わりごろには、悪霊は**ルキフェル**とともに天国から追放された邪悪な**堕天使**と同等と見なされるようになる。憑依は魔王の指揮のもと、彼に仕える悪霊たちによって実行されると初期のキリスト教神学者は考えていた。悪霊は聖人などの信心深い者たちを苦しめ、罪のない者たちをからかって楽しんでいた。

　中世に入ると、悪霊による憑依は教会の一大関心事となった。奇妙な行動や性格の変化といった兆候を示す者は誰であれ、魔王による憑依が疑われた。異端審問の時代には、憑依は異端行為と見なされ、逮捕、裁判の十分な根拠となった。そして有罪が確定すれば死刑に処せられた。魔王は魔女の仲介によって人に憑依する、と神学者は言っていた。**妖術**の実践もまた異端行為と見なされるようになった。魔女は黒魔術（**魔術**参照）を使用したり、悪霊を人間の中に送り込む**使い魔**となったとして断罪された。悪霊も

また、人に取り憑くための入り口を求めて人間の弱み——欲望、貪欲、怒りなど——につけ込んだ。

　リンゴのようなある種の食物を口にしただけでも憑依が起きる場合がある。悪霊が食べ物に乗って人の体内に入りこむからである。リンゴはアダムとイヴの失楽園に関わる果物であるため、悪霊が乗るのを好むと考えられている。1985年、フランス、サヴォワのアヌシーでは「耳障りな大騒音」を発するリンゴをめぐって住民たちが大騒動を繰り広げた。住民はそのリンゴに悪霊が棲みついていると考え、川に投げ捨てた。

　1614年、カトリック教会は『**ローマ儀式書**』を発行し、さまざまな儀式の手順を統一した。『ローマ儀式書』の一部は特に悪霊の憑依に関して記しており、善なる力と悪の力との対決を徹底的に取り上げている。以来、この書は幾度もの改訂を経て今なお使用され続けている。悪魔祓いを実践できるのは聖職者のみ、とりわけ悪魔祓いの修行を積んだ者が行うのが望ましい。16世紀から17世紀にかけては有名な憑依事件が相次いで起こったが、それにもかかわらず、宗教改革では悪霊の憑依という考えは認めていなかった。この頃の憑依事件の多くはフランスで起こっていたが、カトリック教会とプロテスタント教会は互いに相手の信心心に揺さぶりをかけ、改宗を勝ち取るため悪魔祓いの力を競い合っていた。

　悪霊の憑依事件は現代も続いている。だがそれらに対する教会の注目は20世紀に入ると激減した。1949年の実在の事件

（**セントルイスの悪魔祓い**参照）を基に1970年代、ウィリアム・ピーター・ブラッティが小説化、映画化した『エクソシスト』によって悪霊の憑依は再び衆目を集めることとなった。これを機に、憑依事件の報告件数は上がり始める。21世紀に入るとその件数は急増したが、これはおそらく9月11日、ニューヨークのワールド・トレード・センターへのテロ攻撃を受け、テロリズムと戦争への世界的恐怖が高まったためであろう。教会は悪魔祓い師の訓練の機会を増やしている（**国際エクソシスト協会**参照）。

憑依事件を扱ったのはほとんどがカトリック教会の聖職者であるが、プロテスタント教会や福音主義教会の聖職者の中にもさまざまなタイプの悪魔祓いを行うものが存在した。平信徒の悪魔学者もまた、さまざまな憑依事件を調査し、主に助手、または立会人として聖職者の悪魔祓いに参加した。

●悪霊の憑依の原因

カトリック教会によると、憑依の主な原因は次のものが考えられる。

◎魔王、あるいは悪霊との**契約**
◎**ウィジャ盤**のような占い装置を使用した遊戯、自動筆記装置の使用などを含む超自然、または降霊術の儀式への参加
◎子供を**サタン**への生贄として捧げる
◎妖術の呪文、または**呪い**に掛けられる

みずからすすんで罪を犯した者と同様、これらの行為に関わっただけでも悪霊が体内に棲みつく権利と資格を与えることになる、と教会は説いている。

統合失調症、多重人格障害などの精神病は悪霊の憑依の原因になるとは見なされていない。

神は次のようないくつかの理由により憑依を許す、と教会は説いている。

◎カトリック教会への揺るぎない信仰心を確かめるため
◎罪人を罰するため
◎試練を通じて魂の美徳を授けるため
◎慈愛の教えを施すため

●悪霊の憑依の兆候

カトリック教会は憑依の真の兆候を次のように断定している。

◎超人的な力を発揮したり空中浮揚を行い、しばしば癲癇、痙攣、ひきつけなどを伴う
◎未来を予知したり秘密の情報を知っている
◎それまで全く操れなかった言語を理解し、話せるようになる
◎神聖な物や書物に対して嫌悪感を示す

悪魔祓い師は人が精神病やストレスに悩まされているのではなく、真に悪霊に憑依されているのかどうかを見抜く洞察力を磨かなければならない。**悪魔憑き**は目玉が裏返り、声が悪魔のそれのように

変化し、人を見下す口調になる。悪霊に取り憑かれた人間は悪魔祓い師や立会人に対し侮蔑や不敬、冒瀆の言葉をわめき散らす。

取り憑かれた人間の行動は、それに関わる悪霊のタイプや憑依の兆候を認識する悪魔祓い師の力量によってさまざまに異なる。人に取り憑く悪霊にはクロウサス（ラテン語で「閉じる」の意）、アペルタス（ラテン語で「開く」の意）、アブディタス（ラテン語で「隠れた」の意）の3種類のタイプがある。クロウサスの悪霊はしばらくの間祈禱者に反抗するが、やがて人の体に入り込んだときの恰好で、目玉を裏返した状態で姿を現す。取り憑かれた人間は動いたり喋ったりせず、憑依された状態でじっとしている。

アペルタスの悪霊は取り憑く人間の目を開けたままにし、悪魔祓い師を嘲笑し、この人間の症状は単なる精神性の病のせいだと主張する。

アブディタスの悪霊は人の内面の奥深くに隠れ、悪魔祓いの儀式の最中も何時間も兆候を示さずにいることができる。

いずれの場合においても、憑依された人間は悪霊に取り憑かれている間に自分が行った振る舞いを覚えていない。

●悪霊の憑依の段階

悪霊の憑依は次のような段階を経て進行する。

◎寄生。事実上の入り口。悪霊が初めて人の体内に入り込み、不快な現象などを起こして周囲に影響を及ぼしはじめる。

◎抑圧または苦悩。憑依の対象となった人間が衰弱し、不道徳または倫理に反する行いをしたり重大な事柄に関して深刻な過ちを犯したりする。抑圧がひどくなると、対象者は自分の人格と相反するものであると知っていても、悪霊に対して自発的に支配権を譲る。

◎悪霊による本格的な憑依。悪霊が殺人、自殺などの凶悪な行動を取り憑いた人間に取らせようとする。取り憑かれた人間の外見や行動が激変する。人間が引き起こす不快な現象には次のような事柄が挙げられる──淫らで猥褻な行為や考えにふける。呪いの言葉や罰当たりな言葉を口にする。怒号。唾を吐く。嘔吐、放尿。悪臭。恐ろしい形相。捻転。異常な力を発揮する。さまざまな言語を喋る。予言。憔悴。体重の急な激減、空中浮揚など。神聖な物体を見せられたり聖水を掛けられたりすると、取り憑かれた人間は萎縮する。

●悪霊の憑依の救済法

上記のどの段階においても悪魔祓いの実践は可能であり、時には完全な憑依に至る前に不快な存在を追い払うことができる。取り憑かれた人間が悪霊から解放されるまで何年間にもわたって繰り返し悪魔祓いが必要とされる場合もある。悪魔祓いの儀式に加え、取り憑かれた人間とその家族は祈禱を行い、神に従順な生活を取り戻すよう努力しなければならない。悪霊は追い払われると人間の肉体の外をうろつくが、人間が罪を犯したり堕

落すると再びその体内に呼び戻されることがある。

●悪霊の憑依の危険性

激しい憑依を受けた人間は死の危険にさらされる（**アンネリーゼ・ミシェル**参照）。教会によると、悪魔が追い払われる前に取り憑いた人間が死んでも、その人間が必ずしも地獄に落とされるとは限らない。神の恩寵の中で死んだ人間は天国へ召される。人が死ぬと、その人に取り憑いていた悪霊は退散する。

悪魔祓いに参加する者――悪魔祓い師、助手、立会人――は、犠牲者の体を離れて新たな寄生先を得る機会を狙う悪霊に憑依される危険がある。少なくとも、悪霊が取り憑いた人間を介して悪魔祓い師たちに語りかけ、同席した者たちの心に潜む恐怖や悪徳をその顔に投げつける可能性がある。また、悪魔祓い師や悪魔学者がさまざまな憑依事件に関わっている間に奇妙な事故などの災難に見舞われる場合もある。憑依事件に関わる際には、健康と高潔な生活がみずからの身を守る最高の防御策となる。

とはいえ、修練の浅い超常現象の研究者がその危険性に魅せられ、憑依の世界に身をさらして家族ともども不快なトラブルに巻き込まれた例もいくつかある。素人は決して憑依の世界に首を突っ込むべきではない、と悪魔祓い師は強く主張している。

●動物への憑依

カトリック教会の言い伝えでは、動物は憑依を受ける可能性があるとされているが、報告された事例は共通性を欠いている。聖書に言及された最も良い例は、イエスが悪霊を人の体から豚の群れへと追いやり、悪霊に乗り移られた豚の群れはみずから湖に身を投じて溺れ死んだ、というものである（マルコによる福音書5章1~13節）。悪霊に取り憑かれた動物は奇妙な振る舞いをし、車の前に飛び出すなど自暴自棄ともいえる行動を示すことがある。取り憑かれた動物が死ぬか生贄に供されると、悪魔は退散する。

●ジンによる憑依

イスラム教では、**ジン**による憑依の主な原因はふたつあると言われ、どちらもアッラーによって禁じられている。ジンは好色、欲望、愛、むら気、いかさま、出来心などから人に取り憑くことがある。ジンはか弱い者や頼りない者、正気を失った人間を攻撃する。時には人間自身がこの種の憑依を許す場合もあるが、これもまた禁じられている。本人の許可なく行われた場合、憑依は抑圧という重大な違反行為となり、ジンは厳しく咎められ、アッラーの法に背いたことを宣告される。

ふたつ目はジンが不当な扱いを受けたり傷つけられたりし、復讐心から人に憑依する場合である。人間がついうっかりジンの上に放尿したり水を掛けたり、あるいは殺したりすると、ジンは人間に取り憑いて懲らしめようとする。このような場合、ジンは人間に悪気がなかったことを告げられるべきだが、人間の家や財

産、肉体を乗っ取る行為は許されていない。

憑依の際、ジンは人間に意味不明の言語で喋らせたり、通常ではあり得ない力を発揮させたり、異常な速さで走らせたりすることができる。また、人間に強打を浴びせたり癲癇の発作を起こさせる。

ザールと呼ばれる下級のジンは女性に憑依して病気や夫との不和、反抗などをもたらす。

●キリスト教圏外の他の悪霊の憑依

人間に不幸をもたらす能力、人に取り憑く厄介な霊の存在を信じる考えは普遍的なものである。人に取り憑く霊やその目的に関する見解はまちまちであり、またその対処法もさまざまである。ヒンドゥー教では、憑依は日常生活のあらゆる面に浸透している。取り憑かれるのはほとんどの場合女性で、邪悪な霊の所業によってさまざまな災難——月経痛、不妊、子供の死、流産、夫や父親からの虐待、夫の不貞などがその身に降りかかる。悪魔祓いの技法としては牛の糞を燃やした煙を吹きつける、指の間に岩塩を挟む、豚の排泄物を燃やす、取り憑かれた女を打ち据える、髪を引っ張る、供物として銅貨を捧げる、祈りの言葉やマントラを唱える、飴、その他の贈り物を捧げる、などが挙げられる。

日本の言い伝えでは、狐の精がこれと似通った災難を引き起こすと言われている（**妖狐**、**狐**参照）。この霊は取り憑いた人間から離脱するのに必要な供物——通常、特別な食べ物——を相手に伝える。

他にも、人に害を及ぼす霊やいたずら好きの神が人の身の回りに起こるあらゆる悪いことの元凶となっている場合がある。時には、人間が憑依されることによって特権や注目、恩恵を与えられ、社会的地位を獲得することもある。

●聖霊による憑依

神聖な存在による自発的憑依は、キリスト教において伝統的に容認されている。「狂信的な（enthusiastic）」という言葉は元々、精霊に満たされている、あるいは神と一体化した至高の状態を意味する。

イエスのはりつけと復活の後、聖霊降臨祭の最初の日（ユダヤ暦で過越しの祭りの7週間後）にイエスの使徒たちが聖霊に憑依された。使徒行伝には、使徒たちの頭上に炎が上がり、彼らがそれまでまったく知らなかった言語で喋りはじめた様子が描かれている。異言と呼ばれる未知の言語で喋ることや、神との恍惚とした親交は初期のキリスト教崇拝を特徴づけていたが、中世になると、それらは神ではなく魔王の所業の象徴へと変容していった。

現代のキリスト教では、聖霊降臨祭をめぐる活動が熱狂的な宗教行事への関心を再燃させた。その活動は1901年1月1日、カンザス州トピカのベセル・カレッジで熱狂的礼拝者の一団が聖霊の憑依を受けた、という報道に端を発した。ペンテコステ教会の教会員たちはさまざまな言語で喋り、長時間にわたる信仰復興に没頭し、教義の回復を実行し、みずから

の体が霊で満たされるにつれ、床に転がったりのたうち回ったりした。

　このような自発的かつ一時的な憑依は「宗教的意識の変容状態」である。彼らの身に起こった現象は悪魔による憑依の事例と似通っており、憑依された人間は手足が硬直し、外国語やさまざまな言語を喋り、瞳孔が開き、幻視、不眠、断食、自傷行為、焼死にも似た感覚、緊張病などを呈する。このような意識状態はイエスの40日間にわたる荒野での隠棲生活になぞらえ、40日周期で繰り返される。

●自発的な霊による憑依
　シャーマニズムを含む一部の非西欧文化圏の言い伝えでは、霊や神との交信の手段としての自発的憑依は宗教的礼拝において最も重要な役割を持ち、人々の悩みを解決し、未来を占い、病を治癒し、幸福と調和に満ちた生活を取り戻すための有益な助けとして用いられていた。神に憑依されるということは、憑依された者が神の目にとまり、守られる価値がある存在であることの証であった。

　カリブ海および南米、アフリカ人部族が奴隷として移送されてきた地域では、真の信仰と神の庇護を得るため、信仰の篤い者が神の憑依を受けることが先祖の宗教の礼拝——現在ではヴォドゥン、サンテリア、カンドンブレやウンバンダなどで実践されている——によって求められていた。1550年代、ポルトガル人によってブラジルへ連れてこられた黒人奴隷は、自分たちの部族の宗教とアマゾン川流域に住むアメリカ先住民の部族の宗教的礼拝式に共通点が多いことに気づいた。神、すなわちオリシャへの崇拝とカトリックの聖人たちへの崇拝との融和を強いられ、迫害を免れた黒人たちは、自分たちの昔からのやり方や儀式を密かに継続していた。1888年、奴隷が解放される頃までに、15世代以上にわたるブラジル人——黒人、白人、アメリカ先住民——がオリシャの物語を聞き、恋人の心を勝ち取ったり結婚生活の危機や病気の赤ん坊の命を救ったり強敵を排除するために魔法の力に頼ってきたという話を伝え聞いていた。

　歌や太鼓の演奏に導かれた礼拝者たちは神、または霊による一時的な憑依、すなわち「高揚状態」に陥り、霊的存在の「馬」となる。彼らは顔つきや体格、仕草、食べ物や色の好み、香水、喋り方、悪態や喫煙癖など、自分に取り憑いた霊の特徴を受け継ぐ。

　憑依を受けている間、礼拝者は異常な暑さや寒さに耐え、何時間も踊り続け、痛みを伴わない切り傷や痣を受け、生贄に捧げられた生きた鶏の頭を食いちぎるといった行為にまで及ぶ。また、しばしば予言を行ったり、その土地の出来事に関して公言することがある。憑依された礼拝者は神となり、それにふさわしいあらゆる権利や名誉を認められる。憑依が解けるとそうした特別扱いは終わり、礼拝者は元通りの生活に戻る。

カンドンブレ
　カンドンブレはアフリカからもたらされた古代のヨルバ人の慣わしとよく似て

いる。カンドンブレという言葉はおそらく、コーヒー農園で働く奴隷によって行われた祝祭や踊りを表すカンドンブから派生したものと思われる。カンドンブレの最初の施設は1830年、ブラジルのかつての首都で現在はバイーア州の州都であるサルヴァドールに創設された。創設者は奴隷からこの宗派の巫女となった3人の女性である。この3人の女奴隷は、奴隷労働に専念せざるを得なくなった男たちに代わって彼らの宗務を引き継いだのである。また、白人であるポルトガル人の愛人の役割をも担っていた彼女たちは性的テクニックの維持と称して魔法の儀式の実践を認めさせていた。これら「聖者の母」が「聖者の娘」と呼ばれる他の女性たちに教育を施し、男たちを主な宗教儀式から排除していった。

カンドンブレの儀式には神への祈願や祈り、貢もの、自発的憑依が含まれる。その目的はもっぱら癒しを得るためとされていた。この宗派への入会の儀式の最中、人がオリシャと一体になったとき霊的癒しは最高潮に達する、と狂信的信者は信じている。こうした憑依はしばしば非常に激しく、他の信者の絶え間ない助けが必要とされる場合がある。聖職者は入会者を優しく扱うようオリシャに頼み、鳩、その他の生贄を捧げて入会者への慈悲を請う。オリシャの力が強ければ強いほど、憑依は激しいものとなる。

ウンバンダ

1904年に誕生し、アフリカの部族宗教にヒンドゥー教、仏教を習合させたものがルーツとなっている。ウンバンダもまた、心霊主義の教え――実体のない霊との交信は可能であり、しかも魂の癒しと前世の化身の受容にとって必要なものである、という考え――が礼拝の主な部分を占めている。

ウンバンダという言葉はサンスクリット語で神の原理の意を表すアウム=ガンダが語源となっていると思われる。カトリックの聖人崇拝にブラジル先住民の信仰が組み込まれている。オリシャはカトリック教の名前とイメージに従っている。

人に憑依する霊はオリシャの他、エシュ、ポンバ・ギラ、カバクロ、プレト・ヴェリヨ、クリアンサなどがある。

エシュは邪で危険な死と自殺の霊である。エシュとよく似た女性の霊がポンバ・ギラである。エシュは視力が減退している。ウンバンダ以外の悪霊と同一視されることがあるが、エシュは元来邪悪で悪魔的というよりいたずら好きな性格である。

カバクロは死んだインディオの霊である。植物に関する豊富な知識、誇りと強さを持ち、決断力が求められる際に役に立つ。

プレト・ヴェリヨは死んだアフロ・ブラジリアンの奴隷の霊である。穏やかな性格で、私的な悩みの相談や癒しに長け、とりわけ薬草治療に詳しい。

クリアンサは3歳から5歳の間に死んだ子供の霊である。私的な悩み事の相談に乗ったり癒しを与えてくれる。

クィンバンダ、正式にはマクンバと呼ばれる宗派には、下層の霊と交信がで

る黒魔術が含まれる。

ヴォドゥン

ヴォドゥンは、現在ドミニカ共和国とハイチに分かれているジャマイカやセント・ドミニクのカリブ海諸島にもたらされ、バンバラ、フォウラ、アラダ（アルドラ）、マンディガ、フォン、ナゴ、イウェ、イボ、ヨルバ、コンゴなどの部族民を含む多数のアフリカの黒人奴隷に信仰された。白人雇用主ははじめ、彼らの信仰を面白がっていたようだが、やがてこれに脅威を覚えた白人は奴隷に対し、彼らの宗教の信仰のみならずいかなる形式の集会をも禁止するようになった。これに違反した者には手足の切断、性器に傷をつける、生皮を剥ぐ、生き埋めなどの残虐で厳しい罰が与えられた。呪物（神の姿を模した人形または彫像）を所有しているのが見つかった奴隷は投獄され、吊るされたり生皮を剥がされたりした。

黒人が有すると思われていた「動物的」性質を抑えるため、雇い主は自分の奴隷にカトリックのキリスト教徒として洗礼を施した。黒人たちは白人の前ではカトリック教を信仰しつつも、仲間うちでは祖先の信仰する神を忘れていなかった。森の奥深くで宗教儀式が行われ、祈りは労働歌に姿を変え、キリスト教の聖人を崇める傍らで密かにみずからの神に祈りを捧げることで古き伝統は温存され、いっぽうで彼らの信仰は新たな変容をとげていった。

カトリックと黒人宗教の習合により特徴的な崇拝の儀式が生まれ、そこでは古代の神であり黒人たちの先祖の霊でもあるロア、あるいはミステレが自発的憑依によって呼び出される。オロガン、マンボと呼ばれる司祭、女司祭がおのおのロアを呼び出したり、用が済んだら憑依した者の体から出て行くのを助ける媒介者の役割を果たす。オロガン、マンボはミステレよりあらゆる権威を渡されている。憑依された人間は意識を全く失い、あらんかぎりの要求と奇行を示してロアと一体化する。年老いた霊に憑依された若い女性は弱々しくよぼよぼの姿になり、いっぽう、若く精力的な神に憑依された虚弱な人間は、弱い体をものともせずに踊り出す。顔つきまでも変わり、取り憑いた神や女神に似るようになる。憑依は神聖なものではあるが、場合によっては恐ろしく、危険なものとなり、精神の不安定や健康の衰えなどを引き起こすことがある。

サンテリア

ヴォドゥンと同じく、サンテリアもまたカトリックの聖人と融合した古代のアフリカの神々（ほとんどがヨルバ族の神）を崇拝の中心としている。サンテリアはスペイン語のサント、すなわち「聖者」を語源とし、その信者はサンテロス、サンテラスと呼ばれている。

信者に取り憑くオリシャは人間と同じ複雑な性質を持ち、激しい欲望、思考、気性をそなえている。熱狂的な信者が取り憑かれるとオリシャの超自然的特質がその人間に受け継がれ、異常な力を発揮したり大量の食物や酒を飲み食いした

り、未来を正確に予言したりする。

サンテロスは強大な力を振るい、みずからの技量により、あるいはオリシャの助けを借りて人の人生を変えることができるほどの知識をそなえている。良くも悪くも、その力の使い方はサンテロス次第である。

●霊媒、チャネリングにおける自発的憑依

19世紀、西欧の人々の間では悪霊による憑依への確信は薄れていき、いっぽうで霊の憑依への確信が増えはじめた。霊媒師は、死者やその他の霊との交信に関与する。肉体的霊媒においては、霊媒師は一時的な憑依を許可し、霊が霊媒師の体と声を使って直接交信を行う。精神的霊媒においては、交信は霊媒師の頭の中で行われる。

一時的憑依が行われるためには、霊媒師は自分の身に起きたことをすべて意識している解離状態から、何が起きたのかまったくわからない深い没我状態に至るまで、さまざまな心理状態に陥る。没我状態に陥った霊媒師は意識の改宗状態と同じような肉体的兆候を示す場合がある。没我状態が終わると、続いて通常の意識に戻る移行期へと入っていく。霊媒は肉体的、また時には精神的代償を伴い、健康被害を及ぼす場合がある。

霊媒は自発的なものであるが、霊が無意識のうちに人に乗り移る場合もある。霊媒師は時間をかけ、霊の侵入を支配する術を学ぶ。霊を取り憑かせるため霊媒師の没我状態を誘発するには、薬剤、断食、瞑想、祈りなどを含む様々な方法がある。

チャネリングは基本的には霊媒と同じだが、霊媒よりも新しい用語で、通常、死者よりもむしろ位の高い人間の霊や人間以外の霊、天使、地球外生物と交信を行う際に使われる。

霊媒とチャネリングのどちらも否定する宗教家は、人に憑依する霊の正体は人を惑わし、憑依をたくらむ悪霊であると主張する。カトリック教会とその他の教会は協議により、霊能者や霊媒師に助言を仰がないことを取り決めた。

●降霊術および心霊主義における自発的憑依

霊は永遠不滅の命を持つという考え、またそれらの霊と霊媒師を通じて交信し、その生存を証明することが降霊術、すなわち19世紀半ばに始まり、大西洋の両側にたちまち広まった宗教運動の基本である。降霊術は20世紀には衰退したが、今なお続いている。

降霊術の主要な特徴は霊媒師を通じて死者と交信することである。霊媒の目的のひとつは降霊術の教義を確認することにある。その教義は人の心に内在する神は本来活動的な性向をもつと信じ、人間は生まれながらに善なる存在であると主張し、救済の必要性を否定し、**地獄**を否認する。人は死後、地獄ではなく夏の国へ行き、その体を離れた霊は永遠にそこで過ごすという。

心霊主義は19世紀半ば、降霊術から発展した。その主な擁護者はイポリット＝レオン＝デニザール・リヴァイユというフランス人作家であり医師である。彼は

ラテン語、ギリシア語に通じ、アラン・カルデックのペンネームで著作を遺している。

　医師として研鑽を積んだカルデックはある種の病気が霊的な原因を持ち、霊の導きによる交信を通じて心霊的治療が可能であると考えた。とりわけ癲癇、統合失調症や多重人格の患者には死者、あるいは患者自身の前世の霊が介在している、すなわち憑依の兆候が見られると語った。カルデックは、個々の人間の人格の中には新たな肉体へと受け継がれたその人の前世の「下位組織」と呼ばれるものが存在する、という説を理論づけた。時としてこれらの下位組織が現世に棲みつき、現実を締め出して長期間にわたり肉体を支配する。治療に成功するためにはカウンセリングやセラピーのみならず、これらの霊と交信し、その存在を理解して患者の肉体から出て行くよう説得することが必要である。

　カルデックの理論はしばらくの間フランスでもてはやされたが、ヨーロッパのその他の地域には広まらなかった。この理論はブラジルで熱狂的に支持された。

●肉体的、精神的疾患としての憑依

　古代では、悪霊や霊は様々な肉体的、精神的疾患や疾病の原因となると考えられていた。癲癇に関して書かれた現存する最古の書物『神聖病について』はギリシアの医師ヒュポクラテス（紀元前460年頃~370年頃）の著作とされているが、実際にはおそらく数人の弟子によって書かれたものと思われる。この書物は、悪霊の憑依によると信じられていた残忍な感情や行動、衝動は実は悪霊の仕業ではなく、脳疾患が原因であると述べている。悪霊の憑依のせいだと思われていた症例の一部は癲癇、またはトゥレット症候群という極めて稀な神経性の障害のどちらかである可能性が高い。

　カトリック教会によると、新約聖書ではイエスが不浄な霊を追い出すとともに病人を癒した、という記述によって病気と憑依を明確に区別していると主張する。しかしながら、医師や医学の専門家の中には現在に至ってもなお、ある種の健康障害の原因として悪霊の介在を仮定する者が存在する。

　癲癇の症状の特徴は意識障害、過激な行動、嘔吐、一見超自然的な現象に思われる視覚・聴覚・嗅覚における幻覚などである。癲癇患者は神や天使、あるいは死神を含めたさまざまな霊の存在を感じたと報告している。しばしば統合失調症と誤って診断されるトゥレット症候群は幼児期に発症し、顔のゆがみ、眼球が上向きになる、恐ろしいうめき声や怒鳴り声、うなり声を発し、性的で罰当たりな、あるいは猥褻な言葉を吐くなど、悪魔の憑依の特徴と同じ兆候を示す。

　統合失調症の患者もまた意識の変容やさまざまな幻覚を体験し、外的な「悪霊」または霊と同じような人格の片鱗を覗かせる。しかしながら、多重人格患者に関しては、この疾患に共通する激しい憎しみによる抑圧が邪悪な影響を引き寄せる磁石の役割を果たす、という見解がなされている。強迫観念はいかなる場合も異

常な症状を示すが、霊の存在の影響が少しでも認められたら、強迫観念に取り憑かれている可能性は否定できない。肉体的、または精神的に厳しい外傷性障害によって患者を激しく動転させ、心の「窓」を開いて霊の影響を受け入れさせるのである。多重人格の多くの症例に関しては、悪魔祓い、おそらくは神の名を口にするだけで手に負えない人格のいくつかを追い出すことができ、その結果患者の人格がひとつになることを何人かの精神科医が発見している。

強迫観念の事例を調査したことで有名なアメリカの心理学者ジェイムズ・ハーヴェイ・ハイスロップ博士は、みずからの著書『あの世との交信（Contact with the Other World）』（1919 年）の中で、人々がテレパシーを信じるのであれば、離れた場所にいる人間の人格に侵入するのもあり得ることだ、と述べている。そしてもしこれが事実なら、正常な判断力と知性を持つ霊はあの世から影響を及ぼすことができる者のみとは限らない、と彼は結論づけた。ハイスロップはまた、ヒステリーや多重人格、早発性認知症やその他の精神障害と診断された患者は目に見えない実体に侵入されている明らかな兆候が見られる、との見解を示した。医師はこれらの治療にあたり、このような状況を考慮にいれることが必要だと彼は主張した。

ハーヴァード大学出身のアメリカ人精神科医 M・スコット・ペック博士は、担当患者のうちふたりが多重人格の他の症状に加えて憑依の兆候を示したと主張している。どちらの場合も取り憑いた霊は邪悪なもので、患者の精神を破壊しようと活発な働きかけをしていたという。

ペックは著書『平気でうそをつく人たち』（1983 年）の中で、これらの患者ははじめから自分以外の人格の存在に気づいており、最終的には悪魔祓いが患者に精神的癒しを与える、と述べている。悪霊がようやくその実体を現すと、患者の表情はたちまち悪意に満ちたものへと変化する。ある患者は蛇のように体をくねらせ、瞼が垂れ下がった爬虫類特有の目をして、悪魔祓いにやってきたチームのメンバーに飛びついて噛みつこうとした。だがペックが最も衝撃を受けたのは患者のそうした姿や行動ではなく、室内に漂うとてつもない重圧感——年齢不詳の邪悪なもの、すなわちまぎれもない悪魔の重み——であった。その場に居合わせた誰もがその邪悪なものの存在を感じ取っており、悪魔祓いが成功したときには心底ほっとした、とペックは述懐している。

ペックの体験したことは、カリフォルニア大学ロサンゼルス校医学部およびスタンフォード・メディカル・センターで学んだカリフォルニア州の精神科医ラルフ・アリソン博士の体験を裏づけている。アリソンによると、多重人格者の症例の中には悪意を持つものと持たないもの、両方の霊の憑依の可能性が認められるものがあるという。多くの論議を巻き起こした彼の著書『「私」が、私でない人たち』（1980 年）ではこうした多重人格患者のいくつかの症例や、彼らの身の回りで起こる科学的に説明のつかない超常現象

について触れている。ひとりの患者の中でひとつ、あるいは複数の人格——主な人格の場合もあるが、通例2番目の人格——が強い霊的能力を発揮するという。

アリソンの示したひとつの症例は、固いものに頭をぶつけたあと、頭の中で声が聞こえるようになったという青年のものだった。彼は神経学的には説明のつかない突発性の発作を起こしていた。おまえはもうすぐ死ぬ、と声は患者に告げた。患者に催眠療法を施したところ、声は自分の正体が魔王であることを明かし、青年が日本で兵役についていた時に彼の体に入り込んだのだと語った。青年は誰かを助けようと燃えさかる家の中に飛び込み、爆風によって吹き飛ばされた。魔王はその時彼に取り憑き、肉体的、精神的苦痛を与えるようになったという。アリソンが宗教の専門家に相談したところ、青年に取り憑いている霊は魔王ではなく自分を魔王と思い込んでいる愚かで邪悪な霊である、と結論づけられた。彼は悪魔祓いを行い、青年はすべての症状から解放された。

1929年代から30年代にかけて、ニューヨークの高名な内科医で神経科医のタイタス・ブル博士は多くの患者を肉体的のみならず精神的に治療した。ブルは霊媒師のキャロライン・デューク夫人（偽名）を助手として統合失調症、躁鬱病、アルコール依存症などの治療、そして時には治癒を行ってきたと主張した。邪魔な霊を取り除く悪魔祓いを用いた精神障害治療の先駆者カール・A・ウィックランドに倣い、ブル博士は患者に取り憑いている霊は必ずしも邪悪なものではなく、ただ単に患者を困らせているだけだという見解を示した。医師、または他の霊のどちらかの協力があれば、患者に取り憑いた霊は自分たちに用意された正しい便に乗り継ぎ、おとなしく患者の体から飛び立って満足するという。治療経験から、ブルは霊が脳の底辺やみぞおち、生殖器などから患者の体内に入り込むことを発見した。彼はまた、生きている人間を悩ませる苦しみは患者に取り憑いた死霊、特に生前に苦しみを味わった霊がもたらしたものであると仮定した。

ピリキエル
Pirichiel

悪霊で虚空をさまよう公爵。直属の君主はいないが、おのおの2000の従者を持つ公爵を数人従えている。それらの精霊は正しい惑星時間に召喚されなければならず、彼らは現れると善良で従順である。ピリキエルに従う8人の騎士長はダマルシエル、カルディエル、アルマザー、ネマリエル、メナリエル、デメディエル、フルシエル、キュプリシエル。

ビンスフェルト、ペーター
（1540頃-1603年）
Binsfeld, Peter

ドイツのイエズス会の司祭で、悪魔学者、魔女狩り人でもある。

ペーター・ビンスフェルトはドイツのアイフェルにあるビンスフェルト村に生まれた。彼の父は農夫で熟練工だった。子供の頃から才能に恵まれていた彼は、

学問のためローマに送られた。ビンスフェルトに戻った後、彼はプロテスタントへの反対運動の急先鋒となった。

ビンスフェルトはトリーアの副監督司教に選ばれ、1587年から1594年の間に306人が、**妖術**の罪で告発された裁判の陰で、初期の魔女狩り人のひとりとなった。その地域は恐ろしい穀物の胴枯れ病に見舞われており、大衆は自分たちの問題を、すぐにでも魔女の悪行のせいにしようとしていた。

ビンスフェルトが著した『悪人、魔女の告白に関する論文』(1589年)は、異端審問官向けの代表的な指南書となり、数カ国語に翻訳された。彼は密告を奨励した――トレーヴの裁判では告発された6000人が密告された――そして拷問の繰り返しを認めた。**魔王**は無垢な人間の姿で現れることはできないと彼は主張したが、**魔王の印**や魔女の変身能力は信じていなかった。彼は子供の裁判も、一定の条件下で容認した。

トレーヴの裁判では、指導者的な住民たちでさえ免除されなかった。主席判事のディートリッヒ・フラーデ自身も告発され、火刑に処せられ、ふたりの市長、数人の市会議員や陪席判事も同様だった。大勢の聖職者たちが破滅に追い込まれ、有罪判決を受けた子供たちは、身ぐるみ剥がされて追放された。

ビンスフェルトの論文には**悪霊**の分類とその罪も含まれており、彼は悪霊と**七つの大罪**を対にして結びつけた最初の人物である。**ルキフェル**(高慢)、**マモン**(強欲)、**アスモデウス**(色欲)、**サタン**(怒り)、**ベルゼバブ**(大食)、**レヴィアタン**(嫉妬)、**ベルフェゴール**(怠惰)となる。

ビンスフェルトは1603年頃トレーヴで、腺ペストによって亡くなった。

ファウスト
Faust

魔王と**契約**を交わした博学ではあるが傲慢な男の伝説。ファウスト伝説は**テオフィルス**の伝説をもとにしており、中世ヨーロッパに広く流布した。1500年代半ば、プロテスタントの宗教改革後に、小説が出版された。

最もよく知られたファウストの物語は、1587年、ドイツの出版業者、ヨーハン・シュピースによって出版された。1594年までには英語に翻訳され、それに霊感を得たクリストファー・マーロウが、1601年ごろに『フォースタス博士』という戯曲を書いた。18世紀の後半には、ヨハン・ヴォルフガング・フォン・ゲーテが、ゲーテ版のファウストを書いた。

●初期のファウスト物語

ファウストはドイツ、ワイマールのロダで、百姓の息子として生まれ、キリスト教徒の家庭で育った。すぐれた知性に恵まれ、神学の博士号を取ったが、傲慢で虚栄心が強く、暴飲暴食や姦淫にふけっていた。

ファウストはやがて、**魔術**に手を染め始めた。ある夜、ファウストは森の中の**十字路**に出かけて魔法円を描き、悪魔を呼び出した。悪魔はグリフィンやドラゴンの姿で現れ、火の玉や燃え盛る男の姿

になったりもしたが、最後には灰色の修道士になり、何が望みかとたずねた。ファウストは明日の午前、自分の家に来るようにと、無理やり約束させた。

夕方までには、ファウストは悪魔が差し出した契約に同意していた。ファウストは次の3つのことを承知した。

◎ファウストは一定の年月がたった後に、悪魔の所有物となる。
◎みずからの血で、この契約に同意の署名をする。
◎キリスト教信仰を捨て、すべての信者の敵となる。

その見返りとして、悪魔はファウストの心に浮かぶあらゆる欲望を満たし、ファウストに精霊の体と力を授ける。ファウストは傲慢にも、悪魔は人が言うほど悪くないと考えた。

悪魔はメフォストフィレス（**メフィストフェレス**）と名乗り、ファウストはメフォストフィレスに、以下のような証文を渡した。

> 我博士ヨハネス・ファウスト、この証文により、我とわが手をもちて公に認め、証せん。すなわち我、四大の考究に志すも、わが脳中に上より与えられ、かたじけなくも賜りし才にはその力を認め得ず、人より学ぶべくもさらになきを知りし故、東の地獄の王の僕にしてこの地に遣わされしメフォストフィレスなる霊に服し、この者を選びて教えを受けんとせしものなり。霊、すべてにつきてわが意を体し、我に従うべきことを約す。我もまた、霊に左の如く約し、誓う。本証文の日時より二十と四年を経しとき、霊はその習いに従い、我につきて、身体、魂、肉、血、身代その他もろとも、思うがまま差配、宰領、支配、処分すべき権を持たん、霊の永遠にわたりてなり。これをもちて我、生きとし生けるもの、天の軍勢、なべて人の仇となるものなり。右相違あらず。確かなる証文、確たる証拠がため、我これなる契約をば己が手によりて記し、署名し、絞り出せしわが血をもちて、己が思念、頭脳、思考、意思により結び、固め、証すものなり。
>
> 　　　　　署名
> 　　　　　四大の有識
> 　　　　　霊学博士
> 　　　　　ヨーハン・ファウストゥス
> 　　（『ファウスト博士』松浦純訳）

このようにしてファウストは、メフォストフィレスと関係を結び、鍵をかけた書斎に毎日のようにメフォストフィレスを呼び出した。**悪霊**はいつも、修道士の身なりで現れ、ファウストに極上の食べ物をふんだんに与え、次々と女をあてがった。

ファウストはまた、悪霊にたくさんの質問を浴びせ、この世の成り立ちや天国や**地獄**について、**ルキフェル**の堕落により、悪霊の階級はどのような存在となったのかをたずねた。

8年ほどたったある日、ファウストはメ

フォストフィレスに彼の主である**ベリアル**を呼び出すよう命じるが、代わりに現れたのは**ベルゼバブ**だった。ファウストが、地獄へ連れて行ってくれるよう頼むと、ベルゼバブは骨の椅子を持って戻ってきて、瞬く間にファウストを連れ去った。

眠り込んだような状態から目を覚ますと、ファウストは地獄の深淵にいた。周囲は異形の動物や硫黄の臭い、地震、稲妻、炎、すさまじい熱で満ちていた。王族も含め、多くのよく知られた顔が見え、熱の中で苦しんでいた。やがてファウストは寝床へ戻されたが、自分が地獄に耐えることができないことを確信していた。

ファウストはその後、天国を見たいと願った。すると2匹のドラゴンにひかれた馬車が現れて、ファウストを47マイルの高さまで連れて行った。ファウストは地上を見下ろし、天へと連れていかれた。

悪魔に身を売って16年目に、ファウストは長い旅に出た。ローマでは教皇と食事をし、酒杯や葡萄酒入れを盗んだ。その後コンスタンティノープルへ行き、トルコの皇帝を訪ねた。

他にも皇帝カルロス5世やバイエルン公と会うなどの冒険を重ねた。

また、メフォストフィレスにトロイアのヘレネを呼び出させ、学生の一団を喜ばせた。

悪魔と過ごして19年目には、ひとりの老人がファウストを説得して悔悛させ、キリスト教徒に戻そうとするが、ファウストは自分の血でもう1枚証文を書くことで、悪魔との契約を更新してしまう。あと5年で、完全にルキフェルの支配下に入ると確約したのである。

ファウストは再びトロイアのヘレネを呼び出させ、ともに暮らし始めた。契約の23年目に、ヘレネは妊娠し、息子を生んだ。ファウストは息子に、ユストゥス・ファウストゥスと名づけた。

約束の24年が近づいてくると、ファウストは遺書を書いた。最期の時が近づくにつれ、ファウストは自分の運命に脅え、ふさぎ込んだ。契約したことを後悔していた。ファウストは最後の晩餐のために学生を呼び出して一緒に村の宿屋へ出かけ、心正しき人生を送るようにと熱心に説いた。

その夜、真夜中から午前1時の間に、大嵐が起こった。恐ろしい音楽が宿屋いっぱいに響き、ファウストの悲鳴が続いた。学生たちは脅え切り、部屋に様子を見に行くことができなかった。

翌朝、ファウストの姿は消え、学生たちは無残な光景を目にすることになった。

> 部屋じゅう血だらけになっている。壁には脳髄がひっついていた。悪魔に壁から壁へ叩きつけられたのだった。ふたつの目玉と、歯も何本か転がっていた。おぞましくもむごたらしい光景である。学生たちは博士のこんな最期を泣いて嘆きながら、そこらじゅう博士を捜した。やっと博士の身体が見つかったのは肥やしのところだった。見るも無残、頭も手足もガタガタになっていた。（松浦純訳）

ヘレネとユストゥスはいなくなり、2

度と姿を見せることはなかった。

学生たちは、ファウストの亡骸を村に埋葬する許可をとりつけた。そして、ことの一部始終を綴った、ファウストの遺書——悪魔と戯れた者の末路を示す重々しい教訓——を見つけたのだった。

ファウストの物語にはさまざまな形があり、時がたつにつれ、長いものになっている。ファウストについて言えば、救いは訪れない。いったん悪魔との契約を結んだからには、対価を支払わなければならないのである。しかし、悪魔との契約に関する物語の中には、特に聖母マリアの介入によって、悔悛と贖罪が行われるものもある（『**ナイメーヘンのメアリ**』参照）。

●ゲーテのファウスト

ゲーテは1774年に『ファウスト』を書き始め、60年間その仕事に取り組んだ。原稿の一部は、ゲーテの死後に公開された。『ファウスト』は悪魔に魂を売り渡した天才の罪、悔悛、死、救いを描いている。作品はゲーテ自身の見解を反映しており、ゲーテの宗教や錬金術に関する知識や、神秘主義的な考察を示すものとなっている。

天国でのプロローグはおそらく、ゲーテがジョン・ミルトンの『失楽園』を読んで影響を受けたものである。大天使ミカエル、ラファエル、ガブリエルを従えた神がおり、悪魔メフィストフェレスが宮廷の道化師として入ってくる。メフィストフェレスが神に人間のみじめさについてたずねると、神はファウストを引き合いに出して「私の僕」と言い、ファウストを惑わせてみせるというメフィストフェレスの試みに同意する。ファウストはあらゆる分野で知識を極めた「博士」だったが、慰めを見出すことができずにいた。ファウストは罪深い面を持っているにもかかわらず、人間の魂の気高い向上心を示してもいる。ファウストは、善と進化に必要な悪のせめぎあいの中心としての役目を果たしているのである。ゲーテの考えによれば、悪の中に善の種子が隠れていることもある。しかしそれと同時に、最も高潔な感情の中にも悪魔的なものはあり、高潔な感情から悪魔的なものが生じることすらあるのである。

第1部では、ファウストは疲れと虚しさの中で、絶望している。書物から学ぶことの限界を嘆き、魔術を通じて真の力を求めようとするが、ファウストの広大無辺な知識と魔術の力は、地中に住む下等な神、地霊によって拒絶されてしまう。ファウストは、自分のような「神の似姿」、「智天使以上の存在」が、地霊の拒絶に

クリストファー・マーロウの『フォースタス博士』の扉絵（著者蔵）

より「傷つけられた」ことに腹を立てる。ファウストは自殺しようとするが、イースターの鐘と**天使**の合唱に阻まれる。そこへメフィストフェレス——リビドーの富への欲と情欲を象徴する——が、「私の身軽な子たち」と呼ばれる供の霊を連れて登場する。ファウストの限界を通じての誘惑が始まり、ファウストは魂を売り渡す。魔女によって若々しい活力を取り戻したファウストは、情欲のとりことなり、彼に恋した無垢な女性、グレッチェンを破滅させてしまう。その後、ファウストは魔女のサバトに参加する。また、グレッチェンの死を見守り、天使の加護を祈る。メフィストフェレスがグレッチェンの地獄落ちを主張するいっぽうで、天からの声は、グレッチェンが救われたと宣言する。

　第2部は、ファウストの生涯のもっと後のことのように思われる。ファウストは美しい風景の中で**妖精**やエアリエル（シェイクスピアの戯曲に登場するのと同じ空気の精）とともに目覚める。メフィストフェレスは次に、ファウストをギリシアへ連れて行く。ファウストは皇帝の内情を目にし、トロイアのヘレネと親密になり、神々やサテュロス、ファウヌス、ニンフと浮かれ騒ぐ。ファウストの地獄落ちへの着実な動きは、知識や官能の輝かしさと対照をなしている。ファウストが死ぬと、彼は天使と**悪霊**によって埋葬される。

　第2部の第5幕では、天上の天使たちがメフィストフェレスや悪魔たちと対決し、ファウストの魂を奪って運び去る。エピローグでは、男女の聖人や神の祝福を受けた子供たちが、神の計画についての歌を歌い、ファウストの不死の霊が天にのぼることについて、天使たちが意見を述べる。悔い改めた女性たちによるコーラスの中には、グレッチェンの声も聞こえ、ファウストの魂は永遠にして女性的なるものであるソフィアに似た、「永遠の女性」によって受け取られる。

フィッシャー、ドリス
Fischer, Doris

→ドリス・フィッシャーの憑依事件

フェニックス
Phoenix（Phenix, Pheynix）

　堕天使で、72人の**ソロモンの悪魔**の37番目に位置する。**地獄**の侯爵として20の**悪霊**の**軍団**(レギオン)を率いる。不死鳥の姿で現れ、幼子のような優しい声で唄う。だが実は、その声は警笛のようにけたたましいため、召喚者は誘惑されないよう用心しなければならない。命令されると人の姿になり、あらゆる科学について語り、見事な詩を披露する。すべての命令を完璧にこなす。1200年の間、7番目の玉座に復帰するという望みを抱き続けているが、叶えられずにいる。堕天使となる前は、座天使の地位にある上級天使であった。

ブエル
Buer

　堕天使で、72人の**ソロモンの悪魔**の10番目に位置する。ブエルは**地獄**の総裁で、**悪霊**の50以上の**軍団**(レギオン)を統率する。彼は太

ブエル（『地獄の辞典』）

陽が射手座の位置にある時に現れる。倫理と自然哲学、論理学、薬草と植物の効能を教える。ブエルはあらゆる心身の不調を癒やし、良い**使い魔**を与える。

フォカロル（フォルカロル、フルカロル）
Focalor（Forcalor, Furcalor）

堕天使で、72人の**ソロモンの悪魔**の41番目に位置する。転落する前は、座天使の序列にあった。**地獄**では、31の**悪霊**の**軍団**（レギオン）を統率する公爵。グリフィンの翼を備えた人間の姿をしている。風と海を操る力を持ち、人間を溺れさせたり軍艦を沈めたりする。命令されると、害を与えなくなる。1000年後に第七天に復帰したいと望んでいる。

フォースタス博士
Doctor Faustus

→**ファウスト**

フォラス（フォルカス、フルカス、フォーカス）
Foras（Forcas, Furcas, Fourcas）

堕天使で、72人の**ソロモンの悪魔**の31番目に位置する。29の**悪霊**の**軍団**（レギオン）を率いる総裁。屈強な男か下級騎士の姿で現れる。論理学、倫理学、ハーブと貴石の効能を伝授する。人間の姿を見えなくしたり、秘宝や紛失物を発見したりする。また、機知と知恵、話術、長寿を授けてくれる。

フォルテア神父、ホセ・アントニオ（1968年–）
Fortea, Father Jose Antonio

当代一流の悪魔学者で、カトリック教会の**悪魔祓い師**。カリグラファー、作家、教区司祭でもある。

フォルテアは1968年、スペインのバルバストロに生まれた。父親は弁護士であり、同じ職業に就くと期待されていた。ナバラ大学で神学を学び、コミーリャス大学神学部で教会史の修士号を授与された。ナバラ大学では「現代における悪魔祓い」という論文を書いた。それから間もなく、当地の司教が**憑依**の事例を抱え、専門知識を持つフォルテアに助言を求めた。1年半もしないうちに、新たな依頼が舞い込んだ。

フォルテアは論文を一般向けの書籍『悪魔祓い師へのインタビュー』に著した。ほどなく、自身がスペインで唯一の悪魔祓い師だとわかり、ヴァチカンの悪魔祓い師**ガブリエル・アモース神父**の手ほどきを受けた。

1998年、スペインのカトリック中央協

議会における教義委員会の総裁の指示に従い、みずからの論文が正しいことを立証した。

フォルテアが手がけた最も有名な悪魔祓いは「マータ」の事例である。この若い女性は悪魔に取り憑かれて昏睡状態になり、マドリッド近辺の教会の床で蛇のように身をくねらせた。この事例はまだ解決していない。2005年、マータに対する**悪魔祓い**の1回が報道陣に公開された。

フォルテアによれば、助言を求める人の多くが、**寄生**など霊に関わる問題に苦しんでいるが、本物の悪魔憑きになったのはおよそ1パーセント以下だという。彼が悪魔憑きの事例で目撃した現象には、空中浮遊をする、知らない外国語で話す、並外れた体力を誇る、本人には知りえないことを知っている、などがある。

フォルネウス
Forneus

堕天使で、72人の**ソロモンの悪魔**の30番目に位置する。**地獄**の侯爵であり、海の怪物の姿で現れる。修辞学、芸術、語学を教え、よい評判をもたらす。人間が敵から好意を寄せられるようにしむける。転落する前は座天使の序列にいて、一時は天使でもあった。29の**悪霊**の**軍団**(レギオン)を統率する。

ブシャスタ
Busyasta

ゾロアスター教の無気力、惰眠、怠惰の**悪霊**。ブシャスタは女の悪霊で、黄ばんだ黄疸の肌と長い爪を持つ。彼女は男を寝過ごさせ、宗教上の務めを怠らせる。

プセルロス、ミカエル（1018-1078年頃）
Psellus, Michael

ビザンティン時代の学者、哲学者、作家、政治家。著書『悪霊の活動について』で悪霊の分類に取り組んだ。

コンスタンティノープルに生まれたプセルロスは、その地の宮廷裁判所で法律家、哲学者として卓越した手腕を発揮した。1041年から1042年、皇帝ミカエル5世の下で宮廷秘書となる。コンスタンティノープルのアカデミーで哲学を教えたが、そこでの彼は当時人気の高かったアリストテレスよりもプラトンの哲学を推奨した。

プセルロスの『悪霊の活動について』はマルシリオ・フィチーノによってラテン語に、その後16世紀中期の学者によってイタリア語に翻訳されている。彼は、**魔王**はすべての悪なるものの生みの親であり、地上における万物の長、神の大敵であると言う。

プセルロスとミカエル7世

新プラトン主義の見解から、悪霊は**堕天使**よりもギリシアの**ダイモン**に近い、反道徳的な媒介者とされている。プセルロスの示した悪霊の分類は以下のとおりである。

◎レリオウリア。光り輝く精霊で、地球の裏側にある空気の希薄な惑星に住む。
◎エアリア。月の下方に住む空気の精。
◎クトニア。地上に住む悪霊。
◎ヒドライア、またはエナリア。水中にすむ悪霊。
◎ヒポクトニア。地下に住む悪霊。
◎ミソフェアス。盲目で感覚を持たない悪霊。光を嫌い、**地獄**の最も奥深い場所に住む。

悪霊はあらゆる場所にはびこる。高い場所に住む悪霊は知力、創造力、理性を働かせて行動するが低い場所に住む悪霊は動物的で、厄災や不運をもたらし、**憑依**する。低いところに住む悪霊は喋ることができ、誤った予言を口にする。

悪霊は神聖な言葉やキリスト教に関する物、信心深い男や女によって追い払うことが可能で、それらの男女は悪霊に大きな苦痛を与えることができる、とプセルロスは言う。

フトリエル
Hutriel

罰の天使。**地獄**の第5の場所に住み、10の民族を罰するのを手伝う。フトリエルの名は「神の杖」を意味する。オニエルと同一視されることもある。

ブライ、アダム・クリスティアン（1970年－）
Blai, Adam Christian

セラピストかつ悪魔学者。アダム・ブライは1970年8月23日、ペンシルヴァニア州メディアに生まれた。生後間もなく短期間、瀕死の重病に罹った後は、特にこれといった事件もない幼少期を過ごした。5歳の時から、半睡半識状態あるいは入眠時の夢を何度も経験し、それが続いたため、瞑想、シャーマニズム、さまざまな神秘体験の型に興味が広がるようになった。それが脳の組織と機能の研究を伴った心理学、催眠術、臨床心理学への興味にまで行き着いた。ブライはセラピストとして、外来患者に接する環境でも、また法廷という場でも働き、幅広い人間見聞と精神病理学を体験することができた。彼は主要な州立大学や、小規模で限定的な一般教養の学校で教えてきた。

ブライの超常現象に関する仕事は、彼が大学を母体にした超常現象クラブの指導教官をしていた時に始められ、そこからローマ・カトリック教会との仕事へつながっていった。彼は今や**国際エクソシスト協会**の一員で、ローマ・カトリックの見地から、悪魔学、**憑依**、**悪魔祓い**について語っている。彼のケースワークは主に教会内で行われ、**ジョン・ザフィス**や超常現象研究の分野で経験を積んだ何人かと行う特別な業務もある。彼はヨーロッパで、**ガブリエル・アモース**、**ホセ・アントニオ・フォルテア**といった主導的

な**悪魔祓い師**の下、徹底的な訓練を積んできた。

　ブライの研究は超常現象の探知と理論を押し進め、「地球意識プロジェクト」モデルを、信じがたいような霊の顕現に応用することも含まれる。

フラウロス（ハウラス、ハウルス、ハヴレス）
Flauros (Hauras, Haurus, Havres)

　堕天使で、72人の**ソロモンの悪魔**の64番目に位置する。36の**悪霊**の**軍団**（レギオン）を統率する公爵。最初は恐ろしい豹の姿で現れるが、命令されると、ぎらぎら光る目とすさまじい形相をした人間に変身する。魔術師の三角陣の中に召喚されれば、過去、現在、未来についての質問に正確に答えるが、三角陣の外では嘘をつく。神性、天地創造、自分をはじめとする**天使**たちの転落について、ざっくばらんに話す。召喚者の敵を滅ぼして焼き尽くすが、誘惑や精霊などの危険から守ってくれる。

プラノア
Planoi

　ギリシアの民間伝説における悪霊の一種。旅人を襲い、誘惑する。プラニュス（単数形）とは「放浪者」または「惑わすもの」の意である。

　4世紀の教会の神父**ヨハネス・カッシアヌス**によると、プラノアはほとんどがいたずら好きの小妖精だが、時に流血を伴う事件を引き起こすことがあるという。カッシアヌスは著書『霊的談話集』の中でプラノアについて次のように描写している。

……極めて陽気で誘惑の術に長けているため特定の場所や道に何度も取り憑いて通行人をたぶらかし、悩ませて面白がるのではなく、彼らをからかって笑いものにし、危害を加えずに旅人を疲労困憊させることだけで満足する。プラノアは旅人に憑依して何も危害を加えないまま一晩を過ごすものもあれば、凶暴で残忍な衝動に駆られ、人の肉体に取り憑いて旅人を苦しめるだけでは満足できないものもある。実際、彼らは遠くを歩いている旅人に突進し、襲いかかって極めて残虐なやり方で殺そうとする。何人（なんびと）も彼らのそばを通ることがないよう、福音書にもそのように描かれている。プラノアにはこうした無害なものと、争いや流血に飽くなき喜びを覚えるものがあることは疑いがない。

ブリエル
Buriel

　悪霊で、虚空をさまよう公爵である。ブリエルは彼の命に従う多くの公爵と従者を持つ。そのすべてが邪悪で、他の霊たちから嫌われている。彼らは日中を嫌うため、召喚するのは夜中でなくてはならない。彼らは乙女の顔を持つ**蛇**の姿で現れ、男の声で話す。ブリエルの12人の主要な公爵は、メロシエル、アルマディエル、クプリエル、サルヴィエル、カスブリエル、ネドリエル、ブフィエル、フュティエル、トルジエル、カミエル、ドルビエル、ナストロスである。

プルソン（キュルソン）
Purson (Curson)

堕天使で、72人の**ソロモンの悪魔**の20番目に位置する。元は力天使で、座天使の地位についていた時期もある。**地獄**では偉大なる王である。ライオンの頭を持つ人の姿で現れ、熊に乗り、毒蛇を手にしている。トランペット奏者に先導されて現れる。財宝を隠したり発見したりする他、過去、現在、未来を見通したり善良な使い魔をもたらしたり、人間や神に関する真実の答えを与える。プルソンは22の**悪霊**の**軍団**（レギオン）を統率する。

ブルーネール、テイオーバルトとジョゼフ（19世紀）
Bruner (Burner), Theobald and joseph

悪霊の**憑依**と**悪魔祓い**の古典的な例と考えられている、フランスの事件。アルザスのイルフール（イルフルト）に住んでいた、テイオーバルトとジョゼフ・ブルーネールというふたりの兄弟が、悪魔からの干渉が認められる兆候すべてを示した——身体のねじれ、不敬な言動、空中浮揚、未知の言語を話す、聖なる物に対する極度の嫌悪、千里眼など——そしていっぽう、**魔王**は整えられた儀式によって成功裡に追い払われた。

テイオーバルト（ティボー）は1855年に、ジョゼフは1857年に生まれたが、最初に異常な恐ろしい行動を見せたのは、1865年9月であった。続く2年間、ほとんど自分たちのベッドから出ず、少年たちは時には2、3時間ごとに互いに脚を絡ませ、その結びつきがきつすぎて、誰もほどくことができないほどだった。彼らは何時間も頭で逆立ちし、完全に背中側に反り返り、身体を硬直させ、嘔吐の発作を経験し、大量の黄色い泡や海藻、嫌な臭いの羽根などを吐き出した。

少年たちはまた、空中浮揚も行った。座ったまま、あるいはベッドに入ったまま浮かび上がった。時には母親が座っていたベッドが床から浮き上がって、彼女が部屋の隅に投げ出されることもあった。彼らの部屋はストーブもついていないのに耐えがたいほど暑く、ベッドに聖水を振りかけることだけが、室温を平常に戻す方法だった。家具が部屋中を飛び交い、掛け布はひとりでに落ち、窓は突然勢いよく開いた。家全体がまるで地震のように揺れた。

さらに悩ましいのは、少年たちが魔王にどんどん魅了され、聖なる物への嫌悪を増していくことだった。彼らはベッド脇の壁に悪魔のような顔を描き、それに話しかけた。ロザリオや聖なる遺物がベッドの上や下にあると、少年たちはヒステリーの発作を起こし、ベッドカバーの下に身を隠して罰当たりな言葉を叫んだ。祝福された聖体はとりわけ忌み嫌い、聖母マリアの絵や、彼女の名前を口にするだけでも狂乱状態となった。地元の司祭カール（シャルル）・ブライ神父がつけていた記録によると、「聖職者や敬虔なカトリック信者がその家を訪れると、取り憑かれた子供たちはあわててテーブルやベッドの下に潜り込むか、窓から飛び出した」。しかしそれほど信心深くない人間が家に入ると、少年たちは喜び「あいつ

は僕たちの同類だ。みんながああだといいのに！」と言い放ったという。

　彼らの憑依の最終的な証拠は、彼らが知るはずのない外国語——英語、ラテン語、さまざまなスペインの方言等——を話す能力と、また外の世界の出来事について、超能力か千里眼としか思えない知識を示すことだった。ブライ神父は、ある女性が死ぬ2時間前、テイオーバルトがベッドでひざまずき、弔いの鐘を鳴らすような仕草をしたと語っている。別の時には、グレゴール・クネーゲルの死を悼むと言って、テイオーバルトはまる1時間ずっと想像上の弔いの鐘を鳴らしていた。たまたまその時この家に来ていたクネーゲルの娘は、怒って父親の死を否定し、父は神学校の建設現場の石工として働いていて、病気ですらなかったと反論した。テイオーバルトは彼が転落したと答え、実際彼はそうなって首の骨を折ったのである。

　ブルーネール家とブライ神父が悪魔憑きという診断で合意に達し、神父の司教を説得して悪魔祓いの許可を得るまで、4年の月日がかかった。1869年10月3日、テイオーバルトはようやく、ストラスブール近くのシルティガイムの聖シャルル孤児院に送られた。3人の屈強な男につかまえられて、祭壇の前に立たされたテイオーバルトは、3日間（一説には2日間）口を利かず、ただ粘っこく黄色い泡を吐き出すだけだった。4日目に彼はぞっとするようなわめき声を上げ、彼が激怒してやって来た、と言った。誰が来たのかと修道女が尋ねると、テイオーバルトの内なる魔王が答えた。「我は暗黒の王である！」この時、テイオーバルトが服を引き裂き、手当たり次第何もかも壊し始めたため、拘束衣を着せられた。ついには悪魔祓い師のシュトゥンフ神父が聖母マリアに助けを求めると、テイオーバルトは苦悶の叫びを上げ、前にばったり倒れて深い眠りに落ちた。意識を取り戻した時、彼は元の自分に戻っており、それまでの3日間のことは何ひとつ覚えていなかった。

　ブライ神父は10月27日にやはり同じ孤児院で、みずからジョゼフの悪魔祓いを行った。わずか3時間狂ったように暴れ叫んだだけで、魔王は去っていった。テイオーバルトと同様、ジョゼフも自分が教会にいることに驚き、みずからのつらい体験についてはまったく記憶していなかった。

　残念ながら少年たちは、長く平穏な人生を送ることはできなかった。テイオーバルトはこの2年後、16歳で亡くなり、ジョゼフも1882年、25歳でこの世を去った。

フルフル
Furfur

　堕天使で、72人の**ソロモンの悪魔**の34番目に位置する。26の**悪霊**の**軍団**(レギオン)を率いる伯爵。炎の尻尾を持つ牡鹿の姿で現れる。召喚されたときは魔術師の三角陣に入らなければならない。さもないと、フルフルの言うことはすべて嘘である。三角陣の中では美しい**天使**に姿を変え、かすれた声で話す。フルフルは夫婦に愛情をもたらす。秘密や神聖なものごとについて正しい答えを与える。雷、稲妻、強

風を呼び起こせる。

フレアス（フルカス）
Fureas（Furcas）

堕天使で、72人の**ソロモンの悪魔**の50番目に位置する。20の**悪霊**の**軍団**(レギオン)を統率する騎士。長い顎鬚をたくわえた、ぼさぼさ頭の残酷な男の姿で現れる。青白い馬に乗り、鋭利な武器をたずさえている。修辞学、哲学、論理学、天文学、手相占い、火占いを伝授する。

プロケル（クロケル、プケル）
Procel（Crocell,Pucel）

堕天使で、72人の**ソロモンの悪魔**の49番目に位置する。**天使**の姿で現れる公爵。隠された事柄や秘密について謎めいた言葉で語り、幾何学や専門教養を教える。命令に応じ、騒ぎを起こしたり水が押し寄せる轟音を発したりする。また水を温め、温泉を調整することができる。堕天使となる前は能天使の座にあった。48の**悪霊**の**軍団**(レギオン)を統率する。

ブロシエ、マルト（16世紀）
Brossier, Marthe

詐欺の**憑依**事件。ベルゼバブから憑依されたというマルト・ブロシエの申し立ては、カモから金を巻き上げる手段として使われたのと同時に、カトリック教会にとっても、フランスのプロテスタント改革派教会の会員たちによるユグノー派の、宗教改革を抑えようとする道具となった。この事件は、憑依の申し立てが詐欺だったという告発が、詳細な身体的証拠で裏づけされた最初の例である。

ロモランタンという町の貧しい生地屋の、4姉妹の長女とも末娘とも伝えられるブロシエは、25歳だった1598年、初めて異常な行動の兆候を示した。まだ独身だった彼女は、髪を切り、男の服を着て、金切り声を上げ身をよじった。友人のアンヌ・シュヴィオン（シュヴローとも言われる）を嫉妬の激情に駆られて襲い、自分に魔法をかけたと告発した。アンヌの運命については記録が残っていないが、ロモランタンの他の取り憑かれた人々は、**妖術**をうまく利用して身を護った。ブロシエが悪魔憑きとして身を立てたことには、**ラオンの奇跡**の話が影響しているのかもしれない。いずれにせよ彼女は、地元の司祭に**悪魔祓い**をするよう求め、痙攣やあり得ないような身体のねじれ、想像妊娠、そしてラオンと同様に、ユグノーの異端を非難するベルゼバブのわめき声などを披露し始めた。

憑依で有名になれるかもしれないと気づいたブロシエと家族は、ロワール渓谷を旅してさまざまな町に立ち寄っては悪魔祓いを行い、多くの観客を集めた。1599年に彼女を診察した内科医のミシェル・マレスコは、彼女の旅を冷ややかに描写している。「15カ月もの間、アンジェ、ソーミュール、クレリ、オルレアン、パリへと、あちこち猿か熊のように連れ回されている」

オルレアンでブロシエは現地の司祭に、本物の憑依という証明をもらった。しかし皆が騙されたわけではなく、クレリとオルレアンの行政官は、「例の架空の

霊」の悪魔祓いを司祭たちに禁ずる布告を出した。アンジェではシャルル・ミロン司教が、聖水やラテン語の聖句へのブロシエの反応を見る試験を行い、彼女はどちらにも合格しなかった。本物の聖水ではなく、ただの水に反応してしまい、ラテン語の方はさらに笑いを巻き起こすことになった。ウェルギリウスの『アエネーイス』の単なる詩句に反応してしまったのだ。ミロン司教はブロシエとその家族に、ロモランタンに戻ってインチキを止めるよう命じた。

しかしそれどころか、1599年3月初旬、ブロシエと父親はパリへ行った。パリ高等法院でカトリック、ユグノー双方の信仰を公に認める「ナントの勅令」を承認する少し前のことである。ブロシエ親子がサント・ジュヌヴィエーヴのカプチン会修道院へ逃げ込むと、修道士たちはただちにブロシエの悪魔祓いを始め、ベルゼバブのユグノーに対する罵りを広めた。悪魔祓いは大勢の群集を引きつけ、3月の終わりには大衆の熱気があまりにも高まったので、ブロシエの憑依状態を立証するためパリ司教のアンリ・ド・ゴンディが介入するまでになった。神学者と内科医がブロシエを検査し、その中にはマレスコも含まれていた。3月30日、ブロシエは憑依されておらず、ただの病気で、彼女の症状はほぼ偽物だと全員が合意した。

3月31日、医者のうちふたりがブロシエを再診し、親指と人差し指の間に無感覚の部分を発見した。それが**魔王の印**だと信じ、彼らは先の報告書提出の延期を求め、4月1日にはブロシエの悪魔祓いが始められた。4月2日、カプチン会は別の医者団を呼び寄せ、4月3日に彼らは彼女が本当に取り憑かれていると宣言した。しかし彼らの努力は遅きに失した。

勅令の頓挫を恐れ、アンリ4世は公開の悪魔祓いの中止を命じた。ブロシエは40日間拘禁され、彼女が持っていたラオンの奇跡の写しは没収された。彼女の発作は徐々に治まった。5月24日、高等法院はブロシエと父親に、ロモランタンに戻って、地元の判事の調査を2週間ごとに受けるよう命じた。12月まではすべて平穏に過ぎていたが、オーヴェルニュのサン・マルタン・ド・ランダンの修道院長で、ブロシエの憑依を信じていたアレクサンドル・ド・ラ・ロシュフコーが、彼女を誘拐してアヴィニョンに連れて行き、道中ずっと彼女の反ユグノーの演技を激励しながら、ついには教皇に会わせるためローマまで連れて行ったのである。彼らは1600年の教皇の特赦にちょうど間に合い、ブロシエは身をよじり、旅行者への教化のため悪魔祓いを受けた。

アンリ4世と他の聖職者たちの忠告で、フランス人であるドサ枢機卿は修道院長に見世物を止めさせたが、ブロシエは演技を続けた。1605年のパルマ・カイエの記述によれば、ブロシエは1604年時点でもミラノで憑依の発作を披露しており、ベルゼバブの代弁者を演じていた。これが彼女の破天荒な振る舞いの最後の記録である。

ベアルファレス
Bealphares

　宝がどこに隠されているか教え、金や銀を手に入れる**悪霊**。ベアルファレスは美しい男か女どちらかの姿で現れ、呼び出せばいつも出てくる。ベアルファレスは人間を国から国へまったく傷つけることなく移動させ、質問に正直に答える。彼は魔術的な学科、文法、話術と文章法、算術、幾何学、音楽、天文学に関するすべての知識を与える。

ヘカテの子たち
Hecataea

　ギリシア神話において、ヘカテの「子供たち」とされている恐ろしい**悪霊**と亡霊。ヘカテは冥界と暗い月、幽霊、魔術の女神である。ヘカテの子たちは女神の命令で現れる。

地下の神々参照。

聖ベネディクトゥスのメダル
Benedict (St.) medal

→**魔除け**

蛇
serpent

　蛇は古代では知恵と豊穣のシンボルとされたが、キリスト教世界では悪、**魔王**、**サタン**のシンボルとされるようになった。魔王や**ジン**は、変身する時、好んで蛇の姿を取る。

　神話世界において、蛇は最古から世界中で崇められてきたシンボルのひとつである。よくないものとも関係があるが、知恵、叡智、不死、癒し、再生、魔術、秘宝の守護と深い関わりを持っている。数多くの神々が、蛇と結びついている。アステカのケツァルコアトルは「羽毛ある蛇」であり、偉大な導き手として戻ってくると予言されている。オーストラリア神話の「虹蛇」は、創造神である。ギリシアの医学の神アスクレピオスは、杖に巻きついたトーテムの蛇を持っている。ギリシアの学問と魔術の神であるヘルメスは、2匹の蛇が巻きついた杖、カドゥケウスを持ち、ギリシアの知恵の女神、アテナの盾には蛇が描かれている。古代インドのヴェーダ人の伝承に出てくるナーガは、蛇と人間のあいのこのような存在で、高い知能を備えている。ヨガにおける知恵の力であるクンダリニーは、とぐろを巻いた蛇にたとえられる。クンダリニーは背骨の最下部で眠っており、精神修養や訓練によって覚醒すると、頭のてっぺんに達する。

●**聖書の蛇**

　創世記では言葉を話すずるがしこい蛇が、イヴをそそのかし、知恵の木から禁断の果実を食べさせるいきさつが語られる。イヴはアダムにも果実を食べさせ、怒った神はふたりをエデンの園から追放する。蛇に対しては、腹で地面をはい回るという罰を与える。

　聖書における蛇の外見は、議論の的になっている。創世記では明確な説明はなされていない。エデンの園の蛇を描いた挿絵の中には、爬虫類と人間のあいのこのような姿を描いたものもある。蛇はイ

ヴに話しかけ、知恵と人をたぶらかす手管を示す。ユダヤのもっと古い伝説には、創世記の蛇を人間の手足と並外れた知恵を持った、背の高い生き物として描いているものもある。蛇は神によってあらゆる生き物の王として作られ、人間と同じものを食べていた。しかし、蛇の中にある邪悪なもの、人間への妬みが、蛇に堕落をもたらすことになったのである。

創世記では、蛇は魔王やサタンと同等の存在とは見なされていない。しかしのちに、殉教者ユスティノスやテルトゥリアヌスなど、初期の教会の教父が、両者を結びつけることになった。その後、蛇は嘘や裏切り、悪を象徴し、ふたまたに分かれた舌や、蛇のような尾を持った魔王という霊感を人々に与えることになった。

キリスト教の絵画や文学では、魔王はうろこに覆われた肌、ふたまたに分かれた舌、長い尻尾といったように、蛇や爬虫類のような姿をしている。ドラゴンも悪や魔王を象徴するものとなった。

そのいっぽうで、最も位の高い**天使**である熾天使（セラフィム）も蛇とつながりを持っている。セラフィムの名は、ヘブライ語で「燃える」、「焼く」、「破壊する」を意味する動詞、sarafから来ていると言われており、おそらくはセラフィムの焼き滅ぼす力を指していると思われる。

セラフィムは蛇形記章（ウラエウス）——エジプトのファラオが額につけている黄金の蛇（特にコブラ）——から発展したものかもしれない。翼がない、もしくはふたつか四つの翼のある蛇（ウラエイ）は、近東の至る所で図像として描かれている。蛇たちは毒や火を吐いて守るべきものを守った。伝承の中で天使となったセラフィムは、おそらくもともとは、人間の特徴を持った蛇の姿をしていた。

旧約聖書では、sarafという語は、炎の蛇に当てはめられる。民数記21章6~8節には、主によって送り込まれ、罪を犯したイスラエル人をかみ殺す炎の蛇についての記述がある。モーセが祈って許しを請うと、炎の蛇を作り、旗竿の先に掲げなさい、蛇にかまれた者は皆、それを見上げれば命を得ることができるであろう、と教えられる。モーセは青銅の蛇を作ったが、おそらくはそれが天使セラフィムを表したものだと思われる。申命記8章15節にも、エジプトの「炎の蛇」や蠍についての言及がある。

聖書偽典の最も重要な書のひとつである『第三エノク書』では、セラフィムはサタンの持つ書字板を燃やしたのでそう名づけられたとされている。サタンは毎日ローマの君主**サマエル**、ペルシアの君主ドゥビエルとともに座り、イスラエルの罪を書字板に書き留めていた。サタンは神がイスラエルを滅ぼすようにと、書字板をセラフィムに渡し、神の所へ持っていかせようとした。しかし、神がそれを望まないことを知っていたセラフィムは、書字板を持ち去り、燃やしてしまった。

新約聖書では、**イエス**が以下のような言葉で、蛇の知恵を認めている。「だから、蛇のように賢く、鳩のように素直になりなさい」（マタイによる福音書10章16節）

●グノーシス主義における蛇

二元論的な宗派であるグノーシス主義においては、蛇は「人の子」であり、救世主そのものであると見なされていた。蛇は人間を覚醒へと導き、自然のままの野蛮で無知な状態から目覚めさせる存在だった。グノーシス主義の教えでは、エデンの園の蛇とイエスを同一視している。どちらも人間をより神に近づけたために咎められたからである。

●神話における蛇

神話における蛇は、魔術的、神秘的な力強い生き物である。古い皮から脱皮し、新しい皮に変えるという独特の能力を持っているため、再生と復活の世界的なシンボルである。自分の尾をかんで円形になっている蛇、ウロボロスは、生と死、再生という永遠の循環を象徴する。物質的な面では、蛇は男根を表し、それに関わる生命力や性、官能を表す。また、男根のシンボルとして、しばしば心象世界や神話の中で、妊娠と結びつけられる。

地を這い、地中の穴で暮らす生き物としての蛇は、冥界、無意識、人間の本能的な衝動と関わりを持つ。神話の蛇は生者と死者両方の眠りを守っており、それゆえ、新たな意識への入り口にいる生き物とされる。また、蛇は全世界で女神の供とされることから、女性、アニマ、子宮、暗闇、直観、感情など、「大いなる母」のあらゆる側面を象徴する。

蛇のとぐろは生と死、善悪、知恵と盲目的情熱、光と闇、癒しと毒、守護と破壊などの顕現のサイクルを表す。クンダリニーヨーガでは、「蛇の力」と呼ばれる精神の力が、背骨の最下部近くにとぐろを巻いている。精神の変化により、この力は背骨をのぼり、頭頂のチャクラに達する。蛇が現実に出現することは、クンダリニーの力の上昇をもたらしたり、その先触れとなったりする。

闇の側面における蛇は、混沌、夜、死を支配する。蛇を身につけている神々は、三日月のかぶりものとともに描かれる。

●錬金術の蛇

錬金術では、蛇は「メルクリウスの蛇」、すなわち水銀であり、生き、死に、生まれ変わるという霊的な生命力の絶え間ない前進を表す。蛇は第一質料（プリマ・マテリア）であり、秩序と生命が生まれる、暗く形のない混沌である。錬金術にまつわる絵画では、蛇はしばしば霊的な

エデンの園の蛇と上を飛ぶ天使（著者蔵）

意識の拡大を示すため、金の冠、宝石、王冠、光を帯びた姿で描かれる。それは、活動するクンダリニーや、蛇の力を示す、もうひとつの方法となっている。

● 癒しにおける蛇

癒しは、変化の過程の一部でもあり、蛇は強力な癒しのシンボルである。ギリシアの医学の神アスクレピオスは蛇の姿で現れ、古代ギリシアやローマの聖なる癒しの神殿では、蛇が飼いならされていた。神殿の治療では、夢での体験が不可欠なものとされ、治癒の前兆となる蛇の夢は特によい夢とされた。民数記21章8節にも、蛇の持つ癒しの力についての言及がある。モーセは、旗竿の先に炎の蛇をかかげ、それを見た者すべてが命を得るようにしろと教えられるのである。

● 夢の象徴としての蛇

夢で蛇にかまれるということは、知恵の伝授、注入を意味する。つまり、新たな意識や神からの贈り物によって「かまれる」ということであり、医者から与えられる注射に等しい。ある種の癒し、または新たな精神の覚醒をもたらすものを強引に授けられたということである。追いかけてきたり、忍び寄ってきた蛇にかまれそうになるという夢は、無意識が目覚めている意識に何かを出会わせようとしているしるしである。

● 元型としての蛇

蛇は変化、再生、変身を意味する大きな力を象徴する。カール・G・ユングは、蛇を精神エネルギー、力、活力、本能的衝動、精神的、霊的な変化の全過程の、強力な元型を象徴するものであるとした。蛇の出現は、すでに進行している変化の過程を示すもの、もしくは新たな意識のレベルに進むよう、注意をうながすものである。

蛇はまた、無意識の象徴である水や、知恵や知識の象徴である木とも関わりがある。木にのぼる蛇は、覚醒や精神的な変化をとげる過程にあることを表す。ヘルメス（マーキュリー、クイックシルバー）の持つ杖、カドゥケウスには、2匹の蛇が巻きついている。ヘルメスは古代ギリシアおよびローマ世界の神で、死者の魂を案内し、神々の伝令をつとめる。カドゥケウスは、叡智と癒しを象徴する。

ベヘモット
Behemoth

聖書で魔王に使われる名前であり、不潔な動物、不浄な精霊を指す。ベヘモットはヘブライ語の「獣」あるいは「大きな動物」を意味するベヘメットに由来する。ヨブ記40章15~24節では、ベヘモットを「神の最初の御業」、地に現れた原初の怪物と描写している。

見よ、ベヘモットを。お前を造ったわたしはこの獣をも造った。これは牛のように草を食べる。見よ、腰の力と腹筋の勢いを。尾は杉の枝のようにたわみ腿の筋は固く絡み合っている。骨は青銅の管、骨組みは鋼鉄の棒を組み合わせたようだ。これこそ神の傑作、

造り主をおいて剣をそれに突きつける者はない。山々は彼に食べ物を与える。野のすべての獣は彼に戯れる。彼がソテツの木の下や浅瀬の葦の茂みに伏せると、ソテツの影は彼を覆い川辺の柳は彼を包む。川が押し流そうとしても、彼は動じない。ヨルダンが口に流れ込んでも、ひるまない。まともに捕らえたり罠にかけてその鼻を貫きうるものがあろうか。

『第一エノク書』60章7~8節は、**ベヘモット**と**レヴィアタン**に言及し、最後の審判で分けられる2頭の怪物としている。

　その日、2頭の怪物が分かたれる――1頭はレヴィアタンという名の雌で、水源の上の海の深淵に住むためであり、もう1頭はベヘモットと呼ばれる雄で、選ばれし正しい人々が住むエデンの園の東にある、ダンデインという見えない砂漠で、手の内を明かさないためである。

　ベヘモットは太刀打ちできない強さを表す。

ベヘリット
Beherit

　地獄の強力な公爵である**悪霊**で、より下位の26の悪霊の**軍団**(レギオン)を統率する。ベヘリットは赤い肌で、王冠を被り赤い馬に乗った兵士の姿で現れる。過去、現在、未来の事柄に関して真実の答えを与え、金属を金に変えられる。魔術師は彼を呼

ベヘモット（『地獄の辞典』）

び出す時、銀の指輪をはめなければならない。

　彼の別の名前として、ベアル、ベーアル、ベアル、ベリティ、ボフリ、ボルフリ、ボルフリィがある。

　ベヘリットは**ルダンの悪魔憑き**で名前が挙がっており、愉快な笑みを顔に浮かべていると描かれている。

ヘマハ
Hemah

　激怒、憤怒、破壊の天使であり、家畜の死を司る。ユダヤの言い伝えでは、第七天に住む。身長は500パラサングあり、体は黒と赤の炎の鎖でできている。1パラサング［訳注／古代ペルシアの距離単位］は約3.88マイルに相当する。

　ユダヤ教神秘主義の経典『光輝の書』では、ヘマハはアフ、マシトとともにゲヘナ（**地獄**参照）の三天使のひとりであり、偶像崇拝、近親相姦、殺人の罪を犯

す人々を罰する。ヘマハは仲間の天使アフの力を借り、モーセを飲みこんだ。そこへ神が介入し、ヘマハにモーセを吐き出させた。そこでモーセはヘマハを殺した。

ベリアル
Belial (Beliar)

　最も重要かつ邪悪な**悪霊**で、人を惑わすように見かけは美しく声は優しいが、裏切り、無責任、嘘に満ちている。72人の**ソロモンの悪魔**のうち68番目のベリアルは、人類の間にとりわけ性的倒錯、姦淫、色欲という形の悪と罪を生み出すことに、全力を傾けている。聖パウロは彼を悪霊の頭(かしら)と考えていた。

　ベリアルの名はヘブライ語の「ベリ・ヤール」すなわち「無価値」に由来するものだろう。ヘブライの伝承では、ベリアルはルキフェルに次いで造られた天使で、部分的に天使の階級に、また一部は力天使の階級にいた。彼は初めから邪悪で、神に背いた最初の天使のひとりだった。天から堕ちた後、嘘と悪の権化となった。ベリアルの名は時に、**サタン**や**反キリスト**と同義語になっている。旧約聖書で「ベリアルの息子」という言葉は、無価値や無謀さを指し示す。

　偽典であるソロモンの誓約では、ベリアルは**ソロモン王**の前で踊り、ソロモンの指輪に支配されて王の命令に従って働く悪霊のひとりであった。

　死海文書ではベリアルは、闇の息子たちの指導者、すべての**魔王**の筆頭で、破壊に傾倒すると描かれている。

　「アムラン聖書」（Q543, 545-48）と呼ばれるクムラン文書でベリアルは、**グリゴリ**のひとりとされ、「ベリアル」「暗黒界の王」「悪の王」という３つの称号を持つ。彼は闇のすべてに権限を与えられ、そのやり方や行動はどれも闇そのものである。

　ヨーハン・ヴァイヤーはベリアルが80の悪霊の**軍団**(レギオン)を指揮し、トルコへの地獄の使者を務めると言っている。

　魔術教書の『レメゲトン』によれば、彼を呼び出すには生贄と捧げ物が必要である。彼は火を吹くドラゴンに引かせた２輪馬車に乗った美しい天使の姿で現れ、その声は優しい。魔術師との約束を破るが、なんとか彼の本当の寵愛を得られた者は、大きな報酬を得られる。例えば良い**使い魔**や、政治家の職や行政官への優先権といった贈り物である。

ベリト（バルベリト、バアルベリト、ベアル、ベルフリ、ボフィ、ボルフリ、エルベリト）
Berith (Balberith, Baalberith, Beal, Belfry, Bofi, Bolfri, Elberith)

　堕天使。兵士の服装に金の王冠を被り、赤い馬に乗った人間として現れる。

地獄の入口とベリアル

天使としてのベリトは、智天使の階級の王子であった。**悪霊**としては**地獄**の偉大な式典長で公爵、祭司長を務め、悪霊の 26 以上の**軍団**(レギオン)を統率する。**魔王との契約**を公証する。

ベリトを重要視する錬金術師たちもおり、彼らはベリトがすべての卑金属を金に変える力を持つと信じていた。しかし彼は召喚しづらく、彼の**印章**のある指輪を使って呼び出す必要がある。大きな約束をすることで知られているが、同時に大嘘つきとしても有名である。

ベリトを召喚するある呪文では、月曜の夜、**十字路**で、黒い鶏の血を流すことが必要となる。召喚者は大声で約束する。「ベリトが 20 年間、私の仕事をすべて行えば、私はその見返りを与えよう」。代わりにその誓いを鶏の血で羊皮紙に書いてもいい。ベリトは現れ、命じられたことを行う——しかし彼は報酬を要求するだろう。20 年経った後に召喚者の魂を。

ベリトは 1611 年フランスで起きた有名な、**エクサン＝プロヴァンスの悪魔憑き**の主要な悪霊として名前が挙がっている。

ベリト（『地獄の辞典』）

ヘル
Hel

北欧神話の女神で、死者の王国ニヴルヘイムの支配者。悪神ロキと女巨人アングルボザの末子。体の半分が生きて（肌色）、もう半分が死んだ（濃い藍色）、憂鬱そうな鬼婆の姿で描かれることが多い。顔と胴体は生身の女だが、太腿と脚は死体であり、しみだらけで朽ちかけている。ヘルは神々に拉致されてから冥界に追放された。彼女の住む館はエリュズニル（みぞれが降る寒さの意）、死者の家と呼ばれ、高い塀がめぐらされている。下男の名はガングラティで、下女はガングレト（のろまの意）である。

ベルゼバブ（バアルゼブル、ベルゼブル、ベルゼバブ）
Beelzebub (Baal-zebul, Beelzeboul, Belzebub)

悪霊の王子。ベルゼバブは元々、カナン人の偶像神で「蠅の王」という意味である。この名は「バアルゼブル」すなわちカナンやフェニキアの最高神の名が訛ったもので、「神の居場所の王」または「天国の王」を意味する。

ベルゼバブは巨大な醜い蠅、または巨大な王座に座った非常に背の高い怪物的な存在として現れる。後者の外観で、彼は膨れ上がった顔と胸、大きな鼻孔、角、コウモリの羽、アヒルの足、ライオンの

尾を持ち、濃い黒い毛に覆われている。

ベルゼバブは最も初期の記述から、恐れられた手ごわい悪霊であった。彼は**イエス**の時代、ヘブライの信仰では悪霊の王子であった。ファリサイ人たちはベルゼバブの名の下に悪魔祓いをしていると言って、イエスを糾弾した。汚れた霊を追い出す力は、悪霊との**契約**によって得られると信じられていたからである。その出来事はマタイによる福音書（12章24～29節）、マルコによる福音書（3章22～27節）、ルカによる福音書（11章14～22節）で記されている。

　エルサレムから下ってきたラビたちも、「あの男はベルゼブルに取り憑かれている」と言い、また、「悪霊の頭（かしら）の力で悪霊を追い出している」と言っていた。そこで、イエスは彼らを呼び寄せて、たとえを用いて語られた。「どうして、サタンがサタンを追い出せよう。国が内輪で争えば、その国は成り立たない。家が内輪で争えば、その家は成り立たない。同じように、サタンが内輪もめして争えば、立ち行かず、滅びてしまう。また、まず強い人を縛り上げなければ、だれも、その人の家に押し入って、家財道具を奪い取ることはできない。まず縛ってから、その家を略奪するものだ」（マルコによる福音書3章22～27節）

ソロモンの誓約では、ベルゼバブまたはベエルゼブルは悪霊の王子で、魔法の指輪の助けによって、**ソロモン王**に支配されている。ソロモンは悪霊**オルニアス**に、ベルゼバブを呼ばせる。ベルゼバブは抵抗するものの、指輪の力には負けてしまう。

ベルゼバブはみずからの正体を「すべての悪霊の支配者」と明かす。ソロモンは悪霊たちの顕現を説明するようベルゼバブに命じ、彼は王にすべての汚れた霊を縛り上げて引き渡すと約束する。彼はソロモンに、宵の明星（金星）に住んでいると言う。彼ひとりが悪霊の王子であり、というのも天国では最上級の天使で、失墜した天使の中で唯一天に残っているからである。彼はもうひとりの**堕天使**で、紅海に投げ込まれた**アベゼティボウ**を伴っている。アベゼティボウは用意ができ次第、勝ち誇って舞い戻る、とベルゼバブは語る。

ソロモンはアベゼティボウを呼び出すよう彼に命じるが、ベルゼバブはどんな悪霊であれ、王の前に出させるのは拒否する。しかし**エフィパス**という悪霊なら現れてアベゼティボウを海から引き上げるという。

ベルゼバブは暴君を破滅させ、人々に悪霊を崇めるよう仕向け、性的欲望を聖職者と「選りすぐりの司祭たち」に引き起こす。また戦争を発生させ、殺人をそそのかし、嫉妬を起こさせる。彼は「全能の神」、インマヌエル（イエス）に阻止され、誰かが「エロイ」（我が神、十字架上でイエスが叫んだ言葉）という誓いを口にすると消えてしまう。

ソロモンはベルゼバブに自分の寺院を建設するため、テーベの大理石の塊を切

り出すよう命じる。他の悪霊たちは、これほどまでに力のある悪霊にふさわしくない仕事に抗議する。ソロモンはベルゼバブに、もし自由になりたければ、他の「天国に関すること」を教えるよう言う。ベルゼバブはソロモンの居城をより強固にするため、没薬、乳香、イソギンチャク、甘松、サフランの油を燃やし、地震の間に7つのランプを灯すよう告げる。明け方に7つのランプを灯すと、天国のドラゴンが太陽の二輪馬車を引いているのが見えるという。ソロモンはこれを信じず、ベルゼバブに引き続き大理石を切り出すよう命じ、他の悪霊たちに疑問を起こさせた。

聖書外典のニコデモによる福音書は、いかにしてベルゼバブが**地獄**において、**サタン**を飛び越えて支配するようになったか書いている。**イエス**の十字架への磔の後、サタンはイエスを地獄に連れてきて、今までさんざんサタンの邪魔をした復讐をしてやるつもりだとベルゼバブに豪語した。ベルゼバブは、どうかそんなことはしないでほしい、イエスはあまりにも強力なので、地獄をめちゃくちゃにしてしまうだろうと懇願した。

イエスが到着すると、ベルゼバブは地獄の入り口からサタンを押しやり、門を封鎖してすべての悪霊たちに助けを求めた。彼らはイエスを締め出すことができなかった。イエスはサタンを踏みつけ、繋がれた魂の鎖を、ただひと言でブツリと断ち切った。彼はすべての閉じ込められた聖人たちを解放し、彼らは即座に天に昇っていった。ベルゼバブはイエスの前では手も足も出なかった。

イエスが去るとサタンはベルゼバブに言った。「君主サタンはおまえの統治に未来永劫従うだろう。アダムと彼の正義の息子たちの場所、私の場所で」

中世にはベルゼバブは強大な力を持つ悪霊と見なされていた。彼は魔女のサバトを支配すると言われていた。魔女たちは彼の名の下にキリストを否定し、踊りながらそれを歌った。「ベルゼバブ、ゴイティ、ベルゼバブ、ベイティ（天のベルゼバブ、地のベルゼバブ）」。彼らの聖体はキリストの代わりにベルゼバブを刻印したパンであった。

彼が乱痴気騒ぎで魔女と性交した話は、枚挙にいとまがない。魔女たちは祭壇の周りに半円状に集まり、地面に寝そべった。彼らは汚らわしい薬を飲み、汗をかいた後その場に凍りついた。彼らが動けないでいる間、ベルゼバブは性交した。狂乱の饗宴が始まった。

ベルゼバブ（『地獄の辞典』）

黒ミサが上流階級の間で流行した17世紀，ベルゼバブの名は儀式の間唱えられた。

魔術教書によれば，魔術師は自身が癲癇，卒中，絞扼で死ぬ危険を冒してまで，ベルゼバブを召喚した。いったん呼び出すと，この悪霊はなかなか追い払えない。呼び出しの呪文は以下のとおりである。

　　ベルゼバブ　ルキフェル　マディロン
　　ソリモ　サロイ　テウ
　　アメクロ　サグラエル　プラレダン
　　ヴェニテ　ベルゼブト　アメン

ベルゼバブはまた，**憑依**事件で非難された悪霊のうちのひとりであり，そうした事件の中には1566年フランス，ラオンでの**ニコル・オブリー**や，16世紀後期から17世紀初期のフランスで起こった，**ルダンの悪魔憑き，エクサン＝プロヴァンスの悪魔憑き**での修道女たちの憑依がある。それらは告発された彼の補佐役たち，ルイ・ゴフリディ神父や**ユルバン・グランディエ神父**の処刑にまで行き着いた。

この悪霊による最も悪名高い行いは，アイオワのイアリングで20世紀初頭に起こった**イアリングの悪魔憑き**である。アンナ・エクランドという若い女性にベルゼバブが取り憑いたが，それは彼女の父，ジェイコブの要請によるもので，彼との近親相姦を拒んだことへの報復であった。悪霊は1928年12月23日に「ベルゼバブ，ユダ，ジェイコブ，ミナ（アンナの叔母でジェイコブの愛人）」と恐ろしいわめき声を上げ，続いて「地獄，地獄，地獄」という声と強烈な悪臭を残して去った。

ベルゼバブは**七つの大罪**の5番目，大食を支配する。

ベルナエル
Bernael

暗闇と悪の**天使**で**ベリアル**と同一視される。ベルナエルは時に正反対の，智天使の一員で善い天使のハジエルと同一視される。

ベルフェゴール
Belphegor

ヘブライに吸収されたモアブの神で，その後キリスト教の主要や悪霊となった。ベルフェゴールの名は「始まりの王」または「フェゴールのバアル王」という意味である。モアブの神としては，バアル＝プールとして知られ，豊穣と性的な力を司る。彼は金精の形で崇められている。

カバラでは，ベルフェゴールは墜落前，天使の階級の権天使に属していた。彼はトガリーニ，すなわち「論争者」のひとりである。彼は悪霊の世界において天使と対応する大悪霊で，生命の樹の10個のセフィロートを支配し，6番目のセフィラーを統治する。彼は穴の開いた椅子に座るが，それは排泄物が献身的な捧げ物となるからである。

キリスト教の悪魔学では，ベルフェゴールは**七つの大罪**のひとつ，怠惰の化身で，怠慢と無関心という特色を持つ。聖トマス・アクィナスによれば，無知から来る罪はすべて，怠惰に起因するという。

ベルフェゴールはまた，女嫌いと放埒な男をも支配する。彼は人間界の夫婦の

ベルフェゴール（『地獄の辞典』）

状態を調べるため、**地獄**から現れる。時には性の楽しみを味わうため、人間として生活する。相手に仰天されて地獄へ逃げ帰るが、地獄にはいない男や女との性交を楽しんだ。

ベルフェゴールは男性を誘惑するため美しい少女の姿で現れる。性と色欲のほかに彼は莫大な富を管理する。彼を召喚するのは困難だが、もし誰かが成功し、ベルフェゴールがその男か女を気に入ったら、彼は莫大な宝と富、同時にあらゆる種類のものを発見し、発明する才能を授ける。地獄では発明、発見を司り、フランスへの地獄の使者を務める。

『ヘルボーイ』（2004年）
Hellboy

2004年の映画。ナチスによって地獄から召喚された**悪霊**が、正義の戦士になる姿を描く。監督ギレルモ・デル・トロ、主演ロン・パールマン。原作は1993年に連載を開始した、マイク・ミニョーラ作のコミック。

第2次世界大戦の末期、敗戦を免れようとしたナチスは破れかぶれで悪霊の子を召喚する。連合国軍が野営地を攻撃して悪霊ヘルボーイを捕らえる。すると、悪霊はアメリカ政府に協力して悪と戦う。彼は「黙示録の獣」になる運命にある。

ヘルボーイには、想像を絶する腕力と超能力がある。老化は遅く、病気やけがの治癒は早い。「滅びの手」と呼ばれる特大の右腕と右手は、痛みを感じないが、蠅くらい小さなものをつかむことができる。彼はこの腕を武器にする。ほかにも、聖遺物や「サマリタン」と呼ばれる大型拳銃などの武器がある。この銃は、ニンニク、銀、聖水で作られた特別注文の銃弾を放つ。

続編『ヘルボーイ／ゴールデン・アーミー』は2008年に公開された。

ベレト（ビレト、ビュレト）
Beleth（Bileth, Bilet, Byleth）

堕天使で、72人の**ソロモンの悪魔**の13番目に位置する。**地獄**でのベレトは恐ろしく強大な王で、**悪霊**の85の**軍団**（レギオン）を統率する。彼はかつて天使の階級における能天使の一員であった。

ベレトは青白い馬に乗って到着し、トランペットやその他の楽器を奏でる多くの音楽家たちが先導する。彼は最初に呼び出された時は非常に怒っており、ハシバミの杖を南東に向けた魔術師によって、魔法の三角陣に送られなければならな

い。彼はたいそう丁重に扱う必要があるが、魔術師が恐れを見せるとベレトからの敬意は永遠に失われる。魔術師は左手の中指に銀の指輪をはめ、顔の前にかざしてみずからを守らなければならない。ベレトが協力を拒んだら、魔術師は彼の命令どおりに事を運ばなければならない。ヨーハン・ヴァイヤーによれば、ワインのボトル1本でベレトは態度をやわらげ、協力するようになるという。

ボティス（オティス）
Botis (Otis)

堕天使で、72人の**ソロモンの悪魔**の17番目に位置する。**地獄**における偉大な総裁で伯爵であるボティスは、60の**悪霊**の**軍団**(レギオン)を統率する。醜いクサリヘビの姿で現れるが、命じられれば大きな歯と角を持った人間の姿を取ることもできる。彼は鋭い剣を持つ。過去、現在、未来を見通し、友人同士、敵同士を和解させる。

ホブゴブリン
Hobgoblin

→**ゴブリン**

ホラツィ
Horerczy

→**アルプ**

マイヤの悪魔憑き（1598年）
Maillat Possession

　年若いフランスの**悪魔憑き**、ルワゼ・マイヤの事件。この悪魔憑き（**憑依**）をきっかけに、フランスのブルゴーニュ地方で大々的な魔女狩りが行われた。主導したのは、最も非情な判事で魔女狩り人のひとり、アンリ・ボゲである。

　8歳のルワゼ・マイヤは、フランスのペルシュ地方にあるコイリエール村で、クロードとハンバーテ・マイヤの娘として生まれた。1598年6月5日、ルワゼは急に手足がきかなくなり、這ってしか動けなくなった。また、口が奇妙に捻じ曲がった。その症状は治らず、両親は彼女が悪魔憑きになったと考え、**悪魔祓い**のために彼女を6月19日に救世主教会へ連れていった。狼、猫、犬、ジョリー、グリフォンという5体の**悪霊**が身分を明かした。誰がおまえを苦しめているのかと司祭に訊かれると、マイヤはその場に居合わせた人々の中の、フランソワーズ・セクレタインという女性を指差した。悪霊は去らなかった。

　家に帰ると、ルワゼは両親に、自分のために祈り、悪霊から助け出してくれと頼んだ。ふたりがそれに従い、ひとしきり祈ると、ルワゼは2体の悪魔が死んだといった。祈り続けてくれれば、ほかの悪魔も死ぬだろうと。両親は一晩じゅう祈りつづけた。

　朝になると、ルワゼの状態は悪化していた。彼女は口から泡を吹き、発作を起こした。彼女が地面に倒れると、魔王たちはその唇からこぶし大の球となって出てきた。4つは炎のように赤く、猫は黒かった。3つは激しい力で暴力をふるったが、ルワゼが死んだといった2体は、あまり力をふるわなかった。悪霊たちは暖炉の周りで3度か4度踊り、出ていったが、そのときからルワゼの健康は回復した。

　ルワゼと両親は、ボゲを含む判事に、ルワゼがなぜ、どのようにして悪魔憑きになったのかと尋ねた。幼いルワゼは自分の証言を完全に信じていた。両親も彼女の説明を裏づけた。貧しいが評判のよかった女性、セクレタインは、6月4日にマイヤの家に泊めてくれといってきた。家にいたのはハンバーテひとりだったので、最初は断ったが、ルワゼの説得で気

が変わった。セクレタインを家に入れてから、ハンバーテは牛の世話をするために出ていった。ルワゼとふたりの姉妹は暖炉のそばに座っていた。セクレタインは、ルワゼにこやしの色をしたパンの皮を食べさせ、誰にもいってはいけないと告げた。さもなければ、セクレタインは彼女を殺して食べてしまうだろうと。翌日、子供は悪魔憑きになった。

セクレタインは投獄され、3日間、熱心に無実を主張した。彼女はロザリオを手に絶えず祈ったが、ボゲはそれが「不完全」で、そのため魔女に利用されたのだとのちに語った。ボゲは彼女が涙を流さないことに注目した。それは魔女の証拠だと広く信じられていた。彼女は拷問にかけられた。裸にされ、**魔王の印**を探すために体毛を剃られたが、何も見つからなかった。審問が始まり、髪を切られると、彼女は折れて、告白を始めた。数日にわたり圧力が続くと、彼女はさらに告白を追加した。主な7つの告白は次のとおりである。

◎彼女は5体の魔王をルワゼ・マイヤに送り込んだ。
◎彼女は長いこと、**魔王**に仕えた。魔王は黒い男の姿で彼女の前に現れた。
◎彼女は魔王と4、5回性交した。魔王は犬や猫、鶏の姿をしていることもあった。彼の精液はとても冷たかった。
◎彼女は**サバト**に何度となく参加した。サバトは水辺とコイリエールに近い、コンブという場所で開かれた。そこまでは、白い杖にまたがり、空を飛んでいった。
◎彼女はサバトで踊り、水を叩いて雹を降らせた。
◎彼女はグロッツ゠ジャック・ブケという男と共謀し、魔王から与えられた粉をまぶしたパンを食べさせることで、ルイス・モヌレという女を殺した。
◎彼女は数頭の牛に手や棒で触れ、ある言葉をつぶやくことで殺した。

セクレタインがほかの人物の名前を挙げたため、ボゲは大々的な魔女狩りに乗り出した。彼女をはじめ、告発された大勢が火刑柱に送られ、生きたまま焼かれた。

マイヤの事件はボゲにとって、魔女が犠牲者の体に悪霊を送り込む力を持っていることを実証するという目的にかなっていた。著書『魔女論』の中で、彼は人が他人に悪霊を送り込んだ証拠となる事例を延々と挙げ、神や聖パウロすら行ったと書いた。詩篇78章では、神は人々に「災いの使い」を送り、懲らしめたと書かれている。また聖パウロは、何人かの異教徒に**サタン**を送り込んでいる。

ボゲは、神はその御業と正義をさらに輝かせるためなら、このような幼い子供でも悪魔憑きにするといった。この場合は「無数の魔女を見つけ出し、その重い罪にふさわしい罰を与えることができた」というのである。

マイヨ、トマス（16世紀）
Maillot, Thomas

フランスの役人。フランスの悪魔学者**ニコラ・レミー**によれば、恋愛を成就さ

せるための**魔王**との**契約**を拒んだという。トマス・マイヨに関する記述はレミーの著書『悪魔崇拝』（1595 年）に見られ、**悪魔学者フランチェスコ＝マリア・グアッツォ**の『魔術要覧』（1608 年）に再録されている。

マイヨは若い頃、高貴な生まれの女性に恋をした。相手は自分の社会的地位よりもはるかに高い地位にある女性だった。彼は職人の息子で、財産はなかった。どう考えても、彼女に愛を打ち明ける望みはなく、ましてや結婚に持ち込むことなどできなかった。

マイヨは**悪霊**が仕えるドイツ人の雇い人がいるとの噂を聞き、力を貸してほしいといった。ドイツ人は有頂天になった。彼には犠牲者が必要だったのだ。というのも、悪霊との契約の一部に、彼の借りを肩代わりする者を見つけなければ、首の骨を折られるという条件があったからだ。彼はマイヨに、翌日の夕暮れ時、秘密の部屋で会おうといった。

マイヨがやってくると、美しく魅惑的な若い女性（悪霊の仮の姿）が現れ、いくつかの約束と引き換えに望みどおりの結婚をさせるといった。それは表向きは害のない、信心深い要求に思われた。盗みをせず、酒を飲まず、禁欲し、不正、神への冒瀆、悪徳を避けること。信仰し、貧しいものを助け、週に２度食を断ち、すべての祭日を祝い、毎日祈りを捧げ、よきキリスト教徒であること。彼がこれらのことをすると誓うなら、その高貴な女性を花嫁に迎えることができると悪霊はいった。マイヨはその取引について考えるため、数日の猶予を与えられた。

はじめ、マイヨは完璧な取引だと思った。どのみちしなくてはならない敬虔な行動の見返りに、愛を手に入れることができるのだから。だが、考えれば考えるほど、悪霊を信用してよいものかどうか疑わしくなった。悪霊は人を騙して魂を手に入れることが知られていたからだ。

マイヨを知る司祭が、彼が悩んでいるのを察し、見るからに苦しんでいる理由を尋ねた。マイヨは告白し、司祭は悪霊と接することや悪霊との取引を一切やめるよう説得した。彼はそれに従い、契約を拒んだ。

その後間もなく、悪霊への借りを肩代わりする者が見つからなかったドイツ人は、落馬して頭を打ち、即死した。こうしてみずからのあやまちの結果を受け入れたのだ。

マイヨは高貴な女性への愛を諦めたようで、その後、ロレーヌ地方のある州の知事になった。レミーは、この話は実話であり、マイヨ自身が彼にそう請け合ったと断言している。

魔王
Devil

悪の化身。キリスト教世界において、魔王は、**地獄**の拷問を管理し、**悪霊**の軍団を指揮して神に対抗する悪の片割れにふさわしい呼び名であった。魔王は、暗闇、混沌、破壊、苦痛、善や光や愛の完全な欠如を象徴する。devil と小文字で書く場合もあり、より位の低い悪の存在を示す demon と置き換えることもできる、

包括的な語となっている。

　Devil という語は、ヘブライ語の Satan を翻訳した、ギリシア語の diabolos（中傷者、糾弾者）に由来する。悪の大王としての魔王という概念は、何世紀もかけてゆっくりと成長していき、傲慢と自尊により天界を追放された**堕天使**、**ルキフェル**となった。さらに、人間の誘惑者であるサタンや、パンやケルヌノスのような異教の神々も生まれたのである。

　西欧諸国以外の場所では、悪は神々を通じて示されるが、これらの神々が完全な悪であることはほとんどない。征服された国の神々が悪魔や悪になることもあり、キリスト教が勢力を広げるにつれ、異教の神々は悪魔化していった。

● 魔王の進化

　キリスト教の魔王は、メソポタミア、エジプト、ギリシア、ローマの神話、ヘブライの悪魔学における概念や悪の化身像から発展した。エジプトの神々は善と悪両方の性質を具現しているが、セトは他の神々よりも邪悪な面が多く、オシリスの邪な弟として、破壊と混沌を象徴している。神話によれば、セトはオシリスを殺し、死体をばらばらにしてまき散らした。オシリスの妻イシスが死体の断片を集め、交合できるだけの間蘇生させた。こうして生まれたのが息子のホルスである。

　メソポタミアの悪霊は、混沌と原始の水の女神ティアマトや、その夫のアプスー、天空の神アヌなどのような、神々の子供である。悪霊は病気、不調、悪夢、災厄など、生者に降りかかる不幸すべてを管理していた。その姿は奇怪で醜く、しばしば人間と動物が入り混じっていた。**魔除け**や呪文や**魔術**を使えば、悪霊から身を守ることができた。

　ゾロアスター教では神アフラ・マズダ（オフルマズド）が、聖なる霊スプンタ・マンユと悪と破壊の霊アンラ・マンユ（**アフリマン**）という双子の霊を生んだとされている。ゾロアスター教の流れをくむ創世の物語はさまざまである。一説では、アフラ・マズダとアフリマンは空間によって分かたれたとされている。キリスト教の魔王と同じく、アフリマンは世界の反対側の暗闇の中に住み、善であるオフルマズドに打ち負かされる運命にある。

　アフリマンは世界の反対側にある善の光を目にし、それを欲する。そして、ヒキガエル、**蠍**、**蛇**、情欲、混沌など、破壊のための武器をオフルマズドのもとへ送り込む。オフルマズドは救済と休戦を申し出たが、アフリマンはこれを拒んだ。オフルマズドは勝利の運命を明らかにし、アフリマンは3000年の間、世界の外側で夢うつつの状態となった。アフリマンは淫婦ジェーの助けで蘇り、**黙示録**にあるハルマゲドンに先立ち、オフルマズドを6000年間にわたる戦いに引き込む。最初の3000年間は、善の力と悪の力は均衡を保っているが、続く3000年間で、善は悪に勝利する。襲撃の際、アフリマンが天を引き裂いてしまい、夜と闇、人の世における破壊と暴力が生まれた。アフリマンは、悪霊の群れも作り出した。

　アフリマンは、人間の祖先である男女、

マシャとマショイを誘惑し、オフルマズドではなくアフリマンが物質界を作ったという嘘を信じ込ませて堕落させた。オフルマズドは善の軍勢を作り出してアフリマンを縛り、ついに世界を修復できるようにする。しかし、戦いの最終段階で宇宙全体が揺れ、大きな破壊が起きて、星が天から降り注いだ。オフルマズドはアフリマンを滅ぼしたか、永遠に虜にしたということである。

ヤシュトでは、アフリマンはサオシュヤント、すなわち救世主の到来により打ち破られることになっている。救世主は3人現れ、3番目の、処女によって身ごもられたザラスシュトラの息子が、悪を滅ぼして正義の王国を打ち立てる。世界は取り戻され、死者は蘇り、生命と不死が訪れる。

ギリシア・ローマ神話では、神や女神はみな善と悪両方の性質を持っており、悪のみを具現した神は存在しない。死者の霊はどんよりと薄暗い黄泉の国に住んでいる。その最下層にはタルタロスという穴もしくは深淵があり、悪人の魂はそこで苦しめられる。ギリシアの哲学が道徳的な善悪という考えにそって発展すると、もともと曖昧な存在だった**ダイモン**は、よい霊と悪い霊に分けられることになった。

ユダヤにおける魔王の概念は、ゆっくりと発展した。旧約聖書ではサタンは唯一の存在ではなく、糾弾者としてさまざまに語られている。サタンのひとりは、ヨブの信仰心をためすことを神から許可されている。黙示文学では、主だった天使の中でヨベル書で唯一名前で言及されている**マスティマ**のように、無慈悲に罰を与える一面を与えられている天使もいる。エノク書の**グリゴリ**は、自分の意志で堕天した邪悪な天使で、地上に悪をもたらした。『十二族長の遺訓』では、悪しき天使の長を**ベリアル**またはサタンと呼んでいる。**サマエル**、**アザゼル**も、闇に住む邪悪な天使の長の名前である。黙示文学は、闇の王国の主であり、誘惑、告発、破壊を第一の目的とする悪の化身としての魔王という、より二元論的な考えを発展させた。

イスラム世界では、魔王は神に対する二元論的な片割れというより、高位の存在である。天使にしろ、**ジン**にしろ、神の作った最初の人間であるアダムに膝を折るよりも、神の恩恵を捨て、堕落することを選んだ。魔王はクルアーンでは**シャイターン**と呼ばれることが最も多い、呪

聖パトリキウスを誘惑する魔王（著者蔵）

われ、拒絶された反逆者である。誘惑し、魂を堕落させることを神から許されてはいるが、神を愛する者には力を持たない。神は魔王の手下であるシャイタンには、力を行使できない。魔王は神の被造物のひとつであり、人間を試し、処罰することも含めた神の計画の一部である。クルアーンでは、魔王は**イブリス**の名でも呼ばれている。

クルアーンには原初の罪という概念が存在しない。アダムとイヴは罪を犯したが、他の人間まで堕落させることはなかった。人間は悪に染まりやすく、魔王の誘惑にのりやすい。魔王はアダムの子孫のすべてを支配下に置くと明言している。

キリスト教の新約聖書では、魔王はより人格を持った存在になっており、神と人間の大いなる敵対者となっている。魔王は堕天使であり、堕天して天使から悪霊になった悪霊の大群の指導者であり、悪の根源である。物質界に対する力を持ち、その闇の力で神の光の力に戦いを仕掛けている。神の子**イエス**は、魔王を打ち負かすため地上に現れた。黙示録によれば、キリストは再臨の際、魔王を1000年の間縛りつけると言われており、魔王は滅ぼされる前にもう一度、反キリストとして最後の出現をするとされている。光と善の神と、悪と闇の神というキリスト教の二元説は、固く確立されることになった。

325年のニケア宗教会議で、目に見えるものも見えないものも、すべて神によって作られたということが確認された。したがって、魔王はもともと善良なものとして作られたが、悪の道を選んだとされた。

魔王が地獄の住人で支配者であると見なされたのは、キリスト教ではそれほど後のことではない。こうした考え方は、ダンテやジョン・ミルトンの文学作品によって、より強固なものとされた。

中世に入るころには、魔王は超自然的な恐るべき力を持った強大な実在の存在で、道徳を傷つけることにより、人間を破滅させようと目論んでいるとされた。この目的を進めるため、魔王は邪悪な悪霊の軍団の助けを借りる。この軍団は発展し、魔法によって教会の神の奇跡を脅かす、異端者や呪術師も含まれることになった。魔女もまた、第一に呪術師の仲間として、さらに異端者として、この軍団に加わることになった。

ルネサンスや宗教改革の時代における説教者は、人々を堕落させ、神に背かせようとする魔王の試みを絶えず厳しく非難することにより、信者に魔王の恐ろしさを教え込んできた。サタンの王国は物質界であり、魔王は人間をまやかしの富や豪華さや肉体的な快楽によって誘惑する。すべては人間の魂を最後に、永遠の地獄落ちにするためである。魔王が人間を襲う時に使う第一の方法は、憑依である。6世紀にまでさかのぼる魔王との契約は、いわば暗黙のものであった。魔王と交際すれば、その者は自動的に魔王との契約を結んだとされた。17世紀のイングランドにおける悪名高き魔女狩り人、マシュー・ホプキンズの助手であるジョン・スターンは、説教者のサタンへの強

迫観念によって、魔女はサタンをより崇めるようになるという意見を持っていた。

● 魔王の姿

キリスト教では魔王の真の姿を、醜い奇形の爬虫類のような形で描いている。人間の胴体と四肢に爬虫類のような頭部、鉤爪のある手足に尻尾、蛇のようなうろこに覆われた肌という姿である。魔王には角もあり、その力の大きさと闇の力──夜、混沌、月、死、地獄、多産──とのつながりを示している。多産の力は、巨大な男根によって強められている。

魔王は姿形を変えることができ、人間を騙すためにさまざまな姿をとって現れる。人間になる場合の最も一般的な外見は背の高い男、もしくは黒衣をまとった背の高い男で、黒服の見目麗しい姿であることも多い。黒は全世界で幅広く、恐怖、悪、闇、混沌と結びつけられる色である。16~17世紀の魔女裁判の審問官であるアンリ・ボゲは、以下のように述べている。「すべての魔女が証言しているように、彼（魔王）は人間の姿に化ける時、常に黒をまとっている。私の考えでは、これには主にふたつの理由があるように思われる。まず、闇の生みの親であり支配者である魔王は、常に正体を知られないようにできるほど、変装がうまくはないのだろう。次に、魔王が追求するものが、ただ悪をなすことだけであるからだ。ピュタゴラスも言っているように、黒は悪を象徴する」

黒ではない場合は、赤い衣服をまとうことも非常によくある。

聖パウロは、魔王は光の天使に化けて現れることもできると言っている。善を装うため、聖人や聖母マリア、妙齢の美しい女性や見目麗しい若者、説教者などに化けることもある。

魔王はまた、無数の動物の姿でも現れる。最も一般的なのは、**黒犬**、**蛇**、山羊、猫などである。醜い姿も持っており、魔女の崇める神なるものとして、パンのような獣人に描かれることもある。この時の魔王は、角と先の割れた毛むくじゃらの足、尻尾、巨大な男根、燃えるような目を持ち、陰気な顔つきをしている。

1591年にゲオルギウス・ゴーデルマヌスによって書かれた記述によれば、魔王は両手に鳥の鉤爪をつけた修道士の姿で、**マルティン・ルター**の前に現れている。ゴーデルマヌスが語るところによれ

映画『悪魔の呪い』（1957年）で描かれた魔王（著者蔵）

ば、彼がドイツのヴィッテンベルク大学で法を学んでいた時、数人の教師からルターの部屋のドアを激しくノックする修道士の話を聞いたという。修道士は招き入れられると、ローマ・カトリックの過ちなど、神学上の問題について話し始めた。次第に苛立ってきたルターは、これ以上は時間の無駄であるので、聖書を見て答えを探してほしいと告げた。その時ルターは、修道士の両手が鳥の鉤爪そっくりであることに気づいた。ルターが修道士に「彼はおまえの頭を砕き」という、創世紀の一節を示すと、魔王は激怒して正体を現し、ルターのインクや筆記具をばらまいて逃げ出した。部屋には数日、悪臭が残ったという。

● 道化としての魔王

　伝説における魔王は、聖職者によって煽られた恐怖を和らげるためか、しばしば軽い雰囲気で描かれている。ジャック、オールド・ニック、オールド・ホーニイ、ラスティ・ディックなどの愛称で呼ばれることもある。この場合の魔王は、どこか間が抜けた道化師めいたところがあり、簡単に騙される。例えば、無数にある**魔王の橋**の伝承では、最初に橋を渡った者の魂と引き換えに橋をかけるのだが、犬や猫が送り込まれて、まんまと出し抜かれるといった具合である。また別の話では、魔王は村や教会を壊そうと矢や岩を放つのだが、いつも狙いを外してしまう。絶えず人間と**契約**をし、その魂を支配しようとするが、必ず失敗するのである。

● 魔王と悪霊

　神学においても民間伝承においても、悪の王である魔王と、その配下の悪霊の群れの区別は曖昧であることが多い。「悪魔」という言葉はその両方を指すことができる。ジョセフ・グランヴィルは、『現代のサドカイ教に打ち勝つ』（1681年）の中で、次のように述べている。「悪魔とは、政治的組織の名称であり、そこにはさまざまな霊の階級と序列がある。そしておそらくは、我々人間と同様に、さまざまな地位や身分があるのだ」

魔王の馬
Devil's horse

　アメリカ、オザークの民間伝承における、カマキリの通称。カマキリは人の目に煙草の汁を吐いて、盲目にしたりするため、邪魔をすると不運に見舞われるとされている。田舎では、魔王の馬には毒があると誤解している地域もある。

魔王の書
Devil's book

　魔王が持っている黒い書物。魔王と**契約**を結んだ、すべての人間の名が記されている。異端審問における魔女裁判の記録や、悪魔学者の書いた文書によれば、魔王は**サバト**で新たな信者にこの書を差し出し、書の上に手を置いて自分への忠誠を誓わせる。信者はその後、書に**血**で、自分の名前を署名する。書には悪事を行うための、呪文や**まじない**も書かれていると証言した魔女もいる。

魔王の印
Devil's mark

契約の一環として、**魔王**の手で体につけられた、永久に消えない印。「魔女の印」と呼ばれることもあり、異端審問所による魔女裁判では、有罪を物語る証拠とされた。

悪魔学者によれば、魔王は新たな信者の服従と奉仕の誓いを確認するため、常にその体に一生消えない印をつけるとされている。彼らが信仰を捨てると、魔王は爪で肉を引っかいたり、焼きごてを使ったりして、体に印をつける。普通は赤か青の印が残るが、傷であるとは限らない。信者の体をなめて印を残すこともある。**サバト**で新たな入会者があった時や、入会者が正式に魔王への忠誠の誓いをたてる場合には、焼き印が押される。

魔王の印は体のどこにでもつけることができる。**ニコラ・レミー**は、著書『悪魔崇拝』（1595年）の中で、印の出る場所として、眉、左肩、尻、胸、頭頂、背中などをあげている。時には、瞼の裏やわきの下や腔内など、「秘所」に印がつけられることもある。17世紀のイタリアの悪魔学者、**フランチェスコ＝マリア・グアッツォ**は、著書『魔術要覧』（1608年）において、次のように述べている。

> 魔王の印は、常に同じ特徴を持つとは限らない。野ウサギの足跡のような形をしている時もあれば、蜘蛛、犬、ヤマネの足跡に似ている時もある。また、いつも同じ場所に印がつけられるとも限らない。男であれば、瞼やわきの下、唇、肩、尻が一般的なのに対し、女の場合は胸や秘所などである。

魔王の印は、**妖術**や呪術を行った証拠とされた。また魔王と通じた者の体にはひとつ以上あるとされ、普通、痛みを感じないと信じられていた。妖術のかどで告発され、裁判にかけられた者は、そうした印がないかを徹底的に調べられた。その過程で体毛や頭髪など、体中の毛を剃り落とされることもあった。傷やほくろ、イボ、肌が変色している場所などには針が打ち込まれた。犠牲者が、ほとんどもしくはまったく痛みを感じなかったり、血が流れなかった場合は、魔王の印と断定された。

審問官たちは、**サタン**のつけた印と通常の傷は、ひと目で見分けがつくと信じていたが、実際にはそのようなことはめったになかった。犠牲者が、その傷は生まれつきのものだと抗議しても無視された。何の印も見つからなかったり、傷を刺して痛みが生じた場合でも、グアッツォその他の権威ある人間の主張をたてに、結局魔王の印があると宣言された。すなわち、魔王はすべての人間に対して印を残す必要はなく、自分を心から崇めているかどうか疑わしいものにだけ印をつける。また、痛みを感じない場合もあれば、感じる場合もある、という考えである。魔王の印は見えなくなることすらあると考える審問官もいた。無実の人間が、有罪と決めてかかる審問官から逃れるすべはなかった。

いったん魔王の印が見つかると、犠牲

者は拷問により、どのようにして印を得たのかを自白させられた。魔王との契約やサバトでの野蛮な入会の儀式について語らなければ、審問官が満足することはなかった。

魔王の橋
Devil's bridge

特にイングランドやヨーロッパにある、**魔王**やその配下の**悪霊**によってかけられたと言われる古い橋。

古代の伝承によれば、悪霊は建築、建設の名人だと言われている。**ソロモン王**は悪霊の軍団に命じて、神殿を作らせた（**ジン**参照）。中世の民間伝承では、大工や工事人が手伝いを必要としたり、材料が尽きたりすると、魔王や悪霊が現れ——もしくは呼び出されることもある——手を貸すと思われていた。地獄のものたちは、ほとんどの場合、橋の建設を手伝うよう頼まれるが、城を建てるのに手を貸すよう言われることもあった。

魔王の橋はイギリス全土、スペイン、ドイツ、スイス、フランスにある。パラケルスス生誕の地に近い、スイスのアインジーデルンにも魔王の橋がある。フランスのカオールにあるヴァラントレ橋は、すべて魔王によって作られたと信じられている。

魔王はこうした仕事に対する報酬として、最初に橋を渡った生き物の魂を要求する。民間伝承では、街の住民が猫や犬に最初に橋を渡らせ、魔王を騙すことになっている。ウェールズのアベリストウィス近くにある、マナハ川にかかる魔王の橋の伝説は、谷の向こうに自分の牝牛がいるのを見つけたものの、そこへたどり着けずにいた老女の話である。変装した魔王が現れ、橋を最初に渡った生き物をくれるなら、橋をかけてやろうと申し出る。老女は承知するが、割れたひづめに気づいていたため、取引をした相手が魔王であることはわかっていた。橋が完成すると、老女はかたくなった一切れのパンを投げて犬に取ってこさせ、犬を魔王への生贄とする。

イングランド、サマセット州にあるター・ステップスは、ウィンズフォード近くを流れるバール川にかかる先史時代の石橋で、紀元前1000年頃のものとされている。中には重さが5トンある石もある。伝承によれば、この橋は魔王の力を

魔王の橋の上の聖カドと魔王（著者所蔵）

疑った巨人との賭けに勝つため、魔王がひと晩で作ったものだという。

魔王のミサ典書
Devil's Missal

黒ミサや、**サバト**の邪悪な儀式を行う時に使われると言われる本。悪魔側の聖書のようなもので、**呪い**や冒瀆の言葉に満ちている。

魔王のミサ典書は、特に16世紀から17世紀にかけて、魔女狩りがピークにあった時代に、告発された魔女や、悪魔崇拝者の口から語られている。1614年、フランスのオルレアンで開かれた裁判において、ピエール・ド・ランクルが記録した話には、次のようなものがある。

サバトは家で行われ……彼（被告人）は炉火の隅にいる者の反対側に、背の高い黒服の男を見た。男はページが黒あるいは深い赤に見える本を読んでおり、歯の間から何かぶつぶつとつぶやき続けていたが、何を言っているのかは聞き取れなかった。やがて男は、黒いホスチア（聖餐式のパン）といくらかひび割れ、汚れていやな臭いのする白目の聖杯を持ち上げた。

同じ裁判で告発された別の被告人は次のように語っている。

ミサが行われ、魔王がミサの執行者だった。魔王は上祭服を着込み、壊れた十字架をかけていた。ホスチアと聖杯はどちらも黒く、魔王はそれらを持ち上げようとする時、祭壇に背を向けた。魔王はつぶやくような声で本を読んだが、その本の表紙は狼の皮か何かのように柔らかく、毛が生えていた。ページは白いものもあれば赤いものもあり、黒いものもあった。

1647年の**ルヴィエの悪魔憑き**で、悪魔に憑かれた主だった尼僧のひとりである、マドレーヌ・バヴァンは、魔王のミサ典書のことを次のように語っている。

ミサ典文も入っている冒瀆の書により、ミサが行われた。行列の際の祈禱や歌でも同じ書が使われた。その書は、三位一体や聖体拝領などのサクラメント、教会の儀式に対する、聞くもおぞましい呪いの言葉に満ちており、私のまったく知らない言葉で書かれていた。

魔王の矢
Devil's arrows

街や教会を破壊するため、**魔王**によって投げられた石。伝承によれば、魔王は常に腕の悪い射手であり、石は的を外れ、天に向かって垂直に突き立つことになる。

魔王の矢とは、イングランド、ヨークシャー州、バローブリッジ近くにある、1列に立った3つの石のことである。石は切り出されたもので、なぜ570フィートの列にされているのかはわかっていない。いちばん背の高い石は、22.5フィートの高さがある。近くにあるアルドバローの街の住人に腹を立てた魔王が、ハウの丘の頂上に登り、街を破壊してやろうと、

3つの巨大な石の矢を発射した。石は何も傷つけることなく地面に落ち、直線を描いて垂直に突き立つことになった。

また、ヨークシャー州には、ラッドストンにある古いノルマン人の教会近くの墓に、モノリスが立っている。高さ25.5フィート、幅6フィート、厚さ約2フィート、重さ約40トンの石である。おそらくかつては異教の神々をまつった場所だったので、近くに教会がたてられたのだろう。地方の伝説では、魔王が教会を壊そうと石を投げたが、当たらなかったとされている。

マカリエル
Macariel

悪霊で、虚空をさまよう公爵。マカリエルには12人の公爵長がおり、彼らには400人の従者がいる。従者はすべて善良で、**悪魔祓い師**に進んで従う。彼らはさまざまな形を取って現れるが、最もありふれた姿は処女の頭を持つドラゴンである。12人の公爵長は、クラニエル、ドルジエル、アンドロス、カロエル、アスマディエル、ロムエル、マスタルト、ヴァルピエル、グレミエル、スリエル、ブルフィエル、レモダークである。

マクラト
Makhlath

ユダヤ教の悪魔学における、強力な女の**悪霊**。マクラト（踊る者）とその娘**アグラト**は、常に**リリト**と反目している。マクラトは478人の悪霊を支配している。彼女とアグラトは、贖罪の日に会い、戦いを交わす。彼女たちが争っている間に、イスラエルの信者たちは天国へ行くことができる。

マシェロエン
Masscheroen

→**悪魔の訴訟**

マジキン
mazziqin

ユダヤの伝承で、人を傷つける悪霊。マジキンはふたつの階級に分かれる。ひとつは**堕天使**からなり、**サタン**に導かれる。ふたつ目は霊と人間の混成で、さらにふたつの階級に分かれる。ひとつは**リリト**と彼女の大群など、夜に恐怖をもたらすもの。ふたつ目はリリトまたは**サキュバス**と人間の子、**シェディム**である。

まじない
charm

魔術において、何か願い事がある時の呪文または「ちょっとした祈り」。まじないは**悪霊**の助けを求めることもある。一般的なまじないは、他人からの愛を保証したり、宝を見つけて裕福になったり、幸運を得たり等々に使われる。カトリック教会はまじないを好ましくないものと考え、まじないをかける者、かけられる者双方への**憑依**さえ招く、悪魔的な威力への扉を開ける行為と見なした。教会は、まじないに関する物は破壊すべきと助言している。

魔除け参照。

魔術
magic

内的な力を超常的な力、また**天使**や**悪霊**といった超常的な存在と組み合わせることによって得られる優れた力のこと。魔術という言葉はギリシア語に由来し、偉大な科学というときの「偉大な」の意である megus、ゾロアスター教を指す magein、またはギリシア人にとって魔術の技能で知られるイランの部族メディアを指す magoi から来ている。さまざまな体系の魔術が存在し、それぞれ固有の手順、規則、禁止事項がある。

魔術はあらゆる奥義とオカルトの伝統の中心にあり、神秘主義や宗教の教えの中に見られる。魔術を通じて、人は内的な変化と物質界の変化を引き起こすことができる。高等魔術は霊的な性質を持つ。まじないなどの低級魔術は、**呪術**の一形態である。

魔術の起源は、自然力を操ったり、高次の力に助けを求めたりすることで、環境や生存、運命をコントロールしようとする人類最古の試みにある。人類学者のブロニスロウ・マリノフスキーは、魔術を3つの機能と3つの要素を持つものと定義している。3つの機能とは生み出すこと、守ること、破壊することである。3つの要素とは、呪縛と呪文の朗誦、儀式または手続き、意識変容状態である。この意識変容状態は、断食や瞑想、詠唱、視覚的シンボル、睡眠剥奪、踊り、火を見つめる、煙を吸う、麻薬の摂取などによって得られる。

魔術は、その技能を持つ人々によって世界的に実践されている。彼らは生まれながらに力を持っているか、訓練によって力を得ている。魔術は本来、善でも悪でもなく、魔術師の意図を反映する。倫理的・道徳的に使われる魔術は、常に両義的なものとなる。邪悪な魔術は、魔法や**妖術**と関連づけられる。歴史を通じて、一般人や権威者は魔術と不安定な関係を結んできた。魔術に頼り、実践に寛大でありながら、同時に魔術を非難する。魔術は宗教の一部であり、宗教の競合者の一部でもある。科学と見なされながら、科学に信用されない。とはいえ現代では、科学は魔術を支持する証拠を提示している。

魔術的現象は、**リミナリティ**という領域にある。物質界でも霊界でもなく、同時にその両方であるという曖昧な境界である。リミナリティというのは、人類学者アルノルト・ファン・ヘネップが「どっちつかずの」状態を指すために作った言葉である。この言葉はリーメン、すなわち「閾」から来ている。変化、変遷、変容は、超常現象や超自然現象につながる状態である。魔術の儀式――あるいは儀式全般――は、平凡で予測可能な世界を、境界的な世界の不安定さにさらし、奇妙なことが起こる。境界域は危険で予測のつかないものと考えられている。魔術師などの個人は、その不確定な世界で働いているために危険なのである。達人(アデプト)は、彼ら自身が変化または混沌の仲介者となる。

●魔術の影響

西洋魔術の歴史は豊かで複雑であり、魔術的、神秘的、哲学的、また宗教的な

起源から発達してきた。そこには、呪縛や占いといった低級魔術、呪術や妖術といった黒魔術、また、呪縛をかけることよりも神秘主義に近い、精神的啓蒙などの高等魔術が含まれる。その影響にはいくつかの主流がある。

◎エジプトの魔術

古代エジプトでは魔術が重要な役割を果たし、エジプトの魔術は西洋儀式魔術の発展において重視された。エジプトの司祭は魔術的な技術を身につけていた。例えば呪縛をかけること、占い、降霊術、魔除けや護符を作ること、夢を手に入れたり送り込んだりすること、ポペットに似た魔法の人形の使用、また医療行為での魔術の使用などである。病気は、たくさんの悪霊が人体のさまざまな場所を操るために生じると信じられていた。したがって、その治療には**悪魔祓い**が含まれていた。死者のミイラ化は、来世への安全な道筋をつけるため、厳密な儀式魔術にのっとって行われた。エジプトの『死者の書』は、審判を経て、死者の王オシリスが支配する冥界アメンティに入るまでを案内する魔術の手引書である。ヘレニズム時代には、エジプトの魔術は古典魔術と融合した。

エジプトの魔術で特に重要なのは、力をもたらす言葉や名前を正しく使用することである。呪文の朗誦には一連の名前が含まれることがあり、他の文化から借りてきた意味をなさない言葉もあった。

◎ギリシアとローマの魔術

ギリシア・ローマ世界は、魔術で満ちあふれていた。その力はさまざまな源からやってきた。神々、**ダイモン**と呼ばれる霊、天の霊的存在、そして死者からである。あらゆるものが共感的な絆でつながり、そのため離れていても魔術的な働きかけが可能になった。小宇宙は大宇宙を反映するという錬金術の原理（「下にあるものは上にあるものの如し」）は、ピュタゴラス学派やプラトン学派、ストア学派の人々に信奉された。

ギリシア・ローマでは、あらゆる魔術的技術が実践された。ギリシア人は特に運命に興味を持ち、予言者による予言やホロスコープによる運勢の予測に大いに注目した。ギリシア人もローマ人も、無数の形式の占いを実践しており、とりわけ籤や自然の兆候の観察が行われた。夢判断も、特に治療のために行われた。競争相手や敵を呪うことは日常茶飯事だった。呪文の朗誦には長々とした魔術的な言葉が含まれた。しばしば意味をなさないその言葉は、正しい身振りとともに正確に発音されなくてはならなかった。

高尚な魔術形式であるテウルギアには宗教的な意味合いがあり、儀式魔術に似ている。新プラトン主義者はテウルギアを好み、神の力を地上に呼び寄せ、自分たちの魂を天に上げることができると信じていた。

プリニウスは『博物誌』で、すべての魔術は医療や治療の探求に端を発すると断言している。天、特に月の魔術的な働きは、病気を引き起こしも癒やしもする。

さらに、悪霊が空を飛び、矢を射ることで毒を含んだ蒸気が発生し、疫病やペストの原因となるという。

◎ユダヤ教の魔術

初期ユダヤ教には魔術的伝承が深く浸透していた。それはカナン、バビロニア、エジプト、後代ではヘレニズム・グノーシス主義の影響を借り、適応させたものであった。魔術は体系化されておらず、むしろ、主に悪霊から身を守り、幸運を呼び寄せることに注目した信仰や実践の寄せ集めだった。早くも1世紀から、魔術的伝承は**ソロモン王**の知恵に貢献している。この伝承は、のちの**魔術教書**で、西洋魔術の手引書として最も重要な『ソロモンの鍵』の基となった。

ユダヤの伝承では、魔術の技法は**天使**、特に**グリゴリ**により人間に伝えられたという。彼らは神の恩寵によって天国から下りてきて、人間の女性と同棲した。この恩寵は疑わしい。なぜならタナハ（旧約聖書）は、魔法、変身、占い、霊媒能力、降霊術など、霊や各種魔術の利用を非難しているからである。

タルムードの法は、呪術を再解釈している。悪霊の助けを必要とする魔術は禁じられ、死をもって罰せられる。悪霊の助けを必要としない魔術は、やはり禁じられているが、罰はそれよりも軽い。このふたつを分ける定義は、しばしば曖昧である。のちに、神や天使の聖なる名前、また聖書の一節が、呪文の朗誦に組み込まれた。

魔術は500年頃に体系化された。**カバラ**の先駆けであるメルカヴァー神秘主義の発達とほぼ時を同じくしている。メルカヴァー神秘主義は、浄化、文字や数字の神聖で魔術的な性質の黙想、聖なる名の朗誦、**魔除け**、**印章**、**護符**の使用など、複雑な儀式を用いた。トランス状態での長い名前の朗誦は、エジプト人の「蛮名」に似ている。その多くは、神々や天使の名前の転訛だった。

中世までには、ユダヤ教の魔術は名前の使用と精霊の介在にほぼ全面的に依存するようになった。10世紀頃に発し、13世紀に花開いた秘伝の体系カバラは、魔術を禁じてはいないが、その危険性を警告している。極めて高潔な人間だけが魔術を実践することができ、それも公衆の緊急時か必要時に限り、私利私欲のために使ってはいけない。こうした警告がどこまで厳密に守られていたかは疑わしい。魔術の手順にまつわる実践的カバラは、14世紀頃から発達した。カバラ研究者は、天使と同様に悪霊も呼び出せるかどうかで意見が分かれた。

カバラでは黒魔術は「偽科学」とされた。それは厳しく禁じられ、論理的な知識としてのみ許された。それを実践した者は、**堕天使**の奴隷である呪術師になるといわれた。

中世までには、ユダヤ人はキリスト教徒の間で魔術の達人として知られるようになった。この達人というのは職業的な魔術師ではなく、ラビ、医師、哲学者、教師、また神秘的・秘伝的な知識の口承を受ける弟子を指した。

◎キリスト教の魔術

ユダヤ教と同様、キリスト教も魔術に対して矛盾した態度を取っている。一般には、魔術は嫌悪の対象であり、この新宗教に干渉する非キリスト教徒の習慣と見られた。操作的な「低級」魔術は禁止されたが、治療のためなど、役に立つ魔術は、ある程度の制限の中で実践された。イエスは魔術的な行為を見せたが、それらは彼の神性が可能にした奇跡とされた。初期の教父は、人の運命を神の手から奪うものとして、とりわけ占いに反対した。

キリスト教の魔術は、薬草に関する伝承などの自然を重視し、神秘的な名前に重きを置いた。だが、聖体に代表されるように、キリストの体は最大の魔術であり、イエスという名前や聖人の遺物(体の一部や所持品)も同様であった。

中世ヨーロッパは、民間治療師、男魔法使い、祈禱師、民間呪術師、錬金術師など、ありとあらゆる魔術にあふれていた。実践的カバラ、ヘルメスの原理、グノーシス主義や新プラトン主義の伝承、キリスト教の要素、また異教の要素が融合した。西洋カバラが生まれ、西洋の儀式魔術の基礎となった。魔術教書と呼ばれる魔術の手引書が広まった。

中世の教会は、あらゆる種類の魔術を冷ややかな目で見ていた。

○占い全般
○霊の召喚
○降霊術
○編んだり結んだりする魔術。結び目や布地に呪縛を染み込ませたもの
○愛の魔術その他の、人形や妙薬などを使った魔術
○魔術的治療

大衆は民間治療師による民間魔術に頼った。彼らはカニング・マン、魔女、男魔法使いなど、さまざまな名で呼ばれた。その多くは自然治癒能力や霊能力を持ち、口承によってその土地に代々伝えられる魔術を使ってきた。教会は、適正にキリスト教化された魔術は容認した。例えば、異教の神や精霊の名を、イエスやマリア、天使の名に置き換えたり、十字架や聖水、聖体を使用したり、祈りに近い呪文の朗誦を行ったりといったことである。

民間魔術師はしばしば恐れられ、呪縛や占いの効果がないと迫害された。悪運は黒魔術のせいか、競争相手もしくは敵の妖術のせいとされた。

異端審問は恐怖を利用した。1484年、教皇インノケンティウス8世は妖術を異端と宣言し、教会が敵を迫害しやすくした。妖術とは黒魔術だけでなく、**魔王**崇拝や、魂を堕落させるという**サタン**の大計画への従事も指す。「魔女熱」はヨーロッパを席巻し、大西洋を越えてアメリカの植民地にまで到達した。数千人が処刑された。

魔女狩りのヒステリーは、17世紀の科学革命の発達によって終息した。当時の優れた科学者の多くは、錬金術や魔術の原理に通じていたが、その重要性は低下していった。

◎オカルト復興と近代魔術

19世紀に入ると、オカルト主義や魔術への興味が復活した。フランスのエリファス・レヴィやパピュス（ジェラール・アンコース）らが中心となってそれを広めた。とりわけレヴィの著作は影響力を持ち、アーサー・エドワード・ウェイトにより英訳された。レヴィはカバラとヘルメス主義、魔術を結びつけ、真理へと導く3つのオカルト科学とした。彼はカバラを「人間の思考の数学」とし、すべての疑問は数によって答えが出るといった。魔術は、自然と宇宙の秘められた法則と力の知識であるとされた。

19世紀後半には、魔術的な友愛会や支部が目立つようになった。最も有名なものは、イングランドの〈黄金の夜明けのヘルメス団〉であろう。〈黄金の夜明け団〉の創始者は、〈薔薇十字会〉と〈フリーメーソン〉の会員で、神智学協会で教えられた東洋哲学にも通じていた。元々は魔術的な集団を目指したものではなく、外部の教団で論理的な魔術を教えていたにすぎなかったが、やがて内部で高等魔術の儀式や魔術の技法を教えたり、実践したりするようになった。〈黄金の夜明け団〉により体系化された儀式はさまざまな魔術的業績に影響を与えたが、今もそのすべては明らかにされていない。

儀式魔術に大きく貢献したのは、**アレイスター・クロウリー**である。1898年に〈黄金の夜明け団〉に入会したとき、彼はすでにこのテーマを熟知していた。〈黄金の夜明け団〉は、人並み外れたクロウリーの個性をもてあまし、彼は2年後、除名された。

彼が魔術にもたらした最も大きな改革は、「汝が欲するところをなせがこの法のすべてとなる」という、テレマの法である。テレマの法は、1909年、エジプトでトランス状態に陥ったクロウリーに、ホルス神の使者アイワスが口述したものである。『法の書』は、ホルスの新しい永劫の出現を明らかにし、クロウリーがその第一の預言者となった。万物がテレマの法から生まれ、魔術は「意志に従って変化を起こす技術と科学」であるとされた。個人は君主であり、自分自身にだけ責任を持つ。意志を正しく使えば、個人は利己的な目的でなく、最も高い目標へと上昇できる。

クロウリーは霊と数えきれないほどの交流があり、中には悪霊もいた（**コロンゾン**参照）。

20世紀以降、大衆の魔術への関心は周期的に復活した。それに影響したのはフィクションやテレビ（特にリアリティ番組）、映画、魔術崇拝や異教の霊の伝統（善の目的のため、積極的な霊と行動することを強調したもの）の普及、また、超能力による心霊スポット調査への大衆の人気などである。実践者は幅広い魔術活動に従事している。民間魔術から派生し、呪縛を含むものもあれば、霊を召喚するもの、霊的な成長への道筋となるものもある。

●魔術の類型

魔術そのものは中立的だが、実践者はしばしば、善なる魔術（または白魔術）、

邪悪な魔術（または黒魔術）と区別したがる。とはいえ、その分け方は主観的なものだ。オカルト主義者のフランツ・バードンは、魔術を3つの類型に分けている。

◎四大など、自然の法則を扱ったり、自然の力を操ったりする低級魔術
◎小宇宙にいる人間の法則と、小宇宙にどのような影響を及ぼすことができるかを扱う中間魔術
◎大宇宙の普遍的法則と、それをどう操るかを扱う高等魔術

その他の魔術の類型は、特徴となる性質によって分けられる。

◎民間魔術
民間魔術は、治療や幸運、守護を目的とした呪縛をかけるための、その土地に伝わる単純な魔術である。民間魔術はその他の形式の魔術と融合し、しばしば宗教的要素と混じり合う。民間魔術の治療や処方は、口承や小さな手引書によって受け継がれる。

◎自然魔術
自然魔術は薬草、石、水晶、四大の支配、惑星や星の影響といった、自然に基礎を置く。自然魔術は、ものに本来備わっている魔術的な性質を利用する。媚薬、薬、粉、軟膏などは、自然魔術の処方箋を基にしており、民間魔術の呪文の朗誦や**まじない**と組み合わせられる。

◎共感魔術
共感魔術は、力の流れの共感的なつながりを確立する関係を通じて呪縛をかけることである。最もよく知られた共感魔術の道具は、人間の身代わりとなる人形、ポペットである。つながりを強化するには、犠牲者の写真や髪の毛、所持品などを人形に付す。人形にしたことが、本人の身にも起こる。

共感的なつながりを確立するには、あらゆるものが使われる。最もよいのは、髪の毛や爪など、人体から得たものである。所持品や、本人が触れたものも使える。贈り物に魔術をかけ、魔術的なトロイアの木馬として家や場所に送り込んでもよい。

オーストラリアの先住民は、尖った小石や粉々にしたガラスを敵の足跡に置き、相手を弱らせたり、破滅させたりする共感魔術として使う。オジブワ族は、共同体から悪霊を追い払うために藁人形を使う。村人が災害の夢を見たときは、藁人形が立てられ、災難の身代わりとなる。人々は食べ、煙草を吸い、恵みを乞う。それから藁人形を襲い、矢を放ち、棍棒で殴って粉々にする。残骸は燃やす。

◎祭儀魔術
祭儀魔術は高等魔術とも儀式魔術ともいわれ、霊的な進化の体系を含む。実践者は、アストラル界などの別次元の現実に近づき、旅をし、霊や異世界の存在と触れ合う方法を学ぶ。それが強調するのは、自制と神との結合だ。秘伝を授かる者は、神や天使、その他の存在との、内

面での接触を進めなければならない。現代の祭儀魔術の支流には、カオス理論など、科学的な原理や要素を組み込むものもある。カオス理論とは、一見でたらめな出来事に、体系やパターンを見出す理論である。

◎複合魔術

実践的魔術とも呼ばれる複合魔術は、さまざまな宗教的影響を結びつけたものである。例えば、キリスト教やユダヤ教の要素を民間魔術と組み合わせるなどである。複合魔術は魔術教書に見られる。複合魔術は、情報や治療、目標や目的の達成、ひいてはまじないや**呪い**のために召喚や呪縛を行うといった、実用的な目的に使われる。

◎黒魔術

黒魔術は、害を与えたり殺したりといった、邪悪な目的で使われる。伝統的に、黒魔術は悪霊的存在の助けにより達成されるといわれる。ほかに、呪術的魔術またはゴエティアという用語も使われる。

レヴィは『魔術の歴史』でこういっている。「黒魔術は、人為的な狂気をみずからの身に起こし、また他人の身にも起こす技術であると定義できよう。それはとりわけ中毒に関する学でもある」(鈴木啓司訳)

アーサー・エドワード・ウェイトは黒魔術を、「不法な目的」や「結果として現象化する妄想や悪夢の領域」への力を持つ言葉や名前の発声としている。それには、物質的な利益を得たり害を与えたりする目的で、悪霊や邪悪な霊と交流することも含まれる。

黒魔術は呪術や妖術と関係する。キリスト教会は、あらゆる異教の魔術と民間魔術を「黒魔術」と関連づけている。

◎白魔術

白魔術は、治療、恩恵、幸運、豊かさなど、肯定的な目的のために使われる。白魔術には、善のために使われるあらゆる形態の魔術が含まれる。

魔術教書
grimoires

魔術の指南書。儀式の指示、呪文のかけ方、愛と宝をもたらす方法、**使い魔**(を得る方法、**悪霊**と**天使**を含む精霊を召喚して意のままに操る方法が載っている。魔術教書(グリモワール)とは、フランス語で「文法書」のことである。

魔術の指南書はどれも魔術教書と呼んで差し支えないが、この言葉は**ソロモン王**の魔法の知識を出典とする書に使われることが多い。内容は、ヘブライの神秘的な伝承からの大量の派生物であり、精霊たちの名前と力と責務、神の強力な名前が含まれる。その他の主な資料はヘレニズム・ギリシアとエジプトの魔術書と民俗魔法である。

主要な魔術教書の大半は17世紀と18世紀に書かれたが、はるかに古いという触れ込みだった。これらは19世紀になっても人気があった。安い紙に印刷され、主にフランスとイタリアで普及した。今でも参考にされているが、現代の魔術師

は各自で魔術の教科書を書いている。

魔術教書は、精霊と宇宙の力を召喚して操る儀式の開き方を指示している。目的は護身や、富と幸運と超自然の力を得ること、敵に**呪い**をかけることなどである。その指示は、魔術師の服装、道具、身の清め方、定刻に朗誦する祈禱と呪文、また昼夜のさまざまな時間に、支配的な精霊に従って朗誦する祈禱と呪文にまで及んでいる。さらに、香の調合法、魔法円・魔法の三角陣・五芒星形・**魔除け**、**護符**、印章、印形の作り方、生贄の捧げ方、手に負えない悪霊に、**悪魔祓い**の儀式を含む対処法も書かれている。

テウルギーすなわち白魔術を扱う魔術教書もあれば、ゴエティすなわち黒魔術を扱う書もある。また、この両方を扱う書もある。宝と愛、敵に危害を加える能力を手に入れる方法は、魔術教書のどこを開いても記載されている。赤インクで印刷された書もあり、あまり見つめていると目が焼けるといわれていた。

主な魔術教書には、次のようなものがある。

魔王と呪術師が黒魔術の本と福音書を交換する（著者蔵）

●『ソロモンの鍵』

最も重要な魔術教書。『ソロモンの大いなる鍵』または『ソロモンの鎖骨』とも呼ばれ、ほかの大半の魔術教書の典拠である。著者は伝説の王ソロモンとされる。王は神に叡智を求め、悪霊（**ジン**）の軍団を意のままに動かして偉大な業績を築いた。1世紀にはユダヤの歴史家ヨセフスが、悪霊を召喚して邪魔する呪文の書に言及した。これはソロモン王が書いたとされる。ヨセフスによれば、エレアザールというユダヤ人はこの書を**憑依**の事例の救済に使ったという。ヨセフスは『ソロモンの鍵』に触れていたかもしれないが、それは『ソロモンの誓約』（詳細は後述）か、まったく別の書だったと考える歴史家もいる。

『ソロモンの鍵』は何世紀にもわたって文学に登場し、次第に分量も内容も増えていった。この魔術教書は大量の改訂版が出され、原本がはっきりしない。1100年から1200年頃のギリシア語版は大英博物館に所蔵されている。14世紀以降、ソロモンの魔術の書は重要性を増した。1350年頃、教皇インノケンティウス6世は『ソロモンの書』と呼ばれる魔術教書の焼却を命じた。のちに、1559年の異端審問でも、魔術教書は危険書物として禁書とされた。『ソロモンの鍵』は17世紀には広く普及していた。この本は、異なる版で何百冊か現存している。原本はヘブライ語で書かれたはずだが、その版は知られていない。

● 『レメゲトン』

ほかにもソロモンの著書とされる魔術教書に『レメゲトン』、別名『ソロモンの小さな鍵』がある。『レメゲトン』の原典と意味は不明である。『精霊の書』（詳細は後述）と『職務の書』の名前でも知られる。もともとカルデア語とヘブライ語で書かれたと述べられたが、それは疑わしい。最古の見本はフランス語で書かれている。内容の一部は『ソロモンの誓約』（詳細は後述）と、エノクの偽作からも取られているようだ。『レメゲトン』の一部は、1563年に悪魔学者の**ヨーハン・ヴァイヤー**によってラテン語版が、『悪魔の偽王国』という題名で刊行された。**レジナルド・スコット**はこの一部を翻訳して、著書『妖術の暴露』（1584年）に載せた。『レメゲトン』は、ゴエティア、テウルギア、アルス・パウリナ、アルマデルの4部に分かれている。アルマデルは1500年頃に書かれたと記載されている。ゴエティアは悪霊を扱い、テウルギア（テウルギア‐ゴエティアともいう）は悪い霊とよい霊の両方、すべての精霊を扱う。アルス・パウリナには、惑星、星座、昼夜の時間を支配する霊について書かれている。アルマデルが取り上げるのは、黄道十二宮の全方位を支配する20人の精霊の長である。ゴエティアは一部がヴァイヤーの手で出版されている。ウェイトの推測ではゴエティアが『レメゲトン』の原型であり、ほかの3部はヴァイヤーが知らないもので、後年に加えられたという。

『レメゲトン』には、72人の**堕天使**の名前、称号、印章、職務、能力、彼らを阻止できる天使の名前が列挙してある。72という数字は、シェムハムフォラエにヒントを得たのかもしれない。この神の名を持つ72人の天使はヘブライ聖書にあげられ、詩の末尾ごとに現れる。これらの詩は祈禱と魔術に使われる。シェムハムフォラエは力のある名前として働く。『レメゲトン』の72人の悪霊には、科学と芸術を教える技術があるだけでなく、恐ろしい病気と大災害をもたらす能力がある。治癒能力を備える者はめったにいない。

● ソロモンの誓約

1世紀から3世紀にかけて書かれたギリシア語の偽典。ソロモン王が悪霊を指揮してエルサレムの神殿を建てた話が記されている。本文には悪魔学、天使学、薬の知識、占星術、魔術がたっぷり描かれている。著者はバビロニアのタルムードに精通しているのだろう。

本書によれば、恒星群には魔力があり、人事万般に強烈な影響を及ぼしている。十分角(デカン)、すなわち黄道十二宮を10度ずつ分割したものが36集まると、**天体**と呼ばれ、こちらも同様に、心身の病気を引き起こす悪霊に支配されている。「世界の支配者」は7人いて、欺瞞・不和・宿命・苦悩・誤り・力・「最悪」の悪徳に相当し、それぞれが（「最悪」を除いて）特定の天使に退治される。

本書はソロモン王の魔力の伝説と、王が書いたとされる魔術書に重大な貢献をしている。しかし、魔法の指南書ではない。

●『大いなる教書』

このフランス語の教書は17世紀か18世紀に書かれたと思われる。最古の版には刊行の日付も場所も入っていない。ある版の刊行は1522年にさかのぼるとされる。本書の完全な書名は『大いなる教書、ソロモンの強い鎖骨と黒魔術を含む。あるいは、すべての秘宝を発見し、ありとあらゆる霊を服従させるとともに、どんな魔術の技能も剝奪できる、大アグリッパの恐るべき道具』という。編集者のベニティアナ・デル・ラビナは、ソロモン王自身の文書が手に入り、それを翻訳したと言った。

本書は黒魔術の教科書である。登場する主要な悪霊は『真実の教書』と同じであり、似たような下級武官を扱うが、異なる任務が書かれている。本書がとりわけ重要なのは、魔術師と**ルキフゲ・ロフォカレの契約**が大きく扱われているからだ。**ルキフェル**の首相であるロフォカレは、この魔術書にだけ登場する。しかし、彼の姓であるロフォカレは、『レメゲトン』で言及される悪霊フォカロル（Focalor）のアナグラムかもしれない。

本書には降霊術の手引きも含まれる。

●『真実の教書』

『ソロモンの鍵』を参考にフランス語で書かれた。18世紀なかばの作品であろう。ヘブライ語から翻訳したのは、ブランジエールという名のドミニコ会修道士とされるが、1517年に「エジプト人アリベック」の手で出版されている。本書の完全な書名は次のとおりだ。『真実の教書、あるいはヘブライのラビであるソロモンの立派な鍵、そこでは秘宝中の秘宝が、自然でも超自然でも即座に展示されるが、悪霊のほうはそれに甘んじなければならない』

本書は、魔術師と道具の箇所で『ソロモンの鍵』をほとんど模倣しているが、未使用の羊皮紙の用意、降霊、除霊については別の指示を出している。悪霊には人間とまったく異なる階層組織がある。その数は30であり、3人の統率者ルキフェル、**ベルゼバブ**、**アシュタロト**がいて、それぞれ6人の副官を従えている。

この題材もやはり『レメゲトン』の影響を現している。なかには偽アルベルトゥス・マグヌスの「すばらしき秘密」、すなわち『小アルベール』（詳細は後述）も含まれる。これはのちに書かれたほかの魔術教書に登場する。『真実の教書』は、「神聖王国」、すなわち契約を結ぶ真の手法を取り扱う。

●『第四の書』

オカルト研究者アンリ・コルネリウス・アグリッパの著作とされる。だが、彼の3巻構成の大著『オカルト哲学』の第4巻といわれる本書は、無名の著者によって書かれた。これは別名を『精霊の書』といい、『レメゲトン』の冒頭に当たる。本書は1535年にアグリッパが死んだあとに現れ、大半を『オカルト哲学』の内容から取り、非公式に改作された。アグリッパの弟子ヴァイヤーは本書を贋作として受け入れず、ほかのオカルト研究者も同様だった。

『レメゲトン』のように、『第四の書』も悪い霊と意思の疎通を図る方法を伝授する。また、惑星と関わりがある霊とその個性、印、五芒星形も網羅している。儀式には、よい霊と悪い霊の両方を召喚するものと、降霊術を行うものがある。

ウェイトは本書を「混乱した」本と呼び、正確さに欠け、魔術の説明書として役に立たないと言った。

● 『ホノリウスの教書』

別名『ホノリウスの規則』という。16世紀に書かれたとされるが、初版は1629年にローマで出された。17世紀に広く普及した。著者は、悪魔祓いの儀式で知られるローマ教皇ホノリウス3世（在位1216～27年）と伝えられる。本書には『レメトゲン』の影響が見られ、実践的なカバラ神秘主義に基づくといわれるが、この関連性は乏しい。むしろ、本書はキリスト教の重要な要素を紹介する唯一の魔術教書であり、最も邪悪な黒魔術の教科書という評価を得た。本書が教皇の大勅書の役割を果たし、枢機卿から教区司祭にいたる教会の権力者は、ありとあらゆる精霊を召喚して統率する力を持たねばならないと定めている。この力は、ペテロの後継者としてのローマ教皇庁に与えられてきた。

本書で紹介する儀式は、神の72の聖名のようなカバラの要素と、告解・連祷・聖霊と天使のミサ・葬儀・**ヨハネによる福音書**のようなキリスト教の要素、および陰惨な動物の生贄を捧げる各種の祈祷を組み合わせている。その光景は神聖な儀式というより**黒ミサ**に近い。

1670年版には、人間と動物の両方に対する悪魔祓いの儀式も載っている。1800年版では、人間の悪魔祓いには聖水を使うよう指示してある。動物憑きには、魔法にかけられた動物から採取した**血**で清めた塩が処方されている。

魔法の教科書としては基礎が弱いとされるのは、大量生産向けに書かれたためであろう。本書は、大魔術師テーベのホノリウスの著書とされる『ホノリウスの誓いの書』とはなんの関係もない。ウェイトによれば、この教書は「手に取ってはいけない。誰も訴えそうにない手段を取るなと警告するために、現在も必要だとしても。そんな手段は、打破された古い原理のばかげた謎であり、なるほど興味深いが、骨董品として興味深いにすぎない」

● 『アルバテル』

ラテン語で書かれた薄い教書。1575年にスイスのバーゼルで出版され、1686年にはドイツ語訳が現れた。著者は不明だが、文中で何度かそれとなくイタリア史に言及するため、イタリア人と推定されている。本書は「テオフラストスの魔法」に触れ、スイスの錬金術師パラケルススの影響を示す。ソロモン王の著書と関連はなく、王はまったく登場しない。むしろ、キリスト教の要素が強い。ウェイトは本書が「超越魔術」を表していると考えた。

この教書は9巻に及ぶ魔術の説明書だとされるが、第1巻、あるいは第1分冊

しか現存していない。ほかの8冊が書かれたかどうかは不明である。匿名の著者に書く意図があったものの、実行できなかったのだろう。第1分冊は「必須あるいは基礎の教育」を意味する『イサゴゲ』と呼ばれる。

『イサゴゲ』の内容は、道徳と精神性のアフォリズムからなる7編の七脚詩であり、オカルトの知識が列挙されている。神、天使、学者、自然（石、ハーブなど）、背教霊、**地獄**の刑罰大臣たち（ギリシア・ローマ神話の報復する神々に相当する）、元素の霊である。こうした出典から得られる知恵は、宝を見つける下等な魔術から錬金術における貴金属への変成、神の神秘的な知識に至る。瞑想、神の愛、美徳に従って生きることが、魔術を実施する最高の手段であると強調している。

● 『聖霊による神智』

別名を『小ソロモンの鍵』といい、1686年にドイツで出版された。直後に出版された教書、『アルバテル』のドイツ語版が収録されている場合もある。匿名の著者に書かれた本書は、古典に基づくとされていない。『アルバテル』同様、本書もキリスト教を重視し、祈りで精神が高揚すれば、神秘主義は終わると説く。ヘブライ語のタルムード——「学ぶ」という意味の動詞に由来する——は、意欲的な魔術師を言い表す言葉だ。本書の著者は錬金術の知識もあり、それを取り上げている。

本書と『アルバテル』が唯一大きく異なる箇所は巻末の付録であり、ここに強力なキリスト教の要素とパラケルススが使った専門用語が含まれている。万物は本来、父と子と聖霊にならって3つからなると主張する。人間は肉体と魂と合理精神の3つからなる。肉体は土からなる。魂は星々からもたらされた要素からなり、理解の中枢であり、芸術と科学の才能がある。合理精神は神の恵みであり、神の啓示を肉体に伝える媒体となる。魂と合理精神は神によって結婚で結ばれ、肉体に宿る。合理精神が魂を制すれば、再生が成し遂げられる。死には2種類ある。肉体の崩壊と、星から悪意ある感能力を受けた魂の破滅である。どちらの場合も、合理精神が失われる。これは神の意志で失われる場合もある。神が人類を苦しませると決めたいくつかの病気は、治療できない。ユニコーンや第五元素、水銀、賢者の石はどれも役に立たない。ほかの病気は、どれも自然の魔術と錬金術で治療できる。

● 『ヘプタメロン』

別名『魔術的要素』といい、アバノのピエトロに捧げられた。このイタリア人医師は異端審問で死刑を宣告されて、1316年に死亡した。アバノは著者とされていない。本書はおそらく16世紀に書かれ、『第四の書』の補足として作成されたものであろう。

この教書は白魔術と黒魔術からなる複合作であり、以下の目的を取り扱う。宝を発見する、愛情を手に入れる、秘密を察知する、錠を開く、憎悪と邪悪な考えを助長する、などだ。本書は2部に分か

れている。悪霊である空気の精の召喚と、毎日行う一連の天使の召喚である。

● 『小アルベール』

別名を『小アルベールの自然なカバラの魔術のすばらしい秘密』といい、1722年に出版された。内容はさまざまな魔術教書に載っている。

● 『レオ教皇の手引書』

厳密には魔術教書ではない。魔術の儀式を教示していないが、祈禱になったまじないを集めてあり、珍しい古写本から写したと思われる謎の図が添付されている。

本書の由来とされる話によると、ローマ教皇レオ3世（在位795年〜816年）はカール大帝が800年に西ローマ皇帝に戴冠したのちに祈禱集を与えた。それには特別な性質があった。誰であれ、ふさわしい態度で——聖書に敬意を払って——持ち歩き、毎日神を称えて朗誦する者には、死ぬまで神のご加護がある。決して敵に敗れず、あらゆる危険から無事に逃れられる。本書によれば、莫大な財産を得たカール大帝はレオ3世に直筆で礼状を書き、それが現在もヴァチカン図書館に保管されているという。

この祈禱集は、当初は『手引書』として1523年にローマで出版された。第2版は1606年に、決定版は1660年に刊行されたといわれている。おそらく17世紀に作成されたもので、手紙の伝説に信憑性を与えることになった。だが、カール大帝は読み書きができなかった可能性があり、彼が書いた手紙は1通も現存していない。

『手引書』のまじないは祈禱と誇張されたが、もともと精神性がほとんどない。富や幸福や利益の追求、あらゆる危険・自然災害・悪からの護身といった世俗的な望みを取り上げている。本書は魔術との関わりを禁じているが、魔術にならい、本書を正しく使用するための儀式を説明している。教書は新しい皮の袋に入れて清潔に保つこと。肌身離さぬこと。毎日1ページは丹念に読むこと。特定のページをさまざまな目的のために読んでもよい。一部を読むには、東を向いてひざまずく。『手引書』によると、カール大帝がそれを実行していたからだ。

● 『悪魔の偽王国』

魔術書というより悪霊と悪魔学の教科書というべき本で、1583年頃にヨーハン・ヴァイヤーによって書かれた。『レメゲトン』に見られる72の悪霊のうち68を列挙しているが、その印章も儀式も載っていない。

● 『小アルベルトゥスの自然の神秘の書』

著者は聖アルベルトゥス・マグヌスだと偽って伝えられている。本書はフランスのリヨンで、カバラの日付6516に出版された。媚薬の作り方、夢判断、宝の見つけ方、お守りの作り方（黒魔術のまじない）、姿を消せる指輪の作り方、その他の魔術の実践を指南している。

以下は18世紀と19世紀に書かれた本

で、たいてい魔術教書と呼ばれている。

● 『魔術師アブラ＝メリンの聖なる魔術の書』

著者とされるアブラ＝メリン（アブラメリンとも書く）はドイツのヴュルツブルグ出身のユダヤ人で、カバラの魔術師である。1458年に息子のために本書を書いたと伝えられる。原稿は18世紀にフランス語で書かれたが、ヘブライ語の原本からの翻訳書という触れ込みである。本書は〈黄金の夜明け団〉が率いる19世紀のオカルト復興運動に大きな影響を与えた。**アレイスター・クロウリー**は本書を取り入れ、悪霊を支配する儀式を作り上げた。

本書は、すべて『ソロモンの鍵』の模倣である3巻で構成されている。伝承によれば、アブラ＝メリンは天使から魔術の知識を学んだと言った。魔法で悪霊を手なずけ、専用の召し使いや働き手にする方法、嵐を起こす方法を伝授されたのだ。彼の説では、この世の万物は悪霊に創られ、その悪霊は天使の指示で働き、人間ひとりひとりに天使と悪魔の使い魔がいる。自分の魔術体系の基礎はカバラにあるかもしれない、と彼は言った。

この魔術体系は数と聖なる名前の力に基づき、多くの魔法陣を作らせる。目的は姿を消す、飛ぶ、精霊を従える、降霊術を行う、変身するなどである。精霊を召喚し、魔法陣を作成し、印章と印形を作る儀式は凝っていて、占星学の規則に厳密に従わねばならない。

● 『黒魔術神髄』

別名を『秘中の秘術』という黒魔術の教書。1600年代に魔術師トスクラエクによって書かれたとされる。未知の言語で書かれた1世紀前の文書に準じたという触れ込みだ。トスクラエクは、天使の助けを借りて、なんとか文書を翻訳できたと述べた。実際は、18世紀に書かれたと思われる。

本書は『ソロモンの鍵』をゴエティア風に改作したもので、1750年に魔法使いのイロイグレゴによりヘブライ語から翻訳された。45の護符、その特性と使い方、および「今日まで知られる、すべての魔術的な特徴」が載せられている。魔法の知識を得る前に神の愛を得なくてはならない、というソロモン王の言葉を格言として引用している。

● 『黒い雌鶏』

1740年にエジプトで出版されたと伝えられるが、実際は18世紀後半にローマかフランスで書かれたのであろう。原典は古文書だと訴えない、数少ない教書の1冊である。これ自体にソロモンの魔法と関連はないが、偽書である『第四の書』の影響が見られる。特に大きく扱っているのは、20の護符とそれに対応する20の魔法の指輪、および魔法円のふたつの護符、魔法の棒すなわち杖である。黒魔術との関連は全面的に否定している。本書の改訂版に『ピラミッドの老賢者の宝物』と『黒い鳴きフクロウ』がある。22の護符は22枚のタロットカードに結びついていた。

本書には、これ自体に興味深い物語と疑わしい来歴がある。もともとの、壮大なフランス語の題名は以下のとおりである。『黒い雌鶏、あるいは黄金の卵を抱えた雌鶏。魔法の護符と指輪の科学、降霊術とカバラの秘術を含む。空気の精や地獄の精、大気の精、水の精、地の精を召喚し、神秘の科学を取得し、秘宝を発見し、すべての生物を服従させる力を獲得し、あらゆる科学と魔力の正体を暴露するために。全編をソクラテスやピュタゴラス、ザラスシュトラ、大アロマシスの息子の教えに従い、そのほかの哲学者が作成した、プトレマイオスの図書館の大火災を免れた文書を手本とする。魔法使いの言葉とヒエログリフは、ミッツァボウラ・ジャバミア、ダンフーゼルス、ネーマミア、ジュダヒム、エリアエブの博士たちによって翻訳された。フランス語訳はA・J・S・D・R・L・G・Fの手による』

本書は、エジプトに派遣されたナポレオン軍の無名兵士の物語という設定である。兵士は数人の仲間とともにカイロ郊外のピラミッドに向かい、昼食中にアラブ人に襲われた。仲間は全員殺され、兵士は死んだものとして置き去りにされた。彼は意識を回復すると、砂漠で見捨てられた以上、もうすぐ死ぬと思い込み、夕日に別れを告げた。

突然、石がひとつ後退して大ピラミッドに入り、そこからひとりの男が歩み出た。ターバンからトルコ人だとわかった。幸い、兵士はトルコ語を話せたので、やりとりができた。トルコ人は兵士に酒を飲ませて元気にさせ、ピラミッドの中に連れていった。そこは謎の男の魔法の家だった。

兵士は仰天した。家は玄関広間が実に広く、通路がどこまでも続き、地下室があり、精霊に与えられた財宝が山と積まれていたのだ。ランプが赤々と燃え、魔法の夕食も用意されていた。オドウスという名の霊鬼すなわち**使い魔**が、トルコ人の従者だった。兵士は『黒い雌鶏』も見せられた。「アラジンと魔法のランプ」を思わせる版だが、悪霊の**アシュタロト**に与えられた隠れた意味があった。こうした魔力は、絹に刺繍した護符や青銅色の鋼でできた指輪で生み出された。

トルコ人は、エジプトのヒエログリフに基づく魔法の唯一の継承者だと名乗り、自分は死にかけていると兵士に言った。彼は22の言語を流暢に話せる魔法の護符を持ち、『黒い雌鶏』のすべての秘密を兵士に伝えると、たちまち長椅子で息絶えた。兵士は気を失った。

意識を取り戻した兵士はピラミッドをあとにした。命令を聞くようになったオドウスを連れ、『黒い雌鶏』とトルコ人の遺灰、財宝の山を持ち帰った。船でマルセイユに向かい、プロヴァンスに住み着いて、教書に書かれた秘密を試しながら生涯を送った。教書を出版して、著作権を侵害した者はミダス王［訳注／ギリシアの伝説的な王。アポロン神の怒りを買い、ロバの耳をつけられた］より15センチ耳を長くする魔法の護符を創った。

『黒い雌鶏』の護符は、現代では絹に刺繍されるが、最も望ましいのは金、銀などの金属に彫刻することだ。こうした護

符は、指輪と併用せずに単独で使用されることもある。

　護符と指輪を身につければ、精霊を意のままに操れる。オドウスを召喚する言葉は「トマトス、ベネセル、フリアンテル」であり、まず37の精霊が現れる。「リタン、イゼル、オズナス」と呼びかけられると、精霊は頭を下げる。「ソウトラム・ウルバルシネンス」と言われれば、空を飛んで主人を好きな場所へ連れていき、「ラビアム」と言われれば、家に送り届ける。

　本書の主要部に**黄金を見つける雌鶏**の捕まえ方が出ている。

●『赤いドラゴン』

　1822年に出版されたが、1522年から存在するといわれる。内容は『大いなる教書』とほぼ同じである。後年の版には、『黒い雌鶏』から黄金を見つける雌鶏の探し方が加えられた。

●『超自然的な魔術』

　本書はオカルト研究者エリファス・レヴィ独自の魔術体系から構成され、1896年に出版された。オカルト研究者のA・E・ウェイトから「真の科学」の魔術教書と呼ばれた。レヴィは『ソロモンの鍵』に基づいて魔術を系統だて、そこに魔術と錬金術の経験で得た独自の見解を加えた。

●『黒魔術と契約』

　1898年にウェイトによって書かれた。ほかの教書に対する論考のあとに、「黒魔術完全教書」が続く。ウェイトは儀式と魔術の基礎を論じながら、さまざまな教書を例に出して比較している。

『魔女たちへの鉄槌』
Malleus Maleficarum

　最も影響力があり、重要な、異端審問の魔女狩り人の手引書。1487年にドイツで出版された『魔女たちへの鉄槌』は、ヨーロッパ全土とイングランドで数十版を重ね、およそ200年にわたり大陸の魔女裁判における主要な参考書となった。本書はプロテスタントとカトリック両方の民事裁判判事と教会裁判判事に採用された。また、ジョン・バニヤンの『天路歴程』が1678年に出版されるまで、聖書に次ぐ売り上げがあった。本書は、魔女の被疑者に対する尋問、裁判、刑罰のやり方を指導し、**悪霊**や**魔王**の本質、性格、行動を詳細に解説している。

　1520年までには14版が出版され、1669年までにはさらに16版を重ねた。17世紀の終わりには、30版以上が出版された。本書は異端審問官や判事の行動に関する最も信頼のおける案内書となり、のちに続く執筆者が論文を書くときの下敷きとなった。本書は妖術を異端と結びつけた点が重要である。本書は何世紀にもわたり、悪質で残忍な書といわれ、異端審問に使われたこの種の本の中で最も甚大な被害を与えたといわれている。

●著者

　『魔女たちへの鉄槌』は、ふたりのドミニコ会の異端審問官、ハインリヒ・クラマーとヤーコプ・シュプレンガーの著作とされている。しかし、歴史学者は現在

ではクラマーが書いたものと考えている。クラマーはシュプレンガーよりもはるかに熱心で、異端審問全体に誰よりも熱意を持って参加した。クラマーとシュプレンガーは、教皇インノケンティウス8世が1484年12月9日に発布した勅書により、ドイツ北部全域で魔女を起訴する権限を与えられた。この教皇勅令は、異端審問に反対するプロテスタントを抑えつけ、1258年に教皇アレクサンデル4世が出した、魔女を異端者として起訴するための論拠を固めるためのものであった。教会の意見は、俗権、すなわち民事法廷は、その悪行だけを根拠にして魔女を十分に処罰していないというものであった。

クラマーもシュプレンガーも多作家であった。ラテン語読みのインスティトリスの名でも知られたクラマーは、異端審問官として実権を握り、何人かの犠牲者を無実の罪で裁いたことで知られた。彼は妖術に激しく反発し、女性に憎しみを抱いているようでもあった。女性を本質的に弱く、邪悪なものと見ていたのである。彼は女性と邪悪な妖術との間に直接的なつながりを打ち立てようとした。歴史学者の中には、クラマーが当時広まっていた感情に反応したと考える者もいる。当時の空気は、王侯や国家元首が助言を求めたシエナの聖カタリナのような、聖女や神秘主義者の影響を受けていた。クラマーの私見では、魔女は肉欲の誘いを仕掛けるもので、それを拒んだ聖女の神聖さを高く賞賛していた。

シュプレンガーは著名な修道士で、クラマーの魔女に対する敵意に満ちた1485

魔女たちの集い

年の論文「魔女たちへの鉄槌」の「著者の弁明」に名前を使用するのを許可した。彼はいくつかの魔女裁判でクラマーと関わっていた。

　クラマーの論文は『魔女たちへの鉄槌』に吸収された。出版後、この著作の正当性を認める公式な手紙をクラマーが捏造したという疑惑が浮上した。クラマーとシュプレンガーの関係は緊張した。1496年のシュプレンガーの死後、同僚たちは彼の業績をクラマーから遠ざけようとした。

　1487年の『鉄槌』出版から1500年に死去するまでの、クラマーの行動はほとんどわかっていない。彼は異端審問官を続けていた。1500年、教皇アレクサンデル4世は、彼を教皇使節およびボヘミアとモラヴィアの異端審問官に任命した。彼はボヘミアの魔女と異端者を追いつづけるうちに生涯を終えた。

●内容

　『鉄槌』は、「女呪術師を生かしておいてはならない」（出エジプト記22章18節）という聖書の表明に基づいており、聖書やアリストテレス、聖アウグスティヌス、トマス・アクィナスの著作を裏づけとして利用している。その主張は、神が魔女を認めている以上、魔女を疑うことは異端だというものである。本書は3部に分かれており、問いとそれへの反論で構成されている。

　第1部は、魔王と魔女がいかにして「神の許し」を得て、人間や動物にさまざまな悪事をなすかが書かれている。例えばサキュバスや夢魔（インキュバス）の誘惑、憎しみを植えつけること、多産を妨げたり破壊したりすること、また人間を獣に変えることなどである。神はこうした行為を許している。さもなければ、魔王が無限の力を持ち、世界を破壊しただろうからだ。

　第2部は、いかにして魔女が呪縛や魔法をかけ、悪行をなすかと、それらの行為をどう予防するか、あるいは矯正するかが書かれている。特に、異端であることを証明する鍵となる、魔王との**契約**が強調されている。魔女の存在と彼女たちの悪行は、否定できない事実として扱われ、**サバト**をはじめとする醜態は真実として描かれている。そのほとんどは、シュプレンガーとクラマーが行った異端審問や、ほかの教会の妖術に関する著作者の題材から採られたものであった。

　第3部は魔女を裁く法的手続きを説明している。証言の聴取、証拠の認定、尋問と拷問の手法、判決の指針などである。誰もが魔女を憎むという理由から、判事は敵意ある証人を許可するよう指導されている。被疑者が自白しなければ拷問が適用される。判事は被疑者に嘘をついてもよく、彼女たちに、告白すれば慈悲をほどこすと約束してもよい。この戦略を、クラマーはためらいもなく使った。本書によれば、それは社会と国家の利益のためになされるのである。『鉄槌』は、事例によっては懺悔と投獄という軽い刑罰を許可しているが、できる限り多くの魔女を処刑することを奨励している。判決についての指導のほとんどが、死に関わるものであった。

　質問の中には明白な答えがないものも

あり、矛盾も数多く見られる。例えば著者は、魔王が魔女を通じて、主に善良で正しい人を苦しめるというが、その後で、邪悪な人々だけが攻撃を受けやすいと書いている。ある部分では、判事は魔女の魔法にかからないと書かれているが、別の部分では、魔女はまなざしで判事に呪縛をかけるので、判事は塩と秘跡で身を守るよう警告されている。

『魔女たちへの鉄槌』は、**ヨーハン・ヴァイヤー**によって批判されている。

マスキム
maskim

7人のシュメールの**悪霊**。**地獄**の大君主または深淵の君主で、誰よりも強い力を持つと考えられている。マスキムとは「誘惑者」あるいは「待ち伏せをする者」の意。アザ、**アザゼル**、**メフィストフェレス**は、マスキムの一員である。

シュメール人はマスキムを、男でもなく女でもないと表現している。彼らは結婚せず、子供もいない。また「善行とは縁がない」。祈りや願いにも耳を傾けない。住んでいるのは山頂か、地下深くである。

マスキムは地球と宇宙の秩序に影響を及ぼす力を持っている。彼らは地震を起こし、空の星々の進路を変えることができる。彼らは人間を嫌い、最も厳しい悪事や呪縛で攻撃する。

マスティマ（マステマ、マンセマット）
Mastema (Mastemah, Mansemat)

悪、敵意、逆境、破壊の**天使**。告発者。**悪霊**と不正の君主。マスティマの本名は、「敵意」を意味するヘブライ語の名詞と同じ起源を持つ。それは旧約聖書の2カ所で使われている（ホセア書9章7~8節）。

伝承によれば、マスティマはかつて主の天使で、主の罰を下していたが、やがて悪霊と化したという。

クムラン文書の10カ所で、マスティマは**ベリアル**と同一視されている。その目的は破壊である。彼はまた、光の君主と闇の天使の間に存在し、嘘つきの子供を支配する。また、正直な子供を惑わす。

記念祭では、マスティマは名前のある唯一の天使で、災いの使いと同一視されている。彼の起源は説明されていないが、**サタン**と同一視され、人類に脅威を与え、悩ます、邪悪な者たちの君主である。サタンとしてのマスティマは神にアブラハムを試させ、息子のイサクを生贄にせよといわせた。マスティマはまた、モーセと敵対するエジプト人を助け、彼を殺そうとした。彼はモーセとアロンに立ち向かうファラオの魔術師を助けた。彼の悪霊はノアの息子たちを道に迷わせ、罪や偶像崇拝、汚れを犯させた。

ある伝説では、マスティマは神に、人間を支配するために悪霊を与えてくれるよう頼んだという。神は堕天使の10分の1を与え、彼に支配させた。

マステモトの天使
Angels of Mastemoth

死海文書に出てくる**グリゴリ**の名で、女性たちと関係を持ち、巨人を産ませた**堕天使**である。マステモトの天使は「敵

の天使」そして「闇の天使」である。クムラン文書（4Q390）は、罪人たちがマステモトの天使の勢力下におかれ、支配されるようになると言及している。

マセリエル
Maseriel

悪霊で、31人の**ソロモンの精霊**のひとり。マセリエルは**カスピエル**に仕え、西を支配する。彼は夜と昼にたくさんの従者がおり、それぞれにさらに30人の従者がいる。マセリエルの昼の12人の主要な公爵は、マフエ、ロリエル、エアルヴィエル、ゼリエル、アトニエル、ヴェスール、アジメル、チャーゾル、パティエル、アスエル、アリエル、エスポエルである。夜の12人の主要な公爵は、アラク、マラス、ノグイエル、サエミエト、アモイル、バキエル、バロス、エリエル、エアロス、ラビエル、アトリエル、サルヴォルである。

マッケナ司教、ロバート（1927年−）
McKenna, Bishop Robert

コネティカット州モンローの、ロザリオの聖母マリア教会のドミニコ会修道士。ロバート・マッケナ司教は、ペンシルヴァニア州の**スマル家の怪現象**や、『**悪魔の実（Satan's Harvest）**』（1990年）という本に描かれたマサチューセッツ州ウォーレンの幽霊屋敷などで**悪魔祓い**（除霊）を行った。彼は**エドとロレインのウォーレン夫妻**や**ジョン・ザフィス**、その他、素人の悪魔学者とともに活動した。マッケナは1958年に司祭に任命され、1986年に司教となった。彼は、教会当局者の多くは**魔王**を信じようとしないし、仮に信じていても関わりたがらないといった。マッケナは悪魔祓いからは引退している。

マーティン、マラキ・ブレンダン（1921−1999年）
Martin, Malachi Brendan

カトリックの神学者であり**悪魔祓い師**。元イエズス会修道士のマラキ・マーティンは、**悪魔憑き**と**悪魔祓い**に関する著書『**悪魔の人質**』（1976年）で有名になった。彼はフィクションを含め、全部で60冊以上の宗教書を著した。

マーティンは1921年1月23日に、アイルランド、ケリー州のバリーロングフォードで生まれた。彼はダブリンのベルヴェデーレ・カレッジで教育を受け、1939年に修道士見習いとなる。アイルランド国立大学で、セム語と東洋史の学士号を取得し、ダブリンのトリニティ・カレッジでアッシリア学を学んだ。ベルギーのルーヴェン大学で神学を学び、博士号を取得。さらに、イングランドのオックスフォード大学、エルサレム・ヘブライ大学で学業を修めた。

マーティンは1954年8月15日、イエズス会の司祭に任命され、1958年から64年にかけてローマ教皇庁に赴任した。また、ヴァチカンの教皇庁立聖書研究所の教授も務めた。マーティンは教会内の腐敗を非常に憂慮していた。1964年、教皇パウロ6世は、沈黙の誓いを除き、清貧の誓い、服従の誓いからマーティンを解

放し、教皇または彼が指名した者の直属になるよう命じた。彼は一般の司祭にとどまり、人前でカラーを着けなかった。

マーティンは文学の道を志した。また、何度か悪魔祓いに参加し、悪魔憑きの専門家となった。彼はパリに住み、さらにニューヨーク市へ渡り、リヴァノスという名の裕福なギリシア系アメリカ人の一家と暮らした。

1970年代後半、ニューヨーク市の連続殺人犯デイヴィッド・バーコウィッツ（「サムの息子」）がマーティンを呼び、自伝を書いてくれと依頼したが、マーティンは断っている。

1990年、マーティンはノンフィクションの著書『この血の鍵（Key of This Blood）』を出版し、その中でヴァチカンの悪魔的な儀式や活動に触れている。教皇の悪魔的な力にさらに言及しているのが1996年の小説『吹きさらしの家（Windswept House）』で、これには「堕天使ルキフェルの即位式」と呼ばれる**黒ミサ**の描写が出てくる。マーティンは、この儀式は教皇パウロ6世が選任される前に実際に行われた儀式だといっている。教皇はのちに「サタンの煙が聖域に入り込んでいる」と語った。

マーティンが最もよく知られているのは『悪魔の人質』の著者としてであろう。彼は世界じゅうで悪の力が働き、それが悪魔憑きや悪魔的な児童虐待に表れていると信じていた。彼の著書は、悪魔憑きの兆候や段階、正式な悪魔祓いの作法などを一般大衆に知らしめた。1990年代には、マーティンはアート・ベルが司会を務めるAMラジオ番組「コースト・トゥ・コースト」に不定期のゲストとして出演した。

マーティンは1999年7月27日、マンハッタンの自宅アパートで2度目の心臓発作を起こし、78年の生涯を閉じた。葬儀はニュージャージー州のウェストオレンジ・セント・アンソニー・オブ・パジュア・ローマ・カトリック教会で行われ、ニューヨーク州ホーソーンのゲイト・オブ・ヘブン墓地に埋葬された。

死去したとき、彼はヴァチカンの新世界秩序への関わりに関する本を執筆していた。

マモン
Mammon

大悪魔、誘惑者たちの君主として**地獄**を支配する**堕天使**。マモンの名は、アラム語で「裕福な者」の意。彼は**七つの大罪**の2番目である強欲を具現化している。マモンは**ルキフェル**、**サタン**、**ベルゼバブ**と同一視されている。彼はイングランドの地獄の大使を務めている。

魔除け
Amulet

身を守る力を持つと信じられている物。魔除けは**悪霊**、害悪、病気、不運、不幸、魔女、魔法使い、そして害をなすものすべて、特に超自然的な存在を撃退するために使われる。

人間や場所、動物を悪霊の攻撃や影響から守る魔除けは、古代から普遍的に使われてきた。最もよくあるものとして、天

然石や水晶がある。鉄や銀などの金属も特別な守護力を持っている。

魔除けには祈りや魔法、書かれた碑文——祈りやまじないなど——を通して守護力を染み込ませて作られ、人が持ち運んだり、ある環境に置かれたりする物が含まれる。また音も魔除けとなる。騒音、鐘、銅鑼、詠唱、歌は、煙と同じくらい有効である。

● 普遍的な魔除け

いくつかの物は、さまざまな悪に対抗する防護として広く使われてきた。その中にはこういったものがある。

鐘。鐘は多くの文化において、悪霊やその他の邪悪な霊、**邪眼**をはね返す強力な方法として使われている。人間の神性と関係があり、古代より魔術や宗教的儀式で用いられてきた。人々を祈りのために呼び寄せ、忌まわしい妖気を一掃する。

邪悪な霊を追い払う鐘の音については、紀元前1000年にさかのぼった時代の、アッシリアの魔術書に記載されている。

悪霊たちは鐘の音を「狂った魔女たちの咆哮」と考え、大いに憤りながら追い払われると、**ニコラ・レミー**は言っている。悪霊たちの反撃の証拠として、多くの鐘つきたちが、悪霊の支配下にある稲妻に打たれるという事実があるとレミーは言う。

鐘は衣服につけられ、子供や家畜に結びつけられ、出入り口にも吊される。赤いタイやリボン、飾り帯などは、鐘の守護力をより強固にする。

民間伝承によると、鐘は魔女や悪霊が引き起こす嵐の最中に鳴らされるべきものである。魔女たちがうろついていると信じられている夜、例えばサムハイン（ハロウィン）やベルテイン（ヴァルプルギスの夜としても知られている）には、魔女やその使い魔の悪霊たちが村の上を飛び回るのを防ぐため、教会の鐘が鳴らされた。魔女裁判で告発された魔女たちは、悪霊や悪魔の背に乗って**サバト**へと宙を運ばれ、教会の鐘が夜中に鳴ったところで振り落とされ地面に落ちたと証言した。

人が死ぬと、死者があの世へ向かう旅の間に悪霊の攻撃を受けないよう、伝統的に教会の鐘が鳴らされる。

煙。香や薬草、清められた動物を燃やすことは、単に神を喜ばせるだけでなく、悪霊除けの意味もある。トビト記にはどのように大天使ラファエルが若者トビアに、魚の肝臓を焼いて煙を起こし、悪霊**アスモデウス**を祓うことを教えているかが書かれている。

塩。塩はその白さが持つ純粋性、保存力、命と健康に関わっていることから、悪霊や邪悪なものをはねつける。塩は腐敗や破壊を志向する悪霊の本質とは正反対である。悪霊を呼び出す魔術的な儀式からは排除しなければならない。

塩は魔女や邪眼を寄せつけない。魔法にかかっているかどうかは、人間や動物が塩味のものを食べられないことで判断できる。ヨーロッパの魔女狩りにおける異端審問官は、枝の主日に聖別された塩と清めら

れた薬草を清められた円盤状の蜜蠟に押しつけて作った、聖餐用の魔除けを身に着け、みずからを守っていた。告発された魔女を拷問するやり方のひとつは、たっぷり塩を入れた食べ物を無理やり食べさせ、水を与えないというものだった。

　塩は不吉な呪いに対する魔法の治療薬である。不吉な呪いを破る古い秘策は、魔女の家の屋根瓦を盗んできて、塩と尿を振りかけ、まじないを唱えながらそれを火にかけて熱するというものである。アメリカのオザーク高原の伝承では、食べ物が塩辛いと文句を言う女性は魔女の疑いを掛けられるという。魔女を見つけ出す方法のひとつとして、その女の椅子に塩を振りかけるというものがある。もし魔女ならば、塩が溶けて服が椅子にくっついてしまうのだ。

　迷信では塩をこぼしたり、借りたり、切らすことは縁起が悪いとされている。おそらく昔は塩が貴重で不足していた日用品だったからだろう。塩をこぼすのは悪魔に対して無防備になるということだが、右手で塩をひとつまみして左の肩越しに投げると、悪運を打ち消すことができる。

　キリスト教では、清められた塩と清められた水で聖水を作る（下記参照）。

流水。水は純粋さを表し、悪を拒絶する。民俗学では、交差する流水によって、つきまとってくる邪悪な霊や魔女から逃れることができるという。ヨーロッパの魔女狩りでは、疑われた魔女たちは時に手足を縛られて深い水に「浸かり」、あるいは沈められた。彼女たちが浮かび上がれば、邪悪なために水から拒絶されたということで、**妖術**の罪を犯したということになる。もし沈めば――たいてい溺れ死ぬのだが――水に受け入れられたということで、無罪となる。

曲がりくねった道。曲がりくねった道や橋は、邪悪なものも含めてすべての霊を惑わせ、場所にたどり着くのを妨げる。

●**悪霊に対抗するユダヤの魔除け**
　悪に対する魔除けの性質を持つユダヤの宗教的な道具は、以下のとおりである。

メズーザー。最も大切な魔除けのひとつが、聖書の銘文を戸口につけるメズーザーである。銘文は申命記6章4~19節、11章13~20節の数行――唯一無二の神の戒律を伝える言葉と、戒律に従うようにという神からの教示――で、ユダヤ人たちに一神教の原理を思い出させるためのものである。

　メズーザーは太古の昔のお守りから生まれたものかもしれない。中世の頃までには、悪霊に対する防御として、絶大な力を獲得していた。ラビの指導者たちは、申命記6章9節の「あなたの家の戸口の柱にも門にも書き記しなさい」という言葉に基づき、もっと宗教的な意義をメズーザーに持たせようとした。しかし一般的には、主に悪を追い払うために使われた。

　悪霊を寄せつけないメズーザーの力が非常に強いため、キリスト教徒もユダヤ教徒も同様に使った。未熟児の死亡を防

ぐとも信じられた。多くの家庭がメズーザーを各部屋に取りつけていた。人々もまた小さなメズーザーを、自分用のお守りとして携えていた。

　メズーザーを作るには厳密な手続きを経なければならなかった。『天使ラジエルの書』にある魔除けの一覧によると、決まった占星術と天使からの影響下で、鹿革から作った紙に書かれることになっていた。とある10世紀の指南書一式には「月曜日の5時、すなわち太陽と天使ラファエルが統べる時、あるいは木曜日の4時、金星と天使アナエルが統べる時にのみ書かれるべし」とある。

　メズーザーは時に小型の容器に入れられた。メズーザーの表側を変えることは禁じられていたが、鹿革の裏に書くことは差し支えなかった。中世において一般的に付け加えられたのはシャーダイ（全能の神）の名で、悪霊を追い払うのに特に効き目があった。シャーダイの名が見えるよう、メズーザーのケースの裏に小さな窓が開けられた。その他の加筆は、神の名、聖書の他の詩句、天使の名、魔術的なシンボルなどであった。よく名前が記された天使たちは、ミカエル、ガブリエル、アズリエル、ザドキエル、サルフィエル、ラファエル、アナエル、ウリエル、ヨフィエル、ハスディエルであった。

　メズーザーは今なお宗教的な道具、または魔除けとして使われ、家庭を守り、また人々によって身につけられている。

聖句箱（テフィリン）。その他の悪霊に対抗する魔除けとして重要なものは聖句箱で、聖書の詩句を記した羊皮紙を中に入れた一対の黒い革箱である。聖句箱（テフィリン）はフィラクタリーズとも呼ばれる。ふたつのうちひとつは手の聖句箱で、腕や手、指に皮紐で巻きつけられる。もうひとつは頭の聖句箱で、額に巻きつけられる。聖句箱は、神がイスラエルの子供たちをエジプトから連れ出したことの「印」または「思い出させるもの」の役割を持つ。平日の朝の祈りの際に装着される。

ツィツィート。ツィツィートは上着に付けられたふさ飾りで、現代でも祈りの際に使われるショールの飾りとして残っている。ツィツィートと聖句箱は特に、事故、病気、死に対する魔除けである。ユダヤの律法書タルムードは、メズーザーと聖句箱、ツィツィートの「3重の結びつき」を、悪の力に対抗する強力な組み合わせであると断言している。「額に聖句箱、扉にメズーザー、暖炉にツィツィートを備えている者は誰でも、罪に陥らないと確信できるだろう」

小さな月。月の形の魔除けはかつて、男女問わずネックレスとして着用され、また動物の首にも掛けられた。他の魔除けにはイヤリングがある。聖書にはヤコブが、樫の木の根元にイヤリングを埋めたと書かれている。

●キリスト教徒の魔除け

　悪に対抗するキリスト教徒の魔除けには、聖なる道具や詠唱も含まれる。その中には以下のようなものがある。

魔除け

十字架とキリスト受難の十字架像。十字架は世界で最古の魔除けのひとつであり、キリスト教より数世紀さかのぼって存在した。最もよくある形はT字型よりも、同じ長さの腕が4本ついたものである。十字架は太陽神や天国と結びついており、古代には聖なる神からの加護と繁栄を象徴していたのかもしれない。十字架はまた、Y字の生命の樹、すなわち宇宙の中心に立つ世界の軸であり、地球と宇宙、肉体と精神の架け橋を表してもいる。

キリスト教では十字架は魔除けの域を超え、宗教の象徴、キリスト磔刑の苦しみの象徴となった。しかし悪の力に対抗して身を守る魔除けとしての面も保持した。磔刑の前でさえ、十字架は闇の力に対する武器であった。伝説によると、**ルキフェル**が神の権力を奪おうと宣戦布告した時、彼の軍勢は神の天使たちを2度にわたって粉砕した。神は天使たちに三位一体の名を記した光の十字架を与えた。その十字架を見たとたん、ルキフェルの軍勢は力を失い、地獄へと追いやられた。

初期のキリスト教徒たちは神の加護を求めて、またお互いを見分ける手段として十字のサインを作った。4世紀にはキリストの木の十字架が、ローマ皇帝コンスタンティヌス1世の母、皇后ヘレナによるエルサレムの発掘にて発見されたという。ヘレナは埋まっていた3つの十字架を磔刑の跡地で発見したが、どれがキリストのものかわからなかった。彼女は3つすべてを、ある男の死体で試してみた。ふたつの十字架は死体に何の効果ももたらさなかったが、3番目のものは死体を蘇らせた。ヘレナは十字架の一部をコンスタンティヌス帝に送り、彼はそのまた一部をローマに送って、それは今でもヴァチカンで保管されている。ヘレナは残りの十字架を再び埋めた。その十字架のかけらを用いて作られた魔除けは、非常に尊ばれた。

教会が力を持つにつれ、十字架も同様に力を得ていった。信仰によれば、不浄なものは十字架の前では太刀打ちできないという。十字架や十字のサインは、悪霊や悪魔を祓うのを助け、**夢魔**や**サキュバス**(インキュバス)を撃退し、人間や獣が魔術にかかるのを防ぎ、穀物を魔女が枯らすことから守り、吸血鬼を退散させる。中世の間、異端審問官は告発された魔女を前にして、しばしば十字架を身につけ、あるいは十字のサインを作り、魔女たちが自分の悪霊の助けを借りて、彼らにかけるかもしれない邪悪な呪いをかわそうとした。人々はほんのちょっとした仕事の前でも、邪悪な存在がそばにいる場合に備えて、日常的に十字を切った。十字つきパンの十字は、パン種に十字を刻みつけて悪から守ろうとした中世の習慣の名残である。

憑依の場合、被害者は十字架を避ける。**悪魔憑き**の頭の後ろに、こっそり十字架を置いておくことは、憑依されているかどうか試す方法のひとつである。悪魔に取り憑かれた人々は十字架に唾を吐き、破壊する。十字架の形の傷痕に悩む者も

いる。1906年、16歳の少女クララ・ゲルマナ・ケレに起きた事件のように、十字架にひるむ被害者もいる。ケレは小さな十字架さえ、それが包んであったり隠されていたりしても、その前にいることに耐えられなかった。

カトリックの**悪魔祓い**の儀式では、聖職者は十字のサインでみずからと被害者を守る。儀式には、被害者の額の上で作られた数多くのサインが必要である。

詠唱。グレゴリオ聖歌、すなわちラテン語で歌われる祈りは、悪魔憑きの事件で悪霊を鎮めたり、空間を清めたりするのに使われる。悪霊にとってグレゴリオ聖歌は耐えがたいものだと信じられている。

ベネディクトゥスのメダル。聖ベネディクトゥス（480頃~547年頃）のメダルは常に十字架と結びついており、時に聖ベネディクトゥスのメダル十字と呼ばれる。これは悪魔祓いのメダルであり、サタンや悪の力から身を守ってくれる。

メダルの表面は、十字架とワタリガラスを伴った聖ベネディクトゥスである。最初の聖ベネディクトゥスのメダルが、いつ刻印されたのかはわかっていない。歴史上いつの時点か、連続した大文字VRSNSMV-SMQLIVBが大きな十字架の形を取り囲み、メダルの裏面に記された。1647年には、バヴァリアのメッテン大修道院から、1415年の日付の文書が発見されたが、そこにはそれらの大文字が、サタンに対抗する悪魔祓いのラテン語による祈りの頭文字だという説明があっ

た。Vade retro Satana! Nunquam suade mihi vana! --Sunt mala quae libas.Ipse vulenena bibas!（立ち去れ、サタンよ！おまえの虚飾で私を誘惑するな！おまえが差し出すものは悪だ。その毒はおまえみずから飲むがいい！）

聖ベネディクトゥスのメダルはサタンに対する魔除けとして、また誘惑への抵抗を忘れないために、人が身に付けたり、家や車やその他の場所に置かれたりする。

聖水。聖水は聖職者に清められた水と塩を混ぜたものである。塩は腐敗しないことの、そして水は純粋さの象徴である。教会の敷地は聖水で聖別される。聖水を用いるカトリックの聖別式と**洗礼**の儀式は、身体の健康と邪悪な霊を祓うことを保証する。

悪霊に対する追加の予防措置として、塩は伝統的に、子供が洗礼を受けられるようになるまで、新生児の揺りかごの中に置かれた。死に際しては棺に納められ、この世から霊魂の乗り物に移動する間の魂を、悪霊から守る手助けをする。

呪文を唱えるための容器参照。

マリー・デ・ヴァレ（1590-1656年）
Marie des Vallees

フランスのクタンスに住む女性で、生涯にわたり**憑依**に悩まされたことで、地元の神秘主義者として崇められた。マリー・デ・ヴァレは、66年の生涯のうち44年を悪魔憑きとして過ごし、クタンスの聖女と呼ばれた。

マリーはバス・ノルマンディー地方の

クタンスにあるサン＝ソヴァール＝ランドラン司教管区で、農民の家に生まれた。父のジュリアンは、彼女が12歳のときに死去した。母のジャクリーン・ジェルマンが再婚した肉屋は、マリーを棒で殴った。その虐待により、彼女は家を出て、さまざまな人々と暮らしながら2年間放浪した。1609年、彼女が女家庭教師と暮らしていた頃、悪魔憑きの兆候が表れた。

マリーは、彼女に感銘を受けた聖ジャン・ユードに、みずからの人生を詳しく語っている。それによれば、彼女の悪魔憑きの原因は魔女の**呪い**だという。ある若者が彼女に結婚を申し込んだが、彼女は断った。若者は魔女の力を借りて彼女を振り向かせようとした。ほどなくして、聖メルクフ祭の行列で彼に押されたとき、マリーは自分の中に欲望が起こるのを感じた。帰宅した彼女は倒れ、「恐ろしい叫び声」をあげた。それ以来、マリーは**悪霊**の手にとらわれた。彼女は祈ることも、教会へ行くことも困難になった。

マリーはその若者の名を決して明かさなかったが、彼はその教区を永遠に出ていったと語った。「ラ・グリヴェレ」の名で知られた魔女は、のちにいわれのない**妖術**の罪で火刑に処せられた。

マリーの評論家のひとりが書いた本では、別の憑依のいきさつが描かれている。彼女の問題が始まったのは、祭日に若い男性と墓地で「好色で罰当たりなダンス」にふけってからのことだという。

いずれにせよ、マリーが取り憑かれてから、問題は悪化していった。落ち着かず、ほとんど眠れない夜を3年ほど過ごしたのち、マリーを養っていた家族は彼女をクタンスのブリロイ司教のもとへ連れていき、助言を求めた。医師は役に立たなかった。司教は3年かけて悪魔祓いを試みたが、失敗に終わった。

1614年、マリーはルーアンへ行き、大司教と数人の医師による**悪魔祓い**を受けた。悪霊はいずれ出ていくと約束したが、その約束は守られなかった。理由を訊かれると、ある地元の紳士が妖術を使い、出ていけなくさせたのだと答えた。この非難に腹を立てた貴族はマリーを魔女として告発し、彼女は逮捕された。

マリーは6カ月間投獄された。体毛を剃られ、**魔王の印**を見つけるために針で刺された。また、処女検査を受けさせられた。魔女は悪霊や**魔王**と性交すると信じられていたため、彼女が本当に魔女なら、処女ではないということになる。マリーは処女検査に合格し、釈放された。

彼女はこの状況を利用して、魔女を哀れみ、その罪に対する罰を一身に引き受けようとした。毛の生えた豚皮のシャツを着て、馬の毛でできたベルトを巻き、断食した。1617年から1619年にかけ、彼女は**地獄**に下り、魔女に課されるあらゆる責め苦を受けた。彼女は、魔女が自分を取り囲み、やってもいない罪で告発し、さらに苦痛を加えたといった。

マリーは悪魔憑きの一般的な症状を見せた。神聖なものに強い嫌悪を示したり、聖体拝領ができなくなったりするなどである。彼女はナイフで自殺しようとしたが、神がその手をこわばらせ、自殺を止めたという。

マリーは悪霊から逃れたいとは決していわず、悪魔憑きを利用して、聖人としての自分を前面に押し出した。彼女は大きな後ろ盾を得たが、物議と批判の的にもなった。彼女は教会の外で活動した。1651年、地元の教会裁判所は、彼女が魔王に騙され、彼と**契約**を結んだと宣言した。

1655年、マリーに取り憑いていた悪霊は去った。30年目にして初めて、彼女は聖体拝領を受けることができた。彼女は1656年に死去した。

マルガラス
Malgaras

悪霊で、31人の**ソロモンの精霊**のひとり。マルガラスは西を支配し、数十人の公爵が昼も夜も彼に奉仕する。彼の従者は礼儀正しく、自分たちの従者を従え、ふたりひと組で現れる。昼の主要な12人の従者は、カミエル、メリエル、ボラシー、アゴール、カシエスト、ラビエル、カビエル、ウディエル、オペリエル、マシエル、バルファス、アロイスである。夜の主要な12人の公爵はアロス、ドイエル、クービ、リブレル、ラボク、アスペイル、カロン、ザモル、アミエル、アスパラ、デイラス、バシエルである。

マルコシアス
Marchosias

堕天使で、72人の**ソロモンの悪魔**の35番目に位置する。マルコシアスは侯爵で、30の**悪霊**の**軍団**(レギオン)を統率する。彼はグリフィンの翼と蛇の尻尾を持つ残忍な雌狼の姿で現れ、口から火を吐く。命令されれば人間の姿になる。強力な戦士である。彼は魔術師には忠実に仕え、質問にはすべて正しく答える。かつては主天使の位階にいたマルコシアスは、1200年後に第7の玉座に戻るという、かなわぬ夢を抱いている。

マルバス(バルバス)
Marbas(Barbas)

堕天使で、72人の**ソロモンの悪魔**の5番目に位置する。マルバスは**地獄**にいて、36の**悪霊**の**軍団**(レギオン)を統率する。最初はライオンの姿で現れ、人間に変身する。彼は隠され、秘密にされた物事を知っている。病を引き起こしたり、癒やしたりする。機械技術の知恵や知識を授ける。また、人間を別の姿に変えることができる。

マルファス(マルパス)
Malphas(Malpas)

堕天使で、72人の**ソロモンの悪魔**の39番目に位置する。マルファスは**地獄**の大総裁で、最初はカラスの姿で現れ、命令を受けると、かすれた声をした人間の姿になる。彼は巧みに家や高い塔を建て、敵の神殿や搭を倒す。彼は詐欺師を素早く集める。また敵の欲望や思考、業績を破壊する。マルファスはよい**使い魔**を与えてくれる。捧げ物は快く受け取るが、捧げた相手を裏切る。マルファスは40の**悪霊**の**軍団**(レギオン)を統率している。

マンドラゴラ
mandragora

小さな人間の姿をした**悪霊**で、ひげは

なく、髪の毛は薄い。マンドラゴラは小さなポペット、あるいは人形であり、**魔王**がそれに宿り、呪縛をかけるのに使われる。伝承によれば、マンドラゴラはうなずくことで未来を予見でき、持ち主と話ができるという。彼らは健康を授け、病を癒やし、邪悪なものから家を守る。

ミクトランテクートリ
Mictantecutli

アステカの地下の神で、**悪霊**の王。ミクトランテクートリは、王冠を戴く太陽神トナカテクートリを除けば、アステカで唯一の神である。彼は玉座に座った骸骨の姿をし、フクロウ、ひと塊の砂漠の草、死体、人間の心臓の載った皿を持っている。

ミクトランテクートリは、彼の冥府ミクトランにとらわれた人々の魂を苦しめる。彼はときおり生者の世界に旅し、新たな犠牲者を探す。彼は真夜中を支配し、彼の悪霊をすべて世界に放つ。悪霊は夜明けまで自由に飛び回る。

ミシェル、アンネリーゼ（1952-1976年）
Michael, Anneliese

悪魔憑きの長期にわたる**悪魔祓い**の最中に死んだドイツ人女性。世間を騒がせた裁判で、アンネリーゼ・ミシェルの両親と、悪魔祓いを行ったふたりの司祭が過失致死で有罪となった。この事件をもとに、映画『エミリー・ローズ』（2005年）が作られた。

アンネリーゼは1952年9月21日、バイエルン州のクリンゲンベルクで、カトリックである保守的な中流階級の家に生まれた。彼女は5人姉妹の次女で、長女のマルタは8歳のときに肝臓の病気で亡くなっている。両親はジョーゼフとアンナ・ミシェルで、ジョーゼフは大工であった。子供の頃のアンネリーゼは体が弱く、病気がちだったが、学校の成績はよかった。彼女は過敏症の兆候を示し、教会のミサの最中に、ときおりぐったりすることがあった。両親は彼女を将来教師にしたいと考え、アシャッフェンブルクのギムナジウムに行かせた。

1968年、アンネリーゼは教室にいるとき、最初の意識喪失に見舞われた。その夜、彼女は恐ろしい麻痺と息苦しさを経験し、排尿がコントロールできなくなった。それから1年後、同じことが起こった。母親は彼女を、アシャッフェンブルクの神経科医、ジークフリート・ルティ医師のところへ連れていった。彼は癲癇の疑いありと診断したが、発作が頻繁に起こらないことから治療は行わなかった。アンネリーゼの体調は悪化し、扁桃炎、胸膜炎、肺炎、結核にかかった。また、心臓と循環器に問題があると診断された。彼女はミッテルベルクの療養所に入れられた。

アンネリーゼがまだ療養所にいた1970年6月3日、彼女はまたしても夜間の発作に襲われた。彼女はケンプテンの神経科医のところに送られ、脳電図（EEG）を取られた。その結果、異常な脳波が計測され、医師は抗痙攣剤を処方した。アンネリーゼは療養所に戻ったが、徐々に鬱状態に陥っていった。ケンプテンに行っ

てから1週間ほど経った頃、彼女は最初の悪魔的な幻視を体験した。祈りの最中、歪んだ、冷酷そうな大きな顔が、一瞬彼女の目の前に現れたのである。アンネリーゼは真剣に祈りを捧げるのが習慣だったが、その後、また悪魔のような顔に邪魔されるかと思うと、祈るのが怖くなった。彼女は自分の中に悪霊がいるのではないかと疑うようになった。病気は恐らくそのせいだと。彼女は自殺を考えるようになった。

1970年8月29日、アンネリーゼは家に戻されたが、家族は彼女がどこか変わったような気がした。鬱々として、内にこもるようになっていた。復学したが、成績は中くらいにとどまった。彼女は勉強が困難になり、またしても発作を起こした。

アンネリーゼは再び医師のところに戻され、循環器の問題と診断され、さらに抗痙攣剤を処方された。彼女は、少なくとも長期にわたっては、それを飲んでいなかったようだ。

彼女の心身の状態は悪化しつづけ、学業への興味はすっかり失われていた。彼女は母親を喜ばせようと必死に勉強した。発作は続き、ときには深刻なものになった。母親は彼女を、もう一度アシャッフェンブルクのルティ医師に診せた。彼は抗痙攣剤を処方し、定期的な診察を勧めた。アンネリーゼは義務的に、数カ月ごとに診察を受け、それは1973年まで続いた。彼女は医師に、発作や意識喪失が増えていることを告げず、今ではほかの人が感じないひどい悪臭を感じていることもいわなかった。彼女は自分の無気力と倦怠感は投薬治療のせいだと感じていた。

アンネリーゼは、角の生えた、恐ろしい、悪魔のような顔の幻を見ることが多くなった。何かが焦げているような臭いや糞便の臭い、腐った肉の臭いをいっそう強く感じるようになった。寝室にノックの音が聞こえた。母親は夢を見ているのだといった。しかし、母親のアンナは間もなく、娘が悪霊に悩まされているのではないかと考えるようになった。彼女は半信半疑の夫に、家で聖母マリア像を見つめるアンネリーゼの目が漆黒になり、手が爪を立てた動物の前脚のようになっているのを見たといった。ジョーゼフは祈ることを勧め、娘をサン・ダミアーノ聖母教会へ連れていくといった。

アンネリーゼはそこで恐ろしい時を過ごした。礼拝堂に入ることができず、足元の地面が燃えているといった。奇跡の水も同様だった。彼女はロザリオを引きちぎり、父親が与えた聖人のメダルを着けることを、息が苦しくなるといって拒んだ。彼女は男の声で話し、悪臭を放った。

アンネリーゼの発作は悪くなるいっぽうだった。体調がよさそうな時もあったが、突然発作や幻覚、深い憂鬱に襲われた。彼女は悪霊が自分の中にいることを確信するようになり、自分が空っぽで、ふたつに引き裂かれている、あるいは自分が他人になったように感じた。彼女はますます自殺を考えるようになった。彼女にはペーターという恋人ができたが、性的に応えることはできなかった。

アンナはまたしても彼女をルティ医師に診せた。アンナとアンネリーゼによれば、彼はイエズス会の司祭に相談することを勧めたという。アンネリーゼの死後、ルティ医師はこれを否定し、別の医療専門家を勧めたにすぎないといっている。

いずれにせよ、アンネリーゼはさまざまな医師を渡り歩くいっぽうで、さまざまな司祭にも相談している。その中に、サン・ダミアーノ教区のロウト神父もいた。彼はエルンスト・アルト神父に彼女を紹介した。また、悪魔憑きを専門とするフランクフルトのアドルフ・ロデウィック神父は、彼女が悪魔憑きの兆候を見せていると手紙で意見を述べたが、高齢で距離も離れているため、じかに会うことは断っている。

アルトはこの事件に関わるようになる。彼は超能力や感応力にこだわっていたようで、アンネリーゼに会う前から彼女に共感していたと思われる。彼はアンネリーゼが、少なくともサーカムセッショ（邪悪な力に囲まれること）に悩まされており、ひょっとしたら悪魔憑きかもしれないという考えに傾いていた。

アンネリーゼはアルト神父と面会し、話をし、祈った。彼を訪問してから、アンネリーゼは一時的によくなったように見えた。アルトは1974年9月30日、修道院長であるスタングル司教に手紙を書き、彼女の悪魔祓いを許可してくれるよう頼んだ。スタングルはこれを拒み、アルトに彼女を見守るように告げた。司教は、彼女にはさらなる医療の助けが必要だと考えていた。

1975年、アンネリーゼは祖母の死と、妹たちが家を離れたことで不安定になった。勉強はかつてないほど困難になった。彼女はペーターに、理由はわからないが、自分は永遠に罰を課される気がするといった。彼女は神聖なものへの嫌悪を募らせ、教会に行くのもやめてしまった。ほとんど歩くこともできなくなった。顔や体がねじれる発作に悩まされた。ペーターは周囲の人々に、彼女は悪魔憑きだといった。彼女は自分を抑えられず、ペーターやほかの人々にものを投げるようになり、アルトに助けにきてほしいと懇願した。

アルトが7月1日にやってきたとき、彼女はヒステリー状態だった。彼が心の中で試し祓いの祈りを捧げると、アンネリーゼは飛び上がり、ロザリオを引きちぎった。

アルトが去った後、アンネリーゼの状態は目に見えて悪くなった。彼女は学校から帰ると、ベッドで硬直した。ようやく起き上がっても、脚が棒のようになっていた。彼女は怒り出し、悪態をつき、攻撃し、動物のように吠え、恐ろしい悪臭を放った。ジョーゼフ・ミシェルはロウト神父を呼び、神父はその目でこれらの発作を見た。

アルトは再びスタングルに悪魔祓いの許可を求めた。スタングルは小儀式に同意した。1974年8月3日、アルトとロウトはアンネリーゼに小儀式を行った。彼女はうめき、すすり泣き、体が燃えるようだといった。彼らは、これは本物の悪魔憑きだと確信した。

家でのアンネリーゼは抑えがきかなくなっていた。彼女の体は妙なところが腫れ上がり、山羊のように後ろ脚を跳ね上げて走り回り、絶え間なく叫び、体を硬直させ、超人的な力を見せた。彼女は体の中が燃えているといって服を破った。氷のように冷たい水や、トイレに頭を漬けた。蠅や蜘蛛、石炭を食べた。台所の床に放尿し、それを舐めようとした。また、尿に浸された下着を吸った。宗教的なものを破壊した。日曜日や祭日には、最も状態が悪くなった。彼女は訪ねてきた司祭を、暴言を吐いたり殴りかかったりして攻撃した。彼女は常に家族の監視が必要になった。

大量の蠅が家の中に突然現れ、同じように突然消えた。影のような動物が走り回るのが見られた。

この極端な状況に、ついにロデウィック神父がアンネリーゼに直接会うことに同意した。発作の最中、神父に名を訊かれた彼女は「ユダ」と答えた。それで彼女の悪霊の名前がわかった。さらなる証拠として、彼女は何度も人にキスをしようとしたり、憎しみで顔をグロテスクに歪めたりした。

ロデウィックの見立てでは、アンネリーゼはユダという名前の悪霊に取り憑かれており、従属的な悪霊も関わっているということだった。彼らは今のところ沈黙し、彼女の口を借りて話すことはなかった。2時間にわたる**ローマ儀式書**の儀式を行うためには、悪霊が悪魔憑きの口から喋り、与えられた質問に正直に答える必要があった。

アンネリーゼと家族は、彼女が悪魔憑きだと確信し、悪魔祓いをしてほしいと願った。ロデウィックはロウトとアルトに会い、自分の意見を伝えた。スタングルはローマ儀式書の儀式を行う許可を与えた。その任に選ばれたのは、サルバトリアン会のリュック=シパッハ修道院長、アーノルド・レンツ神父だった。レンツは悪魔祓いの知識はあったが、実際に行ったことはなかった。

最初の儀式は、1975年9月24日、アンネリーゼの自宅で行われた。参加者はアンネリーゼの家族、友人数名、恋人のペーター、そしてアルト神父、ロウト神父、ヘルマン神父だった。ヘルマン神父もまた、苦しめられている少女に寄り添い、相談に乗っていた。

アンネリーゼは3人の男性に取り押さえられながら、もがき、蹴り、嚙みつこうとした。悪態をつき、犬のように吠え、聖水を振りかけられると悲鳴をあげた。それでも、最初の悪魔祓いで見せた行動は、それまでの態度に比べれば穏やかだった。

2度目の悪魔祓いは9月28日に行われた。これ以降、儀式は記録されることになった。悪霊たち——ひとり以上が存在した——は、アンネリーゼが悪魔憑きになったのは、彼女が生まれる前に、嫉妬深い近所の女性が呪いをかけたせいだといった。家族はそれを確かめようとしたが、容疑をかけられた人物はすでに亡くなっていた。

悪魔祓いは続いた。立ち会った人々は肉体的な影響を受けた。まるで悪霊たち

に、立ち会うことを困難にさせられているかのようだった。

ユダの次には**ルキフェル**が現れ、続いてネロが現れた。しばらくして、悪霊たちは別の3人の名前を挙げた。カイン、ヒトラー、そしてフライシュマンという堕落した司祭である。カインとヒトラーはほとんど話さなかった。ユダが引き続き、悪霊の主な代弁者となり、ルキフェルがそれに続いた。

アルトは堕落した司祭の記録を見つけた。16世紀にエットレーベンに住んでいたその司祭は、女たらしで、暴力をふるい、酒を飲み、殺人を犯した。悪霊はアンネリーゼを通じて、自分の生涯を事細かに話した。それは記録には残っていたが、彼女の知らないことだった。アンネリーゼは彼のことを「黒い者」と呼んだ。

悪霊の活動は満ち引きを繰り返し、アンネリーゼが医療を再開すると増すように思われた。彼女には聖痕が現れた。イエスがアンネリーゼに語りかけ、この試練によって彼女は清められ、聖人となり、結婚できるだろうと告げた。

1975年8月31日、悪魔祓い師は完全な勝利を確信した。彼らは6人の悪霊を次々に追い出した。その都度、彼女は激しく嘔吐し、抵抗したが、最後には「めでたし、聖寵充ち満てるマリア」といって降参した。だが、試練が終わったと思ったとたん、新たな悪霊がうなり声で存在を明かした。それは自分のことを「わたし」としかいわず、アンネリーゼの中にずっと潜んでいたと告げた。悪霊はレンツに、「彼ら（ほかの悪霊）は、まんまとおまえを騙したのだ」といった。11月9日、レンツはその悪霊に、ユダであることを認めさせた。彼は8月31日に追い出された後、司祭が悪霊を封印するため『テ・デウム』を歌い、マリアへの祈りを捧げる手続きを取ったにもかかわらず、すぐに戻ってきたという。ユダはマリアの許しを得て戻ってきて、彼女が勝利し、すべての悪霊が追い出されるまでとどまると言った。

1975年のクリスマスの後、悪魔祓いの性質は変化した。悪霊は次第に喋らなくなり、いつ立ち去るかを語りたがらなくなった。1月には、ユダは自分がルキフェルかもしれないといい出した。アンネリーゼは暴力の発作を起こした。うなり、身をよじり、ほかの人々に殴りかかった。これらは悪魔祓いのとき以外に起こった。

1976年3月までには、アンネリーゼは身体的な衰えの兆しを見せていた。3月7日、レンツはベッドに横たわるアンネリーゼに悪魔祓いを行ったが、彼女は意識がなく、ほとんど反応しないように見えた。4月の復活祭の前には、アンネリーゼは新たに大きな試練が訪れると予言した。彼女は疲れ切っているようで、復活節にはイエスの死の苦しみになぞらえるほどの痛みを経験した。彼女はさらに頻繁に硬直の発作を起こし、ベッドにいる時間が長くなった。

5月初旬、アルトはアンネリーゼをエットレーベンに行かせることに決めた。彼女は恋人のペーターに、自分が苦しむのは7月までで、そのときになればこの試練は終わるだろうといった。エットレーベンに来てからは、アンネリーゼほとん

どの時間、硬直し、叫び、ベッドの上でぐったりしていた。食べることもできなかった。彼女は悪霊が喉を詰まらせるのだといった。

5月9日、両親は彼女を家に連れて帰ることにした。彼女は寝たきりになり、痛みを訴え、叫んだ。彼女は自分を叩いたり、嚙んだり、壁に体をぶつけたりした。壁を強く嚙んだため、歯が欠けた。頭でガラスの扉を突き破ったが、怪我はなかった。睡眠はひと晩に1、2時間ほどだった。食事はごくたまにしか摂らず、急いで飲み込めるような食べ物を指定した。悪魔祓いの間、悪霊たちは無反応だった。古い悪霊に代わって新しい者が現れたが、彼らは喋ることも、名乗ることも拒否した。

5月30日、アルトはアンネリーゼを訪ね、内科医の友人で悪魔祓いのテープを何本か聞いているリチャード・ロウト医師に同行を求めた。アンネリーゼはひどく痩せこけ、顔は腫れ上がり、あざができていた。ロウトは彼女を治療しなかった。

アンネリーゼの状態は悪化しつづけた。叫び声はこの世のものとは思われなくなった。アルトが生きているアンネリーゼを最後に見たのは6月8日だった。家族は、彼女が少量のフルーツジュースと牛乳しか飲まないといった。彼らは、試練が終わるとアンネリーゼがいった7月を心待ちにしていた。悪霊たちは口を閉ざしたままだった。

アルトにとって、唯一筋の通った説明は、彼女が誰か、恐らくは家族のひとり

の罪を贖うため「自己犠牲的な悪魔憑き」に苦しんでいたというものである。自己犠牲的な悪魔憑きは、悪魔祓い師にとって極めて扱いにくいものだった。レンツは週に2、3度、悪魔祓いを続けた。アンネリーゼの叫びは、単調なうめきにまで静まっていた。彼女は自分でも悪魔祓いをしようとしたが、失敗に終わった。

アンネリーゼは繰り返し、医師の治療を受けたいかどうか訊かれたが、彼女は医師にはどうすることもできないと拒否した。6月9日と6月30日には、罪の赦しを求め、6月30日にレンツはそれに応じた。彼女は高熱を発していた。その日の悪魔祓いが終わった後、ベッドに入ったアンネリーゼは母親に怖いといった。彼女は7月1日の朝、眠っている間に息を引き取った。悪霊が予言したとおり、彼女の試練は1976年7月に終わったのだ。

ロウトが呼ばれたが、彼は正式な書式を持っていなかったため、死亡証明書を書くことができなかった。ミシェル家の主治医、ケーラー医師が死亡証明書を書き、彼女は自然死ではないと告げた。アルトはアシャッフェンブルクの州検事総長事務局に連絡した。検死の結果、アンネリーゼは餓死であることがわかった。彼女の脳には、癲癇の発作に特有の損傷は見られなかった。また、体には餓死特有の傷も見られなかった。瞳孔は大きく開いており、それは宗教的な意識変容状態にある人々の特徴であった。

この事件は大いに議論を呼んだ。人々は、アンネリーゼが悪霊に殺されたという考えを受け入れたがらなかった。それ

は悪が善に勝つことを意味しているからである。それよりも、彼女が犠牲として死ぬことを選んだという噂のほうが好まれた。人々はクリンゲンベルクに巡礼し、アンネリーゼの墓で祈りを捧げた。レンツはメディアの英雄となり、インタビューに答え、悪魔祓いのテープを流したが、やがて修道院長に止められた。

州検事総長事務局は犯罪捜査に乗り出し、1年かけて証拠を集めた。1977年7月、アルト、レンツ、アンネリーゼの両親は、過失致死罪で起訴された。スタングルとロデウィックに対する告訴は取り下げられた。

アンネリーゼに対する大衆の畏敬の念は、彼女を事実上、聖人にまで高めた。カルメル会のある修道女は、アンネリーゼが墓から語りかけてきたといった。アンネリーゼは、3月の裁判開始に先立って、1978年2月25日に墓から掘り起こしてほしいと希望しており、レンツにこのことが実行されるよう取り計らってほしがっていると修道女は言った。さらに、アンネリーゼによれば、彼女の遺体は腐ることなく、発掘が行われれば、悪霊や神、聖母、その他の霊的存在、永遠の生命、復活、地獄といったものが存在する証拠になるということだった。修道女は、アンネリーゼはドイツとその若者、司祭のために犠牲となって死んだのだといった。そして、神はアンネリーゼを復活させるだろうと。

アンネリーゼの両親は、彼女の亡骸をもっとよい棺に移したいという名目で、指定された日に遺体を掘り起こすことに成功した。この出来事にメディアは熱狂した。しかし市長はアンネリーゼの両親と観衆に、少女の遺体は腐敗がひどく、見ないほうがよいと告げた。両親はそれに従った。レンツは遺体を見ることを希望したが、遺体安置所の入り口で帰されたと語った。

噂はたちまち広まった。彼女の遺体は腐ることがなく、当局はそれを隠しているというのである。

裁判は1978年3月30日に始まった。実際に何があったのか、またアンネリーゼが癲癇と精神病だったのかどうかに関して、たくさんの相反する証言がなされた。ある医療専門家は、彼女を精神安定剤で動けなくし、強制的に食事をさせ、電気ショック療法を施すべきだったという意見を述べた。

裁判所は、4人の被告全員を、過失致死で有罪とした。裁判所の意見は、アンネリーゼは自分で自分をどうすることもできず、医療の助けを与えるべきだったというものであった。悪魔祓いや周囲の環境は彼女を悪化させたというのだ。彼らは懲役6カ月、執行猶予3年の刑を宣告され、裁判費用の支払いを命じられた。その後、事件の評論家は悪魔祓いを禁止するか、少なくとも変更するよう働きかけた。

ヨーロッパじゅうの予言者が、裁判やその他の宗教的な物事についてのアンネリーゼのメッセージを伝えつづけている。彼女の墓には引き続き巡礼者が訪れている。彼女をめぐる伝説には、彼女や彼女を助けようとした司祭を攻撃した者

が死や事故に見舞われたという話も加わっている。

事件を分析する中で、人類学者のフェリシータス・D・グッドマンは、アンネリーゼに処方された抗痙攣剤にはおしなべて深刻な副作用があり、そのため彼女は自分のコントロールができなくなり、悪魔祓いが邪魔され、彼女の死を引き起こしたのだろうと語った。

アンネリーゼの事件は2005年に『エミリー・ローズ』として映画化された。監督はスコット・デリクソン。エミリー・ローズをジェニファー・カーペンターが、カトリックの司祭ムーア神父をトム・ウィルキンソンが演じている。

ローズはムーア神父の悪魔祓いの後に死亡し、ムーアは過失致死に問われる。検事のイーサン・トマス（キャンベル・スコット）は事件に対し、ローズの苦悩は医学的に説明がつき、ムーアは彼女に必要な医療を受けさせなかったことで死に追い込んだと主張する。被告人の弁護士、エリン・ブルナー（ローラ・リニー）は、ローズの状態と死は、超自然的な原因によるものだと訴える。

裁判は、宗教、哲学、超自然的なものへの信仰を議論する舞台と化した。ローズが実際に悪魔憑きだったかどうかは、映画の中では明らかにされていない。それは観る者の判断にゆだねられている。

2006年には、さらに実話に近いとされるドイツ映画『レクイエム』が公開された。

夢魔（インキュバス）
incubus

性交の目的で女性につきまとう、淫らな男の**悪霊**。ヘブライ神話では、夢魔（インキュバス）とそれに相当する女の悪霊**サキュバス**が、就寝中の男女のもとに訪れ、体に乗って強く圧迫し、誘惑する。夢魔たちは、魔女、呪術師、シャーマンに召喚されることもある。ヨーロッパで魔女ヒステリーが吹き荒れた時代、夢魔は**魔王**の手先と信じられ、人々をいたぶっては堕落させ、いっそう邪悪な道に陥らせるものとされた。夢魔の攻撃は、近代の**憑依**の事例に報告がある。

incubus という語は「上に乗る」を意味するラテン語の incubare に由来する。被害者は重いものが胸にのしかかって、麻痺したように感じることが多い。ときには息が詰まるような、すなわち窒息感を覚える。ギリシア人は、この現象を「急襲するもの」を意味するエピアルテースという。また、別のギリシア語では「窒息」の意味のプニガリオンともいう。『博物誌』を著したプリニウスは、これを「抑圧」または「夜間錯覚」と呼んだ。

●ユダヤの悪魔学における夢魔

夢魔の存在や働きは、ユダヤの悪魔学においても知られており、古代ユダヤの聖書注解書にアダムの悪魔的な末裔の伝説が記されている。ユダヤ教神秘主義カバラの経典『光輝の書』によれば、こうした合体は、眠っていて知らずに霊と共棲する男たちによって継続される。人間と悪霊の交配種の子供たちは悪魔の性質

を持ち、悪霊の上位に位置付けられ、権力者および支配者の地位を占める。そこで、悪霊は人との性交を好んだ。

● 初期キリスト教教会における夢魔

初期キリスト教の神学者、なかでも殉教者聖ユスティヌス、アレクサンドリアのクレメンス、テルトゥリアヌス、そして、ユダヤの歴史家ヨセフスやプラトン学派の哲学者たちによると、夢魔は**神の子ら**で、人間の女性と交わったために、天から降りた天使だという。その子孫は巨人の**ネフィリム**であった。彼らの先祖が人間の男女だったはずはない。

聖アウグスティヌスは、異教の半神半人の森の精や牧神も夢魔とし、彼らは非常に淫らで、しばしば欲情のままに女性を傷つけたと述べている。

● ヨーロッパの異端審問の時代における夢魔

魔女狩りが盛んだった時代、悪魔学者たちは、魔女、魔王、悪霊に関する手引書を著した。手引書には、夢魔の見かけ、振る舞い、性質や、対処法が記されている。

夢魔が特に惹かれるのは、美しい髪の女性、若い処女、貞淑な未亡人、並びにあらゆる「敬虔な」女性である。なかでも修道女は最も襲われやすく、寝室のみならず告解室でも淫らな行為をされた。大半の女性は夢魔に性行為を強要されるが、なかには進んで身を差し出し、行為を楽しむ者さえいた。かつて、女は男より下等で誘惑に耐える意志が弱いため、男よりも悪霊の手にかかりやすいとされていた。

夢魔は硬くて巨大な男根を備え、女性に激痛を与える。フランス人の悪魔学者、**ニコラ・レミー**によると、1586年にアロークールで魔女として告発された女が、彼女の悪霊の性器を、のし棒のように長く、睾丸や陰嚢はないと説明した。告発された別の魔女、ミルモンのディダシアという女は、1588年の自身の裁判で、「いつも悪霊の巨大なふくれあがった一物でいっぱいに引き伸ばされ、シーツは血でびしょぬれになった」と語った。夢魔の性器には、爬虫類の皮のようにうろこに覆われたものもあるといわれた。

夢魔は生殖に興味はなく、もっぱら性を貶めることに熱中した。しかし、女性を妊娠させる能力はあった。精液を持たないため、夢精や自慰をする男や、悪霊がサキュバスになりすまして交わる男から集めた。夢魔は精液を保存し、それをあとで犠牲者に使うことができた。悪霊の精液は氷のように冷たいという。

夢魔

生まれた子供たちは、知らずに精液を提供した男の子供と思われていた可能性もある。昔の怪奇譚には、そうした子供たちを半人半獣だとする話もあった。レミーの描写によると、半分悪霊の奇形の子供たちには、口がふたつ、頭がふたつ、指が6本、歯がふた組あり、顎鬚を生やして、4つの目と3本の手と足があった。ほかにも手足がない子や、額の真ん中、あるいは膝に目がひとつついている子もいた。なかには人の形ではなく、海綿のような塊に見える子もいた。レミーは、夢魔の子供を目撃した報告を伝えている。

鉤形のくちばしと、つるつるした長い首、震える目、先の尖ったしっぽを持ち、耳障りな声をしていて、足はものすごく速く、厩舎の中で隠れ場所を探すように、素早くあちこち走りまわっていた。

かつて、そうした子供たちの中には、アダムの子孫と呼ばれる者もいた。まるでアダムの時代から連綿と続いてきたかのようだ。精液に欠陥があるため、絶えず泣きわめいている赤ん坊たちは、やせ細ってはいたが大柄で、乳母の乳を吸いつくした。彼らは、異教の半神半人や神人の強大な力で創造されたとも考えられていた。

レミーの説では、肢体不自由児の出産は「淫乱な女性の淫らな想像」によるもので、悪霊の精液に起因するものではない。彼はギリシアの哲学者、エンペドクレスの言葉を引用して、子供の姿は妊娠中に母親が感じた印象の影響を受ける、と言った。女性が夢魔と何度も交渉を持つと、それが想像力に影響を及ぼし、子供はすさまじい姿になる、というのだ。

魔女裁判で、まれに夢魔に犯されたという訴えがあると、それは女性の憂鬱症か、強烈な想像力の産物として退けられた。この状況から生じた想像妊娠は鼓腸〔訳注／腸内にガスがたまり、腹部が膨れた状態〕のせいだとされた。

魔女たちは特に**サバト**では、進んで夢魔と交わるといわれた。異端審問官の手引書『**魔女たちへの鉄槌**』(1487年) には、「昔は、夢魔たちがいやがる女たちに襲いかかった」が、「昨今の魔女たちは……この最も淫らで惨めな隷従を進んで受け入れる」とある。夢魔は**使い魔**として魔女に仕え、特定の個人を苦しめるために遣わされることもあった。

夢魔と交わる者は魔女と見なされたため、魔女の嫌疑をかけられた多くの女性は、この罪を告白するまで拷問された。1485年、コモの異端審問官は41人の女性を火刑に処した。ほかの妖術の罪の中でも、夢魔との交わりの「告白」はとりわけ、目撃証言および伝聞証拠、そして「信頼できる証人の証言」によって裏づけられた。

夢魔の姿は魔女には常に見えるが、それ以外の者には被害者でさえ、たまにしか見えないと考えられていた。自分たちにしか見えない相手と激しく絡み合う姿を目撃された人々の報告がある。夫は夢魔が妻と性交するのを見ても、相手は別の男だと思っていた。

夢魔は、魔女だけでなく普通の人々も餌食にした。**フランチェスコ＝マリア・グアッツォ**は『魔術要覧』（1608年）に、同じ身分の男との結婚を拒み、夢魔と情事に溺れた美しい令嬢の話を書いている。令嬢は自分たちの夜の、ときには昼のめくるめく営みを気軽に両親に話した。ある晩、両親や司祭らが家のドアに閂をかけ、松明を灯して令嬢の寝室に踏み込んだ。令嬢は、見るもおぞましい悪霊、「人間の想像を絶する恐ろしい姿の怪物」に抱かれていた。司祭は直ちに**ヨハネによる福音書**を暗唱し始めた。「言は肉となって」と司祭が唱えると、悪霊はけたたましい声をあげ、家具にことごとく火を放ち、寝室の屋根を持ち去った。ほどなく娘は「忌まわしい化け物」を産んだ。産婆たちは大きなたき火を燃やして赤子を焼き払った。

教会が定めた夢魔を追い払う5つの方法

◎司祭に告解をする
◎十字を切る
◎アヴェ・マリアを唱える
◎ほかの家や町へ引っ越す
◎聖職者が悪霊を追い払う

ほかには、主の祈りを唱える、聖水を撒く、などがある。

悪霊との性交が可能だと、すべての神学者や悪魔学者が認めたわけではない。聖トマス・アクィナスはこう述べている。悪霊との性交は自然の法則に反するが、悪意にかなうものである。それゆえ、人間の罪に合わせて、神が許されたかもしれない。**ヨーハン・ヴァイヤー**は、夢魔（インキュバス）やサキュバスは「精神を病んだ結果による、想像の産物でしかない」と片づけた。さらに、夢魔がサキュバスに扮して人間の精液を拝借し、女性を妊娠させられるとは「奇怪な作り話」であると一笑に付した。その手の悪霊が誘惑するという話は、「騙されやすい歴史家たち」が作り出したものだ、と言った。

モンタギュー・サマーズは過去の書物から集めた引用文をまとめ、『妖術と悪魔学の歴史』（1926年）の中で、「偉大な聖人や学者、そして重要な倫理神学者はみな、人の姿をした邪悪な霊的存在との性交渉の可能性を肯定している」と反論した。

スマル家の怪現象参照。

夢魔。フランシス・バレット『魔術師』より（著者蔵）

ムルムル
Murmur

堕天使で、72人の**ソロモンの悪魔**の54番目に位置する。ムルムルは公爵にして伯爵で、30の**悪霊**の**軍団**(レギオン)を統率する。彼は公爵の冠をかぶり、グリフィンに乗った戦士の姿で現れる。ふたりの大臣がトランペットを吹き、それを先導する。彼は哲学を教え、死者の魂を呼び出して質問に答える。ムルムルはかつて**天使**であり、座天使の位階にあった。

ムルデル
Murder

頭のない**悪霊**で、胸からものを見て、犠牲者から奪った声で話す。

ソロモンの契約では、ムルデルは**ソロモン王**の前に呼び出される。彼は、自分には頭がなく、犠牲者の頭を貪り食うことでそれを得ようとしていると語った。ムルデルは犠牲者の頭をしっかりとつかみ、切り離して、自分の首に据える。彼の体の中では常に火（熱）が燃えており、首から頭を焼き尽くす。彼は王のすることができるように、頭をとてもほしがっている。彼は口のきけない人間の頭を「くっつけ合う」ことで、声を得る。

ムルデルは**リリト**の大群に属する者のように、夜に赤ん坊を襲う。彼は早産児に害を与え、生後10日の赤ん坊が夜に泣くと、その声を通じて飛び込み、赤ん坊を攻撃する。ムルデルは四日熱、手足の炎症、足の疲れを引き起こし、傷を化膿させる。彼は稲妻の炎のような光に妨害される。

セプター参照。

メズーザー
mezuzah

→**魔除け**

メットリンゲンの悪魔憑き（1836-1843年）
Mottlingen Possession

ドイツ人の農婦が、ひとりの幽霊と1000人以上の**悪霊**に取り憑かれた事件。この事件が初めて英語で紹介されたのは、降霊術者で霊媒師のW・T・ステッドの著書『ボーダーランド——超自然現象の事例集』（1891～1892年）の中である。犠牲者は独身女性で、G・Dというイニシャルでしか知られていない。彼女は1816年頃、ドイツのヴュルテンベルクの村メットリンゲンで生まれた。彼女は誰もが口を揃えて信心深いという使用人だった。そのため友人や近所の人々は、彼女が突如として超自然的な攻撃を受け、続いて完全な**悪魔憑き**になったことを不思議がった。

1836年から38年にかけて、G・Dは重い病気にかかり、全身が衰弱して、片方の脚がもう片方よりも短くなってしまった。体の同じ側も影響を受け、使用人として働きつづけることができなくなった。彼女は、メットリンゲンのとある家で、ふたりの姉妹とほぼ盲目の兄と暮らすことになった。兄は1階に住んでいた。病気のせいで、G・Dは霊の侵入に無防備になったのかもしれない。

G・Dはすぐに、その家に奇妙な存在を

感じた。初日から、夕食の席で祈りを捧げているときに、彼女は発作を起こし、意識を失った。夜には、不気味な音が家の中で聞こえた。シューシューという音や、引きずるような音、物が床を転がるような音である。2階に住んでいる家族までもがその音を聞き、驚いた。

G・Dは、影のような人物や動く光を見たが、それはほかの人には見えなかった。彼女は夜、見えない力に両手をつかまれ、動かされるのを感じた。G・Dは性格が変わり、人にとげとげしい態度を取るようになった。

1841年までには、夜ごとの訪問と心霊現象がG・Dにとってあまりにも苦痛になったため、彼女はブルームハルト牧師に助けを求めた。彼は、G・Dに起こったことを説明できなかった。その冬、彼女はまた病にかかったが、訪ねてきたブルームハルト牧師には非常に不愉快な態度を取った。

霊の騒ぎはエスカレートした。1842年4月までには、近隣の誰もが夜に物音を聞くようになった。G・Dは頻繁に女性の幽霊を見るようになった。2年前にその村で死んだ女性で、腕に赤ん坊を抱いていた。幽霊は安息がほしいといった。

ある夜、家の中に謎の光が発生し、ゆるんだ床板を照らした。その下から、何かが書かれた紙が見つかったが、泥が厚くこびりつき、判読できなかった。2週間後、別の謎の光が現れ、かまどの裏から音がした。床下に何かが隠されていた。紙に包まれたお金、奇妙な粉の袋、鳥の骨、その他である。G・Dと姉妹たちは、それが呪縛をかけるための魔術的な品だと確信した。

ブルームハルトはG・Dに、引っ越すよう説得し、彼女は別の親族と暮らすことになった。以前の家では1844年まで心霊現象が続いた。いっぽう、心霊現象はG・Dを新しい住まいまで追いかけてきた。彼女は痙攣を起こすようになっていた。悪魔憑きが始まったのである。

死んだ女性は彼女の前に現れつづけた。同時にG・Dは、見えない力に軽く叩かれたり、激しく殴られたりさえするようになった。G・Dは、その女性は死の床で重い罪を告白し、安息を見出していないといった。G・Dは意識を失い、その間「この世のものとは思えない」音が家を満たした。

ブルームハルトは、初めて彼女が悪魔憑きになったのを見たときのことを、こう描写している。

　突然、何かが彼女の中に入ったようで、彼女の全身が動きはじめた。わたしは祈りを唱え、イエスの名を口にした。すぐさま彼女は目をぎょろりとさせ、両手を突き出し、他人のように話した——声だけでなく、口調や言葉の選び方もだ。声は叫んだ。「あの名前は聞くに堪えない！」誰もが震え上がった。わたしはこのようなことを聞いたのは初めてで、心の中で知恵と思慮の祈りを捧げた。

ブルームハルトは霊に質問した。霊はふたりの子供を殺し、畑に埋めたために、

死後の安息が得られないといった。彼女は祈りを捧げることもできず、**イエス**の名前に耐えることもできなかった。彼女はひとりではないといった。「最も邪悪な者たち」が一緒にいると。彼女はまた、魔術を使い、そのために「魔王の女奴隷」になったという。彼女は人の体から7回追い出されており、二度と追い出されたくないといった。ブルームハルトは彼女にG・Dの体にとどまることはできないと告げたが、霊は頑固だった。ついに、牧師に厳しく命じられ、霊は出ていった。

その後、G・Dは頻繁に悪魔憑きに見舞われ、彼女に入り込んでくる悪霊は数を増した。ブルームハルトは1度に14もの悪霊を追い出した。見物人はしばしば殴られるのを感じたが、牧師は被害を受けなかった。悪霊たちは、彼には害を与えることができないと語った。

悪魔憑きは激しさを増した。G・Dは昼も夜も見えない拳に殴られた。道を歩いているときに殴り倒されることもあった。ある夜、彼女は燃えるような手に首をつかまれて目を覚ました。肌には火ぶくれができ、何週間も膿んでいた。

1842年7月25日、G・Dはとりわけひどい悪魔憑きになった。「死人のように」意識を失った彼女の口から、1000人以上の悪霊が出てきた。ブルームハルトによれば、彼らは1度に12、14、28人ずつの集団となって出てきたという。その後、G・Dは2週間ほど平穏でいられたが、悪魔憑きはかつてないほどの激しさで再開した。毎週水曜と金曜の晩に悪霊がやってきた。彼女の健康は衰えていった。

村の人々は、牧師に共感魔術を使って治療してほしいと訴えたが、彼は断った。魔術は彼に対抗する**サタン**の力を強めるだけだと考えたからである。こうした民間魔術は、占いや失せ物探しと同じように、魔王が人間を罠にかけるために利用するものと彼は信じていた。

代わりにブルームハルトはひたすら祈り、G・Dのそばにいないときでも祈りを捧げた。それは常に彼女に平穏をもたらしたが、彼が祈りをやめるとまた攻撃が始まった。

一度、悪霊は自分たちが1067人いると話した。最大の攻撃数である。彼らはG・Dの母語であるドイツ語だけでなく、フランス語、イタリア語、さらには「未知の」言語を話した。ブルームハルトが追い出すたび、彼らは長いこと部屋にとどまり、その姿はG・Dにだけ見えた。悪霊のひとりは贅沢で古風な衣装を着け、常に本を携えていると彼女は話した。その悪霊が指導者と見られた。

ついにブルームハルトは悪霊を追い出し、G・Dに寄せつけないようにすることに成功した。悪霊の中には、彼の祈りのおかげで魔王への隷属から救われ、審判の日まで安心できる場所にいられるという者もいた。G・Dから最初に出ていった者の中には、死んだ女性の霊もいた。彼女は村の教会を訪ねてくれといった。のちに、G・Dは彼女がそこにいるのを見た。

最後の悪霊が追い出されたのは1843年2月8日だった。G・Dは何時間も意識を失っていた。目を覚ましたとき、彼女は外国へ行っていたといった。その描写か

ら、西インド諸島と思われた。そこで恐ろしい地震が起き、本を持った指導者をはじめ、彼女を苦しめていた悪霊の多くが火山のクレーターに投げ込まれたという。数日後、本物の地震が西インド諸島を襲った。

　悪霊が追い払われても、G・Dの苦難は終わらなかった。彼女は繰り返し、砂やガラスのかけら、釘、靴の留め金、生きたバッタ、カエル、蛇などを吐き出した。ピンや縫い針、編み針が体から出てきた。最もひどかったのは、頭から出てきた2本の大きな釘で、ひとつは曲がっており、引き抜かれるときに彼女の耳と鼻、目からおびただしい血が流れた。ブルームハルトは、それらのピンや釘、針の多くを、みずからの手で引き抜いた。最初に、彼はそれらを皮膚の下に感じる。取り出そうとすると、それらは皮膚を突き破るのである。彼の意見では、魔王には現実の物体を非物質化し、体の中でその原子を再構築する能力があるのだろうということだ。

　G・Dのもとには相変わらず、夜になると霊が訪れた。霊は彼女に触れ、パンなどを無理やり彼女の口に押し込んだ。しかし、彼女に取り憑くことはなかった。彼女は自殺を試みた。悪霊との最後の戦いは、1843年のクリスマスの直前に起こり、そのときは兄と姉妹のひとりが同じように影響を受けた。3人は回復した。G・Dはブルームハルトの家に移った。

　ブルームハルトは、G・Dがこのような苦難を受けるのは、彼女が子供の頃、親類に魔女がいたからだと確信していた。彼女はG・Dに、10歳になったらその技を教えると約束したという。その女性はG・Dが8歳のときに死んだが、魔女の意向によって、魔王はG・Dを自分の所有物と考えたに違いないとブルームハルトは語っている。

メナディエル
Menadiel

　悪霊であり、虚空をさまよう公爵。メナディエルは20人の公爵と100人の仲間、そのほか多数の従者を統率している。悪霊は、惑星の時間に合わせて召喚しなくてはならない。6人の公爵長は、ラルモル、ドラジエル、クラモル、ベノディエル、シャルシエル、サミエルである。6人の下級公爵は、バルチエル、アマジエル、バウチ、ネドリエル、クラジン、タールソンである。

メフィストフェレス（メフィストフィリス、メフィストフィルス、メフォストフィレス）
Mephistopheles (Mephistophilis, Mephistophilus, Mephostophiles)

　悪霊であり、**魔王**の代理。**ファウスト**伝説における主要な登場人物。メフィストフェレスは神話学や悪魔学よりも、文学的な存在である。通常、黒い服を着た長身の男として描かれる。

　メフィストフェレスの名の由来は定かではない。その名はドイツのオカルト研究者ヨハンネス・トリテミウス（1462～1516年）によって知られ、「謎めいた悪霊で、どこまでも邪悪で、悪意に満ち、落ち着きがなく、荒々しい」と描写された。「メ

フィストフィレス」は1527年のルネサンスの魔術書『ファウストの魔法の実践』に登場し、のちに「メフォストフィレス」がファウストに関する呼び売り本『実伝ヨーハン・ファウスト博士』に登場する。この本は1587年に初版が出版されたが、作者は不明である。

この呼び売り本は、魔王に魂を売り渡すヨーハン・ゲオルク・ファウスト博士の物語である。メフォストフィレスは、ほかの人々には見えないが、ファウストの目には、灰色の修道士など、さまざまな姿で見える。『ファウスト博士の地獄』では、「メフィストフィエル」が**地獄**の七大君主のひとりとして描かれる。「彼は木星の下に立ち、摂政は聖なるエホヴァの即位天使ザドキエルである（中略）その姿は、はじめは燃える熊だが、やがて黒い外套に禿頭の小男という、ましな姿になる」この悪霊はまた、見えない鐘の音としても現れる。

メフィストフェレスはいたずら好きで、ファウストの肉欲や欲望のために奉仕する。しかし結局は、抜け目のない交渉人としてファウストを地獄行きの罠にかけ、最後に笑うことになる。ただし、物語によっては、ファウストは名誉を回復し、地獄での永遠の罰を逃れる。

呼び売り本は、クリストファー・マーロウの芝居『フォースタス博士』や、ヨハン・ヴォルフガング・フォン・ゲーテの戯曲『ファウスト』に着想を与えた。シェイクスピアの『ウィンザーの陽気な女房たち』では、メフィストフィラスについて言及されている。

メンギ、ジローラモ（1529-1609年）
Menghi, Girolamo

フランシスコ会修道士で、イタリア・ルネサンス時代の主要な**悪魔祓い師**。ジローラモ・メンギは、1614年に教皇パウロ5世の**ローマ儀式書**で悪魔祓いの儀式が法典化される前に、悪魔学と**悪魔祓い**について幅広い著作を残している。

メンギは1529年、イタリアのマントヴァ県、ヴィアダーナで生まれた。20歳で、ボローニャのオッセルヴァンツァ・フランチェスコ修道会に入り、そこで神学を学んだ。彼は説教師として名を馳せ、1598年にはフランシスコ会の管区長に任命された。

優れた哲学者・著述家として、彼は神学に関する多数の本を著したが、最も有

ファウストとマーガレットとともにいるメフィストフェレス（右）（著者蔵）

名なのは**悪霊**と悪魔祓いについて書いたものだ。『魔王の惨禍』(1576年)、『悪魔祓いの技術便覧』(1576年)、『除霊のための承認された治療法』(1579年)、『悪魔への棍棒』(1584年) などである。彼の著書はたちまち有名になり、特に『悪魔祓いの技術便覧』と『魔王の惨禍』は成功をおさめた。メンギは、悪霊との戦いを極めて重要なものと考えていた。

●悪魔の特徴

メンギは、**魔王**は元々善良なものとして創造され、悪を選んだという見解を支持していた。しかし、魔王は悪の原理そのものではない。魔王や悪霊は人間より優れた者として創られ、完璧な知識と記憶力、意志をそなえている。彼らは人間の本性を見抜き、弱みや、未来の行動を知ることができる。悪霊は頭がよく狡猾で、経験や啓示により、また生まれながらにして、あらゆる物事の真実を知っている。しかし、彼らは人間を無理やり悪に引き込まない。ただ、罪深い選択をするよう誘惑し、促すのだ。

悪霊は憑依によって物事を支配することができ、また人間の姿になることができる。美しい男女や聖人に化けることさえ可能である。人間と性交し、子供を作ることもできる。人間のように飲み食いができるが、消化はしない。彼らが消費したものは、元の物質に分解される。

●悪魔の階級

メンギは**ミカエル・プセルロス**の影響を受け、役割や活動範囲、習慣などから悪霊を階級化した。天使を階級化するのとおおむね同じやり方である。

最も低い階級の悪霊はエルフ的な悪霊(インフィモ・ショーロ)で、夜に現れて人々に害を与えたり、夢魔やサキュバス(インキュバス)のように人々を性行為に誘ったりする。これらの悪霊はどれも有害だが、悪意はない。

メンギによれば、悪霊の最初の階級は「炎のような者」(レリューレオン)で、太陽のそばの大気に住んでいるという。次の階級は空気の悪霊(アエーレア)で、人間に最も近い大気に住んでいる。アエーレアは自惚れ屋で、常に神と張り合っている。彼らは人間を自惚れや虚栄に導く。3番目は大地の悪霊(テレオ)で、人間を不道徳に導き、その頭に淫らな考えを吹き込む。

最も凶悪で危険な悪霊は、4番目から6番目の階級にいる。4番目は水の悪霊(アクアティレまたはマリーノ)で、湖や海、川に住み、嵐を起こしたり船を沈めたりするのを好む。5番目には地下の悪霊(ソッテラネイ)が含まれる。彼らは鉱山労働者を苦しめ、地震を起こし、世界を揺るがし、石を降らせる。彼らは残忍で、人間を苦しめて喜ぶ。ソッテラネイは姿を変え、魔術師や呪術師のしもべとなる(**使い魔**参照)。最も恐ろしい最後の階級はルチフォゴである。邪悪で、謎めいていて、光を避ける。彼らは冷血に人間を殺し、一切の犠牲を払わない。

●悪魔との契約

メンギは魔女や**ラミアイ**が結ぶ悪魔の

契約について幅広く執筆している。魔女は邪悪な夢魔やサキュバスと性交し、魔王への忠誠を誓う。魔女の候補者は、魔王を神のように崇める。彼女たちは、雄羊の姿をしたマルティネットという悪霊を割り当てられる。マルティネットは彼女たちを訓練し、常に付き添う。魔女は赤ん坊、特に洗礼を受けていない赤ん坊を殺して食べる。彼女たちは、魔王から授かった魔法の力を使って未来を予想し、ほかの人々を魔王に従うよう勧誘する。また堕胎を引き起こし、**邪眼**で人を殺す。

● 悪魔憑きと悪魔祓い

メンギは悪魔憑きの犠牲者をフェトーニ、すなわち「悪臭を放つ者」と呼んだ。最も神聖な人物ですら悪魔憑きになる。悪霊は人に取り憑くと、魔術的な悪ふざけを見せる。メンギは同時代に優れた悪魔祓い師がいないことを嘆いている。悪魔祓いは教会の不可欠な使命であり、大いなる哀れみをもって行わなければならないと彼はいう。

悪魔祓い師は、自分が無価値であることを自覚し、極めて謙虚でなくてはならない。純粋な心を持ち、道徳的に健全でなくてはならない。宗教音楽は、悪霊に対抗するのに特に効果を発揮する。悪魔祓い師が悪霊を攻撃するときには、厳しい言葉と**呪い**を使わなければならない。また聖人の遺物や十字架を使うときには、細心の注意を払わなくてはならない。なぜなら、それらが本物でなければ、悪霊はそれらを嘲笑い、役に立たなくさせるからである。

悪魔憑きが触れたものは、清めなくてはならない。時には、悪霊が家の中のものすべてを汚してしまい、悪魔憑きが家を捨てるのを余儀なくされる。メンギは、悪魔祓いは教会などの神聖な場所で、見物人の前で行うのがいちばんだと語る。これは人前で悪魔祓いを行ったイエスにならってのことである。

黙示録
Revelation

善と悪との最後の闘いを描いた新約聖書最後の書。「ヨハネの黙示録」、「ヨハネによる黙示録」とも呼ばれ、キリストの再臨、神の国の最後の勝利、あらゆる悪の破壊が描かれている。冒頭の韻文には、黙示録という書名が「キリストが所有し、人々に分け与えた啓示」もしくは「キリストの人としての正体を明らかにする」という意味であると書かれている。この書は天上のイエスを通じて天使、そして著者ヨハネに向けられた神からのメッセージである。

黙示録は新約聖書の中で唯一、預言的特徴に終始する書である。何世紀もの間、この書はさまざまな批判や例証の的となっており、キリスト教の初期の時代にあっても論議を呼んでいた。

4世紀までには、黙示録はキリスト教の正典の一部として公式に認められた。この書の著者がヨハネ、すなわちパトモス島に追放されていた聖ヨハネであるということには疑問が残されている。教会の神父の中にも、黙示録の著者を福音伝

道者ヨハネ、すなわち「ヨハネによる福音書」の著者と同一視するのは推論にすぎないと考える者がいた。それよりむしろ、この書はキリスト教とユダヤ教の聖餐象徴説を混合した複数の著者によって書かれたものである可能性が高い。

黙示録の解釈は主に4つの学派によって分けられている。黙示録の聖書予言がすでに実現したと信じている神学者、すなわち過去主義（来世、または過去を意味するラテン語 praeter を語源とする）は、この書は当時のローマ帝国とキリスト教会の置かれた状況を表しており、キリスト教に反感を抱く異端者にその意味を悟られぬよう秘密の暗号を使って書かれた、という説を支持している。歴史的解釈を重んじる学派は、この書の象徴的表現形式はキリスト教会の現状のみならず、教会のこれまでどってきた歴史を物語っているという説を支持する。聖書の特定の予言に期待をかける未来信者は、この書のある部分はキリスト教の現状を示し、またある部分はキリストの最期の時代にさかのぼる、という説を支持している。象徴派はこの書を善と悪との劇的な対立を描いたものと解釈しているが、この考えは程度の差こそあれ、あらゆる時代に存在していた。

黙示録に対するこれら4派の見解は、1章の冒頭付近、4、7、21章の「霊において」というフレーズに関して示されている。4つの見解はおのおの異なる場所に預言者ヨハネを登場させ、おのおの異なるキリスト像を描き、それまでの見解を推し進めた。

黙示録は3部構成で書かれている。第1部はローマ帝国のアジアの属領にあるキリスト教会の7つの集団に宛てた書簡の形をとっている。教会への書簡（1～3章）は、元はそれぞれ個別のものであったと考えられる。その書簡にはキリストと信者との長きにわたる関係が描写されている。アジアの7つの教会は、キリスト教会の長い歴史の象徴として選ばれたものと推測される。

第2部では悪の力に対する神の裁きと勝利が描かれている。様々な箇所で7という数字や謎めいた数字、シンボルが使われていることから、この書が世界のすさまじい終末を予言（あるいは「明らかに」）していることがわかる。まず、将来起こることが記された巻物の7つの封印が解かれる。

黙示録のイメージ（リチャード・クック）

最初の4つの封印からは「ヨハネの黙示録の四騎士」と呼ばれる4人の騎士が現れる。彼らはキリストの再臨の際にやってくる悪を象徴し、白い馬（勝利）、赤い馬（戦争）、黒い馬（飢饉）、そして青い馬（死）をそれぞれ表している。

　5番目の封印は「神の御言葉に殉じた」聖者の復讐に関するものであった。彼らは白い衣を着せられ、同じく神に仕え、殺されようとしているしもべや兄弟たちが増えるまで、今しばらく辛抱せよと告げられた。

　6番目の封印は「子羊の怒り」によって引き起こされた宇宙の大災害を解き放った。大地震が起き、太陽は光を失い、月は**血**のように赤くなり、星が天から降ってくる。地上の人間は力自慢の者も含め、ことごとく隠れた。

　7番目の封印はこの世を破壊し、額に十字の刻印を押された14万4000人を除くすべての人間を滅ぼすため**天使**が地上に遣わされる様子を語った。天使がラッパを吹きならし、すると地面が燃え、海は血と化し、天から炎が降ってきて、水は苦くなる。天に上った肉体も含め、地上の3分の1が破壊される。地獄がぱっくりと口を開けて煙を吐き出し、蠍の尾を持つイナゴが地上にあふれ出て、悪霊の力が人々を苦しめる。

　天国にもさまざまな兆候があらわれる。太陽をまとい三日月の上に立つ女が男児を産み、赤ん坊は天国へ連れていかれる。7つの頭と10の角を持ち、頭に宝冠を戴いた赤いドラゴンがあらわれる。天国で戦争――ハルマゲドン――が始まる。大天使ミカエルと従者の天使が**魔王**、すなわち**サタン**の化身であるドラゴンを攻撃し、ドラゴンもまたみずからの率いる**悪霊**の軍勢をもって反撃する。サタンの軍勢は打ち負かされ、天国から一掃されて地上に落ちる。だがそれは悪の最期ではない。サタンは地上と海の獣となって復活する。海から復活した獣は熊の手足とライオンの口を持つ豹に似た生き物で、ドラゴンの7つの頭と10の角を持っている。土から生まれた獣は子羊のような2本の角を持ち、ドラゴンのような声で吠える。

　獣を崇拝する者にはその名にふさわしい数字**666**を刻印され、いっぽうイエスと彼に伴う14万4000人の人々――天国へ上る人々――には神の名が刻まれる。獣の崇拝者は糾弾され、永遠の苦しみと罰を受けるであろう、と天使が警告を与える（**地獄**参照）。忠実なる者は神を畏れ、その栄光を称えよ、と奨められる。

　だが神の怒りはおさまらない。カエル

黙示録のイメージ（リチャード・クック）

の恰好をし、奇跡を起こす力を持つ悪霊を含め、7つの災いを7人の天使が解き放つ。大淫婦バビロン、すなわち「すべての娼婦、また地上のあらゆる悪しき行いの母」が7つの頭と10本の角を持つサタンの獣に乗ってあらわれる。神の玉座のもとへ死人が召集され、裁かれる。

第3部では天国の様子が描かれる。ヨハネは高い山へ連れていかれ、そこで比類なき聖都エルサレムを見下ろす。神とキリストは光り輝いている。そこには命の川が流れ、命の木が茂っている。ヨハネは新たな天国と新たなエルサレムを見る。新しい天地が創造される。「来たれ」という声を聞く者すべてへの呼びかけをもってこの書は閉じる。

神が直接審判を下す最後の審判は、キリスト教のどの宗派にも信じられている。紀元1世紀の頃でさえ、キリスト教徒たちは新約聖書、とりわけ黙示録の最後の2行に書かれた出来事は自分たちが生きている間に起こると解釈していた。聖アウグスティヌスは、キリストの再臨は1000年以内に起こるであろうと信じていた。以来、宗教界の主導者たちの中にはこの世が最後の日を迎える時期を特定して予言する者もあらわれた。

●ヨハネの黙示録の原型による憑依

黙示録のなかで示されたヨハネの黙示は、人々の心に取り憑く可能性を持つ心理学のひとつとして西欧の集団心理学に深く根付き、人々の行動に大きな影響を与える、とユング理論を信奉する評論家エドワード・F・エディンガーは言う。このような人々は狂信的信者となり、犯罪者と狂人、両方の特徴を示す。「ヨハネの黙示録の原型による憑依」の典型的な例として、エディンガーはデイヴィッド・コレシュ、カルト教団〈ヘヴンズ・ゲイト〉のふたつの事例を挙げている。

コレシュは1959年生まれ、本名ヴァーノン・ハウェル。神が自分に黙示録の完全な意味を教えてくれたと信じ込んだ。彼はみずからを「ヨハネの黙示録に示されたキリスト」であると思い込み、テキサス州ウェーコにカルト教団〈ブランチ・ダヴィディアン〉を創設し、したたかな手腕でこれを支配した。1993年、教団本部に集結していた教徒たちがATF（アルコール・タバコ・火器及び爆発物取締局）の襲撃を受け、発砲された。コレシュはこの一斉砲火で他の教徒たちとともに死亡した。

天使と赤いドラゴン

マーシャル・アップルホワイト、ボニー・ネトルスのふたりを教祖とする〈ヘヴンズ・ゲイト〉は黙示録に記された世界の終末の到来を信じ、彼らと教徒たちは地獄の獣によって殉死し、天国へ召されると考えていた。アップルホワイトとネトルスは1972年以来、自分たちは黙示録11章に描かれた「ふたりの証人」であり、1260日間予言を行う主に付き添う2本の燭台、2本のオリーヴの木であると思い込んでいた。

ネトルスは1985年、癌で死亡した。1997年までに教団は聖書に描かれた殉教の実現を待ちくたびれ、政府を挑発してことが起こるのを早めようと企てた。彼らはまた、黙示録に描かれた復活の雲がUFO、あるいは地球外生物を乗せた宇宙船のかたちで現れることを信じていた。1997年のヘール・ボップ彗星の接近は、彗星の後からネトルスが船に乗って地球に近づき、信徒たちの肉体を救い上げ、天国へ連れて行くための合図に思われた。39人の信徒が毒物による集団自殺をとげた。

文字盤
talking board

→ウィジャ盤

モト
Mot

ユダヤの伝承で、死にかけた人間の上を飛び回る死の**悪霊**。モトはヘブライ語で「死」を意味する。旧約聖書の一節では、彼を死と呼んでいる。ギリシアの伝承では、彼は時間の神クロノスの息子である。フェニキア人は彼を「死」や、地下の王である「冥王」の名で呼んだ。

モトは、ウガリット語の文献に登場する、カナン人の戦いの神または悪霊の名でもある。彼は最高神エルの恋人でもあり、エルの息子でもある。完全に邪悪で、何のとりえもない。神として崇められることはなく、死や地下の世界と結びつけられる。彼の地下の住まいは、暗く、危険である。モトは神や人間に対して旺盛な食欲を見せる。彼はそれらを、巨大な顎と口で嚙み砕く。文字どおり、死者を地下へ飲み込むのだ。彼は家族や夫婦の死別をもたらす杖を持っている。

モトは、彼と対照的な海と多産の神バアルの敵である。モトは彼に打ち勝ち、地下の世界へ無理やり連れてくる。バアルは再び戦いを挑み、モトは少なくとも

黙示録のヨハネ

一時は降伏する。バアルはモトを騙し、彼自身の兄弟を食べさせる。

モトは農作物の成長と収穫の周期に関係する。彼は儀式的な分断と解体、再生を繰り返す。狩猟の女神アナトはモトを攻撃し、打ち負かして、彼の体を地面に撒く。共感魔術の儀式では、彼は蔓植物にように刈り取られる。

モラクス（フォライー、フォルファクス）
Morax (Foraii, Forfax)

堕天使で、72人の**ソロモンの悪魔**の21番目に位置する。モラクスは侯爵で、**地獄**の総裁であり、36の**悪霊**の**軍団**(レギオン)を統率する。彼は牡牛の姿で現れ、人間の頭を持つときは、天文学や専門教養の知識を授ける。また、薬草や貴石の効能を知っている。彼はよい**使い魔**を与えてくれる。

モリトール、シモン（－1564年）
Molitor, Simon

妻に殺されたドイツの**悪魔祓い師**。

ドイツのヘッセに住んでいたシモン・モリトールは、ヴェストファーレンとその周辺地域で**悪霊**を祓うことで生計を立てており、詐欺師だという後ろ暗い噂があった。彼はオスナブリュックに移り、いかがわしい活動を3年ほど続けた後、治安判事に追放された。

1564年2月9日、モリトールは盗まれた金のことで妻と口論になった。妻は2階へ上がり、なくなった金を一緒に探してくれと彼にいった。彼が2階へ来ると、妻は彼を落とし戸から落とし、斧で彼の頭と左腕を切り落とした。彼女は頭と腕を暖炉にくべ、残りの部分も同じようにしようとした。

物音と、肉の焼かれるひどい臭いに気づいた近所の人々が様子を見にきて、モリトールの無残な遺体を発見した。妻は逮捕され、投獄された。彼女は罰として、真っ赤に焼けたペンチで肉を切り取られてから、車輪に縛りつけられ、八つ裂きにされた。

モロク
Moloch

アンモン人の神で、ヘブライの伝承では悪霊となった。モロクは**バアル**、またアッシリア・バビロニアのマリクと同一であると思われる。**ソロモン王**はモロクの神殿を建てたといわれる。

アンモン人にとって、モロクは太陽神であり、日光の有害な影響を擬人化したものである。彼はまた、疫病を引き起こ

モロク（『地獄の辞典』）

す。彼は長い腕を持ち、真鍮の玉座に座る、雄牛の頭をした人間の姿で描かれる。人々を災害から守ると信じられており、彼を讃えた大きなブロンズ像が作られ、人間の生贄が捧げられた。生贄とされた者は、ブロンズ像の空洞の腹で燃やされる火に投げ込まれた。

　モロクは「殺戮の谷の王」と呼ばれる。これは、生贄の儀式が行われたというベン・ヒノムの谷のトフェトを指している。エレミヤ王はトフェトを穢れたものとし、生贄の儀式は減少した。

　ヘブライ人はモロクを「アンモン人の憎むべき神」（列王記一11章7節）と呼んだ。カバラの伝承では、彼は**サタン**とともに、生命の樹の**悪霊**たちの筆頭となっている。

　古代ギリシア人は、モロクを時間の神クロノスと結びつけた。クロノスは、権力の座を奪われないために、自分の子供たちを食べてしまう。

ヤカテクトリ
Yacatecutli

→ツィツィミメ

妖狐（フーリ・チン）
huli jing（fox fairy）

　中国の伝承における、蘇った死者の邪悪な霊。墓から復活して、あでやかな女や学者、老人に変身する。被害者を誘惑して、絶頂に達している最中に生命力を吸い取る。被害者が結核にかかったら、ほかの犠牲者を探す。女の妖狐は、徳の高い学者をとりわけ好む。

　妖狐はほかにも力と能力を持ち、中国の伝承に登場する悪霊で一、二を争うほど恐れられている。死者に変身し、さまざまな場所に出没し、生者を脅かす。生きている人々に化けることもできる。人間に空中を移動させ、壁や閉じた窓を突き抜けさせる。日中は姿が見えないが、夜間はよく目撃される。特に、家々の屋根の上に潜んでいる。

　妖狐は人に取り憑いて精神を錯乱させる。代々に狂気が伝わっているなら、それは先祖がかつて妖狐を傷つけたことを示す。妖狐は非常に恐れられているため、丁重に扱われている。なにより十分に注意して、決して傷つけないことだ。しかし、魔力がこもる尻尾を切り落としたら、家を出て戻ってこない。

　妖狐から身を守るひとつの方法は、まじないを書いた紙を燃やし、その灰を茶に混ぜて飲むことだ。女の妖狐に酔っ払うほどワインを飲ませることができたら、本来の姿に戻って消えるだろう。

　狐参照。

妖術
witchcraft

　呪文を唱えて霊を呼び出し、超自然の力を魔術的に操作する**呪術**の一種。妖術信仰は全世界共通だが、世界共通の妖術の定義はない。人類学者は、妖術をもともと先天的にあるものとして定義していて、儀式や**まじない**を必要としない、霊能者による悪意ある力の利用もここに含まれる。ほとんどの社会では、魔女は善行よりも悪行のために超自然の力を使うと信じられているが、民間療法やまじないを行うよい魔女は、守護や幸運を約束

するために、相談を受ける。

　西洋では、妖術は特に、中世や異端審問のときに**魔王**や悪霊の影響と連動して怖れられた。魔女は魔王の従者とされ、使い魔や邪悪な超自然の力と引き換えに、崇拝の**契約**を結んだと考えられた。

　1484年、カトリック教会の教皇インノケンティウス8世が出した勅令は、妖術は異端であるとし、異端審問官に教会のあらゆる敵を迫害する許可を与える内容だった。妖術の告発に異議をとなえることはほとんどできず、告発された者はたいてい、使い魔をもっている、魔王を崇拝している、**悪霊**と性交した、邪悪な呪文を唱えたと白状するまで、過酷な拷問を受けた。魔女狩りは、体のいい口実になり、敵に復讐する効果的な手段となったのだ。

　16世紀、プロテスタントの宗教改革は、魔女撲滅運動を続けていた。**マルティン・ルター**は、魔女を「魔王の売春婦」と呼んだ。魔女狩り騒ぎは、イングランドを含むヨーロッパ、アメリカにまで影響を及ぼした。18世紀末には消滅したが、魔女への偏見とその邪悪な力への恐怖はその後も残った。それでも、治療、受胎、幸運、占いなど魔術的な技術をもっている民間の魔女たちは、特に地方で活躍し続けた。善妖術または善魔術は、18世紀から繁栄した。

　しかし、異端審問の汚点はぬぐいようがなく、多くの人々はまだ魔女を魔王と手を結んだ邪悪な人間と見ていて、反魔女感情は続いていた。イングランド、ヨーロッパ大陸、アメリカでさえ、19世紀から20世紀初めにかけても、魔女の疑いをかけられた人に対する暴力が勃発していた。北米での最悪のケースは、マサチューセッツ州で1692年から1693年にかけて起きた**セーラムの魔女事件**で、大勢の人が魔女の疑いをかけられて投獄され、19人が殺された。

●信仰としての妖術

　1950年代には、妖術は信仰として新たに改革された。こうした動きはイギリスで始まり、ジェラルド・B・ガードナーらの影響を通じて広まった。ガードナーは、1920年代と30年代のイギリスの人類学者マーガレット・A・マリーの流れを引き継いだ。マリーは、妖術は異端信仰と、パンのような有角神を中心とした礼拝を基礎にした、古代信仰の名残から成るものだと主張していた。

　ガードナーは、妖術は古代宗教の信奉者である代々続いてきた魔女たちの集団によって始められたとした。彼は、呪術と区別するために大文字でWITCHCRAFTと綴られる信仰としての妖術は、若い会員の不足によって消滅の危険に瀕していると懸念した。旧法に残された記録によると、1951年まで、イングランドでは妖術は深刻な犯罪だった。この法はこの年に廃止され、人々は堂々と魔女になることができるようになった。

　ガードナーは自分の魔女集団を組織し、入会式などの儀式の体制については、仲間の魔女たちが教えてくれたと言った。1946年に会った、**アレイスター・クロウリー**からもさらに儀式の方法を会得

していた。〈黄金の夜明け団〉、〈フリーメーソン〉、〈薔薇十字会員〉、さらにはクロウリーがイギリスで率いた〈東方聖堂騎士団〉の性魔術儀式が行った魔術儀式の要素も借用し、東洋の神秘主義や魔術も混ぜ合わせた。

1953年、ガードナーはドリーン・ヴァリエンテを入会させ、共同で儀式について執筆、改訂した。ヴァリエンテの影響か、妖術の古代法はもっとキリスト教色を加味して、魔術は善行のためだけに使い、悪霊と結びつけるのは避けるべしと強調している。妖術信仰はすぐに評判になり、世界中の支持者を惹きつけた。マリーの言う古代宗教の不滅の存在説は反証されたが、入会希望者の集団の勢いを止めることはなかった。多くの人々にとって、新しい信仰はこれまでの古い信仰から心機一転できる変化だった。

信仰としての妖術はウィッカとも呼ばれ、現代の異端宗教の最大勢力になった。数えきれないくらいの習わしや、異端信仰や礼拝の復興の魅力、シャーマン的な要素があった。

◉ルキフェル主義の妖術

マイケル・W・フォードが作ったルキフェル主義の妖術の伝統は、魔王、敵対者、**堕天使**の霊知、性魔術を中心とした魔術の左道を力説する。実践者はカインのようになり、心の内に集中するために、孤立して社会の自然な秩序の外で暮らす。フォードによると、ルキフェル主義の妖術は、クロウリーや、〈悪魔教会〉（**悪魔崇拝**参照）を立ち上げたアントン・サンダー・ラヴェイ、印の**魔術**の独特なシステムをつくったイギリスの神秘主義者**オースティン・オスマン・スパー**の哲学や業績を補っているという。

ルキフェル主義の妖術の中心となる儀式は、暗黒の三角陣の中にいるドラゴンだ。暗黒の三角陣は、悪霊と人間の男と女が出会うための降霊用の円で、敵対者の霊知と共に彼らの霊を高めたり、憎悪を帯びさせたりする。敵対者は挑戦し、闇とカオスの中に堕ちてきた入会者が、ルキフェルの光をもたらすものとして現れてくるかどうかを試す。ルキフェル主義伝統の黒魔術や妖術は、呪術師自身の精神の陰の面が関わっている。永遠の契約は闇とカオスの力で行われ、サタンの紋章が体や心や精神に刻まれる。光にお

新参の魔女のための法廷を開くサタン（著者蔵）

ける自己啓発の道が最終的な目的である。

妖精
fairies

　地上と天上の中間の国を占める存在。魔法の力を持っており、**悪霊**や**堕天使**と結びつけられることもある。伝承によれば、妖精は魔術の能力や**憑依**を引き起こす力を持っており、**除霊**が必要となることもある。

　fairy という語は、ラテン語の fata すなわち「宿命」に起源を持ち、魔法にかけられた状態を表す、faerie が発展したものである。伝承によれば、妖精はこの言葉が好きではなく、もっと敬意をこめた名で呼ばれることを好む。例えば、「良き隣人」、「ジェントリ」、「温和な人々」、「よそ者」、「彼ら」、「幸福な（祝福された）廷臣」などの呼び名である。妖精はしばしば「小さき人々」とも呼ばれ、中世には、魔法の力を持った女性を示すこともあった。

●妖精の起源

　妖精の存在は古代から世界中で信じられており、妖精の起源についてはさまざまな説明がつけられている。特に有力なのがケルトの妖精伝説で、キリスト教的な要素も吸収されている。アイルランドの伝説では、妖精はアイルランドの先住民である、トゥアハ・デ・ダナーンの子孫であると言われる。ミルの侵略を受けた時、トゥアハ・デ・ダナーンは超自然的な力を使って姿を消し、丘へ撤退したという。トゥアハ・デ・ダナーンから、神や半神、英雄や妖精が生まれた。

　妖精の起源についての他の説明には、次のようなものがある。

◎洗礼を受けていない死者の魂、異教徒の死者の魂が、地上と天上の間にとらわれている。

◎生と死の間にある世界にいる、死者の守護霊。人間を連れ去る力があり、連れていかれた人間は死ぬ。

◎先祖の幽霊。

◎**ルキフェル**とともに天界を追い出された堕天使。神によって地上の自然霊となるよう宣告され、悪霊として活動している。

◎特定の場所や、四大元素と結びついている自然霊。大気の精シルフ、地の精ノーム、水の精ウンディーネ、火の精サラマンダーなど。

◎姿を変えられる怪物もしくは、怪物と人間のあいのこである超自然的な生物。

◎小さな人間。トゥアハ・デ・ダナーンのように、生き残るため隠れて暮らす原始的な種族。

　ごく最近では、妖精は地球外生物とも比較されている。

●妖精の種類と性質

　妖精は普通、特別な視力を持つ人間以外には、目に見えない。妖精を見るのに最も適しているのは、黄昏時である。伝説によれば、妖精は人間に姿を見られることを好まず、偶然妖精を見てしまった

者を、盲目にするなどして罰することもある。自分から姿を見せた時には、人間に特別な視力や病気の治癒などの贈り物をしたりもする。

妖精の種類は非常に幅広く、ちっぽけな光であるものも翼を持ったものもいるが、最も多いのは、小さな人間の姿をした妖精である。怪物のように醜いこともあれば、美しいこともあり、特に人間を騙したり操ったりするために、自分の望みどおりの姿に変身する。アイルランドでは、妖精は黒い鳥、特にカラスの姿を取る。フランスの妖精伝説では、カササギの姿になることもある。黒い鳥は、黒い動物と同じように、悪霊や**魔王**と結びつくものである。

レプラコーンのようにひとりでいる妖精もいるが、種族で一緒に暮らすものもいる。妖精の住居は地下にあることが多く、小さな丘や洞窟、巣穴、地面の穴、積まれた石や岩の下が、そこに至る入り口となる。こうした場所を荒らすのは不吉であり、妖精の仕返しを受けて不幸や病気に見舞われたり、死に至ることすらある。

妖精の国はエルフランドとも呼ばれ、死者の国のような性質を持っている。時間は改ざんされ、人間界での1日が妖精の国では数年にのびたりする。昼や夜はなく、永久に黄昏が続く。伝説や伝承に

妖精たちの舞い

は、妖精の国に死者の幽霊が混じっているものや、妖精の国で妖精とともに来世を送るというものもある。

　ヨーロッパの妖精の種類は口承から集められてきた。スコットランド監督派教会の聖職者で、千里眼の持ち主だったロバート・カークは、妖精の国を訪れ、1691～92年に『エルフ・フォーン妖精の知られざる国』という報告を書いている。これは、現存する一人称の記録として、今なお注目に値する著書のひとつとなっている。主な妖精伝説の概論には、20世紀の初めにW・Y・エヴァンス＝ウェンツによって書かれた、『ケルト諸国における妖精信仰』（1911年）がある。

　妖精は働き、家族を維持し、飲み食いや音楽や踊りを楽しむなど、人間と非常によく似た暮らしをしている。小道や獣道やラースと呼ばれる円形の砦を通って物質界を旅しており、これらの道は、彼らの住居同様、人間に荒らされたり壊されたりすることがあってはならない。特に、夏至、冬至と春分、秋分の中間に当たる頃や、夜に列を作って行進するのが好きなものもいる。妖精の通り道の上に家を建てると、妖精が家の中を通り抜けるようになり、住人は病気になり、作物は枯れ、家畜は死ぬことになる。妖精はポルターガイストのように閉じた窓や扉を開けたり、さまよう幽霊さながら混乱を起こしたりする。

　妖精は、多くのものが人間に注意を払わず、故意に人間を騙したり襲ったりすることもあるという点で、悪霊に似ている。妖精伝説には、強い力を持つトリックスター的な妖精がたくさん登場する。彼らは旅人を道に迷わせるのが好きで、人間の通夜や葬儀に出席してはごちそうを平らげ、台無しにする。

　妖精は人間を彼らの住み処にさらったりもする。特に美しい女性を妻にしようと連れていくことが多い。妖精の国で妖精の食べ物を口にした者は、あの世にとらわれたままになってしまう。妖精に「連れていかれる」とは、別世界もしくは死者の国へ行くことを意味するのである。誘拐が一時的なものなら、その者は病気になった後で回復する。永久に誘拐されたままなら、その者は死に、あの世にとどまることになるのである。妖精の食べ物を口にすることはタブーである。妖精の食べ物は人の体を変えてしまい、生者の世界に戻れなくしてしまうからである。

　すべての妖精が非友好的だったりぺてんを働くわけではなく、条件次第ではあるが、親切にしてくれたり、人間の手伝いをしてくれることもある。例えば、家庭にいるブラウニーは、住人が彼らを丁重に扱い、家をきれいにし、彼らのためにミルクやクリームや食べ物を出しておけば、家事などの雑用を手伝ってくれる。一度妖精に出された食べ物は、人間や動物が口にしてはならない。妖精が食べ物の真髄を抜き取ってしまい、他のものの口にはあわなくなっているからである。もし、食べ物が床に落ちていたら、妖精がそれをほしがっているということなので、与えなくてはならない。

　妖精は重大な弱点を持っている。**鉄**は妖精を追い払い、その超自然的な力を弱

める。鉄でできた**護符**があれば、妖精を遠ざけておくことができる。

◉魔術と妖術

　魔女と同じように、妖精も人や動物に呪文をかけ、作物を枯らしたり健康を害したりする力を持っている。アイルランドの伝説によれば、トゥアハ・デ・ダナーンは、小麦を枯らしミルクをだめにすることで、ミルに復讐した。妖精伝説にキリスト教的要素が入ってくると、妖精を避けるため、新鮮なミルクに親指をひたして十字を切るという習慣が広まった。

　人間が妖精を侮辱したり怒らせたりすると、その者は妖精の力で獣や石など、自然のものに変身させられてしまう。

　妖精に呪文をかけられたり取り憑かれたりした人間や動物は、おかしな振る舞いをしたり病気になったり、トランス状態になったり発作を起こしたりする。こうしたことは「妖精に撃たれた」とか「エルフの矢による攻撃」と呼ばれる。「エルフの矢による攻撃」とは、見えない矢が人間や動物を射抜くことである。

　妖精はまた、魔女に魔術の知識や、魔法のかけ方を教えたりもする。

◉取り替え子

　妖精が人間の赤ん坊を盗み、その子供のいたところに自分の醜い赤ん坊を代わりに置いていくことはよく知られている。こうしたことは、赤ん坊が夜眠っている時か、ひとりでうたた寝している時に起きる。

　エヴァンス＝ウェンツは、例として次のようなものをあげている。彼がフランスで口づてに聞いた、ある女性と3人の子供たちの話の抜粋である。

　彼女が授かったひとり目の男の子は、とてもかわいらしく、健康そのものだったが、ある朝彼女は、その子供が、夜の間に変わってしまったことに気づいた。彼女が夕方ベッドに寝かせた元気な赤ん坊はもういなかった。代わりにいたのは、色黒で、背中が曲がった、見るもおぞましい奇形児だった。気の毒な女性はフィー（妖精）が子供を取り替えたことを知った。

　この取り替え子はまだ生きており、今では70歳ほどになっている。ありとあらゆる邪悪さを備え、何度も母親を殺そうとした。まさしく悪霊そのもので、未来を予言し、夜な夜な外を走り回る。周囲は彼を「小さなコリガン」（妖精の一種）と呼び、そろって彼を避けている。このごろは体も弱って貧しくなり、物乞いをせざるを得なくなったが、人々は彼を非常に恐れているため、施しを与えている。彼のあだ名はオリエという。

　この女性は他にもふたり子供をもうけたが、この子たちも生まれた時は普通だったのに、妖精に盗まれ、背骨の曲がった「悪魔じみた」姿になってしまったと言われている。その後彼女はある魔女から、司祭の祝福を受けたツゲの小枝をゆりかごに置けば、妖精を追い払えると教えられた。4番目の子供の時には言われたとおりにしたが、効果はなかった。

取り替え子という概念は、生まれた時にはわからなかったが、後々進行して「ゆりかごの死」すなわち乳児突然死症候群（SIDS）にまで至る、乳幼児の病気に対する解釈ともいえる。病気にかかった子供は、本人でないわけでも全く別人になったわけでもなく、著しく悪い方向へ変わったのである。

● 憑依と除霊

取り替え子は憑依が原因で起きる。この世ならぬ存在が眠っている間に魂を盗んだのである。ゆえに、取り替え子は「妖精に取り憑かれた」ともいえる。昔からの記録にあるように、取り替え子は悪霊に取り憑かれた人間と同じくらい、「悪魔的な」性質を持っている。人格が変わり、邪悪な性癖や振る舞いを見せ、普通でない能力（予言など）を示したり、外見が変化したりする。背骨の曲がった者は、「真の悪魔」と呼ばれてすらいる。

取り替え子の場合、憑依は普通永久的なものである。妖精伝説には妖精を祓う方法が存在するが、それにどれほどの効果があるかは、おそらく子供が抱えている問題の性質によりけりである。例えば、フランスの伝説にある方法は、取り替え子を外に出しておくというものである。取り替え子が泣き叫んでいるのを聞いた妖精は、本物の子供をあるべき場所に戻し、取り替え子を連れ帰るのである。

妖精はミルクに魔法をかけることでも知られており、ミルクについた霊を祓うことは、民間伝承でよく行われていた。ミルクを入れる器が除霊され祝福されると、そこに注がれるミルクも同じ状態になる。悪霊も、妖精と同じようにミルクに取り憑くので、妖精と悪霊はほとんど区別されないこともあった。

6世紀に実在したアイルランドの守護聖人、聖コルンバの伝記には、聖コルンバがミルクから霊を祓ったという逸話が語られている。『聖コルンバ伝』は、アイオナ修道院長のアダムナンによって書かれた。ある日、コルンバンという若者が乳しぼりをし、霊を祓ってもらおうと手桶を聖コルンバのところへ持って行った。聖コルンバは空中で十字を切ったが、ふたが吹き飛び、大半のミルクがこぼれてしまった。聖コルンバは言った。「あなたは今日、きちんと仕事をしませんでしたね。空の手桶の底に隠れている悪霊を追い払わなかった。ミルクを注ぐ前に十字を切って、悪霊の居場所を探せばよかったのです。しかし心配せずとも、十字の印の力を見たでしょう。悪霊は恐れおののいて速やかに逃げ去り、それと同時に手桶が激しく揺れて、ミルクがこぼれたのです」聖コルンバはその後、半分ミルクの入った手桶を、除霊のため彼のところへ持ってくるよう命じた。聖コルンバが祝福を与えると、手桶は驚くべきことにミルクでいっぱいになった。

フランス、ブルターニュの古い庶民の習慣には、夏至の日に緑の葉がついた枝を燃やすというものがあった。農家の家畜はこの煙を通り抜け、あらゆる悪しき霊や妖精を祓い、魔術や憑依から身を守るのである。特に牝牛の場合には、乳がたくさん出るようになると言われていた。

●現代の伝承における妖精

　ヴィクトリア時代から、妖精は徐々にその恐ろしい力をはぎ取られ、羽を生やした小さな生き物や、魔法の杖を持った女性バレリーナのような姿で描かれ、取るに足らない存在となった。20世紀になるあたりで、スコットランドの小説家、J・M・バリーにより、ピーター・パン物語の一部として作られた、架空の妖精ティンカー・ベルも、妖精を取るに足らないちっぽけな生き物におとしめるのに一役買うことになった。人気メディアで描かれ続ける妖精の姿は、魔法の力をもったかわいい小さな存在で、悪魔とのつながりはまったくない。枕の下に置いた歯のかわりにお金を置いて行ってくれる「歯の妖精」は、幼い子供の間で今も人気がある。

抑圧
Oppression

　悪魔が人間に極めて大きな肉体的恐怖、または精神の崩壊をもたらして人の意思を完全に支配し、操ること。抑圧は**寄生**によって導かれ、**憑依**へと変容していく場合がある。「いらだち」とも言われる。

　抑圧の標的となった者は、ぞっとするような悪魔の叫び声によって恐怖に取り憑かれる。荒い息づかいや足音、ノック、コツコツ、ガンガンとものを叩く音。恐ろしいうめき声や人間のものとは思えない声がテレビや電話から聞こえる。悪夢に悩まされ、眠りを妨げられる。硫黄や腐った肉、糞便など、不快で胸のむかつくにおいに悩まされる。急に暑くなったり寒くなったりする。人や大きな物体、家具などが宙に浮き、しまいには悪魔の姿をした黒い形が現れる。

　精神面では、悪魔は犠牲者に自分は気が狂っていると思い込ませる。犠牲者は人格ががらりと変わり、気分にむらが生じ、深い鬱状態に陥る。理屈っぽくなり、汚い言葉や忌まわしい言葉を頻繁に口にするようになる。友人や家族は抑圧を受けた犠牲者に対し、まったく人が変わってしまったと感じる。

　抑圧は**悪魔祓い**の儀式と犠牲者の心の矯正を同時に行うことによって取り除くことができる。

ヨナ
Jonah

→**レヴィアタン**

ヨハネ・ボスコ（1815-1888年）
John Bosco

　聖人であり、サレジオ会の名で知られるサルの聖フランソワ会の創立者でもある。ヨハネ・ボスコが「夢見る聖人」とされるのは、たびたび明晰夢［訳注／夢を見ていると自覚しながら見る夢］を見たためだ。これは夢というより幽体離脱の旅に近く、ボスコは旅先で天使や**イエス**、聖母マリアなどの聖人に出会い、天国と**地獄**を訪れた。特に、地獄への訪問は細部に渡っていた。ボスコはこうした明晰夢を使い、神学生たちに教えを説いた。また、教皇ピオ9世の要請で、夢の詳細な記録をつけた。

本名ジョヴァンニ・ボスコはイタリアのピエモンテ州ベッキで農家に生まれた。2歳で父親を亡くし、母親に育てられた。初めて明晰夢を見たのは9歳頃で、イエスと思われる男とマリアと思われる女から、生きる目的と運命を明かされた。彼はゆるぎない信念で宗教的な慈善事業に生涯を捧げた。成長するにつれ、明晰夢を見る回数が増えていった。

ボスコは16歳で神学の勉強を始め、1841年6月5日、26歳で司祭になった。その後トリノへ行き、若い司祭の養成を仕上げる司祭研修学院に入学した。日曜日には貧しい青少年に教理問答を教えるようになり、間もなく彼らに寄宿生活をさせるようになった。さらに教会を建て、敬愛する聖人、サルの聖フランソワの名をつけた。1856年までに、寄宿舎で150人の少年を世話して、そのうえ4つの研修会を抱え、オラトリオと呼ばれる司牧施設でも500人あまりの子供たちを指導していた。この集団が1859年に聖フランシスコ・サレジオ会［訳注／サルの聖フランソワのイタリア名］となった。ボスコは1888年1月31日に死亡し、1934年に教皇ピオ11世によって列聖された。現在、サレジオ会は世界中で活動している。

● さまざまな夢

教皇ピオ9世はボスコの変わった夢に興味を引かれ、記録を取るよう指示した。150を超える夢が信奉者たちの手で集められ、記録された。その多くは予言夢や、少年たちの夢、サレジオ会の夢だった。ほかの夢は彼の宗教教育や信条と一致して、宗教生活の象徴で表され、救いを得るにはカトリックの教義に従う必要があるという内容だった。

ボスコの明晰夢はとても長く、極めて具体的だった。一般の夢と違って論理的で、初めから終わりまで完全に筋を追えた。たいてい案内役の天使か、サルの聖フランソワ、聖ドミニク・サビオ、または彼が「帽子をかぶった男」として触れる謎の男が旅に付き添っていた。夢というより実体験に近かったようだ。ボスコは感覚印象が強いため、夢を見ているのか目覚めているのか確かめようとして、夢の中で手を叩いたり、自分に触れたりしたこともあった。これは現代で明晰夢を見る者が、自分の経験は現実だと確認する方法である。

ボスコは生理現象で覚醒することもあった。しばしば疲れ切って目を覚ました。地獄の恐ろしさを見せつけられた、ある劇的な夢の中で、邪悪なものの腐敗臭が目覚めてからも残った。ふたつの世界の間を通り抜けるのはシャーマンの旅の特徴であり、カール・G・ユングが「類心的無意識」とした、意識に接触できない無意識のレベルにあるが、それは現実の世界と同じような性質を持っている。

● 地獄への訪問

ボスコが記録した多くの夢の中で、とびきり長く鮮明な夢のひとつが、地獄の深部への恐ろしく生々しい訪問記である。付き添いは「帽子をかぶった男」だ。ボスコは夢の中でときおり案内役に逆らおうとしたが、その夜は与えられたどん

な仕事も先送りにできなかった。

ボスコが見たすべての明晰夢と同様に、この夢もキリスト教のテーマに基づき、カトリックの教義に従い、学校を運営するための助言を彼に与えている。地獄への訪問は2夜にかけて起こった。

眠りにつくなり、忌まわしいヒキガエルの夢を見ました。牛並みに大きい1匹が部屋に入ってきて、ベッドの足元でしゃがんだのです。固唾をのんで見つめると、ヒキガエルの足と体と頭が膨らみ、ますます不愉快になりました。緑色の体、炎のような目、赤く縁取られた口と喉、そして骨ばった小さな耳は、ぞっとする眺めでした。私は目を凝らして、「しかし、ヒキガエルに耳はない」と何度もつぶやきました。また、大鼻のうしろから2本の角が突き出し、両脇から緑がかった羽が伸びています。足はライオンのそれのようで、長い尻尾の先は三つ又になっています。

そのときはちっとも怖くなかった気がします。でも、その怪物が歯のびっしりと生えた大口をあけ、じわじわと近づいてくると、心底恐ろしくなりました。これは地獄から来た悪霊だと思いました。そんな姿をしていたのです。十字を切っても、なにも起こりません。ベルを鳴らしても、応答がありません。叫んだところで無駄でした。怪物はいっこうに退散しません。「なんの用だ、このみにくい悪魔よ」と尋ねたところ、怪物が答えるように、耳をぴんと立て這い進みました。ベッドの枠に前足をのせ、後ろ足で立ち上がると、ひと休みして、私を見てベッドに這い上がり、目の前に迫りました。激しい嫌悪感がこみあげ、ベッドを飛び出そうとしたそのとき、怪物が口を大きく開きました。押しのけたくてもあまりにおぞましく、いくら追い詰められていても触る気になれません。悲鳴をあげ、必死に背後の聖水盤に手を伸ばしましたが、壁を叩くだけです。その合間に、化け物ガエルがまんまと私の頭をくわえ、上半身をのみこみました。「神の名において」私は叫びました。「なぜ私にこんなことをする？」これを聞いたヒキガエルが後ずさりして、私の頭を離しました。私は再び十字を切り、聖水盤に手を浸せるようになったので、怪物に聖水を振りかけました。怪物は金切り声をあげ、あおむけに倒れて姿を消しました。すると、高いところから謎めいた声が響きました。「子供たちに話したほうがいい」

声がしたほうを向くと、ベッドのそばに威厳のある男性が立っています。黙っているのが気まずくなり、私は尋ねました。「なにを話せばいいのです？」「最近の夢で見聞きしたこと、前から知りたかったこと、明日の夜に明かされることだよ！」そう言って男性は消え去りました。

翌日は一日中、憂鬱な夜のことが気がかりで、晩になっても床に着く気になれず、午前零時まで机に向かって本を読むともなしに読んでいました。ま

た悪夢を見ると思うだけで、ぞっとしたのです。しかし、やっとの思いでベッドに入りました。

　すぐに眠って夢を見ないよう、ヘッドボードに枕を立てかけて座りましたが、疲労のため、じきに寝入ってしまいました。すぐさま、昨夜の人物（「帽子をかぶった男」）が枕元に現れました。「起きてついてきなさい！」彼が言いました。

「どうか、かまわないでください」私は文句を言いました。「へとへとなんです！　もう何日も歯痛に悩まされて、休まなければいけません。それに、悪夢のせいで疲れました」この男性が急に現れると、私は厄介ごとや疲労、恐怖に襲われるのです。

「起きなさい」と男性が繰り返しました。「ぐずぐずしていられないのだ」

　私は命令に従い、男性についていきました。「どこへ連れていくのです？」
「気にするな。行けばわかる」

　ボスコは荒涼と広がる砂漠に導かれる。そこを案内役とともに重い足取りで横切ると、1本の道が現れる。美しく、広く、舗装されていて、道端に花と草木が育っている。その道がゆるやかに下り始める。ふとボスコは、オラトリオの少年たちがついてくることに気づく。突然、少年たちは次々に地面に倒れ、遠くにある急坂に引きずり込まれる。その先にかまどがあった。案内役の話では、少年たちは罠にかかって倒れたという。その罠は、彼らがみずからの罪で作ったものだ。

しかし、戒律を守る少年たちは罠にかからず歩いていける。

　一行が下り坂を進んでいくと、風景が一変する。生い茂った薔薇と花々が棘だらけの生け垣と化し、道はでこぼこで、岩がごろごろ転がっている。大半の少年たちは別の小道を歩き出す。

　下り道はひどく歩きにくくなり、ボスコは何度も転んだ末、もう一歩も歩けないと案内役にこぼす。だが、案内役は歩き続ける。ボスコはついていくしかないと気づく。

　下り続けるうち、道は恐ろしく傾いていき、直立していられなくなりました。そして、この絶壁の底に、暗い谷の入り口に、巨大な建物がぼんやりと現れました。そびえたつ門はしっかり施錠され、道のほうを向いています。ようやく底に着くと、猛暑で息が詰まりました。紅蓮の炎に照らされた、脂交じりの緑がかった煙が、山々より高くそびえる塀の向こうで立ち上っています。

「ここはどこです？　これはなんですか？」私は案内役に尋ねました。
「この門の碑文を読めばわかる」

　門を見上げてラテン語の碑文を読みました。「刑の執行猶予はされない場所」(ウービ・ノーン・エスト・リデンプション) ここは地獄の入り口です。案内役はこの不気味な場所の隅々まで私を連れ歩きました。一定の距離を置くと、青銅の門は最初の門のように急勾配の下り坂を見渡しています。それぞれの門にラテン語で碑文が刻まれていました。

例えばこうです。「わたしから離れ去り、悪魔とその手下のために用意してある永遠の火に入れ」(マタイによる福音書25章41節)「良い実を結ばない木はみな、切り倒されて火に投げ込まれる」(同7章19節)

碑文を帳面に写し取ろうとして、案内役に止められました。「その必要はない。すべて聖書の言葉なのだ。あなたが教会の入り口の柱に刻ませた文章もある」

こんな景色を見て、オラトリオに戻りたくなりました。実際に引き返したのですが、案内役は見逃してくれました。どこまでも続く峡谷をとぼとぼと歩くと、最初の門に向かう絶壁の下に戻ってきました。突然、案内役がこちらを向きました。うろたえた様子で、脇に寄れと手を振っています。「見なさい！」

少年のひとりが道を突進してくるのを見て、ボスコは驚いた。少年は取り乱した顔つきで、強い力に逆らおうとするように両腕を振り回している。ボスコは少年を助けたいと思うが、案内役に止められる。その少年は神の怒りから逃れている。彼は峡谷に転げ落ち、谷底で青銅の門にぶつかる。

少年がぶつかると、門は轟音を立てて開き、たちまち1000の内門が耳をつんざくような音とともに開きました。まるで、目に見えない暴風に突き動かされた体に当たったかのようです。青銅の門扉は――一対ずつかなり離れていても次々に――つかの間開いていて、少年が落ちた瞬間、遠くでかまどの口に似たものが火の玉を噴き出したのが見えました。口が開くなり、門は再びがらんと音を立てて閉まりました。

少年たちは悲鳴をあげて次々と谷に落ち、全員が門に吸い込まれていく。救う方法はないのか、と尋ねるボスコに、案内役は答える。少年たちには彼らなりの掟と秘跡があるのだから、それを守らせればよいと。

案内役がボスコに多くのことを学べると言って、門をくぐらせる。ボスコは恐ろしくて尻込みするが、自分は危険ではないと気づく。裁きを受けないまま地獄に落ちるはずがないし、彼はまだ裁きを受けていなかったからだ。そこで先に進むことにする。

私たちは狭くて不快な通路に入り、そこを走り抜けました。門の内部のそこかしこで恐ろしい碑文が不気味に光っています。最後の門は広大で薄気味悪い中庭に通じていて、突き当たりにはどうしても人を寄せつけない大きな入り口がありました(ボスコは立ち止まり、悪人が地獄で受ける拷問を取り上げた聖書のさまざまな叙述を読む)。「ここから先は」と案内役が言いました。「頼りになる連れや励ましてくれる友はいない。やさしくされず、温かい目で見てもらえず、親切な言葉もかけてもらえない。それはもう過去の

ものだ。こうしたことを見るだけにするか、それとも身を持って体験してみるかね？」
「見るだけでけっこう！」
「では、来るがいい」友が私を連れ、門をくぐって通路に出ると、その先に展望台がありました。舗道から天井まで届く巨大な1枚のクリスタルガラスで囲われています。そこに入ったとたん、言語に絶する恐怖を覚え、一歩も動けなくなりました。目の前に広がる巨大な洞窟のようなものが、山々の深い窪地に消えていきます。どの山も燃え立っていますが、火は現世の火ではなく、跳ね回る炎の舌でした。洞窟全体——壁、天井、床、鉄、石、木、石炭——が何千度という温度でなにもかも白く輝いています。それでも火は燃え尽きないのです。この洞窟の恐ろしさを言い表す言葉が見つかりません。
「焼き場は既に用意され……深く広く造られ、燃やすための木が積まれ、多くの薪が置かれ、主の息が焼き尽くす硫黄の流れのようにそこに臨む」（イザヤ書30章33節）

　当惑してあたりを見ていると、ひとりの少年が門を駆け出してきました。ほかのものは目に入らないのか、けたたましい悲鳴をあげました。青銅が煮えたぎる大釜に落ちそうな人、洞窟の真ん中に飛び込もうとしている人のように。たちまち少年も白く輝き出し、ぴたりと動きを止めましたが、うめき声だけは一瞬あとに残りました……。

　再び目をやると、また別の少年が洞窟に突進していきます。やはりオラトリオの子です。少年は落ち、そのまま戻ってきません。彼もまた、一度痛ましい悲鳴をあげ、それが先に落ちた少年の叫びの最後の響きと交じりました。ほかにも、同じ方向に疾走する少年が増えていきます。同様に叫び、動きを止め、白く輝き出すのです。気がつくと、ひとり目はその場で、片手と片足を上げたまま凍りつき、ふたり目は床で体を折り曲げたように見えます。あとは、立つか、ほかのさまざまな姿勢でじっとしている者、片手か片足でバランスを取る者、座るか、あおむけか横向きに寝ている者、両手で髪をつかんで立っているかひざまずいている者がいます。つかの間この光景は、これまでになくつらい姿勢に作られた大型の彫像群に見えました。ほかの少年たちは、例のかまどへ突入しました。知っている顔もあれば、見知らぬ顔もあります。そのとき、いったん地獄に落ちた者は永遠にとどまると聖書に書かれていることを思い出しました。「木はその倒れたところに横たわる」（コヘレトの言葉11章3節）

　ますます恐ろしくなり、案内役に尋ねました。「この洞窟に駆け込む子たちは、行き先を知らないのでしょうか？」
「知っているとも。何度も警告されたのに、火に飛び込む道を選んだのだ。なぜなら、彼らは罪を憎まず、罪を捨てたくないからだ。さらに、神が絶え間なく、慈悲深く示される悔悛のお導きをはねつける。そこで、彼らは天罰

に苦しめられ、追いつめられ、突き動かされ、この場所に来るまで止まれない」

「ああ、もう希望がないとわかっているとは、あの子たちはどんなに悲しいでしょう」私は声をあげました。

「少年たちの心の奥に潜んだ熱狂と怒りを本気で知りたかったら、もう少し近づくことだ」案内役が言いました。

2、3歩進むと、哀れな少年の多くが野蛮に殴り合っているのが見えます。ほかの子たちは自分の顔と両手を引っかき、皮膚を裂いて投げ散らかしています。おりしも、洞窟の天井全体が水晶のように透明になり、天国の地と光り輝く住人たちは永遠に安全だとわかりました。

「どうしてなんの音もしないのですか？」案内役に訊いてみました。

「もっと近くへ！」と助言がありました。

窓に耳を押し当てると、悲鳴やすすり泣き、聖人たちを冒瀆したり呪ったりする言葉が聞こえました。けたたましく混乱した、声と泣き声の寄せ集めです……。

「あのような悲しげな詠唱はここで永久に響くでしょう。でも、あの子たちが叫んでも、がんばっても、泣いても、すべて無駄なことです。『すべて労苦する手が彼を襲う』（ヨブ記20章22節）」

「ここにもはや時間は存在しない。永遠があるだけだ……」

案内役に連れ去られ、次は通路から下方の大洞窟へ入りました。入り口にこう書いてあります。「蛆は絶えず、彼らを焼く火は消えることがない」（イザヤ書66章24節）「火と蛆とを彼らの肉体に与えたもう。彼らは（これらの苦痛に対する）感覚を失うことなく永遠に泣き悲しみ続けるでしょう」（ユディト書16章21節、『聖書外典偽典』土岐健治訳）

私たちの学校の生徒だった者たちが、どれほど深く後悔しているかがよくわかります。思い起こせばつらいでしょう。各自の許されていない罪には当然の罰が下ること、数え切れないほどの、桁外れともいえる方法で行いを改め、徳を積んで楽園をもたらさねばならないこと、聖母に約束されて授けられた多くの恩寵に応えなかったことを。考えたら苦しいでしょう。簡単に助かったはずが、こうして救いがたいほど堕落して、何度も立派な決意を固めながら、1度も貫けなかったことを。まこと、地獄への道はよい心がけで舗装されているものです〔訳注／ことわざ。心がけがよくても行動が伴わなければ意味がない〕！

下方の大洞窟で、灼熱のかまどに落ちたあのオラトリオの少年たちに再会しました。いまはこちらの話を聞いている者もいます。そのほかは以前の生徒か、知らない子たちです。近づいていくと、彼らは蛆虫やネズミにたかられて、性器、心臓、手足、全身をかじられ、筆舌に尽くしがたい姿でした。なすすべもなく、少年たちはありとあらゆる苦痛を受けています。彼らに話

しかけるか、または話を聞けはしないかと、さらに近づきましたが、誰も話さず、こちらを見もしませんでした。案内役に理由を尋ねると、地獄に落ちた者は自由を完全に奪われているとの説明でした。一時的に罰を免除されることもなく、各自が自分の罰にひたすら耐えるしかありません。

「さて」案内役が続けました。「あなたもあの大洞窟に入るのだ」

「とんでもない！」私は怯えて断りました。「人は地獄へ行く前に裁きを受けるはずです。私はまだ受けていませんから、地獄には行きません！」

「いいかね」案内役が言いました。「どちらがよいか考えるのだ。地獄へ行って少年たちを救うか、外にいて彼らを苦しませておくか」

一瞬、言葉を失いました。「もちろん、子供たちを愛しています。ひとり残らず救いたい」と答えました。「でも、ほかに逃げ道はないですか？」

「ああ、ひとつある」と案内役が続けます。「手を尽くせば、道は開ける」

それからボスコと案内役は、よい告解ができる条件、美徳と教会に対する従順を養う必要性をじっくりと話し合う。案内役は、どの少年がどの罪を犯しているかをボスコに教える。そして、夢のどんな部分でも少年たちと話し合ってよいと言う。ボスコは案内役に感謝して、帰ってもよいかと尋ねる。

案内役が励ますように手を取って立たせてくれました。ひとりでは立てなかったのです。その広間を離れると、私たちはすぐさま恐ろしい中庭と長い通路へ取って返しました。でも、最後の青銅の門をくぐったとたん、案内役がこちらを向いて言いました。「他人が苦しむ様子を見た以上、あなたも少しは**地獄**を味わうべきだ」

「いやです！」私は怖くて叫びました。

案内役が譲りませんでしたが、私も断固として断りました。

「怖がらずにやってみるのだ」案内役が言いました。「この壁に触れ」

私は勇気を出しかねて逃げようとしましたが、案内役に引き止められました。「やってみるのだ」彼は一歩も引きません。私の腕を握り締め、壁に引っ張っていきます。「1度だけでいい」彼が命じます。「永遠の苦しみの壁を見ただけでなく触りもした、最初の門があれほど耐え難いなら、最後の門がどんなものか理解できる、と言えるように。この壁を見るのだ！」

私は壁に見入りました。それはひどく厚みがあるように思えます。「これと地獄の本物の火の間には1000枚の壁がある」案内役が話を再開しました。「1000枚の壁が火を取り囲んでいて、1枚1枚に厚みがあり、前後は均等に離れている。1枚の厚さは1000マイルだ。したがって、この壁は地獄の本物の火から何百万マイルも離れている。地獄そのものの僻地にすぎない」

こう言われ、思わず後ずさりしました。ところが案内役に手をつかまれ、

こぶしをこじあけられて、1000枚壁の1枚目に押しつけられました。その感覚は極めて不快であり、私は悲鳴をあげて飛びすさり、気がつくとベッドに腰かけていました。けさ起きると、片手が腫れ上がっていました。夢の中だけでも、壁に押しつけられた実感があり、あとで手のひらの皮膚がはがれました。

この夢を見たボスコはすっかり動転し、それから数夜は眠れなかった。真に迫った話をするだけに、周囲には夢の中の出来事を簡単に、遠回しに伝えるにとどめると約束した。「私はあなたがたをあまり怖えさせまいとして、この目で見て、はっきり記憶した彼らの恐ろしい出来事を話さなかったのです」とボスコは言った。「知ってのとおり、主はつねに地獄を象徴として表しました。神がそれを現実にあるものと呼んでいたら、私たちは神を理解できなかったでしょう。人間にはこうしたことを理解できません。主はご存じであり、これぞと思う相手にお明かしになるのです」

ヨハネによる福音書
Gospel of John

悪霊に対抗して用いられる聖書の一節。

聖書のどの言葉を読んでも、取り憑いている悪霊を混乱させられるが、ヨハネによる福音書の言葉は最大の不快感を引き起こすようだ。なかでも、この福音書の冒頭を読むと、中世の悪魔憑きはわめきたてる発作と癇癪を起こした。次に引用する文章は、16世紀から17世紀の悪魔祓い師たちも読んだと思われる。

初めに言(ことば)があった。言は神と共にあった。言は神であった。この言は、初めに神と共にあった。万物は言によって成った。成ったもので、言によらずに成ったものは何ひとつなかった。言の内に命があった。命は人間を照らす光であった。光は暗闇の中で輝いている。暗闇は光を理解しなかった。(ヨハネによる福音書1章1~5節)

言は肉となって、わたしたちの間に宿られた。わたしたちはその栄光を見た。それは父の独り子としての栄光であって、恵みと真理とに満ちていた。(同1章14節)

万物が神の手で創られる以上、魔王もまた神の道具である。人間の信仰を試すために遣わされたのであろう。しかし、魔王の言い分とほら話を信じてよいものか? 第8章のヨハネの記述では、イエスは自分のことや奇跡を信じないといって、ファリサイ派の人々を叱責している。これがその言葉だ。

神があなたたちの父であれば、あなたたちはわたしを愛するはずである。なぜなら、わたしは神のもとから来て、ここにいるからだ。わたしは自分勝手に来たのではなく、神がわたしをお遣わしになったのである。わたしの言っていることが、なぜ分からないのか。

それは、わたしの言葉を聞くことができないからだ。あなたたちは悪魔である父から出た者であって、その父の欲望を満たしたいと思っている。悪魔は最初から人殺しであって、真理をよりどころとしていない。彼の内には真理がないからだ。悪魔が偽りを言うときは、その本性から言っている。自分が偽り者であり、その父だからである。(同8章42～44節)

魔王が語った言葉はどれも偽りだという論法は、多くの魔女を告発者から守る役目を果たした。ある哀れな人間のせいで別の人間が取り憑かれたという申し立てを、初期の異端審問官は疑ってかかったが、後期の審問官は受け入れた。それでもカトリックとプロテスタントの悪魔祓い師たちは、神の言葉が究極の力で魔王の仕業を抑えつけると一様に信じた。魔王は「偽り者の父」かもしれないが、神の名において迫られれば、真実を話すしかなくなるのだ。

ライオンの悪霊
lion-demon

　バビロニアの混成的**悪霊**で、通常は上半身が裸の人間で、ライオンの頭と尻尾、ロバの耳、鳥の足を持つ。ライオンの悪霊は、片手に短剣を高く掲げ、もう片方の手に鎚矛を持つ。ライオンの悪霊は慈悲深く、災難や病気を引き起こす悪霊から守ってくれる。

病と悪を祓うライオンの悪霊（著者蔵）

ライオンの姿の悪霊
Lion-Shaped Demon

　吠えるライオンの姿をした**堕天使**で、何**軍団**（レギオン）もの**悪霊**を統率する。

　ソロモンの誓約では、ライオンの姿の悪霊は**ソロモン王**の前に現れ、自分を束縛することはできないといった。彼は病床の人間に忍び寄り、回復を妨げる。また、彼はアラブ系であるといった。

　ソロモンは「偉大なる最高神」の名を呼び、この悪霊がインマヌエル（**イエス**）によって阻止されることを白状させた。インマヌエルはライオンの姿の悪霊とその手下を捕縛し、崖から海に突き落として苦しめた。ソロモンは、この悪霊の軍団に森から薪を持ってこさせ、ライオンの姿の悪霊には、爪を使ってそれを切り、焚き付けにし、永遠に燃える窯に投げ込むよう命じた。

ライシエル
Raysiel

　悪霊で、31人の**ソロモンの精霊**のうちのひとり。**デモリエル**の配下にあり、北の王として君臨し昼間は50人、さらに夜

には50人の公爵を従える。おのおのの公爵は50人の従者を擁している。昼間の悪霊たちは善良だが、夜の悪霊は邪悪で頑固で反抗的である。昼間の16人の主要な公爵はベイシアル、トアク、シーキエル、サダール、テラト、アスタエル、ラルニカ、デュバラス、アルミナ、アルバドゥル、カナエル、フルシエル、バエタシエル、メルカ、ザラス、ヴリエル。夜の14人の主要な公爵はタリエル、パラス、アライル、カルマル、ラザバ、アレイシ、セバク、ベタシエル、ベルセイ、モレアル、サラク、アレパク、ラマス、スルカルである。

ラーヴァナ
Ravana

強い力を誇るインドの悪霊で、恐ろしい**ラクシャサ**を支配し、従える。ヴィシュラヴァとニカシャの子で、この世に創造された最初の悪霊たちの祖先である。ラーヴァナは**サタン**と同等の能力を持つ。ラーヴァナと彼の率いる悪霊の群れはスリランカ島（かつてのセイロン）に棲息していた。

ラーヴァナは10個の頭と20本の腕、銅色の目、真っ白い歯を持つ巨人である。体には戦闘で受けたいくつもの傷痕がある。立った姿は山のように大きく、ひと睨みで太陽や月の運行を停める力を持つ。あらゆる法を犯し、目をつけた女をことごとく力ずくで奪い取る。物腰は威厳にあふれている。

『ラーマーヤナ』にはラーヴァナに関する記述が多くみられる。黄金の町と言われたランカー島の町はラーヴァナの異母兄弟クヴェーラのためにヴィシュヴァカルマによって建設された。ラーヴァナはクヴェーラを追放して彼の魔法の戦車を奪い、それを駆ってランカー島を離れ、世界中で騒動を巻き起こした。

ラーヴァナは詐欺師の一面を持つ。ブラフマーに対する懺悔の数年を送った後、ラーヴァナはすべての神々に勝る力を授けるようこの偉大な神に恩返しを求めた。やがて彼は神々に戦いを挑んだが、彼を打ち負かすことのできる神はひとりもいなかった。ラーヴァナは多くの神々を捕らえ、彼らにランカー島での苦役を強いた。最終的には神々は島を抜け出し、ラーヴァナへの復讐を企てた。

ラーヴァナはシヴァ神の元へ赴き、不老不死の恩寵を望んだ。彼はみずからの首のひとつを切り落とし、1000年の間その上に立ち続けた。だがシヴァはびくともしなかった。ラーヴァナはさらにもうひとつ首を切り落とし、さらに1000年間その上に立ち続けた。ラーヴァナは次々とみずからの首を切り落とし、とうとう彼の頭は最後のひとつとなった。そのひとつをいよいよ切り落とすという段になり、シヴァはようやくラーヴァナに不死と世界一美しい女性、神聖な力の宿った男根、そして母親のためにアートマンを与えた。だがこの恩恵は長くは続かなかった。シヴァがランカー島に戻るラーヴァナを騙し、すべての恩寵を剥奪したからである。

ラーヴァナは再び神々への戦いを宣言した。神々は無敵の力を持つラーヴァナをやはり打ち負かすことができず、ヴィシュヌ神に救いを求めた。ヴィシュヌが

みずからの肉体を4つに切り裂くと、それぞれが人間となった。中でも最も強く、純粋であったのがラーマで、彼はラーヴァナを殺す力を持っていた。

ラーヴァナはラーマの妻シーターを誘拐し、ランカー島に幽閉した。自分と結婚しなければ食い殺す、とラーヴァナは彼女を脅した。シーターはラーヴァナを拒み続け、やがてラーマがランカー島への橋を架け、ラーヴァナと対決する。ついにラーマはラーヴァナの体を矢で打ち抜き、彼を滅ぼした。

ラヴェイ、アントン・サンダー
LaVey, Anton Szandor

→**悪魔崇拝**

ラウム（ライム）
Raum（Raym）

堕天使で、72人の**ソロモンの悪魔**の40番目に位置する。伯爵でカラスの姿で現れるが、命令によって人の姿に変身する。王からでさえ財宝を盗み、あらゆる場所へそれを持ち去る。都市や人間の尊厳を破壊する。また、過去、現在、未来を見通し、敵も味方も愛し合うように仕向ける力を持つ。堕天使となる前は座天使の地位にあった。30の**悪霊**の**軍団**（レギオン）を統率する。

ラオンの奇跡（1566年）
Miracle of Laon

フランスのラオンで起き、世間を騒がせた**悪魔憑き**事件。カトリック教会は毎日、大勢の群衆の前でニコル・オブリーの**悪魔祓い**を行った。それは、**魔王**に対する教会の力を見せつけ、フランス・ユグノーとの宗教的対立で優位に立つためであった。ニコルを通じて、**ベルゼバブ**はユグノーを自分の民であるといい、彼らのいう異端者のおかげで、彼らが自分にとってますます貴重なものになったと嬉々として語った。悪霊は、悪魔祓いの慣例である聖餅を繰り返し与えられることで追い払われ、敬虔な信者にユグノー改革の危険性を証明した。

フランスのカトリックとユグノーの対立の中心となったのは、化体説、すなわちキリストの現存の問題であった。聖体拝領において、パンと葡萄酒が実際にキリストの肉と血になるかという問題である。カトリックはこの奇跡が起こると考えていたが、ユグノーはそのような解釈は偶像崇拝であるとした。聖餅でベルゼバブの悪魔祓いをすることで、カトリック教会は現存の力が勝利したことを宣言したのである。

ニコルは過去にも引きつけに悩まされていたが、1565年、彼女が15歳か16歳のときに悪魔憑きの兆候を見せた。ピカルディ地方のラオンにほど近いヴェルヴァンの肉屋の娘だった彼女は、モントルイユ＝レ＝ダムの修道院で8年間を過ごした。彼女は頭のよくない生徒だったが、読むことを学んだ。彼女の引きつけは、ほかの多くの女性の悪魔憑きと異なり、ヒステリーではなく身体的な原因によるものと思われる。彼女は2度、頭に重い怪我を負っていた。ひとつは犬に嚙まれたもの、もうひとつは落ちてきた瓦に当たったものである。その結果、彼女

は悪魔祓いを受けるまで、慢性的な頭痛に悩まされていた。悪魔憑きになったとき、彼女はルイ・ピエールという商人と結婚して間もなかった。過去の病歴にもかかわらず、彼女は驚き、悪魔憑きになったと確信した。そして、取り憑いた悪魔を通して、不気味なことに本物の予知能力を見せたのである。

ある日、ニコルが教会でひとり祈りを捧げているとき、母方の祖父ジョアシャン・ウィローの霊が訪れた。ウィローは彼女の中に入り込み、夕食後に急死したため、告解も請願もできず、魂は煉獄にあると訴えた。祖父は彼女に、昇天するのを手伝ってほしいと頼んだ。彼のためにミサを行い、貧しい者に施しをし、巡礼に出てほしいと。特にサンティアゴ・デ・コンポステーラ大聖堂を詣でてほしいと祖父はいった。

ニコルの家族はそれに従ったが、サンティアゴ・デ・コンポステーラ大聖堂への巡礼は、費用がかかりすぎるためか、巧みに避けた。ウィローに取り憑かれてから起こるようになった痙攣は治らず、ニコルは家族が大聖堂へ行かないためだと責めた。家族は巡礼の旅に出るふりをしたが、ニコルは騙されなかった。この時点で、家族は地元の司祭や教師、ドミニコ会修道士に、霊を呼び出してくれるよう頼んだ。呼び出された霊はウィローの魂ではなく、善良な**天使**であると語った。こうしたことが異端だと知っていた司祭は、ついにその霊が魔王であることを告白させた。

2カ月の間、ニコルは徐々に増していく群衆の前で、毎日悪魔祓いを受けた。最初の悪魔祓いはヴェルヴァンで行われ、経験のなかった司祭たちは、はじめは洗礼派の手引書を使用したが、やがて悪魔祓いの本を手に入れた。彼らは悪霊の名前を知るためにその指示に従い、ベルゼバブの名前を聞き出すと、手引書のとおりにそれを紙に書き、燃やした。ベルゼバブは悲鳴をあげたが、立ち去ることはなかった。悪霊はすぐにこの手続きに影響を受けなくなり、紙とインクの無駄だとさえいった。

ベルゼバブが、自分のような高位の悪霊を追い払えるのはそれにふさわしい地位の司教だけだといったため、ニコルはラオンの司教座教会に移された。悪魔祓いは司教座教会の壇上で2日間続けられたが、群衆の混乱を避けるため、非公開の礼拝堂に場所を移した。しかし、ベルゼバブはまたしても異を唱えた。ニコルの悪魔祓いについて、1578年にヘブライ人教授のジャン・ブーレースが書いた資料によれば、ベルゼバブは司祭たちに「神が明らかにし、全世界に知らせようとするものを隠すのは正しくない」といい、彼がニコルから出ていくとすれば「大いなる売春宿」（司教座聖堂）の壇上でしかないと告げたという。

悪魔祓いは1日2度に増え、その間ニコルは、驚くような悪魔憑きの兆候を見せた。体をよじり、恐ろしい声をあげ、舌は黒ずみ、硬直し、空中浮揚した。主に注目されたのはベルゼバブだったが、ほかにも29の悪霊が現れた。

儀式の間、司祭はより伝統的な手法を

ラオンでのベルゼバブの悪魔祓い（著者蔵）

取るようになった。聖水、聖遺物、十字架の印、聖母マリアへの祈りなどである。しかし、それはベルゼバブを怒らせただけだった。聖体——キリストの肉と**血**——だけが、彼を手なづけられるのだと。聖体に屈することで、ベルゼバブは現存の力を裏づけた。あるとき、ベルゼバブは聖体を「白いやつ」と呼んだ。それまで、聖体は悪魔祓いの主要な武器ではなかったため、この事件は特異なものとなった。

ニコルは時に、1日50回も悪魔憑きになり、聖餅が大量に消費された。聖餅は、彼女の霊的な病の治療薬と考えられるようになった。ベルゼバブは、自分が虚偽の祖であることを認めながらも、ニコルの悪魔憑きを疑うユグノーをあざけり、彼らの信仰に対する疑いは、自分にとってますます貴重だと上機嫌で指摘した。ニコルを通じて、ベルゼバブは悪魔祓いの見物人の中から罪を犯した者を見つけ出し、告白されていない隠された罪を暴いた。多くの人々が告解に赴き、カトリックに戻った者もいた。ベルゼバブに罪を暴かれるのを恐れ、数日のうちに数千人が告解を行った。司祭たちは司教座聖堂のいたるところで、その要求に応じた。カトリック教会にとって、ニコルの苦難はこの上ない宣伝活動となったのである。

フランスの神学者は、17世紀まで魔女の被疑者を悪魔憑きの罪状で告発しなかった。しかし、ラオンでのニコルの悪魔憑き事件が、こうした証拠の種をまいたといえるかもしれない。ベルゼバブは隠れた罪人を特定しただけでなく、まだヴェルヴァンにいた頃、ニコルを通じて妖術を使った女性を告発した。行政官バルテルミ・ファイエの記述によれば、ニコルは悪魔憑きの初期に魔法をかけられたというが、その相手は一部の人々がいうように男ではなく、ジプシーの女であったという。さらにユグノーは、ニコルの母親、悪魔祓い師のひとり、悪魔を追い払った後にニコルのラオンからの帰郷に同行したデスピノワ司祭が、**呪術**と**魔術**の使い手であったとしきりに主張している。

ベルゼバブは1566年2月8日金曜日の午後3時、ニコルから離れていった。悪霊が去ってからも、ニコルとその夫は全面的な宗教戦争が始まるのを恐れてラオンにとどまったが、ユグノーに追放された。まだ衰弱していたニコルは、聖餅だけで生きながらえた。1577年、彼女は視力を失い、回復して、最後にもう一度有名になった。しかし、このときは聖餅ではなく、洗礼者ヨハネの聖遺物によってであった。

カトリック教会は、化体説を肯定するこの奇跡的な出来事を喜び、その話を最大限に利用した。その後の悪魔憑きと悪魔祓いの事例は、ラオンの出来事に依拠し、16世紀の歴史家フロリモン・ド・レーモンのように、ユグノーの中にすら改宗者が出た。オブリの贖いは、ラオンの司教座教会で毎年2月8日に記念され、18世紀末のフランス革命まで続いた。

ラクシャサ
Rakshasas

インドの冥界で最も力が強く、数の多い悪霊で、人食い鬼、吸血鬼、夜の

追跡魔（ストーカー）、刺客、「ダークフェイス」、嚙みつき魔として恐れられている。ラクシャサとは「護る」の意味で、海底で発見された不老不死の霊薬を護るという悪霊の役目を指している。

ラクシャサはラーヴァナの支配下にあり、ランカー島を根城としている。墓地に出没して死人を生き返らせ、人間と共食いをさせる。さまざまな醜い姿をしており、**蛇**や動物の頭、２本から４本の鉤爪を持つ脚、長くとがった歯を持つ。だが中には美しく、豪華な衣服に身を包んで動きまわるものもいる。

ラクタンス神父、ガブリエル（－1634年）
Lactance, Father Gabriel

1630～34年にかけての**ルダンの悪魔憑き**事件で、主要な**悪魔祓い師**を務めたフランシスコ会の司祭。ガブリエル・ラクタンス神父は「ディカス神父」という異名を取ったが、それは修道女たちに魔法をかけたとして告発された**ユルバン・グランディエ**に向かい「ディカス、ディカス！」と叫び続けたためである。

ラクタンスは、ルダンのウルスラ会修道院で修道女たちの**憑依**と魔法騒ぎに歯止めがきかなくなったとき、送り込まれた３人の悪魔祓い師のひとりである。ほかのふたりは、イエズス会の**ジャン＝ジョゼフ・スリン神父**、カプチン会のトランキル神父であった。

ラクタンスは、とりわけグランディエの迫害に熱心だった。拷問によってひどく衰弱し、有罪を言い渡された司祭が、町を引き回されて火刑場まで行く間、ラクタンス神父は支援者が彼を助けることを禁じた。火刑の薪に最初に火をつけたのはラクタンス神父だった。

その後、中心的な**悪魔憑き**である女子修道院長**ジャンヌ・デザンジュ**の**悪魔祓い**を続けるうち、彼はグランディエが**地獄**でどのような責め苦を受けているかを正確に知りたいという思いに取り憑かれた。ジャンヌに憑依した**悪霊**のひとり**イサカーロン**が、司祭の要求にできるだけ応じようとしたが、ジャンヌが引きつけを起こし、それ以上の答えをいえなくなった。

ラクタンスは間もなく、心身の病に苦しんだ。処刑の夜、悪魔祓い師が修道院にいるとき、ラクタンスは蒼白になり、気が遠くなった。彼は火刑柱に連れていかれるグランディエを支援者から引き離し、告白を邪魔したことを気に病んでいた。彼はそれを罪かもしれないと考えた。同僚たちから罪ではないと保証されたが、ラクタンスの不安は消えなかった。夜は眠れず、朝には発熱した。彼は繰り返し「神が私を罰している。神が私を罰している」といった。

マヌーリという内科医が、当時の慣習的な治療である瀉血を行った。だが症状は悪化し、ラクタンスは幻覚や幻聴に見舞われるようになった。彼は拷問時のグランディエの叫び声や、火刑柱に縛られるときに、敵を許したまえと神に祈る声を思い出した。彼は悪霊の群れを見た。悪霊は彼の中に入り込み、たわごとをいわせたり、身をよじらせたりした。また彼は、冒瀆の言葉をまくし立てた。

1634年9月18日、グランディエの処刑が終わってちょうど1カ月後、ラクタンスは死の床にいた。終油の秘跡を行うためにひとりの司祭が呼ばれた。彼は司祭の手から十字架を叩き落とし、息を引き取った。

ラクタンスは盛大な葬儀で送られた。トランキル神父が説教を行い、ラクタンスは**サタン**に殺された神聖さの鑑だといった。

その後ほどなくして、マヌーリは**魔王の印**を見つけるために針で刺される裸のグランディエの幻を見た。医師は地面に倒れ、許しを求めて叫んだ。1週間と経たずに彼は死んだ。

ラバルトゥ
Labartu

悪魔的な性質を持つメソポタミアの女神。**リリト**の原型であるリリトゥと関連づけられる。ラバルトゥは両手に**蛇**を持ち、幼い子供、母親、乳母を襲う。

ラビス
rabisu

バビロニア時代の悪霊の一種で、家の敷居に潜んで人に襲いかかるのを待ち受けている。ラビスとは「寝そべって待つ者」を意味する。

バビロニア時代、ラビスはひどく恐れられていた。呪文が彫り込まれた容器を逆さまにした罠を家の土台の隅々に仕掛けると、ラビスを捕らえることができる（**呪文を唱えるための容器**参照）。古い記録によると、扉や門などではラビスを締め出すことはできないという。**蛇**のように扉の隙間から侵入したり、風のように窓の間をすり抜けたりすることができる。また、ラビスは屋根の上にとまって生まれたばかりの赤ん坊を貪り食う。

すべてのラビスが邪悪なわけではなく、中には善良なものもいる。

バレガラ参照。

ラフム
Lahmu

悪霊から守ってくれるアッシリアの善良な神。ラフムは「毛深い」の意で、この神が長い髪とひげを生やしていることを表している。ラフムの像は、邪悪なものを払うために家の中や建物の基礎に置かれる。

ラマシュトゥ
Lamastu

バビロニアとアッシリアの女神で、自分自身のために悪事を行う。ラマシュトゥは通常「女悪霊」と訳される。外見は恐ろしく、ライオンの頭、ロバの歯、毛むくじゃらの体、むき出しの乳房、長い指と爪を持つ血まみれの手、鳥の足を持つという。ロバの耳を持つ場合もある。彼女はブタに乳を飲ませ、**蛇**を手にしている。また、冥界の川に浮かぶ舟に乗っている。

ラマシュトゥは全人類に病気をもたらす。**リリト**同様、特に妊娠した女性や分娩中の女性、新生児を餌食にする。ラマシュトゥは夜、家に忍び込む。妊婦の腹を7回叩いて殺す。また、乳母から赤ん

ラマシュトゥが描かれた石版

坊を奪う。

　悪霊の神**パズズ**には彼女を支配する力があり、彼女を冥界に帰らせることができる。女性たちは身を守るため、パズズの頭部をかたどった真鍮の**魔除け**を身に着けた。また、ムカデやブローチを捧げることでも、彼女を追い払うことができる。

ラミアイ
lamiae

　女性として生まれた怪物じみた**悪霊**で、中東およびギリシアの伝承に登場する。ラミアイの名は、バビロニアおよびアッシリアの伝承における破壊の女神ラメ、またゼウスの愛人であるラミアから来ている。

　ラミアはリビアの王ベーロスの美しい娘で、ゼウスは彼女に目を留めた。性的な関係を結ぶ代わりに、ゼウスは彼女に、人の目を取り出し、また元に戻す力を与えた。彼女はゼウスとの間に何人かの子供をもうけた。ゼウスの妻ヘラは、この不義に激怒し、それによって生まれた子をすべて殺した。そしてラミアが産む子供はすべて死産になると言い渡した。

復讐のため、ラミアは悪霊となって他人の子を殺すと誓った。彼女は**サキュバス**に似た女の悪霊**エムプーサ**となった。ラミアはたくさんの子供を産んだ。すべて女の悪霊で、ラミアイとして知られるようになった。彼女らは変形した下肢（しばしば**蛇**として描写される）を持ち、美しい女性の顔と胸をしている。新生児を餌食とし、その**血**を飲み、肉を食らう。

　ヘブライの伝承では、ラミアイはリリムとなる。リリムは、アダムの最初の妻**リリト**の子で、子供を殺す悪霊である。

　ヨーハン・ヴァイヤーはラミアという言葉を、魔女を言い表すのに使った。彼女らは悪事を働くために、**魔王**と見せかけの、あるいは架空の**契約**を結ぶ。

ラム
Lam

→**アレイスター・クロウリー**

ラルヴァ
larvae

　ローマの伝承で、生者に害を与える、また怯えさせる悪霊。レムレースとしても知られるラルヴァは、悪魔的な死霊である。生前の悪行のため、死後の世界では追放され、永遠に住み処を持たずにさまようという罰を受ける。善人に手を出すことはないが、悪意のある人間を苦しめる。ラルヴァに対するのはラレスという善良な死霊で、人々や家、場所を守る。

　アプレイウスは『ソクラテスの神について』で、両方の種類の霊について書いている。

第二の意義によれば、ダイモンには別の種もある。それは現世を離れた後に別の肉体に宿ることのない人間の魂である。私は、この種の魂が古代ラテン語でレムレースと呼ばれていることを発見した。レムレースの中で、子孫の守護神となり、穏やかな力を持って家に住むものは、家庭内の（または家庭的な）ラーと呼ばれる。だが、大多数はラルヴァと呼ばれ、一種の追放として、決まった住み処を持たず、あてもなくさまよわなければならない罰を受ける。それは生前の悪い行いのためであり、善人には脅威にはならないが、悪人には有害な存在となる。

ローマ人は5月にレムリアという死者の霊を鎮める祭りを行い、彼らを家から追い出し、災いをもたらすのを防ぐ。商売は行われず、寺院も閉鎖される。最も重要な儀式は、祭りの最終日の夜、ラルヴァまたはレムレースを追い払うものである。家の所有者や家長は、3回手を洗い、黒豆を口に含み、家の中を裸足で歩きながら両手で角の形を作り（**邪眼**参照）、黒豆を肩越しに投げて「この豆と引き換えに、私と私の家族を放免してください」と唱える。この呪文の朗誦は、後ろを振り向かず9回繰り返す。ついてきた悪霊は豆を拾って立ち去り、翌年の祭まで家族をそっとしておく。

ギリシアにも似たような祭があり、2月または3月に催される。

聖アウグスティヌスは『神の国』でラルヴァについて言及し、プロティノスの言葉を引いて彼らを悪霊としている。

彼は、人間の魂はダイモンであるといい、善行を積めばラレスに、悪行を重ねればレムレースまたはラルヴァになり、善と悪のどちらに属するか判断がつかなければマネスになるといった。この説が、人を道徳的破壊の渦に巻き込むものでしかないことを、すぐに見抜けない者がいるだろうか？

というのも、どれほど邪悪な人間でも、死後にラルヴァか神聖なマネスのどちらかになると信じているなら、害をなそうという欲望が強ければ強いほど、ますます邪悪なものになるからだ。ラルヴァは悪人から生まれた有害な悪霊であるため、こうした人間は害をなすことで死後に犠牲と神の栄光を与えられると考えるのである。しかし、この問題を追究してはならない。彼はまた、祝福された人間はギリシア語でエウダイモノスと呼ばれるともいっている。なぜなら、人間の魂は善であり、いわばよきダイモンだからである。それは人間の魂がダイモンであるという彼の意見を裏づけているのである。

ランカシャーの7人の悪魔憑き（1595-1597年）
Seven in Lancashire Possessions

ジョン・ディー、ピューリタンの聖職者**ジョン・ダレル尊師**を巻き込んだ、大人も子供も含めた、イングランドの悪魔

憑き事件。**スロックモートンの悪魔憑き**事件の子供たちと似たような状況だった。この事件は、子供たちが、宗教の勉強や教会に行くのをさぼるために、わざと嘘の発作を起こして注目を集め、そのせいで魔女だと告発された者が処刑された。この件に関しては、ダレル尊師や、**悪魔祓い**を行ったジョージ・モアなどほかの聖職者が記録を残していて、1600年に出版された。

ランカシャーの7人の悪魔憑き事件は、1595年にランカシャー州クレウォースにあるニコラス・スターキーの家で始まった。まず、彼のふたりの子供、10歳のアンと12歳のジョンが発作や痙攣を起こし始めた。スターキーは大枚200ポンドを払って、子供たちを治そうとしたが効果はなかった。妻がカトリックだったためスターキーは司祭に相談したが、司祭は悪魔祓いの指示はなにもしなかった。

スターキーは、今度はエドマンド・ハートリーといううさんくさい男を年収2ポンドで雇った。ハートリーは薬草治療やまじないの知識があったが、彼がスターキー家にやってきてすぐ、スターキーのほかの子供3人が取り憑かれ、メイドのジェーン・アシュトン、親戚のマーガレット・バイロム（33歳）も同じ状態になった。

悪魔憑きの行動は、どれもだいたい似通っている。叫び声やわめき声をあげて苦しそうに身悶えし、聖書を読むと、必ず発作を起こし、教会の礼拝で汚い言葉を投げつける。ジョン・スターキーは、何時間も罪深い暴言をわめきちらして、神を冒瀆し、少女のひとりは、部屋の壁に穴をあけて、**悪霊**を招き入れようとした。

ハートリーは、約18カ月の間は**まじない**や薬草で悪魔憑きたちを鎮めるのに成功していたが、奇妙なことに彼自身も発作を起こした。

1596年の秋には、もっと劇的な効果を期待したのか、スターキーは霊と接触できることで有名なジョン・ディーに相談した。ディーは、使用人の女性が取り憑かれたという経験をしていた。ディーは敬虔な牧師の助けをかりて、断食と祈禱で子供たちの治療をするよう勧めた。断食と祈禱はプロテスタントの一般的な**憑依**の治療法だ。

スターキーは、ダレル尊師やモアにも相談した。ダレルはハートリーと話をして、彼のやり方を非難したが、子供たちは3週間の間はまったく発作を起こさなかった。

ハートリーの疑惑が浮上し、ディーの助手マシュー・パルマーが、彼を魔女だとした。どもらずに主の祈りを唱えることができなかったためだが、これは魔女裁判で魔女を見破るために使われる一般的な方法だった。ハートリーは、キスで悪魔憑きたちに魔法をかけたという罪で告発され、1597年3月、裁判にかけられて有罪となった。ところが法廷には、処刑の根拠がなかった。霊を呼び出すことは違法で、死をもって罰せられる罪だったが、ハートリーが霊を呼び出したという証拠はなかったのだ。

そこで、スターキーがある事件を思い出した。ディーに相談しようとして、ハートリーと一緒に森の中にいたとき、彼は

十字架と仕切りで地面に円を描いて、スターキーにその円の中に入るよう言った。そして、さあ、私に災いをもたらした彼を苦しめよう。私の死を望んだ彼に災いをもたらそう、と言ったという。

ハートリーはこれを否定したが、法廷にとっては彼を処刑するのにこれでじゅうぶんだった。ハートリーは悪霊を呼び出した罪で絞首刑になったが、途中でロープが切れ、告解と懺悔の機会が与えられた。そして今度こそ、本当に絞首刑が実行された。

悪魔憑きたちは、ハートリーの死によって落ち着いたようだったが、スターキーは、ダリルとモアに同じように悪魔祓いを頼んだ。彼らが到着すると子供たちは発作を起こし始め、まるでハートリーの死を喜んでいるかのようだった。神をひどく冒瀆する叫び声をあげ、一日中痙攣し続けた。その後、全員憑きものが落ち、ひとりを除いて二度と発作に苦しむことはなくなった。メイドのジェーン・アシュトンだけは回復せず、カトリックのおじと同居して、司祭のところにやられて悪魔祓いを受けることになった。

リガチュア
ligature

糸を結んで環にしたもので、男性の去勢や不能、女性の不妊、また不幸な結婚をもたらすために魔女が利用する。リガチュアはまた、男女の不倫を引き起こすのにも使われる。

悪霊を利用した**呪術**が不能を引き起こすという考えが広まったのは、14世紀に入り、魔女裁判で**サバト**や**魔王**との契約、魔女の悪事が注目を浴びるようになってからのことだ。リガチュア恐怖症は、魔女裁判の興奮状態の中で高まっていった。魔女たちは魔王によって、人々の性行為に干渉する力を授けられると信じられたためである。

フランス、モンペリエ地方の内科医であったトマス・プラタは1596年、リガチュアが新婚夫婦にどのような作用を及ぼすかを描写している。司祭が新たな夫婦を祝福した瞬間、魔女が新郎の背後に来て、糸を結び、魔王を呼びながらコインを地面に投げる。コインが消えれば、魔王がそれを取り、最後の審判の日まで持っていることを意味する。そして、その夫婦は不幸、不妊、姦通を運命づけられる。

プラタはリガチュアを完全に信じており、ラングドックに住む夫婦が悪魔による去勢を恐れるあまり、100件の結婚式のうち10件は教会で公に行われなかったと記している。代わりに、司祭と新郎新婦、その両親は、秘かに婚姻の秘跡を行った。こうして初めて、新婚夫婦は家に入り、祝宴を楽しみ、ベッドに入ることができたという。この恐怖症があまりにも強いため、地方の人口が減る危険があると彼は結論づけた。

ほかの手段でも、リガチュアと同じ効果をもたらすことができた。木の実かドングリをふたつに割ってベッドの両側に置く、死者の経帷子を縫った針を枕の下に置く、3、4粒の豆をベッドや家の外の通り、ドアの周囲に置くなどである。

リガチュアは民間魔術療法で取り除くことができる。犠牲者はキツツキを食べ

る、あるいは死者の歯の臭いを嗅ぐことで回復する。そのほか、カラスの胆汁を全身にすり込むという治療もある。水銀（マーキュリー）を葦に詰めて蝋で封印したものや、ヘーゼルナッツの殻に入れて封印したものを、被害者の枕の下や、家または寝室の敷居の下に置いてもよい。**黒犬**の胆汁を家に撒けば悪霊を無力化することができ、黒犬の**血**を壁に撒けば、あらゆる悪霊を追い払うことができる。ニガヨモギやカイソウの花を寝室のドアに吊せば、悪霊が寄りつかない。

リクス・テトラクス
Lix Tetrax

堕天使であり風の**悪霊**。ソロモンの誓約では、リクス・テトラクスは**ソロモン王**の命令で、**ベルゼバブ**によって王の前に呼び出された。この悪霊は顔を高く上げ、体は小さなカタツムリのように這っていた。彼は塵と風を巻き上げ、ソロモン王に投げつけた。ソロモン王は無傷のまま、驚きとともにその光景を眺めた。ついに、王は地面に唾を吐き、魔法の指輪でこの悪霊を封印した。

リクス・テトラクスは自分を「偉大なるもの」の子と称したが、これは悪霊の頭であるベルゼバブを指していると思われる。彼は南の空に浮かぶ三日月の先に近い星座に住んでいる。彼は人間を切断し、竜巻を起こし、火を起こし、野に火を放ち、家庭を機能させなくするという。特に夏に忙しくなる。彼は昼夜を問わず、家の隅から忍び込む（**呪文を唱えるための容器**参照）。

彼は「1日半の熱」を癒やす力を持っており、そのためには、バルタラ、タラル、メルカルの3つの名を使って呼び出す。また、天使アザエルによって阻止される。

ソロモン王はリクス・テトラクスに、建設中のエルサレム神殿で働く作業員に石を投げ上げるよう命じた。

リダーク
liderc

ハンガリーの**悪霊**で、3つの姿に変身する。すなわち**夢魔**（インキュバス）、家に憑く霊、死を予兆する光である。

夢魔となったリダークは、孤独を利用し、久しぶりに会う恋人や死んだ夫に扮する。いったん犠牲者のベッドに入ると、夜な夜な戻ってきては犠牲者と通じ、衰弱死させる。この悪霊の正体を暴くのは、片脚がガチョウの脚になっていることだが、普通はズボンやブーツで隠されている。

家に憑くリダークは、羽のない鶏の姿をして突然現れるか、脇の下に入れて運んでいる卵から生まれる。いったん家に入り込むと、決して消えることはない。唯一の解決策は、仕事を与えて忙しくさせておくことで、そうしなければ住んでいる人間を殺される。

またたく光となったリダークは、火の玉（イグニス・ファトゥース）となり、近いうちに死ぬ人間がいる家の上空を飛ぶ。

リモン
Rimmon

堕天使。リモンとはヘブライ語で「高慢な者」、「吼える者」を意味する。もと

もとはアラムの神であり、シリアの偶像神であった。バビロニア人、セム人の民間伝承では、リモンは雷と嵐の神であった。**悪霊**としてのリモンは、ロシア駐在の冥界の大使である。

流星
falling stars

身を休めるための中間点がなく、天から落ちた**悪霊**。ソロモンの誓約の中で、**悪霊オルニアス**は**ソロモン王**に、悪霊は神の言葉を盗み聞き、神の計画を知るために、天まで飛んでいく力があると説明した。しかし、休む場所がなかったため、疲れ切って稲光のように地上に落ち、野や街を燃やすことになった。人々はそれを流星だと考えた。

民間伝承では流星は歴史を通じて、たった今死んだばかりの人間の魂か、生まれ変わるために地上におりてきた魂であると言われている。

リュタン
Lutin

フランスの民間伝承やおとぎ話に一般的に登場する小鬼を指すフランス名。リュタンには男女があり、女性はルティンという。リュタンは、ブラウニー、エルフ、フェアリー、ノーム、小悪魔(インプ)、レプラコーン、ピクシー、スプライトといった、家に憑く霊と同様の存在である。

リュタンはいたずら好きな性格で、姿を消すことができる。2枚の羽根のついた赤い帽子をかぶることで姿が消えるという説もある。

カナダのケベック州に移住したフランス人が、リュタンの伝承を広めた。リュタンは好んで動物の姿になり、特にウサギなどのペットやありふれた動物、また特に白い動物に変身する。リュタンは天候を操り、よくも悪くもする。善良なリュタンは個人に奉仕してくれるが、悪いリュタンは家庭内に騒動を起こしたり、ものを置き替えたり、散らかしたりする。

地面や床に塩をまいておくと、リュタンはそこをまたげなくなる。

シニストラリ、ルドヴィコ・マリア参照。

リリト
Lilith

女性の夜の**悪霊**で、空を飛び、新生児を探し出しては、誘拐したり絞殺したりする**サキュバス**。また、眠っている男性を誘惑し、悪霊の子供をなす。リリトはユダヤの悪魔学における主要な存在で、紀元前700年には早くもイザヤ書に登場している。リリトやそれに似た存在は、世界のほかの文化の神話にも見られる。彼女は大地母神の暗黒面である。また「緋色の女」の起源であり、ときに鳴きたてるフクロウとして描写される。昼間は目が見えず、幼児の胸やへそ、山羊の乳首を吸う。

ユダヤの民間伝承のほか、リリトはイランやバビロニア、シュメール、カナン、ペルシア、アラブ、チュートン、メキシコ、ギリシア、イングランド、アジア、アメリカ先住民の伝説に、さまざまな形で登場する。ときには、シバの女王やトロイアのヘレナといった、伝説や神話のほか

の登場人物と結びつけられる。中世ヨーロッパでは、しばしば**サタン**の妻、愛人、祖母として表現される。

リリトは数多くの文献に、さまざまな外見で登場する。最もよく知られているのは、アダムの最初の妻として、背中でつながった一対として神に創造されたというものである。リリトはアダムと平等であることを要求し、それが果たせないと、怒って彼のもとを去った。アダムは神に、妻に捨てられたと不満を訴えた。神は、サンビ、サンサンビ、セマンジラフという3人の天使を送り、リリトをエデンに連れ戻そうとした。天使たちは紅海で彼女を見つけ、アダムのもとに帰らなければ、彼女の悪霊の子供たちが日に100人失われることになると脅した。彼女は戻ることを拒み、罰を受けた。リリトは復讐のため、分娩中の女性、新生児――特に男児――、ひとりで寝ている男性に恐怖政治を敷いた。しかし3人の天使に、彼らの名前や顔を護符に見つけた場合、赤ん坊や母親に手を出さないことを誓わされた。

堕天後、アダムはイヴと130年間引き離された。その間、リリトは彼のもとへ行き、寝ている間に彼を満足させた。ふたりには息子が生まれたが、それはカエルになった。

リリトに関する最初の記述は、ユダヤ教聖典の注釈書『ベン・シラのアルファベット』に出てくる。これは律法(トーラー)の創世記で、リリトが創造されてわずか数節後にイヴが創造された矛盾を解こうとするものである。注釈書によれば、神はリリトをアダムと同じように創造したが、地上の塵ではなく、不潔で不純な堆積物を使ったという。アダムとリリトは最初から反目し合い、リリトは性交時にアダムの下になるのを拒否した。アダムが自分に対して力を持つことを知ったリリトは、みだりに口にしてはならない神の名を叫び、紅海のそばの砂漠にある洞窟に逃げ込んだ。彼女はそこで南の女王、あるいは砂漠の女王となり、悪霊らと乱交し、1日に100人のリリムと呼ばれる悪霊の子を産んだ。娘たちはみな、**呪術**、

女の悪霊、リリト

誘惑、絞殺を行った。

彼女は盲目のドラゴンの仲立ちで、**魔王**である**サマエル**（アシュモダイまたは**アスモデウス**とする説もある）の花嫁となった。このドラゴンは、子供が世界を征服しないよう去勢された存在である。リリムは毛深く、頭部を除いて顔と体一面に毛が生えている。

『光輝の書』に先立つ文献では、リリトとサマエルは、神の玉座の流出物から体がくっついた状態で生まれた両性具有の一対とされている。彼らはもうひとつの両性具有の一対、アダムとイヴの下位の存在である。

『光輝の書』では、リリトは欠ける月の中で作られた悪の殻または莢である**ケリッパー（外殻）**から生まれたという。はじめ、太陽と月は同等で、それが競争を生んだ。それを止めるため、神は月の力を弱め、夜を支配させた。リリトの力は、月が欠けたときに最も強くなる。彼女は男性を誘惑し、子供を絞め殺す。後者は、**ナアマ**のせいだとされることもある。

上半身は美しい女性、下半身は炎であるリリトは、月に対して激しい憎しみを抱いている。リリトは戸口の下や井戸、便所に潜み、男性を誘惑しようと待ち構える。彼女は「誘惑のための装飾品」で身を飾っている。

彼女の髪は長く、薔薇のように赤い。頬は白と赤で、耳からは6つの飾りが垂れ、首からはエジプトの紐をはじめ、東方のありとあらゆる装飾品が下がっている。彼女の口は、飾り立てた狭い扉のようで、舌は剣のように鋭く、言葉は油のように滑らかで、唇は薔薇のように赤く、世界じゅうの甘さを集めたように甘い。彼女は緋色の衣をまとい、40の飾りをつけている。

ひとりで眠る男性は、とりわけリリトに対して無防備になる。

『光輝の書』には、リリトは**レヴィアタン**の女性の面であり、**蛇**の体を持つとも書かれている。彼女はレヴィアタン、すなわち曲がりくねった蛇であり、対する男性の面はレヴィアトン、すなわち斜めの蛇である。リリトは楽園でイヴをそそのかして禁断の知恵の実を食べさせ、堕落させた蛇である。彼女はまた、イヴが月経中で汚れているときにアダムを誘惑させた。

リリトの名を数値化するとヘブライ語の「甲高い声」と同じになる。そこでリリトは「鳴きたてる悪霊」や「鳴きたてる王女」といわれ、鳴きたてるフクロウとして表現される。伝説では、贖罪の日に、リリトはサマエルの内妻マハラトと叫び声の応酬をする。ふたりの罵り合いの激しさは大地も揺るがすほどだという。また、贖罪の日、リリトは420の悪霊の**軍団**（レギオン）とともに砂漠へ向かい、叫びながら行進する。

リリトはまた、けだものの女主人として知られ、荒れ地とあらゆる獣、人間の動物的な性質を支配する。

シバの女王に姿を変えた彼女は、**ソロモン王**を誘惑しようとした。王は彼女の

正体を見破るため、**ジン**に命じて、王の間にガラスの床を作らせる。リリトはそれを水と見間違え、玉座に近づくために服の裾を上げた。すると、毛むくじゃらの獣の脚がガラスに映った。

魔除けや呪文を唱えるための容器は、昔から母親になったばかりの女性や赤ん坊をリリトから守るために使われてきた。一般的な魔除けは、**まじない**を刻んだナイフや手で、鈴がつけられているものもあった。カエルも彼女から身を守るとされている。男児は生後1週間、女児は生後3週間、リリトの攻撃を受けやすかった。ときにはお産の床の周りに魔法円を描き、3人の天使やアダムとイヴの名、「リリトを妨げよ」や「この新生児をあらゆる危害から守りたまえ」といったまじないの言葉を書くこともあった。また、こうしたまじないを書いた魔除けを、寝室の四隅やいたるところに置くこともあった。赤ん坊が眠っている間に笑うのは、リリトがいる証拠だとされた。子供の鼻を軽く叩くと、悪霊は追い払われた。

伝承によれば、夢精をした男性は夜の間にリリトに誘惑されたと信じられ、悪霊の子が生まれるのを防ぐために呪文を唱えなければならなかった。性交の間に撒かれた種は、たとえ夫婦間の性交であっても、リリムになる危険があった。

リリトゥ
lilitu

バビロニアの**悪霊**の家族で、リルというひとりの男と、リリトゥとアルダト＝リリというふたりの女からなる。この悪霊たちは**リリト**と関連している。

リルとリリトゥは砂漠に出没し、妊娠した女性や乳児をおびやかす。アルダト＝リリは性交ができず、その不満のはけ口として、若い男性を不能にする。また、女性を不妊にさせる。アルダト＝リリは、蠍の尾を持つ牝狼の姿をしていると考えられている。

リンゴ
apple

アダムとイヴを転落させた知恵の木の果実であり、後の魔女狩りヒステリーの時代には、**悪霊**や**魔王**が人体に入り込んで**憑依**を引き起こすのに、好んで用いられる方法となった。

ほとんどの食べ物が食べることによって悪魔憑きを招く可能性があり、特に魔女や魔法使いに呪いをかけられた場合はそうだが、リンゴは殊の外危険である。悪魔学者、中でも無慈悲なアンリ・ボゲはそれについての警告を説いた。

リンゴによる悪魔憑きの有名なもののひとつに、「ウィーンの悪魔憑き」事件があるが、それは祖母が悪魔をリンゴに入れて食べるよう送りつけてきたと、16歳の少女が訴えたものである。少女は1万2000人以上の悪霊に悩まされたと見られていた。

リンゴはイギリスで紀元前3000年もの昔から栽培されてきて、**魔術**や**妖術**と長い関係性を持つ。神話学では天国、長寿、不死の果実である。民話の中では愛のまじないであり、恋人や未来の配偶者を示す占いや呪文として使われ、また人々

を恋に陥らせる。1657年、イギリスのサマセット州シェプトン・マレットに住む12歳の少年リチャード・ジョーンズは、彼にリンゴを与えたジェーン・ブルックスに魔法を掛けられたと言われている。ジョーンズは発作に苦しみ、隣人たちは彼が庭の塀を越えて飛ぶのを見たと言った。ブルックスは妖術を使ったかどで訴えられ、有罪が宣告されて、1658年3月26日に絞首刑に処せられた。

リンゴは魔力や**妖精**にも関わりがある。イギリスの民間伝承によると、収穫の際すべてのリンゴを摘み取るのは縁起が悪く、いくつかは妖精のために残しておかないといけないという。アーサー王伝説では、時が止まっている魔法の妖精の島アヴァロンは「リンゴの島」と呼ばれている。

ルヴィエの悪魔憑き（1647年）
Louviers Possessions

フランスのルヴィエで、サン・ルイおよびサン・エリザベト看護修道会員の修道院で起こった集団悪魔憑き事件（**憑依**参照）。ルヴィエの悪魔憑きは、**エクサン＝プロヴァンスの悪魔憑き**や**ルダンの悪魔憑き**との類似点がある。関わった司祭の有罪は、主に悪魔に取り憑かれた**悪魔憑き**の証言によって決まったのである。

尼僧マドレーヌ・バヴァンの扇動で、18人の修道女が悪魔憑きとなり、女子修道院の院長であった故マチュラン・ピカールと、ルヴィエの司教代理トマ・ブール神父が魔法をかけたためとされた。バヴァンによれば、ピカールは墓から修道女たちに魔法をかけ、悪魔憑きにさせたという。このことはさらに、かつてその修道院に関係した疑わしい霊的修行が原因ともされた。エヴルーの司教は、ピカールの遺体を掘り出すよう命じた。

バヴァンは当局に、ふたりの修道士に魔女の**サバト**に連れていかれたと告白した。そこで彼女は**悪霊**ダゴンと結婚させられ、祭壇の上で彼と恐ろしい、淫らな行為をしたという（**黒ミサ**参照）。その乱痴気騒ぎの間に、赤ん坊が絞め殺されて食べられ、好奇心から参加していたふたりの男が磔にされ、はらわたを抜かれた。ダゴンはほかの修道女の平安も乱し、彼女たちはみな、古くからある悪魔憑きの兆候を表した。体のねじれ、不自然な動き、異言（知らない言語を話すこと）、侮辱、神への冒瀆、出てはすぐ消える不思議な傷などである。

悪魔祓いを目撃したある著述家はこういっている。ひとりの若い修道女が「突然走り出したため、彼女を止めるのは難しかった。そこにいた聖職者のひとりが彼女の腕をつかんだが、体のほかの部分が何度も向きを変えるのを止められず、驚いていた。まるで、腕が肩にバネでついているにすぎないかのようだった」

修道女を誘惑して筆舌に尽くしがたい性的な行為をさせるだけでなく、**サタン**はルヴィエの修道女たちを異端の教えに導こうとした。1652年にボスロジュール神父が発表した、ルヴィエの訴訟に関する説明では、魔王は美しい**天使**の姿で現れ、修道女たちを神学的な対話に引き込んだ。彼は言葉巧みに語ったため、修道

女は自分たちが教えられたことに疑問を持ちはじめ、魔王のいうようなことは教師にも教えられていないと弱々しく反論した。サタンはそれに答えて、自分は天からの使者で、神聖な真実を告げ、確立された教義の誤りを明らかにするために遣わされたのだといった。魔王との**契約**がなされた。

ルダンの事件と同じく、悪魔祓いは公開で行われ、神聖な儀式というよりも見世物になっていった。ほぼ全員が質問され、審問官に嫌がらせを受けた。ブール神父が拷問で悲鳴をあげると、修道女たちも叫びはじめ、ルヴィエの町全体がヒステリー状態を呈した。ついにルーアンの高等法院が判決を下した。尼僧マドレーヌは教会の地下牢に投獄され、ブール神父は生きたまま火刑にされた。すでに死亡しているピカールも有罪を宣告され、彼の腐乱死体は火刑に処された。

ブールは、パリの悪魔的退廃を描いたJ・K・ユイスマンスの1891年の小説『彼方』の登場人物のモデルとなった。

ルーガルー
loogaroo

西インドの伝承で、**魔王**と**契約**を結んだ年老いた女性。彼女は魔王に、大量の温かい**血**を捧げなくてはならない。ルーガルーという言葉はフランスの入植者が作り出したもので、フランス語で人狼を表すルー＝ガルーの転訛である。

魔王の血の要求を満たすため、ルーガルーは昼間はハゲワシとなって獲物を襲う。夜にはハコヤナギの木に向かい、皮膚を脱ぎ捨てて木の中に隠す。そして、光の球に姿を変えて飛び回り、人や動物を襲って、吸血鬼のようにその血を吸う。

ルーガルーが変身しているときに負傷すると、人間の姿に戻ったときに傷痕が残り、正体が暴かれる。ほかにその正体を見破るには、彼女の皮膚を探し出し、塩と胡椒とともにすり潰すことである。このことで、彼女は昼間、むき出しの姿にならなければならず、そのために死んでしまう。

ルキフェル
Lucifer

堕天使で、ときに**サタン**と同一視される。ラテン語で、ルキフェルは「光をもたらす者」の意で、元々は明けの明星である金星と関連している。臣下——これらは**悪霊**となる——とともに天国を追放された高慢な天使ルキフェルという性質は、主に伝説や、ダンテやジョン・ミルトンらによる詩的文学の中に表れている。

聖書の中で唯一ルキフェルに言及しているのは、イザヤ書14章12節である。「ああ、お前は天から落ちた／明けの明星、曙の子よ」これは恐らく、バビロンの自慢好きの王に対し、バビロンと王の没落を予言したものであろう。ヒエロニムスがラテン語に訳した聖書『ヴルガータ』では、ルキフェルを堕天使の長としている。神への謀反と高慢の罪により、彼は臣下とともに天国を追放された。堕天使は美と力を失い、悪霊となった。

スラヴ語の黙示録ともいわれる『第二エノク書』は、堕天使の長をサタナエル（**サ**

タナイル）と名づけた。この文献は1世紀後半にさかのぼると見られるが、スラヴ語のものしか存在しないため、中世に起源を発すると考える学者もいる。

本書によれば、神は創造の2日目にさまざまな階級の天使を創り、岩から切り離した大火から彼らをこしらえた。神は彼らに燃える衣と燃える武器を与えた。そして、おのおのの地位にいるよう命じた。神は預言者エノクにこういった。

だが、大天使の位階にある者が、みずからの支配下にある師団とともに道を踏み外した。彼は地上の雲よりも高い場所に玉座を置き、私と対等の力を持とうという途方もない考えを抱いたのだ。

ルキフェルと罪人の魂（著者蔵）

そこで私は、彼をその天使とともに天から追い出した。こうして彼は永遠に地獄の上をさまようこととなった。

ルキフェルはキリスト教において最も注目されている。初期キリスト教では、その名はときに、光を持つ者としてキリストに用いられた。2世紀から3世紀にかけての初期の教父オリゲネスは、ルキフェルとサタンを同一視した。のちのアウグスティヌスとヒエロニムスもそれにならった。中世までには、ルキフェルとサタンは魔王の名として使われた。ルキフェルは、堕天の前も後も魔王に適用された。ミルトンの『失楽園』とダンテの『神曲 地獄篇』は、ルキフェルとサタンの結びつきをさらに強めた。

モルモン教では、ルキフェル（ヘブライ語ではヘレル）は、輝かしく力のある大天使である。エロヒム（父なる神）の息子であり、ヤハウェ（息子である神、エホヴァ、イエス）とあらゆる人間の魂を含むすべてのエロヒムの子の兄弟である。ルキフェルは高慢に取り憑かれ、エロヒムの家族を乗っ取り、父が子に抱いていた計画を台無しにしようと考えた。その後、意志の戦いがあり、ルキフェルとその臣下が敗れた。彼らは地上へと追放され、人を誘惑することを許された。エロヒムの目標が達成されたとき、ルキフェルと彼の悪霊は、神の光と愛から完全に切り離された「外の暗闇」に追放されることになっている。

魔術的伝承における悪霊の序列では、

ルキフェルは**地獄**の皇帝で、副官のひとりであるサタンの上の階級である。召喚されると、彼は美しい子供の姿で現れる。ルキフェルはヨーロッパ人とアジア人を支配する。

19世紀には、オカルト的な作り話が得意なレオ・タクシルが、〈フリーメーソン〉がルキフェル崇拝に関わっているという話をでっち上げた。この捏造は完全に暴露されたが、タクシルは今も〈フリーメーソン〉に敵対する人々に引き合いに出されている。

現代のオカルト主義者や悪魔崇拝者は、ルキフェルは光の大天使であり、大事なときに人間の姿となって、啓蒙や救いを与えると考えている。

ルキフェル主義の妖術
Luciferian witchcraft

→**妖術**

ルキフゲ・ロフォカレ
Lucifuge Rofocale

ルキフェルの宰相。ルキフゲ・ロフォカレが登場するのは、『大いなる教書』1冊のみである。これは17世紀か18世紀に書かれた、フランスの黒魔術の手引書である（**魔術教書**参照）。この書は、ある魔術師とルキフゲ・ロフォカレが、**悪霊**の奉仕を確実にするために結んだ**契約**が

ルキフェル（著者蔵）

中心となっている点が特徴である。ロフォカレは、主要な魔術教書『レメゲトン』に出てくる悪霊フォカロル（Focalor）のアナグラムともいわれる。

『大いなる教書』には、魔術師が悪霊を操る魔法円と衝撃の杖に精通していない限り、契約が必要であると書かれている。契約は、最高位の３人の悪霊——**ルキフェル**、**ベルゼバブ**、**アシュタロト**——とは結べないが、その副官と結ぶことができる。この書では、ルキフゲ・ロフォカレを呼び出す大呪文が紹介されている。ルキフゲ・ロフォカレはなかなか姿を見せたがらない頑固な霊で、衝撃の杖と**呪い**の脅しを使わなければ、出現させることはできない。

『大いなる教書』によれば、現れたルキフゲ・ロフォカレは、彼の奉仕と引き換えに、魔術師に「50年後におまえをわがものとし、魂と肉体を意のままにさせてもらう」と要求した。魔術師が衝撃の杖で彼を永遠の業火に送るという脅しも含めて、さらに交渉したのち、悪霊は日曜を除く１日に２回現れること、魔術師との条件付き契約の文書を作成することに同意した。彼は魔術師と教書の力を認め、正しく召喚されれば要求に応じることに同意し、見返りに奉仕と金銭を要求した。これに違反したときは、魔術師の魂は没収される。

また、この書を認め、羊皮紙に真の署名を記す。これを巻末に付し、必要なときに使用すべし。さらに、おまえが身を清め、忌まわしい衝撃の杖を持ち、この書を開き、カバラの魔法円を描いてロフォカレと発声すれば、現れて望みを叶えよう。わが真の署名の入った書を持つことで力を得た者とは、友好的な取引をすると約束する。ただし、規則にのっとって呼び出されたとき、最初の１回に限る。また、秘密を決して明かさないこと、貧しい者に施しをすること、毎月１日に金貨と銀貨をわれに捧げることを条件に、おまえが求める宝を与えよう。約束を破れば、おまえは永遠にわがものとなる。

　　　　　　　　ルキフゲ・ロフォカレ許可

ここでいう「書」とは、ハインリヒ・コルネリウス・アグリッパが書いたとされる魔術教書『第四の書』だが、これは偽書である。

『大いなる教書』には、ルキフゲ・ロフォカレと契約を結ぶ方法が書かれている。契約書には魔術師がみずからの**血**で署名しなくてはならない。魔術師は野生のハシバミで作った杖（衝撃の杖ではない）、ブラッドストーン、処女が作った**蠟燭**を２本用意する。そして、屋内でも屋外でも構わないが、ひとけのない場所へ行く——廃墟となった城の奥深くが望ましい。ブラッドストーンで魔法の三角陣を描き、自分の記した契約書、大呪文、ハシバミの杖、魔術教書を持ってその中に入る。取引が終われば、悪霊を放免する。魔術師はまず、ルキフェル、ベルゼバブ、アシュタロトを呼び出し、契約を結ぶためルキフゲ・ロフォカレを派遣するよう依頼する。ついに悪霊が姿を現すと、次

のようなやり取りが行われる。

悪霊の出現
　見よ！　われここに出でたり！　何の用だ？　なぜわが平穏を邪魔する？　答えよ。
　　　　　　　　　ルキフゲ・ロフォカレ

悪霊への返答
　おまえと契約を結び、おまえが持つ宝を今すぐ手に入れたい。さもなくば、ソロモンの鍵の呪文でおまえを苦しめる。

悪霊からの返答
　20年後におまえ自身を手に入れ、魂も肉体も意のままにできぬ限り、その要求に応えることはできない。
　　　　　　　　　ルキフゲ・ロフォカレ

　ここで魔術師は契約書を彼に向かって放る。まっさらな羊皮紙に自分の手で次のように記し、自分の血で署名すること——彼の与える財宝と引き換えに、偉大なるルキフゲに20年後に報酬を与えると約束する。その証として、ここに署名す。
　　　　　　　　　　　　　　　N.N.

悪霊からの返答
　その要求には応じかねる。
　　　　　　　　　ルキフゲ・ロフォカレ

　彼を従わせるため、再び最高位の悪魔の名前と、ソロモンの鍵の呪文を唱える。すると悪霊が現れ、こう告げるだろう——。

悪霊の2度目の出現
　なぜこの上苦しめる？　そっとしておいてくれるなら、いちばん近い宝へ案内しよう。ただし、毎月最初の月曜日に硬貨を1枚供えること、週に1度以上は呼び出さないこと、呼び出すのは夜の10時から夜中の2時までに限ることを条件とする。わが署名の入った契約書を受け取るがよい。約束を破れば、20年後におまえはわがものとなる。
　　　　　　　　　ルキフゲ・ロフォカレ

ルキフゲ・ロフォカレ（著者蔵）

ルター、マルティン（1483-1546年）
Luther, Martin

プロテスタントと宗教改革の祖。生涯の大半において、マルティン・ルターは、世界における悪と魔王の影響と行動に興味を持っていた。

ルターは1483年11月10日、ドイツのアイスレーベンで、ハンスとマルガリータ（マルガレータ）・ルターの次男として生まれる。両親は裕福なカトリックであった。マルティンの名は、彼が洗礼を受けた日が聖マルティヌスの祝日であったことからつけられた。1484年、一家はマンスフェルトに移住する。父親は息子を法律家にしようと、マルティンに優れた教育を受けさせた。ルターはそれに従い、エアフルト大学で法律を学んだが、情熱が持てず大学を去る。1505年、彼は聖アウグスチノ修道会に入り、厳格な修道院生活を送ることとなった。

ルターは次第にカトリックに幻滅するようになる。特に、教会が贖宥状を売る慣習に幻滅した。1516年、教会はローマのサン・ピエトロ大聖堂修復の資金を集めるため、大々的に贖宥状を売り出した。ルターは、罪の赦しは金で買えないと強く信じていた。神から直接、赦しを得るしかないのだと。

ルターはその議論を展開し、1517年10月31日、95カ条の論題をヴィッテンベルク城教会のドアに打ちつけたといわれる。これは事実というよりも伝説であろう。というのも、ルターは教会のドアに何かを打ちつけたと語ったことは一度もなく、この話は彼の死後に出回ったからである。とはいえ、彼はその日に修道院長に対して手紙を書き、贖宥状の販売を非難した。この手紙の中には95カ条の論題が含まれていた。

その文書はたちまちセンセーションを巻き起こし、ドイツ全土に急速に広まり、さらに他言語に翻訳された。彼は公の場で演説するよう求められ、自分が目にした教会の腐敗を語った。

教皇レオ10世の下、教会の反応は遅かった。レオはルターを「酔っぱらいのドイツ人」と切り捨て、この騒動もすぐに収まると高をくくっていた。ところが、この動きは次第に大きくなっていく。1519年、レオはルターに論題について説明せよと命じた。ルターはそれに応じ、教皇は彼をローマに呼んだ。ザクセン選帝侯フリードリヒ3世が間に入り、和解の道を探ろうとした。

1520年、レオはルターの著作について、95カ条の論題を含む41カ所を撤回しなければ破門するという勅書を出した。1520年12月20日、ルターは公衆の面前で勅書を焼き、これに反抗した。レオは1521年1月3日にルターを破門した。ヴォルムス帝国議会は彼を法律の保護の外に置くとし、彼の著作の所持を禁じ、彼の逮捕を求めた。ルターは亡命し、ヴァルトブルクにあるフリードリヒ3世の城に身を隠した。1521年、秘かにヴィッテンベルクに戻った彼は、神の信頼とキリスト教の価値について何度か説教を行った。彼は教会が福音を広め、目的を遂げるために暴力を使うことに反対した。当時、異端審問が力を持ちはじめ、妖術は異端

と考えられた。また、悪霊の干渉と**契約**への恐怖がはびこっていた。

1523年、ルターはニムシェンのシトー会修道院の修道女をニシンの樽に隠し、脱走するのを助けた。彼はそのうちのひとり、カタリーナ・フォン・ボラと恋に落ち、1525年に結婚した。彼は42歳、妻は26歳であった。ふたりは修道院跡に住み、畑を耕して生計を立てた。5人の子供に恵まれ、幸せな結婚生活を送った。

ルターは暴力には反対だったが、プロテスタント主義は社会的・政治的混乱に巻き込まれた。1524年、ドイツ農民戦争が始まり、下層階級が上流階級に反乱を起こした。彼らの多くは、宗教改革がほかの改革を引き起こすと信じていた。ルターは反乱を支持せず、農民たちは1525年に鎮圧された。

ルターは生涯を通じてユダヤ人に反発し、彼らを「悪魔の人々」や、さらにひどい言葉で呼んだ。彼の反ユダヤ主義は、数世紀後のナチスの動きに影響を与えたと考える学者もいる。現在では、ルーテル教会は彼の反ユダヤ的見解を否定している。

晩年、ルターはさまざまな健康上の問題に悩まされ、体調は確実に悪くなっていった。1546年2月15日、彼はユダヤ人に反対する最後の説教を行い、3日後に心臓発作によって死亡した。

改革主義の考えを展開する中で、ルターは宗教家となった当初から、キリスト教的信仰よりも魔王に注目していた。人間には自由意思がなく、よい行いをするときは神の意志に、悪い行いをするときに

は**サタン**の意志に従っているにすぎないという予定説を、彼は強く信じていた。神は善と悪の両方を受け入れる。神は善だが、悪を許し、今後も許しつづける。神は魔王を使い、価値のないものを取り除く。したがって、魔王は実際には神のしもべなのである。神は悪を許すが、事あるごとに悪と戦う。

子供の頃から、ルターは**悪霊**に攻撃されていると感じていた。成長するにつれ攻撃は増し、ヴィッテンベルクに身を潜めて聖書のドイツ語訳を手がけているときには苛烈をきわめた。彼は進行中の健康問題だけでなく、気分のむらや落ち込みを悪霊のせいにした。ルターは祈りと「幸せの歌」で彼らと戦ったという。ある晩、悪霊に悩まされた彼が、インク瓶を投げつけて追い払ったとも伝えられている。城内の彼の部屋には、インクのしみが長いこと残されていた。また、悪魔をインクで撃退したともいわれ、そのことは彼の著作にも言及されている。

彼は邪悪な性質と魔女の力、また魔女の魔王への忠誠を完全に信じ、こう書いている。「私は魔女に少しも同情せず、全員を焼き殺したいと思う。古い法に、司祭がこれらの悪人に最初に石を投げるとある（中略）しかし、妖術は死に値しないだろうか？　それは被造物の創造主への反乱で、神が悪霊に与える権威を否定することである」

ルターは、母親が魔女に嫌がらせを受けたともいっている。魔女は彼とその兄弟に呪いをかけ、死ぬほど叫ばせた。説教師が魔女の足跡を集め、川に流したと

ころ、**呪い**はやんだ。

　ルターは魔女が動物に変身し、空を飛んで**サバト**に参加すると信じていた。魔王は自然発生と見せかけて病を引き起こすと彼はいった。多くの医師はこのことに気づいていないが、治療に信仰や祈りを取り入れるべきだと。精神病にかかった人々は、魔王による**憑依**の状態であり、魔王は神の許可を得て取り憑いている。魔王は作物を枯らし、暴風雨や嵐を起こし、疫病、火事、熱病、深刻な病をもたらす。

　彼は、人間は私利私欲のために魔王と契約を結ぶが、必ず高い代償を払うことになるといった。彼はエアフルトの呪術師の例を挙げた。その呪術師は魔王との契約で貧しさから脱しようとした。魔王は彼に占いのための水晶球を与え、呪術師はそれを使って金持ちになった。しかし、無実の人間を窃盗の罪で告発したことで逮捕された。彼は契約のことを白状し、そのことを悔いたが、結局は火刑に処せられた。

　ルターはまた、魔王は水浴をしている処女を強姦し、妊娠させ、その子供を別の赤ん坊と取り替えるともいっている。それは**妖精**と取り替え子の伝承とよく似ている。取り替え子は、18歳か19歳までしか生きられない。

　魔王みずからが、ヴィッテンベルク大学で勉強中のルターを訪ねたという話もある。彼は修道士の姿でやってきて「教皇の誤り」についてルターの助言を求めた。「修道士」はさらに根掘り葉掘り尋ねてきたので、ルターは徐々に苛立ちを募らせた。その後、ルターはその訪問者の手が鳥の鉤爪に似ているのに気づき、立ち去れと命じた。魔王は非常に臭い屁を残し、出ていった。その悪臭は何日も残ったという。

　ルターは、彼に助言を求めてきたトルガウの牧師に、少なくとも1度は**悪魔祓い**を行っている。牧師は魔王に1年にわたって苦しめられたという。鍋や皿を投げて壊し、姿を見せずに嘲笑うというのだ。牧師の妻子は引っ越しを望んだ。ルターは彼に、耐え、祈るよう告げた。そして、悪霊に立ち去れと命じた。

　ルターはまた、人が信仰を深めるほど魔王の攻撃は増すと信じていた。彼はみずからの人生でそれを実感した。身体的な疲労、ポルターガイストによる騒ぎ、精神的干渉は魔王のせいだとした。また、教皇を**反キリスト**と信じた。

　宗教改革を始めてから、ルターは魔王の子であるという噂が広まった。さまざまな宗教的・政治的な敵に対して使われる、よくある非難である。ある噂では、魔王が宝石商に化けてヴィッテンベルクへ行き、母マルガリータを誘惑したという。ルターが生まれると、魔王は彼に出世の方法を教えた。ルターは学校の成績もよく、修道士になり、修道女をたぶらかし、禁欲的な生活を捨てた。ローマへ行き、教皇と枢機卿に不当な扱いを受けた。彼は父親にどう復讐すればよいかを尋ね、主の祈りの注釈書を書けといわれた。この注釈書により、彼は一躍有名になり、のちにプロテスタント主義となる異端の説の第一の喧伝者となったというのである。

ルダンの悪魔憑き（1630-1634年）
Loudun Possessions

フランスのルダンで起きた、ウルスラ会修道女の集団悪魔憑き事件（**憑依**参照）。この悪魔的な苦痛をもたらした原因として、**ユルバン・グランディエ神父**が告発された。ルダンの悪魔憑きは、恐らく史上最も有名な集団悪魔憑き事件であろう。オールダス・ハックスリーの『ルダンの悪魔』（1952年）で生々しく描写された、女子修道院長**ジャンヌ・デザンジュ**（天使たちのジャンヌ）と修道女たちが美貌のグランディエによって苦しめられたこの事件は、司祭の火刑にとどまらず、修道女の苦痛の信憑性、妖術の神学的な蓋然性、さらにはグランディエが政治的失脚の犠牲になった可能性について、大きな論争を引き起こした。

合計27人の修道女が、悪魔に取り憑かれ、強迫観念に悩まされ、魔法をかけられたと訴えた。**悪魔祓い**は、ウルスラ会修道院、地元の教会、さらには個人宅でまで行われ、大衆の見世物となった。事件は1634年にグランディエが処刑されたことで一応の終息を見たが、悪魔祓いは1637年まで続いた。

●ウルスラ会修道院

舞台となったウルスラ会修道院は新しく、1626年に17人の修道女によって作られた。修道女のほとんどは高貴な生まれだった。特に信心深いというわけではなく、身分相応の結婚相手を引きつけるだけの持参金を、家が用意できなかった女性たちである。ほとんどは自分の運命を諦め、修道院で退屈な生活を送っていた。

彼女たちが住まいとして借りることができたのは、幽霊が出るという噂のために住み手のいない陰気な家だった。家具はなく、修道女たちは床で寝た。彼女たちは単調な作業をし、肉は食べなかった。地元の人々は間もなく、修道女たちが名士と血のつながりがあると知り、教育のため娘を修道院へやるようになった。

1627年、新しい修道院長が任命された。ジャンヌ・デザンジュである。かつてはジャンヌ・ド・ベルシエと名乗る男爵の娘であった。ジャンヌ・デザンジュと同時代の人々は、彼女を生ける聖女とも、変わり者の野心家ともいった。彼女は傲慢で、意地悪で、裕福で、俗世では男爵の娘として贅沢な生活を送っていた。修道院へ送られたのは、背中が曲がっているのと醜い容姿のせいで結婚の見込みがなかったためで、ジャンヌは秘かに憎しみを募らせていた。彼女は敬虔さを装い、女子修道院長の座を狙っていた。

●グランディエの隆盛と転落

1617年、グランディエはフランスのポワティエの町ルダンの、サン＝ピエール＝デュ＝マルシュ聖堂区の主任司祭に任命された。彼は非常に人目を引いた。ハンサムで、洗練され、裕福で、弁舌さわやかな彼は、聖職者の禁欲の誓いを破ることを進んで手助けする女性に事欠かなかった。彼は賞賛や敬愛を集めると同時に、恨みや羨望を買っていた。何をやってもうまく行き、有力者からの支持も得

ていた。

　グランディエは自分の人気をいいことに、しばしば傲慢に振る舞った。人々と対立し、敵を作るのも構わなかった。町の人々は、彼がルダンの初審裁判所検事の娘フィリッパ・トランカンの子供の父親ではないかと疑った。また彼は、町議会議員の娘マドレーヌ・ド・ブルに公然と求愛し、彼女のために聖職者の独身主義に反対する論文を書いた。ほとんどの人々が、マドレーヌをグランディエの愛人と見ていた。

　グランディエの最初の深刻な挫折は、1630年6月2日のことだ。彼は不道徳行為のために逮捕され、敵であるポワティエの司教により有罪とされた。しかし、グランディエは自身の政治的なつてを利用し、その年のうちに完全に聖職に復帰した。続いて、グランディエの敵はミニョン神父に近づいた。彼はウルスラ会修道女の聴罪司祭であり、トランカンの親類だった。計画は、ミニョン神父が数名の修道女に悪魔憑きを装わせ、グランディエ神父に魔法をかけられたといわせて、彼の解任と失脚を狙うものだった。女子修道院長のジャンヌ・デザンジュともうひとりの修道女がすぐさまこれに応じ、引きつけと痙攣を起こして、息を詰まらせ、しわがれた声で話した。

　ジャンヌはグランディエに性的に執着するようになり、奇妙な夢を見た。夢の中のグランディエは光り輝く天使のような姿をしていたが、言葉は悪魔のようで、彼女を性行為と悪徳に誘った。彼女のヒステリックな夢と妄言は修道院の平穏を乱し、鞭打ちと懺悔も彼女を鎮めることはできなかった。さらに多くの修道女が、幻覚や夢を見るようになった。この時点では、ジャンヌはミニョン神父に助けを求めており、その逆ではなかったと、いくつかの資料が伝えている。

　ミニョン神父と助手のピエール・バール神父は、グランディエに復讐する機会が巡ってきたと考えた。ほかにもグランディエの敵は尽きることがなかった。彼の敵は多く、とりわけ町の女性を誘惑することで敵を作っていた。

　ウルスラ会の修道女が魔法をかけられて悪魔憑きにされ、犯人はグランディエだという噂が広まったが、司祭はそれを一笑に付した。だが、それは愚かな過ちだった。1604年に妖術禁止法が改正され、呪術、**妖術**、悪魔との**契約**で有罪となった者は、死刑が言い渡されることになったからだ。グランディエが呪術を使ったという非難が高まることは、深刻な意味を持っていたのである。

　ふたりの司祭が修道女の悪魔祓いに着手したが、ジャンヌら修道女は叫び、跳ね回り、痙攣の発作を起こした。儀式のせいで演技が大袈裟になったのか、ジャンヌの精神が耐えきれなくなったかはわからないが、彼女は自分とほかの修道女たちはふたりの**悪霊**に取り憑かれていると断言した。その悪霊は**アスモデウス**とザブロンで、グランディエ神父が修道院の壁越しに投げ込んだ薔薇の花束に潜んで送り込まれたという。

　ようやく危険に気づいたグランディエは、ルダンの司法官に修道女を隔離する

よう訴えたが、司法官の命令は無視された。切羽詰まったグランディエは、ボルドーの大司教に手紙を書いた。大司教は医師を派遣し、修道女たちを診察させたが、悪魔憑きの証拠は見つからなかった。大司教は1633年3月21日に悪魔祓いを打ち切らせ、修道女たちを修道院の独居房に幽閉した。しばらくは平穏が戻ったが、その年の暮れには、再びヒステリーが始まった。

想像上の罪で有罪になることはないと信じていたグランディエだが、1633年11月30日、アンジェ城牢に投獄されてしまった。**魔王の印**はすぐに見つかった。体のある部分はランセット（柳葉刀）で突かれたために痛みを覚え、ほかの部分は軽く触れただけで痛みを感じなかったのだ。グランディエに拷問の覚悟を決めさせた内科医フルノーや、ポワティエから来た薬剤師などの立会人は、これは審査官のでっち上げで、そのような印は見当たらないと抗議した。ほかにもグランディエを擁護する声があがり、中には悪魔憑きの修道女本人もいた。

グランディエの敵は、追及の手をゆるめなかった。ジャンヌの親戚で、権力者リシュリュー枢機卿の取り巻きでもあるジャン・ド・ローバルドモンは、カプチン会の修道士トランキル神父と手を結び、グランディエが1618年に書いたとする、リシュリューを中傷する風刺文を枢機卿に提出し、悪魔祓いが失敗したことを報告した。枢機卿は教会とフランス国内に権力を見せつけようと躍起になっており、また親戚のクレール修道女がその修道院にいることを意識して、ローバルドモンを長として、グランディエを逮捕し、魔女として有罪を宣告するよう委任した。悪魔祓いが再開され、ミニョン、バール、トランキル神父、またフランシスコ会の**ガブリエル・ラクタンス神父**により、公開で行われた。

専門家は依然として、悪魔憑きが本物かどうか疑っていた。修道女のほとんどは、悪魔憑きになる前には知らなかった外国語の知識を試されても、答えることができなかった。ラテン語がわからない修道女たちは、都合のよいことにラテン語を知らない悪魔に取り憑かれていた。ラテン語やギリシア語で命令されるときには、修道女たちは正しく答えるために指導を受けなくてはならなかった。同様

ユルバン・グランディエ

に、透視や空中浮揚、超人的な力を試すテストでも、彼女たちは失敗を繰り返した。肝心な部分が不完全なのを補うように、修道女たちは体をよじったり暴れたりして脚をあらわにし、見物人の目を大いに楽しませた。

さらに露骨なからくりが明らかになった。アニエス修道女は繰り返し、自分は悪魔憑きではないのに、ジャンヌと悪魔祓い師にそう信じ込まされたと話した。またあるとき、悪魔祓いの最中に燃える硫黄がクレール修道女の唇にたまたま落ちた。彼女はわっと泣き出し、いわれたとおり悪魔憑きになったと信じ込みそうになったが、こんなふうに扱われるいわれはないといった。別のとき、クレールは涙ながらに、自分の悪魔憑きとグランディエへの告発は全部嘘で、ミニオン、ラクタンス、カルメル会修道士に強要されたものだと語った。アニエスは修道院から逃げ出そうとしたが、とらえられ、連れ戻された。

ジャンヌはある日、乱れた恰好で修道院の中庭に現れた。彼女は下着1枚で、首に縄を巻き、手に蠟燭を持って2時間ほど雨の中に立っていた。次に自分の体を木に縛りつけ、首をくくると脅したが、別の修道女たちに助けられた。このことは行政長官ド・ローバルドモンも目にしていた。悪魔祓い師は、ジャンヌの行動と主張の撤回は、**サタン**の嘘だといった。

こうした問題にもかかわらず、グランディエに対する糾弾は全力で続けられた。一部では、この事件はプロテスタントであるユグノー全般に対抗するために利用されたともいわれている。というのも、修道女全員が、ユグノーはサタンの弟子だといったからである。宗教改革後、カトリックとプロテスタントは悪魔憑きと悪魔祓いの事件で対立し、どちらがより偉大な霊の権威かを見せつけようとしていた。

修道女の告発のほかに、グランディエのかつての愛人たちが現れ、姦通や近親相姦、神聖冒瀆、その他の罪を訴えた。それらは司祭が起こしたというだけでなく、教会の最も神聖な場所で行われたとして非難された。修道女たちの夢と身体的な反応は、明らかに性的なものであり、グランディエの悪魔的な性質の驚くべき証拠となった。ジャンヌは新たに、放蕩の悪霊である**イサカーロン**に取り憑かれ、想像妊娠までしたと訴えた。

リシュリュー枢機卿の主治医のひとり、ピレ・ド・ラ・メナルディエールは、悪魔に取り憑かれた修道女の体のどこに悪霊が住みついたかを正確に割り出した。

◎ジャンヌ・デザンジュ——額の中央にレヴィアタン、腹にベヘリット、右の第二肋骨の下にバラム、左の一番下の肋骨の下にイサカーロン。

◎アニエス・ド・ラ・モット＝バラス——心臓の下にアスモデウス、腹にベヘリット。

◎ルイーズ・ド・ジェズュ——心臓の下にエアザス、額の中央にカロン。

◎クレール・ド・サジイ——額にザブロン、右腕にネフタリ、右の第二肋骨の下にサン・ファン（主天使のグラン

ディエ）、腹の片側にエリミ、首に聖母の敵、左こめかみにウェリネ、右の肋骨に智天使の位階に相当するコンクピーセンス。
◎セラフィカ——あるときはバルーク、あるときはカレアウによって守られる一滴の水を含む、腹への魔法。
◎アン・デスクロー——腹にエリミに守られた魔法のヤマモモの葉。

俗人の悪魔憑きと、取り憑いた悪魔

◎エリザベート・ブランシャール——両方の脇の下に魔王。左尻に不道徳の石炭。へその下、心臓の下、左乳首の下に魔王。
◎フランソワーズ・フィラトロ——前脳にジニリオン、全身にヤベル、へその下にブフェティゾン、腹に大天使の位階に相当する犬の尻尾。

修道女たちの告発はエスカレートした。マドレーヌ・ド・ブルは妖術を使ったとして逮捕、投獄された。父親の政治的な人脈により、彼女は釈放されたが、再逮捕され、再び釈放された。このときは、彼女は修道院に姿を消した。

町の紳士は魔王と交際したとして告発され、知事であるド・セリゼーまでもが、黒魔術を使ったとして訴えられた。ほかの司祭は強姦の罪に問われた。

ついに、グランディエ神父はみずから修道女たちの悪魔祓いを余儀なくされた。彼女たちの苦しみの原因は、明らかに彼にあったからだ。悪魔憑きの決定的な証拠となる、それまで知らなかった言語の知識があるかどうかを試すため、グランディエはギリシア語で話した。しかし、あらかじめ言い含められていた修道女たちは、契約の中にギリシア語を使ってはならないという条件があるのだと答えた。当然、グランディエは悪魔祓いに失敗した。

この悪魔祓いと裁判の中で最も興味深いものは、魔王とグランディエが交わしたといわれる**契約**文書である。それは魔王との契約書がしまわれているルキフェルの戸棚からアスモデウスによって盗まれ、グランディエの共犯の証拠として提出されたものだという。グランディエがラテン語の鏡文字で記し、**血**判を押したといわれるこの契約書は、魔王に対するグランディエの義務と、その見返りに彼が得る利益を説明している。契約書には**サタン**、**ベルゼバブ**、**ルキフェル**、エリミ、**レヴィアタン**、**アシュタロト**が共同署名し「悪魔の首長にして我が主、地獄の諸侯の署名と印」によって認証されている。また、記録者**バアルベリト**（バルベリト）が副署している。アスモデウスはご丁寧にも、自分が取り憑いている修道女のひとりから離れるという約束を書き記している。初期の悪魔祓い師ゴール神父は、その内容を次のように報告している。

　この者から離れるとき、女の心臓の下に針ほどの長さの切れ目を入れる。この切れ目は彼女の下着、胴着、服を貫き、血にまみれさせるだろう。そして明日、5月20日土曜日の午後5時

に、悪霊グレシルとアマンドが同じように、だが少しばかり小さい穴を開けるだろう——そしてわれは、レヴィアタン、ベーモ、ベーリとその仲間によってなされた約束に同意し、離れるときに聖十字架教会の登録簿に署名しよう！
1629年5月19日記

この文章はジャンヌ・デザンジュの筆跡で書かれていた。別の悪魔的な「証拠」が、天使では熾天使の階級に当たる憑依悪魔の首領格アシュタロト、エアザス、ケルスス、アカオス、ケドン、アレクス、ザブロン、ナフサリン、シャム、ユレイル、座天使に相当するアスモデウス、権天使に相当するアカスなどから出た。

見せ物がエスカレートするにつれ、懐疑的な人々やグランディエの擁護者が抗議の声をあげるようになった。1634年7月2日、彼らは公式に口を封じられた。修道女や悪魔祓い師、その他悪魔祓いを助ける者への非難を禁じられ、違反すると厳しい罰金または体罰を課されることになったのである。

ジャンヌ・デザンジュは首に縄を巻いて法廷に現れ、これまでの偽証の罪を償えない限り、首をくくると脅した。こうした努力も無視され、ほかの弁護側の証人も圧力をかけて黙らされるか、従犯の魔女や国王への反逆者として逮捕すると脅された。多くがフランスからの逃亡を余儀なくされた。

グランディエは最後まで、潔白を証明できると信じていた。彼は14人の裁判官の前で、3回しか訴えることができなかった。当然のことながら、国王勅命の調査委員会は1634年8月18日に死刑宣告を下した。最も軽いものから重いものまで、あらゆる拷問にかけられた後、グランディエは生きながら火刑に処せられることになった。激しい拷問を受けても、グランディエは無実を主張しつづけ、共犯者の名前を口にしなかった。怒ったトランキル神父らは、彼の両脚を砕き、グランディエが神に祈るたび、実は魔王を呼び出そうとしているのだといった。グランディエは最後の申し立てを行い、火刑の前に恩情によって絞殺されることを約束されていたが、火刑柱まで運んだ修道士が彼を聖水で水浸しにし、話せなくした。また首絞めの縄が絡まっていて十分に締まらず、グランディエは生きたまま火あぶりにされることになった。処刑を見ていたある修道僧は、大きな蝿がグランディエの頭上を飛んでいたという。蝿の王ベルゼバブを象徴するその蝿は、グランディエの魂を**地獄**に運んでいった。

だが、グランディエは最後の言葉を口にした。もがき苦しみながら、グランディエはラクタンス神父に向かって、おまえは30日以内に神を見るだろうと告げたのである。司祭はその言葉どおりに死んだ。彼は「グランディエ、おまえの死は私のせいではない」と叫びながら死んだという。トランキル神父も、5年のうちに正気を失って死に、また不正に魔王の印を見つけたマヌーリ医師も、精神錯乱に陥って死んだ。バール神父はルダンを離れ、シノンで悪魔祓いを行った。しかし結局、ある司祭が祭壇上で強姦したと告発する

陰謀に加担したとして、教会から破門された。血のしみが雛(ひなどり)のものであるとわかったためである。悪魔憑きに懐疑的で、自身も呪術を使ったとしてジャンヌに告発された裁判官ルイ・シャヴェは、鬱状態と心神喪失に陥り、その冬の終わりに死んだ。

1634年、グランディエの死後に悪魔祓いとしてやってきた**ジャン＝ジョゼフ・スリン**神父は、ジャンヌの悪霊に取り憑かれた。グランディエの死後数年間、スリンは悪魔祓いにかかりきりになり、最後には食べることも、服を着ることも、歩くことも、読み書きもできなくなっていた。もはや神に祈ることもなく、魔王や黒い翼、そのほか恐ろしいものの幻を絶え間なく見た。1645年には自殺を図った。スリン神父は、1648年に彼が所属するサント＝イエズス僧団の新院長となったバスタイド神父から手厚く看護され、ようやく回復の道をたどりはじめた。1657年には再び字が書けるようになり、1660年には歩けるようになった。彼は1665年、安らかに息を引き取った。

グランディエの死後も、ルダンの悪魔憑きは終わらなかった。悪魔祓いに対する大衆の興味があまりにも大きいため、修道院は一種の観光の呼び物として悪魔祓いを続けた。先導したのはミニョン神父と、1634年12月にやってきた3人のイエズス会の悪魔祓い師（うちひとりはスリン）だった。日曜日を除く1日に2回、大衆の娯楽として、取り憑かれた修道女の悪魔祓いが行われた。彼女たちは

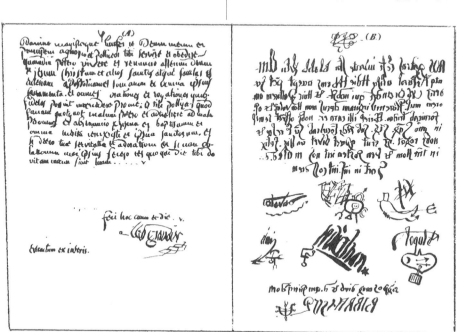

ユルバン・グランディエ神父が署名したといわれる魔王との契約書（著者蔵）

スカートをまくり上げ、下品な態度で性的解放を求めた。また自分の頭を叩き、後ろに反り返り、逆立ちをして歩き、黒ずんだ舌を出し、ひどい言葉を使った。ある資料によれば「この国の最下層の売春宿にいる女ですら驚くような」言葉であったという。こうした見世物は1637年まで行われたが、リシュリュー枢機卿の姪であるデギヨン侯爵夫人がその欺瞞性を伯父に訴えた。みずからの権力を見せつけるという当初の目的を果たしたリシュリューは、すぐさま演技者への報酬を打ち切り、修道院に平和が戻った。ジャンヌ・デザンジュは、スリン神父により聖女性を保証され、1665年に死んだ。

ルダンの狂気を描いたハックスリーの作品は、ケン・ラッセル監督による映画『肉体の悪魔』（1971年）の原作となった。ヴァネッサ・レッドグレイヴ演じるジャンヌ・デザンジュは、歪んだ、辛辣な、性的に抑圧された女性として描かれている。不運な神父グランディエは、オリヴァー・リードが演じている。

レ、ジル・ド
Rais, Gilles de

→ジル・ド・レ

レヴィアタン
Leviathan

ヘブライの伝承で、原始的な海の**悪霊**であり、獣の王。

ヨブ記では、レヴィアタンはクジラのような生き物で、ほぼ不死身として描かれる。銛で突いてもくすぐる程度にしかならないという。

背中は盾の列
封印され、固く閉ざされている。
その盾は次々と連なって
風の吹き込む透き間もない。
ひとつの盾はその仲間に結びつき
つながり合って、決して離れない。
彼がくしゃみをすれば、両眼は
曙のまばたきのように、光を放ち始める。
口からは火炎が噴き出し
火の粉が飛び散る。
煮えたぎる鍋の勢いで
鼻からは煙が吹き出る。
喉は燃える炭火
口からは炎が吹き出る。
首には猛威が宿り
顔には威嚇がみなぎっている。

ヨナ書には、神の怒りを逃れて、海を渡りタルシシュへ向かうヨナの物語が描

レヴィアタンと反キリスト

かれる。途中、神は嵐を起こし、船乗りはヨナがその原因と知る。船から放り出されたヨナはレヴィアタンに飲み込まれる。3日間、彼はその怪物の腹に閉じ込められたが、やがて神はレヴィアタンに彼を吐き出させ、彼を陸に上げた。

　ジョン・ミルトンは叙事詩『失楽園』で、レヴィアタンをスカンディナヴィア周辺の海に潜む「魔王」と書いた。それは海面に現れ、巨体を本物の陸地であるように見せかけて、船乗りを騙す。船が近づくと、それを引きずり下ろし、海に沈める。

　レヴィアタンは、**ルダンの悪魔憑き**で憑依した悪霊のひとつとして名前が挙げられている。また、**七つの大罪**の嫉妬を司っている。

　ヘブライの伝承では、レヴィアタンにはふたつの側面があるという。男性は斜めの蛇であるレヴィアトン、女性は曲がりくねった蛇である**リリト**である。

　ベヘモット参照。

レギオン
Legion

→イエス

レジム
lezim

→ケシリム

レミー、ニコラ（ニコラス・レミー、レミギウス）（1530−1616年）
Remy, Nicholas（Nicholas Remy, Remigius）

　フランス人弁護士、悪魔学者、魔女狩り人。フランス、ロレーヌにおいて15年以上の間に900人の魔女を死刑台に送ったとみずから語っている。その著書『悪魔崇拝』は魔女狩り人の手引書として主導的役割を果たした。

　シャルムでローマ・カトリック教徒の高名な弁護士一家のもとに生まれる。父親はシャルムの町長を務めた。レミーは一族の伝統に倣ってトゥールーズ大学で法律を学んだ。1563年から1570年までパリで研鑽を積み、その間に退役した叔父の跡を受け、ヴォージュの陸軍中将を任せられる。また、フランスのいくつかの大学で法律および文学教授の座に就いた。歴史家、詩人としての一面も持ちあわせ、歴史に関する論文をいくつか著している。結婚し、3人の息子を含む「大勢の」子供をもうけた。

　若い頃、レミーは魔女裁判の証人となったことがあり、この経験が魔女は極めて邪悪な存在であり、世の中から一掃されなければならない、という後の彼の見解を形作ることとなる。フランスは国じゅうが悪霊や**魔王**と結託して悪行をたくらむ魔女たちの秘密の集会に翻弄されている、と彼は考えていた。また彼は、経験したことのないものや普通でないことはすべて「悪魔学の呪いの領域」に属すると信じ込んでいた。

　1575年、レミーはロレーヌ公爵シャルル3世の秘書兼私設顧問官に指名され、ナンシーに移り住んだ。公爵はまた、レミーをナンシーの町長にも任命した。ナンシーには4人から6人の町長がおり、その町長らが妖術や魔術を含むあらゆる犯罪を裁く公爵領裁判所を形成してい

た。レミーはこれらの事例を熱心に追究し、自分ひとりで判断できない場合には詳細な報告書を提出させた。人々は彼に「魔女の禍(わざわい)」という称号を与えた。レミーの献身的な働きに感動した公爵は褒賞として貴族の称号を与えた。

1582年、レミーはそれまでにも増して激しい執念をもって魔女への私的な撲滅運動に取り組んだ。乞食の女に金をやるのを拒んだ数日後、長男が死んだためだった。あの女は魔女だったのに違いないと確信したレミーは、魔法の力で息子を死に追いやった容疑で女を告訴することに成功した。彼はみずからが持つ司法権の及ぶかぎり法廷を牛耳り、すべての治安判事に魔女の訴追を命じた。彼はみずからも街に出て、命令が守られているかを確かめた。狭い村で彼の調査が及ばない場所はひとつもなかった。

同時代人のジャン・ボダン同様、レミーは魔王の契約や狂気じみた**サバト**、人や獣に対する有害な行為の存在を信じていた。彼は悪霊が瞬きひとつで山を持ち上げたり川の水を逆流させたり、星を消したり空を落としたりする空想的な物語を信じていた。ボダンやその他の悪霊学の権威者と同じく、レミーは魔女を拷問にかけ、火刑に処することを強く主張した。

1592年、10年間にわたり魔女を糾弾し続けたレミーは禍を逃れるため郊外での隠遁生活に入った。彼はその地で『悪魔崇拝』を編集し、この本は1595年、リヨンで出版された。本は**悪魔崇拝**に関する研究、魔女の活動に関する事例報告、そして900の裁判で得られた告白や証拠に基づくレミーの結論の3部構成となっている。

レミーは悪霊の力、活動、限界について論じた。魔女と悪霊は切っても切れない関係にある、と彼は断言した。また、魔女の黒魔術や呪文、人間に害を与えるさまざまなやり方、悪霊や魔王との冥界への逃避行について解説を行っている。悪霊は魔女が人間や獣に対して使用する軟膏や粉末、毒薬をあらかじめ用意しているという。

レミーの著書はサバトの場で行われるサタンとの契約や宴、踊り、乱交パーティーなどについて多くのページを費やしている。彼は魔王が人間を自分の礼拝に引き入れる様子を描写している。初めは甘い言葉で富や権力、愛や快適さなどを約束し、やがてそれは災難や死をほのめかす次のような脅しへと変わっていく。

1589年12月19日、グエルミンゲンのアントニー・ウェルチは命令に従わないと首をひねってやると悪霊から脅され、逆らうことができなかった。悪霊がまさに脅しを実行しようとしているように見えたからだ……。たしかに、異端者の歴史の中には家に魔法がかけられる、作物が枯れる、地面が割れる、火災による爆風、さらには悪霊による大嵐など、人間の心を縛り付けて新たな異教に従わせ、その支配力を強めるために人に被害を与える例が数多くある。

このことからまず、魔女が悪霊と直接会って話しあいを行うというのは単なる作り話ではないと結論づけてよいだろう。また、悪霊が人間の弱みにつ

け込んで説得するために最も強力な武器、すなわち希望と不安、欲望と恐怖というふたつの武器を用いていることは明らかだ。というのも、彼らは人を誘導し、そうした感情をかきたてる術を熟知しているからである。

レミーは、死んだ人間の幽霊は地上に留まることも降霊術によって墓場から呼び戻されることもできないと信じていた。そのような幽霊は悪霊が死者の霊を装っているのだと彼は主張し、初期キリスト教の教父、殉教者聖ユスティノスによる同様の発言を引用している。人の肉体は死によって完全に消滅し、いかなる方法においても復元するのは不可能だ、とレミーは言う。幽霊の正体は実は「腐りかけた死体」に棲みついた「邪で不浄な精霊」であるという。

900人の魔女を死刑台に送ったというレミーの主張を裏づける記録は現存していない。彼が著書の中でみずから記した魔女の名前は128人のみである。にもかかわらず、彼の主張は説得力があり、否定の余地のないものとして人々に受け入れられた。『悪魔崇拝』はたちまち評判となり、2回のドイツ語訳を含めて8版を重ねた。この本はヨーロッパの一部で『魔女たちへの鉄槌』に次ぐ魔女狩り人への主導的手引書となった。

レミーは1612年4月、シャルムで他界するまで公爵に仕え続け、その功績の正当性は揺るぎないものとされた。

レムレース
lemures

→ラルヴァ

レヤック
leyak

バリ島の伝承で、**悪霊**に姿を変える能力を持つ呪術師。人間や動物、作物に、死や破滅をもたらす。レヤックはまた、あらゆる不幸や災難の原因となる。

呪術師が寝ている間、レヤックは謎の光やサル、鳥の姿となって、夜空を飛ぶ。レヤックが退治されると、それとともに人間の肉体もただちに死ぬ。レヤックは、別の人間に永遠に化けていられる。通常、変身した状態のときに殺さない限り、正体は暴けない。

レラジェ（レライエ、レラユー、オライ）
Lerajie（Leraie, Lerayou, Oray）

堕天使であり、72人の**ソロモンの悪魔**の14番目に位置する。レラジェは侯爵で、緑色の服を着て弓と矢筒を持った射手の姿をしている。彼は大きな戦を引き起こし、弓矢による傷を化膿させる。彼の統率下には30の**悪霊**の**軍団**（レギオン）がいる。

レンファン、エリザベス・ド
Ranfain, Elizabeth de

→ナンシーの悪魔憑き

666
Six-six-six

聖書の**黙示録**によると、獣、反キリストの数字。**魔王**と**悪魔崇拝**と関連してい

ヨハネの黙示録は、聖ヨハネがエーゲ海のパトモス島に流されていたときに体験した、一連の黙示録的幻視に基づいている。幻視のひとつでは、1匹の獣が海から上ってきた。それは7つの頭と10本の角とそれらの角には10の王冠があり、頭には神を冒瀆するさまざまな名が記されていた。頭のひとつがひどい傷を負っても、すぐに治ってしまう。幻の声が言う。「賢い人は、獣の数字にどんな意味があるかを考えるがよい。数字は人間を指している。そして、数字は666である」

この数は崇拝者の額あるいは右手に刻まれる。**天使**がヨハネに言う。「誰でも、獣とその像を拝み、額や手にこの獣の刻印を受ける者があれば、その者自身も、神の怒りの葡萄酒を飲むことになり、また、聖なる天使たちと子羊の前で、炎と硫黄で苦しめられることになる。その苦しみの煙は、世々限りなく立ち上り、昼も夜と安らぐことはない」

666という数字は、歴史においても多くの敵に対して投げかけられてきた。多くの名前と共に、666の数字的な価値ができあがってきた。黙示録は、神性を主張するローマの皇帝を引き合いに出し、ネロは666を指しているといわれている。グノーシス派は教会最大の敵と考えられていて、グノーシス派のオグドアド（8個の組）は獣の数字だと言う神父もいた。宗教改革のとき、プロテスタントはカトリック教会をイタリカ・エクレシアと呼び、ローマ教皇をギリシア語のpapeiskosだと言って、666にこじつけた。カトリックも**マルティン・ルター**に対して同じことを行った。同様に、この数字はムハンマドに対しても使われ、ナポレオン・ボナパルトやアドルフ・ヒトラーのような悪徳政治家に対しても当てはめられた。

アレイスター・クロウリーは、よく自分の名前をThe Beast 666や、ギリシア語で偉大なる獣という意味のTo Mega Therion、または単に666と署名した。彼は666を邪悪なものではなく、太陽の力と結びつけた。**カバラ**では、太陽は神が作った6番目の惑星で、太陽を表す魔法の四角は、最終的には666になる。ひとつの四角は36（6×6）の四角からなり、1から36までの数字が含まれているため、どの線も数とつながっていて、水平、垂直、対角線のどれをとっても111になる。すべての四角の合計は666である。

1934年、クロウリーは裁判で証言し、自身のThe Beast 666や、To Mega Therionについて訊かれて、Therionは偉大なる獣の意味で、666は太陽の数字だと説明した。そして自分のことを、リトル・サンシャインと呼べばいいと言った。

歴史を通して、人々は合わせて666になるものや名前に、この獣を見い出そうとしてきた。しかし、言語や数字はどんなものでも、こじつければ666にすることができる。クロウリーは、自身の名前をヘブライ語の文字を使い、他では使わない自分のミドルネームのイニシャルEを入れて、666にしてみせた。666という数字は、とても不名誉なものとされており、正規の目的のためには人は使うのを避ける。

反キリストと関連するため、666は怖れられ、特に番地や電話番号としては避けられている数字だ。

hexakosioihexakontahexaphobia は666恐怖症のこと。

ロシュの岩
Roshe Rock

　イギリス、コーンウォールのボドミン・ムアにある3つの尖頭をもつ岩の露出で、悪霊に取り憑かれていると言われている。ボドミンの町から数マイル南にあるロシュの岩は数100万年前、グレイクォーツとブラックトルマリンから形成され、花崗岩や粘土からなる周辺の地質とは明らかに異なる。この岩をめぐっては数多くの伝説がある。

　ロシュの岩は湿地帯の沼地に屹立し、あたりの風景に異様で不気味な風情を与えている。その雰囲気が神聖で超自然的な言い伝えと結びついたのである。コーンウォールの初代司教、聖コナンは司祭となる前、隠修士として3つのうち最も大きな岩の尖頭の上に棲みついたという。1409年、そこにレンガ造りの教会が建てられた。トレガリックの最後の男の子孫によって建てられ、大天使ミカエルに捧げられたものと推察される。ハンセン病を患ったひとりの男が隠修士としてそこに棲みつき、娘である聖ガンドレッドが死ぬまで彼の面倒を見た。

　ロシュの岩の周辺はアーサー王の狩り場と言われている。そこに棲みついたもうひとりの男はオグリンといい、有名な恋人トリスタンとイズルテがコーンウォールのマルク王から逃れてきたとき、ふたりをかくまった。

　言い伝えによると、**ジャン・トレギーグル**は悪霊と地獄の番犬に追われて荒れ野を逃げていたとき、ロシュの岩に隠れたという。トレギーグルの頭は教会の東の窓にはまってしまった。風がとりわけ激しく荒れ野を吹き渡るとき、彼の幽霊が岩に取り憑くと言われている。

　ロシュの岩はまた、悪霊や鉱山の霊、修道士の幽霊、ハンセン病の隠遁者に取り憑かれているとも言われている。

『ローズマリーの赤ちゃん』（1967年）
Rosemary's Baby

　悪魔を崇拝する魔女が人間の女性に**反キリスト**の赤ん坊を産ませる、アイラ・レヴィンの小説。

　1968年、悪霊に取り憑かれた母親役にミア・ファロー、魔王に妻を売り渡す日和見主義の夫役にジョン・カサヴェテス、魔女集会のリーダーにルース・ゴードン、シドニー・ブラックマーを起用して映画化された。魔女集会の一員である医師はラルフ・ベラミーが演じた。撮影の多くはニューヨークのダコタハウスで行われたが、富裕層や有名人が住むことで知られる異様なゴシック建築のこのアパートは1980年、ジョン・レノンが凶弾に倒れた場所でもあった。

　レヴィンの描いた物語は、みずからを魔女と名乗る悪魔崇拝者を描いている。彼らは魔王の指示に従い、魔王がみずから選んだ女性をレイプし、その女性に反キリストの赤ん坊を身ごもり出産させる

よう手筈を整える。

物語は1966年、ニューヨークで起こる。ローズマリーとガイ・ウッドハウスは若い新婚夫婦で、新居を探していた。ガイは芽の出ない二流の俳優だがかろうじて生活は成り立っていた。不気味な雰囲気の漂うブランフォードの住宅街で、ローズマリーはとあるアパートをひと目で気に入り、夫のガイに借りることを勧める。アパートのオーナーは薬草を育てているミステリアスな老女で、昏睡状態に陥って死亡する。

アパートを借りたウッドハウス夫妻は作家である友人エドワード・ハッチンス（ハッチ）から、ブランフォードのそのアパートは以前から犯罪や奇妙な出来事が立て続けに起こっているという話を聞かされる。人肉を食う姉妹がいたり、地下室から赤ん坊の遺体が発見されたこともあるという。19世紀終盤には魔女を自称し、魔王を召喚することができると主張するエイドリアン・マルカートという悪名高い女性が住んでいたそうだ。だがウッドハウス夫妻はそんな話を一笑に付した。

夫妻はミニーとローマン・カスタヴェットという風変わりな夫婦と知り合うが、その後、夫婦と同居していた若い娘が自殺する。カスタヴェット夫妻はローズマリーの知らないところで、彼女をサタンにレイプさせればその見返りとして仕事の成功を保証する、とガイに持ち掛ける。ローズマリーはミニーの作った薬物入りのチョコレートムースを食べるが、自分の身に降りかかった恐ろしい苦難の最中

も意識を失うことなく、それが夢でないことを確信していた。裸の魔女たちが彼女を取り囲んで魔法をかけ、獣の瞳に爬虫類の皮膚、巨大なペニスを持つ怪物が彼女に襲いかかった。翌日ローズマリーは、あれは夢だったのだと考えることにした。ガイは、きみが眠っている間にぼくがきみと愛し合ったんだ、と言う。

ローズマリーは妊娠し、カスタヴェット夫妻はエイブラハム・サパスティン医師に診てもらうよう勧めた。サパスティンは生の薬草が入ったミニーの手製の「ビタミン」ドリンクを毎日飲むよう指示を与える。だがその中身は実は、不気味でいやな臭いのするタニス草という薬草の根っこだった。キノコのようにカビ臭いこの根っこは、カスタヴェット夫妻がローズマリーにくれた銀の魔除けのロケットの中にも入っていた。それは自殺した娘が身に着けていたネックレスだった。

妊娠したローズマリーの体調は芳しくなかった。体重が減り、ひっきりなしに痛みに襲われるが、サパスティン医師はどこにも異常はないという。ハッチが訪ねてきてタニス草の根っこの話を聞くと、警戒心に駆られて調査を始めた。彼はその結果をローズマリーに伝えようとするが、倒れて意識不明のまま亡くなってしまう。魔女の**呪い**によって殺されたのだ。葬儀の場にひとりの女性が現れ、ハッチが渡したがっていたという一冊の本をローズマリーに手渡した。本には「名前はアナグラムだ」と記されたメッセージが添えられていた。

『悪魔のしもべたち』と題するその本に

は、「悪魔の胡椒」と呼ばれるある種のキノコが魔法の儀式に使われることや悪名高い魔女のプロフィールが書かれており、その中にエイドリアン・マカートという名があった。ローズマリーは自分のスクラブル・ゲームを取り出して本のタイトルの綴りを並べ替えてみたが、意味のある言葉はひとつも浮かばなかった。やがて彼女は本に記されたマカートの息子スティーヴンという名前に下線が引かれていることに気がつく。スティーヴン・マカートという文字を並べ替えてみると、ローマン・カスタヴェットになった。ローズマリーは魔術に関する本を買いあさり、魔女が人に不幸をもたらす魔法をかけて傷つけたり殺したりし、儀式に人間の肉と血——とりわけ赤ん坊の血——を用いることを知った。魔女が私の赤ん坊を儀式に利用するつもりなのだ、とローズマリーは推測した。

ローズマリーは懸命に自分の身を守ろうとするが、闇の力はひたひたと忍び寄ってくる。ガイに訴えたが、彼もまた陰謀に加担していることを彼女は知った。サパスティンに訴えても同じだった。彼女は逃げようとしたが、魔女たちにアパートに閉じ込められ、赤ん坊を出産する。死産だったと告げられたが、魔女たちがカスタヴェット家の部屋に赤ん坊をかくまっていることをローズマリーは知った。

反キリストの誕生を祝うため魔女たちが集い、赤ん坊はエイドリアン・スティーヴンと名付けられた。ローズマリーはナイフを握りしめてその場に現われた。魔王が反キリストを産ませるために彼女を選んだいきさつが語られる。黒い揺りかごの中で黒いおくるみに包まれた赤ん坊をひと目見た瞬間、彼女は恐ろしさに思わず目をそむけた。赤ん坊は獣のような黄金色の目とオレンジ色の髪、尾と小さな角を持っていた。愛らしいその手には「小さな、真珠のような」鉤爪が生えており、かきむしって肌を傷つけないよう黒い手袋がはめられている。ローズマリーはその子を殺して自分も死のうと決めたが、赤ん坊に魅了されてしまう。なんといっても、この子は我が子なのだ。魔女たちに促され、彼女は赤ん坊をあやそうとした。自分がこの子を変えることができるのではないかという、かすかな望みにすがりつきながら。こうして反キリストは、この世に足がかりを作ったのだっ

ミア・ファロー扮するローズマリー・ウッドハウスの夫は、悪魔の血を引くみずからの子を人間の女に産ませることをもくろんだサタンに妻を売り渡す。ロマン・ポランスキー監督映画『ローズマリーの赤ちゃん』（1968年）（著者蔵）

た。

『ローズマリーの赤ちゃん』は反キリストを描いた他の映画作品に大きな影響を与えたが、破滅を免れた魔王の子供が人間の子として育てられる『**オーメン**』（1976年）などはその一例である。

ロノウェ（ロネウェ、ロノベ）
Ronove (Roneve, Ronobe)

堕天使で、72人の**ソロモンの悪魔**の27番目。伯爵で、怪獣の姿で現れる侯爵。さまざまな言語に関する知識と理解が深く、さらに修辞学と芸術を教える。敵味方どちらの好意も授ける。19の**悪霊**の**軍団**（レギオン）を率いる。

『ローマ儀式書』
Rituale Romanum

カトリック聖職者の儀式の手引書で、既定の教会によって認められた**悪魔祓い**の唯一の正式な儀式が含まれている。1614年、教皇パウロ5世のもとで最初に書かれた『ローマ儀式書』は1952年、2カ所の細かい改訂が行われるまでいっさいの加筆・修正を加えられていなかった。更なる改訂が第二ヴァチカン公会議（1962~65年）で行われ、新たな儀式様式が再発行された。

この書に記された儀式には**洗礼**、堅信、聖体、告解、病者の塗油、婚姻、叙階、7つの告解の讃美歌、聖者の聖餐式、死と葬儀、祝福、行列の祈り、悪魔祓い以外の連祷などがある。

17世紀の出版当時、この書は真の**憑依**が認められない場合の悪魔祓いに厳しい警告を与えていた。それまで悪霊が介在していると思われた症状が医学的な病気と診断されるようになると、それを——ヒステリー、癲癇、多重人格障害、統合失調症、偏執症、性的機能不全、その他小児期の恐怖や強迫観念によってもたらされたさまざまな神経症など——正真正銘の憑依と決定づけるのは次第に困難になってきた。1952年の『ローマ儀式書』の改訂版では、憑依の症状は「悪霊の存在を示す兆候である」という表現を「である可能性がある」と変更された。憑依に代わる症状を呈している者については、原本の「うつ病、その他の疾患に悩まされている者」という描写は「病気、特に精神的疾患に悩まされている者」に変更された。これにより、敬虔なキリスト教徒の多くが悪霊による憑依という考えから解放された。

第二ヴァチカン公会議では、さらに多

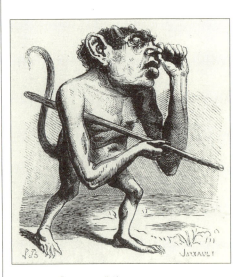

ロノウェ（『地獄の辞典』）

くの改訂が行われた。1999年以降、悪魔祓いに関する部分は新たに『悪魔祓いとある種の嘆願について』と題する90ページにわたる文書として改めて発行された。その儀式には祈りの言葉や聖書の一節、イエス・キリストの名において悪霊に退散を命じる力強いラテン語の文言などが含まれていた。

この新しい版では、魔王を描写する中世時代の乱暴な言葉が一部削除された。また、悪魔祓い師は人間の体から出て行くことをみずから魔王に命じるのではなく、現在では悪霊に退散を命じるよう神に求めることになっている。

また、悪魔祓いはヒーリングやミサ、とりわけヒステリーや見世物、煽情主義に基づくいかなる行為においても用いるべきではない、とのガイドラインが発表されている。

とはいえ患者が超常的能力や超人的な力を示したり、さらに、これはもっと重要なことだが、それまで知らなかった言語の知識を披露したような場合、その患者は悪魔祓いをする必要性が高い。このような症状に加え、神聖な書物や物に激しい嫌悪感を示した場合、教会はそれを憑依と判断する可能性がある。司教の許可を得て、悪魔祓い師は古来から伝わる儀式を行う。

悪魔祓いは秘跡ではなく儀式であり、定められた一連のやり方に必ずしも従う必要はなかった。悪魔祓いの成功はむしろ、教会の承認と悪魔祓い師の忠誠にかかっている。悪魔祓い師は儀式の手順を自由に変え、自分の好きな祈りの言葉を唱え、儀式の流れを変更したり自国の言語で儀式を行うことが許されていた。だがほとんどの悪魔祓い師は悪霊を困らせるのにはラテン語が最も効果的であると知っていた。

『ローマ儀式書』は患者が間違いなく憑依されており、精神疾患を患っていないことを悪魔祓い師が確認することを勧めている。儀式の最中であっても、儀式にあたる聖職者は患者の心や霊的状態について問いかけを続けるべきである。いかなる場合でも、悪魔祓い師は患者に薬を差し出してはならない。そのようなことは医師に任せるべきである。憑依を受けているのが女性の場合、悪魔祓い師は力の強い女性、できれば患者の親族の補助を受けるべきだが、これはスキャンダルの発生を避けるためである。憑依された患者は儀式の間十字架を身に着けていなければならず、悪魔祓い師は聖水や聖遺物を利用し、聖書の一節を暗唱し、自分の好きなタイミングで患者の体の上で十字を切ることが奨められている。そして最後に、悪魔祓い師は毅然とした声で魔王に呼びかけ、魔王の名前、取り憑いている悪霊の数、彼らがどこから来て、どのようにして患者の体に入り込んだのかを訊ねる。

儀式を始める前に、聖職者は告解を行うべきである。それから冥衣に紫の肩掛けをまとい（悪魔祓い師に求められる服装である）、憑依された者の前に立ち、聖者の連禱、ペイター・ノスター（主の祈り）、讃美歌53番を朗誦する。悪魔祓い師は悪霊に話しかけ、なぜこの者に憑依

しているのか、またいつその体から離れていくつもりなのかを言わせる。悪霊は名前を言わされ、悪魔祓い師が優位に立つ。悪魔祓い師はさらに聖書を引用し、それから按手［訳注／信仰治療で聖職者が祝福を受ける人の体に手を置くこと］を行う。彼は神を呼び、悪霊の退散を命じるよう求め、**イエス**に屈服して**地獄**、すなわちゲヘナの谷底へ戻るよう霊に命じる。

おのおのの朗誦の後にはアヴェ・マリア（恵みあふれる聖マリア）、グロリア・パトリ（父に栄光あれ）、アニマ・クリスティ（キリストの魂）、サルヴェ・レジーナ（慈悲深きマリアよ、我らを救いたまえ）など、さらなる祈りと十字、聖書の朗読が続く。悪霊は再び退散を命じられ、悪魔祓い師はこれら一連の行動を悪魔が完全に退散するまで繰り返す。

悪霊から解放された患者はキリストへの忠誠を明言し、今後悪霊が安息できる場所を与えないよう邪な考えや行動を棄てることを説得される。さらに祈りが捧げられ、悪魔祓い師はようやく患者をこれ以上の苦痛から救うよう神に求める。

人の体よりむしろその場所から悪霊を追い払うための短い儀式がさらに続く。聖職者は教会を代表して大天使ミカエルに仲介を頼み、キリストに悪魔の退治を求める。キリストは悪魔祓いと祈りの儀式が正式に完了したことを告知し、サタンと彼の率いる軍団にその地からの撤退と二度と人に害をおよぼさないことを命じ、聖職者の願いは聞き入れられる。聖職者はさらなる祈りを捧げ、十字を切り続けながら聖水でその地を清める。

ワイルドハント
Wildhunt

死者の亡霊の群れが、**悪霊**の犬（**黒犬**参照）を従え、叫び声をあげ、騒々しい音をたてながら、幻の馬にまたがってひたすら空を駆け抜ける。犬も馬も黒く、見るもおぞましい目をしている。ワイルドハントは、ケルトやゲルマンの伝承によく出てくる。亡霊たちは、キリスト教で邪悪とされている異端の祝日、ヴァルプルギスの夜（ベルテイン祝祭　4月30日～5月1日）や、秋の収穫祭（ハロウィン　10月31日～11月2日）に空を駆け巡る。

ワイルドハントには、さまざまなバージョンがある。魔女たちは亡霊たちと一緒になり、ディアナ、ホルデ、ヘロディアス、ヘカテ、ペルヒタのような、悪霊が取り憑いた異端の女神たちが、幽霊の行列を先導する（**地下の神々**参照）。ディアナの闇の行列は、怠惰で邪悪な者を罰するが、寛大なときもある。農民が食べ物を備え、彼らがそれを食べれば、魔術的な力が再び満たされて、彼らは立ち去る。

コーンウォールの伝承では、ワイルドハントは「悪魔の愛犬〔デヴィルズ・ダンディ・ドッグ〕」によって先導され、地方で人間の魂を狩るという。

ケルトの伝承スルアは、罪を許されなかったハイランドの**妖精**たちの死者の一団である。

参考文献

Ahmad, Salim. *Revealing the Mystery behind the World of Jinn*. Booksurge.com: 2008.

Amorth, Gabriele. *An Exorcist Tells His Story*. San Francisco: Ignatius Press, 1999.

---. *An Exorcist: More Stories*. San Francisco: Ignatius Press, 2002.

Ankarloo, Bengt, and Stuart Clark, gen. eds. *The Athalone History of Witchcraft and Magic in Europe*. London: Athlone Press, 1999.

Ankarloo, Bengt, and Gustav Henningsen, eds. *Early Modern European Witchcraft: Centres and Peripheries*. Oxford: Clarendon Press, 1990.

al-Ashqar, Umar Sulaiman. *The World of the Jinn and Devils*. Translated by Jamaal al-Din M. Zarabozo. New York: Al-Basheer Company for Publications and Translations, 1998.

Anson, Jay. *The Amityville Horror*. New York: Prentice Hall, 1977.

Auerbach, Loyd. *ESP, Hauntings and Poltergeists*. New York: Warner Books, 1986.

Augustine. *The City of God*. Translated by Marcus Dods, George Wilson, and J. J. Smith; introduction by Thomas Merton. New York: Modern Library, 1950.

Bainton, Ronald. *Here I Stand: A Life of Martin Luther*. New York, Penguin, 1995.

Bardon, Franz. *Initiation into Hermetics: A Course of Instruction of Magic Theory and Practice*. Wuppertal, Germany: Dieter Ruggeberg, 1971.

Barker, Margaret. *The Great Angel: A Study of Israel's Second God*. Louisville, Ky.: Westminster/John Knox Press, 1992.

Baroja, Julio Caro. *The World of the Witches*. Chicago: University of Chicago Press, 1975.

Barton, Blanche. *The Church of Satan*. New York: Hell's Kitchen Productions, 1990.

---. *The Secret Life of a Satanist: The Authorized Biography of Anton LaVey*. Los Angeles: Feral House, 1990.

Bird, Sheila. *Haunted Places of Cornwall: On the Trail of the Paranormal*. Newbury, England: Countryside Books, 2006.

Black, Jeremy, and Anthony Green. *Gods, Demons and Symbols of Ancient Mesopotamia*. London: British Museum Press, 1992.

Bord, Janet, and Colin Bord. *Mysterious Britain*. London: Granada, 1974.

Brier, Bob. *Ancient Egyptian Magic*. New York: William Morrow, 1980.

Brittle, Gerald Daniel. *The Demonologist: The Extraordinary Career of Ed and Lorraine Warren*. Englewood Cliffs, N.J.: Prentice Hall, 1980.

Bruyn, Lucy de. *Woman and the Devil in Sixteenth-Century Literature*. Tisbury, England: Bear Book/Ihe Compton Press, 1979.

Burr, George Lincoln, ed. *Narratives of the Witchcraft Cases 1648-1706*. New York: Charles Scribner's Sons, 1914.

Butler, E. M. *Ritual Magic*. Cambridge: Cambridge University Press, 1949.

Calmet, Dom Augustin. *The Phantom World: Concerning Apparitions and Vampires*. Ware, England: Wordsworth Editions in association with the Folklore Society, 2001.

Cavendish, Richard. *The Black Arts*. New York: G. P. Putnam's Sons, 1967.

Certeau, Michel de. *The Possession at Loudun*. Translated by Michael B. Smith. Chicago: University of Chicago Press, 2000.

Collin de Plancy, jacques. *Dictionary of Witchcraft*. Edited and translated by Wade Baskin. Originally published as *Dictionary of Demonology*. New York: Philosophical Library, 1965.

Collins, Andrew. *From the Ashes of Angels: The Forbidden Legacy of a Fallen Race*. London: Signet Bopks, 1996.

Cornelius, J. Edward. *Aleister Crowley and the Ouija Board*. Los Angeles: Feral House, 2005.

Covina, Gina. *The Ouija Book*. New York: Simon & Schuster, 1979.

Crowley, Aleister. *The Holy Books of Thelema*. York Beach, Me.: Samuel Weiser, 1983.

---. *Magic in Theory and Practice*. 1929. Reprint, New

York: Dover, 1976.

Curran, Robert. *The Haunted: One Familys Nightmare.* New York: St. Martin's Press, 1988.

Davies, T. Witton. *Magic, Divination and Demonology among the Hebrews and Their Neighbors.* First published 1898.

Dhalla, Maneckji Nusservanji. *History of Zoroastrianism.* New York and Oxford: Oxford University Press, 1938. Reprint, Brooklyn, N.Y.: AMS Press, 1977.

Dictionary of Deities and Demons in the Bible. 2nd ed. Edited by Karel van der Toorn, Bob Becking, and Pieter W van

der Horst. Grand Rapids, Mich.: William B. Eerdmans, 1999.

Drieskens, Barbara. *Living with Djinns: Understanding and Dealing with the Invisible in Cairo.* London: Saqi Books, 2008.

Ebon, Martin. *The DevilS Bride, Exorcism: Past and Present.* New York: Harper & Row, 1974.

Edinger, Edward F. *Archetype of the Apocalypse: A jungian Study of the Book of Revelation.* Chicago: Open Court, 1999.

Eisenman, Robert, and Michael Wise. *The Dead Sea Scrolls Uncovered.* London: Element Books, 1992.

Ellis, Bill. *Lucifer Ascending: The Occult in Folklore and Popular Culture.* Lexington: The University Press of Kentucky, 2004.

Elworthy, Frederick Thomas. *The Evil Eye.* Secaucus, N. J.: University Books/Citadel Press. Reprint of 1895 ed.

Ferber, Sarah. *Demonic Possession and Exorcism in Early Modern France.* London: Routledge, 2004.

Finlay, Anthony. *Demons! The Devil, Possession and Exorcism.* London: Blandford, 1999.

Flint, Valerie L. J. *The Rise of Magic in Early Medieval Europe.* Princeton, N. J. : Princeton University Press, 1991.

Fortea, Fr. Jose Antonio. *Interview with an Exorcist: An Insiders Look at the Devil, Diabolic Possession, and the Path to Deliverance.* West Chester, Pa.: Ascension Press, 2006.

Givry, Emile Grillot de. *Witchcraft, Magic and Alchemy.* 1931. Reprint, New York: Dover Publications, 1971.

Godwin, Malcolm. *Angels: An Endangered Species.* New York: Simon & Schuster, 1990.

Goethe, Johann Wolfgang von. *The Autobiography of johann Wolfgang von Goethe.* Vols. 1 & 2. Chicago: University of Chicago Press, 1976.

---. *Faust.* Edited by Cyrus Hamlin; translated by Walter Arendt. New York: Norton, 1976.

Goodman, Felicitas D. *The Exorcism of Anneliese Michel.*

Garden City, N.Y.: Doubleday, 1981.

---. *How About Demons? Possession and Exorcism in the Modem World.* Bloomington: Indiana University Press, 1988.

Grant, James. *The Mysteries of All Nations: Rise and Progress of Superstition, Laws Against and Trials of Witches, Ancient and Modern Delusions, Together With Strange Customs, Fables and Tales.* Edinburgh: Leith, Reid & Son, n.d.

Graves, Robert, and Patai, Raphael. *Hebrew Myths.* New York: Doubleday Anchor, 1964.

Gray, William G. *Western Inner Workings.* York Beach, Me.: Samuel Weiser, 1983.

Guazzo, Francesco Maria. *Compendium Maleficarum.* Secaucus, N. J.: University Books, 1974.

Guiley, Rosemary Ellen. *The Encyclopedia of Angels.* 2nd ed. New York: Facts On File, 2004.

---. T*he Encyclopedia of Magic and Alchemy.* New York: Facts On File, 2006.

---. *The Encyclopedia of Ghosts and Spirits.* 3rd ed. New York: Facts On File, 2007.

Hall, Manly P. *The Secret Teachings of All Ages.* 1928. Reprint, Los Angeles: Philosophic Research Society, 1977.

Hansen, George. *The Trickster and the Paranormal.* New York: Xlibris, 2001.

Henson, Mitch, ed. *Lemegeton: The Complete Lesser Key of Solomon.* Jacksonville, Fla.: Metatron Books, 1999.

Hillyer, Vincent. *Vampires.* Los Banos, Calif.: Loose Change, 1988.

Hoeller, Stephan A. *The Gnostic Jung and the Seven Sermons to the Dead.* Wheaton, ill.: Quest Books, 1982.

Hunt, Stoker. *Ouija: The Most Dangerous Game.* New York: Harper & Row, 1985.

Huxley, Aldous. *The Devils of Loudun.* New York: Harper and Brothers, 1952.

Huysmans, Joris Karl. *La-Bas.* New York: Dover, 1972.

Hyatt, Victoria, and Joseph W Charles. *The Book of Demons.* New York: Simon & Schuster, 1974.

Ibn Taymeeyahs Essay on the Jinn (Demons). Abridged, annotated, and translated by Dr. Abu Ameenah Bilal Philips. New Delhi, India: Islamic Book Service, 2002.

Jackson, A. V. Williams. *Zoroastrian Studies.* Whitefish, Mont.: Kessinger, 2003.

Kelly, Henry Ansgar. *A Biography of Satan.* New York: Cambridge University Press, 2006.

Kesson, H. J. *The Legend of the Lincoln Imp.* Lincoln: J. W Ruddock & Sons, 1904.

King, Francis. *Megatherion: The Magickal World of*

Aleister Crowley. London: Creation Books, 2004.

King James 1 of England. *Demonology*. Edited by G. B. Harrison. San Diego: Book Tree, 2002.

Kittredge, George Lyman. *Witchcraft in Old and New England*. Cambridge, Mass.: Harvard University Press, 1929.

Koltuv, Barbara Black. *The Book of Lilith*. Berwick, Me:: Nicolas-Hays, 1986.

LaVey, Anton Szandor. *The Satanic Bible*. New York: Avon Books, 1969.

Lea, Henry Charles. *Materials toward a History of Witchcraft*. Philadelphia: University of Pennsylvania Press, 1939.

Lewis, I. M. *Ecstatic Religion: An Anthropological Study of Spirit Possession and Shamanism*. Middlesex, England: Penguin Books, 1971.

Luck, Georg. *Arcana Mundi: Magic and the Occult in the Greek and Roman Worlds*. Baltimore: Johns Hopkins University Press, 1985.

Mack, Carol K., and Dinah Mack. *A Field Guide to Demons: Fairies, Fallen Angels, and Other Subversive Spirits*. New York: Owl Books/Henry Holt, 1998.

MacNutt, Francis. *Deliverance from Evil Spirits: A Practical Manual*. Grand Rapids, Mich.: Chosen Books, 1995.

The Malleus Maleficarum of Heinrich Kramer and James Sprenger. New York: Dover, 1971.

Masters, Anthony. *The Devil's Dominion: The Complete Story of Hell and Satanism in the Modern World*. London: Peter Fraser & Dunlop, 1978.

Martin, Malachi. *Hostage to the Devil*. New York: Harper & Row, 1976.

Mather, Cotton. *On Witchcraft*. Mount Vernon, N.Y.: Peter Pauper Press, n.d.

Menghi, Giolamo. *The Devils Scourge: Exorcism during the Italian Renaissance*. York Beach, Me.: Samuel Weiser, 2002.

Michaelsen, Scott, ed. *Portable Darkness: An Aleister Crowley Reader*. New York: Harmony Books, 1989.

Middlekauff, Robert. *The Mathers: Three Generations of Puritan Intellectuals 1596-1728*. Berkeley: University of California Press, 1999.

Monter, E. William, ed. *European Witchcraft*. New York: John Wiley &: Sons, 1969.

---. *Witchcraft in France and Switzerland*. Ithaca, N.Y.: Cornell University, 1976.

Morehouse, David. *Psychic Warrior: Inside the CIA's Stargate Program: The True Story of a Soldiers Espionage and Awakening*. New York: St. Martin's Press, 1996.

Oesterreich, Traugott K. *Possession and Exorcism*. Secaucus, N. J.: University Books, 1966.

Ogden, Daniel. *Magic, Witchcraft, and Ghosts in the Greek and Roman Worlds: A Sourcebook*. New York: Oxford University Press, 2002.

Okonowicz, Ed. *Possessed Possessions: Haunted Antiques, Furniture and Collectibles*. Elkton, Md.: Myst and Lace, 1996.

---. *Possessed Possessions 2*. Elkton, Md.: Myst and Lace,1998.

The Old Testament Pseudepigrapha. Vols. 1 & 2. Edited by James H. Charlesworth. 1983. Reprint, New York: Doubleday, 1985.

Pagels, Elaine. *The Origins of Satan*. New York: Random House, 1995.

Philostratus. *The Life of Apollonius of Tyana*. Translated by F. C. Conybeare. London: Heinemann, 1912.

Remy, Nicholas. *Demonolatry*. Secaucus, N. j.: University Books, 1974.

Rogo, D. Scott. *The Infinite Boundary*. New York: Dodd, Mead, 1987.

Rudwin, Maximilian. *The Devil in Legend and Literature*. La Salle, ill.: Open Court, 1959.

Russell, Jeffrey Burton. *Witchcraft in the Middle Ages*. Ithaca, N.Y., and London: Cornell University Press, 1972.

---. *The Devil: Perceptions of Evil from Antiquity to Primitive Christianity*. Ithaca and London: Cornell University Press, 1977.

---. *A History of Witchcraft*. London: Thames and Hudson, 1980.

---. *Satan: The Early Christian Tradition*. Ithaca, N.Y., and London: Cornell University Press, 1981.

---. *Lucifer: The Devil in the Middle Ages*. Ithaca, N.Y., and London: Cornell University Press, 1984.

---. *Mephistopheles: The Devil in the Modern World*. Ithaca, N.Y., and London: Cornell University Press, 1986.

---. *The Prince of Darkness: Radical Evil and the Power of Good in History*. London: Thames & Hudson, 1989.

Rustad, Mary S., ed. and trans. *The Black Books of Elverum*. Lakeville, Minn.: Galde Press, 1999.

Scholem, Gershom. *Kabbalah*. New York: New American Library, 1974.

---. *On the Kabbalah and Its Symbolism*. New York: Schocken Books, 1965.

Scot, Reginald. *The Discoverie of Witchcraft*. Mineola, N.Y.: Dover Publications, 1982.

Scott, Sir Walter. *Demonology and Witchcraft*. 1884. Reprint, New York: Citadel Press, 1968.

Sheperd, A. P. *Rudolf Steiner: Scientist of the Invisible*. 1954. Reprint, Rochester, Vt.: Inner Traditions International, 1983.

Sinistrari, Lodovico Maria. *Demoniality*. New York: Dover, 1989.

Stead, W. T. *Borderland: A Casebook of True Supernatural Stories*. Hyde Park, N.Y.: University Books, 1970.

Steiner, Rudolf. *An Autobiography*. New trans. Blauvelt, N.Y.: Rudolf Steiner, 1977.

---. *The Essential Steiner*. Edited and introduced by Robert A. McDermott. San Francisco: Harper & Row, 1984.

---. *The Four Seasons and the Archangels*. Bristol, England: Rudolf Steiner Press, 1992.

Stephenson, P. R., and Israel Regardie. *The Legend of Aleister Crowley*. St. Paul: Llewellyn, 1970.

Stewart, R. J. *The Living World of Faery*. Lake Toxaway, N.C.: Mercury, 1995.

Summers, Montague. *The History of Witchcraft and Demonology*. London: Kegan Paul, Trench, Trubner, 1926.

---. *The Geography of Witchcraft*. London: Kegan Paul, Trench, Truner, 1927.

---. *The Werewolf*. 1933. Reprint, New York: Bell, 1967.

Sutin, Lawrence. *Do What Thou Wilt: A Life of Aleister Crowley*. New York: St. Martin's Griffin, 2000.

Swedenborg, Emanuel. *Heaven and Hell*. Translated by George F. Dole. New York: Swedenborg Foundation, 1976.

Symonds, John, and Kenneth Grant, eds. *The Confessions of Aleister Crowley, an Autobiography*. London: Routledge & Kegan Paul, 1979.

Taylor, Troy. *The Devil Came to St. Louis: The True Story of the 1949 Exorcism*. Alton, ill.: Whitechapel Productions Press, 2006.

Thomas Aquinas. *Summa Theologiae*. Edited by Timothy McDermott. Allen, Tex.: Christian Classics, 1989.

Thomas, Keith. *Religion and the Decline of Magic*. New York: Charles Scribner's Sons, 1971.

Trachtenberg, Joshua. *Jewish Magic and Superstition: A Study in Folk Religion*. New York: Berhman's Jewish Book House, 1939.

Tyson, Donald. *Familiar Spirits: A Practical Guide for Witches and Magicians*. St. Paul, Minn.: Llewellyn, 2004.

Valiente, Doreen. *An ABC of Witchcraft Past and Present*. 1973. Reprint, Custer, Wash.: Phoenix, 1986.

Vogel, Rev. Carl. *Begone, Satan! A Soul-Stirring Account of Diabolical Possession in Iowa*. Rockford, ill.: TAN Books and Publishers, 1973.

Waite, Arthur Edward. *The Book of Black Magic and of Pacts*. 1899. Reprint, York Beach, Me.: Samuel Weiser, 1972.

Walker, D. P. *Unclean Spirits: Possession and Exorcism in France and England in the Late Sixteenth and Early Seventeenth Centuries*. Philadelphia: University of Pennsylvania Press, 1981.

Warren, Ed, and Lorraine Warren, with Robert David Chase. *Ghost Hunters*. New York: St. Martin's Paperbacks, 1989.

Weyer, Johann. *On Witchcraft (De praestigiis daemonum)*. Abridged. Edited by Benjamin G. Kohl and H. C. Erik Midelfort. Asheville, N.C.: Pegasus Press, 1998.

Wickland, Carl. *Thirty Years among the Dead*. 1924. Reprint, N. Hollywood: Newcastle, 1974.

Wilkinson, Tracy. *The Vatican's Exorcists: Driving Out the Devil in the 21st Century*. New York: Warner Books, 2007.

Zaehner, R. C. *The Dawn and Twilight of Zoroastrianism*. New York: Putnam, 1961.

Zaffis, John, and Brian Mcintyre. *Shadows of the Dark*. New York: iUniverse, 2004.

索 引

ア

アイアコス…217
アイキラー…14
アイニ…14
アイム…14, 284
アイワス…14, 21, 162, 164, 165, 166, 168, 191, 193, 409
アヴァロン…492
『アヴェスタ』…280, 293
聖アウグスティヌス…43, 176, 201, 351, 422, 441, 453, 484, 494
アウタク…15, 319
アウム＝ガンダ
アエシュマ…15, 50, 294
『アエネーイス』…184, 380
アエーレア…449
『赤いドラゴン』…113, 420
アカオス…15, 506
アカタサ…282
アガトダイモン…293
アガピエル…80
アガレス…15, 88, 283
アキノ…21, 174
アギーレ、ミカエラ・ド…147
アクアティレ…449
アクィナス、トマス…43, 176, 201, 295, 328, 329, 390, 422, 443
アクソシール…279
アクテラス…349
あくび…16, 185
悪魔学…39
『悪魔学』…88, 212, 214, 255

悪魔学者…16, 29, 54, 57, 58, 83, 92, 97, 100, 102, 129, 148, 169, 172, 177, 178, 179, 183, 188, 196, 202, 203, 204, 206, 207, 212, 214, 224, 244, 253, 254, 258, 328, 357, 359, 367, 373, 375, 394, 395, 400, 401, 413, 424, 441, 443, 491, 509
『悪魔姦　およびインキュバスとについて』…
悪魔教会…16, 18, 19, 21, 168, 174, 181, 345, 459
悪魔崇拝…16, 17, 18, 19, 20, 21, 99, 107, 114, 168, 170, 171, 172, 173, 174, 181, 196, 214, 221, 222, 244, 259, 269, 345, 395, 401, 403, 459, 477, 495, 509, 510, 511, 513
『悪魔崇拝』…114, 196, 395, 401, 509, 510, 511
『悪魔の棲む家』…59, 60
悪魔の訴訟…23, 327, 404
悪魔の土地…24, 25
『悪魔の偽王国』…413, 417
『悪魔の人質』…37, 424, 425
『悪魔への棍棒』…449
悪魔憑き…21
悪魔祓い…25
『悪魔祓いとある種の嘆願について』…29, 517
『悪魔祓いの技術便覧』…449
『悪魔の実り』…100, 424
悪魔祓い師…37
アグラ…36, 38, 183, 404
アグラス…183

アグラト…38, 404
アグリッパ…86, 135, 139, 414, 496
悪霊と悪魔学…39, 417
悪霊に取り憑かれたゲラサ人…46, 78
『悪霊の活動について』…374
『悪霊の偽王国』…86, 87
『悪霊の幻惑』…86, 87
アクレバ…349
アケロン川…184, 217, 302
アーコマン…280, 281
アコール…228
アザエル…47, 101, 487
アサグ…46, 47
アザゼル…47, 84, 156, 157, 158, 397, 423
アサック…46
アサフ
アーサー王…187, 319, 492, 513
アジ…50
アジ・ダハーカ…48, 278, 319
アシミエル…142
アジメル…424
アシャ…318
アシュタロト…48, 49, 104, 139, 172, 180, 182, 284, 414, 419, 496, 505, 506
アシュトレト…48
アシリエル…49
アズ…15, 50, 56, 332
アスィヤー…136
アスエル…424
アスクレピオス…381, 384
アスゼモ…142
アスタエル…476
アスタルテ…48
アスティブ…349
アステカ神話…228
アステカ族…83
アステラオト…278, 316
アスデレル…156
アストヴィドトゥ…50
アストラル界…140, 162, 164, 165, 305, 410

アストール…49
アスパラ…432
アスビビエル…64
アスフォル…322
アスペイル…49, 432
アスベル…157
アスポデロス…217
アスマイエル…64
アスマディエル…404
アスミール…228
アスモデウス…15, 41, 50, 51, 52, 104, 136, 139, 172, 210, 216, 232, 246, 284, 294, 326, 328, 368, 426, 490, 502, 504, 505, 506
アズリエル…428
アスリール…101
アスルスティ…282
アセシエル…80
アセリエル…52
アセル…156
アソリエル…141
聖アタナシウス…65
『アダムス・ファミリー』…61
アダムとイヴ…18, 24, 41, 137, 198, 201, 356, 398, 490, 491
『アダムとエバの生涯』…201
アタール…50
アダルケス…110
アダン…101
アツィルート…136
アッサバ…183
アップダイク、ジョン…81
アトサエル…289, 316
アドナイ…36, 136, 140, 182, 289, 290, 317, 318, 336
アドナエル…289, 317
アトニエル…424
アドラメレク…53, 83, 140, 210
アトリエル…424
アナエル…183, 428
アナキム人…332

索引

アナクシティ…282
アナト…338, 455
アナネル…156
アニエル…141
アヌビス…217
アノイル…345
アバエル…322
アパオサ…282
アバドン…53
アバリエル…101
アピエル…228
アビゴール…53, 112
アフ…385, 386
アプスー…396
アブディタス…358
アフラ・マズダ…15, 50, 55, 95, 96, 218, 280, 294, 396
アブラクサス…54
アブラクシス…54
アブラサクス…54
アブラルゲス…345
アブリエル…322
アフリート…33
アフリマン…15, 48, 50, 55, 56, 72, 218, 240, 241, 242, 279, 280, 281, 282, 283, 293, 294, 318, 319, 347, 396, 397
アプレイウス…483
アベゼティボウ…56, 111, 388
アペルタス…358
アボク…348
アポリヨン…53
アポロニオス…111, 112
アポロン…53, 419
アマイモン…52, 126, 274
アマジエル…447
アマンティーニ神父、カンディード…61
アマンディール…101
アミイ…57, 284
アミエル…49, 432
アミティヴィルの呪われた家…57, 97

アミビエル…314
アムシャ・スプンタ…15, 56, 71, 211, 281, 293, 297
アムドゥスキアス…60, 284
アムランの誓約…159
「アムラン聖書」…386
アムリール…279
アムルダト…212, 281
アメータ…101
アメディエト…80
アメナディエル…61, 101
アメロト…56
アーメン…28, 101, 182, 243
アメンティ…217, 406
アモイル…424
アモース神父、ガブリエル…29, 31, 38, 61, 62, 63, 186, 187, 373
アモン…63, 284
アヤシ…282
アライティ…282
アライル…476
アラエル…289, 317
アラク…424
アラケブ…156
アラスト…282
アラツァル…156
アラフォス…228
アリエル…322, 372, 424
アーリエル…49
アリディエル…130
アリフィエル…143
アルグル…64
アルシサット…49
アルソー…322
『アルダ・ヴィラフの書』…218
アルダト＝リリ…491
アルティノ…322
アルテミス…65, 316
アルトヤシヒ…71, 281
アルト神父、エルンスト…435, 436
『アルバテル』…415, 416

アルバドゥル…476
アルビエル…353
アルプ…64, 338, 392
アルフェリエル…64
聖アルフォンソ・マリア・デ・リゴリ…
　　183
アルマザー…367
アルマディエル…64, 376
アルマニー…143
アルマロス…156, 157
アルミナ…476
アルメシエル…61, 112
アルメン…156, 196
アルモダール…279
アルモミエル…352
アルモール…101
アルリカン…349
アレイシ…476
アレクサンデル4世…421, 422
アレクス…506
アレクト…112, 301
アレパク…476
アロアン…183
アロイス…432
アロケス…64, 284
アロケル…64
アロケン…64
アロジエル…322
アロス…424, 432
アロン…423
アングルボザ…387
暗黒界の王…65, 199, 386
アンソール…101
アンタウラ…65
アントニオス…18, 42, 65, 66, 67, 68, 69,
　　70, 71, 72, 130, 131, 147
『アントニオス伝』…65
アンドラ…71, 281, 284
アンドラス…71
アンドルキエル…352
アンドレアルフス…72, 284

アンドロス…404
アンドロマリウス…72, 284
アンブリ…130
アンミト…217
アンラ・マンユ…15, 48, 55, 72, 218, 280,
　　396

イアオト…289, 290, 317
イアリングの悪魔憑き…72, 351, 390
イェクン…157
イエス…75
イエズス会…94, 95, 151, 236, 237, 264,
　　266, 275, 311, 367, 424, 435, 481,
　　507
イェソード…138, 140
イェツィラー…136
イェテレル…157
イエロパ…290, 317
イギリス心霊研究協会…339
生贄…17, 47, 53, 83, 101, 117, 163, 171,
　　175, 179, 182, 192, 204, 206, 210,
　　211, 217, 228, 235, 239, 245, 283,
　　294, 299, 300, 301, 310, 338, 339,
　　357, 359, 361, 362, 386, 402, 412,
　　415, 423, 456
イコシエル…80
イサカーロン…80, 236, 237, 265, 481,
　　504
『イサゴゲ』…416
イシス…54, 164, 257, 300, 396
イースター…103, 161, 313, 372
『イーストウィックの魔女たち』…80
一角獣…60
イッパパロトル…83
イツレス…345
イトラスビエル…345
稲妻…26, 36, 79, 83, 200, 239, 266, 315,
　　370, 378, 426, 444
イナチール…279

イナンナ…142, 143
イブリス…34, 47, 48, 53, 83, 84, 85, 201, 229, 247, 287, 328, 398
イポス…85, 284
イレナエウス…42
イロイグレゴ…418
インキュバス…224, 440
印章…40, 46, 85, 87, 123, 134, 135, 137, 229, 239, 285, 286, 288, 309, 336, 346, 387, 407, 412, 413, 417, 418
インドラ…71
インノケンティウス1世…130
インノケンティウス8世…408, 421, 458
インプ…185

ウ・メ・シブヤン…85
ヴァイヤー、ヨーハン…52, 57, 85, 86, 87, 88, 96, 115, 175, 180, 181, 214, 254, 338, 386, 392, 413, 414, 417, 423, 443, 483
ヴァスロス…228
ヴァチカン…29, 61, 62, 63, 221, 222, 223, 260, 373, 417, 424, 425, 429, 516
ヴァッサゴ…88
ヴァトヤ・ダエーワ…282
ヴァドリエル…143
ヴァドロス…61
ヴァフマン…281
ヴァプラ…88, 284
ヴァヤ…282
ヴァラク…88, 284
ヴァラントレ橋…402
ヴァル…89
ヴァルピエル…404
ヴァレーノ…282
ヴァレフォル…89, 284
ヴァントラス、ユージェーヌ…17
ヴァンブラ・ダエーワ…282
ヴィザーレ…282

ウィジャ盤…45, 61, 89, 90, 91, 92, 93, 99, 100, 106, 143, 208, 259, 275, 357, 454
ヴィシュヴァカルマ…476
ヴィシュヌ…476, 477
ヴィシュラヴァ…476
ウィッカ…459
ウィックランド、カール・A博士…35, 93, 94, 352, 367
ウィックランド博士、カール・A…35, 93, 352
ウィッシャート、ジョネット…25
ヴィネ…94, 284, 304
『ウィンザーの陽気な女房たち』…448
ウィーンの悪魔憑き…94, 491
ウェイト、アーサー・エドワード…160, 409, 411, 413, 415, 420
ウェスタの巫女…222
ウェストン、ウィリアム…311, 312, 313, 314
ヴェスール…424
ヴェパル…96, 284
ウェリネ…505
ヴェリヨ、プレト…362
ヴェリン…104
ウェルギリウス…184, 301, 302, 380
ヴェルティス…97
『ヴェンディダード』…15
ヴォドゥン…361, 363
『ウォーボーイズの三人の魔女の』…266
ウォーレン夫妻、エド&ロレイン…57, 58, 59, 92, 93, 97, 99, 100, 129, 208, 209, 244, 258, 259, 260, 261, 262, 424
ウコバク…100
ウーザ…101
ウザ…101, 216
ウジエル…101
ウジニール…101
ウジール…101
ウジル…101
ウダ…15

ウダイ…15, 227, 484
ウディエル…432
ウドゥグ…101
ウトゥック…101
ウバニエル…80
占い…27, 45, 46, 49, 61, 88, 89, 169, 170, 171, 189, 208, 256, 270, 304, 305, 357, 361, 379, 406, 407, 408, 446, 458, 491, 500
ヴラニエル…322
ウラノス…112
ウリエル…102, 123, 157, 210, 231, 278, 288, 289, 290, 316, 317, 428
『ヴルガータ』…493
ウルシエル…130
ウルスラ会修道院…102, 103, 104, 154, 155, 156, 231, 278, 481, 501
ウロボロス…54, 383
ウンディーネ…460
ウンバンダ…361, 362

エ

エアザス…504, 506
エアリア…375
エアリエル…372
エアルヴィエル…424
エアロス…424
英国国教会…35, 297, 299, 351, 352
聖エイレナイオス…170
エヴァンス＝ウェンツ、W・Y…462, 463
エウダイモノス…484
エウリュノモス…102
エキドナ…184
エキノム…101
エクサン＝プロヴァンスの悪魔憑き…102, 179, 187, 204, 233, 278, 338, 387, 390, 492
『エクソシスト』…61, 106, 274, 276, 277, 344, 357
『エクトプラズム　怨霊の棲む家』…209

エクランド、アンナ…72, 390
エシュ…15, 50, 294, 362
エシール…101
エスターライヒ、トラウゴット・コンスタンティン…109, 110
エスポエル…424
エゼキエル…133
エゼケル…156
エティミエル…141
エディンガー、エドワード・F…453
エーテル…54, 191, 192
エナリア…375
エネプシゴス…110
エノク書…41, 42, 47, 101, 128, 132, 156, 157, 158, 186, 199, 216, 219, 230, 294, 332, 346, 382, 385, 397, 493
エノク的交信…191
エノニエル…112
エフィエル…322
エフィパス…56, 110, 111, 388
エブラ…345
エミュエル…322
『エミリー・ローズ』…433, 440
エミリー・ローズの悪魔祓い…111
エムプーサ…111, 112, 483
『エメク・ハ＝メレク』…183
エモニエル…112
エリエザル…26
エリエル…424
エリゴール…112, 284
エリザベス1世…213, 214, 312, 313, 314
エリテル…141
エリニュス…53, 112, 113, 301
エリミ…180, 505
エリヤ…17, 77
エリュシオン…217
エリュズニル…387
エルカル…142
エルゴン…292
エルフ…304, 449, 461, 462, 463, 488
『エルフ・フォーン妖精の知られざる国』…

462
エレキシュガル…142
エンプーサ…302

オアスペニエル…112
黄金の夜明け団…19, 35, 36, 135, 161, 166, 409, 418, 459
黄金を見つける雌鶏…113, 239, 420
オウロウエル…289, 317
オエミエル…64
オーエラン、イザック・ド…114
『大いなる教書』…48, 182, 414, 420, 495, 496
オカルティズム…62
オカルト結社…35, 168
『オカルト哲学』…135, 139, 414
オーケアノス…333
オコノウィッツ、エド…306
オシディール…101
オシリス…164, 217, 396, 406
オセー…115, 284
オティス…392
オティム…141
男魔法使い…175, 214, 408
オードルシー…102
鬼火…146, 349
オニエル…375
オノスケリス…115
オビズート…116
オフシエル…322
オープティ…116
オブリー、ニコル…116, 291, 292, 390, 477
オブリー、ニコル…116, 291, 292, 390, 477
オブリー、マルグリット…116, 291, 292, 390, 477
オペリエル…432
オミエル…49, 142, 322

オミク…143
『オーメン』…116, 118, 351, 516
オライ…511
オーラフの娘の悪魔憑き…119
オラリエル…64
オリアス…122, 284
オリエル…130
オリゲネス…28, 42, 43, 143, 176, 201, 286, 350, 494
オリシャ…361, 362, 363, 364
オリュンポス…302, 316, 344
オリン…64
オルニアス…122, 123, 288, 388, 488
オルメヌ…345
オルレアンの霊…22, 123, 125
オロガン…363
オロバス…125, 284
オロペル…289, 316
お化け…64, 115, 116, 188
お金…114, 115, 228, 445, 465

ガアプ…126, 284
外殻…184, 490
解放…126
カイム…128, 284
『快楽の書』…257
カイロクサノンダロン…289, 317
カイロス…322
カヴァイル…348
『輝かしい神意の記録についての小論』…189
カカベル…128
鏡…15, 128, 129, 259, 300, 310, 346, 347, 505
カーク、ロバート…462
火刑…95, 103, 105, 114, 116, 123, 148, 151, 153, 154, 155, 172, 178, 179, 180, 188, 235, 246, 263, 300, 330, 368, 394, 431, 442, 481, 493, 500,

501, 506, 510
カコダイモン…293
『ガーサー』…280, 293
カサエル…322
カサヤ…157
カシエスト…432
カシエル…322
カスヴィ・ダエーワ…282
カスピエル…49, 130, 183, 348, 424
カスブリエル…376
カスリエット…49
カズル…141
カタニコタエル…289, 317
ガダラ人…78
カッシアヌス、ヨハネス…130, 131, 132, 327, 329, 376
ガデレル…157
カドゥケウス…381, 384
ガードナー、ジェラルド・B…257, 458, 459
カートナス…102
カトラクス…290, 317
ガドレエル…132
『彼方』…18, 172, 493
カナエル…476
カナール、ジャン…291, 292
カニレル…349
カニング・マン…214, 408
カバクロ…362
カバラ…36, 40, 53, 101, 133, 134, 135, 136, 137, 138, 184, 187, 210, 308, 315, 326, 390, 407, 408, 409, 415, 417, 418, 419, 440, 456, 496, 512
『カバラ・デヌダータ』…135
カバリエル…141
カバリム…314
カビエル…186, 432
ガビオ…349
ガビロール、イブン…133
カプリエル…143
ガブリエル、大天使…140, 157, 158, 194, 195, 288, 316, 332, 428
カブロン…322
カマエル…139, 314
ガマス…101
ガマリエル…140, 141
カミエル…142, 353, 376, 432
カミオ…128
ガミジン…141, 284
『神の国』…484
神の子ら…141, 142, 156, 199, 200, 216, 332, 441
『神への崇拝と愛』…251
ガミュギュン…141
カムエル…142
カムブリエト…80
カモディエル…112
カモリー…130
カラシバ…64
ガラディエル…142
カラビア…284, 310
ガリ…142, 143
ガリエル…322
カリエル…80, 142, 348, 404
カリオストロ伯爵…143, 262, 320
カリスマ派…31, 126, 127
カリム…142
カルヴァミア…64
カルヴァン主義…28, 298, 330
カルガ…49
カルシエル…322
カルダー、アンドリュー…143
カルタエル…348
カルディエル…367
カルデック、アラン…365
カルネシエル…52, 143, 345
カルノル…130
カルバ…322
カルピエル…349
カルブレル…352
カルマル…476
カレアウ…505

カロエル…404
カローン…184, 217, 302
ガングラティ…387
ガングレト…387
聖ガンドレッド…513
カンドンブレ…361, 362
カンピエル…61

儀式魔術…35, 36, 135, 136, 141, 163, 293, 335, 406, 408, 409, 410
寄生…29, 38, 39, 97, 99, 100, 106, 127, 143, 144, 208, 275, 306, 358, 359, 374, 465
狐…102, 144, 145, 146, 147, 360, 457
狐の精…144, 147, 360
祈祷師…27, 80, 127, 262, 304, 330, 408
キファード、ジョージ…43
キプリアヌス、アンティオキアの…169, 200
キメリエス…147, 284
吸血鬼…20, 64, 111, 122, 128, 282, 311, 314, 348, 429, 480, 493
宮廷魔術師…229
キュシエル…49
キュプリシエル…367
キュリファス…61
キュルソン…377
『驚異の書 1』…112
『教会の規律』…202
凶眼…230
強迫観念…25, 92, 94, 147, 236, 264, 266, 306, 339, 365, 366, 398, 501, 516
「巨人の書」…333
『ギリシア案内記』…102
『キリスト教の教義』…176

グアッツォ、フランチェスコ=マリア…148, 178, 179, 197, 204, 224, 395, 401, 443
クイッタ…348
クギエル…141
グサイン…148
クサイン…322
グシオン…148, 284
くしゃみ…149, 267, 508
クスル…282
グッドウィンの悪魔憑き…149
グディエル…322
クトニア…375
グノーシス派…54, 163, 170, 173, 228, 229, 512
クノスナクトン…150, 151
クービ…432
クファル…141
クプリエル…376
クマリエル…80
クムラン文書…210, 386, 423, 424
クメリエル…143
クラーク、エリザベス…304
グラシャ・ラボラス…151, 284
クラジン…447
クラニエル…404
クラマー、ハインリヒ…420, 421, 422
クラモイジー…292
クラモル…447
グランヴィル、ジョセフ…400
グランディエ神父、ユルバン…49, 151, 152, 153, 154, 155, 156, 180, 231, 232, 234, 235, 238, 263, 264, 390, 481, 482, 501, 502, 503, 504, 505, 506, 507, 508
グラント、ケネス…118, 257
クリアンサ…362
クリエル…228
グリゴリ…42, 47, 101, 132, 141, 156, 157, 158, 159, 199, 200, 216, 230, 248, 294, 295, 332, 333, 346, 386, 397, 407, 423

索引

クリサン…141
クリバル…314
グリフィン…88, 159, 196, 223, 343, 368, 373, 432, 444
グリフィン・デーモン…159
クリンゲンベルクの悪魔憑き…159
クル…142
グール…243, 249, 250
クルアーン…33, 34, 83, 84, 201, 221, 246, 247, 248, 286, 287, 397, 398
クルサス…322
クルシャン…352
クルバス…228
クルヒエット…112
グレイ、ウィリアム・S…36, 304, 508, 513
グレシル…104, 506
グレミエル…404
クレメンス、アレクサンドリアの…42, 441
クレモアス…352
黒い家…21
黒 犬 …44, 56, 159, 160, 184, 247, 322, 399, 487, 518
『黒い雌鶏』…418, 419, 420
クロウサス…358
クロウリー、アレイスター…14, 18, 19, 21, 92, 160, 161, 162, 163, 164, 165, 166, 167, 168, 173, 190, 191, 192, 193, 222, 244, 256, 299, 409, 418, 458, 459, 483, 512
クロケル…379
グロットー…19, 21, 168
黒の書…169, 204
クロノス…110, 344, 454, 456
黒魔術…17, 19, 81, 138, 148, 160, 162, 163, 173, 174, 183, 209, 228, 239, 243, 256, 269, 279, 336, 356, 363, 406, 407, 408, 410, 411, 412, 414, 415, 416, 417, 418, 420, 459, 495, 505, 510
『黒魔術と契約の書』…160, 420
『黒魔術神髄』…418

黒 ミ サ …16, 17, 18, 19, 168, 169, 170, 171, 172, 173, 174, 175, 204, 205, 245, 390, 403, 415, 425, 492
クロムウェル、レディ…267, 268, 269, 336
クンダ…175, 340, 381, 383, 384
クンダリニー…340, 381, 383, 384
軍団…175

『形成の書』…133, 134, 138
契約…175
ゲヴーラー…138
ケヴラー…40
ケシリム…183, 509
ケスタレル…156
ゲーテ、ヨハン・ヴォルフガング・フォン…240, 326, 368, 371, 448
ゲディエル…183
ケテル…138, 139
ケドン…506
ゲヘナ…53, 220, 314, 385, 518
ゲマトリア…133, 134, 136
ゲモラ…41
ゲモリー…183, 284
ゲラサ人…46, 78
『ゲラシア・サクラメンタリ』…170
聖ゲラシウス…131
ケリー、エドワード…162, 164, 168, 190, 191, 304, 424
ケリエル…348
ゲリエル…348
ケリッパー…184, 490
ケリッポート…184
ケルコプシス…302
ケルスス…115, 402, 415, 416, 506
『ケルト諸国における妖精信仰』…462
ケルベルス…160, 184, 185, 217, 302, 344
ケルベロス…184
幻 視 …17, 92, 133, 191, 202, 218, 237,

251, 257, 264, 297, 361, 434, 512
『現代のサドカイ教に打ち勝つ』…400
『現代の歴史』

コ

小悪魔…185, 186, 304, 349, 488
ゴアプ…126
『光輝の書』…133, 134, 135, 216, 231, 314, 338, 385, 440, 490
『恍惚の心理学』
ゴウディ、イゾベル…278
黄道十二宮…139, 288, 291, 316, 413
コウルタエル…289, 317
小鬼…115, 132, 186, 187, 223, 224, 302, 349, 488
コカビエル…186
コカレレル…156
コキュートス…217, 302
国際エクソシスト協会…38, 63, 186, 357, 375
9つの角度教団…174
『ゴースト・ハンター』…244
ゴーストハンター…99
ゴディエル…141
ゴディール…101
ゴーデルマヌス、ゲオルギウス…399
コドリエル…61
聖コナン…513
コバロイ…187
護符…33, 54, 133, 134, 135, 161, 183, 187, 256, 257, 286, 406, 407, 412, 418, 419, 420, 463, 489
コブシール…279
ゴフリディ神父、ルイ…103, 179, 180, 233, 234, 390
ゴブリン…186, 187, 188, 314, 349, 392
コボルト…187
コミエル…314
ゴモリー…183
コラ、アンティード…188

コラン・ド・プランシー、ジャック…177, 188, 189
コリエル…183
コール、アン…189, 190
コルドベロ、モーゼス…134
聖コルンバ…464
コロンゾン…168, 190, 191, 192, 193, 299, 409
コンスタンティヌス1世…429
『コンスタンティン』…193
権天使…200, 332, 390, 506

サ

ザウルヴァン…282
サエミエト…424
ザカルテル…80
ザガン…196, 284
サキュバス…18, 46, 64, 111, 144, 147, 196, 197, 215, 224, 226, 227, 229, 254, 260, 294, 306, 404, 422, 429, 440, 441, 443, 449, 450, 483, 488
ザクィール…156
サソマスプウィール…156
蠍人間…198
サタナイル…198, 199, 295, 493
サタナエル…198, 199, 493
サダール…476
サタン…199
『サタンの聖書』…181
サディエル…183
サティフィエル…141
サディール…101
サテュロス…132, 372
座天使…48, 125, 372, 373, 374, 377, 444, 477, 506
左道…256, 459
ザドキエル…428, 448
サナティエル…80
サバエル…289, 317
サバス…183

サバト…202
サバナック…209
サブ・スペ、フラター…35, 36
サーファー…101
サーファム…101
ザフィエル…348
ザフィス、ジョン…100, 207, 208, 209, 244, 375, 424
サフソラエル…289, 317
サブナック…209, 284
サブナッケ…209
ザブリエル…143
サブロ…141
ザブロン…502, 504, 506
サマエル…53, 136, 140, 210, 326, 382, 397, 490
ザマカ…282
サマーズ、モンタギュー…170, 224, 255, 345, 443
サマリア…53, 228
サミエット…64
サミエル…210, 353, 447
サムエル記…308, 354
ザモル…432
サラー…33
サラエル…348
サラク…158, 476
ザラス…476
ザラスシュトラ…56, 221, 279, 280, 281, 282, 397, 419
サラマンダー…460
サリエル…183, 210, 211
ザリカ…211, 281, 297
サール…281
ザール…211, 212, 249, 360
サルヴィエル…376
サルヴォル…424
サルフィエル…428
サルマク…209
サレオス…212, 284
サン・ジャック…292

三角陣…46, 192, 193, 230, 336, 376, 378, 391, 412, 459, 496
サンサンビ…489
サンテリア…361, 363
サンビ…323, 489
三位一体…144, 205, 403, 429

『CIA「超心理」諜報計画スターゲイト』…249
シヴァ神…476
ジェイムズ1世…88, 212, 214, 255
ジェイムズ6世…88, 212, 213, 255
シェオル…217, 219, 297
ジェズュ、ルイーズ・ド…504
シェタスピー…282
シェチャー・エズ・ザール…211
シェディム…215, 216, 229, 404
シェドゥ…101
ジェドバラの悪霊…216
シェミハザ…101, 156, 157, 216
シェムハムフォラエ…413
ジェリエル…130
塩…217
シーキエル…476
地獄…217
地獄の火クラブ…16, 19, 172, 221
『地獄の辞典』…189
『死後の生』…321
『死者の書』…406
システィーナ礼拝堂…222
『失楽園』…371, 494, 509
熾天使…48, 50, 139, 290, 318, 382, 506
自動筆記…89, 92, 93, 340, 341, 357
シトガラ…142
使徒行伝…26, 27, 354, 360
シトリー…223, 284
ジニー…101, 223
シニストラリ、ルドヴィコ・マリア…223, 224, 225, 226, 227, 306, 488

ジニリオン…505
シペ・トテック…228
シミール…228
シムーン…210
シモン、魔術師…176, 188, 228, 229, 455
シャイターン…84, 216, 229, 246, 247, 397
邪眼…14, 64, 229, 230, 242, 243, 269, 282, 291, 318, 426, 450, 484
ジャジエル…64
シャーダイ…428
シャックス…230, 284
ジャニエル…348
ジャハンナム…220
ジャヒー…230, 319
シャブリ…102
シャーマニズム…303, 361, 375
シャーマン…14, 30, 38, 211, 440, 459, 466
シャム…50, 230, 296, 506
シャムシール…230
シャムドン…50
シャモリエル…353
シャリヴァー…281
シャリエル…353
シャルシエル…447
聖ジャン・ユード…431
シャンシ…348
ジャンヌ・デザンジュ…80, 153, 231, 481, 501, 502, 504, 506, 508
宗教的な意識変容状態…22, 438
十字架…18, 24, 30, 31, 57, 59, 97, 103, 108, 132, 151, 155, 169, 170, 171, 172, 174, 175, 178, 199, 204, 205, 221, 224, 225, 237, 277, 288, 335, 388, 389, 403, 408, 429, 430, 450, 480, 482, 486, 506, 517
十字軍…66
十字路…113, 182, 239, 302, 309, 311, 339, 349, 368, 387
十二使徒…61, 77, 80

『十二族長の遺訓』…397
10人の長…156, 346
十分角…288, 289, 316, 413
守護天使…164, 165, 180, 218, 230, 231, 237, 238, 266, 280, 314
呪術…239
呪術師…22, 82, 95, 114, 156, 169, 171, 187, 216, 228, 242, 302, 310, 318, 319, 337, 398, 407, 408, 422, 440, 449, 459, 500, 511
シュタイナー、ルドルフ…56, 239, 240, 241, 242, 279
主天使…343, 347, 432, 504
シュプレンガー、ヤーコプ…420, 421, 422
シュメール神話…142
呪文を唱えるための容器…39, 110, 242, 344, 430, 482, 487, 491
シュライエルマッハー、ダニエル・エルネスト…202
『小アルベール』…414, 417
『小アルベルトゥスの自然の神秘の書』…417
召喚…40, 49, 52, 62, 80, 113, 114, 115, 123, 125, 141, 149, 162, 176, 182, 185, 191, 210, 215, 239, 245, 285, 298, 304, 305, 316, 343, 344, 345, 346, 353, 367, 372, 376, 378, 387, 390, 391, 408, 409, 411, 412, 415, 417, 418, 419, 420, 440, 447, 495, 496, 514
食屍鬼…243
ジョージア超常現象研究会…143
除霊…25, 35, 61, 62, 69, 71, 79, 80, 144, 145, 211, 212, 214, 225, 244, 249, 342, 414, 424, 449, 460, 464
『除霊のための承認された治療法』…449
ジョンソン、カール・レナード…243, 244
ジョンソン、キース・エドワード…243, 244
ジョンソン、サンドラ・アン・ハッチングス…243, 244

シルフ…162, 460
シレカス…183
ジン…246
『新儀式書』…62
『神曲 地獄篇』…494
『箴言集』…176
『真実の教書』…48, 414
神聖四文字…135, 136
『神聖病について』…365
『神智学』…240
神智学協会…240, 409
神秘学…86, 239, 240
『神秘学概論』…240
神秘主義…84, 133, 134, 135, 162, 184, 188, 193, 202, 222, 231, 240, 250, 251, 314, 371, 385, 405, 406, 407, 415, 416, 421, 430, 440, 459
新プラトン主義…86, 133, 375, 406, 408

スウェーデンボリ、エマヌエルスウェーデンボリ…221, 250, 251, 252, 253
スコックス…230
スコット、レジナルド…37, 87, 97, 214, 227, 253, 254, 255, 413
スタントンドリュー…255
スチュアート、メアリ…312, 314
ステッド、W・T…340, 444
ステュクス川…184, 222
ストラス…279, 284
ストーンサークル…255
スパー、オースティン・オスマン…255, 256, 257, 258, 459
スパズガ…282
スパンダルマ…280, 281
スファンドル…289, 317
スーフィズム…202
スフェンドナエル…289, 317
スペンジャーギャク…282
スマル家の怪現象…97, 258, 424, 443

スマル夫妻、ジャックとジャネット…258, 259, 261
スミス、エレーヌ…143, 262, 263
スラフェル…157
スリエル…80, 157, 210, 322, 404
スリート…322
スリン神父、ジャン＝ジョゼフ…80, 236, 481, 507, 508
スルア…518
スルカル…476
ズルバーン…280
ズルワーン教…50
スロシュ…218
スロックモートンの悪魔憑き…266, 485

聖句箱…269, 428
『聖所に浮かぶ雲』…160
聖書外典…41, 389, 471
『聖書外典偽典』…471
聖書偽典…41, 382
精神医学…92, 126, 147, 351, 354
精神鑑定…29, 261
『精神教理問答』…266
聖水…30, 31, 59, 73, 128, 129, 144, 155, 170, 179, 197, 227, 232, 254, 259, 277, 291, 292, 330, 335, 358, 377, 380, 391, 408, 415, 427, 430, 436, 443, 467, 480, 506, 517, 518
聖杯…172, 403
聖母マリア…17, 23, 29, 30, 63, 107, 176, 177, 178, 179, 180, 183, 208, 224, 266, 310, 313, 326, 327, 342, 351, 371, 377, 378, 399, 424, 434, 465, 480
性魔術…162, 168, 459
生命の樹…36, 40, 53, 133, 137, 138, 140, 184, 210, 390, 429, 456
『聖霊による神智』…416
セイレーン…132, 253

セクレタイン、フランソワーズ…393, 394
セジ…269, 319
セディム…47
セト寺院…21, 174
ゼノフィルス…148
セバク…476
ゼパル…269, 284
セパル…96
セプター…269, 270, 444
セマンジラフ…489
セムヤザ…101, 333
セラフィカ…505
セーラムの魔女事件…149, 270, 458
ゼリエル…424
セーレ…274, 284
占星術…52, 54, 57, 85, 128, 156, 187, 346, 353, 413, 428
セントルイスの悪魔祓い…106, 274, 357
『千夜一夜物語』…223, 246
洗礼…18, 19, 59, 75, 170, 176, 178, 179, 187, 204, 220, 276, 277, 278, 292, 363, 430, 450, 460, 478, 480, 498, 516

ゾアク…48, 56, 278
創世記…141, 156, 199, 215, 332, 381, 382, 489
ソウベルティ…289, 317
ゾエニエル…61
ソクラテス…303, 419, 483
『ソクラテスの神について』…483
阻止天使…116, 123, 278, 316
ゾシエル…80
ソシャス…348
『ゾスの生きた言葉の書』…256
ソツ…279
ソッテラネイ…449
ソテアノ…345
ソディール…101

ソニロン…104
ソマーズ、ウィリアム…298, 299
ソラス…279
ソラト…242, 279
ソリエル…141, 322
ソレヴィール…279
ゾロアスター教…15, 48, 50, 55, 71, 175, 211, 217, 219, 220, 239, 279, 280, 282, 283, 293, 297, 300, 318, 332, 347, 374, 396, 405
ソロモンの悪魔…283
『ソロモンの鎖骨』…412
『ソロモンの小さな鍵』…87, 283, 285, 291, 413
ソロモンの精霊…49, 52, 61, 64, 101, 130, 141, 142, 143, 183, 228, 285, 314, 322, 344, 345, 348, 424, 432, 475
ソロモンの誓約…51, 56, 110, 115, 116, 122, 151, 269, 286, 287, 288, 291, 307, 316, 319, 386, 388, 412, 413, 475, 487, 488
『ソロモンの大いなる鍵』…287, 291, 412
ソロモンの知恵…142, 286, 291
ソロモン王…285
ソワソンの悪魔憑き…291

『第一エノク書』…128, 132, 156, 157, 158, 186, 216, 230, 332, 346, 385
ダイウィ・ダエーワ…282
『第三エノク書』…47, 101, 158, 186, 219, 382
大西洋超常現象調査会…244
第二ヴァチカン公会議…29, 62, 260, 516
『第二エノク書』…158, 199, 294, 493
ダイモン…39, 131, 246, 249, 281, 293, 303, 334, 375, 397, 406, 484
タイヤ・ターセ…294
『第四の書』…414, 415, 416, 418, 496
ダヴィデ王…133

タウル…297
ダエーワ…15, 280, 281, 282, 293, 294, 347
ダジエル…228
多重人格…320, 321, 357, 365, 366, 516
ターセ…294
ダッシュウッド、サー・フランシス…16, 221, 222, 223
ダティッキ神父…264, 265
堕天使…294
ダナエル…322
タナトス…301
ダニエル書…158, 219
ダニュール…156
ダネル…156
ターバー・ターセ…294
タブ…126
ダブリノス…314
魂の償いのための教会…17
ダマルシエル…367
タメル…156
タリエル…476
ダーリング、トマス…295, 296, 297, 298, 299
ダーリングの悪魔憑き…295, 298
タル…211, 297
ダルキエル…297
タールソン…447
タルタロス…217, 397
タルブス…141
ダルボウル…322
タルムード…26, 39, 136, 287, 300, 314, 353, 407, 413, 416, 428
ダレル尊師、ジョン…295, 297, 484, 485
タロス…141, 217, 397
ダンタリオン…284, 299
タントラ教…222

血…299

小さなコリガン…463
ちいさな月
チェスマック…300, 301
地下の神々…111, 112, 301, 302, 381, 518
智天使…140, 141, 158, 239, 285, 290, 318, 338, 371, 387, 390, 505
チャカティダイティ…218
チャクス…230
チャーゾル…424
チャネリング…364
チャリエット…130
チャロエル…279
チュバ…348
『超自然的な魔術』…420
超常現象の科学的調査のための委員会…261
チンワト橋…15, 218, 282

ツァドキエル…139
ツァフキエル…139
ツィツィート…428
ツィツィミメ…83, 302, 303, 310, 457
使い魔…43, 45, 57, 61, 65, 81, 103, 116, 126, 160, 185, 186, 204, 210, 214, 230, 239, 256, 268, 270, 271, 303, 304, 305, 306, 310, 343, 356, 373, 377, 386, 411, 418, 419, 426, 432, 442, 449, 455, 458
憑かれた所有物…130, 143, 209, 306
翼あるドラゴン…307

デ・ヴァレ、マリー…430
『テ・デウム』…437
ディー、ジョン…23, 190, 304, 484, 485
ディアナ…96, 202, 214, 518
『ディアボロス／悪魔の扉』…307, 351
ティアマト…396

ディヴィエル…322
ティガラ…348
ティシポネ…112, 301
ティフェレット…138, 140
ディブク…308, 309
デイラス…432
ティンカー・ベル…465
デヴ…293
デーヴァ…280, 293
デヴィル・フィッシュ…309
テウルギア…406, 413
テオフィルス…72, 73, 74, 75, 176, 309, 310, 351, 368
『テオフィルスの奇跡』…309
テオフィロス…200
デカラビア…284, 310
デカリエル…348
テスカトリポカ…302, 310, 311
デスクーブル、アン…505
鉄…311
テディエル…142
デナムの悪魔祓い…311, 313, 314
テムラー…133, 134
デメディエル…367
デーメーテール…301, 302
デモリエル…314, 475
『テュアナのアポロニオス伝』…111
デュダリオン…130
デュバラス…476
デュビエル…141
テュポーン…184
デュマー…297, 314
テラト…476
テルトゥリアヌス…42, 200, 382, 441
テレオ…449
聖テレジア、アビラの…231
テレマ僧院…163
テロリズム…357
『天界と地獄』…251
天狗…314
天使…314

『天使ラジエルの書』…101, 128, 186, 286, 428
天体…278, 288, 316, 318, 413
テンプル騎士団…16, 19, 171, 345

ド・サジイ、クレール…504
ド・ブル、マドレーヌ…152, 502, 505
ド・ラ・パリュ、マドレーヌ・ドマンドルクス…102, 180
ド・ラリュー、アベル…56, 160
ド・ランクル、ピエール…304, 403
ド・レンフェン、エリザベス…330, 331
トアク…476
ドイエル…432
トゥアハ・デ・ダナーン…460, 463
トゥグロス…142
ドゥシュ＝フヴァルシュト…218
ドゥシュ＝フクト…218
ドゥシュ＝フマト…218
ドゥシリエル…353
ドゥビエル…382
ドゥビロン…314
東方聖堂騎士団…165, 168, 173, 459
ドウマ…314
ドゥルガスカン…218
ドゥルグワント…318
ドゥルジ…15, 48, 230, 269, 294, 318, 319
ドゥルジ・ナス…318
トゥレル…156, 157
トスクラエク…418
ドズマリー・プール…319, 321
『トートの書』…163
トフェト…456
ドブリエル…142
トマ・ブール神父…171, 492
聖ドミニク・サビオ…466
ドモヴィク
ドラウガ…318
ドラゴン…49, 50, 56, 88, 97, 102, 113,

132, 184, 205, 289, 307, 316, 319, 320, 342, 350, 368, 370, 382, 386, 389, 404, 420, 452, 459, 490
ドラゴンの頭…319, 320
ドラジエル…447
ドラブロス…102
ドラブロス…102
ドラミエル…112
トランキル神父、カプチン会の…154, 481, 482, 503, 506
トランス状態…22, 120, 123, 164, 167, 211, 251, 262, 263, 267, 275, 313, 340, 407, 409, 463
ドリウィ・ダエーワ…282
ドリエル…314
取り替え子…463, 464, 500
ドリス・フィッシャーの憑依事件…143, 320, 341, 372
トリスタンとイゾルテ…513
トリテミウス、ヨハンネス…86, 447
トルジエル…376
ドルビエル…376
トレギーグル、ジャン…319, 321, 322, 513
ドロティエル…322
トロル…304
トンプソン、フレデリック・L…96, 322, 323, 324, 325, 340
トンプソン／ギフォードの憑依…322, 340

ナアマ…47, 50, 136, 326, 490
ナイトドリンカー…228
『ナイメーヘンのメアリ』…176, 326, 327, 371
ナオガティヤ…281
ナーガ…381
泣き叫ぶ髑髏…336
ナグ・ハマグ…141
ナサール…64

ナシニエット…112
ナストロス…376
ナスリエル…80
ナチス…21, 109, 194, 274, 391, 499
ナートニール…102
ナドルシール…279
ナドロック…61
七つの大罪…50, 130, 189, 313, 327, 328, 368, 390, 425, 509
ナハイエル…322
ナフサリン…506
ナベリウス…284, 329
ナラエル…228
ナラス…183
ナルシアル…322
ナルツァール…228
ナンシーの悪魔憑き…330, 511
ナントの夢魔…331

ニヴルヘイム…387
ニカシャ…476
『肉体の悪魔』…508
ニスロク…331
ニヌルタ…47
ニヤーズ…50, 332
ニュー・イシス・ロッジ…257
ニューイングランド異常現象調査会…244
ニューイングランド超常現象研究協会…100, 208
ニューエイジ…92, 187
『人間の前に現れた幽霊と悪霊の歴史』…189
ニンフ…372

ネイティヴ・アメリカン
ネツァハ…138, 140
ネドリエル…376, 447

ネフィリム…42, 141, 156, 158, 199, 332, 333, 441
ネマリエル…367
ネメシス…333, 334
ネメシス・ストーン・リング…333
ネリエル…142
ネルガル…101
ネロ、皇帝…229

ノ

ノイバーグ…168, 191, 192, 193, 299
能天使…57, 126, 200, 379, 391
ノグイエル…424
ノース・ベリックの魔女裁判…213
ノタリコン…133, 134
ノダル…142
ノーム…304, 460, 488
呪い…22, 33, 34, 46, 60, 62, 72, 121, 127, 129, 143, 144, 170, 175, 234, 239, 242, 243, 299, 306, 313, 331, 334, 335, 336, 337, 352, 357, 358, 403, 411, 412, 427, 429, 431, 436, 450, 491, 496, 499, 500, 509, 514

ハ

バアバ…349
バアル＝プール…390
バアル…338, 347, 454, 455
バアルベリト…104, 338, 339, 386, 505
パイアー＝トゥアン、ルドルフ…342
ハイスロップ、ジェイムズ・ハーヴェイ…320, 321, 322, 323, 324, 325, 339, 340, 341, 366
ハイツマン、クリストフ・ヨゼフ…183, 341, 342, 343
パイティサ・ダエーワ…282
パイモン…284, 343
パウサニアス…102
バウチ…447

ハウラス…376
ハヴレス…376
パウロ5世…448, 516
パウロ6世…28, 424, 425
バエタシエル…476
バエル…157, 289, 317, 322, 338
バオクサス…348
破壊の天使…40, 385, 423
バキエル…424
バクケイ…343
『博物誌』…406, 440
ハゲンティ…284, 343
ハーゲンティ…343
バザザト…307
パシア…101
ハジエル…390
バシエル…432
ハシディズム…134
聖バシレイオス…176
パス…282
バズズ…106, 109, 127, 343, 344, 483
ハスディエル…428
ハックスリー、オールダス…501, 508
パディエル…344
パティエル…424
バティン…284, 344
ハデス…113, 184, 217, 219, 301, 302, 344
バトレル…156
バートン、バーナード…60
バードン、フランツ…410
聖バーナディーン、フェルトレの
ハニエル…140
パニエル…57, 322
バニム・ショヴァヴィム…137
バニヤン、ジョン…420
パピュス…135, 409
バビロニアの悪魔への罠…344
バビロン…119, 160, 193, 242, 287, 351, 453, 493
パフィエル…322
バーフォス…101

バフォメット…19, 168, 344, 345
ハマス…49
ハミスタガン…218
パメルシエル…345, 346
ハモルフィエル…345
ハーモン…102
薔薇十字運動…222
薔薇十字会…18, 409, 459
バラキエル…346, 348
バラキヤル…156, 346
バラクァル…156
バラケル…157
パラケルスス…115, 402, 415, 416
ハーラケン…349
パラス…476
『パラダイム』…346
パラビエル…64
ハラヘル…347
バラム…199, 236, 237, 265, 284, 338, 347, 504
バラン…86, 241, 347, 470
「ハリー・ポッター」
パリウス…141
バリエト…183
パリエル…142
パリカー…347
パリス…348
バルエル…348
バルキエル…278, 316, 353
バルーク…505
バルサファエル…289, 316
バルシフィエル…352
バルス…101
バルスール…61
バルチエル…447
バルチャス…348
バルティオウル…278, 316
バルトロマイ…49
ハルパス…284, 348
バルバス…432
バルバトス…284, 348

聖バルバラ…94
バルビエル…348
バルビス…349
バルビル…349
ハルファス…348
バルファス…432
バルブエル…348
バルベリト…338, 386, 505
ハルマゲドン…116, 315, 396, 452
バルミエル…348
バレガラ…349, 482
ハーレクィン…349
ハーレシンギー…349
バレット、フランシス…135
ハロウィン…100, 188, 426, 518
バロス…424
反キリスト…116, 117, 118, 119, 160, 173, 308, 349, 350, 351, 386, 398, 500, 511, 513, 515, 516
パンシエル…183
パンディエル…64, 112
パンドル…141

ピアース=ヒギンズ、キャノン・ジョン・D…35, 351, 352
緋色の女…160, 162, 163, 488
聖ヒエロニムス…176
ヒサイン…101
ピスチエル…80
ビディエル…352
ピトム…353
ヒトラー、アドルフ…31, 174, 437, 512
ヒドライア…375
ビーナー…138, 139
ピネーネ…157
ヒノムの谷…220, 456
ビフロンス…284, 353
ヒポクトニア…375
ビュイシエル…322

索引

543

ピュタゴラス…89, 399, 406, 419
ヒュドリエル…353
ピューリタン…31, 43, 149, 206, 270, 272, 295, 296, 297, 298, 336, 484
ビュレト…391
憑依…353
『憑依と悪魔祓い』…110
『聖ヒラリウスの生涯』…147
ヒーリング…126, 517
ビレト…338, 391
ビンスフェルド、ペーター…328
ヒンドゥー教…31, 229, 280, 360, 362

フ

ファイアン、ジョンン…213
ファウスト…176, 183, 240, 305, 310, 326, 327, 368, 369, 370, 371, 372, 373, 447, 448
『ファウストの魔法の実践』…448
『ファウスト博士の地獄』…448
ファウヌス…372
ファスキヌス…230
ファセウア…49
ファニエル…142
ファヌエル…112
ファバリール…101
ファビエル…322
ファロ…348
フィー…463
フィッシャー、ドリス…143, 320, 321, 341, 372
フィラトロ、フランソワーズ…505
フェデリコ・ボロメオ枢機卿…148
フェトーニ…450
フェニックス…30, 284, 372
フェモット…130
フェリドゥーン…48
ブエル…284, 348, 372, 373
フォカロル…284, 373, 414, 496
フォーキア、ニコラス…292

フォーグル尊師、カール…72
フォースタス博士…326, 368, 373, 448
フォボテル…289, 317
フォライー…455
フォラス…284, 373
フォルカス…373
フォルカロル…373
フォルテア神父、ホセ・アントニオ…38, 373
フォルネウス…284, 374
フォルファクス…455
フォン・エッカルトシャウゼン、カール…160
ブカファス…143
ブケル…379
ブシャスタ…374
プセルロス、ミカエル…374, 375, 449
フーダット…281, 297
ブダル…49
ブッダー…212
ブディエル…142
フティエル…322
フトリエル…375
ブニエット…49
ブネ…284
ブフィエル…376
ブフェティゾン…505
フミンザ・ターセ…294
フュティエル…376
ブライ、アダム・クリスティアン…209, 244, 375
ブライミール…102
フラヴァシ…280
ブラウニー…187, 304, 462, 488
フラウロス…376
ブラウン、スティーヴン…174, 209
プラクシール…279
プラシール…279
フラスミール…102
ブラック・シャック…160
ブラッティ、ウィリアム・ピーター…106,

276, 344, 357
プラノア…376
ブラフマー…476
ブラムジエル…352
フランシス、エリザベス…305
フランシスコ修道会…73, 223
ブランシャール、エリザベート…505
聖フランソワ、サルの…237, 465, 466
ブランチ・ダヴィディアン…453
ブーラン神父…17
フーリ・チン…457
ブリアー…136
フリアイ…53, 112, 301
ブリアトス…270
ブリエル…376
ブリシエル…314
プリニウス…406, 440
ブリムストーン・ボーイズ…17
フリーメーソン…135, 263, 409, 459, 495
ブルー・ブレイザーズ…17
フルカス…373, 379
フルカロル…373
フルシエル…367, 476
ブルス…322
プルソン…284, 377
プルタルコス…294
プルートー…301, 344
ブルトン、ルイ…189
ブルーネール、テイオーバルトとジョゼフ…377, 378
ブルハ…309
ブルファ…101
ブルフィエル…404
フルフル…284, 378
ブルームハルト…445, 446, 447
フルールノア、テオドール…263
フレアス…284, 379
ブレイク、ウィリアム…202
プレゲトーン…217, 302
プレゴン、トラレスの…112
ブーレース、ジャン…478

フレフター…282
フロイト…342
プロケル…284, 379
ブロシエ…379, 380
プロテスタント…28, 86, 94, 126, 151, 153, 207, 277, 291, 299, 311, 312, 351, 356, 357, 368, 379, 420, 421, 458, 474, 485, 498, 499, 500, 504, 512
ブンダヒシュン…50, 280, 281

ベアル…338, 385, 386
ベーアル…385
ベアルファレス…381
『平気でうそをつく人たち』…366
ベイシアル…476
ベイスネル…112
ヘヴンズ・ゲイト…453, 454
ヘカテ…111, 302, 381, 518
ヘカテの子たち…381
ペコラーロ神父…59, 60
ベサセル…157
ヘシオドス…184
ヘセド…138, 139
ベタシエル…476
ベダリー…143
ペック、M・スコット…366
ペナドール…279
ペニエト…141
ヘネキン…349
ヘネップ、アルノルト・ファン…405
ベネディクト 16 世…29, 63
聖ベネディクトゥスのメダル…381, 430
ベノディエル…447
ベノハム…143
蛇…381
『ヘプタメロン』…416
ベヘモット…237, 238, 265, 384, 385, 509
ベヘリット…385, 504

ヘマハ…385, 386
ヘーメ…101
ペラリエル…353
ベリアル…159, 283, 284, 338, 370, 386, 390, 397, 423
ベリティ…385
ベリト…177, 284, 338, 339, 386, 387
ペルーサー…322
ベルセイ…476
ベルゼバブ…49, 51, 74, 75, 77, 100, 104, 115, 116, 123, 127, 139, 151, 155, 166, 172, 175, 180, 182, 288, 292, 297, 329, 368, 370, 379, 380, 387, 388, 389, 390, 414, 425, 477, 478, 480, 487, 496, 505, 506
ペルセポネー…301, 302, 344
ベルテイン祝祭…203, 426, 518
ベルナエル…390
聖ベルナルドゥス…331
ペルヒタ…518
ベルフェゴール…140, 329, 338, 368, 390, 391
ベルベル…289, 317
『ヘルボーイ』…391
ヘルメス…19, 135, 187, 302, 381, 384, 408, 409
ヘレシエル…80
ベレト…284, 338, 391, 392
ヘレネ、トロイアの…370, 372
ヘロディアス…518
『ベン・シラのアルファベット』…489
辺獄…220
ペンタグラム…36
ペンテコステ派…31, 38, 126, 127
ヘンバッハ、ヨハン・フォン…204

ボウグ…116
『法の書』…21, 163, 165, 166, 191, 193, 409

ボゲ、アンリ…116, 206, 393, 394, 399, 491
ホジソン、リチャード…320, 339, 340
ホスチア…403
ポセイドン…344
『ボーダーランド――超自然現象の事例集』…444
ボダン、ジャン…88, 148, 254, 510
ポティエル…101
ボティス…284, 392
ホード…138, 140
ボニール…228
『ホノリウスの教書』…415
ホプキンズ…180, 339, 398
ホブゴブリン…187, 392
ホフマー…138, 139
ボフリ…385
ホメロス…184, 217, 301
ボラシー…432
ホラツィ…64, 392
ポランスキー、ロマン…21
ポルターガイスト…23, 45, 60, 92, 108, 120, 143, 144, 183, 274, 277, 302, 306, 314, 462, 500
ホルデ…518
ボルフリ…385, 386
ボルフリィ…385
『ホワイト・ライト』…352
ボワソネ、ローラン…291, 292
『ホーンテッド』…100, 262
『ホーンテッド・ハウス』…262
ポンバ・ギラ…362

マ

マイヤの悪魔憑き…393
マイヨ…176, 394, 395
魔王…395
魔王との契約…49, 75, 169, 170, 175, 176, 177, 179, 180, 181, 182, 190, 227, 235, 338, 341, 342, 387, 395, 398,

402, 422, 486, 493, 500, 505
魔王のミサ典書…403
魔王の印…81, 105, 114, 204, 368, 380, 394, 401, 431, 482, 503, 506
魔王の橋…400, 402
『魔王の惨禍』…449
魔王の書…271, 273, 400
魔王の馬…400
魔王の矢…403
魔王崇拝…81, 202, 207, 408
マガエル…322
マカリエル…404
マグエル…49
マグニ…101
マクラト…38, 404
マクンバ…362
マシェル…183
マジエル…322, 447
マシェロエン…23, 24, 327, 404
マジキン…41, 404
マシト…385
まじない…39, 82, 93, 116, 148, 155, 169, 183, 214, 222, 242, 243, 254, 255, 299, 300, 304, 317, 318, 337, 400, 404, 405, 410, 411, 417, 426, 427, 457, 485, 491
魔術…405
『魔術——理論と実践』…163
魔術教書…35, 40, 45, 46, 52, 85, 87, 113, 135, 169, 181, 187, 189, 222, 239, 256, 283, 285, 287, 291, 293, 299, 315, 335, 345, 347, 386, 390, 407, 408, 411, 412, 413, 414, 415, 417, 418, 420, 495, 496
『魔術の歴史』…411
『魔術要覧』…148, 197, 395, 401, 443
『魔女たちへの鉄槌』…148, 178, 197, 206, 254, 420, 422, 423, 442, 511
魔女ヒステリー…214, 306, 440
魔女裁判…43, 46, 148, 170, 178, 203, 204, 213, 215, 256, 305, 399, 400, 401, 420, 422, 426, 442, 485, 486, 509
魔女狩り人…16, 43, 44, 46, 88, 169, 172, 177, 185, 206, 207, 214, 253, 254, 304, 328, 367, 368, 393, 398, 420, 509, 511
『魔女論』…87, 394
マーズ、フレデリック…60
マスキム…47, 423
マスタルト…404
マスティマ…42, 397, 423
マステマ…423
マステモトの天使…423, 424
マセリエル…424
マッケナ司祭、ロバート…208, 260, 262
『魔術師アブラ＝メリンの聖なる魔術の書』…161, 418
マディミ…304
マティム…344
マーティン、マラキ・ブレンダン…32, 37, 38, 424, 425
マドリエル…345
マドル…141, 314
マニエル…322
マニ教…50
マネス…484
マノイ…349
マハワイ…333
マファイル…64
マフエ…424
マフラス…228
魔法円…46, 182, 191, 192, 193, 305, 336, 368, 412, 418, 491, 496
マーミ…282
マモン…194, 195, 328, 368, 425
魔除け…33, 39, 133, 134, 187, 217, 230, 269, 278, 286, 289, 291, 300, 308, 333, 334, 336, 344, 381, 396, 404, 406, 407, 412, 425, 426, 427, 428, 429, 430, 444, 483, 491, 514
マラエ…101

マラケ・ハバラ…40
マラス…50, 130, 424
マーラト…215
マラファー…89
マリー、マーガレット・A…458
マリー・テレーズ（マリア・テレジア）…172
マリク…455
マリーノ…449
マリノフスキー、ブロニスロウ…405
マルガラス…432
マルグロン…228
マルグンス…349
マルコシアス…284, 432
マルティネット…305, 450
マルデオ…290, 317
マルパス…432
マルファス…284, 432
マルマロト…278, 316
マルラーノ…228
マレファー…89
マーロウ、クリストファー…326, 368, 448
マロト…49, 278, 316
マンセマット…423
マントラ…31, 141, 360
マンドラゴラ…432, 433
マンボ…363

ミカエル…17, 28, 29, 123, 140, 157, 158, 159, 199, 201, 216, 225, 240, 279, 288, 289, 316, 332, 371, 374, 428, 449, 452, 513, 518
ミクトランテクートリ…433
ミシェル、アンネリーゼ…23, 111, 159, 359, 379, 433, 435, 438
ミステレ…363
ミソフェアス…375
ミダス王…419
ミトラ教…54

ミニョン神父…153, 154, 502, 507
ミネルヴァ…184
ミノス…217
ミュジリエル…61
ミルトン、ジョン…307, 308, 371, 398, 493, 494, 509
ミレジン…143

ムカリエル…80
ムジニエル…112
ムスジエル…353
ムソール…228
ムディレット…352
ムネフィエル…80
ムハンマド…34, 35, 201, 248, 286, 287, 345, 512
夢魔…18, 46, 64, 196, 214, 224, 225, 226, 227, 232, 254, 260, 306, 331, 349, 422, 429, 440, 441, 442, 443, 449, 450, 487
ムラーエ…228
ムルシール…279
ムルデル…270, 444
ムルムル…284, 444
『ムーンチャイルド』…162

メイザー、インクリース…43, 189, 272, 273
メイザー、コトン…149, 206, 272, 273
メイザース、サミュエル・リデル・マグレガー…161, 166, 167, 168
メガイラ…112, 301
メクル…314
メズーザー…427, 428, 444
メタティアクス…289, 317
メタトロン…101, 139, 140, 242
メットリンゲンの悪魔憑き…444

メデューサ…302
メドメナムの修道士たち…16
メナディエル…61, 101, 447
メナドル…314
メナリエル…367
メフィストフェレス…176, 305, 369, 371, 372, 423, 447, 448
メラク…322
メラシエル…352
メラス…142
メーラン、ヤコブ・ファン…23
メリエル…143, 432
メルカ…476
メルカヴァー神秘主義…133, 407
メルクリウス…184, 383
メルコン…348
『メルラン』…23
メロシエル…376
メロス…322
メンギ、ジローラモ…448, 449, 450

モアハウス、デイヴィッド…249, 250
黙示録…53, 160, 191, 200, 279, 315, 349, 350, 391, 396, 398, 450, 451, 452, 453, 454, 493, 511, 512
モジエル…322
文字盤…454
モジュ…313
モーセ…56, 133, 198, 221, 231, 285, 382, 384, 386, 423
モット＝バロス、アニエス
モデベル…290, 317
モト…338, 454, 455
モメル…322
モラエル…228
モラクス…284, 455
モラーチャ…279
モリエル…142, 314, 353, 475
モリトール、シモン…455

森の聖アンブロシアと聖バルナバ兄弟団…148
モルカザ…349
モルトリエル…353
モルモ…302, 494
モルラス…141
モレアル…476
モロク…139, 220, 286, 455, 456
モンテスパン夫人…16

ヤカテクトリ…303, 457
ヤザタ…281
ヤシュト…280, 397
『八つの罪源の矯正について』…130
ヤハウェ…36, 47, 77, 115, 135, 136, 139, 141, 199, 242, 335, 494
ヤベル…505
ヤマヨル…156

ユイスマンス、J・K…18, 172, 493
幽精…83, 248
ユグノー…151, 291, 292, 379, 380, 477, 480, 504
聖ユスティヌス…441
ユスティノス…42, 200, 382, 511
ユダヤ教…38, 39, 44, 54, 105, 133, 134, 135, 183, 184, 219, 231, 287, 308, 314, 315, 353, 385, 404, 407, 408, 411, 427, 440, 451, 489
『ユダヤ古代誌』…286
ユレイル…506
ユング、カール・G…55, 384, 453, 466

妖狐…144, 147, 360, 457
妖術…457

『妖術と悪魔学の歴史』…170, 443
『妖術の暴露』…87, 214, 254, 413
妖術禁止法…213, 214, 215, 268, 269, 305, 502
妖精…460
抑圧…29, 33, 38, 39, 74, 97, 99, 104, 127, 129, 143, 147, 157, 194, 198, 260, 320, 342, 358, 359, 365, 440, 465, 508
聖ヨセフ…17
ヨセフス…22, 26, 286, 412, 441
ヨナ…465, 508, 509
ヨハネ・パウロ2世…28, 29, 63
聖ヨハネ・ボスコ…221, 465
ヨハネ23世…62
聖ヨハネス・クリュソストモス…130
ヨハネの手紙…75, 349
ヨフィエル…428
黄泉の国…102, 142, 228, 279, 297, 310, 344, 397
四大元素…285, 303, 369, 410, 460

ラ

ライオウオト…290, 317
ライオンの悪霊…475
ライオンの姿の悪霊…475
ライシエル…475
ライム…477
ラーヴァナ…476, 477, 481
ラヴェイ、アントン・サンダー…18, 174, 181, 244, 459
ラウム…284, 477
ラオンの奇跡…116, 291, 292, 379, 380, 477
ラグジエル…297
ラクシャサ…476, 480, 481
ラクタンス神父、ガブリエル…154, 233, 481, 503, 506
ラザバ…476
ラシュヌ…218, 283

ラス・ファロン…101
ラスン橋
ラダマンチュス…217
ラツィエル…139
ラップ音…106, 209
ラディエル…141, 142
ラバス…49
ラバルトゥ…482
ラビ…40, 53, 77, 197, 210, 308, 388, 407, 414, 420, 427
ラビエル…64, 424, 432
ラビス…243, 482
ラファエル、大天使…41, 51, 116, 140, 157, 158, 288, 289, 308, 316, 338, 371, 426, 428
ラブシエル…61
ラフム…482
ラブリオン…345
ラボク…432
ラマエル…61
ラマシュトゥ…344, 482
ラマス…476
『ラーマーヤナ』…476
ラミア…87, 111, 116, 243, 334, 449, 483
ラミアイ…87, 111, 243, 449, 483
ラミール…156
ラメキエル…278, 316
ラメニエル…352, 353
ラメル…156
ララエル…228
ラリエル…64, 353
ラルヴァ…483, 484, 511
ラルニカ…476
ラルフィエル…80
ラルフォス…322
ラルモット…130
ラルモル…447
ランファン、エリザベス・ド

リヴァイユ、イポリット＝レオン＝デニザール…364
リガチュア…486
リグ・ヴェーダ…280
リクス・アウダミオス…290, 317
リクス・アウトト…290, 318
リクス・アクセスブス…290, 317
リクス・アコネオト…290, 318
リクス・アトンメ…290, 317
リクス・アナトレス…290, 317
リクス・アノステル…290, 318
リクス・アラス…290, 317
リクス・アレレト…290, 318
リクス・イクトゥロン…290, 318
リクス・ザ・イナウサ…290
リクス・テトラクス…487
リクス・ナソソ…290, 317
リクス・ハパクス…290, 318
リクス・フィシコレト…290, 318
リクス・フテネオト…291, 318
リクス・マンサド…290, 317
リクス・ミアネト…291, 318
リージンガー神父、テオフィルス…72
リセル…228
リダーク…487
リツォエル…289, 317
リッター、ジョゼフ・E…275
リブレル…432
リミナリティ…405
リモン…480, 487, 488
流星…347, 488
リュタン…40, 223, 488
『良心の諸問題』…43, 274
リリト…38, 40, 50, 51, 64, 85, 116, 136, 140, 141, 197, 210, 215, 242, 243, 294, 311, 326, 404, 444, 482, 483, 488, 489, 490, 491, 509
リリトゥ…482, 491
リリム…483, 489, 490, 491

リンカン小悪魔…186
リンゴ…95, 295, 356, 491, 492

ルー＝ガルー…493
ルアクス…289, 316
ルヴィエの悪魔憑き…52, 171, 403, 492
ルーガルー…493
『ルガルエ』…46
ルキフェル…31, 42, 49, 74, 176, 180, 182, 193, 200, 201, 240, 241, 242, 252, 278, 279, 295, 328, 343, 351, 356, 368, 369, 370, 386, 390, 396, 414, 425, 429, 437, 459, 460, 493, 494, 495, 496, 505
ルキフェル主義の妖術…459, 495
ルキフゲ・ロフォカレ…182, 414, 495, 496, 497
ルキフューゲ…139
ルシエル…130, 322, 345, 346, 353, 367, 447, 476
ルジエル…61, 376, 404
ルター、マルティン…128, 148, 351, 399, 400, 458, 498
『ルーダンの悪魔』…501
ルダンの悪魔憑き…15, 30, 49, 80, 102, 151, 180, 231, 238, 263, 385, 390, 481, 492, 501, 507, 509
ルチフォゴ…449
ルティン…488
ルナエル…348, 390
ルーリア・アシュケナジ、イサク…134
ルーン文字…85

レ、ジル・ド…171, 172, 245, 508
『霊的談話集』…131, 376
霊媒…21, 35, 45, 58, 90, 91, 93, 94, 127, 144, 259, 262, 320, 323, 324, 339,

340, 352, 353, 364, 367, 407, 444

レヴィ、エリファス…135, 141, 345, 409, 420

レヴィアタン…104, 180, 235, 237, 265, 328, 329, 345, 368, 385, 465, 490, 504, 505, 506, 508, 509

レヴィアトン…490, 509

レヴィン、アイラ…21, 513

レオ13世…28

レオン、モーゼス・デ…134

『レオ教皇の手引書』…417

レギオン…78, 175, 509

レギノ…202

『レクイエム』…440

レシエル…80, 183

レジーナ・アポストロールム大学…38

レジム…183, 509

レーテー…217, 302

レデンプトール会…183

レプラコーン…461, 488

レミー、ニコラ…83, 114, 148, 178, 196, 204, 394, 401, 426, 441

レムレース…483, 484, 511

『レメゲトン』…49, 52, 85, 87, 239, 283, 285, 291, 345, 347, 386, 413, 414, 415, 417, 496

レモダーク…404

レーモン、フロリモン・ド…480

レヤック…511

レライエ…511

レラジェ…511

レラユー…284, 511

レリオウリア…375

レリューレオン…449

レロエル…289, 317

錬金術…113, 115, 133, 135, 156, 176, 189, 245, 371, 383, 387, 406, 408, 415, 416, 420

煉獄…141, 218, 220, 232, 238, 283, 313, 478

ロア…363

ロキ…387

666…87, 104, 117, 168, 175, 279, 295, 452, 511, 512, 513

ロシュの岩…322, 513

『ローズマリーの赤ちゃん』…21, 351, 513, 516

ロディエル…322

ロネウェ…516

ロノウェ…284, 516

ロノベ…516

ローマ儀式書…28, 29, 30, 62, 109, 127, 356, 436, 448, 516, 517

ロミエル…228

ロムエル…404

ロモル…322

ロリエル…424

ローリング、J・K…62

ワイルドハント…202, 302, 349, 518

『忘れがたき神のみわざ』…149

ワルプルギスの夜…19, 203, 204

【著者】
ローズマリ・エレン・グィリー　Rosemary Ellen Guiley
オカルト、超常現象研究家として世界中に読者を持つ第一人者。著書は15ヵ国で刊行されている。ディスカバリー・チャンネルなどにも出演、広い分野で活躍している。邦訳書に『妖怪と精霊の事典』『魔女と魔術の事典』『図説天使百科事典』など。

【訳者】
金井美子（かない・よしこ）
東京女子大学文理学部卒。英米翻訳家。おもな訳書にスコット『天国と地獄の事典』（共訳）、ヴァン・サール編『終わらない悪夢』など。

木村浩美（きむら・ひろみ）
青山学院女子短期大学卒。英米翻訳家。おもな訳書にスコット『天国と地獄の事典』（共訳）、ウェストレイク『忙しい死体』、ジャクソン『エイティ・デイズ・イエロー』など。

白須清美（しらす・きよみ）
早稲田大学第一文学部卒。英米翻訳家。おもな訳書にスコット『天国と地獄の事典』（共訳）、アボット『処刑と拷問の事典』（共訳）、クイーン『摩天楼のクローズドサークル』など。

巴妙子（ともえ・たえこ）
お茶の水女子大学卒。英米翻訳家。おもな訳書にワイルド『悪党どものお楽しみ』、バークリー『レイトン・コートの謎』など。

早川麻百合（はやかわ・まゆり）
立教大学文学部卒。おもな訳書にスコット『天国と地獄の事典』（共訳）、マイケルズ『マギーはお手上げ』、ゴフ『違いのわかる渡り鳥』など。

三浦玲子（みうら・れいこ）
英米翻訳家。おもな訳書にスコット『天国と地獄の事典』（共訳）、サントロファー『赤と黒の肖像』、バーク『囚われの夜に』、パーマー『五枚目のエース』など。

The Encyclopedia of Demons and Demonology
by Rosemary Ellen Guiley
Copyright © 2009 by Visionary Living, Inc.
Japanese translation published by arrangement with Facts On File, Inc
through The English Agency (Japan)Ltd.

悪魔と悪魔学の事典

2016年4月28日　第1刷
2025年4月28日　第3刷

著者…………ローズマリ・エレン・グィリー
訳者…………金井美子ほか

装幀・本文AD…………岡孝治

発行者…………成瀬雅人
発行所…………株式会社原書房

〒160-0022 東京都新宿区新宿 1-25-13
電話・代表 03（3354）0685
http://www.harashobo.co.jp
振替 00150-6-151594

印刷…………シナノ印刷株式会社
製本…………東京美術紙工協業組合

©Harashobo, 2016
ISBN978-4-562-05315-5, Printed in Japan